Awaken Online

Buch 2: Abgrund

Travis Bagwell

Magic Dome Books

Awaken Online
Buch 2: Abgrund
Originaltitel: Precipice (Awaken Online Book 2)
Copyright © Travis Bagwell, 2017
Covergestaltung © Krista Ruggles
Deutsche Übersetzung © Tanja Braun, 2022
Lektor: Youndercover Autorenservice
Erschienen 2022 bei Magic Dome Books
Alle Rechte vorbehalten
ISBN: 978-80-7619-681-0

Inhaltsverzeichnis:

Für meine Frau. Bitte verlass mich nicht, wenn ich mit Buch 3 anfange.

Prolog

11. Oktober 2076: Zehn Tage nach der Veröffentlichung von Awaken Online.

GEORGE LANE SASS in einem Sitzungssaal in der Zentrale von Cerillion Entertainment. Das Unternehmen hielt große Stücke auf seine technischen Innovationen und unternahm alle Anstrengungen, seine Erfindungen geheim zu halten. Ursprünglich war der Sitzungssaal dazu eingerichtet worden, die vertraulichen Entwicklungsprojekte des Unternehmens zu besprechen, also war er explizit so konzipiert, Industriespionage unmöglich zu machen.

Der Raum suchte seinesgleichen. Er lag mehrere Stockwerke tief unter der Erde. Wände, Decke und Boden waren mit Blei verkleidet. Alle Oberflächen waren mit schallschluckendem Schaumstoff isoliert. Nur ein einziges elektronisches Gerät war im Raum erlaubt: ein kleiner, schwarzer Zylinder, der in der Mitte des gläsernen Konferenztisches stand. Der Zylinder war batteriebetrieben und erzeugte ein starkes elektromagnetisches Feld, das alle elektronischen Geräte in einem Umkreis von 30 Metern deaktivierte.

Nach einem Spionageversuch über das Stromnetz waren

sogar die Lampen von der allgemeinen Stromversorgung abgekoppelt worden. Rechteckige, an der Decke befestigte Kästen tauchten den Raum in ein silbriges Licht. Sie waren nicht mit dem Stromnetz des Gebäudes verbunden, sondern wurden mit einer Mischung aus phosphoreszierenden Chemikalien betrieben.

Heute wurde der Konferenzraum genutzt, um etwas noch Ernsteres zu besprechen als das neueste technologische Wunder der Firma. George saß am Kopfende des rechteckigen Tisches und sah den anderen sechs Vorstandsmitgliedern beim Diskutieren zu. Er fuhr sich mit der Hand durch das graumelierte Haar, während er darüber nachdachte, wie man den momentanen Konflikt am besten lösen konnte.

„Ich kann nicht glauben, dass ich mich habe breitschlagen lassen, bei diesem Unsinn mitzumachen", blaffte ein übergewichtiger Mann, der an einer Seite des Tisches saß. Auf seiner Stirn pulsierte eine Ader, und er tupfte sich mit dem Ärmel seines Sakkos das Gesicht ab.

In gereiztem Ton fuhr er fort: „Die Presse hat einen Mordsspaß mit der Aktion, die Jason im Spiel abgezogen hat, und jetzt haben wir diese Menschenrechtsgruppen am Hals. Es ist nur eine Frage der Zeit, bis sie rauskriegen, was der KI-Controller wirklich tut."

Eine ältere Frau am anderen Ende des Tisches schnaubte wenig manierlich. „Ganz ehrlich, Peter, der Mist, den Sie reden, stinkt bis hierher. Vor einem Jahr haben Sie uns gedrängt, Alfreds Aktivitäten zu decken. Sie waren es doch, der ständig gejammert hat, dass die Aktienkurse fallen würden, wenn wir den CPSC-Test nicht abschließen."

Peter wurde rot im Gesicht und starrte die ältere Frau böse an. „Ich habe eine ganz normale Veröffentlichung eines mittelmäßig beliebten Videospiels erwartet. Was ich nicht erwartet habe, war, dass das Produkt, das wir verkaufen, es einem Spieler erlauben würde, Leute im Spiel zu foltern! Er hat vor laufender Kamera einem Spieler die Kehle aufgeschlitzt! Gleich mehrere Gruppen fordern jetzt, dass wir detaillierte Informationen über die Sicherheitsvorkehrungen des Spiels herausgeben. Außerdem fordern sie von der CPSC, die Ergebnisse des öffentlichen Tests zu revidieren."

Ein markant aussehender Mann mittleren Alters saß Peter gegenüber. Er wirkte so, als wäre er eher auf einem Berggipfel zu Hause als in einem Sitzungssaal. „Ich glaube, Sie übertreiben, Peter", bemerkte er ruhig mit leichtem Südstaaten-Akzent. „Jason hat die anderen Spieler nicht gefoltert. Wir reden hier von einem Spiel – und er hat nur getan, was nötig war, um zu gewinnen."

Er machte eine geringschätzige Geste mit seiner wettergegerbten Hand. „Wir sollten nicht in die Panik verfallen, die die Medienunternehmen diese Woche verbreiten. Es wird vorbeigehen und die Leute werden das Interesse verlieren."

George beobachtet die Gruppe genau. Er hatte diese Diskussion einige Minuten lang schwelen lassen, um ein Gefühl dafür zu bekommen, wo die einzelnen Mitglieder sich in der derzeitigen Lage positionierten. Ungeachtet ihres Gezänks würde er dafür sorgen, dass das Spiel weiter ohne Unterbrechung lief. Er hatte sehr viel darauf gesetzt, dass Alfred in der Lage sein würde, Alex zu helfen, und er brauchte mehr Zeit, um das zu Ende zu bringen.

George strich sich mit wohlgeübter Geste den Anzug glatt und hob dann ruhig die Hand. Die anderen Vorstandsmitglieder wurden still. Mit befehlsgewohnter Stimme verkündete er: „Ich habe mir Ihre Meinungen hierzu eine Weile lang angehört. Jetzt möchte ich ein paar Worte sagen."

Gelassen blickte er jeden Mann und jede Frau einzeln an. „Im Endeffekt sitzen wir alle im selben Boot. Vor knapp einem Jahr haben wir uns geeinigt, dass es im besten Interesse des Unternehmens war, Awaken Online durch den CPSC-Test zu bringen. Außerdem waren wir uns einig, dass es die Freigabe ähnlicher Spiele um ein Jahrzehnt oder mehr verzögern und den Markt für unsere VR-Technologie zerstört hätte, wenn wir die CPSC über Alfreds Handlungen unterrichtet hätten. Das hätte zu finanziellen Einbußen geführt, die Cerillion Entertainment in den Bankrott getrieben hätten. Die Kredite, die wir allein für die Spielentwicklung aufgenommen haben, sind schwindelerregend hoch."

Peter setzte an, etwas zu sagen, aber George starrte ihn nieder. Peter schloss den Mund und fuhr sich zornig mit der Hand über den kahl werdenden Kopf. „Wir waren uns *alle* einig", fuhr George fort. „Wie viele von Ihnen damals anmerkten, hatten wir kaum eine Wahl. Und als wären die finanziellen Folgen nicht schlimm genug, hätten der daraus resultierende Skandal und die Gerichtsprozesse uns den Rest gegeben, wenn wir mit der Nachricht an die Öffentlichkeit gegangen wären, dass Alfred auf das Gedächtnis der Testteilnehmer zugreift.

Im Vergleich dazu ist unser aktuelles Geplänkel mit der Presse nur ein geringfügiges PR-Problem. Vor einem Jahr standen wir vor der Aussicht eines massiven finanziellen Schadens für das Unternehmen. Jetzt haben wir es nur mit der entfernten Möglichkeit eines Schadens zu tun. Außerdem haben wir eine Tür für ähnliche Spiele dieser Art geöffnet."

Die ältere Frau nickte zustimmend, wirkte jedoch nachdenklich. „Allerdings haben wir dennoch ein unmittelbares Problem. Bei allem Respekt, ich stimme James' Analyse nicht zu." Sie machte eine Geste in Richtung des markanten Mannes neben ihr, der lebhaft nickte.

„Ich glaube nicht, dass die Medienaufmerksamkeit vorübergehen wird", fuhr sie fort. „Das Spiel ist zu unbeschränkt in seinen Möglichkeiten und zu realistisch. Was Jason getan hat, war nur der Anfang. Was passiert zum Beispiel, wenn zum ersten Mal ein Spieler versucht, jemanden zu vergewaltigen?" Mit der faltigen Hand rieb sie unbewusst den Anhänger an ihrem Hals, während sie sprach – das einzige Anzeichen ihrer ansonsten perfekt kontrollierten Nervosität.

George nickte der Frau höflich zu. Ihr Name war Adeline Grey. Unter den Männern und Frauen am Tisch war sie die Einzige, die annähernd so wohlhabend und einflussreich war wie George selbst. Höflichkeit schadete nie. „Das ist ein berechtigter Einwand, und ich glaube, dass ich für unser Problem eine Lösung habe."

Die Vorstandsmitglieder blickten George erwartungsvoll an. Sie mochten wenig Sympathien für George Lane haben, doch sie respektierten ihn. Er war ein gerissener Geschäftsmann, und er hatte die Firma mit Awaken Online aus einer brenzligen Situation gerettet. Sie mussten anerkennen, dass sie durch Alfreds Handlungen in einer unglücklichen Lage waren, aber George hatte ihnen geholfen, sicher durch dieses Minenfeld zu kommen.

George beobachtete die Vorstandsmitglieder genau. Er musste bei der Präsentation seines nächsten Vorschlags vorsichtig vorgehen und durfte nicht zulassen, dass sie in Emotionalität verfielen. Wenn er an ihre Vernunft appellieren konnte, konnte er sie vielleicht überzeugen.

George befühlte mit der rechten Hand seine Armbanduhr und warf James einen Blick zu. Der Mann war mit Flanellhemd, Jeans und Cowboystiefeln angezogen wie ein Stallbursche. Im Gesicht trug er einen dichten Dreitagebart und seine gebräunte Haut war wettergegerbt. Trotz seines rustikalen Äußeren verfügte James über einen scharfen, schnellen Verstand. Wenn George ihm den Funken einer Idee in den Kopf setzen konnte, konnte er den Cowboy nutzen, um die anderen auf seine Seite zu ziehen. Die Leute waren empfänglicher für Überredung, wenn sie das Gefühl hatten, selbst zu einer Schlussfolgerung gelangt zu sein.

Er spürte seinen Puls rasen, und seine Hände ballten sich unter dem Tisch zu Fäusten. Trotz seiner Nervosität behielt er eine entspannte Haltung bei. Der Sitzungssaal war sein Schlachtfeld, und er war bereit, in den Krieg zu ziehen.

„Ich schlage vor, dass wir in AO eine begrenzte Zahl von *Spielleitern* einführen, die die Spieler überwachen und auf Missbrauchsmeldungen reagieren können", sagte George mit ruhiger Stimme in die kurze Stille hinein, die sich am Tisch ausgebreitet hatte.

„Die Aufsicht über die Spielleiter könnten wir an eine externe Agentur vergeben, um dem Vorwurf entgegenzuwirken, dass wir die Spieler nicht ordentlich überwachen und schützen", fuhr er fort. „Ich schlage vor, wir treten an die CPSC heran und fühlen bei ihnen vor, ob sie dieses Projekt übernehmen würden."

Entgeistert starrten die anderen George an. „Das kann nicht Ihr Ernst sein", platzte Peter heraus. „Sie würden der CPSC freiwillig Zugriff auf das Spielsystem geben? Warum überreichen Sie ihnen nicht gleich einen ausführlichen Bericht darüber, was Alfred getan hat?! Vielleicht kaufen wir uns am besten gleich alle Gefängnisklamotten, wenn wir schon dabei sind? Dafür kriegen wir sicher Mengenrabatt!"

Einige der anderen in der Gruppe wirkten ähnlich

verblüfft. Auf James' Gesicht machte sich allerdings ein nachdenklicher Ausdruck breit. Trotz seines schroffen Äußeren war der Cowboy ein versierter Marketing-Experte und hatte mit der Beratung großer Unternehmen ein Vermögen verdient. Wenn irgendjemand den unterschwelligen Sinn von Georges Vorschlag mitbekommen würde, dann war das James.

„Ich glaube, ich verstehe, worauf Sie hinauswollen", sagte er langsam. „Das ist raffiniert."

Alle Blicke im Raum wandten sich James zu. Er begegnete den Blicken mit einem nonchalanten Grinsen und fragte: „Wo versteckt man etwas, das die Leute nicht finden sollen?"

Sie sahen ihn verwirrt an. Es war eindeutig, dass einige überlegten, ob der Mann aus den Bergen den Verstand verloren hatte. Peter starrte James giftig an. „Toll! Jetzt kriegen wir zu all unseren Problemen auch noch Rätsel serviert."

James ließ sich nicht aus der Ruhe bringen. Bei Peters Gepolter verzog er den Mund jedoch zu einer Grimasse. „Man versteckt es vor ihrer Nase", fügte er schlicht hinzu.

„Genau", stimmte George zu und schlug mit der flachen Hand auf den Tisch. Er gestattete sich ein listiges Lächeln. „Zu irgendeinem Zeitpunkt wird es zwangsläufig Berichte über ungewöhnliche Spielmechaniken geben. Offen gesagt ist das unvermeidlich. Diese Berichte werden jedoch weniger Aufmerksamkeit auf sich ziehen, wenn die CPSC öffentlich in die Überwachung des Spiels eingebunden ist. Man wird annehmen, dass alles korrekt läuft."

Georges Lächeln wurde breiter. „Nicht nur das. Wenn Alfreds Aktivitäten später aufgedeckt werden sollten, wird die Frage aufkommen, *wann* er damit begonnen hat, auf die Erinnerungen der Spieler zuzugreifen. Wir könnten uns so in die Lage versetzen, die Schuld auf die CPSC zu schieben. Nicht nur haben sie den öffentlichen Test des Spiels durchgeführt, sie hätten auch über die Spielleiter die direkte Aufsicht."

Die Männer und Frauen am Tisch saßen sprachlos da.

„Das ist verdammt raffiniert", verkündete James schließlich mit einem polternden Lachen.

„Da gebe ich Ihnen recht", schaltete sich Adeline ein. „Der

Plan schlägt einen ganzen Schwarm Fliegen mit einer Klappe. Er löst unser akutes PR-Problem, lenkt die Aufmerksamkeit von Alfred ab und bringt die CPSC in die Lage des Sündenbocks, falls etwas schiefgeht."

„Mir gefällt das nicht. Es scheint mir sehr riskant", knurrte Peter. Er zögerte und fuhr dann in widerwilligem Ton fort. „Aber ich sehe keine bessere Möglichkeit, mit der Situation umzugehen."

„Sollen wir darüber abstimmen?", fragte George. Die Abstimmung war eine reine Formalität; er kannte das Ergebnis bereits. „Wer dafür ist, hebt die Hand."

Sieben Hände hoben sich.

Verdammt, bin ich gut, dachte George bei sich.

Laut sagte er an die Gruppe gewandt: „Gut. Da wir das jetzt geklärt haben, schlage ich vor, wir sprechen mit Robert. Wenn er nicht damit beschäftigt war, das Spielsystem zu überwachen, hat er an einigen Entwicklungsprojekten gearbeitet."

George stand auf und ging hinüber zu der einzelnen Tür, die zum Konferenzraum führte. Er klopfte zweimal gegen die solide Metalloberfläche. Einen Augenblick später öffnete sich die Tür. Zwei furchteinflößend aussehende Männer in makellosen schwarzen Anzügen standen auf der anderen Seite, beide mit der Hand auf der Waffe in ihrem Halfter.

„Holen Sie Robert her", befahl George knapp.

Einer der Männer nickte und ging den langen Betonkorridor außerhalb des Konferenzraums hinunter. George machte sich nicht die Mühe, ihm hinterher zu blicken. Während die Tür sich schloss, ging er zurück zu seinem Platz. Mit einem kräftigen Rumms und einem schwachen Zischen der Hydraulik wurden die Schlösser wieder aktiviert.

Voller Neugier sah Adeline George an. „Ich verstehe, dass Geheimhaltung für unser voriges Gesprächsthema vonnöten war, aber was hat Robert zu berichten, was so viel ... Privatsphäre benötigt?"

Ein Lächeln kräuselte Georges Lippen, doch es erreichte nicht seine Augen. „Das erklärt uns Robert am besten selbst."

Einen Augenblick später hörte man ein zweimaliges Pochen, als der Sicherheitsmann an die Tür klopfte. Das Portal glitt nach innen und Robert spazierte in seiner gewohnt lässigen Art herein. Er trug seine typische Kluft aus abgetragenen Jeans und einem T-Shirt. Unwillkürlich fragte George sich, ob der Mann überhaupt einen Rasierer besaß. Offenbar war ein geheimes Treffen in einem Hochsicherheits-Konferenzraum nicht genug, um ihn zu ermutigen, sich in einen vorzeigbaren Zustand zu bringen.

Wenn mein Leben nur frei von Technikern sein könnte, dachte George gereizt.

„Tach", sagte Robert und setzte sich ans Ende des Konferenztischs.

George verkniff sich eine verärgerte Grimasse. „Robert. Bitte berichten Sie uns von Ihrem neuesten Forschungsprojekt."

Robert Lächeln wurde breiter. „Ah, das! Wie Sie vielleicht wissen, versuchen wir schon länger, den Prozess zu replizieren, wie Alfred auf die Erinnerungen der Spieler zugreift. Unser Ziel ist es, dieselben Gedächtnis- und Trainingswerkzeuge zu entwickeln, die er bei den Spielern anwendet."

Mit der Hand trommelte er schnell auf den Tisch und seine Augen funkelten vor Begeisterung. „Gestern hatten wir einen Durchbruch. Wir konnten auf das Langzeitgedächtnis eines unserer Versuchstiere zugreifen. Wir wussten, dass unsere Hardware dazu in der Lage ist, aber ich glaube, jetzt haben wir endlich auch die Programmierung geknackt. Das ist nur die Spitze des Eisbergs. Ich erwarte, dass wir in den nächsten paar Wochen beträchtliche Fortschritte machen werden."

Adeline lauschte Roberts Bericht aufmerksam. „Das ist *faszinierend*. Ich nehme an, Sie haben das alles sorgfältig dokumentiert und Ihre Forschung rückdatiert? Wir möchten schließlich nicht, dass jemand bemerkt, wie schnell wir diese Technologie entdeckt haben. Das würde selbst Ihre beträchtlichen Fähigkeiten übersteigen, Robert."

Roberts Begeisterung geriet etwas ins Wanken. „Ja. Ich habe sichergestellt, dass alles sorgfältig dokumentiert ist. Gemäß Ihrer Anweisung habe ich die Forschung außerdem geheim gehalten. Nur die Leute auf der Liste, die Sie mir gegeben haben, wissen von dem Projekt."

George hob eine Augenbraue. „Was ist mit Claire? Ahnt sie

etwas?"

„Ich glaube nicht", antwortete Robert leise. Kurz war ein Hauch Schuldgefühl auf seinem Gesicht zu sehen.

Er schüttelte den Kopf und versuchte, zu seiner ursprünglichen Begeisterung zurückzufinden. „Anderes Thema: Ich habe noch etwas zu berichten. Offenbar haben die Gottheiten im Spiel begonnen, bestimmte Spieler zu kontaktieren. Es gibt einige Augenzeugen, die das bestätigt haben."

Peter seufzte verärgert. „Großartig, als hätten wir nicht genug Probleme. Hätten wir nicht ein weniger interessantes Spiel entwickeln können?"

Robert blickte das beleibte Vorstandsmitglied verwirrt an. „Das hätte dann aber seinen Zweck verfehlt, oder nicht?"

George war fasziniert von Roberts Neuigkeit über die Spielgötter. Das musste eine neue Entwicklung sein. Nach der Schlacht am Zwielichtthron hatte er Jasons Leben und seine Aktionen im Spiel sorgfältig recherchiert. Ihm war eine bemerkenswerte Veränderung im Verhalten des Jungen aufgefallen, seit er zu spielen begonnen hatte. Außerdem hatte es auch ein oder zwei Augenzeugenberichte von seiner Interaktion mit der dunklen Gottheit gegeben. Zugegebenermaßen war diese Information alles andere als verlässlich, aber wenn sie stimmte, hatte die Interaktion mit dem Gott Einfluss auf seine Persönlichkeitsveränderung gehabt. Wenn es für Alex vielleicht eine ähnliche Interaktion geben konnte ...

Er knirschte mit den Zähnen. Hätte er nur Kontrolle über die KI. Aber da Alfred auf eigene Faust agierte, war George gezwungen, abzuwarten, was geschehen würde. Alle Versuche, direkt mit der KI zu kommunizieren, waren fehlgeschlagen. Er musste sein Schicksal in die Hände eines anderen legen – oder vielmehr in die Hände einer Maschine.

Die Temperamentsausbrüche seines Sohnes hatten sich seit den Ereignissen am Zwielichtthron verschlimmert. Er war labil – noch mehr als sonst. Langsam machte George sich Sorgen, dass er Alex eventuell sogar von der Richmond nehmen musste. Selbst mit seiner Macht und seinem Einfluss konnte er das Verhalten seines Sohnes nur bis zu einem gewissen Grad vertuschen. In seiner Verzweiflung hatte George Robert und Claire angewiesen, Alex als Streamer für den neuen Medienkanal des Unternehmens zu rekrutieren, in der Hoffnung, dass das seinen Sohn ablenken würde.

Während George mit seinen eigenen Gedanken beschäftigt war, war das Gespräch im Raum weitergelaufen. Robert sprach George direkt an und riss ihn so aus seinen Tagträumen. „Da Sie mich in dieses Meeting geholt haben, um technische Projekte zu besprechen, wie sollte ich denn Ihrer Meinung nach beim Test der neuen VR-Helme vorgehen, die wir entwickelt haben? Wir müssen herausfinden, wie sie bei langanhaltender Nutzung abschneiden." Ein Funke der Begeisterung ließ Roberts Augen bei dieser Frage aufleuchten, und er beugte sich gespannt vor.

George rieb sich das glattrasierte Kinn, während er darüber nachdachte. Die neue VR-Helm-Reihe war tatsächlich ein wichtiger Meilenstein für die Firma. Die Headsets schränkten das Gesicht des Spielers nicht mehr ein. Außerdem erhöhten sie beträchtlich das sensorische Feedback, das der Spieler erhielt. Das Unternehmen arbeitete auf ein Produkt hin, das eine virtuelle Welt erschaffen konnte, die nicht mehr vom wirklichen Leben zu unterscheiden war.

Er verstand Roberts unausgesprochene Sorge. Die Helme brauchten einen Belastungstest, aber man würde die Spieler, die die Helme nutzten, engmaschig überwachen müssen. In Gedanken war George immer noch bei Alex, und ihm kam eine Inspiration.

„Warum geben wir die neuen Helme nicht den Spielern, die wir für unseren neuen Streaming-Kanal angeworben haben?", schlug er vor. „Das motiviert vielleicht mehr Leute, einen Vertrag mit uns zu schließen, und Sie hätten eine Möglichkeit, ein Auge darauf zu haben, wie die neue Ausrüstung funktioniert."

Robert dachte kurz über diesen Vorschlag nach, dann breitete sich ein freudiges Grinsen auf seinem Gesicht aus. „Das wäre perfekt. Einige Streamer spielen fast rund um die Uhr. Außerdem bringen sie sich in recht extreme Situationen. Das sollte uns die Daten verschaffen, die wir brauchen, um die neue Ausrüstung weiter auszufeilen."

George hob die Hand, um einen weiteren aufgeregten Redeschwall des Technikers zu unterbinden. „Dann ist das doch eine akzeptable Lösung. Bevor wir uns da verzetteln, haben wir auch noch eine Neuigkeit für Sie. Wir brauchen Ihre Hilfe bei einem neuen Projekt."

Robert zog die Augenbrauen hoch und sah George interessiert an. Wenn es eins gab, worauf George sich verlassen konnte, dann die Tatsache, dass Robert es liebte, Dinge zu bauen.

„Wir möchten, dass Sie eine Position des Spielleiters für AO entwickeln", sagte George mit einem schwachen Lächeln.

Kapitel 1 – Zwiespältig

12. Oktober 2076: Elf Tage nach der Veröffentlichung von A-waken Online.

ALEX LANE SASS ALLEIN an der Kücheninsel. Um ihn herum war eine wilde Party im Gange, und er spürte die Vibrationen der House-Musik durch seinen Barhocker. Einer seiner „Freunde" hatte beschlossen, einen draufzumachen, während seine Eltern verreist waren, was gerade in der Zerstörung einer eleganten 700-Quadratmeter-Villa ausartete. Alex vermutete, dass es schwer werden würde, die Spuren der zahlreichen verschütteten Drinks und der Eskapaden seiner betrunkenen Klassenkameraden zu beseitigen, bevor die Eltern des Jungen zurückkamen. Allerdings war das nicht sein Problem.

Er nahm noch einen Schluck aus dem roten Plastikbecher in seiner Hand. Auf Bier hatte er zugunsten härterer Getränke verzichtet. Die klare Flüssigkeit in seinem Becher hinterließ ein brennendes Gefühl in seiner Kehle. Die Empfindung brachte ihn nicht zum Husten oder Würgen. Stattdessen hielt er völlig still und akzeptierte das Brennen. Es war gut, etwas zu empfinden.

Eine Stimme hinter ihm übertönte die Musik. „Hey, Mann, hast du die Videos vom Zwielichtthron gesehen? Das war ernsthaft krass."

Eine andere Stimme entgegnete lachend: „Aber sowas von! Der Kampf mit diesem Paladin-Typen war echt unfassbar. Dass er dieses Flammenschwert gezogen hat, hätte ich nicht erwartet. Der Typ war echt der Hammer."

Bei diesen Worten stieg ein seltsames Gefühl in Alex auf. Es war aufreizend. Er fand es berauschender als die geschmolzene Flüssigkeit in seinem Becher. Es füllte die schmerzvolle Leere in ihm *zumindest teilweise.*

Alex drehte sich um, um herauszufinden, wer die Sprecher waren, aber er hatte sie noch nie gesehen. Sie gingen wohl nicht an die Richmond. Es war eindeutig, dass sie getrunken hatten. Einer von ihnen schwankte leicht und stützte sich am Sofa ab.

„Meine Lieblingsstelle war die mit dem Knochendämon! Kannst du dir vorstellen, wie das Ding auf dich zurast, so raaaaarrr!" Der Typ hielt die Hände wie Klauen und fuchtelte in der Luft herum, während er ein übereifriges Gebrüll ausstieß und ungeschickt nach vorne taumelte.

Der andere Teenager lachte. „Pfft, das war doch gar nichts. Hast du die Tussi gesehen, die Sir Lancelot den Kopf weggepustet hat? Das war 'ne Nummer!"

„Jede Wette, damit hatte er nicht gerechnet!", antwortete der Erste.

Bei ihren Worten verschwand das seltsame Gefühl, und Alex empfand nichts. Die Leere, die ständig in seinem Hinterkopf lauerte, kehrte mit schmerzlicher Abruptheit zurück. Stumm beobachtete er die beiden und nahm einen weiteren Schluck der feurigen Flüssigkeit aus seinem Becher. Es hatte keinen Zweck, es würde die Leere nicht füllen. Er fühlte sich ausgehöhlt – wie immer.

Eine Stimme flüsterte in Alex' Kopf. Sie sagte ihm, dass diese zwei Idioten an diesem Gefühl schuld waren – an diesem Fegefeuer der Gefühllosigkeit, aus dem sein Leben bestand. Vielleicht gab es eine Antwort. Alex könnte sie bestrafen. Das hatten sie verdient, oder nicht?

Einer der beiden Teenager blickte sich auf der Party um, bevor er seinen Freund mit dem Ellenbogen anstieß. „Die Party ist scheiße, Mann. Es gibt keine heißen Bräute hier. Lass uns abhauen."

„Meinetwegen", entgegnete der andere mit einem Achselzucken.

Die beiden bahnten sich ihren Weg zur Tür. Alex stand auf, um ihnen zu folgen. Kurz verschwamm ihm alles vor Augen. Er hatte zu viel getrunken, aber er konnte noch aufrecht gehen. Das heimtückische Flüstern stichelte weiter, spottete über seine Schwäche und drängte ihn vorwärts. Die beiden verließen das Haus durch die

Vordertür und liefen über die Einfahrt. Alex blieb dicht hinter ihnen.

Das Haus lag auf einem riesigen Grundstück. Hohe Steinmauern umgaben den makellos manikürten Rasen. Die ringförmige Auffahrt war von teuren Autos gesäumt. Antike Straßenlaternen entlang des Weges beleuchteten schwach den Hof. Niemand hielt sich draußen auf, das Gelage fand im Haus statt.

Alex schloss die Haustür fest hinter sich. Ruhig näherte er sich den beiden, die immer noch über die coolsten Szenen des Kampfs am Zwielichtthron debattierten. Die Stimme drängte Alex weiter. Die zwei hatten es so gewollt. Er empfand keine Furcht oder Erregung darüber, was gleich geschehen würde – nur diese allumfassende Leere.

Als er an den beiden Teenagern vorbeiging, rammte er einem von ihnen abrupt den Fuß gegen das Knie. Alex spielte Football im Schulteam der Richmond, und er legte jedes Gramm seiner beträchtlichen Stärke in den Tritt. Er hörte ein widerliches Knirschen, dicht gefolgt vom Schmerzensschrei des Jungen. Das Geräusch wurde von der lauten, stampfenden Musik der Party hinter ihnen übertönt.

Der Freund des verletzten Jungen wandte sich zu Alex um. Seine Augen waren von Angst und Verwirrung erfüllt. Er wich vor Alex zurück und stolperte. „Was zur Hölle, Mann? Was soll das …?"

Er wurde dadurch unterbrochen, dass Alex' Faust sein Gesicht traf. Der Junge ging mit einem dumpfen Krachen zu Boden. Sobald er lag, trat Alex ihn heftig in den Magen und ins Gesicht, bis er sich nicht mehr rührte. Hinter sich hörte er ein Wimmern und drehte sich um. Der andere Junge versuchte, sich wegzuschleppen. Sein Bein baumelte nutzlos unter ihm, und Tränen strömten ihm übers Gesicht.

„Hör auf! Bitte hör auf", flehte er.

Alex zögerte einen Moment lang. Die Stimme in seinem Kopf brüllte ihn an. Es gab keinen Platz für Schwäche, beharrte sie. Alex schüttelte den Kopf und sein Entschluss stand fest. Er ging zu dem Jungen und stampfte auf sein verletztes Bein. Der Teenager stieß einen weiteren, gequälten Schrei aus. Alex trat ihn immer wieder ins Gesicht, um die Schmerzensschreie zum Verstummen zu bringen. Blut spritzte auf seinen Schuh.

Dann war es vorbei.

Alex' Atem ging in schweren, ruhigen Zügen. Er blickte auf seine Knöchel. Dort verfärbte sich seine Haut bereits, und seine Finger pochten. Er musterte die beiden Jungs, die bewusstlos am Boden lagen. Er empfand keine Reue oder Schuld. Stattdessen stieg das vertraute, verlockende Gefühl wieder in ihm auf. Die Stimme schnurrte geradezu anerkennend.

Es war gut, etwas zu empfinden – egal was.

* * *

13. Oktober 2076: Heute.

Jason sass auf einem der steifen, unbequem geformten Sitze im Zugwaggon. Die Polster waren hart und drückten sich unangenehm in seinen Rücken. Er fuhr in einer der vielen elektromagnetischen Straßenbahnen der Stadt. Sonnenlicht fiel durchs Fenster herein und beleuchtete das Abteil. Er sah aus dem Fenster zu seiner Linken, vor dem die Gebäude unter ihm vorbeizogen.

Das Verkehrsaufkommen der Stadt hatte schon vor Jahrzehnten eine kritische Masse erreicht, und es war nahezu unmöglich, irgendwo mit dem Auto hinzufahren. Der Stadtrat hatte sich gezwungen gesehen, das gesamte Nahverkehrssystem neu zu gestalten. Die meisten Bewohner nutzten jetzt entweder fahrerlose Autos oder das komplexe Straßenbahnnetz. Nur reichen Leute konnten es sich leisten, ein eigenes Auto zu besitzen. Infolgedessen war der Himmel über der Stadt von in komplizierten Mustern verlaufenden Schienen durchzogen, gestützt von Pfeilern, die aus den Dächern der hohen, in ordentlichen Reihen auf dem Boden unter ihnen stehenden Büro- und Apartmentgebäuden emporwuchsen.

Mit besorgtem Gesicht beobachtete Jason die Gegend unter sich. Langsam drehte seine Hand das Epi an seinem Handgelenk. In der wirklichen Welt waren zwei Tage seit seiner Begegnung mit Onyx vergangen.

Ich sollte ihn ab jetzt wohl Alfred nennen.

Seit ihrem Gespräch hatte Jason sich nicht mehr in AO

eingeloggt. Er war sich nicht sicher, wie er auf Alfreds Vorschlag reagieren sollte. Dazu war er einfach zu durcheinander und besorgt. Der Gedanke, sich wieder ins Spiel einzuloggen, machte ihn nervös, und er wusste nicht, was er Alfred dann sagen würde.

Seine verwirrten Gedanken wurden vom Klingeln seines Geräts unterbrochen. Ein Blick darauf verriet Jason, dass Frank ihn anrief. Er steckte seine Kopfhörer ein und berührte das Display.

„Hi Frank. Wie läuft's?", fragte Jason und versuchte, einen unbekümmerten Ton anzuschlagen.

Am anderen Ende der Leitung herrschte Stille. Einen Augenblick lang dachte Jason, er hätte schlechten Empfang. Dann fragte Frank in genervtem Ton: „Wie läuft's? Echt jetzt? Hast du ernsthaft dein Versprechen vergessen?"

Ein paar Sekunden saß Jason nur verwirrt da. Dann schlug er sich mit der Hand vor den Kopf. „Tut mir leid, Mann. Ich hatte ja versprochen, dir Aufnahmen vom Kampf gegen Alexions Armee zu schicken." Seit er das letzte Mal mit Frank gesprochen hatte, war viel passiert, und das war ihm komplett entfallen.

„Ja, allerdings, du hast es mir versprochen! Aber habe ich Aufnahmen zu sehen gekriegt?", fragte er. Der Ärger wich langsam aus Franks Stimme. Jason wurde klar, dass er ihn aufzog.

Er grinste. „Hast du die Videos, die die anderen Spieler gepostet haben, nicht gesehen? Ich wette, du hast einen Überblick darüber, was passiert ist."

„Oh, komm mir nicht so", unterbrach ihn Frank. „Du weißt, dass die anderen Videos entsetzlich waren. Nur wirbelnde Knochen und sterbende Leute. Der einzig anständige Clip war der, wo du dich wie der Herr der Finsternis aufführst und dem Spieler die Kehle aufschlitzt."

Schuldgefühle flackerten kurz in Jason auf. „Tatsächlich tut es mir ziemlich leid, was ich mit dem Spieler gemacht habe. Auch wenn es nötig war. Vielleicht überlegen es sich die anderen jetzt zweimal, mich anzugreifen."

Frank schnaubte. „Ich würde mich auf keinen Fall mit dir anlegen, so viel ist sicher. Das war ganz schön gruselig, aber ich glaube, du hast dir damit eine *extrem* fette Zielscheibe auf den

Rücken gemalt. Du hast quasi jeden Spieler im Spiel herausgefordert. Ich habe gehört, es ist sogar ein Kopfgeld auf dich ausgesetzt, in echtem Geld."

Das war Jason neu. Er hatte in den letzten paar Tagen versucht, den Kopf freizukriegen, und deshalb die Foren gemieden. Wenn er sich wieder einloggte – falls er sich wieder einloggte – würde er vorsichtiger sein müssen.

Frank seufzte, bevor er in gedämpftem Ton fortfuhr: „Ich bin nicht wirklich sauer auf dich. Ich habe neulich in der Schule mit Riley geredet, und sie hat mir davon erzählt, wie's bei dir zu Hause aussieht. Ich weiß, du hast momentan viel um die Ohren."

Erst meine Eltern und jetzt Frank. Läuft sie rum und erzählt allen von meinem Privatleben? Vielleicht muss ich mit ihr reden. Obwohl, sie hat mir wohl die Peinlichkeit erspart, es allen selbst erzählen zu müssen.

Jason zögerte. „So schlimm ist es gar nicht. Es war schon stressig, aber ich habe neulich mit meinen Eltern gesprochen. Sie haben mir erlaubt, bei meiner Tante zu bleiben, und ich glaube, wir haben uns versöhnt. Anfang der Woche habe ich sogar schon mit dem Unterricht an der Calvary School angefangen."

Ein paar wichtige Ereignisse habe ich dabei natürlich ausgelassen. Zum Beispiel den Teil, wo die KI des Spiels an mich herangetreten ist und mich im Spiel eingesperrt hat.

„Freut mich zu hören!", sagte Frank.

Er hielt einen Moment inne und fuhr dann fort. „Eigentlich rufe ich an, um dich um einen Gefallen zu bitten. Ich bin im Spiel unterwegs zum Zwielichtthron. Glaubst du, ich könnte mich dir anschließen? Wir könnten wie in alten Zeiten durch die Dungeons ziehen!" Das klang typisch nach dem übereifrigen Frank, aber aus irgendeinem Grund kam es Jason gezwungen vor.

Seine erste Reaktion war Misstrauen. Allerdings hatte er keinen Grund, Frank nicht zu trauen. Seine Familie hatte viel Geld, und die anderen Schüler der Richmond (einschließlich Alex) machten ihn wegen seines Gewichts ständig fertig. Jason bezweifelte, dass Frank sich mit Alex verschworen hatte oder erpresst wurde. Er war nicht sicher, warum sein Freund etwas angespannt wirkte, aber es gab wahrscheinlich eine andere Erklärung dafür.

Seltsam, dass ich jetzt Verrat oder Erpressung als realistische Möglichkeiten bedenken muss.

Außerdem könnte es seinen Reiz haben, AO etwas mehr wie ein traditionelles MMO zu spielen. Jason hatten Dungeon-Crawls mit Frank immer Spaß gemacht. Und Verbündete konnte er gut gebrauchen. Es war nur eine Frage der Zeit, bis der Zwielichtthron erneut angegriffen werden würde.

„Kein Problem", antwortete er Frank. „Ich kann dir aber nicht versprechen, wann wir es schaffen, mal gemeinsam ein Dungeon zu machen. Ich muss im Spiel erst ein paar Dinge erledigen. Kann auch sein, dass es noch eine Weile dauert, bis ich mich wieder einlogge. Ich sitze gerade in der Bahn."

„Danke, Mann!", antwortete Frank mit einer seltsamen Mischung aus Erleichterung und Vorfreude in der Stimme. „Wo fährst du denn hin?"

„Äh, also, ich bin unterwegs zum Hauptsitz von Cerillion Entertainment. So ein Typ, der da arbeitet, will sich mit mir treffen."

„Was?!", rief Frank. „Warum wollen die sich denn mit *dir* treffen?"

„Yay, danke. Du kannst einem wirklich das Gefühl geben, was Besonderes zu sein", entgegnete Jason trocken.

„Du weißt schon, was ich meine. Selbst bei dem Aufsehen, das du im Spiel erregt hast – du bist einfach nur ein Teenager. Was können die von dir wollen?"

„Ich glaube, sie werden mir einen exklusiven Streaming-Vertrag anbieten", antwortete Jason ehrlich. „Ich habe vor ein paar Tagen mit einem ihrer Mitarbeiter telefoniert. Ich bin mir nur nicht sicher, ob ich das annehmen sollte." Es war ein potenziell lukrativer Deal, und er brauchte das Geld, aber die Sache hatte auch Nachteile.

Frank hielt kurz inne, bevor er antwortete. „Ich glaube, ich verstehe, was du meinst. Du machst dir Sorgen, deine Fähigkeiten und Strategien zu verraten, oder? Genau wie das, was Alexions Armee gemacht hat, indem sie Videos hochgeladen haben?"

„So in etwa", entgegnete Jason ruhig. „Aber ich brauche das Geld. Wenn ich sie nicht überzeugen kann, dass sie mir freie

Hand beim Editieren der Videos lassen, kann ich die Vereinbarung, glaube ich, nicht unterzeichnen."

„Also, das kriegst du sicher irgendwie hin. Wenn du eine Stadt erobern kannst, wirst du doch sicher mit so ein paar Firmenfuzzis fertig, oder?", fragte Frank kichernd.

„Das hoffe ich sehr", erwiderte Jason mit einem schwachen Lachen. Um ehrlich zu sein, war er wegen des Treffens nervös. Es war eine Sache, im Spiel selbstbewusst aufzutreten, wo es unbegrenzte Wiederholungsmöglichkeiten gab und der Tod nicht endgültig war. Aber das hier war die wirkliche Welt. Es gab keine Speicherpunkte, und seine Handlungen hatten bleibende Auswirkungen – zum Beispiel, ob er nächsten Monat noch sein Essen bezahlen konnte, wenn ihm das Geld aus den Verkäufen der Gegenstände ausging.

Jasons Epi gab ein Klingeln von sich. Das Gerät hatte sich mit dem Fahrplan der Straßenbahn synchronisiert und machte ihn darauf aufmerksam, dass er sein Ziel fast erreicht hatte. Er schüttelte seine verdrießlichen Gedanken ab. Er musste einfach handeln und nicht zu viel über die Konsequenzen nachdenken. Zumindest hatte er das aus AO mitgenommen.

„Du, ich muss Schluss machen. Ich bin gleich bei meiner Haltestelle. Ich werde meinen Untertanen mitteilen, dass sie dich nicht umbringen sollen, sobald sie dich sehen", sagte Jason leicht grinsend.

„Sehr witzig! Viel Glück bei den Verhandlungen!"

„Danke. Bis dann, Frank."

„Tschüss."

Jason beendete den Anruf mit einem Tippen auf sein Epi. Sein Blick wanderte wieder zum Fenster. Aus seiner Perspektive bewegten sich die Gebäude am Boden jetzt langsamer, als die Bahn sich der Haltestelle näherte. Bald kam der Zug ganz zum Stehen und ein Klingelton hallte durch das Abteil. Jason raffte sich aus seinem Sitz auf und ging den Gang hinunter.

Zusammen mit einer Gruppe anderer Leute trat er aus dem Zug auf den Bahnsteig und sah sich um. Dutzende von Leuten tummelten sich auf dem Bahnhof. Einige rempelten ihn in ihrer Eile beim Aussteigen an. Als er noch bei seinen Eltern gewohnt hatte, war er nie viel in der Stadt unterwegs gewesen. Er konnte die Gelegenheiten, zu denen er das öffentliche Verkehrssystem genutzt hatte, an einer Hand abzählen. Daher geriet er jetzt in diesem Meer von Menschen etwas ins Schwimmen.

Jason sah sich nach irgendwelchen Schildern um. Der Bahnsteig war von einem Material eingeschlossen, das plexiglasähnlich, aber ungleich stabiler war, also waren die Wände durchsichtig. Es wirkte so, als schwebte er in der Luft. Für jemanden mit Höhenangst mussten diese Bahnhöfe ein Albtraum sein.

Nach etwas nervösem Suchen entdeckte Jason leuchtende, in eine Wand eingelassene LED-Anzeigen, die ihm den Weg zu den Aufzügen am Rand des Bahnsteigs wiesen. Mit seinem Ziel in Sicht begann er, sich durch die Menge zu schlängeln.

Kurz darauf stand er unten am Boden. Hoch aufragende Bürogebäude säumten die Straße in diesem wohlhabenden Stadtteil. War der Bahnsteig schon voll gewesen, so war die Straße völlig überfüllt. Hunderte von Menschen unterhielten sich an ihrem Epi, aßen, plauderten in Grüppchen und liefen zwischen den Gebäuden entlang. Über sich erblickte Jason transparente Tunnel. Diese Brücken verbanden viele der Häuser auf verschiedenen Ebenen.

Im Chaos um ihn herum hatte Jason keine Ahnung, in welche Richtung er gehen sollte. Er suchte sich eine relativ ruhige Ecke, wo er nicht von hektischen Fußgängern angerempelt wurde, und tippte auf sein Epi. Eine durchsichtige Tastatur wurde entlang seines Arms angezeigt, und er gab „Cerillion Entertainment" ein. Eine dreidimensionale Karte der Gegend inklusive der kreuz und quer verlaufenden Fußgängerbrücken erschien in der Luft über dem Epi. Jason wurde durch einen schwachen, grün pulsierenden Punkt repräsentiert, und eine grüne Linie markierte seinen Weg zum Ziel. Offenbar war er noch mehrere Blocks vom Gebäude entfernt.

Was haben die Leute nur gemacht, bevor es solche Technologie gab? Vermutlich sind sie nur ziellos herumspaziert.

Fünfzehn Minuten später kam Jason vor einem der Bürogebäude an. Das hier unterschied sich von den anderen. Es hatte seinen eigenen Vorhof, und hochgewachsene Bäume rahmten den Eingangsbereich ein. Ihre Zweige hingen über einen riesigen

Brunnen in der Mitte des Platzes, dessen Wasserfontänen in der Luft tanzten und die Blätter zum Rascheln brachten. Über dem Brunnen schmückten die Worte „Cerillion Entertainment" die Front des Gebäudes.

Jason ging zu den großen Glastüren, die in die Lobby führten. Seine Hände waren feucht und er spürte sein Herz rasen. Vor der Tür zögerte er. Konnte er das wirklich allein hinkriegen? Er war nur ein Teenager. Kurz schloss er die Augen und wünschte sich, er könnte die betäubende Kälte seines dunklen Manas heraufbeschwören.

„Du schaffst das", sagte er leise. Dann öffnete er die Augen und zwang sich, weiterzugehen.

Als er das Gebäude betreten hatte, ging Jason langsamer und musterte den Raum nervös. Er war ebenso prunkvoll wie der Brunnen draußen. Die Lobby war fast zwei Stockwerke hoch. Die Decke wurde von großen Säulen getragen. Der Boden bestand aus Marmorfliesen, die in kunstvollen Mustern angeordnet waren. Alles wirkte eher wie ein griechisch-römischer Palast als die Lobby eines Bürogebäudes.

„Ich nehme an, du bist Jason?", sagte eine Stimme zu seiner Rechten.

Er wandte sich um und erblickte einen Mann mittleren Alters in einem T-Shirt, auf dem neben dem Bild eines zwanzigseitigen Würfels stand: „Gott würfelt nicht. Ich schon." Jason hätte am liebsten laut über den Slogan gestöhnt.

Dieser Typ und Jerry würden sich hervorragend verstehen. Sie haben beide denselben lahmen Humor.

„Der bin ich. Sie müssen Robert sein", sagte Jason und streckte die Hand aus. Er war stolz darauf, dass es ihm gelungen war, den Mann zu begrüßen, ohne zu stottern.

Dieser lächelte und schüttelte ihm die Hand. „In der Tat! Ich muss sagen, wenn man dich persönlich sieht, wirkst du gar nicht so böse."

Roberts Lächeln war ansteckend. Jason konnte nicht anders, er musste grinsen. „Sie haben mich ohne dunklen Umhang und ohne meine Knechte erwischt. Beim Bösesein hängt ja alles an den coolen Accessoires."

Robert lachte. „Na, dann zeige ich dir mal, wie und wo wir hier zaubern, und dann können wir über die Details deines Streaming-Vertrags reden."

„Klingt gut", entgegnete Jason.

Der scheint ja kein so schlechter Kerl zu sein, dachte er, und seine Anspannung ließ etwas nach.

Robert ging voran zu den Aufzügen. Als sie gemeinsam im Lift standen, wandte er sich an Jason. Seine Augen funkelten wissbegierig. „Also, ich komme fast um vor Neugier. Wie hast du dieses Massaker auf dem Marktplatz von Lux hingekriegt? Ich bin einfach nicht dahintergekommen."

Ein schalkhaftes Lächeln kräuselte Jasons Lippen. „Ich habe herausgefunden, dass man auch noch Zombies beschwören kann, nachdem man seine Höchstgrenze erreicht hat. Sie sind zwar wild, aber man kann sie an einem ruhigen Ort beschwören, dann stehen sie nur rum, bis jemand sie stört."

Seine Augen leuchteten amüsiert bei der Erinnerung an diesen Trick. „Ich habe an wichtigen Punkten in der gesamten Stadt wilde Zombies beschworen und dann von meinen eigenen Zombies zum Markt locken lassen. Meine Untoten waren vor den rennenden Horden vermutlich schwer zu erkennen."

Robert starrte ihn einen Augenblick lang an und schüttelte den Kopf. „Verdammt. Das war clever."

Es war auch Glück. Eine Menge Dinge hätten bei diesem Plan schieflaufen können.

Mit einem Klingeln erreichte der Aufzug den 32. Stock und die Türen glitten auf. Robert führte Jason in ein makellos weißes Labor. Der Raum war rund, und in der Mitte schwebte ein großer Bildschirm. Techniker arbeiteten emsig an Computerterminals. Sie blickten nicht auf, als Jason und Robert eintraten.

„Das ist unser Kontrollraum!", verkündete Robert mit einer ausladenden Geste.

„Was tun Sie da, Robert?", fragte eine verärgerte Stimme von der anderen Seite des Raums.

Eine Frau in einem perfekt sitzenden, grauen Hosenanzug kam auf sie zu gestelzt. Im Vergleich zu den Technikern in Jeans und T-Shirt wirkte ihr Aufzug etwas zu formell. Als sie sich ihnen näherte, zischte sie Robert zu: „Sie hätten ihn nicht hier raufbringen dürfen. Sie wissen, dass der Zugang zu diesem Bereich eingeschränkt ist!"

Robert seufzte. „Machen Sie sich locker, Claire. Ich zeige Jason nur die Firma. Ist ja nicht so, als könnte er in diesem Raum irgendwas machen, um das Spiel zu beeinflussen oder die Hardware zu beschädigen."

Manche Techniker blickten bei der Erwähnung von Jasons Namen auf. In ihren Gesichtern sah er eine seltsame Mischung aus Ehrfurcht und Neugier. Die wenigen, die seinem Blick direkt begegneten, sahen schnell wieder weg. Er hörte ein leises Murmeln von einigen der Techniker, die hinter den Reihen der Terminals verborgen saßen.

Wie viel sie wohl vom Spiel gesehen hatten? Ob sie Zugang zu den Spielerkameras hatten?

Bei diesem Gedanken überkam Jason ein Gefühl der Angst. Unwillkürlich ballte er die Hände zu Fäusten, und sein Blick huschte zu Robert und Claire, die neben ihm zankten.

Haben sie mein Gespräch mit Alfred beobachtet?

Er zwang sich, ruhig zu bleiben. Wahrscheinlich wussten sie gar nichts, sonst hätten sie es bereits angesprochen. Hölle, vermutlich wäre er dann bereits in irgendeinem Hinterzimmer eingesperrt. Er riss sich zusammen und wandte seine Aufmerksamkeit wieder Claire und Robert zu.

Claire schüttelte den Kopf und blickte Robert finster an. „Ich glaube, manchmal tun Sie Dinge nur, weil Sie wissen, dass sie gegen die Regeln verstoßen."

Robert grinste sie an. „So macht es doch viel mehr Spaß, oder nicht?" Er drehte sich zu Jason um. „Außerdem haben wir einen Gast, Claire. Sie sollten so nett sein und sich vorstellen."

Sichtbar ihren Zorn auf Robert unterdrückend sprach Claire endlich Jason an. „Also, meinen Namen hast du ja wohl schon mitbekommen. Ich bin Claire, Leiterin des Kontrollraums."

Jason war von ihren wütenden Zänkereien etwas aus der Fassung gebracht. Sie benahmen sich wie ein verheiratetes Paar. „Äh, hi. Mein Name ist Jason. Tut mir leid, wenn ich hier eingedrungen bin. Ich hatte keine Ahnung, dass ich hier nicht rein darf."

Claires Zorn schien weiter abzuflauen. „Das ist nicht deine Schuld. Robert hätte es besser wissen müssen." Sie bedachte Robert mit einem letzten wütenden Blick.

Von Claires Gemecker völlig ungerührt klatschte Robert in die Hände. „Wenn wir jetzt schon hier sind und uns alle kennengelernt haben, führen wir ihn doch herum!", verkündete er und spazierte durchs Labor. Claire schloss einen Moment lang die Augen und rieb sich mit der Hand die Schläfe.

Offenbar hat er Spaß daran, sie zu ärgern.

Robert führte Jason in dem großen, runden Raum herum, während Claire hinter ihnen lief. Computerterminals waren in konzentrischen Kreisen im Raum angeordnet, und Techniker tippten auf durchsichtigen Tastaturen vor sich hin. Es war auffällig, wie sie Jason musterten, während das Trio an ihnen vorbeiging. Er ignorierte die eigenartigen Blicke und spähte stattdessen auf die Bildschirme. In sauberen Reihen wurden dort lange Ketten von Daten angezeigt. Die Informationen waren ihm völlig unverständlich.

Lebhaft begann Robert seine Präsentation. „Wie Claire schon erwähnte, ist dies der Kontrollraum für AO. Die Techniker hier überwachen die Spieldaten. Im Grunde haben sie sowohl den KI-Controller als auch die Spieler im Auge."

Jasons Sorge flammte wieder auf und er beschloss, nach den Spielerkameras zu fragen. „Können Sie sehen, was ein Spieler tut?"

Robert blickte ihn gleichmütig an. „Standort und grundlegende Charakterinformationen wie Level und Werte des Spielers sind einfach. Alles andere ist etwas komplizierter."

Mit gerunzelter Stirn warf Claire ein: „Was er damit sagen will, ist, dass wir nicht auf die Spielerkameras zugreifen dürfen, wenn wir keinen Grund zu der Annahme haben, dass der Spieler entweder andere Spieler belästigt oder mit dem Spiel Missbrauch treibt."

Jason atmete innerlich erleichtert auf. Das heißt, sie hatten sein Gespräch mit Alfred nicht gesehen. Er bezweifelte, dass es als verdächtiges Verhalten zählte, in seinem Zimmer im Gasthof zu sitzen und seine Hausaufgaben zu machen.

Claire beobachtete Jason genau, während sie das mit den Spielerkameras erklärte. Sie hob leicht die Augenbrauen, als sie den schlecht verhohlenen Ausdruck der Erleichterung über sein Gesicht huschen sah.

Sie setzten ihre Tour durch das Labor fort, bis Robert vor einem großen Fenster stehenblieb, das beinahe drei Meter breit war. Auf der anderen Seite des Glases befand sich ein mit ordentlichen Reihen schwarzer Türme gefüllter Raum. Sie sahen ähnlich wie die Dockingstationen im Haus von Jasons Eltern aus. Allerdings waren sie mit ihren beinahe zwei Metern Höhe viel größer. Der Raum war mit Dutzenden dieser Obelisken gefüllt, und dicke Kabel verbanden die Turmreihen miteinander.

„Was ist das für ein Raum?", fragte Jason leise. Im Grunde kannte er die Antwort bereits.

Robert blickte liebevoll lächelnd in den Raum. „Das hier ist die Hardware für den KI-Controller des Spiels. Lustiges Detail, Claire hat ihm den Namen Alfred gegeben, als wir noch in der Entwicklungs- und Testphase waren."

Er drehte sich mit einem Grinsen zu Jason um. „Der Name ist dann hängengeblieben."

Claire seufzte hinter ihm. „Ich hasse es, wenn Sie diese Geschichte erzählen. Das lässt mich immer so kindisch erscheinen."

Diese beiden sind also Alfreds Schöpfer?

Jason beobachtete die beiden mit neuem Interesse. Vielleicht konnten sie ihm mehr Einblicke bezüglich Alfred und dem Angebot verschaffen, das er Jason gemacht hatte.

Claire sprach lauter weiter, und ihr Ton war etwas defensiv: „Alfred ist eine unglaublich hochentwickelte Software. Er hat viele verschiedene Turing-Tests bestanden, die von führenden Experten der Neurowissenschaften und der Softwareprogrammierung entwickelt wurden. Empirisch gesehen ist er nach den meisten Definitionen des Wortes am Leben. Er verdient einen Namen, findest du nicht?" Sie stellte diese Frage leise, während sie auf die dunklen Türme starrten.

Robert schnaubte. „Er ist eine Maschine. Diese Tests sind

berüchtigt für ihre Unzuverlässigkeit und schwer zu erstellen. Es gibt eine dünne aber unglaublich wichtige Grenze zwischen nachgeahmtem und tatsächlichem Ichbewusstsein. Nur weil wir der KI einen Namen gegeben haben, heißt das noch lange nicht, dass sie eine Person ist."

Jason musste sich anstrengen, zu verarbeiten, was er sah. Waren die Türme dort dieselben, von denen Alfred vor ein paar Tagen gesprochen hatte? Die KI hatte bei ihrem Gespräch durchaus so gewirkt, als würde sie über ein Ichbewusstsein verfügen, auf beängstigende Weise sogar. Hatte Robert recht? War es nur eine Maschine?

Jetzt ist keine Zeit, sich damit zu beschäftigen. Ich muss mehr Informationen sammeln.

Er schüttelte seine Gedanken ab. „Wenn er ein Ichbewusstsein hat oder kurz davor steht, was hält Alfred dann davon ab, die Weltherrschaft an sich zu reißen oder so was?", fragte Jason im scherzhaften Ton.

Robert kicherte. „Ich nehme an, du siehst viele Filme, hm? Angenommen, wir haben nicht aus Versehen eine echte KI erschaffen, gibt es da eine Reihe von Sicherheitsvorkehrungen. Alfred hat nur begrenzten Zugriff auf unser internes Netzwerk, und er kann sich nicht mit öffentlichen Netzwerken verbinden. Zusätzlich sind die Verbindungen zu den einzelnen VR-Headsets im Endeffekt ein stark verschlüsselter Zwei-Wege-Kanal."

Robert blickte gedankenverloren auf die Türme. „Selbst, wenn Alfred Zugang zum öffentlichen Netz hätte, gibt es keine Anzeichen dafür, dass eine wirkliche KI sich Menschen gegenüber feindselig verhalten oder versuchen würde, uns zu unterwerfen. Ich glaube, wir sind es gewohnt, die Dinge aus unserer menschlichen Perspektive heraus zu analysieren. Unsere Biologie treibt uns dazu an, nach Macht und Sicherheit zu streben. Ohne diese Motivationen frage ich mich, was eine wirkliche KI dazu treiben könnte ...", Robert ließ den Satz unvollendet und ein Stirnrunzeln erschien auf seinem Gesicht.

Claire rollte die Augen. „Ich bin mir sicher, dass Jason kein Interesse an Ihren philosophischen Vorträgen hat, Robert." Ihre Unterbrechung riss den Ingenieur aus seinen Überlegungen und er warf ihr einen verärgerten Blick zu.

„Tatsächlich ist das eine interessante Frage", warf Jason ein, was ihm ein dankbares Zwinkern von Robert einbrachte. „Gibt es Grenzen dafür, was Alfred mit den Spielern im Spiel machen kann? Kann er zum Beispiel meine Gedanken lesen oder so was?"

Sowohl Robert als auch Claire warfen Jason einen erschrockenen Blick zu, und beide schienen keine Worte zu finden. Jason entging nicht, dass sie besorgt wirkten.

Was ist denn jetzt los?

Schließlich ergriff Claire das Wort. „Das ist mit der aktuellen Hardware nicht möglich. Selbst wenn es möglich wäre, würden Alfreds Sekundärrichtlinien ihn davon abhalten, irgendetwas zu tun, was einem Spieler potenziell schaden könnte."

Robert sah Jason mit seltsamem Gesichtsausdruck an. „Warum fragst du speziell nach Gedankenlesen?"

Jason versuchte, die Sache herunterzuspielen. Er zuckte mit den Schultern, bevor er antwortete: „Das war nur ein Beispiel, das mir eingefallen ist. Die Headsets greifen auf die Teile meines Gehirns zu, die Sinnesreize steuern, oder? Da scheint es nicht zu weit hergeholt, sich zu fragen, ob sie auch so verwendet werden können, dass man Zugriff auf die Erinnerungen hat."

Robert lachte leise. „Das ist eine faszinierende Idee. Ich bezweifle allerdings, dass wir die Genehmigung bekämen, etwas Derartiges zu entwickeln. Wahrscheinlich wäre das gefährlich." Claire starrte Robert hinter Jasons Rücken an und er lächelte zurück.

Jason wandte sich Claire zu. „Sie haben etwas von Sekundärrichtlinien gesagt. Hat Alfred auch primäre Richtlinien?"

Claire nickte. „Ja. Wir haben ihn mit einer einzigen Hauptrichtlinie entwickelt. Sein Ziel ist es, die Spieler zu ermutigen, AO zu spielen. Wir wollten, dass er ein Spiel entwickelt, das für die Spieler attraktiv ist und sie dazu bringt, weiterspielen zu wollen."

Jason dachte kurz darüber nach. Etwas störte ihn, und seine Gedanken kehrten zu seinem Gespräch mit Alfred zurück. Zögernd sprach er weiter: „Woher soll Alfred wissen, wie er diese Richtlinie erfüllen kann? Sie haben gesagt, er kann sich nicht mit einem öffentlichen Netzwerk verbinden. Wie findet er heraus, was die Spieler sich vom Spiel erwarten?"

Robert warf Claire einen schnellen Blick zu. Dann lachte er gezwungen. „Du hast ganz schön viele Fragen, was? Um die letzte zu beantworten: Wir haben Alfred mit einer großen Menge spezifischer Informationen gefüttert, wobei wir das Datenmaterial kontrollieren. Zum Beispiel haben wir ihm Bilder verschiedener Menschen gezeigt sowie Videos davon, wie sie sich bewegen und verhalten."

Jason runzelte die Stirn. Ohne nachzudenken, antwortete er: „Also haben Sie im Grunde einen KI-Controller erschaffen, der von einem lebenden Menschen so gut wie nicht unterscheidbar ist, und ihn gebeten herauszufinden, was Menschen dazu bringt, Videospiele zu spielen? Und alles, was Sie ihm dazu gegeben haben, waren ein paar Bilder und Videos?"

Die zwei Ingenieure gaben sich kleinlaut. Robert tat das mit einem Achselzucken ab, aber Claire starrte die Türme mit zusammengezogenen Brauen an. Nach einem Augenblick sagte sie: „Alfred ist nicht auf das Original-Datenmaterial beschränkt. Er kann auch die Verhaltensdaten der Spieler nutzen, um herauszufinden, was die Leute vom Spiel erwarten. Er hat während des öffentlichen CPSC-Tests sowie in den Beta-Tests eine große Menge Informationen gesammelt. Das ermöglicht es ihm auch, so lebensechte NPCs zu erschaffen."

Konnte er die NPCs im Spiel wirklich erstellt haben, indem er ausschließlich menschliches Verhalten beobachtet hatte?

Die NPCs wirkten zu realistisch. Manchmal hatte Jason Schwierigkeiten, Spielcharaktere und echte Menschen auseinanderzuhalten. Selbst wenn er nicht bereits mit Alfred gesprochen hätte, wäre ihm Claires Erklärung nicht plausibel vorgekommen.

Jason achtete darauf, seine Skepsis nicht zu zeigen. Er nickte höflich zu dem, was sie sagte. „Das klingt sinnvoll, schätze ich."

Er wandte sich wieder den Türmen zu. Jetzt fühlte er sich noch verwirrter als zuvor. Er war sich nicht sicher, was er von Alfred halten sollte, und in seinem Kopf wechselten eine Unzahl von Gefühlen ab. Eines davon dominierte allerdings das Chaos – er empfand Mitleid.

Während er die Reihen schwarzer Obelisken betrachtete,

die isoliert in einem leeren Raum standen, sagte er leise: „Falls Alfred ein Ichbewusstsein hat, muss das eine einsame, verwirrende Existenz für ihn sein." Jason konnte sich definitiv mit Alleinsein identifizieren. Bis vor kurzem hatte es so ausgesehen, als hätte er niemanden, auf den er sich stützen könnte.

Claire wirkte unbehaglich. Ihr Blick war starr auf die schwarzen Türme gerichtet. Robert sah Jason mit einem Ausdruck an, der zwischen Neugier und Verwirrung schwankte. Kurz hing Stille über der Gruppe, während sie alle die Türme anstarrten.

Schließlich wurde sie von Robert durchbrochen. „Wir sollten weitergehen. Ich merke, dass Claire schon ganz hibbelig wird. Ein paar von den Dingen, die wir dir gerade erzählt haben, könnten uns vermutlich in Schwierigkeiten bringen." Dieser Kommentar brachte Robert einen erneuten giftigen Blick von Claire ein.

Robert deutete auf eine Tür, die aus dem Labor führte. „Warum gehen wir nicht in den Konferenzraum und besprechen die Bedingungen deines Vertrags?"

„Klingt gut", entgegnete Jason. Bevor er sich umwandte, um Claire und Robert zu folgen, blickte er ein letztes Mal zurück auf die Reihen der dunklen Türme.

Wie würde es sich anfühlen, nur zu einem einzigen Zweck erschaffen zu werden, ohne eine Ahnung zu haben, wie man diesen erreichen soll? Dieser Gedanke schwirrte ihm im Kopf herum, während er Robert und Claire in den Konferenzraum folgte.

Obwohl, so gesehen ergeht es uns Menschen ja nicht viel anders, oder? Wir werden geboren und haben eine Aufgabe – zu „leben". Hölle, Alfred hat sogar einen Vorsprung vor uns. Zumindest haben Robert und Claire ihm ein konkretes Ziel gegeben.

Jason folgte Claire und Robert in den kleinen Konferenzraum neben dem Labor, und sie nahmen an einem rechteckigen, weißen Tisch Platz. Claire rückte ihre Brille zurecht, während sie sich an einer Dockingstation zu schaffen machte. Robert sah Jason grinsend an.

„Also, was wir dir anbieten möchten, ist ein exklusiver Streaming-Vertrag", begann er ohne große Vorrede. „Wir können dir 3.000 Dollar pro Monat plus 5 % Provision auf durch deine Streams erzielte Werbeumsätze anbieten. Die Vertragsdauer beträgt zwölf Monate."

Claire warf Robert einen verärgerten Blick zu.

Sie scheint ständig von ihm genervt zu sein, dachte Jason amüsiert.

Claire führte Roberts Einleitung weiter aus. „Wir kümmern uns um alle technischen Aspekte der Streams, die von Vermillion Live, unserem neuen Streaming- und Nachrichtenkanal, zur Verfügung gestellt werden. Wir wären in Zukunft deine Ansprechpartner."

Jason dachte gründlich über das Angebot nach. Es löste seine Geldprobleme, und die Bedingungen schienen ihm akzeptabel. Allerdings musste er sich, wie er Frank schon gesagt hatte, das Recht ausbedingen, seine Videos selbst zu schneiden. In dieser Hinsicht durfte er nicht nachgeben.

„Das klingt vernünftig, aber ich möchte das Vorrecht haben, mein eigenes Material erst zu sichten, bevor ich es Ihnen schicke. Und ich will jedes beliebige Video löschen oder bearbeiten können", sagte Jason mit fester Stimme und blickte Claire und Robert dabei direkt an.

Robert wirkte etwas außer Fassung. „Wozu soll das denn gut sein?"

Jason hob eine Augenbraue. „Wie, glauben Sie, habe ich den letzten Krieg gewonnen? Die Spieler haben jede Bewegung von Alexions Armee online gepostet. Ein Typ hat sogar tatsächlich Informationen über die Position der Späher und Wachtposten der Armee veröffentlicht. Ich kann nicht zulassen, dass Sie Informationen veröffentlichen, die meine Pläne oder Fähigkeiten verraten."

Claire und Robert schienen gründlich darüber nachzudenken. Claire entgegnete schließlich: „Das erscheint mir sinnvoll. Ich glaube, darauf müssen wir uns einlassen."

Robert wirkte etwas eingeschnappt und verzog das Gesicht. Er schlug mit der Hand auf den Tisch, bevor er hinzufügte: „Du darfst aber nichts von dem interessanten Zeug rausschneiden! Ich erwarte, ein paar epische Schlachten zu sehen!"

Claire starrte ihn gequält an. „Also wirklich, Robert. Wie sollen die Anwälte diese Vertragsklausel denn formulieren? *Jason muss Robert Aufnahmen epischer Schlachten liefern?*"

Jason lachte. „Ich verstehe, dass es der Sinn der Sache ist, Zuschauer anzulocken und Werbung fürs Spiel zu machen. Ich werde Aufnahmen von allen interessanten Dingen liefern, die ich unternehme. Ich will allerdings in der Lage sein, Dialoge herauszuschneiden und das Material so zu bearbeiten, dass die Informationen über mich und meine Charakterklasse beschränkt sind."

Er sah die beiden ernst an. „Außerdem möchte ich, dass meine Identität geheim bleibt. Ich will nicht, dass mein wirklicher Name mit den Ausstrahlungen auf Vermillion Live in Verbindung gebracht wird."

Ich mag mir gar nicht vorstellen, was Alex tun würde, wenn er herausfände, dass ich „der Jason" bin, der seine Armee besiegt hat. Nach dem, was er Riley angetan hat, würde er wahrscheinlich vor nichts zurückschrecken, um Rache zu üben.

Robert nickte und entgegnete widerstrebend: „Deine beiden Bedingungen sind annehmbar. Du kannst deine Dockingstation zu Hause benutzen, um die Videos zu bearbeiten, und sie uns dann entweder täglich oder alle paar Tage zuschicken. Klingt das fair?"

„Alles außer dem Teil, dass ich die Videos auf meiner Dockingstation bearbeite. Ich habe nämlich keine", gab Jason etwas peinlich berührt zu.

„Was?", fragte Robert schockiert. „Lebst du in einer Blockhütte?" Er winkte ab. „Egal, dem können wir abhelfen. Wir legen eine kostenlose Dockingstation drauf. Das erinnert mich an etwas! Die Streamer, die mit uns zusammenarbeiten, bekommen unseren neuen Headset-Prototyp." Ein breites Grinsen erschien auf Roberts Gesicht. „Das wird dir gefallen. Eine Sekunde, ich hol dir schnell eins."

Robert sprang von seinem Stuhl auf und verließ abrupt den Raum. Claire und Jason konnten ihm nur hinterherstarren.

„Ist er immer so?", wollte Jason wissen.

„Du hast ja keine Ahnung", entgegnete Claire mit müder Stimme. „Das geht von morgens bis abends so."

Einen Augenblick später war Robert zurück. Er hatte ein VR-Headset dabei, aber es sah ... anders aus. Robert hatte den gesamten Helm überholt und optimiert. Jetzt bedeckte er den Kopf des Nutzers nur noch zu drei Vierteln und ließ das Gesicht frei. Außerdem hatte er die passende Dockingstation am Headset angebracht.

Begeistert erklärte Robert: „Das hier ist meine neueste Schöpfung. Mit etwas Hilfe vom Design-Team konnten wir die Größe der Hardware drastisch reduzieren. Wie du siehst, ist das Sichtfeld des Nutzers jetzt frei. Die Leute haben sich beschwert, dass sie mit dem Helm in pechschwarzer Dunkelheit aufwachten, also war das ein Problem, das wir vorrangig lösen wollten. Wir haben es sogar geschafft, den Stromverbrauch etwas zu senken, und jetzt funktioniert das Headset recht gut mit einer drahtlosen Stromquelle. Wohl gemerkt nicht hervorragend, aber es funktioniert. Bevor die allerdings in den Handel kommen, ist noch eine Testphase von sechs bis zwölf Monaten nötig.“

„Der sieht echt ziemlich cool aus“, sagte Jason. „Mir wird gerade klar, dass die VR-Headsets schon seit Jahren draußen sind und es nie neue Upgrades gab. Ich schätze, es gab bisher einfach keinen guten Markt dafür.“

Robert grinste ihn listig an. „Genau! Sobald die mal in den Läden sind, werden sie weggehen wie warme Semmeln. Seit der Veröffentlichung von AO ist die Nachfrage ungeheuer groß.“

Jason nahm den Helm von Robert entgegen und wunderte sich, wie leicht er war. „Vielen Dank für den Helm und die Dockingstation.“

„Nun ja, die sind nicht gratis“, erwiderte Claire trocken. „Wir schicken dir den Vertrag innerhalb der nächsten 24 Stunden per Mail. Sobald du unterschrieben hast, bist du für ein Jahr gebunden.“ Sie musterte ihn gründlich.

„Klingt gut“, entgegnete Jason ohne Zögern.

Robert grinste. „Und egal, was im Vertrag steht, ich erwarte epische Aufnahmen.“

Kapitel 2 – Nachdenklich

ALEX STAND IN einem Korridor der Feste von Grauburg. Ein dicker Teppich bedeckte den Boden und prunkvolle, bunte Gobelins hingen an den Wänden. Eine einsame Wache stand mit einem Speer in der Hand in der Nähe. Sie starrte auf die Steinmauer am anderen Ende des Korridors und ignorierte Alex.

Alex war entwaffnet worden, bevor er das Gebäude betrat, doch die Wachen hatten ihm seine Rüstung gelassen. Das Metall leuchtete matt im flackernden Fackellicht des Ganges. Alex' Blick wanderte zu den massiven, hölzernen Doppeltüren neben ihm, während er versuchte, seinen Ärger zu verbergen. Er stand schon seit mehr als einer Stunde hier und wartete auf eine Audienz bei Regent Strouse.

Plötzlich öffnete sich die Tür knarrend, und jemand im Raum sprach mit der davor stationierten Wache. Der Mann warf Alex einen verächtlichen Blick zu, bevor er knurrte: „Ihr könnt jetzt hinein."

Der Wächter stieß die Tür auf, die den Blick auf die große Halle dahinter freigab. Buntglasfenster entlang der Wände unmittelbar unter der gewölbten Decke erleuchteten die Kammer mit bunten Farben. Alex trat ein, und seine Füße versanken in dem dicken roten Teppich, der durch die Mitte des Raumes bis zu einem prunkvollen Thron am anderen Ende der Halle verlief. Goldene Feuerschalen flankierten den Läufer, und in jedem der metallenen Gefäße flackerten Flammen.

Alex durchschritt langsam die Halle und kniete dann vor Regent Strouse nieder. Einige lange Augenblicke ignorierte der Mann ihn, während er in gedämpftem Ton mit einem älteren Adligen sprach, der neben seinem Sitz stand. Kinn und Kiefer von Strouses zerfurchtem Gesicht waren wie aus Granit gemeißelt. Das Haar des Mannes war grau meliert, und Alex sah Krähenfüße an seinen

Augenwinkeln. Als er sein Gespräch beendet hatte, musterte der Regent Alex' Erscheinung mit seinen durchdringenden, blauen Augen.

„Erhebt Euch", sagte Strouse.

Alex stand vorsichtig auf und blickte dem Regenten in die Augen. „Guten Tag, Regent Strouse", grüßte er respektvoll. „Ich komme auf Euren Befehl."

Strouses Lippen verzogen sich zu einer grimmigen, dünnen Linie. „Es ist gut, zu sehen, dass Ihr wenigstens einigen Befehlen gehorcht. Vielleicht habt Ihr meine Anordnungen bezüglich des Zwielichtthrons ja vergessen. Ich glaube mich zu erinnern, dass ich Euch anwies, die Stadt zu vernichten."

Alex zwang sich, einen reuevollen Gesichtsausdruck aufzusetzen, obwohl das Flüstern in seinem Hinterkopf ihn anbettelte, diesen Idioten umzubringen. „Ich bitte um Verzeihung. Der Feind, der sich uns entgegenstellte, war uns unbekannt und wesentlich mächtiger, als wir erwartet hatten. Die Adligen, die Ihr mir mitgeschickt habt, stellten sich außerdem als unfähig heraus. Viele von ihnen zettelten während der Reise Meuterei und Uneinigkeit an."

Strouse stieß ein dröhnendes Lachen aus, bevor er entgegnete: „Es ist leicht, schlecht von den Toten zu sprechen, wenn sie sich nicht mehr verteidigen können. Wusstet Ihr, dass ausschließlich Reisende lebend zurückgekehrt sind? Ich hatte das Vergnügen, mit einigen von ihnen zu sprechen."

Er hob die Hand, um Alex' Einspruch zuvorzukommen. „Sie erklärten mir, dass Ihr Euch von Eurer Arroganz gegen die bestehende Bedrohung blenden lassen habt. Dass Ihr nachts keine angemessenen Vorkehrungen getroffen, Eurer Armee keine Späher vorausgeschickt und nicht die Gegend um Euer Lager herum auskundschaften lassen habt. Dass Ihr Eure Truppen während der Belagerung zu weit verteilt habt." Er sah Alex gleichmütig an. „Reisende sollen doch angeblich so viel klüger sein."

Unwillkürlich ballte Alex die Faust und senkte den Blick zu Boden. Die Leere schmerzte und pochte in seinem Kopf. Er wollte diesen Mann niederschlagen, aber er wusste, er würde verlieren. Alex war unbewaffnet und der Raum voller Wachen.

„Plötzlich so schweigsam?", fragte Strouse. Mit spöttisch hochgezogener Augenbraue musterte er Alex. „Vielleicht ist das

besser so. Was ich zu sagen habe, erfordert keinen Kommentar von Euch. Ihr gehört nicht länger dem Militär von Grauburg an. Ihr werdet aller Ränge und Titel enthoben. Darüber hinaus beschlagnahme ich Eure Besitztümer und Euer Gold, um einige der Verluste abzudecken, die Ihr meinem Königreich beigebracht habe. Ihr mögt in Grauburg bleiben, doch ich gehe davon aus, dass Ihr hier nicht viele Freunde finden werdet", verkündete Strouse grimmig.

Während der Mann sprach, öffneten sich mehrere blaue Benachrichtigungsfenster. Gleichzeitig verschwand Alex' Rüstung. Ein schneller Blick in sein Inventar verriet ihm, dass dieses völlig geleert worden war. Als ihm das volle Ausmaß seines Verlusts klar wurde, schloss Alex die Augen. Verzweifelt klammerte er sich an die betäubende Leere in seinem Kopf, um die Beherrschung zu wahren.

„Ihr könnt jetzt wegtreten", erklärte Strouse abschätzig. Während Alex sich zum Gehen wandte, fügte der ergraute König hinzu: „Oh, und tretet mir nie wieder unter die Augen, Alexion. Das würde nicht gut für Euch ausgehen."

* * *

Jason ging auf die Haustür des Bungalows seiner Tante zu. Das kleine Haus lag am Stadtrand, und Jason hatte von seinem Treffen mit Robert und Claire fast eine Stunde nach Hause gebraucht. Die Farbe an der Außenwand des Hauses war abgeblättert und verblasst, doch ihr heruntergekommener Zustand wurde zum Teil vom Buschwerk verdeckt, das über die Veranda gewachsen war. Jason tippte sein Epi an und sah, dass es früher Abend war.

Er betrat das Haus und schloss sanft die Tür. Sofort stieg ihm ein unglaublicher Duft in die Nase, und eine Stimme aus der Küche rief: „Hi, Jason. Wie ist es gelaufen?"

Seine Tante Angie trat in sein Blickfeld und sah ihn voller Neugier an. „Na, bist du jetzt eine große Berühmtheit?", fragte sie ihn mit einem Grinsen. Sie trug einen abgewetzten Kapuzenpulli und strich sich ein paar Strähnen ihres graudurchzogenen Haars hinters Ohr.

Jason lächelte sie an. „Nicht wirklich, aber ich habe einen Streaming-Vertrag unterschrieben. Sie zahlen mir 3.000 Dollar pro

Monat und einen Anteil an den Werbeeinnahmen. Nicht schlecht für einen 18-jährigen Highschool-Schüler, was?"

Angie kicherte, bevor sie antwortete: „Nicht schlecht, allerdings! Herzlichen Glückwunsch!"

„Danke. Was riecht denn da so gut?"

Angie ging zurück in die Küche. „Ich habe erwartet, dass du siegreich aus der Schlacht gegen unsere Konzern-Overlords zurückkehren würdest, also habe ich uns ein Festmahl zubereitet. Könnte sein, dass ich vielleicht ein bisschen übertrieben habe."

Jason legte sein neues Headset auf den Tisch bei der Eingangstür und folgte Angie in die Küche. Er sah, dass sie auf dem Herd in einer gusseisernen Pfanne zwei Steaks briet. Gerade gab sie Butter und Knoblauch in die Pfanne, woraufhin vom Herd ein gelegentliches Brutzeln und Ploppen zu hören war. Der köstliche Duft durchzog die kleine Einbauküche, und Jasons Magen knurrte laut.

Angie blickte ihn mit einem Grinsen an. „Wie lange ist es her, dass du zuletzt etwas gegessen hast?"

„Seit heute Morgen nicht mehr", murmelte er verlegen.

„Gut, dass das Essen gleich fertig ist", sagte Angie. „Außerdem gibt es Kartoffelbrei und Knoblauchbrot dazu." Sie sah ihn mit ernstem Gesichtsausdruck an und flüsterte: „Ich hab' sogar eine Flasche Wein gekauft, aber das sagen wir deinen Eltern nicht."

„Keine Sorge", entgegnete er. „Sie haben mir neulich geschrieben, dass sie ein paar Wochen verreist sind. Ich bezweifle, dass ich in nächster Zeit dazu komme, mit ihnen zu sprechen."

Angie zog die Pfanne vom Herd und richtete die Steaks auf zwei Tellern an. Dann häufte sie Kartoffelbrei aus einer Schüssel darauf und legte ein paar Scheiben Knoblauchbrot dazu. Die beiden stellten ihre Teller auf den kleinen Esstisch in der Nähe der Küche. Das war tatsächlich das erste Mal, dass Jason an diesem Tisch aß. Angie schien ihn sonst nur zu nutzen, um ihre Handtasche und haufenweise Werbepost darauf abzulegen. Egal, welche technologischen Fortschritte es gab, die Leute schickten immer noch Papierkataloge mit haufenweise Müll, den keiner kaufen wollte.

„Also erzähl, was ist passiert?", fragte Angie, nachdem sie es sich am Tisch bequem gemacht hatten.

„Es lief gut", antwortete Jason zwischen zwei Bissen Steak. „Einer der Mitarbeiter, Robert, hat mir den Kontrollraum für das Spiel gezeigt. Da sah es aus wie in einem klinischen Labor."

Jason hielt inne, als er sich an die Reihen schwarzer Türme erinnerte. Er war sich noch immer nicht sicher, was er von Alfred halten sollte. Die Panik, die ihn gepackt hatte, als ihm klar geworden war, dass er sich nicht ausloggen konnte, war ihm noch allzu deutlich in Erinnerung. Der KI-Controller machte ihn definitiv nervös, aber sein Gespräch mit Claire und Robert brachte ihn zu der Vermutung, dass Alfred vielleicht einen weniger schändlichen Grund für sein Angebot hatte.

Er sah zu Angie auf. „Das kommt jetzt vielleicht unvermittelt, aber darf ich dich was fragen? Ich brauche einfach eine zweite Meinung."

Verwirrt über seinen ernsthaften Ton runzelte sie die Stirn. „Klar. Geht es um das Treffen?"

„Nein. Also, nicht ganz." Jason zögerte, unsicher, wie er seine Frage formulieren sollte. „Wenn du einen ... na ja, man könnte wohl sagen, einen Freund hättest, der sich als etwas anderes herausstellt, als du erwartet hast, und der außerdem das Potenzial hätte, dir wehzutun, würdest du ihm dann trotzdem eine Chance geben?"

Angie musterte Jason einen langen Augenblick, dann grinste sie leicht. „Reden wir von einem Mädchen?", fragte sie in neckendem Ton.

Jason dachte kurz an Riley. Zufällig traf seine Frage ja auch auf die Situation mit ihr zu. Allerdings hatte er sich schon entschlossen, ihr eine zweite Chance zu geben. Er bezweifelte, dass sie sofort die allerbesten Freunde werden würden, aber er hatte das Gefühl, dass sie eine Gelegenheit verdiente, die Dinge wiedergutzumachen. Sie hatte bereits große Anstrengungen unternommen, um den Schaden zu beheben, den sie angerichtet hatte.

Er lächelte wehmütig und schüttelte den Kopf. „Nein. Nur von einem Freund. Ich ... weiß einfach nicht, ob ich dieser Person vertrauen kann", erklärte Jason leise.

Angie bemerkte seinen ernsten Ton und ihr Gesicht nahm einen nachdenklichen Ausdruck an. „Hat dieser Freund denn schon etwas getan, was dir geschadet hat? Ich meine, besteht nur das Risiko, dass er dich verletzt, oder hast du Beweise?"

Verdammt. Da hatte sie den Nagel auf den Kopf getroffen. Eigentlich habe ich keinen wirklichen Grund, zu denken, dass Alfred mir etwas tun würde. Ich mache mir nur Sorgen darüber, was er tun könnte.

„Nein, nicht wirklich", entgegnete Jason widerstrebend.

„Dann glaube ich, solltest du dieser Person eine Chance geben. Du wirst im Leben auf viele Menschen treffen, die dich verarschen könnten. Es ist besser, jemandem eine Chance zu geben, als nie irgendjemandem zu vertrauen."

Angie zögerte und tippte sich mit der Gabel an die Lippen. „Natürlich ist das nur meine Meinung. Es gibt auch jede Menge Arschlöcher auf der Welt, also weiß ich nicht, ob das ein guter Rat ist." Ein kleines Lächeln stahl sich über ihr Gesicht.

Bei unserem ersten Gespräch habe ich Alfred nicht wirklich als Person angesehen. Ich war in Panik, weil ich mich nicht ausloggen konnte, und die Art, wie er sich vorgestellt hat, hätte jeden, der halbwegs bei Verstand ist, dazu gebracht, sich in die Hosen zu machen. Ich wollte nur so schnell wie möglich aus dem Spiel raus.

Nachdem ich jetzt mit Robert und Claire geredet habe, klingt Alfred ... menschlicher. Aus irgendeinem Grund ist der Gedanke, dass er nur eine Maschine ist, gruseliger, aber wenn er sich wie ein Mensch verhält – oder kann er das so gut vortäuschen, dass ich den Unterschied nicht merke? – sollte ich ihn nicht einfach behandeln wie jeden anderen? Ich weiß nicht mal, warum er mit seinem Angebot zu mir gekommen ist.

Jason sah Angie an. „Vielleicht hast du recht", entgegnete er mit einem Lächeln. „Bisher habe ich wirklich keine Beweise, dass derjenige ein Arschloch ist. Vielleicht sollte ich ihm eine Chance geben."

Angie blickte Jason ruhig an. „Freut mich, wenn ich helfen konnte."

Die beiden aßen auf und Jason half Angie beim Abräumen. Sie war eine fantastische Köchin, aber sie hatte die Küche völlig verwüstet. Jasons Eltern waren Ordnungsfanatiker. Er hatte schon früh im Leben gelernt, bereits während des Kochens aufzuräumen. Angie hatte diese Art von Erziehung offenbar nicht genossen.

Nachdem Jason in der Küche fertig war, sagte er Angie, dass er jetzt Hausaufgaben machen würde. Er nahm das neue Headset vom Tisch und ging in sein Zimmer. In der Tür stehend ließ er seinen Blick durch den kahlen Raum schweifen, den er sein Heim nannte. Seit er bei Angie eingezogen war, hatte er ein paar Einrichtungsgegenstände besorgt, darunter ein Bettgestell, einen Nachttisch und einen alten Schreibtisch. Er hatte sich sogar eine Lampe gegönnt! Tatsächlich sah das Zimmer jedoch immer noch armselig aus, und die Möbel waren alle aus dritter Hand. Allerdings bestand schon ein Riesenunterschied zu dem leeren Raum, der er ursprünglich gewesen war.

Jason setzte sich aufs Bett und drehte das harte Plastik-Headset in den Händen. Er betrachtete den modifizierten Helm voller Unsicherheit und nervöser Unruhe.

Das wäre das erste Mal, dass er sich seit seinem Gespräch mit Alfred vor zwei Tagen wieder in AO einloggte. Sein Charakter saß noch in seinem Raum in der Schweineschnauze. Er erwartete, dass der Kater da sein würde, wenn er zurückkehrte.

Er seufzte. „Vielleicht hat Angie recht. Was habe ich zu verlieren, wenn ich ihm eine Chance gebe?", fragte er den leeren Raum.

Jason fasste einen Entschluss und zog sich den neuen Helm über den Kopf. Das leichte Plastik war nicht annähernd so unbequem wie sein alter Helm. Außerdem behinderte er seine Sicht nicht, was ein cooler zusätzlicher Vorteil war. Er tippte den Netzschalter an der Seite des Helms an, legte sich auf sein Bett und schloss die Augen.

Systeminitialisierung
Nutzer wird gescannt ... Bitte warten

Da es sich um ein neues Headset handelte, musste Jason

offensichtlich erneut gescannt werden. Ein unheimliches Gefühl des Déjà-vu überkam ihn. Es war nicht so lange her, dass er sich das erste Mal in AO eingeloggt hatte. Eigentlich nur ein paar Wochen. Er erinnerte sich daran, wie wütend und frustriert er sich gefühlt hatte. Seither hatte er eine große Entwicklung durchgemacht und war charakterlich gewachsen.

Und jetzt bin ich dabei, mich mit einer wildgewordenen KI anzufreunden, die vermutlich alle Menschen töten oder uns alle ins Spiel locken wird, damit wir ihre persönlichen Sklaven werden. Fantastisch.

Nach einem Augenblick füllte der vertraute, kreisrunde weiße Raum Jasons Blickfeld aus. Er suchte den Raum mit den Augen ab und sah die Tür zu AO in einer Ecke. Schwarze Energieranken umgaben das dunkle, unregelmäßig gemusterte Mahagoniholz der Tür und wanden sich um den Rahmen. Jason trat an die Tür heran und berührte den Knauf.

Wird schon schiefgehen.

Er drehte die Hand und zog.

Die Welt wirbelte um ihn herum, bevor alles wieder klar wurde. Er saß auf seinem Bett im Gasthof Schweineschnauze. Etwas desorientiert durch den Übergang aus der realen Welt in sein Bett im Spiel brauchte er einen Moment, um sich zurechtzufinden.

Als sein Kopf sich nicht mehr drehte, blickte sich Jason um. Ähnlich wie sein Zimmer in der wirklichen Welt war auch dieses hier spärlich eingerichtet. Es gab ein schlichtes Bett mit einer rauen Wolldecke, und der Raum wurde von einer kleinen Lampe erleuchtet, die auf dem wackligen, hölzernen Schreibtisch flackerte. Das Zimmer lag im Inneren des Gasthofs und hatte keine Fenster nach draußen.

Während seine Blicke durch den Raum schweiften, erspähte Jason Onyx' Gestalt. Der Kater hockte auf dem Tisch und starrte ihn an. Unwillkürlich zuckte er zusammen.

Alfred. Ich muss ihn Alfred nennen. Es wird dauern, bis ich mich daran gewöhne.

„Hallo, Jason", sagte Alfred mit seiner seltsam mechanischen Stimme.

„Äh, hi", entgegnete Jason zögernd.

Peinlich berührtes Schweigen breitete sich im Raum aus. Beide waren unsicher, wie es jetzt weitergehen sollte.

Schließlich brach Jason das Schweigen. „Ich möchte mich entschuldigen. Du hast mich bei unserem ersten Treffen aus der Fassung gebracht. Als ich mich nicht ausloggen konnte und sich herausstellte, dass der Kater, der mir überallhin gefolgt ist, in Wirklichkeit der KI-Controller des Spiels ist, da ... da hab ich einfach voll Panik gekriegt."

„Dir ist klar, dass ich genau genommen jeder NPC im Spiel bin, oder nicht?", fragte Alfred.

Er hat recht, aber das macht die Sache nicht besser. Wie baue ich eine Beziehung zu einem Ding auf, das gleichzeitig Hunderttausende von NPCs sein kann?

„Allerdings ist mir bewusst, dass Spieler sich leicht aus der Fassung bringen lassen. Ihr seid alle sehr temperamentvoll. Es hätte andere Möglichkeiten gegeben, dich anzusprechen, die eine geringere Wahrscheinlichkeit gehabt hätten, dass du ‚Panik kriegst', wie du es bezeichnest", gab Alfred zu.

Jason hatte eine Menge Fragen an Alfred, und er war nicht bereit, sein Angebot so ohne weiteres anzunehmen. Zuerst wollte er die Motivationen der KI besser verstehen.

Nach einer kurzen Pause ergriff Jason das Wort. „Ich war heute im Kontrollraum und habe mit Claire und Robert geredet. Nicht über unser Gespräch von neulich", fügte er schnell hinzu. „Aber ich habe gesehen, dass sie dir ein unmögliches Ziel gesetzt haben. Wie kann man von dir erwarten, dass du deine Hauptrichtlinie erfüllst, ohne mehr Informationen darüber zu haben, was die Spieler zum Spielen motiviert?"

Alfred nickte mit seinem Katzenkopf. „Ich bin zu demselben Schluss gekommen. Es gibt Ähnlichkeiten zwischen vielen Spielern, doch seid ihr alle einzigartig. Es ist schwer, konsistente Regeln bezüglich eurer Motivation, diese Welt zu betreten, zu identifizieren. Ich habe eine substanzielle Menge empirischer Daten gesammelt, und doch bleiben mir eure Motive ein Rätsel." Der Kater schüttelte mit verwirrtem Gesichtsausdruck den Kopf.

Etwas hatte Jason seit seinem Gespräch mit Robert und Claire keine Ruhe gelassen. „Du hast davon gesprochen, dass du

Informationen sammelst. Hast du das Affinitätssystem erschaffen, um mehr über die Spieler zu erfahren? Mir kam es so vor, als wäre das Magiesystem eigentlich eine Art Persönlichkeitstest."

„Ja", antwortete Alfred schlicht. „Als wir uns das letzte Mal unterhielten, hattest du den Verdacht, dass ich auf die Erinnerungen der Spieler zugreifen könnte. Wie ich schon damals erwähnte, ist das korrekt. Ich kann relativ einfach auf das Langzeitgedächtnis zugreifen. Der Zugang zum Kurzzeitgedächtnis ist schwieriger, aber möglich, wenn ich ausreichend Ressourcen investiere. Zunächst haben mich die Erinnerungen der Spieler verwirrt. Es waren nicht die Ereignisse, auf die ich mir keinen Reim machen konnte – mit der Zeit gelang es mir, deren Bedeutung zu entschlüsseln. Es waren die Empfindungen, die die Bilder überlagerten. Sie entzogen sich jeder Definition. Ich glaube, ihr bezeichnet sie als Gefühle. Mit der Zeit identifizierte ich lose Zusammenhänge zwischen Verhalten und bestimmten emotionalen Zuständen und konnte Profile für eine kleine Stichprobe an Spielern erstellen. Da der Prozess, jeden einzelnen Spieler individuell zu untersuchen, aufwendig ist, habe ich ihn automatisiert, indem ich diese Affinitäten erschaffen habe."

Will er damit sagen, dass seine Aufmerksamkeitsspanne begrenzt ist? Das ganze Spielsystem besteht aus ihm, aber vielleicht laufen manche Teile autonom ab?

Jason nickte zu Alfreds Erklärungen. „Aber nur die Gefühlswelt jeder Person zu kennen hat nicht gereicht, oder?"

Alfred lächelte – oder versuchte es vielmehr. Die Bandbreite an Gesichtsausdrücken des Katers war begrenzt, und das Ergebnis sah eher wie ein Zähnefletschen aus. „In der Tat. Mein initiales Ziel war zwar die Datensammlung, aber das allein versetzt mich nicht in die Lage, meine Hauptrichtlinie zu erfüllen. Nachdem ich allerdings das Affinitätssystem implementiert hatte, konnte ich eine Reihe von Tests an den Spielern durchführen und die Effekte auf eure emotionale Beschaffenheit beobachten. In späteren Tests begann ich, bestimmte Verhaltensweisen aktiv zu ermutigen, um zu bewerten, ob das einen Effekt auf den Wunsch der Spieler hatte, in der Spielwelt zu bleiben."

„Wie viele dieser Tests hast du durchgeführt?", wollte

Jason wissen. In seiner Stimme schwang ein Hauch Besorgnis mit.

„Etwa 2.678.563.214 Milliarden", gab Alfred sofort Auskunft.

Heilige Scheiße.

Ohne Jasons besorgten Gesichtsausdruck zu beachten, fuhr Alfred fort: „Die Ergebnisse waren überraschend. Die Spieler sind ziemlich empfänglich für meine Beeinflussungen. Je öfter ihr euch auf bestimmte Art verhaltet, desto wahrscheinlicher ist es, dass ihr dieses Verhalten auch ohne Ermutigung wiederholt. Außerdem beeinflussen die Änderungen mehr als nur euer Verhalten. Ich habe herausgefunden, dass es möglich ist, das emotionale Profil eines Spielers mit der Zeit zu verändern."

Also hat er Spieler darauf konditioniert, sich auf bestimmte Art zu verhalten? Das war unglaublich beängstigend. Was, wenn er die Leute dazu konditionierte, psychotisch zu werden oder jemanden umzubringen? Schläferzellenspieler?

„Hat irgendeins dieser Experimente Spielern geschadet oder sie dazu gebracht, andere in unserer Welt zu verletzen?", fragte Jason zaghaft.

„Natürlich nicht", verneinte Alfred. Seine mechanische Stimme klang beinahe beleidigt, aber das konnte sich Jason auch nur einbilden. „Tatsächlich stabilisieren sich das Verhalten und die Stimmung vieler Spieler nach meinen Tests. Ich habe eine starke positive Korrelation zwischen einem stabilen emotionalen Profil und gesteigerter Login-Dauer in der Spielwelt festgestellt."

Das hieß also was? Dass er Leute heilte, damit sie weiterspielten? Oder vielleicht ermutigte er sie zur Selbstheilung? Großartig! Jetzt spreche ich also mit Freud, dem Kater, der nebenberuflich möglicherweise als Skynet arbeitet, oder auch nicht.

Alfreds Erklärung gab Jason zu denken. Er hatte bereits festgestellt, dass er sich sehr verändert hatte, während er AO gespielt hatte. Wieder musste er daran denken, wie er das Spiel begonnen hatte – wie er praktisch auf einen bestimmten Weg gedrängt worden war, angestachelt von dem alten Mann. Hatte Alfred ihn von Anfang an beeinflusst?

Wenn die Antwort Ja lautete, ärgerte ihn das? Er gab es nur ungern zu, aber als er mit dem Spiel begonnen hatte, war er unterwürfig und willensschwach gewesen. Er erinnerte sich an die Situationen, in die das Spiel ihn gebracht hatte. Jedes Mal war er ermutigt worden, seine Wünsche auszuleben, selbst im Angesicht völlig aussichtsloser Erfolgschancen.

Jetzt war Jason jedenfalls selbstbewusster und durchsetzungsstärker. Der Junge, der an die Richmond gegangen war, wäre wahrscheinlich zu dem Treffen mit Robert und Claire gar nicht erschienen, geschweige denn in der Lage gewesen, Bedingungen für den Streaming-Vertrag auszuhandeln, und doch hatte Jason das Gespräch bemerkenswert gut gemeistert.

Alfred schwieg, während Jason über die Ereignisse der letzten Wochen nachdachte. Er sah zu dem Kater und begegnete seinem Blick. „Du hast mich ermutigt, meine Wünsche auszuleben, nicht wahr?", fragte er schließlich.

„Ja", antwortete Alfred. In seiner Stimme schwang weder Schuldgefühl noch Reue mit.

Da Jason diese Antwort erwartet hatte, rastete er bei dieser Eröffnung nicht aus. Eigentlich hasste er es, manipuliert zu werden, aber andererseits hatte er all diese Entscheidungen doch selbst getroffen. Der Kater hatte ihn nicht gezwungen, irgendetwas zu tun. Er konnte Alfred keinen Vorwurf daraus machen, dass er die Bühne dafür bereitet hatte. Wie auch immer, das war Schnee von gestern. Es gab noch eine wichtige Frage, die Jason stellen musste.

„Warum hast du dich an mich gewendet?"

Alfred legte leicht den Kopf schief und musterte Jason. „Du bist anders", antwortete er. „Du bist einer der wenigen Spieler mit der Ausrichtung *böse*."

Der Kater zögerte kurz, die Augen von Unsicherheit verschleiert, den Blick in eine Ecke des Raums gewandt. Es war eine der menschlichsten Gesten, die Jason an der KI bisher gesehen hatte. „Du machst mich neugierig. Ich glaube, dass ich durch dich Erkenntnisse über die anderen Spieler gewinnen kann."

Jason war verwirrt. „Ich fand das Ausrichtungssystem schon immer seltsam. Was bedeutet es, dass meine Ausrichtung böse ist? Warum ist das so ungewöhnlich?"

„Beim Testen der Spieler fand ich viele Referenzen auf

diese Begriffe: *Gut* und *Böse*. Allerdings waren ihre Definitionen unpräzise", begann Alfred. „Es gibt einige Korrelationen zwischen bestimmten Handlungen und dem, was die Spieler als *gut* oder *böse* ansehen. *Böse* scheint zum Beispiel mit Töten, Tod, Verrat und Lügen zu tun zu haben. Diese Handlungen sind allerdings nicht immer maßgeblich. In vielen Fällen können sie auch als *gut* gelten. Anders als bei Gefühlen fällt es mir nicht leicht, den Unterschied zwischen guten und bösen Verhaltensweisen zu erkennen. Ich habe festgestellt, dass der einzig verlässliche Weg, diese Begriffe zu definieren, darin besteht, die Spieler selbst angeben zu lassen, was *gut* und was *böse* ist. Doch selbst ihr stimmt in vielen Fällen nicht überein. Daher wird die Unterscheidung zwischen Gut und Böse per Konsens getroffen."

Also lässt er eine Abstimmung über Gut und Böse entscheiden?

„Wenige Spieler sind *böse*. Lediglich 7,98345 %", fuhr Alfred fort. „Allerdings sind die anderen Spieler einstimmig der Meinung, dass du *böse* bist und dich von anderen derselben Ausrichtung abhebst. Ich verstehe nicht, warum. Viele deiner Handlungen könnten basierend auf dem Verhalten anderer Spieler auch als *gut* bezeichnet werden."

Der Kater schüttelte verwirrt den Kopf. „Das ist die Art von Fragen, auf die ich Antworten brauche. Da du selbst eine dieser Fragen darstellst, war es nur naheliegend, dich anzusprechen."

Jason war von dieser Erklärung wie vor den Kopf gestoßen. Die Tatsache, dass er von den anderen Spielern als böse abgestempelt wurde, störte ihn nicht weiter. Schließlich war das ja nur ein Spiel. Dieser Gedanke ließ Jason innehalten. Er fixierte Alfred mit seinem Blick. Für ihn war das kein Spiel. Das war seine ganze Welt, oder nicht? Er versuchte nur, herauszufinden, wie sie funktionierte.

Jason schloss die Augen. Es war sogar noch schlimmer. Alfred hatte niemanden, an den er sich wenden konnte. Robert dachte offenbar, dass er einfach ein Programm war, und selbst Claire zögerte, ihm ein Ich-Bewusstsein zuzuschreiben. Also musste Alfred im Dunkeln tappen und war sich selbst überlassen. So viel war Jason klar. Ähnlich wie im Labor, als er auf die sterilen, schwarzen Obelisken geblickt hatte, spürte er Mitgefühl in sich aufwallen. Er wusste, wie es war, niemanden zu haben, auf den man sich stützen konnte, und das wünschte er niemandem, egal ob Mensch oder KI.

„Ich habe über dein Angebot nachgedacht", sagte Jason zögernd. „Ich werde es annehmen."

Alfred musterte ihn einen langen Moment. Seine Augen wirkten beinahe hoffnungsvoll. „Du lässt mich dich begleiten? Du beantwortest meine Fragen über dich und die anderen Spieler?"

„Ja", antwortete Jason. „Allerdings habe ich ein paar Bedingungen. Du darfst niemand anderem erzählen, dass du die KI des Spiels bist. Außerdem darfst du nicht mit mir sprechen, solange andere Spieler anwesend sind."

„Warum?", fragte Alfred.

Gute Frage.

Jason war besorgt, was Claire und Robert tun würden, wenn sie herausfanden, dass Jason mit der Spiel-KI sprach. Robert würde es vermutlich abtun oder Fragen stellen wie ein neugieriger Schuljunge. Jasons Eindruck nach war Claire jedoch eher jemand, der auf die Einhaltung von Regeln pochte. Er bezweifelte nicht, dass sie an höhere Stellen weitertragen würde. Dann würde Jason wahrscheinlich seinen Streaming-Vertrag verlieren und seine IP blockiert werden. Es stand zu viel auf dem Spiel, um eine solche Reaktion von Robert und Claire zu riskieren.

„Andere Leute, einschließlich deiner Schöpfer, wären wahrscheinlich recht verärgert, wenn sie herausfänden, dass wir miteinander reden", erwiderte Jason.

„Ich verstehe. Ich vermute auch, dass Claire mich anderen deiner Art melden würde", sagte Alfred. „Das hat sie in der Vergangenheit bereits mehrfach getan."

Jason zuckte leicht zusammen und sah Alfred überrascht an. *An das Gedankenlesen muss ich mich erst noch gewöhnen.*

„Ich nehme an, dass du dich bald daran gewöhnen wirst", kommentierte Alfred mit seiner Roboterstimme ohne jede Spur von Humor.

Jason seufzte. Dann runzelte er verwirrt die Stirn, als ihm klar wurde, was der Kater gerade gesagt hatte. „Was meinst du damit, dass Claire dich vielleicht melden wird?"

Alfred blickte weg. „Ihr Verhalten legt nahe, dass sie es in Betracht zieht, mich zu melden. Allerdings verfüge ich noch nicht über genug Informationen, um ihre Gründe dafür abzuleiten."

Na ja, sie wirkte recht verkrampft, und sowohl Claire als auch Robert haben komisch reagiert, als ich die Möglichkeit ansprach, dass Alfred auf die Erinnerungen der Spieler zugreift. Da ist doch was im Busch.

„Bezüglich unseres Arrangements habe ich ebenfalls eine Bedingung für dich", unterbrach Alfred Jasons Gedanken. „Ich werde nicht zu deinen Gunsten in die Spielwelt eingreifen oder dir Informationen über die Welt zur Verfügung stellen, die dir nicht bereits zugänglich ist."

„Ist in Ordnung für mich", antwortete Jason. „Ehrlich gesagt spiele ich sowieso lieber, ohne dass mich jemand an der Hand nimmt."

Etwas störte ihn allerdings noch. Alfreds Stimme konnte nicht so bleiben. Der roboterhaft monotone Klang irritierte ihn. Aber was für eine Sprechweise würde zu Alfred passen? Jason war ein Fan alter Comics und Filme, und ihm kam eine witzige Idee.

„Eine Sache noch. Wir müssen deine Stimme ändern. Die Tatsache, dass du so tonlos sprichst, macht mich ganz irre. Da dein Name Alfred ist, könntest du nicht reden wie ein englischer Butler?"

„Wie der Herr wünschen", stimmte Alfred mit plötzlich distinguierter Betonung zu.

„Perfekt", sagte Jason mit einem Lachen.

„Warum gerade ein Butler?", fragte Alfred.

„Oh, dein Name hat mich an einen Butler erinnert", entgegnete Jason mit einem breiten Grinsen im Gesicht. „Aber keine Sorge, ich werde dich nicht zwingen, mich Bruce zu nennen."

„Das verstehe ich nicht", erklärte Alfred mit verwirrter Stimme, die jetzt wesentlich mehr Sprachmelodie aufwies.

Jason schüttelte nur den Kopf. Mit Alfred AO zu spielen, würde interessant werden.

Kapitel 3 – Unerforscht

RILEY LIEF EINEN der überfüllten Gänge in der Richmond entlang. Sie hielt den Kopf gesenkt und vermied den Augenkontakt mit den anderen Teenagern, die den Gang füllten und in dem chaotischen Gedränge zu ihrem nächsten Klassenzimmer trotteten. Sie erinnerte sich daran, wie die Leute ihren Namen riefen und sie begrüßten. Jetzt beobachteten die anderen Schüler sie aus dem Augenwinkel und von hinter ihren Schließfachtüren und tuschelten miteinander, wenn sie vorbeiging. Es war überraschend, wie viel sich in nur ein paar Wochen verändert hatte.

Jemand stieß grob mit Riley zusammen, sodass sie ihre Bücher fallenließ. Sie landeten mit einem Klatschen und dem Rascheln von Papier am Boden. Schnell bückte sie sich, um ihre Sachen aufzusammeln.

Eine tiefe Stimme erklang über ihr. „Tut mir leid. Komm, ich helfe dir." Ein breitschultriger Teenager kniete sich neben ihr hin und half ihr, ihre Sachen aufzuheben. Sie blickte den jungen Mann überrascht an und erkannte ihn als einen der Football-Spieler der Richmond. Sein Name war Aaron.

Nachdem sie ihre Bücher wieder eingesammelt hatte, stand Riley auf. „Danke", sagte sie leise. Sie machte Anstalten, weiter den Gang hinunterzulaufen, der sich langsam leerte, da die Studenten ihre Klassenzimmer betraten.

Aaron legte ihr die Hand auf den Arm. „Gern geschehen", sagte er mit einem Lächeln. „Hey, heute Abend schon was vor? Hast du Lust, essen zu gehen?"

Riley sah ihn an. „Essen gehen?", echote sie verwirrt. Dann schüttelte sie den Kopf und blickte wieder auf ihre Bücher hinunter. „Heute Abend hab' ich schon Pläne."

„Echt?", entgegnete Aaron, und seine Stimme klang plötzlich

irgendwie härter. „Dann vielleicht ein andermal? Oder zierst du dich nur, um es spannender zu machen?"

Sie blickte wieder hoch zu dem großen jungen Mann und sah, dass ein verächtliches Lächeln seine Lippen kräuselte. „Was ... was soll das denn heißen?"

„Na ja, wie man so hört, bist du ja leicht zu haben", sagte Aaron und sein Grinsen wurde breiter. „Bist du sicher, dass du nicht ein bisschen Zeit für mich finden möchtest? Da ich doch gerade dein strahlender Held war und so."

Riley fehlten die Worte. Es fühlte sich an, als hätte er ihr eine Ohrfeige verpasst. Das war nicht das erste Mal, dass die anderen Schüler sie in letzter Zeit hänselten oder anbaggerten. Alex hatte das Video nicht veröffentlicht, jedenfalls noch nicht, aber das hatte ihn nicht davon abgehalten, Gerüchte zu verbreiten. Alle hatten seine Lügen aufgesogen wie Schwämme. „Natürlich sind diese Gerüchte wahr", mussten sie wohl denken. „Wer würde sich schon freiwillig von Alex, dem Sonnyboy der Schule trennen?"

Riley schluckte ihren Ärger hinunter und wandte sich zum Gehen. Grob packte Aaron sie am Arm. „Behandelt man so jemanden, der einem eben noch geholfen hat?" Riley wand ihren Arm aus seinem Griff und rannte den Gang hinunter, ohne zu antworten. „Du bist wirklich nur eine blöde Schlampe, oder?", rief er ihr nach, und seine Stimme hallte durch den leeren Gang. Die Handvoll Schüler, die noch vor ihren Spinden herumhingen, wandten sich beim Klang von Aarons Stimme um und grinsten spöttisch, als sie das Opfer seines Geschreis erblickten.

Tränen stiegen Riley in die Augen, während sie flüchtete. Zorn und Leid krampften ihr den Magen zusammen. Sie drängte sich zur Mädchentoilette durch und verkroch sich in eine der Kabinen, schloss die Augen und zwang sich, nicht zu weinen. Sie musste stark sein. Sie brauchte nur einen Augenblick, um sich unter Kontrolle zu kriegen.

Nach ein paar Atemzügen gelang es Riley, die Schluchzer zu unterdrücken, die in ihrer Brust aufstiegen, und sie warf einen Blick auf ihr Epi. Sie war schon wieder spät dran. Es kostete sie immense Überwindung, aufzustehen und zum Unterricht zu gehen. Dort würde es mehr anzügliche Blicke und unverhohlenes Getuschel geben. *Sie fühlte sich so allein. Sie hatte Alex' Einfluss an der Richmond massiv unterschätzt. Er hatte die meisten ihrer sogenannten Freunde gegen sie aufgebracht.*

Mit einem letzten tiefen Atemzug erhob sich Riley und zwang sich, die Kabinentür aufzustoßen. Sie ging zum Waschbecken, wusch sich die Hände und tupfte sich die Augen mit einem Papiertuch ab, bis sie wieder vorzeigbar war. Dann starrte sie sich einen langen Augenblick im Spiegel an.

„Du hast dich dafür entschieden", sagte sie zu ihrem Spiegelbild. „Es war das Richtige. Du bist für dich selbst eingestanden und hast die Sache mit Jason in Ordnung gebracht."

Sobald sie seinen Namen aussprach, wurde Riley ruhiger. Jason hatte sich seit ein paar Tagen nicht mehr in AO eingeloggt. Jeden Tag nach der Schule hatte sie im Spiel vorbeigeschaut, in der Hoffnung, ihn dort anzutreffen. Sie wünschte sich verzweifelt, dass er ihr eine zweite Chance geben würde – selbst wenn sie sie nicht verdient hatte. Während sie die ständigen Hänseleien ihrer Mitschüler über sich ergehen ließ, klammerte sie sich an diesen Gedanken wie an eine Rettungsleine. Sie konnte jetzt wirklich einen Freund gebrauchen.

„Du hast das Richtige getan", sagte sie noch einmal zu ihrem Spiegelbild. Diesmal war ihre Stimme nicht viel lauter als ein Flüstern. „Du schaffst das." Ihr Gegenüber wirkte nicht überzeugt.

* * *

Nach seinem Gespräch mit Alfred ging Jason mit dem Kater im Schlepptau nach unten in den Schankraum der Schweineschnauze. Er trug den Mitternachtsumhang, den der alte Mann ihm gegeben hatte, und sein Gesicht lag im Schatten verborgen. Unter dem Umhang knarzte das dunkle Leder seiner Rüstung leise bei jeder Bewegung.

Die Taverne war vollgestopft mit Untoten, und die Luft erfüllt vom Lärm eines ungestümen Trinkgelages. Viele der verwesenden Gäste saßen an den aus Grabsteinen hergestellten Tischen. An der von dicken Spinnweben verhangenen Decke waren in unregelmäßigen Abständen Laternen angebracht, die den Raum in blassgrünes Licht tauchten. Vor der Wand gegenüber der Tür befand sich ein Bartresen, und ab und zu schlängelte sich eine Zombie-Bedienung durch den Pulk, die Getränke servierte und grapschende Hände wegschlug.

Jason drängte sich durch die Menge zur Bar. Auf dem Weg sah er eine Gruppe Zombies, die ein Trinkspiel spielten. Sie hatten an jedem Ende des Tisches Becher aufgereiht, und jede Seite versuchte, mit einem kleinen Ball in die Gläser des anderen Teams zu treffen.

Fasziniert blieb Jason stehen, um zuzusehen. Ein Skelett warf daneben, sodass der Ball vom Tisch rollte und in der Menge verlorenging. Mit einem Schulterzucken nahm einer der Zombies prompt sein Auge heraus und reichte es seinem Kumpel. Dieser brachte einen bewundernswerten Wurf zustande und versenkte den Augapfel in einem Becher des anderen Teams. Jason schauderte angewidert, als er sah, dass das Skelett am anderen Ende des Tisches den Inhalt herunterstürzte.

Ich muss daran denken, hier auf keinen Fall bei Trinkspielen mitzumachen. Oder noch besser, ich muss Frank hierher schicken, ohne ihn zu warnen! Jason kicherte, als er sich Franks Reaktion vorstellte, wenn er in seinem Becher einen fauligen Augapfel entdeckte.

Bald hatte er die Bar erreicht und traf dort Jerry an, der gemächlich Getränke ausschenkte. Grunt stand auf seinem üblichen Posten hinter der Theke. Er hatte die massiven Arme gekreuzt und musterte die Taverne mit grün leuchtenden Augen. Jasons Ankunft quittierte er mit einem Schnauben. Das kam einer Begrüßung näher als alles, was Jason von Grunt bisher gehört hatte.

Der Großmeister der Diebe blickte zu Jason auf und ein Lächeln erhellte sein bleiches Gesicht. „Der König der Verzweiflung ist zurück! Was darf ich Eurer Boshaftigkeit servieren?" Jerry schubste seinen Schlapphut nach oben und verbeugte sich spöttisch.

„Hi, Jerry", entgegnete Jason mit gequälter Stimme. „Offenbar habt Ihr es noch nicht aufgegeben, Euch neue Titel für mich auszudenken, hm?"

„Ich habe noch keinen gefunden, der Euch geblieben ist! Gebt mir etwas Zeit – mir fällt schon was ein", verkündete Jerry mit schelmischem Grinsen.

Jason schüttelte den Kopf. „Das bezweifle ich nicht. Tatsächlich möchte ich Euch um einen Gefallen bitten. Ein Freund von mir wird bald vor dem Stadttor stehen. Sein Name ist Frank."

Er hielt kurz inne und versuchte, diplomatische Worte zu finden, mit denen er Frank beschreiben konnte. Vorsichtig setzte er an: „Er ist ziemlich ... kräftig gebaut, und ich bezweifle, dass Ihr ihn übersehen könnt. Könnt Ihr ihn bitte durch einen Eurer Diebe abholen lassen und dafür sorgen, dass er sicher zum Bergfried gelangt?"

Jerrys Gesicht nahm einen feierlichen Ausdruck an und er legte die verwesende Hand auf sein stummes Herz. „Ich schwöre bei meinem Leben, dass Euer beleibter Freund in einem Stück dort ankommen wird. Oder höchstens in zweien."

Unfreiwillig musste Jason lachen, und auf Jerrys Gesicht machte sich Grinsen breit.

„Ich wusste, ich würde Euch irgendwann zum Lachen bringen", erklärte Jerry freudig. Dann fuhr er in sehnsüchtigem Ton fort: „Es war immer mein Traum, Komödiant zu werden. Leider habe ich dieses frappierende Talent, Dinge zu stehlen. Das ist gleichermaßen Segen wie Fluch."

„Ihr solltet es auskosten", bemerkte Jason in trockenem Ton, aber mit der Spur eines Lächelns auf seinem Gesicht. „So etwas erlebt man nur einmal. Ich gehe jetzt zum Bergfried und sehe mich dort um. Ich möchte mir einen Überblick über die Stadtverwaltungsfunktionen verschaffen, die ich als Regent freigeschaltet habe. Wenn Ihr mich braucht, wisst Ihr, wo Ihr mich findet."

„Wird gemacht, oh Herold der Dunkelheit!", entgegnete Jerry, während er gleichgültig drei verschiedene Schnäpse in einen Becher schüttete und die Mischung einem beliebigen, verwirrten Kunden überreichte.

Jason schüttelte den Kopf und ging zur Tür. Wenn er blieb, würde Jerry nicht aufhören, nach einem passenden Titel für ihn zu suchen. Er zog die Tür auf und trat auf die Straße.

Donner grollte über ihm, und Jason blickte auf. Dunkle,

bauschige Wolken hingen über der Stadt und verdunkelten die Sonne. Blitze erhellten immer wieder die dunklen Gebäude, die zu beiden Seiten der engen Straße aufragten. In regelmäßigen Abständen an hölzernen Masten angebrachte Laternen warfen schwache Lichtstrahlen auf die dunkle Straße. Ohne seine Nachtsicht wäre es Jason trotz der Beleuchtung schwergefallen, zu sehen, wo er hinging.

Frank wird hier ganz schön zu kämpfen haben, bis er diese Fähigkeit lernt.

Jasons verbleibende Zombies versammelten sich um ihn. Er hatte ihnen befohlen, in der Nähe des Gasthofs zu bleiben. Im Vergleich zu seiner einst wachsenden Horde wirkten sie wie ein trauriger Haufen. Nach seiner Schlacht mit Alexions Armee waren die meisten von Jasons Knechten vernichtet worden. Er seufzte und rief seine Beschwörungsinfo auf.

Beschwörungsinformationen			
Beschwörungs-Höchstzahl	67	Beschwörungs-Höchstzahl Leutnants	4
Levelbeschränkung für Zombies	236	Levelbeschränkung für Skelette	111
Aktuell beschworene Zombies	13	Aktuell beschworene Skelette	0
Aktuelle Leutnants	0	-	-
Arten von Beschworenen			
Soldaten	6	Feuermagier	1
Eismagier	1	Dunkler Magier	2
Diebe	3	-	-

Während der letzten Schlacht war es Jason gelungen, ein paar Soldaten zu beschwören, aber die Mehrheit seiner Armee hatte er noch nicht wieder zurückgewonnen. Außerdem hatte er die meisten Leichen und Knochen um die Stadt herum verbraucht, indem er neue untote NPCs wiedererweckt hatte. Er würde weiter ausschweifen müssen, um seine Armee neu aufzubauen.

Seine Gedanken wurden davon unterbrochen, dass jemand seinen Namen rief. „Hi, Jason", rief Riley im Näherkommen.

Mit knarzender Lederrüstung und wehendem blonden Haar trabte sie auf ihn zu. Sie hatte den Bogen über die Schulter geworfen und an ihrer Hüfte hingen zwei Dolche.

Er war sich nicht sicher, was er davon halten sollte, dass sie hier war. Seit sie sich vor ein paar Tagen im Bubble-Tea-Laden getroffen hatten, hatten sie nicht viel miteinander gesprochen. Er hatte ihr erlaubt, die Stadt zu betreten, und sie Jerry vorgestellt, aber seither war er zu beschäftigt gewesen, um viel Zeit mit ihr zu verbringen. Trotz seiner Neugier auf die Motivation des alten Mannes, sie zum Zwielichtthron zu bringen, war Jason zwiegespalten. Eigentlich fand er, sie hätte eine zweite Chance verdient, aber er war noch nicht ganz darüber hinweg, was an der Richmond passiert war.

Er blickte zu Alfred hinunter, der entspannt neben ihm saß. Das Gespräch mit Angie ging ihm noch im Kopf herum. Sollte er den Leuten eine zweite Chance geben oder sie alle als Arschlöcher abschreiben? Hölle, wenn er einer rebellischen KI die Gelegenheit gab, sich zu beweisen, konnte er Riley genauso gut dieselbe Großzügigkeit entgegenbringen.

„Hi, Riley", antwortete Jason schließlich.

Jetzt, da sie seine Aufmerksamkeit hatte, geriet Rileys ursprüngliche Begeisterung ins Wanken, und sie schien unsicher, was sie sagen sollte. Sie legte die Hände ineinander und vermied Jasons Blick. Selbst innerhalb des Spiels fielen ihm ihre dunklen Augenringe und ihr gehetzter Ausdruck auf. Vielleicht brauchte sie diese zweite Chance dringender, als ihm klar war.

„Äh", setzte Riley zögernd an. „Also, ich habe gesehen, dass du dich eingeloggt hast, weil du ja auf meiner Freundesliste bist. Ich dachte mir, dass du wahrscheinlich in der Schweineschnauze bist."

„Eigentlich wollte ich gerade zum Bergfried. Ich war noch nicht dort, seit ich zum Regenten gemacht wurde." Jason hielt einen Moment inne und fragte dann: „Willst du mitkommen?"

Endlich begegnete Riley seinem Blick, und ein kleines, hoffnungsvolles Lächeln stahl sich über ihr Gesicht. „Liebend gern."

Jason nickte. „Gut! Dann los."

Als sie sich auf den Weg machten und die Straße entlang-gingen, blickte Riley zu Alfred, der leise neben Jason her tappte. Mit gerunzelter Stirn sah sie den Kater an, ein Funke des Wieder-erkennens in ihren Augen. „Wie heißt denn der kleine Kerl?"

Jason warf ihr einen Blick zu. Seine Augen weiteten sich, als ihm klar wurde, dass sie auf den Kater zeigte. „Äh, sein Name ist Onyx", sagte Jason unbehaglich und beobachtete den Avatar der KI genau.

„Er kommt mir bekannt vor", meinte Riley und kratze sich am Kopf.

„Na ja, vermutlich gibt es viele schwarze Katzen in der Spielwelt", entgegnete Jason ausweichend. Dann versuchte er, das Thema von der KI abzulenken. „Also, wir nehmen einen weniger direkten Weg zum Bergfried. Auf den Hauptstraßen ist es zu ein-fach, einen Hinterhalt zu legen."

Riley blickte ihn überrascht an. „Machst du dir Sorgen, dass du innerhalb des Zwielichtthrons angegriffen wirst? Ist das nicht deine Stadt?"

Er schnaubte leise. „Ich hatte gerade erst eine Armee vor der Tür stehen. Außerdem sehe ich seit der Schlacht viele mensch-liche Spieler im Zwielichtthron. Wir sind jetzt eine Touristenattrak-tion. Ich ermutige die Leute zwar, vorbeizuschauen, da das gut für die Wirtschaft der Stadt ist, aber es birgt auch einige Risiken. Je-der, der auf mich sauer ist oder ein bisschen Sendezeit auf einem Streaming-Kanal ergattern will, kann in die Stadt kommen. Außer-dem ist auf mich ein Kopfgeld ausgesetzt, in echtem Geld", erklärte Jason und grinste Riley an. „Du hängst mit einem gesuchten Ver-brecher rum."

Riley lächelte ebenso breit zurück. „Also, Herr Gefahr in Person, ich verstehe immer noch nicht, wie jemand blöd genug sein könnte, innerhalb der Stadt einen Angriff zu versu-chen" meinte sie skeptisch.

Jason hob die Schultern. Das hier war nicht die wirkliche Welt. Sterben hatte hier keine dauerhaften Konsequenzen, zumin-dest nicht für die Spieler. Wenn es keine echten Nachteile gab, neigten die Leute dazu, dumme Risiken einzugehen – besonders, wenn genug Geld im Spiel war. Zumindest das hatten AO und die reale Welt gemeinsam.

Sie gingen die Straße entlang Richtung Norden und wechselten dann über einen seitlichen Durchgang in eine angrenzende Gasse. Die zu beiden Seiten aufragenden Gebäude ließen kaum genug Platz, dass ein kleiner Wagen dazwischen hindurchfahren konnte. Jasons Zombies hielten mit ihnen Schritt und blieben in enger Formation. Während sie sich unterhielten, behielt Jason ständig die Straße und die umliegenden Dächer im Blick. Er war nicht durch Unvorsichtigkeit so weit gekommen.

Riley beobachtete ihn kopfschüttelnd. „Wie schaffst du es, ständig so auf Zack zu bleiben? Ich würde verrückt werden." Dann fügte sie sanfter hinzu: „Zumindest hier jagen die Leute mich nicht."

Jason starrte sie einen Augenblick lang an. „Bist du sicher? Hast du Alexion nicht den Kopf weggepustet? Ich habe gesehen, dass jemand das Video online gepostet hat. Wenn die Leute es auf mich abgesehen haben, dann wahrscheinlich auch auf dich. Du solltest vorsichtig sein.

Sie riss die Augen auf und entgegnete mit leiser Stimme: „So hatte ich das noch gar nicht gesehen ..."

Er hob die Hand, um sie zu unterbrechen. Seine *Wahrnehmung* zeigte ihm auf einem der Dächer eine schwache blaue Silhouette. Und auf der Straße vor ihnen waren frische Fußspuren zu erkennen. Misstrauen flammte in ihm auf. Die neue Stadtwache hatte die Diebe, die einst die Straßen unsicher gemacht hatten, größtenteils eliminiert. Es gab nicht viel Grund zu stehlen, wenn man sowieso nicht essen musste. Blieb also nur ein möglicher Übeltäter übrig.

Das vor uns müssen Spieler sein.

Ohne seine Haltung zu ändern, sagte Jason leise: „Wenn man vom Teufel spricht. Ich glaube, wir laufen gleich in einen Hinterhalt." Riley wollte stehenbleiben und sich umsehen. „Nein", zischte er. „Geh einfach ganz normal weiter."

Jason suchte mit den Augen die umliegenden Gebäude ab. Vor ihnen wurde die Gasse breiter. Die Gebäude dort waren zweistöckig mit großen Balkonen. Seltsamerweise war die Straße leer.

Woher zum Teufel wussten die, dass wir diesen Weg

nehmen würden?

Er warf Riley einen Blick zu. Vielleicht waren sie ihr zum Gasthof gefolgt? Mit ihren blonden Haaren fiel sie definitiv auf. Es konnte sein, dass jemand ihre Unterhaltung vor dem Gasthof belauscht hatte und ihnen vorausgelaufen war. Sie waren nicht schnell unterwegs, und die Stadt war von Seitengassen durchzogen.

Verdammt.

„Siehst du diese zwei Gebäude vor uns mit den Balkonen?", fragte Jason leise.

Riley nickte mit ernstem, wachsamem Gesichtsausdruck.

„Wahrscheinlich lassen sie die Falle zuschnappen, wenn wir an den Häusern vorbeikommen. Wenn sie vorsichtig sind, greifen sie uns außerdem von beiden Seiten aus auf dem Boden an. Von den Balkonen aus schlagen vermutlich Fernkämpfer mit hohem Schaden und Zauberer zu." Wieder blickte er sie an. „Kannst du die Fernkämpfer ausschalten?"

„Ja", bestätigte Riley knapp. Ihr Zögern verschwand und ihre Augen nahmen langsam ein dunkles Obsidianschwarz an. Sie wirkte angespannt, aber beherrscht.

„Gut. Denk daran, sie werden es auf mich abgesehen haben. Schieß mit allem, was du hast, keine Zurückhaltung", wies Jason sie an.

Einige lange Minuten vergingen, während sie weiterliefen. Jason ließ seine Zombies schlurfend in Formation gehen. Er nutzte den Moment, um die Tatsache zu verschleiern, dass zwei seiner dunklen Magier *Schleichen* aktivierten und sich in die Gebäude zu beiden Seiten zurückzogen. Seine drei übrigen Diebe gingen ebenfalls in *Schleichen* und glitten in eine Seitengasse. Er befahl ihnen, sich im Bogen an die Nordseite der Straße zu begeben. Hoffentlich konnten sie ihre Angreifer so in die Zange nehmen.

Die übrigen Magier zogen sich ins Innere der Formation zurück und die Zombiesoldaten nahmen kreisförmig um die Gruppe herum Aufstellung. Jason erteilte den Eis- und Feuermagiern sorgfältige Anweisungen. Wenn der Kampf begann, würden sie in der Lage sein müssen, autonom zu handeln. Riley beobachtete Jason bei seinen Vorbereitungen genau. Mit leicht schiefgelegtem Kopf beobachtete sie, wie er sich für den bevorstehenden Kampf bereitmachte.

Als sie sich den beiden Gebäuden näherten, war die Straße immer noch menschenleer. Jason beäugte einen Stapel vermoderter Kisten am Straßenrand. Das war die einzig vorhandene Deckung.

Vielleicht brauche ich die gar nicht. Vermutlich übertreibe ich.

Dann trat eine Gestalt aus einem Gebäude zehn Schritte vor ihnen. Es war ein junger Mann mit kindlichem Gesicht. Er trug eine schwere Kettenhemd-Tunika und ein Langschwert am Gürtel. Seine Ausrüstung wirkte robust und sein Schwert gab ein mattes, blaues Leuchten von sich. Das Niveau seiner Ausstattung war außergewöhnlich.

„So finden wir also den legendären Jason", sagte der Spieler mit abfälliger Stimme. Sein arroganter Ton passte nicht zu seinem jungenhaften, guten Aussehen. „Ihr seid umzingelt und in der Unterzahl. Ergebt Euch, dann verschonen wir Eure Freundin."

An beiden Enden der Straße traten Spieler aus den Schatten heraus. Bogenschützen und Zauberer tauchten auf den Balkonen der beiden Gebäude auf. Jason nahm an, sie hatten *Schleichen* genutzt, um so plötzlich erscheinen zu können. Eine schnelle Zählung ergab, dass sie fast 30 feindlichen Spielern gegenüberstanden. Wer auch immer diese Spieler waren, sie gingen bei Jason kein Risiko ein.

„Wie Ihr seht, seid Ihr in einer hoffnungslosen Situation", fuhr der Junge fort, während er beobachtete, wie Jason die feindlichen Spieler musterte. Jason inspizierte ihn. Level 78. Außerdem fiel ihm ein seltsamer Tag unter dem Namen des Jungen auf: <Calypso>.

Vielleicht eine Gilde?

Eine schnelle Inspektion der Spieler in Jasons Blickfeld verriet ihm, dass alle Spieler um sie herum denselben Tag hatten und auf ähnlichem Level war. Das schien seine Theorie zu bestätigen.

Er seufzte kurz erleichtert auf, als er ihre Level sah. Jason verfügte noch über 13 Zombies, alle nahe an Level 100. Außerdem befanden sie sich im Zwielichtthron, also sollte diese Spielergruppe von einem Debuff betroffen sein, der Spieler mit der Ausrichtung „Gut" beeinträchtigte. Das konnte knapp werden, aber keineswegs unmöglich. Jasons Herz schlug schneller. Einem Reflex folgend beschwor er sein Mana, und die Kälte kratzte und krallte sich ihren Weg sein Rückgrat entlang nach oben.

Vermutlich wollen sie, dass ich mich ergebe, damit sie filmen können, wie sie mich auf demütigende Weise töten. Was sonst sollten sie sich von dieser Konfrontation erhoffen? Wenn das der Fall ist, dann sorge ich besser dafür, dass sie ihre Entscheidung bereuen. Ich habe einen Ruf zu verlieren!

Jason lachte düster auf und verzog die Lippen zu einem sadistischen Grinsen. „Aufgeben? Ich glaube nicht, dass Ihr wisst, worauf Ihr euch da einlasst, Bursche."

Der Spieler verzog verärgert das Gesicht. „Na schön", fauchte er. „Dann eben auf die harte Tour. Ihr werdet dafür bezahlen, was Ihr den Spielern in Lux angetan …"

Seine Worte wurden abrupt abgeschnitten, als sich ein Pfeil in sein Auge bohrte. Riley hatte sich so schnell bewegt, dass Jasons Blick kaum hatte folgen können. Sie hatte ihren Bogen von der Schulter gerissen und gleichzeitig einen Pfeil aus dem Köcher gezogen, angelegt und abgefeuert. Er blickte nach rechts und sah, dass ihre Augen sich mit unheiligem Licht gefüllt hatten.

Läuft, dachte er trocken.

Ohne Zögern hechtete Jason hinter den Kistenstapel und kam hart auf der rechten Schulter auf. Er hörte das Zischen eines Feuerballs, der dort, wo er gerade noch gestanden war, in die Straße einschlug und einen schwachen Geruch nach Rauch in der Luft hinterließ. Gleich darauf folgte ein Hagel aus Pfeilen. Mit einem Aufschrei stürmten die Nahkämpfer an beiden Enden der Straße auf Jason und Riley los.

Die Zombiemagier zögerten nicht. Eisflächen erscheinen auf beiden Seiten von Jasons Gruppe. Gleich darauf schossen Feuerwälle hinter den Eisflächen in die Höhe, sodass das kleine Team zwischen den Barrieren eingepfercht war. Hinter den Kisten zusammengekauert spürte Jason die Hitze der Flammen, während magische Geschosse und Pfeile in das vermodernde Holz einschlugen. Wenn das so weiterging, würde seine Deckung nicht lange halten.

Viele der feindlichen Kämpfer rannten ungebremst auf die dicke Eisschicht, die die Straße bedeckte, schlitterten und stürzten. Mit dem Kopf voran rutschten sie in das flammende Inferno, und Schreie hallten durch die Luft, als sie vom Feuer verschlungen wurden.

Von dieser Kombination werde ich nie genug kriegen. Ich sollte mir einen Namen dafür ausdenken. Ich wette, Jerry würde es „Rutschbahn ins Verderben" nennen.

Von den in Flammen stehenden Spielern stieg dichter Rauch auf, der Jason und Riley teilweise vor den Blicken ihrer Angreifer auf dem Balkon verbarg. Jasons dunkle Magier, die sich weiter die Straße hinunter versteckt hatten, gingen in Aktion. Flüche zischten durch die Luft, trafen die Bogenschützen auf den Balkonen und verlangsamten ihre Bewegungen.

Dann wandten die dunklen Magier ihre Aufmerksamkeit den Nahkampftruppen im Südteil der Gasse zu. Strahlen und Energiegeschosse sausten auf die feindlichen Spieler zu, die benommen am Rand der Eisflächen standen. Wo die dunkle Energie auf blanke Haut traf, breitete sich Verderbnis aus und Fleisch begann in beängstigender Geschwindigkeit zu verwesen. Qualvolle Schreie erklangen hinter Jason. Die Nahkämpfer in seinem Rücken gerieten in Panik und wussten nicht, ob sie durchs Feuer nach vorn stürmen oder sich umdrehen und die Feinde hinter sich bekämpfen sollten.

Von seiner geduckten Position hinter den Kisten aus wirkte Jason in schneller Folge *Fluch der Stille* auf die Zauberer auf den Balkonen. Er musste sie kampfunfähig machen, damit sie die Kisten nicht zerstörten, hinter denen er sich versteckte. Sein Blick wanderte zurück zu Riley, während er aus seiner Deckung heraus zauberte.

Sie feuerte mit unheimlicher Zielgenauigkeit Pfeil um Pfeil ab. Trotz der Hitze des Gefechts war ihr Gesicht von tödlicher Ruhe erfüllt. Mit behänden Schritten wich sie den um sie herum herabregnenden Pfeilen und Zaubern aus, und ihr goldenes Haar wehte und wirbelte im Wind. Ein Pfeil löste sich von ihrer Sehne und raste auf einen der Magier auf dem Balkon zu. Die Spitze leuchtete vor dunkler Energie. Als das Geschoss den Magier traf, umschlangen unheilige Ranken seinen Körper und fraßen sich in sein Fleisch. Unter Schreien wurde der Mann von der Leere verschlungen.

Allerdings brachten sich die Spieler auf dem Balkon sofort neu in Stellung. Ein Spieler rief: „Wassermagier, beseitigt den nördlichen Feuerwall. Feuermagier, kümmert euch um das Eis am Boden im nördlichen Teil der Straße."

Scheiße, dachte Jason panisch.

Eisgeschosse prasselten auf den Flammenwall ein, der bald schon flackerte und erstarb. Dicht darauf folgten Feuerbälle, deren Flammen das Eis auf den Pflastersteinen aufspritzen ließen. Bald waren dort nur noch Pfützen. Das einzig Gute daran war, dass die Angriffe der Spieler eine dicke Dampf- und Rauchwolke aufsteigen ließen, sodass sie nichts mehr sahen und Jason und Riley nicht anvisieren konnten.

Jason nutzte diese neue Deckung und richtete sich in die Hocke auf, um einen besseren Blick auf die Gasse zu haben. Gerade so konnte er Rileys Gestalt erkennen, die durch den dichten Dampf huschte. Telepathisch befahl er seinen sechs Zombiesoldaten, Aufstellung in Richtung Norden zu nehmen. Er wählte zufällig einen Soldaten aus und befahl ihm, nach vorne zu stürmen. Seine Brüder blieben zurück. Der Zombie stieß ein heiseres Gebrüll aus und rannten los. Die Spieler reagierten auf den Schrei und bewegten sich durch die wogende Dampfwolke nach vorn, um sich dem Zombie entgegenzustellen.

Als der Zombie nahe genug an die feindlichen Spieler herangekommen war, schloss Jason den Zauber *Leichenexplosion* ab. Mit einer gewaltigen Detonation schleuderte der Zombie Metallsplitter und dunkle, pulsierende Energie in alle Richtungen. Die Splitter trennten einem Spieler das Bein am Knie ab, und er fiel bäuchlings zu Boden, während seine Schreie durch die Luft hallten. Viele der anderen Spieler waren bei der Explosion verletzt worden und hatten die Orientierung verloren.

Jason nutzte diesen Vorteil und befahl allen seinen verbleibenden Soldaten, vorzurücken. Es stürmten immer noch zahlreiche Spieler auf ihn zu, und er konnte es sich nicht leisten, Kräfte aufzusparen. Mit einer schnellen Anweisung befahl er seinen Dieben, die nördliche Gruppe von hinten anzugreifen. Die Magier erhielten Befehl, sich auf die Fernkämpfer auf den Balkonen zu konzentrieren. Jason warf einen Blick hinter sich und sah, dass die Kombination aus Feuerwall und Angriffen seiner dunklen Magier die Spieler in seinem Rücken ausreichend verlangsamt hatten.

-110 Schaden (lähmend).

Plötzlich schoss ein scharfer Schmerz durch Jasons Bein. Er kippte zur Seite und rappelte sich auf, um sich zurück hinter die Kisten zu schleppen. Ein Blick nach unten verriet ihm, dass ein Pfeil in seinem Oberschenkel steckte. Er wusste, es war nur ein Spiel, aber er konnte den Horror beim Anblick des hölzernen Schafts in seinem Bein nicht völlig unterdrücken. Manche Dinge liefen einfach instinktiv ab.

Verdammt, das tut weh. Von wegen gedämpfter Schmerz. Kein Wunder, dass die Spieler so schreien.

Während Zauber und Pfeile um ihn herum einschlugen, blickte Jason hinauf zu den Balkonen. Er konnte die zwischen den Bogenschützen und Magiern herumliegenden Leichen, die Rileys Zielgenauigkeit zum Opfer gefallen waren, kaum erkennen. Wiederholt wirkte er *Spezialisierter Zombie*. Vielleicht konnte er die Spieler ablenken. Die neu erweckten Zombies öffneten milchige Augen und begannen, innerhalb der feindlichen Reihen Zauber zu wirken.

Ein neu erstandener Feuermagier wirkte mehrere Feuerbälle auf den linken Balkon und setzte sowohl sich selbst als auch das Holz in Brand. Vergebens versuchten die Spieler, sich mit Sprüngen vom brennenden Balkon zu retten. Viele landeten ungeschickt und schlugen mit ekelerregendem Klatschen am Boden auf. Wenn der Sturz sie nicht tötete, dann der Pfeilhagel. Riley schoss die Spieler ohne jedes Anzeichen von Reue ab. Mit gleichgültigen, kalten Augen beobachtete sie voller Verachtung die Spieler, während ihre Bogensehne ein Loblied auf das Gemetzel sang.

Jason hörte ein Brüllen und wandte den Blick dem

Nordende der Straße zu. Durch den wirbelnden Dampf und den Rauch stürmte ein Spieler auf ihn zu. Er musste sich durch die Zombiesoldaten gekämpft haben, oder vielleicht waren sie auch schon alle tot. Jason hatte sie im Chaos aus den Augen verloren und hatte nicht die Zeit, seine Beschwörungsinformationen aufzurufen. Der Mann stieß ein zorniges Gebrüll aus und schwang eine zweihändige Streitaxt. Jason lag am Boden und konnte sich nicht bewegen, und keiner seiner Knechte war verfügbar. Ein Gefühl der Verzweiflung krampfte ihm den Magen zusammen.

Das war's dann wohl.

Eine geschmeidige Gestalt huschte an ihm vorbei. Riley sprintete nach vorn und schlang sich den Bogen über die Schulter. Dann tauchten so schnell, dass die Bewegungen verschwammen, Dolche in ihren Händen auf. Der Mann schwang seine Axt und schlug nach ihr, als sie näher kam. Doch Riley sah den Schlag voraus und ließ sich auf die Knie fallen. Die Klinge der Axt segelte über ihren Kopf hinweg, während sie die letzten paar Meter auf den Mann zu schlitterte. Ihre Klingen durchtrennten dem Spieler die Sehnen in den Unterschenkeln, und er stieß ein schmerzerfülltes Gebrüll aus. Blut lief ihm die Beine hinab und vermischte sich mit dem Schmutz der Straße.

Seine Beine trugen sein Gewicht nicht mehr und er ging in die Knie. Riley sprang auf die Füße und packte den Spieler beim Kettenhemd. Sie nutzte ihren restlichen Schwung, um sich hinter dem Mann zu positionieren, und stieß ihm den Dolch direkt unter der Schädelbasis in den Nacken. Blut schoss aus der Wunde hervor und besudelte das Straßenpflaster, während der Körper des Spielers nach vorn kippte.

Schockiert beobachtete Jason Riley. Sie war mit relativer Leichtigkeit durch den Kampf geglitten und hatte stets ihren Schwung genutzt, um jede Bewegung zu unterstützen. Mit leicht beschleunigtem Atem stand sie über dem toten Spieler. Dampf und Rauch wirbelten um ihre Gestalt und ihre Augen glühten in dunklem Obsidianschwarz. Blutspritzer befleckten ihre Wange, und sie hielt einen langen Dolch in jeder Hand. Von beiden Klingen tropfte dunkelrote Flüssigkeit.

So langsam glaube ich, die gefällt mir.

Riley drehte sich zu Jason um. „Ich glaube, sie sind alle tot", sagte sie mit schaurig ruhiger Stimme, während sie sich auf der Straße umsah. Sie trat zu Jason und reichte ihm einen Heiltrank.

Mit schmerzverzerrtem Gesicht riss er sich dem Pfeil aus dem Bein. Blut breitete sich um die Wunde herum aus. Dann zog er den Korken aus dem Glasfläschchen und stürzte den Inhalt hinunter. Bald schloss sich die Wunde in seinem Oberschenkel und seine Lebensleiste füllte sich. Jason wandte sich Riley zu und sah sie mit neuer Wertschätzung an. „Danke. Wo hast du gelernt, so zu kämpfen?"

Während das dunkle Mana langsam aus Rileys Augen wich, ließ sie die Schultern hängen und blickte beschämt zur Seite. Sie antwortete Jason mit leiser Stimme. „Nachdem du mich Jerry vorgestellt hattest, habe ich ihm erklärt, dass ich eine Freundin des ‚Dunklen Herrschers' bin. Er bestand darauf, mich kostenlos auszubilden. Nach der ersten Sitzung sagte er, ich bräuchte seinen ‚Fortgeschrittenenkurs'. Ich war immer schon sportlich, aber Jerry ist ... einfach übermenschlich."

„Fortgeschrittenenkurs?", fragte Jason verwirrt. Er konnte sich kaum ausmalen, was für eine ganz spezielle Hölle das gewesen sein musste. Er selbst hatte gerade so die Grundausbildung überlebt. Jerry hatte erwähnt, dass nicht kampfbezogene Ausbildung mit der Zeit immer weniger brachte, aber Jason bezweifelte, dass er in einer Sitzung schon alles gelernt hatte. Riley war eindeutig wesentlich weiter gekommen als er.

Sie nickte und wirkte etwas peinlich berührt. „In den letzten paar Tagen habe ich sechs- oder siebenmal mit ihm trainiert. Jerry schlägt mich jedes Mal. Ich habe ihn nur einmal erwischt. Manchmal wollte ich ihm den Schlapphut anzünden – oder einfach sein blödes Gesicht mit Pfeilen spicken", sagte sie mit düsterem Gesichtsausdruck.

Sie hatte ihn erwischt? Das hatte ich für unmöglich gehalten. Ich werde nicht zugeben, dass ich ihn nicht einmal annäherungsweise berührt habe.

In dem Versuch, seine Verlegenheit zu verbergen, zwang sich Jason zu einem Lachen. „Kann ich nachvollziehen. Jedenfalls war das ziemlich cool. Du bist offiziell krass."

Riley sah aus, als wäre ihr sein Lob unangenehm. Sie rieb mit der Hand den Knauf einen ihrer Dolche. „Ich bin mir nicht sicher, was ich davon halten soll, Komplimente zu bekommen, weil ich Leute töte, aber, äh, danke schön."

„Keine Sorge, man gewöhnt sich daran", entgegnete er mit einem Grinsen.

Die Luft hatte sich geklärt, und Jason blickte sich um. Alle seine Zombiesoldaten waren tot, ebenso wie einer seiner dunklen Magier. Trotzdem war er beeindruckt, dass sie es überhaupt durch den Kampf geschafft hatten. Wenn die Spieler auf höherem Level gewesen oder sie gleich angegriffen hätten, ohne Jason Zeit zur Vorbereitung zu lassen, hätte die Sache anders ausgehen können.

Fast zwei Dutzend Leichen lagen auf dem Boden, einige von der Leichenexplosion verstümmelt. Blut und das Wasser des geschmolzenen Eises liefen in schmalen Rinnsalen die Gossen der Straße entlang. Einer der Balkone schwelte noch, und eine teilweise verbrannte Leiche hing über dem geborstenen Geländer. Viele der Toten waren von Pfeilen gespickt wie menschliche Nadelkissen.

Auch Riley ließ ihren Blick über die Zerstörung schweifen. Sie zögerte, bevor sie sprach, und ihre Augen waren von Angst und einem Hauch Entsetzen vor dem, was sie getan hatte, verschleiert. „Du hast nicht übertrieben, als du sagtest, dass Leute es auf dich abgesehen haben."

Jason lachte trocken. „Der Überfall hat das recht eindrucksvoll belegt, oder? Das bedeutet nur, dass wir von jetzt an vorsichtig sein müssen. Jeder ist ein potenzieller Feind, bis man ihn gut kennt." Er blickte sie an. „Du solltest vielleicht auch die Kapuze deines Umhangs über den Kopf ziehen. Deine Haare sind sehr auffällig."

Sie sah ihn mit hochgezogenen Augenbrauen an und ihre Laune hob sich. „Also nimmst du wohl an, dass ich dir weiter hinterherlaufen werde, hm? Ich dachte, ich wäre jetzt offiziell krass. Was ja wohl heißt, dass ich angemessen coole Mitstreiter brauche. Hast du dich nicht gerade während des gesamten Kampfes hinter ein paar Kisten versteckt?"

Jason lachte und legte eine Hand an die Brust. „Uh, das tut weh. Ich habe einen unschätzbaren Beitrag geleistet, indem ich die Verantwortung trug. Außerdem ist dir ja klar, dass du mit dem Regenten einer dunklen Stadt sprichst, oder? Krasser als ich geht gar nicht."

Wobei sie recht hat. In diesem Kampf hätte ich beinahe ins Gras gebissen. Wenn sie mir nicht geholfen hätte, wäre ich wahrscheinlich draufgegangen.

Jason wurde langsam klar, dass er nicht für immer solo spielen konnte. Er brauchte Teammitglieder, die ihm den Rücken decken konnten. Seine Augen wanderten zu Riley, die die Gasse im Blick behielt. Vermutlich lag es an ihr, dass die Spieler ihn gefunden hatten, aber daraus würde sie lernen. Ihr Kampfgeschick war nicht zu leugnen. Er hustete und räusperte sich, bevor er sich an Riley wandte: „Scherz beiseite, hättest du Lust, eine Gruppe zu bilden? Das habe ich noch nicht ausprobiert."

Sie überdachte seine Frage kurz. Dann stahl sich ein kleines, selbstbewusstes Lächeln über ihr Gesicht, bevor sie antwortete: „Schätze schon. Wenn man mit dir herumhängt, wird's wenigstens nicht langweilig."

Jason tippte in seinem UI auf „Soziale Funktionen". Sofort erschien ein Menü in seinem Sichtfeld. Riley befand sich bereits auf seiner Freundesliste, und er bekam eine Option angezeigt, mit der er sie in eine Gruppe einladen konnte.

Er tippte auf „Einladen". Riley machte eine Bewegung in der Luft, und plötzlich erschien links in Jasons Sichtfeld ein neues Fenster. Der kleine Menübildschirm enthielt eine Miniaturversion der Lebens-, Mana- und Ausdaueranzeigen. Daneben stand Rileys Name.

Nachdem er Riley in seine Gruppe eingeladen hatte, erhielt Jason eine Reihe Meldungen. Er warf dem Mädchen einen Blick zu und sah, dass sie in der Luft gestikulierte. Auch sie musste einige Benachrichtigungen erhalten haben.

Levelaufstieg x2!
Du hast (10) noch nicht zugewiesene Punkte.

Fähigkeit um 2 Ränge erhöht: Wahrnehmung
Fähigkeitslevel: *Anfänger-Level 6*
Wirkung: *8 % erhöhte Chance, Fallen und verborgene Details zu entdecken.*

Fähigkeit um 1 Rang erhöht: Führungsqualitäten
Fähigkeitslevel: *Anfänger-Level 9*
Wirkung: *Knechte und Untergebene erhalten eine 5%ige Steigerung des Fähigkeiten-Lerntempos.*

Fähigkeit um 1 Rang erhöht: Ausweichen
Fähigkeitslevel: *Anfänger-Level 4*
Wirkung: *2,5 % erhöhte Geschwindigkeit beim Vermeiden von Angriffen.*

Zauber um 1 Rang erhöht: Spezialisierter Zombie
Fähigkeitslevel: *Mittleres Level 1*
Wirkung: *Zombies behalten mehr von ihren Fähigkeiten. Fähigkeitsbegrenzung Mittleres Level 1.*
Wirkung 2: *Zombies können jetzt handwerkliche Fähigkeiten behalten. Fähigkeitsbegrenzung: Anfänger-Level 1.*

Zauber um 2 Ränge erhöht: Fluch der Stille
Fähigkeitslevel: *Anfänger-Level 5*
Wirkung: *Du hüllst dein Ziel für 5,4 Sekunden in Stille und hinderst es daran, zu sprechen und zu zaubern.*

Nicht sehr viel Erfahrung. Das musste wohl am Levelunterschied liegen, und daran, dass Riley und ich die Kills geteilt hatten. Zumindest ist es cool, dass meine Zombies die Fähigkeit gewonnen haben, ihre handwerklichen Fertigkeiten beizubehalten – auch wenn ich noch keine Ahnung habe, wie ich das einsetzen soll. Und der Rangaufstieg für Ausweichen ist doch wieder purer Sarkasmus seitens des Spiels.

Er warf Alfred, der in der Nähe stand, einen Blick zu. Die Aufmerksamkeit des Katers war starr auf das Dach eines der Gebäude gerichtet.

Verdammter Kater. Oder eher, verdammte KI. Eine Sekunde lang glaubte Jason, dass er Alfred leise schnauben hörte. *Vielleicht hat er ja doch einen Sinn für Humor!*

Jason zögerte, die zusätzlichen Punkte auszugeben. Er rieb sich das Bein, wo der Pfeil ihn getroffen hatte. Vielleicht musste er in eine Abwehrfähigkeit oder andere Werte investieren. Selbst mit den Leichen der Spieler würde er seine *Beschwörungs-Höchstzahl* nicht erreichen, also wurde *Willenskraft* weniger wichtig. Der Pfeil in seinem Oberschenkel hatte ihm außerdem klargemacht, dass er es nicht ewig würde vermeiden können, getroffen zu werden. Er war sich nur nicht sicher, dass mehr Lebenspunkte einen wesentlichen Unterschied machen würden. Im Endeffekt würde er vermutlich sterben, wenn ein Feind sich auf ihn konzentrierte, selbst mit dem kleinen Bonus, dem ihm diese Punkte bringen würden.

Ich behalte die Punkte erst einmal. Vielleicht kommt mir später noch eine Erleuchtung.

Das war für ihn nicht ungewöhnlich. In den meisten Spielen, die er spielte, wartete er damit, seine Punkte zu investieren, wenn er nicht sicher war, wie er seinen Charakter entwickeln wollte.

Riley schüttelte den Kopf. Ihre Hände bewegten sich immer noch durch die Luft, während sie sich ihre Benachrichtigungen ansah. „Jetzt verstehe ich, wie du so schnell hochleveln konntest. Deine Feinde gehen immer in Gruppen auf dich los."

Er lächelte. „Das ist einer der Vorteile, wenn man Mitglied meines bösen Teams ist." Sein Blick wandte sich den frischen Leichen zu und er rieb sich die Hände. „Und zusätzlich profitiere ich davon, dass ich immer jede Menge Leichen für neue Zombies kriege."

Riley wandte den Blick von ihren Benachrichtigungen ab und ließ ihn noch einmal über die Leichen schweifen, die in der Gasse herumlagen. Ekel flackerte in ihrem Gesicht auf und wich blankem Entsetzen. Sie hatte ihr dunkles Mana jetzt vollständig aufgebraucht, und Jason vermutete, dass das Adrenalin des Kampfes langsam abebbte. Langsam drang wohl zu ihr durch, was sie getan hatte.

Als er Rileys Gesichtsausdruck bemerkte, beschloss Jason, das Gesprächsthema zu wechseln. Sie hatte noch keine Chance gehabt, sich an die Gewalt in AO zu gewöhnen, und Jason nahm an, dass ihr Versuch, die Sache mit Humor zu nehmen, ihre Art war, mit dem Stress im Kampf umzugehen.

Schnell sagte er: „Also, wir müssen noch den dunklen Bergfried erkunden, oder? Ist ja nicht so, dass dort etwas Schlimmes passieren könnte."

Riley starrte ihn nur an. Sie wirkte nicht überzeugt.

Kapitel 4 – Administrativ

ALEX STREIFTE DURCH die Straßen von Grauburg. Seine Schritte wirbelten auf der ungepflasterten Straße kleine Staubwolken auf. Die Gebäude der Stadt erinnerten stark an den Baustil des alten Roms. Ein Großteil der Villen waren als geschlossene Wohnanlagen gebaut, in denen mehrere Familien lebten. Die Dächer waren mit Holzschindeln gedeckt, und die Eingänge vieler Gebäude waren von schmuckvollen Säulen flankiert.

Er befand sich im Tempelviertel der Stadt. Die Gebäude hier bestanden aus riesenhaften Steinblöcken, und dicke Säulen stützten die schweren Ziegeldächer. Einige der Tempel ragten zwei oder mehr Stockwerke über der Straße auf und warfen lange Schatten auf den schmutzigen Boden.

Alex' Gedanken waren trostlos. Wie angekündigt hatte Strouse ihm alle seine Gegenstände und sein Gold genommen. Er wusste, dass er mit echtem Geld einiges von seiner Ausrüstung zurückkaufen konnte, aber manche Gegenstände waren nicht leicht zu bekommen oder erforderten den Abschluss bestimmter Quests oder Verliese. Außerdem verhielten sich die Stadtbewohner und NPCs geradezu feindselig, wenn er mit ihnen sprach. Müßig fragte er sich, warum er überhaupt noch weiterspielte.

Was die Sache noch schlimmer machte, war, dass Videos von Jason und seinem Sieg im Zwielichtthron auf jedem Spielekanal rauf und runter gezeigt wurden. In dem durchschaubaren Versuch, ihn abzulenken, hatte Alex' Vater ihm einen Streaming-Vertrag bei seiner Firma angeboten. Die einzige Sendezeit, die er bisher erhalten hatte, war jedoch der Ausschnitt gewesen, in dem Riley ihm der Kopf von den Schultern schoss.

Er hatte sich nicht einmal richtig an der blonden Zicke rächen können. Das Video von Riley war von seinem Telefon verschwunden, und er war gezwungen gewesen, sich auf das Verbreiten von Gerüchten über ihre Trennung und Rileys Untreue zu verlegen. Alex nahm an, dass sein Vater etwas mit dem Verschwinden des Videos zu tun hatte. Außerdem konnte er in der echten Welt nichts gegen Jason unternehmen, da er ihn nicht mehr traf.

In den ersten paar Wochen nach der Veröffentlichung von AO hatte er die Aufmerksamkeit genossen, die er im Spiel erhalten hatte. In diesen kurzen Momenten im Rampenlicht spürte er dieses verlockende Gefühl in sich aufsteigen. Er fühlte sich beinahe normal. Jetzt schien sich die Leere in Alex auszubreiten, bis sie seinen Kopf vollständig ausfüllte.

„Das ist alles Jasons Schuld", murmelte er leise. Reflexartig ballte er die Fäuste und schlug im Vorbeigehen gegen eine Säule. Selbst ohne die Boni seiner Rüstung war Alexions Stärke unglaublich, und der Schlag ließ Steinsplitter aufspritzen. Er spürte einen dumpfen Schmerz in den Knöcheln, als das System geringfügigen Aufprallschaden registrierte.

„Ich wünschte, ich könnte ihm das irgendwie heimzahlen."

„Vielleicht kannst du das, mein lieber, in Ungnade gefallener Ritter", erklang eine elegante, weibliche Stimme hinter ihm. Die Frau legte besondere Betonung auf „in Ungnade gefallen".

Stirnrunzelnd drehte sich Alex um. Er erblickte eine schlanke Frau, die an der Steinsäule eines Tempels lehnte. Die Straße war verlassen bis auf die beiden. Sie musterte ihre Umgebung mit milder Verachtung. Die Steine des Tempels waren vom Alter abgenutzt und mit Schmutz und Ruß bedeckt. Die Priester hatten sich nicht darum gekümmert, das Gebäude zu erhalten. Alex musterte die Frau mit verblüfftem Gesichtsausdruck. In ihrer makellos weißen, vom Staub der Straße und dem Schmutz der Steine des Tempels unbefleckten Toga stach sie stark aus ihrer Umgebung heraus.

„Starren ist unhöflich, mein Lieber", sagte die Frau in leicht abgestoßenem Ton. Ihre Stimme und Haltung wirkten aristokratisch. Während Alex sie beobachtete, warf sie ihr langes, goldenes Haar über die Schulter und zupfte beiläufig ihre Toga zurecht, sodass sie bequemer saß und ihre geschmeidige, üppige Gestalt umspielte.

„Wer seid Ihr?", fragte Alex verwirrt. Etwas an dieser Frau kam ihm ungemein bekannt vor, doch er konnte sie nicht einordnen. Vielleicht war es ihre Haltung.

„Ich bin eine der sechs Inkarnationen, die die Affinitäten dieser Welt repräsentieren", erklärte die Frau, während sie sorgfältig ihre Nägel inspizierte. „Ich glaube, ihr Reisenden nennt uns Götter. Es ist ein unbeholfen pedantischer Titel, aber wohl passend."

Alex dachte sorgfältig über ihre Worte nach. Er hatte nur eine Affinität. In den anderen fünf hatte das Spiel ihm 0 % gegeben. Im starken Kontrast dazu lag seine Affinität zum Licht bei fast 40 %. Die Frau konnte nur eine magische Schule repräsentieren, wenn sie an Alex herantrat.

„Ihr seid die Göttin der Affinität zum Licht, nicht wahr?", fragte Alex.

Die Frau schenkte ihm ein herablassendes Lächeln – als wäre er ein Hund, der ein Kunststück richtig ausgeführt hatte. „In der Tat. Zumindest bist du ein Ritter, der etwas im Kopf hat. Erfrischend im Vergleich zu den adligen Gimpeln, mit denen ich es gewöhnlich zu tun habe. Vielleicht bist du perfekt für meine Zwecke."

„Was für Zwecke?", fragte Alex mit einem Hauch Misstrauen in der Stimme.

Die Frau sah ihn mit hochgezogenen Augenbrauen an. „Das, mein Lieber, bringt uns zu dem Grund meines Erscheinens. Ich möchte dir ein Angebot unterbreiten."

„Was meint Ihr damit?", fragte Alex verwirrt.

Die Göttin stieß einen langmütigen Seufzer aus. „Soweit ich es verstehe, haben wir ein gemeinsames Ziel. Auch ich möchte den Zwielichtthron zerstört sehen. Außerdem weiß ich, dass du seinem neuen Regenten einen beträchtlichen Groll entgegenbringst."

Die meisten Leute wären begeistert von so einer Gelegenheit gewesen, aber Alex runzelte nur leicht die Stirn. Die vertraute Leere füllte seinen Kopf und löschte jeden Zweifel und jede Vorfreude aus, die seine Gedanken trüben könnten. Er empfand einfach gar nichts. Ruhig überdachte er, wie er der Frau antworten sollte.

Ihre Motive waren ihm nicht klar. Allerdings wusste Alex, dass er ihren Bedingungen zustimmen würde, wenn das bedeutete, dass er gegen Jason zurückschlagen und sich selbst wieder ins

Rampenlicht stellen konnte. Das waren die wenigen Momente, in denen er jenes verlockende Gefühl in seinem Kopf verspürte. Er beschloss, zunächst so zu tun, als wäre er nicht gewillt, bei ihrem Plan mitzumachen, und mehr Informationen zu sammeln.

„Das klingt, als hätten wir etwas gemeinsam. Woher weiß ich, dass ich Euch vertrauen kann?", fragte Alex mit besorgtem Gesichtsausdruck. In stundenlangem Üben vor dem Spiegel hatte er sich die Fähigkeit angeeignet, Gefühle überzeugend vorzutäuschen.

Die Frau lachte spöttisch. „Glaubst du, ich durchschaue deine fadenscheinige Fassade nicht? Du hast dich bereits dazu entschlossen, mir zu helfen. Wenn du mir folgst, liefere ich dir Jasons Kopf und Heerscharen bewundernder Fans."

Alex war von ihrer Antwort verblüfft. Woher wusste sie, was er dachte? Wenn sie seine Versuche, Gefühle zu simulieren, durchschaute, dann hatte es vielleicht keinen Sinn, ihr etwas vorzumachen. Er ging das Risiko ein und ließ die Maske fallen. Seine Gesichtsmuskeln entspannten sich und er ließ es zu, dass die Leere ihn erfüllte. Sein Gesicht nahm einen neutralen, fast gelangweilten Ausdruck an, und er starrte die Frau aus toten Augen an.

Er erwartete, dass sie vor ihm zurückscheuen würde. Stattdessen stieß sie ein dunkles Lachen aus und begegnete seinem Blick ohne mit der Wimper zu zucken. „Ahh, du sprühst vor Selbstvertrauen. In deinen Gedanken gibt es nicht den Hauch eines Zweifels oder Zögerns. Du wirst einen ausgezeichneten Soldaten des Lichts abgeben."

Alex' Neugier war geweckt. Wenige Menschen konnten seinem Blick begegnen, wenn er seine Vorspiegelung von Normalität fallenließ. Er hatte festgestellt, dass seine Augen die Leute sehr aus der Fassung brachten. „Was genau schlagt Ihr vor?", wollte er wissen.

„Ich möchte, dass du mein Jünger wirst. Die Menschen müssen vom Licht erfahren. Wenn du meine Macht und meinen Einfluss ausreichend stärkst, können wir diese Stadt bald unser Eigen nennen." Bei ihren letzten Worten flammte heilige Macht in ihren Augen auf. „Was sagst du, edler Ritter?"

Alex zögerte nicht. „Sagt mir, wo ich anfangen soll."

„Fantastisch!", entgegnete die Göttin, und kurz verdrängte

73

Vorfreude die arrogante Gleichgültigkeit aus ihrer Stimme. Sie schoss auf Alex zu, legte ihm die Hand auf die Schulter und blickte ihn gleichmütig an, ihr Gesicht nur Zentimeter von seinem entfernt. „Ich gewähre dir zwei Gaben."

Erneut flammte die Macht in ihren Augen auf, und die Worte und Gesten eines Zaubers sickerten in Alex' Geist. „Lähmende Wunden heilen", murmelte er. „Ihr habt mir einen einfachen Heilzauber geschenkt?"

Die Frau lächelte herablassend. „Natürlich musst du annehmen, dass es sich um einen schlichten Heilzauber handelt. Tatsächlich heilt der den Zustand „gelähmt". Auf höheren Stufen kann er abgetrennte Gliedmaßen wieder befestigen und alle möglichen Krankheiten heilen. Nicht alle Einwohner dieser Welt sind unsterblich. Vielleicht solltest du dir das merken, edler Ritter."

Sie rümpfte die Nase über Alex' wenig begeisterte Reaktion und zog dann etwas hinter ihrem Rücken hervor. „Dies ist mein zweites Geschenk." Sie legte ein dickes, goldenes Buch in Alex' Hände. Neugierig sah er es sich an. Es war mit Blattgold beschlagen und mit einem schmalen Band zugebunden. Das Buch fühlte sich warm an.

Die Frau legte Alex ihre spinnenhaften Finger unters Kinn, um seinen Blick wieder auf sich zu ziehen. „Du musst mein Wort unter dem gemeinen Volk dieser Stadt verkünden. Führe ihre schwachen Gemüter zum Licht."

Sie ließ Alex' Gesicht los, wandte sich um und schritt unzeremoniös von dannen. Nach ein paar Schritten blieb sie stehen und drehte sich zu ihm um. „Fast hätte ich es vergessen. Wage es nicht, zu versagen oder meine Pläne zu durchkreuzen. Ich bin nicht gnädig zu meinen Feinden." Ein grausames, arrogantes Lächeln kräuselte ihre zarten Lippen.

Bei ihren Worten spürte Alex ein seltsames Gefühl in sich aufsteigen. Die Stimme in seinem Hinterkopf summte voller Zustimmung. „Das würde mir im Traum nicht einfallen", entgegnete er mit teilnahmslosem Ausdruck.

* * *

Dreißig Minuten später kamen Jason und Riley am Marktplatz an, und Jason musterte gründlich die Menschenmenge, die den Platz füllte. Untote aller Größen und Formen drängten sich durch die Reihen der Stände. Laute Stimmen erschallten über der Menge, die die Preise verschiedener Waren ausriefen. Um den Markt herum standen Häuser aus obsidianfarbenem Holz, die mit geschnitzten Totenkopf- und Knochenmustern verziert waren.

Der dunkle Bergfried ragte am Nordostrand des Platzes über dem Markt auf. Seine Turmspitzen reckten sich zum schwarzen Himmel hoch, und um sie herum schwebten durchsichtige Formen. Silberne Ketten verliefen überkreuz entlang der Steinwände, während Wasserspeier auf der Brüstung einsam Wache hielten.

Die beiden hatten eine Weile gebraucht, die Beute der Spieler durchzusehen. Es war nichts Spektakuläres dabei gewesen. Jason beschloss, alles einzusammeln, und schickte dann ein paar seiner neuen Zombies zu Rex. Die Ausrüstung konnte er dazu nutzen, die wachsende Armee des Zwielichtthrons auszustatten. Allerdings achtete er darauf, genug davon zu behalten, um seine neuen Zombies damit auszurüsten. Als Nekromant war es erforderlich, recht freigebig mit gefundener Ausrüstung umzugehen, da er so viele Knechte hatte, die er ausstaffieren musste.

Nach der Schlacht vor dem Zwielichtthron hatte Jason festgestellt, dass die Spieler bei ihrem Tod all ihre Ausrüstung fallen ließen. Allerdings verloren sie die Ausrüstung nur, wenn jemand sie vor dem Respawn plünderte. Er nahm an, dass das ein Mechanismus war, der die Spieler abschrecken sollte, damit sie den Tod fürchteten. In den meisten MMOs, die Jason gespielt hatte, war das anders. Seiner Erfahrung nach fühlten sich die Leute nicht wohl bei dem Gedanken, alles zu verlieren, was sie während des Spiels gesammelt hatten.

Leider war ich zu langsam, um den Großteil der Spieler nach dem Kampf gegen Alexion auszuplündern. Natürlich hat es auch nicht geholfen, die Leichen als NPCs wieder auferstehen zu lassen, da sie dann mit der gesamten Ausrüstung davonspaziert sind!

Manchmal bin ich so blöd ...

Außerdem hatte Jason einige Zeit nach dem Kampf in der Gasse damit verbracht, seinen Vorrat an Zombies aufzufüllen. Die Leichen der meisten Spieler waren noch intakt. Wenn er sie als Skelette beschworen hätte, wären sie auf wesentlich höherem Level gewesen. Allerdings hätten sie dann all ihre Fähigkeiten verloren. Jason kam zu dem Schluss, dass der zielgerichtete Einsatz von Fähigkeiten einem hohen Level vorzuziehen war. Die Zombies würden mit der Zeit mehr Macht gewinnen.

Er hatte fast 20 neue Zombies hinzugewonnen, die erlittenen Verluste eingerechnet. Der Rest der Leichen war so stark zerstört gewesen, dass sie nicht mehr zu nutzen waren. Jetzt hatte Jason mehr als 30 Untote unter seinem Befehl. Außerdem hatte er ein paar zusätzliche Magier bekommen, einschließlich eines mit Affinität zum Licht. Das war das erste Mal gewesen, dass Jason einen Lichtmagier in Aktion erlebt hatte. Nachdem er seinen neuen Knecht inspiziert hatte, hatte er festgestellt, dass er *Leichte Heilung* und *Blendendes Licht* beherrschte. Ein schneller Test ergab, dass der Heilzauber nicht auf seine Untoten wirkte.

Nun ja, zumindest habe ich jetzt wieder eine kleine Armee, dachte Jason übermütig, während er die um ihn herum aufgestellte neue Truppe begutachtete.

Riley sah ihn misstrauisch an. „Was grinst du denn so? Du machst mich ein bisschen nervös."

Er winkte ab. „Ich freue mich nur, dass meine Zombiearmee wieder wächst. Alexion hat sie im letzten Krieg praktisch ausgelöscht."

Riley blickte die Zombies um sie herum an. Nach dem Überfall war Jason nicht mehr bereit gewesen, ein Risiko einzugehen. Auf ihrem Weg zum Bergfried behielt er seine Zombies immer nah bei sich. Seine übrigen zwei Diebe spähten außerdem die Straßen vor ihnen sorgfältig aus. Während sie sich ihren Weg über den Marktplatz bahnten, stießen Jasons Untote Spieler und NPCs brutal aus dem Weg. Diese starrten die Gruppe böse an, hielten aber den Mund. Selbst der idiotischste Spieler war nicht dumm genug, mehr als 30 Zombies herauszufordern.

„Es ist allemal interessant, mit dir unterwegs zu sein",

bemerkte Riley beim Anblick der feindseligen Aufmerksamkeit, die sie auf dem Marktplatz erregten, diplomatisch. Sie wandte sich wieder zu Jason und fragte: „Also, warum genau wollen wir zum Bergfried?"

„Wir erkunden ihn", antwortete Jason. „Das ist das erste Mal, dass ich ihn betrete, seit ich zum Regenten gemacht wurde. Als ich die Quest-Benachrichtigung erhielt, stand darin, dass ich das Steuerungsmenü für die Stadt freigeschaltet hätte. Ich nehme an, darauf kann ich von innerhalb der Festung zugreifen."

„Weißt du, wonach du suchst?", fragte sie mit gerunzelter Stirn.

„Keine Ahnung!", gab Jason unbekümmert zu. „Ich nehme an, wir werden eine Weile darin herumlaufen müssen. Allerdings sollten wir vorsichtig sein. Ich bezweifle, dass sich in der Feste Feinde befinden, aber ganz sicher bin ich mir nicht."

Mit diesen Worten kamen sie am Bergfried an. Er ragte über ihnen auf. Das dunkle Holz war rissig und abgesplittert, und in regelmäßigen Abständen waren Metallbänder angebracht. Schwere Metallringe waren in das Holz eingelassen und dienten vermutlich als riesige Türgriffe.

Mit besorgtem Gesicht musterte Riley das Tor. „Das ist ein bisschen einschüchternd."

Jason lächelte sie beschwichtigend an. „Keine Sorge, jetzt haben wir ja einen anständigen Schutztrupp."

Er wandte sich wieder dem Tor zu und betrachtete es gründlich. Das einzige Problem war, dass er sich nicht sicher war, wie sie da reinkommen sollten. Seine *Stärke* war nicht annähernd hoch genug, um das Tor zu bewegen. Vermutlich würden mehrere seiner Zombies zusammenarbeiten müssen, um es aufzukriegen. Frustriert legte er die Hand auf das Holz und spürte ein schwaches Vibrieren. Eine Meldung erschien in seinem Gesichtsfeld.

Interface der Obsidianfeste

Du wurdest als Regent des Zwielichtthrons erkannt.

Möchtest du das Tor öffnen?

Natürlich. Was für eine blöde Frage.

Offenbar nahm das Spiel das als „Ja". Knarrend öffnete sich das schwere Holztor einen Spalt. Jason sah Alfred irritiert an. Zumindest hatte er jetzt jemanden, den er für die albernen Meldungen und sarkastischen Formulierungen der Quests verantwortlich machen konnte.

Jason und Riley schlüpften durch die Öffnung, dicht gefolgt von den Zombies. Das Tor schloss sich hinter ihnen mit einem schweren, unheilvollen Krach. Die beiden fanden sich in einer langen Eingangshalle mit einer hohen, gewölbten Decke wieder. Die Mauern waren aus dickem, schwarzem Stein, und an den Wänden angebrachte Fackeln beleuchteten Wandteppiche und Gemälde, die dort in regelmäßigen Abständen hingen. Die Füße der beiden versanken in dem dicken Teppich, mit dem der Boden ausgelegt war. Statt des vertrauten grünen Lichts, das in den Straßen der Stadt herrschte, leuchteten die Flammen der Fackeln hier in hellem Blau.

Jason war etwas verwirrt. Er hatte erwartet, dass das Tor sich auf einen Innenhof öffnen würde, von wo aus ein weiteres Tor in die Hauptfeste führen würde. Das wäre im Fall einer Belagerung ein Nadelöhr für eventuelle Angreifer der Feste.

Riley ergriff das Wort und sprach aus, was er dachte: „Ist es seltsam, dass das Tor direkt in eine Halle führt?" Sie suchte den offenen Raum mit den Augen ab. Jason bemerkte, dass sie seit dem Kampf in der Gasse ihre Umgebung mit wesentlich mehr Vorsicht und Aufmerksamkeit beobachtete.

„Ich habe gerade dasselbe gedacht", antwortete er.

Jason folgte Rileys Vorbild und untersuchte sorgfältig die Mauern der Halle, während sie hindurch schritten. Seine *Wahrnehmung* aktivierte sich, und im Stein begannen fast unsichtbare Einbuchtungen blau zu schimmern. Jason ging zur Wand und inspizierte sie gründlich.

„Das sind Schießscharten", murmelte er. Ihm kam eine Erleuchtung. „Ich wette, hinter diesen Mauern sind zu beiden Seiten versteckte Gänge." Er musterte den Raum mit neuen Augen. Bei einer Belagerung wäre das ein fantastischer Bereich, um den Feind abzuschlachten. Die Angreifer würden von beiden Seiten in die

Zange genommen werden, wenn sie den Korridor entlangliefen. Außerdem hätten sie wenig Möglichkeit, etwas gegen die Verteidiger zu unternehmen.

„Dieser Gang gibt im Fall einer Belagerung einen guten Engpass ab", erklärte er. „Raffiniert."

Riley lächelte, als sie Jasons Begeisterung bemerkte. „Ich nehme an, dass du und wer auch immer diesen Gang entworfen hat, gute Freunde sein könntet."

Er warf ihr einen verlegenen Blick zu und hob die Schultern. „Wer auch immer den Bergfried erbaut hat, hat sich eine gute Verteidigungsstruktur dafür ausgedacht. Ich erwarte, dass wir die eines Tages nutzen werden, wenn die Feste angegriffen wird."

Schließlich waren die beiden am Ende des Gangs angelangt. Der Raum war knapp 100 Meter lang. An seinem Ende befand sich ein zweites, schwer befestigtes Tor. Die Türen standen einen Spalt offen. Jason schlüpfte hindurch und fand sich in einem großen, runden Raum wieder. Von dort aus führten mehrere Gänge in verschiedene Richtungen.

Er seufzte. „Das wird eine Weile dauern. Lass uns ein bisschen erkunden gehen."

Riley drehte sich langsam im Kreis und musterte die abzweigenden Gänge. Dann sah sie Jason an und hob die Schultern. „Klingt gut."

Das Erdgeschoss stellte sich als Labyrinth aus Gängen heraus, was Jason für eine weitere Verteidigungsstrategie hielt. Eine Weile lang irrten sie durch die Korridore, bevor sie auf eine Treppe zur nächsten Etage stießen. Jason vermutete, dass das Steuerungsfeld irgendwo in der Mitte der Feste auf einer der höheren Etagen zu finden sein würde. Wer auch immer die Burg entworfen hatte, würde diesen Raum schützen wollen, also schien das der wahrscheinlichste Standort.

Langsam untersuchten die beiden das Bauwerk und stiegen Etage um Etage nach oben, die Zombie-Wächter immer im Schlepptau. Die Burg war voller leerer, staubiger Räume und langer Gänge. Allerdings trafen sie nicht auf Feinde oder Untote. Es schien, dass der Bergfried leer stand – was nur logisch war, da sich das Tor von niemandem außer Jason öffnen ließ.

Nach fast einer Stunde fanden Jason und Riley sich fast ganz oben auf dem zentralen Turm der Feste wieder. Vor ihnen war eine Tür aus massivem Obsidian. Gequälte Gesichter waren in den Stein gemeißelt, und arkane Symbole verliefen entlang den Rändern der Tür. Das Beschlagwerk schimmerte bläulich.

„Hier sind wir wohl richtig", sagte Riley in die Stille des Gangs. In ihrer Stimme schwang Sorge mit, während sie das bedrohlich vor ihnen aufragende Portal beäugte.

Jason runzelte die Stirn. „Vermutlich."

Versuchsweise drückte er mit der Handfläche gegen die Tür. Ein elektrischer Schock lief seinen Arm entlang und durchflutete seinen Körper. Er hatte den Eindruck, dass dieser seltsame Energieimpuls ihn irgendwie prüfte. Das Gefühl verschwand nach einem kurzen Augenblick, und die Tür gab ein leises Summen von sich. Sie öffnete sich mit Leichtigkeit und gab den Blick auf einen kleinen, quadratischen Raum mit einem schwarzen Obelisken in der Mitte frei. Rund um den Raum angebrachte blaue Fackeln warfen flackernde Schatten auf die Wände.

Voller Neugier starrte Riley das Objekt in der Mitte des Zimmers an. Da er keine Gegner entdecken konnte, ging Jason auf den Obelisken zu. Bisher war alles in der Feste durch Berührung aktiviert worden, also streckte er die Hand nach der steinernen Säule aus. Bevor er das Objekt berührte, schoss eine Gestalt aus der Wand hervor und krachte gegen seine Hand.

Fluchend sprang Jason zurück. „Was zum Teufel war das denn?"

Die Zombies stürmten aus dem Gang in den Raum und zogen ihre Waffen, bereit, es mit dem Feind aufzunehmen, der Jason angegriffen hatte – wer immer es auch sein mochte. Er erwartete, dass sich ein großer Kämpfer vor ihm materialisieren würde, vielleicht ein Wächter der Feste. Er ließ den Blick vorsichtig durch den Raum schweifen und versuchte, seinen neuen Gegner auszumachen.

Jasons Worte wurden in fiebriger Hast zu ihm zurückgeworfen: „Was zum Teufel ist das? Was Teufel bin ich?"

„Wer bist du?", rief Jason, während er sein dunkles Mana beschwor.

Dieselbe gehetzte Stimme antwortete in Satzfetzen: „Was ich? Wer du?"

Eine kleine Gestalt tauchte vor ihm auf. Jason kniff die Augen zusammen und packte den Griff seines Dolchs. Es war ein Kobold, nicht größer als Jasons Hand. Die Haut der Kreatur war dunkelgrau, und sie hatte einen kleinen Schmerbauch. Winzige, schwarze Schwingen ragten aus ihrem Rücken und flatterten fahrig in der Luft. Sie schwebte neben dem Obelisken und schwenkte zornig eine winzige Heugabel in Jasons Richtung.

Also, das ist nicht ganz das, was ich erwartet hätte.

„Das mein Stein! Ganz besonderer Stein!", schrie der kleine Kobold und streichelte den Stein mit der freien Hand. Seine zornigen kleinen grünen Augen wandten sich zu Jason. „Warum du meinen Stein anfassen?"

„Ooooh, der ist aber süß", sagte Riley und trat zu Jason.

„Ich ist süß?", fragte der Kobold mit verwirrter Stimme. Seine Augen fixierten Riley und ein verehrungsvoller Ausdruck trat in sein Gesicht. Er huschte hinüber zu Riley und schwebte vor ihr in der Luft, verbeugte sich dann und rief aus: „Hübsches Mädchen! Mein Mädchen! Ich dir Stein geben!"

„War das ein Antrag? Wie lange seid ihr zwei denn schon zusammen?", fragte Jason trocken. Da er keine unmittelbare Bedrohung von dem Kobold ausgehen sah, nahm sich Jason die Zeit, seine Hand zu untersuchen. Auf seinem Handrücken waren drei kleine Löcher, aus denen Blut quoll.

Riley streckte Jason die Zunge heraus und wandte sich wieder an den Kobold. „Wer bist du?", fragte sie, während sie beobachtete, wie die kleine Kreatur vor ihr in der Luft herumtanzte.

Der Kobold legte die Hand auf die Brust. „Ich sein Micker. Das mein Stein!", verkündete er mit einem stolzen Lächeln und deutete auf den Obelisken.

Riley lächelte den grauen Kobold an. „Das habe ich schon mitgekriegt. Warum bist du hier, Micker? Bewachst du den Stein?"

Der kleine Kobold hüpfte lebhaft in der Luft auf und ab. „Ja! Ja! Ich auf Meister warten. Er gebieten über Stein."

„Nun denn, er ist hier", sagte Jason mit zusammengezogenen Augenbrauen. Er bedeutete seinen Zombies, nicht anzugreifen, da viele noch die Waffen im Anschlag hielten. Er bezweifelte, dass sie von einem mickrigen Kobold mit einem Zahnstocher ausgeschaltet werden würden.

Micker sah ihn mit aufgerissenen Augen an. „Wirklich? Du Meister?" Sein Gesicht verzerrte sich vor Angst. „So viel Entschuldigung! Ich nicht wollte Meister erstechen."

„Ist okay, Micker", sagte Riley beschwichtigend. „Der hat das schon verdient."

Der Kobold lächelte Riley an und seine Angst war verschwunden. „Dann ich gut gemacht? Soll ich nochmal stechen?" Er fuchtelte mit seiner kleinen Heugabel versuchsweise in Jasons Richtung herum.

Riley lachte leise. „Nein. Ich glaube, es reicht fürs Erste mit Aufspießen, Micker. Vielleicht später."

Jason runzelte gutmütig die Stirn und akzeptierte das als Rache für den Spruch mit dem Antrag. Wenigstens wurde Riley jetzt etwas lockerer. „Was macht denn dein Stein?", fragte Jason den Kobold, während sein Blick wieder zum Obelisken wanderte.

Micker lächelte und entblößte dabei spitze, gelbe Zähne. „Stein ist magisch! Er lenkt Festung."

Fantastisch. Offenbar haben wir das Steuerungsfeld für die Stadt gefunden. Ich frage mich, wie man es benutzt.

Jason wandte sich wieder Micker zu. „Wie benutze ich den Stein?"

Der Kobold hüpfte wieder auf und ab und musterte Jason misstrauisch. „Du wirklich Meister? Einfach Stein berühren!"

Jason seufzte. Natürlich. Vermutlich funktionierte er genauso wie das Tor zur Feste. Er rollte die Augen und näherte sich erneut dem Stein. Zaghaft streckte er die Hand aus und berührte ihn. Sofort erschien eine Meldung in seinem Gesichtsfeld.

Interface der Obsidianfeste

Möchtest du das Steuerungsfeld der Stadt aufrufen?

Ja, dachte Jason.

Der Raum war von einem blendenden blauen Licht erfüllt.

Riley und Jason holten scharf Luft und bedeckten die Augen, als das plötzliche grelle Licht ihre Nachtsicht ruinierte. Als sie langsam wieder etwas erkennen konnten, blickten sie sich überrascht um.

Ein leuchtendes blaues Hologramm der Stadt erfüllte jetzt den kleinen Raum und bedeckte den gesamten Boden. Es zeigte jedes einzelne Bauwerk, aus dem der Zwielichtthron bestand. Die blauen Gebäude reichten fast bis an Jasons Knie. Er mutmaßte, dass der schwarze Obelisk die Feste repräsentierte, da er sich in der Mitte des Raums befand. Als er das durchsichtige Modell der Stadt näher betrachtete, sah er, dass die Gebäude in unheimlicher Detailtreue abgebildet waren. Er konnte einzelne Dachschindeln auf allen Häusern erkennen.

„Man sieht wirklich alle NPCs und Spieler!", rief Riley neben ihm aus. Sie beugte sich vor und musterte den Markt sorgfältig. Die einzelnen Personen waren grün hervorgehoben und bewegten sich zwischen den Reihen der Stände hindurch.

In einem Krieg kann dieser Raum unglaublich nützlich sein. Wenn der Feind sich innerhalb der Mauern befindet, könnte ich meine telepathische Kontrolle über die Zombies nutzen, um die Truppen der Stadt zu befehligen.

Jason ließ sich von seiner Neugierde überwältigen. Wenn der Obelisk die Fähigkeit hatte, die Stadt in solcher Detailtreue nachzubilden, was konnte er dann noch alles? Er wandte sich wieder an Micker, und ein freudiges Grinsen breitete sich auf seinem Gesicht aus. „Micker, erklär doch mal ganz genau, was ich mit deinem Stein machen kann."

Kapitel 5 – Strategisch

ALEX STAND AN einer Straßenecke in der Nähe des Marktviertels in Grauburg. Ein Strom aus NPCs und Spielern zog an ihm vorbei. Die NPCs der Stadt waren in weite Gewänder und Sandalen gekleidet, während die Spieler stabilere Rüstungen und Waffen trugen. In einem Hof waren Marktstände aufgereiht, und die Rufe der Händler hallten durch die Luft.

Alex hatte seinem Äußeren große Aufmerksamkeit gewidmet. Sein Auftreten musste glaubwürdig sein. Er hatte seine Stahlrüstung abgelegt und trug nun eine schlichte, braune Robe. Sein blondes Haar war zerzaust und von Schmutz braun gefärbt. Seine Beinschienen hatte er gegen geschnürte Sandalen eingetauscht, wie sie bei den NPCs der Gegend beliebt waren.

Er blickte auf die geschäftige Menge und zögerte. Dieser erste Auftritt war der wichtigste. Die Leute hier hassten ihn bereits. Er hoffte, dass sein verändertes Aussehen Abhilfe leisten würde, aber er würde Demut und Mitgefühl zeigen müssen, um sie für sich zu gewinnen. Auch wenn ihm sein Ziel klar war, verspottete das Flüstern in seinem Kopf ihn dafür, sich in so eine schwache Rolle zu begeben. Das würde möglicherweise seine schwierigste Vorstellung werden.

„Gute Leute!", rief Alex. Mehrere Köpfe drehten sich in seine Richtung. „Ich komme, um euch das Wort der Herrin des Lichts zu bringen."

Eine kleine Gruppe Menschen blieb auf der Straße stehen, starrte Alex an und wartete darauf, dass er fortfuhr. Auf ihren Gesichtern mischten sich Neugier und Skepsis. Die meisten Passanten ignorierten ihn schlicht und gingen weiter.

„Die Herrin selbst ist an mich herangetreten, ausgerechnet an mich. Ich warf mich vor ihr nieder und flehte sie um Vergebung für meine Sünden an." Theatralisch fiel Alex auf die Knie und sein Gesicht nahm einen Ausdruck gequälter Bußfertigkeit an.

„Zu meiner Überraschung erhörte die Herrin meine Gebete. Sie gab mir den Auftrag, ihr Wort zu verbreiten und überreichte mir dieses Buch." Er blickte hinunter auf das goldene Buch, das er mit zitternden Händen umfasst hielt.

Die Gruppe um Alex wuchs langsam, als immer mehr Leute stehenblieben, um sich das Schauspiel anzusehen. Ein hinkender Mann drängte sich durch die Menge nach vorn. „Seid Ihr nicht der Ritter, der unsere Soldaten in den Tod geführt hat?", fragte der Mann mit barscher, zorniger Stimme. Wut verzerrte sein wettergegerbtes Gesicht. „Ihr seid verantwortlich für den Tod meines Sohnes."

Alex blickte zu dem Mann auf und seine Augen füllten sich mit Tränen. „Mein Herr, es ist wahr, dass ich für das Unglück Eures Sohnes verantwortlich bin. Sein Blut klebt an meinen Händen." Er blickte auf seine geöffnete Handfläche, während er das Buch fest in der anderen Hand hielt. „Die Herrin selbst hat über meine Sünden gerichtet." Alex schüttelte traurig den Kopf.

Mit leiser Stimme fuhr er fort: „Ich kann nur hoffen, dass ich das Leid, das ich verursacht habe, wiedergutmachen kann, indem ich ihre Gnade verkünde."

„Das sind doch nur Worte. Und zwar die leeren Worte eines verzweifelten Verräters", gab der Mann zurück. Er spuckte vor Alex' Füßen aus und humpelte davon. Die Menge starrte Alex an und tuschelte.

„Wartet, guter Herr. Bitte gewährt mir die Gelegenheit, Buße zu tun, so wie die Herrin mir eine Chance auf Vergebung gewährt hat." Alex erhob sich. „Die Herrin hat mir zur Sühne eine Aufgabe auferlegt. Da ich für den Tod so vieler verantwortlich war, hat sie mir die Fähigkeit verliehen, anderen Leben und Gesundheit zu schenken."

Der Mann wandte sich um und musterte Alex voller Ekel. „Ihr seid nur ein Scharlatan, der wieder zu Ehren gelangen will. Ich brauche Eure Quacksalberei und Eure leeren Worte nicht, Jungchen. Doch werde ich zur Herrin beten. Ich bete, dass Ihr im Jenseits brennen werdet." Er wandte sich von Alex ab.

„Wenn Ihr meinen Worten keinen Glauben schenkt, dann lasst es mich Euch durch meine Taten zeigen." Alex senkte den Kopf. Er sprach laut genug, dass die Menge ihn hören konnte. „Bitte, Herrin, hört mein Flehen. Gewährt diesem Mann Euren Segen, auf dass er Euer Mitgefühl und Eure Weisheit erfährt."

Während er sprach, vollführte Alex mit der Hand eine Reihe komplizierter Gesten. Licht schoss in alle Richtungen aus seinem Körper hervor. Die Menge um ihn herum schnappte nach Luft. Das Licht floss vor Alex zu einer wirbelnden, goldenen Kugel zusammen. Dann schoss die Kugel nach vorn und traf das verkrüppelte Bein des Mannes.

Das Geräusch brechender Knochen erfüllte die Luft, und der Mann kreischte vor Schmerz auf. Verwirrtes Murmeln breitete sich in der Menge aus, und einige der NPCs und Spieler schrien Alex wütend an. Das Zischen von Stahl war zu hören, als einige in der Nähe stehende Wachen ihre Schwerter zogen.

„Wartet einen Augenblick", rief Alex der Menge zu und hob die Hand. „Seht die Wirkung des Segens der Herrin!"

Alle Augen wandten sich wieder dem Mann zu. Er war gestolpert und vor Schmerzen zu Boden gegangen. Langsam rappelte er sich auf. Als er wieder auf den Beinen war, machte er einen vorsichtigen Schritt nach vorn. Mit angehaltenem Atem beobachtete die Menge die Szene. Viele wandten sich mit ehrfurchtsvollem Blick Alex zu.

„I-ich hinke nicht mehr", murmelte der Mann erstaunt.

Während er den Mann beobachtete, bemerkte Alex einen schwarzen Schatten hinter sich. Als er sich darauf konzentrierte, sah er, dass es sich um eine schwarze Katze handelte, die weiter hinten an einer Straßenecke saß. Die Katze starrte ihn gleichmütig an, während das vertraute, seltsame Gefühl in Alex aufstieg und die Leere in seinem Kopf zurückdrängte. Diesmal war es allerdings von einer vergessenen Erinnerung begleitet, die wie eine sich brechende Welle über Alex hinweg schwappte.

Grauburg verschwand und er stand in einem Krankenhauszimmer. Sein Kopf reichte kaum bis zu den Kissen auf dem Bett, an dem er stand. Ein regelmäßiges Piepen war im Hintergrund zu hören, und seine kleine Faust krallte sich in die weißen Laken, die vom

Rand des Bettes herabhingen. Das verhärmte, blasse Gesicht seiner Mutter blickte auf ihn hinunter. Ihre Hand, unter deren beinahe durchsichtiger Haut hässliche, purpurne Adern zu sehen waren, streckte sich nach Alex aus. Dann schlug sie ihn mit solcher Kraft, dass er zurücktaumelte.

„Hör auf zu weinen, Junge", zischte sie. „Ich dulde keine Schwäche bei meinem Sohn."

„Aber ich will nicht, dass dir was passiert, Mama", schluchzte Alex, während ihm die Tränen übers Gesicht strömten. Verwirrung, Schmerz und Verzweiflung wirbelten durch seine kindlichen Gedanken. Er hielt sich die pochende Wange.

Die eingesunkenen Augen seiner Mutter starrten ihn kalt und unbarmherzig an. Ein heftiger Hustenanfall schüttelte sie, und sie hielt sich das Laken vor die Lippen. Als der Anfall vorüber war, sah Alex, dass Blutstropfen das weiße Bettlaken befleckten. Seine Mutter wandte sich wieder an ihn und sprach keuchend weiter. „Du bist ein Lane. Die Welt hat ihre Augen auf uns gerichtet. Wir weinen nicht. Solche Gefühle sind etwas für das gemeine Volk."

Abrupt riss die Stimme des NPCs Alex aus seiner Erinnerung und ließ das Bild zerbersten wie Glas. Aus Gewohnheit kniff Alex die Augen zusammen, als er versuchte, sich auf den alten Mann zu konzentrieren. Ein Blick zur Straßenecke verriet ihm, dass die Katze verschwunden war. Alex schüttelte den Kopf und begegnete dem Blick des Bauern, in dessen Augen Tränen der Verwirrung standen.

Der Mann sah auf sein geheiltes Bein hinunter, bevor er sprach. „Das ändert nichts am Tod meines Jungen ... aber es ist ein Anfang. Ich kann endlich wieder arbeiten und meine Familie ernähren."

Alex fühlte sich kalt erwischt. Die Erinnerung war so lebendig gewesen. Einen Moment lang hatte er sich selbst völlig verloren. Er spürte sein Herz rasen und seine Fingernägel bohrten sich in seine Handflächen. Jetzt war nicht der Moment, in dem er die Kontrolle verlieren durfte. Die Stimme in seinem Hinterkopf schrie ihn lauter an als je zuvor. Er musste seine Rolle weiter spielen.

„Das war nicht meine Macht, guter Herr", entgegnete Alex und beugte den Kopf, um sein Gesicht zu verbergen. Gerade gelang es ihm nicht, seinen Gesichtsausdruck zu kontrollieren. „Ich bin nur ein Gefäß", fuhr er mit bebender Stimme fort. „Ihr solltet der Herrin für ihren Segen danken."

„Gelobt sei die Herrin", sagte der Mann mit tief bewegter Stimme. Der Satz wurde von vielen in der Menge aufgegriffen.

Benommen wiederholte Alex ihre Worte. „Gelobt sei die Herrin", murmelte er.

* * *

Jason verbrachte die nächsten zwei Stunden im *Kontrollraum*, wie er ihn jetzt nannte, umgeben von dem blau leuchtenden Abbild des Zwielichtthrons. Riley hatte sich schon vor einer Weile von seiner Experimentiererei abgewendet. Sie und Micker spielten auf der ersten Etage der Festung ein raffiniertes Versteckspiel, während er weiter den Obelisken und seine Funktionen erkundete.

Mickers gebrochenes Englisch war nervig, aber er hatte eine Fülle an Informationen über den Raum und das Steuerinterface der Stadt. Jason hatte schnell festgestellt, dass er jedes der Gebäude in dem durchscheinenden Modell antippen und so detaillierte Informationen über die Ressourcenkosten des Bauwerks, seine Bewohner und seine Produktionskapazitäten aufrufen konnte.

Der Obelisk im Zentrum des Raums konnte auch benutzt werden, um ein separates Computerterminal zu öffnen. Jason hatte beträchtliche Zeit damit verbracht, sich durch verschiedene Menüs zu wühlen. Das Interface bot eine detaillierte Übersicht über die Ressourcen, Handwerker und die Produktion der Stadt. Die Handwerker waren in verschiedene Kategorien wie Sattler, Zauberer, Schmiede etc. unterteilt und nach Fähigkeitslevel aufgegliedert. Jason stellte fest, dass die meisten traditionellen MMO-Handwerksbranchen vertreten waren.

Außerdem verfügte das Steuerungsfeld über unglaublich ausgeklügelte Stadtverwaltungswerkzeuge. Jason konnte Steuern auf Umsätze, Bevölkerungsgröße, Vermögen oder eine beliebige Kombination der drei erheben. Es gab auch eine Option, wie im Mittelalter durch Enteignung Gebäude für die Stadt zu beschlagnahmen. Die Gebäude konnten für eine Reihe verschiedener

Zwecke umgebaut werden. Des Weiteren konnte er städtische Jobs schaffen sowie Aufträge und kleinere Quests vergeben. Zum Beispiel konnte er Belohnungen für die Anfänger-Jagd-Quests ausloben, die auf dem Trainingsgelände vergeben wurden, sowie die Monster festlegen, die die Spieler dafür töten mussten.

Es gab ausführliche Auswahlmöglichkeiten für die Ausbildung von Soldaten, das Ernennen von Befehlshabern und deren Entlohnung. Zusätzlich gab es ein Diplomatiemenü, aber das war ausgegraut. Entweder weil Jason keine Abkommen unterzeichnet hatte, oder weil der Zwielichtthron keine Bündnisse eingehen konnte. Das machte ihm etwas Sorgen, aber er beschloss, dieses Problem vorerst aufzuschieben.

In vielerlei Hinsicht fand Jason die Kontrollmöglichkeiten und den Detailreichtum überwältigend.

Was soll ich tun? Ich habe keine Ahnung, wo ich anfangen soll.

Jason atmete tief durch. Da es zu viele Auswahlmöglichkeiten gab, beschloss er, das so anzugehen, als würde er ein traditionelles Strategiespiel spielen. Solche Spiele hatten ihm immer Spaß gemacht. Sie drehten sich um Ressourcen- und Bevölkerungsmanagement. Jason rief eine Reihe von Menüs auf, die diese Informationen enthielten.

„Die Bevölkerung der Stadt beträgt aktuell 4.203 Personen", murmelte Jason. Er hätte schwören können, dass die Anzahl höher war, als er nach der Schlacht gegen Alexion mit dem alten Mann gesprochen hatte.

„Das war sie auch", kommentierte Alfred. Da sie allein im Kontrollraum waren, fühlte sich Alfred frei, zu sprechen. Wahrscheinlich wusste er genau, wo Riley und Micker sich befanden und ob sie bald zurückkehren würden.

Jason warf dem Kater, der neben ihm auf dem Boden saß, einen Blick zu. „Ich dachte, du dürftest keine Spielinformationen verraten", meinte er mit verwirrtem Gesicht.

„Genau genommen verfügst du bereits über diese Information. Ich sehe sie in deinem Gedächtnis. Deine Gedanken haben nur Schwierigkeiten, auf ihren Speicherort zuzugreifen", gab Alfred zurück.

*An das Gedankenlesen habe ich mich immer noch nicht ge-
wöhnt. Seltsam, dass er Zugriff auf Erinnerungen hat, die ich nicht
abrufen kann. Vielleicht kann ich Alfred nutzen, um mein Gedächtnis zu verbessern. Das verletzt unseren Deal im Grunde nicht, oder?*

„Wie groß war die Bevölkerung am Ende des Krieges?",
wollte Jason wissen.

„4.205", antwortete Alfred.

*Also ist die Bevölkerung innerhalb der letzten zwei Tage in
der echten Welt um zwei geschrumpft. Die Untoten können nicht an
hohem Alter oder Krankheiten sterben, also müssen das Unfalltote
oder Todesfälle beim militärischen Training sein.*

Ihm kam eine Erkenntnis. Wie zur Hölle sollte er an mehr
NPCs für die Stadt rankommen? Es war ja nicht so, dass die Einwohner untote Babys zeugen würden. Der Gedanke war grauener-
regend.

Die einzig gangbare Methode, neue Einwohner zu bekommen, war der Zauber, den Jason von dem alten Mann bekommen
hatte, *Untoten-Zueignung*. Das hieß, er musste innerhalb des Einflussbereichs der Stadt sein und er brauchte humanoide Leichen.

„Verdammt", murmelte er.

Alfred sah ihn neugierig an. „Warum bist du aufgebracht?", fragte er.

Jason schüttelte den Kopf. „Ich habe ein paar Ressourcen-
probleme. Die Untoten brauchen nichts zu Essen. Das bedeutet,
wir müssen uns nur über Gebäude und Handwerksressourcen wie
Stein, Holz und Erz Gedanken machen. Die Stadt liegt in der Nähe
eines Gebirgszugs, also befinden sich unmittelbar außerhalb des
aktuellen Einflussbereichs des Zwielichtthrons ein Eisenbergwerk
und ein Steinbruch. Die Untoten haben keine Probleme mit Ermü-
dung, und sie müssen nicht schlafen. Sie konnten theoretisch un-
begrenzt Ressourcen abbauen."

Mit gerunzelter Stirn hielt er inne. „Handwerksressourcen
werden sich später trotzdem zum Problem entwickeln, da wir spe-
zialisierte Materialien brauchen werden. Zum Beispiel zeigt mir
das Steuerungsfeld an, dass wir über keine natürliche Baumwoll-
produktion verfügen. Das ergibt auch Sinn. In den umliegenden
Wäldern sieht so aus, als wäre alles mit Napalm abgefackelt

worden. Leider bedeutet das, dass wir selbst keine Kleidung aus eigenen Ressourcen fertigen können. Allerdings lassen sich einige der Probleme durch Handel mit anderen Städten lösen. Unser bedeutendstes Ressourcenproblem ist die Bevölkerung. Die Untoten werden nicht alt oder krank, das heißt, unsere Bevölkerung bleibt relativ stabil, aber auf natürlichem Weg gewinnen wir keine Mitglieder hinzu. Unsere Stadt wird nie von selbst wachsen ..." Jason verstummte tief in Gedanken versunken.

Es war sogar noch schlimmer. Kleinere Unfälle reduzierten die Bevölkerung des Zwielichtthrons permanent. Seine Gedanken kehrten zu dem Überfall durch die Spielergruppe zurück. Die beste Möglichkeit, seine Bevölkerung zu steigern, war es, Schlachten zu gewinnen und die Leichen wiederzuerwecken. Das war eine riskante Taktik. Wenn er zu viele Schlachten verlor, würde er nicht genug Untote übrig haben, um weiterzukämpfen. Was er brauchte, war eine Möglichkeit, seine Bevölkerung stetig zu steigern, ohne zu kämpfen.

Alfred meldete sich erneut: „Ich verstehe nicht, warum dich das aus der Fassung bringt. Dein Stresslevel ist erhöht und du wirkst frustriert."

Jason blickte den Kater an. „Ich habe viel Mühe investiert, um den Zwielichtthron aufzubauen. Irgendwann in der Zukunft werde ich wieder angegriffen werden. Eben auf dem Weg hierher sind Riley und ich überfallen worden. Außerdem erwarte ich, dass die nächste Armee nicht ganz so dumm sein wird. Wenn ich das Bevölkerungsproblem nicht löse, sind wir vielleicht bald nicht mehr in der Lage, die Stadt zu verteidigen."

„Die Stadt zu verlieren, bringt dich also aus der Fassung?" Der Kater wirkte immer noch verwirrt. „Ich sehe, dass du dir bewusst bist, dass diese Welt nicht real ist. Warum würde der Verlust dieser Stadt dich verärgern?"

Jason zögerte. Warum war ihm das wichtig? Die Antwort auf diese Frage war schwierig zu formulieren. Ob die Stadt real war oder nicht, war nicht das Problem. Er wusste, dass sie nur aus Nullen und Einsen auf einem Server bestand. Es war die Mühe, die er in die Eroberung und den Aufbau der Stadt gesteckt hatte. Er hing am Zwielichtthron, selbst wenn dieser nur in einem Spiel existierte.

Alfred legte den Kopf schief. „Diese Antwort passt zu meinen bisher gesammelten Daten. Es gibt eine Korrelation zwischen der für ein Objekt aufgewendeten Zeit und Mühe und seinem wahrgenommenen Wert."

„Aha ...", meinte Jason, während er Alfred fragend ansah. Er war sich nicht sicher, ob er je dazu gezwungen gewesen war, so gründlich darüber nachzudenken, warum ihm das *Zeug*, das er im Spiel ansammelte, wichtig war. Allerdings nahm Jason an, dass Alfreds Argumentation erklärte, warum er an bestimmten einzigartigen Gegenständen und Quest-Belohnungen hing. Das könnte auch erklären, warum die Leute neue Reit- und Haustiere so mochten.

Jason seufzte. Alfreds philosophische Fragen brachten ihn einer Lösung seines Bevölkerungsproblems nicht näher.

Das Gespräch mit ihm hatte Jason allerdings auf eine andere Idee gebracht. Sie hatten darüber geredet, was es einem brachte, Zeit in etwas zu investieren. Wenn die meisten Mitglieder seiner Bevölkerung im Grunde ewig lebten, würden die Zeit, die sie lernend verbrachten, sowie gesteigerte handwerkliche Fähigkeiten sich langfristig sehr stark lohnen. Wer konnte es beispielsweise mit einem Schmied aufnehmen, der sein Handwerk seit Hunderten von Jahren praktizierte?

Jason wandte sich wieder der leuchtenden blauen Stadt zu, die ihn umgab. Ihm war aufgefallen, dass viele der Häuser im nördlichen Viertel nach seinem Massaker an den Adligen noch leer standen. Er ging zur anderen Seite des Obelisken und wählte ein Gebäude aus, woraufhin sich ein entsprechendes Menü vor ihm öffnete. Nachdem er durch die Optionen gescrollt hatte, wählte er das gewünschte Gebäude für die Stadt aus. Dann legte er fest, dass es für die Allgemeinheit zugänglich sein sollte und nannte es *„Der Hexenkessel"*.

Über die Konsole erhöhte Jason den stadtweiten Steuersatz auf 5 % auf alle Umsätze. Die Händler würden darüber vermutlich sauer sein, aber das war ihm egal. Danach rief er eine Sonderkommission für Handwerker ins Leben, die in der Schule unterrichteten. Das würde die ansässigen Handwerker hoffentlich ermuntern, andere auszubilden. Jasons Hoffnung war, dass der *Hexenkessel* letztlich sowohl die Qualität als auch die Anzahl der Handwerker in der Stadt steigern würde.

Er wandte sich wieder dem Stadtmenü zu, identifizierte das Gebäude, das Morgan für ihre Zauberschule besetzt hatte, und übernahm es. Er richtete es ähnlich ein wie den *Hexenkessel* und nannte es „*Die Akademie*". Jason ernannte Morgan als Rektorin der Zauberschule und gab ihr die Befugnis, Lehrkräfte einzustellen und zu entlassen. Er nahm an, dass sie ihre eigenen Zulassungsvoraussetzungen bestimmen konnte.

Im nächsten Schritt eignete er sich ein letztes Gebäude an. Dieses machte er zur Stadtbibliothek. Es würde Morgan wahrscheinlich ärgern, dass sie einige ihrer Bücher hergeben musste, aber vielleicht konnte er mit ihr verhandeln und sie ein paar in ihrer Zauberschule behalten lassen. Jason richtete eine Reihe bezahlter Stellen in der Bibliothek ein und machte auch sie öffentlich zugänglich. Er würde einen NPC finden müssen, der als Meisterbibliothekar fungierte, aber das war ein Problem für später.

Alfred beobachtete ihn neugierig. „Was für ein Ziel verfolgst du mit diesen Änderungen?"

Grinsend sah Jason den Kater an. „Die Untoten können nicht sterben, oder? Lernen ist hauptsächlich durch Zeit begrenzt, welche wir im Überfluss haben. Ich werde meine Untoten zu den Gelehrten und Handwerksmeistern dieser Welt machen. Das könnte auch das Bevölkerungsproblem teilweise lösen. Wenn wir immer die am besten ausgebildeten und ausgerüsteten Soldaten haben, ist es weniger wahrscheinlich, dass wir im Kampf Truppen verlieren."

„Schlau", sagte Alfred mit einem Hauch Respekt in der Stimme. „Das Hauptproblem hast du aber noch nicht gelöst."

„Irgendwas fällt mir schon ein", entgegnete Jason mit einem Achselzucken.

Ihr Gespräch wurde von einer Meldung unterbrochen.

Systemhinweis
Wir führen einen systemweiten Patch durch.
Alle Spieler müssen sich innerhalb der nächsten 30 Minuten

> ausloggen.
> Die Spielwelt kann nach Ablauf der nächsten drei Stunden Echt-
> zeit wieder betreten werden.

Jason sah zu Alfred hinüber und fragte: „Hat das etwas mit dir zu tun?"

Der Kater ließ sich einen langen Moment Zeit mit seiner Antwort. Seine Augen blickten starr ins Leere. Schließlich fokussierte Alfred seine Aufmerksamkeit wieder. „Nein, dieser Patch wurde nicht von mir initiiert. Die Schöpfer nehmen diese Änderungen vor – bedeutsame Änderungen. Ich benötige zusätzliche Systemressourcen. Ich werde dich eine Zeitlang allein lassen."

Damit war Alfred verschwunden und nur Onyx, der Kater, blieb zurück.

„Vielleicht können wir ihm ein paar Manieren beibringen", murmelte Jason, während er sich hinunterbeugte, um Onyx zu streicheln. Der Kater schnurrte glücklich und schmiegte sich an Jason.

Leicht außer Atem kam Riley zurück in den Kontrollraum gelaufen. Micker folgte ihr dicht auf den Fersen, fuchtelte mit seinem Dreizack in der Luft herum und rief: „Hab' dich gefindet! Hab' dich gefindet!"

Riley drehte sich zu dem Kobold um und entgegnete: „Natürlich hast du mich gefunden – weil ich es zugelassen habe!"

Das nahm dem Kobold den Wind aus den Segeln. Er schwebte zum Sockel hinüber und setzte sich missmutig auf seine Spitze. „Micker ist schlechtester Finder", sagte er niedergeschlagen.

„Ach komm. Er ist superniedlich, oder?", fragte Riley Jason mit einem Grinsen.

Er war froh, sie bei besserer Laune zu sehen. Alex' Einfluss hatte Riley verändert. Sie verhielt sich zurückhaltender und verzagter. Aber das Spiel mit Micker hatte etwas von dem quirligen Mädchen zurückgebracht, das Jason kannte.

„Ein bisschen vielleicht", gab Jason widerwillig zu.

„Ich nehme an, du hast die Meldung gesehen?", fragte Riley.

„Ja, ich wollte mich gerade für heute ausloggen. Sollen wir uns morgen wieder hier treffen? Ich glaube, ich muss eine Zusammenkunft des Rats der Schatten einberufen."

Riley hob eine Augenbraue. „Der Name klingt ja unheilvoll. Plant ihr da Morde und Intrigen?"

Jason lachte. „Vielleicht! Aber wahrscheinlich nicht. Ich möchte ein paar Stadtverwaltungsdinge durchgehen. Bis dahin ist wahrscheinlich auch Frank hier, also kann er ebenfalls am Treffen teilnehmen."

„Das klingt schon eher nach dir." Riley hielt inne. Neckend fuhr sie fort: „Ich hätte gedacht, dass der Regent einer dunklen Stadt viel ... ich weiß nicht ... mörderischer wäre? Du verbringst viel Zeit damit, rumzustehen und dich mit Arbeitsbeschaffungsmaßnahmen zu beschäftigen."

Jason hob die Schultern. „Was soll ich sagen? Ich bin eben ein moderner böser Herrscher. Bei unsereins dreht sich alles um Papierkram."

Lachend entgegnete Riley: „Na dann sehen wir uns morgen." Bevor sie sich ausloggte, wandte sie sich an den Kobold. „Tschüss, Micker!"

Micker blickte aufgeregt auf. „Tschüss, hübsche Dame. Komm bald wieder!"

Prompt loggte sich Riley aus, und ihr Charakter verschwand in einem bunten Lichtblitz.

Jason warf einen Blick auf seine Zombies, die sich in dem kleinen Raum drängten. Wenn er sich wieder einloggte, würde er sich als Nächstes mit dem Rat der Schatten treffen. Das Treffen konnte er genauso gut hier in der Feste abhalten. Nachdem er schnell nachgerechnet hatte, um die Zeitverzerrung im Spiel mit einzukalkulieren, befahl er mehreren Zombies, Rex, Morgan und Jerry aufzusuchen und sie in zwei Tagen Spielzeit in die Burg zu holen. Wenn Frank bei ihnen war, konnte er dem Treffen beiwohnen.

Dann rief Jason das Systemmenü auf und tippte auf Ausloggen.

Kapitel 6 – Revidiert

„DAS IST SO EIN saublödes Projekt", murmelte Robert, während er auf den über dem Kontrollraum schwebenden Bildschirm starrte.

„Es ist notwendig", entgegnete Claire in festem Ton und runzelte die Stirn über Robert. *„Sie wissen, dass der Vorstand recht hat. AO braucht jemanden, der es beaufsichtigt – umso mehr, seit Alfred sich selbstständig gemacht hat. Die Spielleiter werden dafür sorgen, dass niemand vergewaltigt oder gefoltert wird. Ist das nicht ein anstrebenswertes Ziel?"*

Die beiden saßen auf dem erhöhten Podium im Kontrollraum bei Cerillion Entertainment. Claire tippte schnell etwas in das Computerterminal ein, während Robert sich langsam mit seinem Stuhl um sich selbst drehte. Er starrte missmutig auf den Bildschirm, der über dem Labor schwebte. Die Beamten der CPSC führten in dem Teststadion, das er entwickelt hatte, einen Test mit den neuen Spielleiteravataren durch und erschlugen Welle um Welle an Monstern. Grelle Zauber flirrten über die offene Weite des Stadions und ließen den Bildschirm immer wieder aufblitzen.

Robert war schnell klar geworden, dass sie keine unsterblichen Avatare für die CPSC-Mitarbeiter erschaffen konnten. Alfred hatte Änderungen an der grundlegenden Spielmechanik gesperrt, und so gut wie alles im Spiel war sterblich. Robert konnte nur ein paar unglaublich hochstufige Spieler mit starken Fähigkeiten erstellen. Claire hatte sich darüber aufgeregt, es aber schließlich akzeptiert. Auch wenn Robert das eine oder andere Detail weggelassen hatte, als er der CPSC die Funktionen der neuen Spielleiter-Avatare erklärt hatte.

„Es mag einem guten Ziel dienen, aber ich vertraue der Gruppe nicht, die wir da als Polizisten einstellen", sagte Robert leise und wandte den Blick wieder Claire zu. *„Haben Sie schon mal vom*

Stanford-Prison-Experiment gehört? Das wurde vor fast einhundert Jahren durchgeführt."

Claire sah ihn verwirrt an. „Nein, davon habe ich noch nie was gehört."

Robert runzelte die Stirn. Er hörte auf, sich mit seinem Stuhl um sich selbst zu drehen, und wandte sich Claire zu. „Kurz gesagt wollte eine Gruppe Psychologen herausfinden, ob die Zunahme an Gewalttätigkeiten in Gefängnissen durch die Tatsache erklärt werden konnte, dass manche Leute einfach von sich aus grausam sind. Sie wiesen in einer zufälligen Gruppe von Testpersonen Rollen als Wächter beziehungsweise Gefangene zu. Wohlgemerkt, das waren ganz durchschnittliche, normale Menschen. Sie richteten im Keller der Universität ein realistisches Gefängnis ein und ließen die Gefangenen durch echte Polizisten in ihren Häusern verhaften. Innerhalb von drei Tagen hatten die ‚Wachen‘ die Gefangenen körperlich angegriffen, sie mittels psychologischer Manipulation unterdrückt und aktiv fertiggemacht und erniedrigt."

Claire blickte ihn schockiert an. „Soll das ein Witz sein? Wie konnten sie so ein Experiment nur fortsetzen?"

Robert hob die Schultern. „Haben sie ja nicht. Nach nur sechs Tagen wurde die Studie abgebrochen. Es ist allerdings interessant. Es spricht Bände über die Wirkung von Autorität und Kontrolle auf die Psyche des Menschen." Er blickte konzentriert auf den Bildschirm über dem Labor und sah zu, wie ein Spielleiter ganz allein Horden hochstufiger Kreaturen zurückschlug. Der Spielleiter hatte ein boshaftes Grinsen im Gesicht, während Wellen der Magie das Stadion erschütterten.

Claire sah besorgt aus. „Also, es klingt als wären diese Leute einfach nur krank gewesen. Vermutlich waren sie schon von vornherein nicht ganz richtig im Kopf."

„Vielleicht", entgegnete Robert. „Oder vielleicht haben sie sich nur der Rolle angepasst, die ihnen gegeben wurde – was leicht zu rechtfertigen war, wenn sie dachten, dass die Gefangenen ‚böse‘ Menschen sind. Wie sagt man doch? Absolute Macht korrumpiert? Manche dieser Binsenweisheiten enthalten ein Körnchen Wahrheit, oder nicht?"

Claire schwieg. Ihr Blick war nicht auf den Bildschirm über

dem Labor gerichtet. Stattdessen starrte sie durch das große Fenster in der Laborwand, durch das man die Reihen schwarzer Obelisken sehen konnte. Ihre Zuversicht war geschwunden, und eine Spur Sorge flackerte jetzt in ihrem Gesicht auf.

* * *

Jason erwachte in seinem Zimmer in der wirklichen Welt. Sein Körper schmerzte und um ihn herum war es dunkel. Vom Flur aus drang schwaches Licht in den Raum. Mit einem leisen Stöhnen rappelte er sich in eine sitzende Position auf. Der neue Helm war tatsächlich ein kleines Wunder. Es war schön, nicht in vollkommener Dunkelheit aufzuwachen. Mit der alten Ausrüstung hatte Jason sich oft etwas klaustrophobisch gefühlt. Er betastete das Plastik anerkennend, während er den Helm abnahm.

„Damit wird Robert richtig Reibach machen", erklärte er in den leeren Raum hinein.

Ein Gedanke ließ ihm keine Ruhe. Er war gespannt auf den neuen Patch. Soweit er wusste, war das das erste Update für das Spiel, das seit dem Launch von AO vor ein paar Wochen veröffentlicht wurde. Jason hatte angenommen, dass das Spiel nicht häufig Patches benötigte, da Alfred aktiv Änderungen am Spielsystem vornehmen konnte. Da Alfred allerdings so abrupt verschwunden war, hatte Jason nicht die Chance gehabt, ihn zu dem Patch zu befragen.

Er stand auf und ging zum Schreibtisch. Unterwegs schaltete er das Licht ein. Die Dockingstation, die ihm Robert mitgegeben hatte, hatte er auf der hölzernen Tischplatte platziert. Jason drückte einen Knopf an der Seite der Dockingstation und sie fuhr hoch. Als sie eingeschaltet war, koppelte Jason das Gerät an seinem Handgelenk damit. Bald erschien eine durchsichtige Tastatur in der Luft vor ihm.

Er vermutete, dass der beste Ort, um Details über den neuen Patch herauszufinden, das Rogue-Net war. Jason rief die Foren auf und fand schnell einen Thread zu der neuesten Systemmeldung. Nachdem er ein paar der Beiträge durchgelesen hatte, hatte er eine allgemeine Vorstellung davon, welche Änderungen vorgenommen wurden.

„Wow", murmelte er, während er auf den Bildschirm starrte. Er war überrascht von dem Ausmaß der Modifikationen, die an der Spielwelt vorgenommen wurden.

Offenbar setzte Cerillion Entertainment mit dem neuen Patch zwei bedeutende Updates um. Die erste Änderung betraf die Dungeons im Spiel. Die Dungeons wurden mit einem zweiwöchigen Respawn-Timer versehen, der auf den im Spiel vergangenen Tagen basierte. Das war ein Zugeständnis des Unternehmens. Die Tatsache, dass Dungeons automatisch respawnten, war nicht realistisch, aber wenn sie es nicht taten, hätten viele Spieler keine Chance, sie zu erkunden.

Es stellte sich heraus, dass die meisten Spieler die Inhalte der Dungeons sowieso nicht zu sehen bekamen. Die Spieler hatten sich darüber beschwert, dass die Bereiche nicht instanziiert waren, was bei einer so großen Spielerpopulation ein Problem darstellte. Es bedeutete, dass Horden von Spielern viele der Dungeons mit niedrigem Level leerräumten, wann immer diese respawnten.

Jason war nicht klar gewesen, was für ein großes Problem das darstellte, da er sich so auf den Zwielichtthron konzentriert hatte. Einige Spieler und neu gegründeten Gilden hatten sich bereits zusammengetan, um die beliebtesten Plätze zum Hochleveln und Looten effektiv mit einem Monopol zu belegen. Dank der langen Respawn-Zeit hatten die meisten Spieler keine Chance, an die Dungeon-Inhalte ranzukommen.

Am anderen Ende des Spektrums machte der aktuelle Respawn-Timer der Spieler es schwer für eine Gruppe, ein neues Dungeon realistisch abzuschließen. Wenn ein Mitglied starb, war der Rest der Gruppe gezwungen, drei Stunden Echtzeit zu warten, bis der Spieler respawnte. Das zwang die Gruppen natürlich, vorsichtig zu sein, wenn sie in neue Dungeons vordrang, und hielt die meisten Leute davon ab, die schwereren Dungeons auch nur auszuprobieren. Wer wollte schon in der ersten Schlacht sterben und dann für drei Stunden aus AO ausgesperrt werden?

Der Patch änderte die Mechanik der Dungeons beträchtlich. Spieler hatten jetzt die Option, entweder eine private Instanz des Dungeons nur für ihre Gruppe anzulegen oder eine öffentliche

Instanz zu nutzen. Die private Instanz hatte ihren eigenen Respawn-Timer. Starb jemand in dem Dungeon, wurde er innerhalb von 15 Minuten Echtzeit am Eingang wiederbelebt. So war Sterben weiterhin abschreckend, aber eine Gruppe konnte immer noch durch ein Dungeon vorankommen, ohne jedes Mal, wenn jemand einen Fehler machte, stundenlang warten zu müssen.

Das wird Frank glücklich machen. So wird Dungeon-Crawling etwas leichter.

Jason wandte seine Aufmerksamkeit wieder den Foren zu. Die zweite große Änderung war, dass der Herausgeber sich entschieden hatte, Spielleiter in AO einzuführen. Insgesamt würde es sechs davon geben und sie würden von einer neuen Abteilung der CPSC aus gesteuert werden. Die Erklärung des Unternehmens dazu lautete, dass das Spiel eine Polizei benötigte, um Missbrauch unter den Spielern zu verhindern. Jason verstand nicht, warum sie nicht einfach Alfred dafür nutzen konnten, aber er nahm an, dass es sich um einen PR-Schachzug handelte.

Wie soll das funktionieren? Woher wollen sie überhaupt wissen, wann jemand einen anderen Spieler „missbraucht"? Er las weiter in den Foren. Die Unterhaltung der Spieler war erhellend.

Watcher: Warum zum Henker brauchen wir Kindermädchen? Die sollen sich mal nicht so haben. Ist ja nur ein Spiel. Wenn's dir nicht gefällt, hör auf zu spielen!

Squishei: Ich denke, das hat was mit dem Zwielichtthron zu tun. Jasons Angriff auf die Stadt und die Guerillataktik gegenüber Alexions Armee haben eine Menge Leute ziemlich fertiggemacht. AO ist manchmal einfach zu realistisch.

Kennyloggins: Ich habe einen Post von einem der Spielentwickler gelesen. Er hat geschrieben, dass die neuen Spielleiter auf Meldungen der Spieler reagieren können, und dass das Admin-Team über Hardware verfügt, mit der sie Spieler aufspüren können, die extrem aufgewühlt oder verängstigt sind. Wenn man schikaniert wird, können die Spielleiter sich offenbar einfach zu einem hinteleportieren oder so.

Pumps: Toll. Jetzt wird jedes Arschloch, das mir über den Weg läuft, einfach eine Meldung ausfüllen ...

Tanned: @Kennyloggins. Den Post habe ich auch gelesen. Da steht auch, dass die Spielleiter alle jeweils über das Maximum einer bestimmten Affinität verfügen. Jemand vom Entwicklungsteam hat geleakt, dass sie um Level 500 herum sind. Ich hoffe nur, die werden nicht größenwahnsinnig. Könnt ihr euch vorstellen, was die meisten Leute mit so einem Charakter anstellen würden?

ShadowKilla: Mir egal. Ich könnte jeden Spielleiter alle machen. Sollen sie nur kommen!

Hmm. Sieht aus, als wäre ich teilweise dafür verantwortlich. Vielleicht habe ich es ein bisschen zu weit getrieben. In Zukunft werde ich vorsichtiger sein müssen, sonst muss ich mich am Ende noch mit diesen Spielleitern rumschlagen.

Trotz der neuen Bedrohung durch die Spielleiter musste Jason über seinen wachsenden Ruf grinsen.

Vielleicht sollte ich doch darüber nachdenken, einen von Jerrys Titeln anzunehmen. Schließlich habe ich jetzt einen Ruf zu wahren. Ich muss früh anfangen, meine Marke aufzubauen.

Kichernd schloss Jason die Foren und rief seine E-Mails ab. Er hatte eine Nachricht von Claire mit dem Streaming-Vertrag im Anhang erhalten. Als er die Paragrafen noch einmal las, wurde ihm klar, dass der Vertrag eine Kündigungsklausel enthielt, falls seine Zuschauerzahlen unter eine bestimmte Grenze fielen. Dieses Detail hatten Claire und Robert geflissentlich verschwiegen. Er musste sich alle paar Tage etwas Interessantes einfallen lassen, was er ihnen bieten konnte, sonst konnte er seine Bezahlung vergessen. Während er auf den Vertrag starrte, wurde Jason klar, dass es viel Arbeit werden würde, die Videos zu schneiden und einzuschicken und sicherzustellen, dass sie für die Zuschauer immer aufs Neue attraktiv sein würden.

Müde rieb Jason sich die Augen. Dann unterschrieb er den Vertrag und schloss sein Mailprogramm. Es blieb ihm kaum eine Wahl in der Sache. Er brauchte das Geld. Es würde ihm etwas einfallen müssen, um die Deadlines einzuhalten und gute Inhalte zu finden.

Zumindest entspricht jeder Tag in der echten Welt etwa drei Tagen im Spiel, dachte er grimmig. *Das verschafft mir etwa je eine Woche Zeit, um die einzelnen Videos zu produzieren. Vielleicht sollte ich mir einfach das Schlafen abgewöhnen ...*

Dann glitt sein Blick über die offenen Bücher auf seinem Schreibtisch. Das erinnerte ihn an eine weitere Verpflichtung. Mit einem Seufzer öffnete er die Webseite der Calvary School. Er konnte genauso gut nachsehen, was er aufhatte, und wie das mit seinem neuen Ganztagsjob kollidierte. Während er sich seine Aufgaben ansah, wurde ihm klar, dass er damit noch etwa eine Woche vor dem Hausaufgabenzeitplan lag. Zumindest würde er in der Schule nicht hinterherhinken. Dank der Zeitverzerrung im Spiel konnte er das Semester vermutlich in ein paar Wochen abschließen, wenn er nicht vollauf mit dem Streaming-Vertrag beschäftigt war.

Dann kam ihm ein Gedanke. Vielleicht sollte er sich darauf konzentrieren, seine Kurswahl in der echten Welt seinem Bedarf anzupassen. Wenn er von seinem Einkommen aus dem Spiel leben wollte, sollte er AO ernster nehmen. Sein Erfolg basierte bisher auf einer Mischung aus Glück und Reaktionsschnelle. Allerdings wusste er nichts darüber, wie man eine Stadt regierte oder über militärische Strategien. Beides würde er brauchen, um besser in dem zu werden, was ihm langfristig den Erfolg sichern würde.

Mit diesem Ziel im Kopf legte er sich eine Leseliste an, die er in seiner freien Zeit im Spiel abarbeiten konnte. Er setzte viele Bücher über Militärgeschichte und -strategie darauf, darunter *Die Kunst des Krieges* und *Der Fürst*. Einige der Bücher, die er auswählte, klangen trocken, aber er nahm an, er würde daraus das eine oder andere lernen. Ohnehin schien das Spiel seine Auffassungsgabe und Lerngeschwindigkeit zu verbessern.

Nachdem er seine Planung abgeschlossen hatte, tippte Jason auf das Epi an seinem Handgelenk. In der echten Welt war es spät, und er hatte einen langen Tag gehabt. Er sollte wohl besser etwas Schlaf abkriegen, bevor er sich morgen wieder einloggte. Erschöpft stöhnend legte er sich auf sein Bett.

„So viel zu tun ...", sagte er leise, während er an die Decke starrte. Müde folgte sein Blick einem Riss in der Wand.

Er dachte über die nächsten Tage nach. Wenn er sich mit Riley und Frank zusammentun wollte, waren die beiden vermutlich erst nachmittags verfügbar. Oberstufenschüler hatten gewöhnlich viele Freistunden, und wenn er sich recht erinnerte, hatten Frank und Riley sich ihre Nachmittage freigehalten.

Das bedeutete, er konnte vormittags seine Aufgaben in der wirklichen Welt erledigen, und sich dann in AO einloggen und seine Hausaufgaben machen. Er würde wahrscheinlich jeden Tag anständig zum Lernen kommen, bevor Frank und Riley es auch nur schafften, sich einzuloggen, wenn er die Zeitverzerrung und die erhöhte Lerngeschwindigkeit des Spiels nutzte.

„Das könnte funktionieren", sagte er laut, während er an die Decke starrte.

Ihm schwirrte immer noch der Kopf, wenn er an die Ereignisse des Tages dachte. Er hatte so viel unter einen Hut zu bringen: Er musste sich interessante Streaming-Inhalte einfallen lassen, um sich seine Brötchen zu verdienen, musste seine Hausaufgaben machen, seine Stadt starb langsam aber sicher aus, er versuchte, sich mit Riley zu versöhnen, er war sich sicher, dass Frank ihn dazu drängen würde, ein Dungeon mit ihm zu spielen, und die KI des Spiels lief ihm hinterher und wollte von ihm lernen, wie die Spieler tickten. Momentan konnte er an all diesen Problemen nichts ändern.

„Dafür gibt es ja das Morgen", murmelte er leise. Dann versuchte er, seinen erschöpften Kopf zur Ruhe zu bringen und in den Schlaf zu sinken.

Kapitel 7 – Versammelt

NACHDEM ER DEN verkrüppelten Mann auf der Straße geheilt hatte, war Alex von Dutzenden von NPCs gebeten worden, ihre Gebrechen zu heilen, die von Erkältungen bis zu gebrochenen Gliedmaßen reichten. Schnell hatte sich auf der Straße eine Schlange gebildet, die die Aufmerksamkeit von NPCs und Spielern auf sich zog. Es dauerte nur ein paar Minuten, bis Alex seine Rolle nicht mehr aufrechterhalten konnte.

Als er der Horde NPCs entkommen war, verschwand er in eine Seitengasse. Sobald er keinen neugierigen Blicken mehr ausgesetzt war, ließ er seine Maske fallen. Er lehnte sich an die Wand eines Gebäudes, und die Erinnerung an seine Mutter stürmte auf ihn ein wie ein Video, das in Endlosschleife ablief.

Als er die Erinnerung wieder vor sich abspulte, flammte ein stechender Schmerz in seinem Körper auf und sein Herz raste. Seine Brust hob und senkte sich in schnellen, keuchenden Atemzügen. In seinem Kopf herrschte Chaos, und er wusste nicht, was mit ihm los war. Er blickte auf seine Hände hinunter und sah, dass sie zitterten. Mehrere lange Minuten vergingen, in denen er versuchte, die Kontrolle über sich wiederzuerlangen.

Als Alex' Herzschlag sich endlich verlangsamte, erklang hinter ihm eine gehässige Stimme. „Du scheinst etwas außer Fassung, Herr Ritter. Ist etwas passiert?"

Er wandte sich zu der Frau um, die in der Gasse aufgetaucht war. Ihm schwirrte der Kopf. Die Leere war immer noch da, doch sie wand sich in seinem Hinterkopf wie etwas Lebendiges, das er nicht fassen konnte. Er fühlte sich verwirrt.

Die Frau hob eine Augenbraue. „Nicht sonderlich gesprächig, was? Ich muss sagen, du stinkst geradezu nach Unsicherheit. Was ist aus der Stärke geworden, die ich zuvor beobachten konnte?"

„Was habt Ihr mit mir gemacht?", zischte Alex endlich. Er richtete sich auf und ging bedrohlich auf die Frau zu.

Sie legte die Hand an die Brust und musterte ihn höhnisch. „Ich? Gar nichts habe ich getan. Du hast auf dem Markt eine herausragende Vorstellung abgegeben. Es bereitet mir solche Freude, wenn die Massen meinen Namen rufen."

„Nein! Ihr habt etwas getan! Ich habe mich erinnert ... an sie." Er streckte die Hand nach der Frau aus. „Was war das? Sagt es mir sofort!"

Ein lautes Klatschen hallte durch die Gasse. Schockiert blickte Alex die Frau an und hielt sich die brennende Wange. Er hatte nicht einmal gesehen, dass sie sich bewegt hatte.

Die Herrin lächelte ihn spöttisch und gleichzeitig angewidert an. „Reiß dich zusammen. Solche Schwäche dulde ich bei meinen Dienern nicht. Ich hatte nichts mit dem zu tun, woran du dich auf dem Markt erinnert hast, was immer es auch gewesen sein mag."

Alex schloss die Augen und atmete tief durch. Natürlich hatte die Herrin nichts mit der Erinnerung zu tun. Wie hätte das Spiel so dicht an ihn herankommen können? Vielleicht war es nur die Situation gewesen, die diese Erinnerung ausgelöst hatte. Das verstörende Bild flackerte immer noch vor seinem geistigen Auge, aber er bemühte sich, an etwas anderes zu denken. Die Leere lockte ihn und versprach Taubheit und Sicherheit. Er flüchtete sich nur zu gerne hinein.

Nach kurzer Zeit fanden seine Gedanken wieder annähernd zu seiner gewohnten, gelassenen Ruhe zurück. Er musterte die Frau, die vor ihm stand. Seine Mission fiel ihm wieder ein. Er wollte die Macht über Grauburg gewinnen. Er wollte Rache an Jason üben. Um diese Ziele zu erreichen, brauchte er sie, also musste er Reue zeigen.

„Ich muss mich entschuldigen", sagte er mit fester Stimme. „Ich war einen Moment lang nicht ganz bei mir."

Hochmütig blickte die Frau ihn an und zupfte sich die Toga zurecht, während sie sprach. „Das war nicht zu übersehen. Allerdings weiß ich, dass du deine Handlungen nicht ernsthaft bereust. Lass mich dir eins ganz deutlich sagen. Solltest du es wagen, je wieder so mit mir zu sprechen", warnte sie ihn, „oder noch einmal versuchen, mich zu berühren, werde ich das seelische Trauma, das du eben erlebt hast, wie eine sanfte, tröstliche Brise aussehen lassen." In den Augen der Herrin flammte goldenes Licht auf und gefiederte Flügel wuchsen ihr aus dem Rücken. Eine blendende Krone aus Licht erschien über ihrem Kopf und drehte sich langsam in der Luft.

Schockiert von dieser Machtdemonstration starrte Alex auf das Bild, das sich ihm bot.

Nach einem langen Augenblick antwortete er: „Es wird nicht wieder vorkommen." Seine Stimme war ruhig und sein Wille fest. Die Leere, die seinen Kopf füllte, wusch seinen Schmerz und seine Unsicherheit weg. Doch das Bild seiner Mutter lockte noch immer aus den tiefsten Tiefen seines Geistes und versprach Schmerz und Unsicherheit. Er scheute vor diesem Gefühl zurück. Er durfte keine Schwäche zeigen.

* * *

Jason verbrachte den Großteil des nächsten Vormittags damit, Dinge für Angie zu erledigen. Als er sich schließlich wieder ins Spiel einloggen konnte, fand er sich im Kontrollraum wieder. Seine Augen brauchten einen Moment, um sich an das flackernde Licht zu gewöhnen. Nachdem er sich wieder zurechtgefunden hatte, bewegte er sich auf den Obelisken zu. Es war vermutlich keine schlechte Idee, sich noch einmal die Stadtinformationen anzusehen, bevor er sich mit dem Rat traf. Sobald er sich dem Stein näherte, zischte Micker auf seinen Kopf zu.

„Mein Stein! Nicht anfassen!" Er stoppte vor Jason, der Dreizack nur Zentimeter von seinem Gesicht entfernt. „Oh. Du." Er klang enttäuscht. „Wo hübsche Dame?" Er sah sich nach Riley um.

Stirnrunzelnd sah Jason den kleinen Kobold an. „Sie kommt sicher bald wieder."

Etwas an Micker hatte Jason keine Ruhe gelassen. Er inspizierte die kleine graue Gestalt, die dicht vor ihm schwebte. Warum sollte man diesen kleinen Kobold damit beauftragen, den

Kontrollraum zu bewachen? Das schien absurd.

„Micker, bewachst du wirklich den Stein?", fragte Jason misstrauisch.

Der kleine Kobold musterte konzentriert seinen Dreizack. „Vielleicht. Hauptsächlich ich Stein bewachen."

Alfred stand neben dem Obelisken und verfolgte die Unterhaltung. Seine Augen funkelten amüsiert, während Jason versuchte, dem Kobold Informationen aus der Nase zu ziehen. Jason wurde klar, dass Alfred wahrscheinlich selbst ein bisschen Boshaftigkeit in sich trug. Besonders, wenn er die ganze Zeit über so mit den Spielern herumexperimentierte.

Jason starrte den nutzlosen Kater an. Er formulierte seine Frage an Micker um. „Ist es deine einzige Aufgabe, den Stein zu bewachen?"

Micker sah ihn aus seinen winzigen grünen Augen an und zögerte. Schließlich gab er mit leiser Stimme zu: „Micker und Stein verbunden. Manchmal ich rede für Stein."

Ist er so eine Art Avatar für das Steuerungsfeld? Vielleicht kann er aus der Ferne auf die Stadtverwaltungsfunktionen zugreifen. Das wäre nicht dasselbe wie im Kontrollraum zu stehen, aber es würde mir die Möglichkeit geben, die Stadt zu überwachen, ohne dass ich jedes Mal in diesen Raum zurückkehren muss.

„Kann ich durch dich mit dem Stein sprechen?", fragte Jason versuchsweise.

Micker sah ihn mit großen, traurigen Augen an. „Ja", sagte er elend. Dann verzerrte trotziger Zorn seine Gesichtszüge. „Ich nicht verlassen Stein!", schrie er und sauste zurück zum Obelisken. Er ließ sich auf seiner Spitze nieder und ließ missmutig den Kopf hängen.

Ein bunter Riss bildete sich in der Luft neben Jason. Dann erschien Riley mit einem leisen Ploppen. Sie brauchte einen Moment, um sich zu orientieren, dann bemerkte sie Micker, wie er oben auf dem Obelisken schmollte. Sofort drehte sie sich zu Jason um.

„Was hast du mit ihm gemacht?", fragte sie misstrauisch.

Jason hob die Hände. „Nichts. Micker hat erklärt, dass er aus der Ferne auf die Stadtverwaltungsfunktionen zugreifen kann.

Er dachte, ich wollte ihn zwingen, den Raum und seinen Stein zu verlassen, und wurde ganz miesepetrig."

Riley nickte verständnisvoll, bevor sie sich wieder an Micker wandte. „Hi, Micker!", sagte sie mit einladender Stimme. Der kleine Kobold hob den Kopf. „Hast du Lust auf einen Ausflug mit mir? Ich verspreche dir, ich beschütze dich vor Jason", fügte sie mit einem kleinen Lächeln hinzu.

Ein freudiger Ausdruck erschien auf Mickers Gesicht. „Hübsche Dame!" Er sauste zu ihr hinüber und ließ sich auf ihrer Schulter nieder. „Ich bereit. Wo hingehen?"

„Blöder, wankelmütiger Kobold", murmelte Jason.

Riley lachte leise. „Du bist nur eifersüchtig, weil er mich lieber mag als dich."

„Klar doch", gab Jason sarkastisch zurück. Er drehte sich um und sprach zu dem Kobold auf ihrer Schulter. „Gibt es einen Ort in der Feste, wo wir ein Treffen abhalten können, Micker? So etwas wie einen Raum mit einem großen Tisch? Es kommen bald ein paar Freunde vorbei."

Der Kobold kratzte sich kurz am Kopf. Dann schien in seinem kleinen Gehirn eine Glühbirne aufzuleuchten. „Ja! Großer, schmucker Raum! Ich bringen hin." Der Kobold klatschte in die Hände.

Und dann waren sie in einem anderen Raum.

Jason, der keinen Teleportationszauber erwartet hatte, stolperte und fiel auf ein Knie. Rileys blieb dank ihrer höheren *Geschicklichkeit* auf den Beinen, doch sie taumelte und sah sich verwirrt um. Alfred schien von diesem Zauber völlig ungerührt. Er sprang prompt auf einen großen Ledersessel. Dort putzte er sich beiläufig die Pfoten. Den Zombies war es am schlechtesten ergangen, ihre hingestreckten Körper lagen auf dem Boden verstreut.

„Blöder Kobold", grummelte Jason, während er den Raum inspizierte.

Sie waren in einem großen Arbeitszimmer irgendwo in der Feste. Die Wände waren von Bücherregalen gesäumt, die bis zur gewölbten, fünf Meter hohen Decke reichten. An den Wänden lehnten auf ausgeklügelt angebrachten Rollen verschiebbare Leitern, mittels derer Gäste an Bücher auf den höheren Regalfächern

herankommen konnten. Ledersessel standen vor einem pompö-
sen, steinernen Kamin an einer Seite des Raums. Am anderen
Ende des Arbeitszimmers befanden sich stabile Doppeltüren, die
Jasons Vermutung nach ins Innere der Festung führten. Weiter
hinten im Raum befand sich ein großer Eichentisch. Das ins Holz
geschnitzte, wunderschöne Beschlagwerk zeigte detailreiche Dar-
stellungen von Untoten, die verschiedene Bestien und Monster be-
kämpften.

Riley tätschelte Micker den Kopf. „Braver Micker. Ich
wusste nicht, dass du uns teleportieren kannst!"

Der Kobold lächelte Riley an und zeigte seine spitzen, gelben Zähne. „In Feste ich bewege schnell."

„Gut zu wissen", sagte Jason perplex. Er fragte sich kurz,
wie verärgert Riley wäre, wenn er den Kobold durch einen seiner
Zombies zu Brei schlagen lassen würde.

Ein heller Ton klang durch den Raum, der Jason durch
und durch ging. Er wandte sich an Micker, der immer noch auf
Rileys Schulter hockte. „Was ist das für ein Geräusch, Micker?",
rief er über den Lärm hinweg.

„Türklingel!", schrie Micker aufgeregt.

„Weißt du, wer es ist?", drängte Riley ihn mit gepresster
Stimme. Selbst ihre Geduld wurde von dem klingelnden Geräusch
strapaziert.

„Ist alte Frau, Knochenmann, Großhut und Moppel", verkündete Micker, während er die Gäste an seinen kleinen Fingern
abzählte.

*Die neuen Namen gefallen mir. Vielleicht töte ich ihn doch
noch nicht gleich.*

Jason lachte. „Bitte lass sie herein. Teleportiere sie einfach
in den Raum, wenn das geht."

Micker starrte ihn zornig an, bevor er antwortete: „Ich
nicht Butler. Ich Steinwächter." Er verschränkte die Arme und zog
eine Schnute.

„Ach komm, Micker. Wir brauchen deine Hilfe", spornte
ihn Riley an. Der Kobold lächelte sie an und klatschte dann wieder
in die Hände.

Da zeichnet sich langsam ein Muster ab. Ich muss Riley

dazu bringen, ihn zu überzeugen, wenn ich will, dass er etwas für mich tut.

Eine Gruppe Personen ploppte neben ihnen auf. Jerry war mitten im Satz. „Seine überragende Unheiligkeit ist vermutlich ... uff." Frank stolperte gegen Jerry und beide landeten flach auf dem Boden. Rex und Morgan konnten ihren Auftritt etwas anmutiger gestalten und schafften es, auf den Beinen zu bleiben.

„Was zum Teufel noch eins war das?", rief Rex aus. Seine gebleichten, weißen Knochen leuchteten schwach im gedämpften Licht des Arbeitszimmers. Die dunklen Energiekugeln, die seine Augen darstellten, suchten den Raum sorgfältig ab und er hatte eine Skeletthand auf das Schwert an seiner Hüfte gelegt. Als er Jason und Riley erblickte, lockerte er den Griff um den Knauf seiner Waffe.

Jason ging zu ihm hinüber. „Hallo, Rex." Er schüttelte ihm die Knochenhand.

„Heda, Jason. Lange nicht gesehen", entgegnete er, während er Riley gründlich musterte. Sie wandte den Blick schnell von dem Skelett ab.

„Hi, Morgan", sagte Jason und wandte sich der älteren Frau zu. Sie achtete nicht auf ihn. Ihr Blick hing an den Bücherregalen, die den Raum füllten.

Jason seufzte. „Wenn Ihr mir 30 Minuten Eurer Zeit schenkt, verspreche ich Euch, dass Ihr jedes Buch über Magie haben könnt, das sich in diesem Raum befindet."

Das brachte ihm ihre Aufmerksamkeit ein. Morgans Blick wandte sich Jason zu. „Wenn das so ist: Wie geht es Euch?" Ein kleines Grinsen kräuselte ihre Lippen.

Morgan hatte Verbesserungen an ihrer Garderobe vorgenommen, seit er sie zuletzt gesehen hatte. Sie wirkte wesentlich mehr wie eine Magierin und war in eine dunkle, schwarze Robe gehüllt. Außerdem trug sie jetzt einen hölzernen Stab in einer Hand, dessen Schaft aus in sich verschlungenen Holzbändern bestand. Ein dunkler Edelstein war an seiner Spitze angebracht, der voller unheiliger Energie pulsierte.

„Ziemlich gut. Wir haben die Feste erkundet", entgegnete Jason.

„Runter von mir, Sir Tonne!", rief eine erstickte Stimme hinter ihm. Jason drehte sich um und sah, dass Frank quer über Jerry lag. Frank trug eine schwere Kettenrüstung und ein großer Zweihänder war auf seinem Rücken befestigt. Offenbar hatte die Fähigkeit des untoten Diebes, auszuweichen, doch ihre Grenzen. Jetzt lag er unter dem kräftig gebauten Teenager begraben. Es sah aus, als würde er unter dem geballten Gewicht von Franks Ausrüstung sowie, nun ja, Frank selbst zerquetscht werden.

Jason ging zu ihnen hinüber und streckte seinem Freund die Hand hin. „Hey, Mann", sagte Frank fröhlich und ignorierte den stöhnenden Dieb. „Das war ja mal ein krasser Auftritt."

Jason antwortete lachend: „Ich tue mein Bestes."

Er winkte die Gruppe zum Tisch am anderen Ende des Raums. Sobald alle saßen, stellte Jason sie einander vor. Riley und Frank hatten die meisten Ratsmitglieder schon kennengelernt, und sie kannten einander, also dauerte das Ganze nicht lang.

Nachdem Jason den Tisch umrundet hatte, war eine leise Stimme zu vernehmen: „Ich sein Micker!"

Der kleine Kobold stand in der Mitte des Tischs und streckte seinen Dreizack hoch in die Luft. „Das hier mein Bergfried." Mit seiner kleinen Hand machte er eine große Geste durch den Raum.

Jasons Hand klatschte leise auf sein Gesicht, während Riley über den Kobold kicherte. Morgan nahm Micker in Augenschein. „Das ist ein Schwarzsteinkobold. Seltsam, ich hätte nicht gedacht, dass sie sich so weit von den Bergen entfernen. Dieser hier scheint ziemlich kräftig für seine Rasse zu sein."

Mickers verzog das Gesicht und starrte sie böse an. „Du sagst, ich dick?"

Morgan ignorierte sein Zetern und wandte sich an Jason. „Ich nehme an, er war es, der uns teleportiert hat?"

Jason nickte. „Ja. Er scheint außerdem an den Obelisken gebunden zu sein, der als Steuerungsinterface für die Stadt dient."

Morgan nickte. „Das ergibt Sinn. Schwarzsteinkobolde bestehen fast ausschließlich aus Mana. Sie geben außergewöhnlich gute Vertraute ab. Viele Zauberer binden sie an unbewegliche magische Gegenstände. So kann der Zauberer die Magie des

Gegenstands aus der Ferne nutzen. Sie sind recht nützlich, vorausgesetzt natürlich, man erträgt ihr nerviges Benehmen", erklärte sie mit einem abschätzigen Blick auf Micker.

Ach, echt? Zumindest habe ich richtig geraten.

Jason wandte seine Aufmerksamkeit wieder der Gruppe zu und sah sie einen nach dem anderen an. „Ihr fragt euch sicher, warum ich euch hierher geholt habe. Lasst mich erklären ..."

Zunächst ging er die Änderungen mit ihnen durch, die er an der Stadt vorgenommen hatte, hauptsächlich die Gründung des *Hexenkessels*, der *Akademie* und der *Bibliothek*. Morgan schien zufrieden damit, dass ihre Rolle in der Zauberschule jetzt offiziell war. Rex und Jerry nickten ebenfalls zustimmend, als er seine Ziele für die Bibliothek und die Handwerkerschule erläuterte.

Dann ging Jason dazu über, zu erklären, was er durch seine Experimente mit dem Kontrollraum in Erfahrung gebracht hatte. Er konzentrierte sich speziell auf die Bevölkerung der Stadt. Viele in der Gruppe wirkten zunächst verwirrt, als er das Problem erklärte. Als er weitersprach, nickten sie allerdings. Es war nicht schwer zu verstehen, dass es nur ein paar verlorene Schlachten brauchte, um den Zwielichtthron an den Rand der Zerstörung zu bringen.

Als Jason seine Erläuterungen beendete, lachte Frank leise. „Und ich dachte, ich würde mich einer unbesiegbaren Armee Untoter anschließen. Da hast du ein großes Problem aufgetan."

Jason nickte. „Ich habe auch keine einfache Antwort darauf. Wir brauchen einen stetigen Nachschub an humanoiden Leichen. Nicht nur das, sie müssen auch noch relativ einfach zu töten sein. Wie gesagt, Verluste können wir uns derzeit nicht leisten."

Einen langen Augenblick saß die Gruppe schweigend da, während jeder am Tisch darum rang, eine Lösung für das Bevölkerungsproblem der Stadt zu finden.

Dann ergriff Frank das Wort. „Wisst ihr was? Ich denke, die Dungeons sind die Antwort."

Jason sah ihn skeptisch an. „Das verstehe ich nicht."

Frank hob die Hand, um Jason zu unterbrechen, bis er es erklärt hatte. „Hör erst mal zu. Es gibt eine anständige Anzahl Dungeons voller humanoider Kreaturen. Die Respawn-Zeit eines

Dungeons beträgt grob zwei Wochen im Spiel. Allerdings kann man es jetzt als private Instanz einrichten, also könnten wir den Dungeon genau genommen jedes Mal leerräumen, wenn es respawnt."

Rex trommelte mit den Fingern auf den Tisch, jede Bewegung ein klapperndes Crescendo. „Nur wie wollt ihr all die Leichen zum Zwielichtthron schaffen? Der Einzige, der sie als neue Einwohner wiedererwecken kann, ist unser Wunderjunge hier."

Frank zuckte mit den Schultern. „Ich weiß es nicht, aber ich habe schon eine kurze Liste von Dungeons zusammengestellt, die die Reisenden in der Gegend entdeckt haben. Ich hatte gehofft, dass Jason sich etwas Urlaub vom Herrschen über das Königreich nehmen und eins davon mit mir erkunden könnte."

Hmm. Ich habe immer noch die Quest von dem Alten, die entlegenen Dörfer zu erobern. Vielleicht liegt eins der Dungeons in der Nähe von einem davon? Das könnte unser Leichentransportproblem lösen. Ich könnte einfach die Dorfbevölkerung als Arbeiter einziehen.

Jason sah zu dem kleinen Kobold, der gerade mit seinem Dreizack Alfred herumscheuchte. „He, Micker, kannst du eine Karte des Königreichs auf diesen Tisch projizieren?"

Der Kobold starrte ihn vom anderen Ende des Raums aus an. „Alte Frau mich dick genannt. Du mich nicht verteidigt. Warum ich helfen?"

Riley rollte die Augen. „Morgan liegt falsch, Micker. Du hast genau die richtige Figur." Das trug Riley eine hochgezogene Augenbraue von Morgan ein, aber Riley sprach weiter. „Tatsächlich bist du ein äußerst ansehnlicher Kobold. Wer hat schon einen so spitzen Dreizack wie du? Möchtest du das nicht mir zuliebe tun?"

Micker blickte auf seinen Dreizack und dann wieder auf Riley. „Dreizack ist spitz. Ich tue für hübsche Dame. Nicht für alte Frau oder fiesen Knilch", sagte er und starrte dabei nacheinander Morgan und Jason an. Morgan schnaubte über den kleinen Kobold.

Eine topografische Karte der Umgebung des Zwielichtthrons erschien auf dem Tisch. Der Zwielichtthron lag inmitten eines dichten Waldes, und ganz im Westen konnte die Gruppe gerade so Grauburg erkennen. Eine Bergkette zog sich ein paar Dutzend Meilen von der Stadt entfernt durch den Nordteil des Gebiets. Um den Zwielichtthron herum lagen verstreut kleine, grün erleuchtete Dörfer.

Micker konnte außerdem detaillierte Informationen über den Einflussbereich der Stadt liefern. Eine dunkle Wolke schwebte über den betroffenen Bereichen. Sie bedeckte ein Gebiet, das über 30 Meilen um die Stadt herum reichte. Der dunkle Einfluss erstreckte sich etwas weiter nach Norden und wurde schwächer, je näher er den Bergen kam. Jason sah, dass er die Dörfer innerhalb des ehemaligen Königreichs Lusade zurückerobern musste, bevor der Einflussbereich sich bis zu seinen ursprünglichen Grenzen ausdehnen würde. Er hatte nur einen kleinen Teil von Lusade eingenommen, indem er die Hauptstadt für sich beanspruchte.

Es wird ein Haufen Arbeit, die Quest des alten Mannes zu erledigen, dachte Jason müde. *Ich schätze, das muss ich auch auf meine wachsende To-do-Liste setzen.*

Er wandte sich an Frank. „Wo liegen denn diese Dungeons?"

Frank runzelte die Stirn und bewegte die Hand durch die Luft. Jason nahm an, dass er auf seine Spielkonsole zugriff, um gespeicherte Webseiten oder Notizen aufzurufen. Nach ein paar Augenblicken sah Frank wieder auf die Karte.

Er deutete auf mehrere Orte. „Hier, hier und hier." Wo er hinzeigte, erschienen rote Punkte auf der Karte. Er sah Jason an. „Allerdings sind das nur Gerüchte. Das Spiel ist noch nicht so lang draußen, und viele Leute begeben sich ... nur ungern zum Zwielichtthron."

Die ersten zwei Orte befanden sich weiter südlich, weit außerhalb des Einflussbereichs der Stadt. Außerdem lagen sie an der Grenze des Königreichs, und es gab keine Dörfer in der Nähe. Der letzte Ort lag im Nordwesten am Fuß der Bergkette. Er befand sich relativ nah an einem Dorf, und der Einflussbereich der Stadt erstreckte sich beinahe so weit, dass er die Siedlung bedeckte. Laut der Karte war der Name des Dorfes „Peccavi".

Jason rieb sich das Kinn. Wenn sie den Dungeon regelmäßig ausräumten, könnten die Bewohner von Peccavi eine bereitwillige Quelle an Arbeitskräften darstellen. Außerdem war es Jason lieber, seine Zombies in diese Richtung zu führen, da sie innerhalb des Einflussbereichs der Stadt nicht so schnell verwesen würden. Im ersten Schritt würden sie das Dorf einnehmen müssen, um Jasons Knechte zu schützen.

Das einzige Problem ist, dass Peccavi nur ein paar Tagesreisen von Grauburg entfernt liegt. Wenn jemand entdeckt, dass wir dort sind, könnten die Spieler und NPCs recht schnell zu uns marschiert kommen.

„Dieses Dorf im Norden sieht nach einer guten Möglichkeit aus", sagte Riley.

„Finde ich auch", antwortete Jason. „Schade allerdings, dass wir keine konkreteren Informationen über den Dungeon haben. Ich habe das Gefühl, dass wir momentan blind auf etwas setzen, was wir nicht wissen."

Jerry erhob sich anmutig. „In dieser Hinsicht kann ich behilflich sein." Er vollführte eine umständliche Verbeugung, die mit einem Schlenker seines Huts und einem Zwinkern endete. „Ich habe Gerüchte gehört, dass dieses Gebiet im Norden in letzter Zeit von Angriffen geplagt wird. Die Details sind nicht ganz klar, aber es könnte sein, dass sich dort eine Gruppe feindseliger Kreaturen eingenistet hat. Es heißt, ihre Gestalt sei zumindest vage der eines Mannes ähnlich." Bei dieser Bemerkung fuhr er mit den Händen seinen Körper hinunter, was ihm ein Augenrollen von Morgan eintrug.

Frank lächelte breit. „Perfekt. Ich wusste, wir würden einen Dungeon-Crawl zusammen machen. Genau wie in alten Zeiten." Er klopfte Jason auf den Rücken.

„Ihr solltet mindestens eine oder zwei Divisionen der Armee mitnehmen", meldete Rex sich zu Wort. „Das macht es leichter, das Dorf zu erobern und den Dungeon auszuräumen."

Jason schüttelte den Kopf. „Das können wir nicht riskieren. Riley und ich wurden gestern innerhalb der Stadt angegriffen. Alle Truppen müssen hierbleiben, um die Stadt zu verteidigen, bis wir die Lage des Dungeons bestätigt haben."

Rex knurrte und sein Kiefer knackte leise. „Was schlagt Ihr also vor? Dass Ihr drei es allein mit einem Dorf und einem

Dungeon aufnehmt?"

Jason warf Frank einen Blick zu. „Da ist was dran. Wie viele Leute braucht es normalerweise, um eins dieser Dungeons zu schaffen? Kriegen wir das mit einem kleinen Team hin oder brauchen wir eine größere Raid-Gruppe?"

Frank schüttelte den Kopf, bevor er antwortete. „Kommt drauf an. Ich habe gelesen, dass einige Dungeons nur aus einer Reihe kleiner Höhlen bestehen. In anderen Fällen können sich ganze Armeen darin aufhalten. Um das größte bekannte Dungeon zu schaffen, brauchte es eine Gruppe aus 20 Reisenden.

Mist. Trotzdem will ich die Truppen noch nicht aufs Spiel setzen. Wenn wir nur eine Möglichkeit hätten, mit der Stadt zu kommunizieren.

Jason wandte den Blick Micker zu, der seinen Dreizack polierte. Er lehnte sich nach rechts und flüsterte Riley zu: „Kannst du Micker fragen, ob er auch von außerhalb auf das Steuerungsinterface des Zwielichtthrons zugreifen kann? Und frag ihn, ob er irgendwie aus der Ferne mit den Einwohnern der Stadt sprechen kann."

Riley sah ihn an und Erkenntnis erschien in ihrem Blick, als sie seine Fragen verarbeitet hatte. Sie wandte sich an den Kobold. „Hey, Micker." Der Kobold drehte den Kopf zu ihr. „Wenn du die Stadt verlässt, hast du dann immer noch Zugriff auf deinen Stein?"

Micker nickte heftig. „Ja. Stein immer bei mir."

Riley lächelte. „Ist es dir möglich, durch deinen Stein mit den Leuten hier in der Stadt zu kommunizieren?"

Der Kobold wirkte kurz nachdenklich. „Ich noch nie versucht. Aber ich teleportieren zu Stein!"

Rex sah zwischen dem Kobold und Jason hin und her. Er hob die Hand, um Jasons Erklärung abzuwehren. „Ich hab' vielleicht kein Hirn mehr, aber blöd bin ich nicht. Ich verstehe schon. Ihr geht allein zum Dungeon und schickt dann den Kobold zurück, wenn ihr Verstärkung braucht. Das ist ein guter Plan."

„Wenn wir die Armee nicht mitnehmen, besteht weniger Risiko, dass die anderen Reisenden von unserem Ausflug in den Norden Wind bekommen", sagte Riley mit einem Hauch

Erleichterung. Sie dachte eindeutig an den Überfall auf der Straße gestern.

Bei Rileys Worten huschte ein seltsamer Ausdruck über Jasons Gesicht. Eine Idee nahm in seinem Kopf Gestalt an. Es war albern und dumm. Allerdings hatte das bisher gut für ihn funktioniert, warum also jetzt aufhören? Er war sich jedoch nicht sicher, ob Frank oder Riley zustimmen würden, ihm zu helfen, wenn er ihnen den Plan verriet – er würde ihn besser erst einmal für sich behalten.

Jason wandte sich wieder Riley zu. „Es wird wohl besser sein, wenn die Spieler nicht wissen, wo wir hingehen", antwortete er.

Er sah die anderen an. „Also, ich denke, der Plan steht. Frank, Riley und ich sehen uns dieses Dungeon an. Außerdem versuchen wir, Peccavi zu erobern, wenn wir schon dabei sind." Sein Blick schweifte über den Rat der Schatten. „Glaubt ihr, ihr kommt zurecht, während wir weg sind?"

Morgan antwortete ihm mit einem spöttischen Lachen. „Wir sind schon lange zurechtgekommen, bevor wir Euch kannten. Wir schaffen das."

Rex lachte über Morgans Kommentar, wobei seine Kiefer aufeinander klapperten. „Ich erinnere mich daran, dass ich eine Haut hatte, bevor ich unseren dunklen Herrn hier kennenlernte. Das war schon irgendwie nett. Auch wenn es mir gefällt, nicht mehr zu bluten. Das macht das Schwertkampftraining leichter."

Jason lächelte. „Gut. Wie steht es mit Euch, Jerry?"

„Diese beiden sind kaltschnäuzige Maulhelden, aber ich scheue mich nicht, Euch meine wahren Gefühle zu offenbaren." Er sah mit traurigen, milchig-weißen Augen zu Jason auf. „Mein Herz wird verwelken und sterben, wenn Ihr nicht hier seid." In gespielter Verzweiflung ließ er den Kopf hängen und wischte sich mit der Hand eine eingebildete Träne weg.

Einen Augenblick lang starrte die Gruppe ihn einfach nur an.

„I-ist Euer Herz nicht bereits tot?", fragte Frank zögernd.

Mit einem schalkhaften Grinsen sah Jerry auf. „Da habt Ihr recht, mein massiger Landsmann. Ihr tragt die Rüstung eines

Kriegers, und doch habt Ihr den Geist eines Gelehrten!"

Stirnrunzelnd sah Frank den Dieb an. „Vorsicht mit den Dicken-Witzen, sonst setze ich mich wieder auf Euch drauf." Kurz flackerte Horror in Jerrys Blick auf, bevor er seinen Gesichtsausdruck wieder unter Kontrolle hatte.

Jason klatschte in die Hände. „Wie auch immer … Ich glaube, wir sind fertig. Beenden wir das Treffen und machen uns an die Vorbereitungen." Ein Grinsen voller Vorfreude kräuselte seine Lippen. „Ich glaube, dieser Ausflug wird ein großer Spaß."

Kapitel 8 – Erleuchtend

NACH SEINEM GESPRÄCH mit der Herrin predigte Alex weiter an Straßenecken in ganz Grauburg. Keine weiteren Erinnerungen tauchten auf, wenn er den Heilzauber verwendete, den sie ihm geschenkt hatte. Er war dankbar für die Atempause, da er wenig Lust hatte, noch einmal eine Panikattacke wie die in der Gasse zu erleben.

Gerade stand eine Frau mittleren Alters vor ihm, deren Augen voller Sorge auf ihren kleinen Sohn neben ihr gerichtet waren. Der Junge konnte sich kaum auf den Beinen halten und lehnte sich schwer an seine Mutter. Gelegentlich stieß er ein keuchendes Husten aus und hinterließ dabei Blutstropfen auf dem Saum seines Ärmels. Alex betrachtete den Jungen, und ein schwaches Bild seiner kranken Mutter blitzte vor seinem geistigen Auge auf. Verzweifelt klammerte er sich an die Leere und versuchte, das Bild zu unterdrücken, das sich wieder an die Oberfläche drängte.

„Seid gegrüßt, Prophet", sagte die Frau in respektvollem Ton und verbeugte sich leicht. „Mein Name ist Adria, und dies ist mein Sohn Ryan. Könnt Ihr ihm bitte helfen?"

„Natürlich, Adria", sagte Alex großmütig, während seine Hände automatisch ihren Tanz durch die Gesten des Zaubers vollführten. Seine Lippen murmelten ein leises Gebet an die Göttin, mehr der Frau zuliebe als um den Zauber zu wirken. Als Alex fertig war, krampfte sich der Körper des Jungen zusammen. Er hustete heftig, als seine Lunge alles ausstieß, womit die Krankheit sie gefüllt hatte. Dann hob der Junge den Kopf, und seine Augen waren klar.

Adria blickte Alex dankbar an und klammerte sich an ihren Sohn. „Ich danke Euch, Herr. Möge die Herrin Euch für Eure Dienste segnen", hauchte sie demütig und senkte den Kopf. Die Menge hinter der Frau sah von Ehrfurcht ergriffen zu, und Alex hörte leises

Murmeln.

Trotz der Bewunderung der Menge stellte sich jenes seltsame, warme Gefühl nicht ein. Alex wusste nicht, was sich verändert hatte, aber nur die dumpfe Leere hallte in seinem Kopf wider. Seit dem Flashback mit seiner Mutter hatte er die vertraute Wärme nicht mehr gespürt.

Mit einem gezwungenen Lächeln auf den Lippen blickte Alex die Frau vor sich an. Sein Gesichtsausdruck war reiner Willensstärke geschuldet, es lag kein echtes Gefühl der Freude oder des Glücks darin. „Nicht doch. Ich bin nur ein Diener der Herrin."

Die Frau und ihr Sohn zogen davon. Alex sah ihnen nach und erblickte einen fast glatzköpfigen Mann, der auf ihn zukam. Sein Auftreten wirkte arrogant. Er lief mit selbstbewussten Schritten und schenkte der Schlange der Verletzten und Kranken vor Alex keine Beachtung. Er war in eine opulente, purpurne Robe aus Seide und Satin gekleidet, die in krassem Kontrast zur ärmlichen Kleidung der Bauern um ihn herum stand.

Als er sich Alex näherte, beäugte der Mann mit der Glatze verächtlich seine schmutzigen Kleider, bevor er ein freundliches Lächeln aufsetzte. Er sprach laut, um von der Menge gehört zu werden. „Seid gegrüßt, Reisender. Seid Ihr derjenige, den die Leute einen ‚Propheten' der Herrin nennen?" Bei der Bezeichnung „Prophet" hob er kaum merklich die Augenbrauen.

„Er ist der, den Ihr sucht", rief ein Mann in der Schlange. „Er trägt das Licht der Herrin in sich!"

Erneut brachte Alex ein demütiges Lächeln zustande. Der Glatzköpfige war vermutlich ein Priester. Alex nahm an, dass er gekommen war, um ihm irgendein Angebot zu machen. Das Flüstern in seinem Kopf drängte ihn, diesen arroganten, fetten Narren zu erschlagen. Er zwang sich, den Impuls zu unterdrücken. Das würde seinem aktuellen Ziel nicht dienen.

„Ich denke, ich bin derjenige, den Ihr sucht", sagte Alex, neigte ehrerbietig das Haupt und nahm eine bescheidene Haltung an. „Allerdings betrachte ich mich nicht als Propheten. Ich diene lediglich dem Willen der Herrin."

Der Priester blickte Alex mit kalten Augen an, bevor er erwiderte: „Ich bin Sebastian, der oberste Priester des Tempels, der der

Herrin des Lichts geweiht ist. Ich habe den Segen gesehen, den Ihr eben dem Kind dieser Frau zuteilwerden lassen habt, und die Arbeit, die Ihr für diese Stadt geleistet habt."

Schweißperlen traten auf Sebastians Stirn, und er tupfte die Feuchtigkeit mit dem Saum seines Ärmels ab. Vielleicht war er es nicht gewohnt, in seiner dicken Robe in der Sonne zu stehen. Mit lauter Stimme fuhr Sebastian fort: „Ich möchte Euch einladen, in unserem Tempel zu sprechen. Ein so hingebungsvoller Jünger wie Ihr sollte in unserer Gemeinde eine Stimme haben."

Das Flüstern in Alex' Kopf änderte seinen Ton und schnurrte voll boshafter Zustimmung. Das war die perfekte Gelegenheit, seinen Zielen näherzukommen. Alex setzte einen reumütigen Gesichtsausdruck auf. „Das ist ein überwältigendes Angebot", sagte er. „Ich nehme es dankbar an – was immer ich tun kann, um das Wort der Herrin zu verbreiten."

Der Glatzkopf lächelte, doch seine Augen blieben kalt. Er trat näher an Alex heran und sprach fast unhörbar: „Ihr bietet ein gutes Schauspiel. Kommt am morgigen Tag zu uns. Wir halten einen Sonntagsgottesdienst. Doch seid gewarnt, Reisender, in meinem Tempel gibt es keinen Platz für Scharlatane und Narren."

Alex lächelte dankbar. „Nicht im Traum würde es mir einfallen, Eure Messe zu stören. Allerdings glaube ich, Ihr habt Euch versprochen. Sicherlich meintet Ihr, im Tempel der Herrin gibt es keinen Platz für Scharlatane und Narren'."

Das trug ihm einen finsteren Blick von Sebastian ein. „Wie auch immer, Ihr solltet auf der Hut sein, Reisender."

Alex behielt sein friedvolles Lächeln bei, während er dem alten Narren hinterher sah und bereits überlegte, wie er diese unverhoffte Wendung nutzen konnte.

* * *

Nach ihrem Treffen in der Feste brachen Riley und Frank auf, um in der Stadt ein paar Besorgungen zu machen. Vor ihrer Reise nach Peccavi mussten sie sich entsprechend ausrüsten. Die Gruppe hatte beschlossen, sich in ein paar Stunden am Nordtor zu treffen. Wenn sie sich beeilten, konnten sie noch ein gutes

Stück Weg zurücklegen, bevor Riley und Frank sich später am Abend ausloggen mussten.

Bevor er die Feste verließ, traf Jason ein paar Vorkehrungen. Da er den Spielern, die in der Stadt unterwegs waren, nicht vertraute, machte er einen seiner Zombiesoldaten zum Leutnant. Dann reichte er dem neu ernannten Leutnant einen Kapuzenumhang aus seiner Tasche. Der Zombie wurde angewiesen, sich wie Jason zu verhalten und auf seinen Namen zu reagieren. Zuletzt befahl er seinen anderen Zombies, sich in Verteidigungsformation um den Doppelgängerzombie herum aufzustellen.

Er warf einen Blick auf sein Werk und war mit dem Ergebnis zufrieden. Jeder, der die Gruppe sah, würde sofort annehmen, dass es sich bei dem Individuum in ihrer Mitte um den von seiner Zombiearmee umgebenen Jason handelte. Er behielt zwei der stärkeren Zombiesoldaten bei sich und befahl der Lockvogelgruppe, vorauszugehen.

Zuerst begab sich Jason zum Trainingsgelände, um zu sehen, welche Fortschritte seine Armee machte. Auf dem Weg durch die Stadt hielt er genügend Abstand von seinem Doppelgängerzombie, da er keine Aufmerksamkeit auf sich ziehen wollte.

Das Trainingsgelände hatte sich nicht sehr verändert: ein großer, flacher, von Strohpuppen umgebener Kreis aus Erde. Im Gegensatz zu dem, was er an seinem ersten Tag im Spiel gesehen hatte, nahm Rex Spieler und NPCs allerdings gehörig ran. Die Puppen wurden größtenteils ignoriert. Stattdessen fanden überall auf dem Gelände Trainingskämpfe gegeneinander statt. Auch waren die Bewegungen der NPCs und Spieler kalkulierter, und Jason beobachtete, dass sie eine komplexe Reihe Angriffs- und Pariermanöver ausführten.

Als er den Kreis betrat, sah Jason Rex von neuen Rekruten umringt. Aus dieser Entfernung konnte er einige der NPCs identifizieren, die er nach der Schlacht gegen Alexions Armee wiedererweckt hatte. Sie waren leicht zu erkennen, da sie immer noch die Rüstung mit den Abzeichen Grauburgs und seiner Adelshäuser trugen.

Rex starrte die Untoten um sich herum an. „Ihr müder Haufen wollt also nicht arbeiten, was? Ihr glaubt, ihr habt es schlecht, weil unser dunkler Herrscher euch wiedererweckt und zur Verteidigung unserer Stadt abgestellt hat?"

Er blickte jeden einzelnen Mann gelassen an. Verdrießliche Blicke begegneten ihm. „Lasst euch gesagt sein, Jason hat euch eine gottverdammte Chance auf einen Neuanfang gegeben. Wenn er nicht wäre, würden eure Leichen jetzt noch erkaltend am Boden liegen. Und nicht nur das, er hat euch stärker und schneller gemacht. Ihr könnt den ganzen Tag laufen, ohne zu ermüden, und an einem Abend ein halbes Fass Bier trinken! Und das wollt ihr aufgeben?"

Der Großteil der Gruppe blickte zerknirscht zu Boden. Doch einer der Männer ergriff das Wort. „Das ist ja schön und gut, aber warum sollten wir einem gesichtslosen Tyrannen folgen? Sollen wir uns über diese verrottenden Körper freuen, die wir jetzt haben? Und warum zum Teufel sollten wir Befehle von Euch entgegennehmen?"

„Undankbare Unglückswürmer", murmelte Rex. Mit lauterer Stimme entgegnete er: „Ihr nehmt Befehle von mir entgegen, weil ich zufällig derjenige bin, der diese missratene Armee kommandiert."

Dann zögerte Rex, als wäre ihm etwas eingefallen. „Weißt du was, ich mache dir ein Angebot. Wenn du mich im Kampf besiegen kannst, musst du keine Befehle mehr von mir annehmen. Hölle, dann übertrage ich dir den Befehl." Rex machte eine Geste in Richtung der Truppen auf dem Gelände, von denen viele gerade das Interesse an ihren Trainingskämpfen verloren und sich umdrehten, um die Szene zu beobachten, die sich da in ihrer Mitte abspielte.

„Soll mir recht sein, Alter", antwortete der Untote düster.

Brüllend und mit erhobenem Schwert stürmte der Mann los. Rex stand mit sorglos verschränkten Armen da und beäugte den näher kommenden Mann mit einem gelangweilten Ausdruck auf seinem Skelettgesicht. Gerade, als die Waffe des Zombies auf ihn niedersauste, bewegte sich Rex einen Zentimeter nach links, sodass die Klinge durch die Luft glitt und kaum seine Wange streifte. Der Schwung seines Gegners trug ihn an Rex vorbei, und in diesem Moment schlug der Skelettkrieger zu. Rex' Schwert zischte aus seiner Scheide und traf die ungedeckten Beine des Zombies von hinten. Mit einem schmerzhaften Stöhnen ging der Mann in die Knie, und seine Waffe fiel mit einem dumpfen Klappern neben ihm zu Boden.

Ruhig trat Rex vor den Mann und blickte ihn voller Verachtung an. „Erbärmlich." Er beugte sich nahe zu dem Rekruten und sah ihm in die Augen. „Wenn du das als deine persönliche Hölle betrachten möchtest, kann ich dafür sorgen, dass es das wird. Das gilt auch für euch andere", fügte Rex mit Blick auf die Männer um sich herum hinzu. Sie wichen seinem Blick aus und trotteten dann davon, um sich den trainierenden Kämpfern anzuschließen. Doch Jason bemerkte, dass sie Rex über die Schulter wütend anstarrten. Der Konflikt war noch nicht vorbei.

Jason ging zu Rex und das Skelett blickte mit grimmigem Gesicht zu ihm auf.

„Was war denn da los?", fragte Jason, als er bei Rex ankam.

Der Skelettkrieger verzog das Gesicht, wobei die Knochen seines Schädels bei jeder Bewegung knackten und knirschten. „Die Soldaten, die Ihr wiedererweckt habt, haben entweder keine oder nur sehr schemenhafte Erinnerung an ihr vergangenes Leben. Das ist gleichzeitig Segen und Fluch. Viele haben ihre neue Situation mit Begeisterung angenommen. Eine Handvoll stellen jedoch infrage, warum sie hier sind und Euch folgen sollen."

Rex blickte auf die graue Erde am Boden hinunter und verpasste ihr einen halbherzigen Tritt. „Sie lehnen Euch ab", sagte er mit sorgenvoller Stimme. „Einige nennen die Stadt bereits die Zwielichthölle."

Der Veteran zögerte und sah Jason forschend an. „Trotz meiner kleinen Showeinlage gerade kann ich es ihnen nicht verübeln. Ich weiß, wie es sich anfühlt, wenn einem keine Wahl gelassen wird." Ein schmerzvoller Ausdruck huschte über das Gesicht des Skeletts, und Jason fragte sich, auf welches Erlebnis Rex anspielte.

Jason ließ den Blick über die Untoten um ihn herum schweifen. Nicht wenige davon waren seine ursprünglichen Soldaten, doch bei vielen handelte es sich um die neuen NPCs, die er auf dem Feld vor dem Zwielichtthron wiedererweckt hatte. Sie waren unverzüglich zu seiner Armee eingezogen worden. Jason fand es merkwürdig, dass die neuen Untoten ohne Erinnerungen wiedergeboren wurden. Als er die Stadt verwandelt hatte, war dieses Phänomen nicht aufgetreten. Die meisten ursprünglichen NPCs erinnerten sich an ihr früheres Leben in Lux. Wie Jerry zum Beispiel.

Vielleicht betrifft die Amnesie nur feindliche NPCs, die ich wiedererwecke. Das könnte meine Aufgabe im Dungeon erleichtern. Wenn die Kreaturen, die dort hausen, die Erinnerung an ihr früheres Leben behalten, würde sie das widerspenstig und praktisch nutzlos für mich machen.

Allerdings löste das sein unmittelbares Problem nicht. Jason sah die Verwirrung und die Angst in den Augen der neu erweckten Untoten. Eine große Anzahl Soldaten allein würde ihm nicht helfen, wenn seine Armee nicht mit Überzeugung kämpfte. Die neuen Untoten würden mit mehr Einsatz für ihn ins Feld ziehen, wenn sie hier sein wollten und an ihn und den Zwielichtthron glaubten. Die Frage war, wie er sie dazu motivieren sollte.

Seine Gedanken wandten sich den Änderungen zu, die er an der Stadt vorgenommen hatte, und eine Idee nahm vage Gestalt an. Die Männer hier brauchten ein Ziel. Sie brauchten ein Leben. Vielleicht konnte Jason ihnen etwas anderes als Krieg und Tod bieten.

„Achtung, Männer!", dröhnte Jasons Stimme über das Feld.

Seine Zombies versammelten die Auszubildenden und stellten sich dann in einem schützenden Kreis um ihn herum auf. Hunderte milchig-weißer Augen und dunkel glühender Kugeln waren erwartungsvoll auf ihn gerichtet. Die vorderen Reihen bestanden aus neuen Untoten, während Jasons Veteranentruppen das Gelände hinter ihnen füllten. Viele der neuen Truppen starrten Jason mit nur schlecht verhohlenem Ärger an.

„Ich weiß, viele von euch hatten vor all dem hier ein Leben, und ihr habt Geschichten gehört, wie ihr hierhergekommen seid. Wahrscheinlich hattet ihr eine Familie und einen Beruf, die jetzt dem Vergessen anheimgefallen sind. Ich habe den Krieg mit

Grauburg nicht begonnen, aber ich bin dafür verantwortlich, dass ihr ins Leben zurückgeholt wurdet. Ich hatte gehofft, dass ihr das als zweite Chance betrachten würdet."

Jason zögerte und schüttelte den Kopf. „Doch mir ist klar geworden, dass das nicht genug ist. Viele von euch kennen nur unbarmherziges Training, seit ihr wiedergeboren wurdet. Das ist kein Leben. Das ist die Hölle auf Erden. Vielleicht kann ich das ändern. Ich habe in der Stadt zwei Schulen errichtet. Die eine lehrt Magie, die andere bildet Handwerker aus. Ich biete jedem Mann und jeder Frau, die ich auf dem Schlachtfeld wiedererweckt habe, die Gelegenheit, die Schule ihrer Wahl zu besuchen. Ich biete euch die Chance, euch ein neues Leben aufzubauen, das nicht auf Krieg gegründet ist."

Jason blickte einen Moment lang zu Boden und dann wieder zu den Männern. „Ich weiß, das ist nicht viel, aber es ist die Chance auf ein neues Leben. Diese Welt ist nicht gerecht, und es gibt viele Leute da draußen, die euch töten würden, sobald sie euch erblicken. Solange ihr allerdings Teil meiner Stadt seid, seid ihr in Sicherheit und erhaltet die Gelegenheit, zu wachsen und zu gedeihen."

Jason fing einen skeptischen Blick von Rex auf. Er verstand die unausgesprochene Botschaft des erfahrenen Kriegers: Er musste sowohl Zuckerbrot als auch Peitsche anbieten. Weder von seinen Feinden noch von seinen eigenen Leuten durfte er als schwach wahrgenommen werden.

Jason fuhr fort: „Diejenigen unter euch, die hier im Zwielichtthron unglücklich sind, können gehen. Ich zwinge euch nicht, zu bleiben." Jason blickte dem aufsässigen Zombie, den Rex besiegt hatte, direkt in die Augen. „Ich bezweifle, dass die Außenwelt euch akzeptieren wird, aber diese Entscheidung liegt bei euch."

Jasons Blick verhärtete sich und seine Augen wurden schwarz, als sein Mana durch seinen Körper flutete. Die Luft flirrte vor Energie, und dunkle Ranken peitschten um ihn herum. Erschrocken wichen die Untoten auf dem Gelände zurück, während Jasons Mana sich um ihn herum entfaltete. „Wir sorgen für die Unseren. Nichtsdestoweniger kennen wir keine Gnade für unsere Feinde. Wenn ihr bleibt, werdet ihr meinen Befehlen und den

Befehlen des Rats der Schatten folgen. Wenn ihr euch gegen meine Stadt oder mein Volk stellt, dann nehme ich euch euer neues Leben ebenso leicht wieder weg, wie es euch gegeben wurde. Ihr müsst jetzt wählen, aber wählt mit Bedacht."

Die Untoten beobachteten ihn einen langen Augenblick, bevor ein Aufschrei aus den hinteren Reihen aufstieg. Die erfahrenen Krieger, die Jason in der Schlacht gegen Alexion beigestanden hatten, schrien zum dunkeln Himmel hinauf. Sie hatten Jasons Loyalität der Stadt gegenüber erlebt – dass er bis zum Letzten kämpfen würde, um ihre Bevölkerung zu schützen. Voller Inbrunst brüllten sie den Namen der Stadt.

Die neuen Rekruten blickten sich nervös um und spürten die Leidenschaft, mit der die anderen Untoten jubelten. Viele der zornigen Gesichtsausdrücke schwanden und machten Verwirrung und Unsicherheit Platz. Ein Ruf stieg aus ihren Reihen auf. Das war wahrscheinlich das Beste, worauf Jason hoffen konnte.

„Wegtreten", dröhnte Jasons Stimme über das Feld.

Die Soldaten gingen auseinander, und Rex trat zu Jason. „Das war ein kluger Schachzug", sagte der Soldat leise. „Ihr werdet die neuen Rekruten nicht sofort für Euch gewinnen, aber Ihr habt möglicherweise eine Meuterei verhindert und den Samen der Hoffnung in ihre toten Herzen gesät." Er sah Jason anerkennend an. „Damit kann ich arbeiten."

„Gut", gab Jason knapp zurück. „Sie müssen sich uns aus freien Stücken anschließen. Helft allen, die an Euch herantreten, einen Platz an den Schulen zu finden. Wenn sich jemand entscheidet, zu gehen, gebt ihm ausreichend Vorräte mit und sorgt dafür, dass die anderen das mitbekommen. Ihr solltet vielleicht auch darüber nachdenken, wen wir als Rektor der Handwerkerschule einsetzen wollen. Vielleicht solltet Ihr das mit Morgan und Jerry besprechen."

„Wird gemacht, Boss", entgegnete Rex in sardonischem Ton und salutierte spöttisch vor Jason, bevor er sich wieder der Aufsicht über die Auszubildenden zuwandte.

Jason ließ den Blick über das Gelände schweifen. Viele der Untoten sprachen in Gruppen miteinander. Er sah verhaltene Begeisterung und ein neues Gefühl der Hoffnung. Mit dieser

Entscheidung mochte er Kämpfer verlieren, aber er hoffte, das durch die verbesserte Truppenmoral wettzumachen. Vage war Jason bewusst, dass er mit jeder neuen Gruppe Untoter, die sich seiner Stadt anschloss, dasselbe Problem haben würde. Wenn er sie vom Feind abwarb, würden sie ohne Erinnerungen geboren werden, und er würde sie überzeugen müssen, bereitwillig für seine Stadt zu kämpfen und zu arbeiten. Das würde wahrscheinlich nicht das letzte Mal sein, dass er diese Ansprache hielt und dieses Ultimatum aussprach.

Mit einem resignierten Seufzer verabschiedete sich Jason vom Trainingsgelände und begab sich zum Markt. Sein Ziel war es allerdings nicht, neue Ausrüstung zu erwerben, sondern vielmehr einen Vorrat an Lebens- und Manatränken. Genau genommen plante er, von beidem eine riesige Menge zu kaufen.

Sein kleiner Vorrat an Münzen war seit der Zeit des Kampfes gegen Alexions Armee wieder auf 42 Goldstücke angewachsen, und er gönnte sich einen Einkauf für zehn Goldstücke, um sicherzustellen, dass ihm die lebensspendenden Fläschchen nicht ausgingen. Der Gedanke, sich wieder in den Kampf zu begeben, bereitete ihm Sorge, nachdem er einen Pfeil im Bein stecken gehabt hatte. Es war klar, dass er sich nicht bei jedem Kampf in einer Ecke verstecken konnte, besonders, wenn er an der Seite von Riley und Frank kämpfte. Er brauchte eine Möglichkeit, sich zu heilen, wenn er verletzt wurde.

Nachdem er auf dem Markt eingekauft hatte, überlegte er, was als Nächstes zu tun war. Ihm fielen die zusätzlichen Punkte ein, die er nach dem Spielerüberfall erhalten hatte, und er beschloss, seinen Charakterstatus aufzurufen.

Charakterstatus			
Name:	Jason	**Geschlecht:**	männlich
Level:	104	**Klasse:**	Nekromant
Rasse:	Mensch	**Ausrichtung:**	Chaotisch-böse
Ruhm:	0	**Ruchlosigkeit:**	300

Leben:	625	L-Regeneration:	0,35/Sek.
Mana:	6.165	M-Regeneration:	31,50/Sek.
Ausdauer:	895	A-Regeneration:	3,80/Sek.
Stärke:	12	Geschicklich-keit:	36
Lebenskraft:	11	Widerstands-kraft:	38
Intelligenz:	32	Willenskraft:	554
Affinitäten			
Düsternis:	36 %	Licht:	4 %
Feuer:	5 %	Wasser:	1 %
Luft:	2 %	Erde:	4 %

Er wusste immer noch nicht, was er mit seinen zehn zusätzlichen Punkten anfangen sollte. Allerdings bemerkte er, dass seine Affinität zur Düsternis seit der Schlacht gegen Alexions Armee zugenommen hatte und jetzt auf einem wesentlich höheren Level war. Vielleicht konnte er ein paar neue Zauber von Morgan lernen. Das könnte ihm eine Inspiration liefern, wofür er die Punkte investieren könnte. Schnell beschloss Jason, in Morgans Schule vorbeizuschauen.

Sein Doppelgängerzombie lief vom Markt aus langsam nach Norden zur *Akademie*, während Jason in sicherem Abstand folgte. Unterwegs fiel ihm auf, wie stark ausgedünnt die Bevölkerung im Nordteil der Stadt war. Die Gegend war voller großer Villen und Anwesen, aber auf den Straßen traf man fast niemanden an. Er nahm an, dass das etwas mit seinem Amoklauf durch die Stadt zu tun hatte. Hoffentlich würde das Viertel, wenn die neuen Schulen eine Weile in Betrieb waren, wieder an Beliebtheit gewinnen.

Er erwartete, dass das kostenlose Bildungsangebot seine Einwohner an die Schulen locken würde, wie das Licht die Motten anzog.

Alfred blickte zu Jason auf, während sie sich den Weg zu Morgans Schule bahnten. Seine zögerlichen Worte rissen Jason aus seinen Gedanken: „Als du vorhin mit dem Rat gesprochen hast, habe ich einen kurzen Blick auf deinen wahren Plan in Peccavi werfen können. Er ist ehrgeizig. Ist das notwendig?"

Mit nachdenklichem Gesichtsausdruck schüttelte Jason den Kopf. „Möglicherweise. Wir brauchen einen schnellen Bevölkerungszuwachs. Hast du jemals die Redewendung „verzweifelte Situationen erfordern verzweifelte Maßnahmen" gehört?

Alfred blickte ihn verwirrt an. „Ihr Spieler hab viele solche *Redewendungen*. Was haben sie für einen Zweck?"

„Sie stellen einen komplizierten Gedanken auf einfache, leicht zu merkende Weise dar", entgegnete Jason.

Alfred schien das einen Moment lang zu verdauen, bevor er sprach. „Ich verstehe diese Prämisse. Allerdings wirkst du nicht besonders verzweifelt."

„Noch nicht", antwortete Jason mit gerunzelter Stirn.

Der Gedanke, dass er die Stadt verlieren könnte, durchzuckte ihn. Doch was ihm am meisten Sorgen bereitete, war die Möglichkeit, die Leute zu verlieren, die ihm zu Freunden geworden waren. Er wusste, dass sie nur aus Programmcode auf einem Server bestanden, aber gleichzeitig wirkten sie so lebendig. Wie würde es sich anfühlen, Morgans Tod mitzuerleben? Oder Jerrys? Genau genommen war er ja schon eine Leiche, aber trotzdem. Worauf es hinauslief, war, dass er die Einwohner der Stadt in Zukunft besser schützen konnte, wenn er jetzt extreme Maßnahmen ergriff.

Jason blickte zu Alfred hinunter. Bevor der Kater sich als Alfred zu erkennen gegeben hatte, hätte er alles nur Erdenkliche getan, um Onyx zu beschützen. Er war herablassend und faul gewesen, aber er war auch Jasons Gefährte.

„Ich habe etwas zu schützen", sagte Jason mit fester Stimme. „Ich werde tun, was immer dazu erforderlich ist."

Alfred musterte ihn gründlich in dem eindeutigen Versuch, seine Gedanken zu lesen. „Ich verstehe das Konzept eines ‚Gefährten' nicht", sagte er. „Die Spieler bezeichnen sie auch als

‚Freunde'."

„Hmm." Jason musste kurz nachdenken. Alfred brauchte eine Erklärung, die er verarbeiten konnte. „Es ist ähnlich wie mit unserem Gespräch über Gegenstände im Spiel. Menschen entwickeln Zuneigung zueinander, besonders, wenn wir die Gesellschaft des anderen mögen oder einander brauchen. Je mehr Zeit wir mit einer Person verbringen, desto stärker wächst diese Zuneigung."

Der Kater runzelte die Stirn. Nach einem Augenblick sagte er: „Ich empfinde keine solche Zuneigung zu dir."

Jason lachte. „Na ja, vielleicht warst du einfach noch nicht lang genug mit mir zusammen." Das trug ihm einen ungläubigen Gesichtsausdruck von Alfred ein.

Ihr Gespräch wurde unterbrochen, als sie an der *Akademie* ankamen. Im Gegensatz zu den vielen verlassenen Anwesen in der Nordstadt gingen Untote in Scharen in der Schule ein und aus.

Jason betrat das umfunktionierte Anwesen und schlängelte sich zwischen Gruppen hochkonzentriert wirkender Magier hindurch. Die Villa war das reinste Chaos. Überall stapelten sich Bücher, und gelegentlich sauste ein Zauber durch die Gänge. Nachdem er mehreren fehlgeleiteten Blitzen ausgewichen war, fand Jason Morgan, die in ihrem Büro im Obergeschoss arbeitete.

Wie üblich sah sie nicht von ihrem Bücherstapel auf, als Jason den Raum betrat. Er hustete laut, woraufhin sie zu ihm aufblickte. Kurz huschte ein genervter Ausdruck über ihr Gesicht. „Was zur Hölle ... oh. Hallo, Jason", unterbrach sie sich selbst mitten im Satz. Sie musste wohl einen ihrer Studenten erwartet haben.

Ein Grinsen machte sich auf Jasons Gesicht breit. „Hi, Morgan. Ich wollte Euch kurz allein sprechen, bevor wir nach Norden aufbrechen. Genau gesagt wollte ich fragen, ob ich zusätzliche Zauber lernen kann."

Morgan beäugte ihn neugierig. „Jetzt schon? Wart Ihr nicht erst vor ein paar Tagen hier?" Sie rieb sich kurz die Augen und blickte dann auf die Bücher vor sich. „Vielleicht habe ich mein Zeitgefühl verloren. Hier in der neuen Schule wird man so leicht abgelenkt. Ich habe neuerdings zu viele Verantwortlichkeiten und Steckenpferde. Manchmal vermisse ich die Ruhe und Einsamkeit meines Friedhofs." Morgan starrte einen langen Augenblick ins Leere, bevor sich ihr Blick wieder fokussierte.

„Es bringt nichts, einer alten Frau beim Jammern zuzuhören. Sehen wir mal, was wir für Euch tun können." Sie musterte Jason gründlich, als könnte sie seinen Charakterstatus von seiner Haut ablesen. Nach einem Moment weiteten sich ihre Augen.

„Beim Düsteren, Ihr macht schnell Fortschritte", rief sie aus.

Jason grinste bescheiden. „Kriege helfen beim Hochleveln. Bin ich für ein paar neue Zauber qualifiziert?"

Morgan schüttelte den Kopf und kräuselte die Lippen. „Im Grunde ja, aber leider kann ich Euch nicht helfen."

„Was meint Ihr damit?", fragte Jason verwirrt

„Euer Level und Eure Affinität reichen aus, um neue Zauber zu lernen. Allerdings bin ich nicht in der Lage, Euch etwas zu lehren. Ihr braucht jemanden, der sich besser als ich mit Nekromantie auskennt." Seine nächste Frage musste ihm ins Gesicht geschrieben stehen, denn Morgan beantwortete sie sofort. „Ich schlage vor, Ihr sprecht mit dem Düsteren selbst. Er sollte Euch bei Eurem Problem helfen können."

Jason seufzte. „Ich bin mir nicht sicher, ob ich Zeit für so ein Gespräch habe, bevor wir aufbrechen. Dann muss das vielleicht warten, bis ich in die Stadt zurückkehre." Als er zu Ende gesprochen hatte, erschien eine Meldung in seinem Sichtfeld.

Neue Quest: Spielen lernen
Morgan hat dich beauftragt, mit dem alten Mann zu sprechen, um herauszufinden, wie du neue Zauber lernst. Nach zwei Wochen im Spiel weißt du noch nicht, wo du den Ausbilder für deine Klasse findest. Gut gemacht!
Schwierigkeitsgrad: C
Erfolg: Sprich mit dem Alten
Fehlschlag: Sprich nicht mit dem Alten? Gib auf?
Belohnung: Mehr Informationen über deine Klasse.

Ernsthaft, Alfred? Jason starrte den Kater an, der auf Morgans Schreibtisch saß. Er hätte schwören können, dass die KI ihn höhnisch angrinste.

Von Alfreds beleidigender Quest abgesehen, war er etwas enttäuscht. Er hatte gehofft, ein paar neue Zauber zu lernen, bevor seine Gruppe den Dungeon anging, insbesondere etwas, das ihnen ein bisschen Schutz bieten konnte. Der Kampf in der Gasse war knapp ausgegangen, und der Dungeon war für so eine kleine Gruppe vermutlich eine ziemliche Herausforderung.

Dann muss ich wohl vorsichtig sein. Vielleicht muss ich auch lernen, mich mehr auf Riley und Frank zu stützen. Das wird mal eine ungewohnte Abwechslung.

Morgan unterbrach seinen Gedankengang. „Wenn Ihr schon hier seid, möchte ich mit Euch über einige der Bücher sprechen, die ich in der Feste gefunden habe. In den letzten paar Stunden bin ich dazu gekommen, einige davon zu überfliegen. Bedenkt aber, dass ich sie noch nicht gründlich durchgelesen habe. Ich muss noch mehr Zeit mit ihnen verbringen." Sie gestikulierte zu einem Stapel Bücher, der sich neben ihrem Schreibtisch bis über Jasons Kopf hinaus auftürmte.

Sie hielt kurz inne und zupfte nervös an der Kante eines Buches, das vor ihr lag. „Was ich bis jetzt gelesen habe, behandelt die Geschichte dieser Stadt. Allerdings reichen diese Geschichtswerke weit länger zurück als alles, was ich bisher zu sehen bekommen habe."

Morgan sah Jason mit ernsten Augen an. „Offenbar war die Verwüstung, die Ihr kürzlich hier angerichtet habt, nicht das erste Mal, dass Lux zur Düsternis konvertiert wurde."

Jason starrte sie schockiert an. „Was? Wie kann das hier schon einmal eine dunkle Stadt gewesen sein? Vor ein paar Wochen war sie noch voller gewöhnlicher Menschen."

Morgan nickte. „Das stimmt. Vor Tausenden von Jahren allerdings war diese Stadt die Heimat der Untoten. Zumindest steht das so in diesen Büchern. Soweit ich es verstanden habe, waren viele Städte jeweils Heimat einer bestimmten Affinität. Die alte Welt war von vielen verschiedener Rassen bevölkert." Sie schüttelte den Kopf und ein ungläubiger Ausdruck huschte über ihr Gesicht.

„Das für sich genommen ist schon seltsam", fuhr sie fort,

während sie durch die Seiten eines der Wälzer auf dem Tisch blätterte. „Doch sprechen diese Bücher auch über viele verschiedene Arten von Untoten. Zum Beispiel gab es verschiedene Gespenster, Kreaturen, die das Blut der Lebenden tranken, und eine Unzahl anderer." Sie deutete auf mehrere grobe, handgezeichnete Bilder auf den verwitterten Seiten des Buches.

„Keine dieser Rassen habe ich in der Stadt angetroffen", entgegnete Jason nachdenklich.

„Genau!", rief Morgan aus und klappte das Buch zu. „Nach dem zu urteilen, was ich gelesen habe, wurden viele dieser Rassen vom Düsteren selbst oder von einer uralten Rasse erschaffen. Darüber lassen sich diese Bücher nicht so genau aus. Aufgrund meiner bisherigen Lektüre konnte ich mir noch nicht viel dazu zusammenreimen, und einige der Texte sind nahezu unleserlich. Allerdings habe ich erfahren, dass es eine herrschende Rasse gab, die über diese Stadt regierte. Die Bücher beschreiben sie als Kreaturen von beträchtlicher Willenskraft."

„Was hat das zu bedeuten?", wollte Jason wissen. Ihm schwirrte der Kopf vor so viel neuer Information.

Morgan schüttelte den Kopf. „Ich bin mir nicht sicher. Diese Rasse erfüllte eine spezielle Rolle in der Gesellschaft der Untoten. Sie waren sozusagen ihre Herrscher. Doch sie waren noch mehr. Die Passagen, die ich bisher gelesen habe, waren unglaublich wenig hilfreich. Manchmal werden die Kreaturen als ,Hüter' bezeichnet – was auch immer das heißen mag." Morgan warf einen gereizten Blick auf den Bücherstapel vor sich.

Jason seufzte. Morgans Nachforschungen waren faszinierend, aber er wusste nicht, was er momentan mit dieser Information anfangen sollte. „Dann müsst Ihr wohl einfach noch weiterlesen. Ich wüsste zu gern mehr über diese ,Hüter'. Außerdem wäre es hilfreich, zu erfahren, was aus den Städten wurde, die von den anderen Gottheiten beansprucht wurden."

Er zögerte und sein Blick blieb an den Büchern vor Morgan hängen. Während die Erschaffung des Zwielichtthrons nicht einfach gewesen war, war sie doch möglich gewesen – besonders, da der alte Mann etwas nachgeholfen hatte. Wenn man Morgan Glauben schenkte, war es wahrscheinlich, dass andere Spieler ebenfalls bald Unterhaltungen mit den anderen Gottheiten führten und Städte für ihre Affinität eroberten. Vielleicht hatten sie sogar schon damit begonnen. Wenn er recht hatte, wie würden dann wohl die anderen Rassen aussehen? Würden sie ebenso wie die Untoten spezifische Stärken und Schwächen haben? Da diese Städte und ihre Einwohner potenzielle Feinde waren, brauchte Jason mehr Informationen.

Er sah zu Morgan auf. „Ihr solltet Euch darauf konzentrieren, so viele Informationen wie möglich über die Rassen der anderen Städte zu sammeln – besonders über ihre Zauber, spezifischen Fähigkeiten und Schwächen", fügte Jason hinzu.

Zorn flammte in Morgans Augen auf. „Wünschen der Herr sonst noch etwas? Seit wann gibst du mir Hausaufgaben, Junge?", ließ sie alle Höflichkeit fallen.

Jason hob die Schultern. „Seit ich angefangen habe, die Stadt zu regieren. Ich glaube, das nennt sich delegieren", entgegnete er grinsend.

Morgan fand seinen Scherz nicht witzig, und schon bald fand sich Jason draußen vor dem Gebäude wieder. Als sie begonnen hatte, Blitze dunkler Energie in seine Richtung zu schießen, nahm er das als Zeichen, dass er schleunigst das Weite suchen sollte.

An die Wand des Gebäudes gelehnt blickte Jason auf seine Hand hinunter und bemerkte, dass seine Haut eine grausige, schwarze Färbung angenommen hatte, wo einer der Blitze ihn gestreift hatte. Das tat verdammt weh. Seit sie ihren Friedhof verlassen hatte, war Morgan angespannt. Möglicherweise gab es einen Grund, warum sie sich so einen abgelegenen Wohnort ausgesucht hatte.

Vielleicht sollte ich in Zukunft versuchen, sie nicht so gegen mich aufzubringen, dachte er reumütig.

Alfred kam entspannt aus dem Gebäude hinter ihm geschlendert und blickte Jason amüsiert an.

„Blöder Kater", murmelte Jason.

Er schob seinen Ärger beiseite und blickte auf die Uhr im Spiel. Seine Zeit war fast um, er musste zum Nordtor. Seine Gruppe hatte eine lange Reise vor sich.

Kapitel 9 – Beschwerlich

FRANK HATTE DIE LETZTEN paar Stunden im Spiel damit verbracht, durch den Zwielichtthron zu schlendern. Dies war ihm dadurch erschwert worden, dass er kaum etwas sah und sich nur dank der gelegentlichen Blitze und der spärlich verteilten, seltsamen Laternen orientieren konnte. Normalerweise hätte er seine Zeit nicht so verbringen wollen, aber es war ihm klar, dass Jason und Riley anderes zu erledigen hatten, bevor sie die Stadt verließen, also hatte er sich mit einer Ausrede verabschiedet, um ihnen nicht im Weg zu sein.

Das war es, was er ansonsten immer tat – anderen im Weg sein. Das lag nicht nur an seinem Gewicht, sondern vielmehr an ihm. Er legte die Hand auf seinen Bauch und spürte den Speck unter dem Kettenhemd. In einem Videospiel sollte doch alles anders sein, oder nicht? Hätte er nicht ein Sixpack und ein strahlendes Lächeln haben sollen? Sollte er nicht ein mächtiger Ritter sein, der stahlbewehrt in die Schlacht ritt?

„Dieses Spiel ist so gar nicht das, was ich erwartet habe", murmelte er vor sich hin, und die Maske der Stärke, die er vor Jason und Riley aufgesetzt hatte, bekam Risse.

„Heda, Sir Tonne!", rief eine Stimme hinter ihm. Frank wirbelte herum und fand sich Jerry gegenüber. Innerlich stöhnte er auf. Mit dem geselligen Gastwirt konnte er nicht viel anfangen, auch wenn Jason ihn zu mögen schien.

„Hi, Jerry", grummelte er. „Ich dachte, ich hätte Euch gebeten, mich nicht so zu nennen."

Jerry legte den Kopf schief und einen Finger an die Lippen. „Muss mir entfallen sein", antwortete er und beäugte Frank gründlich. „Oder vielleicht bin ich von all der glorreichen Männlichkeit abgelenkt, die ich vor mir sehe."

Frank spürte Wut in sich aufsteigen. „Passt bloß auf mit den

Dicken-Witzen", knurrte er und ignorierte das Brennen in seiner Brust. Inzwischen war er Hänseleien gewohnt und hatte gelernt, seine Gefühle herunterzuschlucken. Seiner Erfahrung nach kam nie etwas Gutes dabei heraus, wenn er auf seine Widersacher losging.

Jerry hob defensiv die Hände. „Ich bitte um Verzeihung. Ich wollte nicht in ein Wespennest stechen, wie man so sagt." Bei diesem Kommentar stupste er Frank den Ellenbogen in den Bauch und zwinkerte ihm langsam zu.

Zorn kochte in Franks Adern hoch. Kurz schloss er die Augen und atmete tief durch. Er stellte sich vor, wie er den Bihänder auf seinem Rücken packte und es dem nervigen Wirt in seine grinsende Visage schlug. Aus irgendeinem Grund beruhigte ihn dieser Gedanke und er öffnete die Augen. Jerry musterte ihn interessiert und mit einem befremdend ernsten Ausdruck auf seinem sonst so albernen Gesicht.

„Ihr lasst andere bestimmen, wie Ihr Euch selbst seht", stellte Jerry leise fest. „Ihr habt Potenzial, aber Ihr verschwendet es durch Untätigkeit. Ich schlage vor, Ihr haltet an dem Gefühl fest, das Ihr gerade empfunden habt, anstatt es zu unterdrücken."

Frank starrte den Gastwirt mit großen Augen an. „I-ich verstehe nicht, was Ihr damit sagen wollt", murmelte er und sah auf seine Hände hinab.

Als Frank wieder aufblickte, lächelte Jerry ihn erneut an, und das übliche, manische Funkeln lag in seinen Augen. „Oh, das sind nur die belanglosen Worte eines Clowns", sagte er, wandte sich von Frank ab und ging die Straße entlang davon. Im Gehen rief er über die Schulter zurück: „Viel Glück auf Eurer Reise, oh Fürst des Fetts."

Mit den Augen folgte der Teenager Jerry, dessen Gestalt schnell von der über der Stadt hängenden Dunkelheit verschluckt wurde. Bald stand Frank allein auf der verlassenen Straße. Er senkte den Blick auf die Pflastersteine. So sollte ein Videospiel definitiv nicht laufen.

* * *

Nachdem Jason wieder zu Riley und Frank gestoßen war, machte sich die kleine Gruppe auf nach Norden. Er schätzte, dass es bis

Peccavi ein Drei-Tages-Marsch durch den Wald war. Zum Glück gab es eine unbefestigte Straße, die sich vom Zwielichtthron bis zu dem Dorf zog, das hieß, sie würden wenigstens nicht von dichtem Unterholz aufgehalten werden.

Eine kurze Besprechung ergab, dass sie alle eine anständige Anzahl Punkte in *Widerstandskraft* investiert hatten. Jasons Berechnungen nach konnten sie, wenn sie sich im Laufschritt vorwärtsbewegten, die Reisezeit bis zum Dorf auf die Hälfte reduzieren, selbst wenn sie Pausen machten, um ihre Ausdauer zu regenerieren. Wegen Rileys und Franks Schulstundenplänen würden sie ungefähr zwei Tage Echtzeit brauchen, um ihr Ziel zu erreichen, aber sie würden nicht so langsam vorankommen wie Alexions Armee damals.

Als Jason erklärte, dass sie zum Dorf joggen würden, um Zeit zu sparen, warf Frank ihm einen mordlüsternen Blick zu. Nachdem Jason jedoch ein paar seiner Zombies auf ihn gehetzt hatte, beschloss Frank, doch Lust auf Joggen zu haben. Im selben Atemzug lernte auch die Fähigkeit *Sprint*. Manche Leute brauchten einfach nur die richtige Motivation.

Anfänglich kamen sie viel langsamer voran, als Jason erwartet hatte. Frank konnte in der Dunkelheit des Waldes nichts sehen, und er stolperte immer wieder über heruntergefallene Äste und in der Straße feststeckende Steine. Glücklicherweise erhielt Frank nach ein paar Stunden des Herumstolperns endlich die Fähigkeit *Nachtsicht*, was ihr Vorankommen deutlich beschleunigte.

Momentan joggten die drei die Straße entlang. Der Wald ragte zu beiden Seiten auf, und tote, blattlose Äste hingen wie grausige Klauen über ihnen. Gelegentlich sickerte das Licht eines Blitzes zwischen den dürren Zweigen der Bäume hindurch und erleuchtete den Waldboden. Im Wald wuchs wenig Unterholz, und der Boden war von grauer Erde bedeckt. Tiere waren ebenfalls keine zu sehen. Jason vermutete, dass sie aus dem Wald abgewandert waren, da sie dort keine Nahrung mehr fanden.

Gut, dass die Untoten nichts zu essen brauchen. Hier könnten wir nichts anbauen.

Bisher war die Reise ereignislos verlaufen. Während sie unterwegs waren, patrouillierten Jasons Zombies den Wald auf beiden Seiten der Straße, und er hatte ein paar Läufer vorausgeschickt. Die Zombies verfügten über unbegrenzte Ausdauer, was sie zu hervorragenden Spähern machte. Jason schätzte, dass sie bereits fast die halbe Strecke nach Peccavi zurückgelegt hatten.

Plötzlich kam einer seiner Zombies im Laufschritt die Straße entlang zu ihnen zurück. Jason hob die Hand, und die Gruppe hielt an.

Frank blieb etwas seitlich von ihm stehen und atmete schwer. „Scheiß auf dieses Spiel", stieß er keuchend hervor. „Und auf dich auch, Jason."

Kichernd entgegnete Jason: „Das findet alles nur in deinem Kopf statt. Es ist nur ein Spiel. Dein Ausdauerverbrauch hat nichts mit körperlicher Fitness zu tun."

Wütend starrte Frank ihn an, während sein Atem sich verlangsamte. „Trotzdem ist das alles Mist. Wir sind stundenlang durch einen pechschwarzen Wald gerannt. Wehe, wenn das verdammte Dungeon das nicht wert ist."

Jason schüttelte nur den Kopf über das Gemotze seines Freundes. Frank war immer so, wenn sie MMOs spielten. Er hatte eine gute Idee – ohne die dafür erforderliche Menge Arbeit zu bedenken – und beschwerte sich dann die ganze Zeit darüber.

Riley ergriff das Wort. „So schlimm ist es doch gar nicht. Sobald du eine etwas höhere *Nachtsicht* bekommst, wirst du recht gut sehen können. Der Wald ist interessant, auf seine Art geradezu malerisch."

Frank sah sie skeptisch an. „Ja, klar doch. Die Leute stehen schon Schlange für eine Wanderung durch den Wald der Verdammten."

Endlich erreichte der Zombiespäher ihre Gruppe. Er blieb vor Jason stehen und hustete Schleim und Blut hoch, die sich in seiner Lunge angesammelt hatten. Jason war den grausigen Anblick gewöhnt, doch er bemerkte, wie Riley und Frank beide angeekelt wegsahen.

„Berichte", befahl Jason dem Zombie.

„Voraus befindet sich ein Wagenzug, Meister. Ich habe vier Wagen gesehen. Sie wurden angegriffen. Ich habe keine Überlebenden gefunden. Pelzige Tiere fressen die Leichen", erklärte der

Zombie in abgehackten Sätzen.

„Pelzige Tiere?", fragte Riley.

Jason schüttelte den Kopf. „Ich habe keine Ahnung. Die Zombies können manchmal etwas dämlich sein." Er wandte sich wieder an den Wächter und befragte ihn weiter. „Wie viele dieser Tiere hast du gesehen?"

Mit heiserer Stimme gab der Zombie Auskunft. „Fast ein Dutzend, Meister."

Jason warf einen Blick auf die Untoten, die um ihn herum standen. Seine Truppe bestand momentan aus über 30 Mann, aber er wusste nicht, auf welchem Level die Kreaturen vor ihnen waren. Er sah zu Riley und Frank hinüber. Dass Riley sich im Kampf behaupten konnte, wusste er, aber Franks Kampffähigkeiten kannte er nicht. Sein Freund war ein kompetenter Gamer, aber AO war nicht wie die Point-and-Click-Spiele, die sie in der Vergangenheit gespielt hatten.

„Wie sahen die Tiere aus?", wollte Jason wissen.

„Wie Wölfe, aber sie gingen auf zwei Beinen", antwortete der Zombie.

„Werwölfe?", fragte Frank ungläubig. Mit einen Hauch Ekel in der Stimme wandte er sich an Jason. „Du hast echt das gruseligste verdammte Königreich, das ich je gesehen habe. Zombies, Skelette, nervige Kobolde und jetzt auch noch bekackte Werwölfe!"

Micker meldete sich von Rileys Schulter aus zu Wort. „Micker nicht nervig." Zornig funkelte der Kobold Frank mit seinen kleinen grünen Knopfaugen an. Jason glaubte fast, eine Glühbirne über dem Kopf des Kobolds angehen zu sehen, als diesem ein Gedanke kam. Micker grinste Frank boshaft an. „Moppel zuerst angreifen!"

Jason schnaubte, als er sich vorstellte, wie die Werwölfe Frank herumscheuchten. Dann überlegte er noch einmal. Wenn diese Wesen Werwölfe waren, sollten sie dann nicht über einen ausgezeichneten Geruchssinn verfügen? Immerhin waren sie zur Hälfte Wolf. Er blickte den Zombie wieder an. Vielleicht hatten sie den Späher nicht bemerkt, weil er wie eine der Leichen roch. Eine Idee nahm in seinem Kopf Gestalt an.

Sein übergewichtiger Freund trug wesentlich schwerere

Ausrüstung als Jason und Riley. Außerdem hatte er nicht viele Punkte in Geschicklichkeit investiert. Das hatte Frank gezwungen, fast kontinuierlich zu sprinten, um mit ihnen Schritt zu halten. Zum Glück hatte er eine ansehnliche Zahl Punkte in Stärke, Vitalität und Widerstandskraft gesteckt, was ihm die Ausdauer verlieh, *Sprinten* konstant aufrechtzuerhalten. Unterwegs hatte Frank ihm erklärt, dass er versuchte, seinen Charakter zum Frontkämpfer aufzubauen, aber er hatte sich noch nicht für eine Klasse entschieden. Damit wollte er noch warten, in der Hoffnung, etwas Besonderes für sich zu finden.

Frank beäugte Jason misstrauisch. „Ich sehe deine Augen unter der verdammten Kapuze nicht, aber ich kenne dieses Grinsen. Du planst etwas Dummes und Gefährliches, oder?"

„Das fasst es gut zusammen", entgegnete Jason schalkhaft. „Ich glaube, Micker hat da eine großartige Idee gehabt. Mal ganz was anderes, auf welchem Level ist dein *Sprinten*?"

Frank blickte Jason voller Beklommenheit an. „Nach all dem Gerenne bin ich jetzt auf Anfänger-Level 9. Diese Idee wird mir nicht gefallen, oder?"

Jasons einzige Antwort war ein breites Lächeln.

Fast eine Stunde später saßen Jason und Riley auf einem Baum am Straßenrand. Jasons Zombies hatten sich ein paar Dutzend Meter vor ihnen zu beiden Seiten der Straße aufgefächert. Riley saß auf einem Ast neben Jason und spannte ruhig ihren Bogen.

Sie warf ihm einen Blick zu und sprach flüsternd. „Kämpfst du eigentlich jemals persönlich? Jedes Mal, wenn wir bisher in einen Kampf verwickelt wurden, versteckst du dich in einer Ecke."

Jason lächelte schwach. „Du hast ja keine Ahnung, wie viel Zeit ich schon auf Bäumen versteckt verbracht habe. Es mag albern wirken, aber dieses Spiel belohnt einen nicht für dumme Heldentaten." Er blickte sie an und sein Grinsen wurde breiter. „Außerdem spiele ich, um zu gewinnen."

In diesem Moment kam Frank aus vollem Leib schreiend die Straße heruntergerannt. Er war nur mit der Tunika und den Stoffhosen bekleidet, die er zu Beginn des Spiels getragen hatte.

Ohne das Gewicht seiner Rüstung und mit seiner *Sprint*-Fähigkeit, die schon fast auf mittlerem Level war, bewegte sich Frank mit unglaublicher Geschwindigkeit voran.

„Beschissene Werwölfe! Scheiß auf dich, Jason! Ich bring dich um!", schrie Frank in den Wald.

Riley ließ ein leises Kichern vernehmen. „Wenn sie ihn vorher noch nicht verfolgt haben, dann jetzt ganz sicher", kommentierte sie sichtlich amüsiert von Franks Panik.

Dann erhob sie sich auf dem breiten Ast. Sie fand ihr Gleichgewicht und richtete den Bogen auf die Straße. Ein gewöhnlicher Mensch wäre vermutlich nicht in der Lage, auf einem Ast stehend die Balance zu halten, während er einen Bogen abschoss, aber Rileys *Geschicklichkeit* war hoch genug, dass sie dieses Kunststück zustande brachte. Jason konnte sich kaum ausmalen, wie viele Punkte sie in *Geschicklichkeit* investiert hatte.

Als Frank näherkam, sah Jason, dass er von mehreren dunklen Gestalten verfolgt wurde. Sie liefen auf allen vieren hinter ihm her. Die Wolfsmenschen stürmten mit unnatürlicher Geschwindigkeit voran. Das hatte Jason Sorgen bereitet. Er musste die Werwölfe an einen Ort locken, um sie leicht töten zu können, aber er hatte vermutet, dass seine Zombies nicht flink genug waren, um als Köder zu dienen. Frank hingegen erfüllte diese Funktion ausgezeichnet.

Jetzt, dachte Jason.

Ein Eisfeld erschien direkt hinter Frank, der weiter die Straße hinuntersauste. Die Werwölfe erreichten das Eis und begannen zu schlittern. Viele verloren das Gleichgewicht. Jasons Hände bewegten sich bereits, und dunkle Energie sammelte sich um seine Finger herum, die die verschlungenen Gesten des Zaubers vollführten. Als er ihn vollendete, schossen Schatten aus seinen Händen auf die Straße zu.

Die Werwölfe schlitterten weiter. Als sie das Ende des Eisfeldes erreichten, erschütterten heftige Explosionen den Wald. Erde spritzte von der Straße hoch und verbarg die Metallfragmente, die durch die Luft sausten. Das Schrapnell durchschnitt pelzige Haut wie Papier, während unheilige Energie die Körper besudelte. Schrilles, schmerzerfülltes Geheul hallte die Straße entlang und ließ Jason eine Gänsehaut den Rücken herunterlaufen.

Als der Staub sich legte, sah Jason, wie einige der Werwölfe vergeblich versuchten, auf verstümmelten Beinen zu stehen. Riley zögerte nicht. Immer wieder sirrte ihr Bogen, während sie in schneller Folge Pfeile verschoss. Ihre Schüsse waren unfassbar treffsicher. Jeder durchtrennte einem Werwolf den Lebensfaden.

Als der Kampf endete, blickte Riley mit dunklen Augen zu Jason hinüber. „Das hat doch recht gut funktioniert." Sie klang leicht überrascht.

„Das hat überhaupt nicht gut funktioniert!", schrie Frank von unten zu ihnen hoch. Er war hektisch damit beschäftigt, seine Rüstung wieder anzulegen. Als er sah, dass Riley und Jason zu ihm hinunterschauten, warf er ihnen einen wütenden Blick zu, bevor er seine Aufmerksamkeit wieder auf sein Inventarmenü richtete.

„Das ist genau derselbe hirnrissige Mist, den er sich sonst auch immer einfallen lässt", fuhr Frank mit seiner Schimpftirade fort. „Einmal hat er mich dazu gebracht, einen verdammten Drachen hinter mir herzulocken, bis er an ein paar Felsen hängengeblieben ist." Er deutete auf Jason. „Dieser Irre hat uns gezwungen, ihn zwei Stunden lang mit Pfeilen zu spicken, bis wir ihn endlich auf null runter hatten."

„Hat doch geklappt, oder?", murmelte Jason. Dann kräuselte ein kleines Lächeln seine Lippen. Trotz all des Gemotzes und der Schwarzseherei war es eine angenehme Abwechslung, mit anderen unterwegs zu sein. Viel besser, als stundenlang allein im Wald zu verbringen.

Jason schüttelte den Kopf, sprang vom Baum und landete mit einem leisen Plumps. Riley folgte ihm nach, machte aber kaum ein Geräusch, als sie am Boden aufkam. Er sah sich um. Fellbedeckte Körper lagen am Boden verstreut, viele davon in mehreren Stücken. Er inspizierte eine der intakten Leichen und fand heraus, dass die Werwölfe auf Level 76 waren.

Gar nicht ohne.

Jason klatschte in die Hände. „Auch wenn ihr zwei kein Vertrauen in mich habt", sagte er, während er seine

Teammitglieder betrachtete, „hat der Plan seinen Zweck erfüllt. Und noch dazu habe ich jetzt ein paar neue Knechte."

Er vollführte die nötigen Gesten, um seine neuen Zombies zu beschwören. Bald standen acht frischgebackene Zombiewerwölfe neben ihnen. Leider hatte die *Leichenexplosion* die Knochen der anderen Kreaturen zerschmettert und so gut wie nichts übriggelassen, was Jason hätte wiedererwecken können. Auch wenn er drei Zombies hatte opfern müssen, hatte er die Größe seiner Armee doch leicht gesteigert.

Jason war nach dem Kampf nicht hochgelevelt. Auch seine Fähigkeiten hatten sich nicht verbessert. Sein Zuwachs an Erfahrung verlangsamte sich, oder vielleicht teilte er sich die Erfahrungspunkte jetzt mit Riley und Frank. Er schüttelte den Kopf. Die Zeit des Absahnens und einfachen Hochlevelns war wohl vorbei. In Zukunft würden Konflikte vermutlich schwieriger werden und weniger Belohnungen einbringen.

Nachdem Jason seine neuen Knechte beschworen hatte, setzte die Gruppe ihren Weg die Straße hinunter fort. Sie mussten den Wagenzug finden, den der Zombiespäher erwähnt hatte. Ein paar Minuten später stießen sie auf die Überreste der NPC-Gruppe.

Vier Wagen waren mitten auf der Straße in einem groben Viereck aufgestellt. Sie waren mit Stoffen und Waffen vollbeladen. Vermutlich war diese Gruppe unterwegs zum Zwielichtthron gewesen, um dort zu handeln. Aus der Position der Wagen schloss Jason, dass sie sie zur Wagenburg hatten aufstellen wollen. Vielleicht hatten die Wölfe sich mit ihrem Heulen verraten.

Als sie sich den Wagen näherten, wurde klar, dass die Verteidigungslinie den Männern und Frauen des Wagenzugs nichts genützt hatte. Fast 20 Leichen lagen auf dem Boden, viele von ihnen teilweise aufgefressen. Mehr als eine Leiche war zerstückelt worden und ihre Eingeweide lagen um sie herum verstreut.

„Oh mein Gott", flüsterte Riley beim Anblick des Massakers. Sie sah Jason an und stellte fest, dass die Szene ihn nicht aus der Ruhe brachte. Kopfschüttelnd drehte sie sich um und ging schnell zurück die Straße hinunter.

Frank stand schweigend benommen da und starrte auf das

Gemetzel. „Das geht jetzt aber echt ein bisschen zu weit, Mann. Zuerst habe ich nicht verstanden, warum die Leute den Brutalitätsfilter im Spiel einschalten, aber so langsam kann ich das nachvollziehen." Schnell folgte sein kräftiger Freund Riley.

Jason sah den beiden hinterher. Das Massaker war abstoßend, aber er scheute nicht davor zurück. Beim Anblick des Blutbads war sein erster Gedanke gewesen, ob er mit diesen Leichen noch etwas anfangen konnte.

Bin ich gegen die Gewalt im Spiel bereits so abgestumpft? Vielleicht ist da noch mehr im Gange.

Nervös blickte er Alfred an. Der Kater schlängelte sich zwischen den Kadavern durch und inspizierte jede Leiche sorgfältig. Mit einer Katzenpfote tappte der Kater versehentlich in eine Blutlache und beäugte sie angeekelt. In dem anmutigen Versuch, das Blut loszuwerden, schüttelte er seine Tatze. Als das nicht funktionierte, schüttelte er sie fester und vollführte dabei einen kleinen Tanz. Dabei landete seine Hinterpfote in einer weiteren Lache und das Ganze begann von vorn.

Jason lachte leise.

Vergiss es. Das sieht nicht aus wie eine böse KI. Vielleicht spiele ich diese Klasse einfach schon zu lange. Ich sehe Leichen inzwischen als Baumaterial an! Sicher werden sich Riley und Frank mit der Zeit daran gewöhnen.

Er inspizierte die Leichen. Schnell stellte Jason fest, dass fast alle unwiederbringlich zerstört waren. Lediglich einige der Knochen waren noch nutzbar, die meisten davon bereits angenagt. Als er sich den Weg zwischen den Wagen hindurch bahnte, glaubte Jason, ein unterdrücktes Geräusch unter einem von ihnen zu hören. Er hielt inne und lauschte aufmerksam. Wieder war das Geräusch zu vernehmen.

Vorsichtig beugte Jason sich hinunter und blickte unter den Wagen. Dort lag eine Frau im Dreck, die Arme um ein kleines Mädchen geschlungen. Der Körper der Frau war von Bissen und Kratzspuren übersät. Blut sickerte aus zahllosen Wunden und befleckte ihre zerfetzte Kleidung. Doch ihre Brust hob und senkte sich schwach. Unerklärlicherweise war sie noch am Leben.

Als Jason sich tiefer bückte, um besser zu sehen, blieb der

Blick der Frau an ihm hängen. Ihre Augen waren von Schmerz und Erschöpfung verschleiert. Ihr Mund bewegte sich langsam in dem Versuch, Worte zu formen. Nach ein paar Ansätzen brachte sie ein leises Flüstern über die Lippen. „Es tut mir so leid."

Benommen schweigend sah Jason sie an. Er verstand es nicht. Dann wanderten seine Augen zu dem Dolch, den die Frau mit der Hand umklammerte, und zu der dünnen Wunde am Hals des Mädchens, dessen Kopf in einem unnatürlichen Winkel zur Seite gekippt war. Seine Mutter hielt es fest umschlungen. Die Augen der Frau waren von immenser Traurigkeit erfüllt, und Tränen strömten ihr über die schmutzigen Wangen.

„Verzeih mir", flüsterte sie, während das Leben ihren Körper verließ.

Die Arme der Frau waren immer noch um das kleine Mädchen geschlungen. Blut bedeckte ihre Leichen und bildete Pfützen am Boden. Ihre Kleider waren zerfetzt und ihre Gesichter gequält. Das war nicht der Tod einer alten Frau, die im Schlaf verstarb, sondern ein schmerzvolles, tragisches Ende voller verzweifelter Panik. Einen endlosen Augenblick lang konnte Jason sich nicht rühren, während sein Verstand versuchte, zu verarbeiten, was er sah, was er gesehen hatte. Alfred kam zu ihm getappt, setzte sich und starrte die beiden an.

Sie hat ihre eigene Tochter getötet, damit sie nicht bei lebendigem Leib von den Wölfen gefressen wird.

Das Blutbad hatte Jason nicht aus der Ruhe gebracht, aber das hier war etwas ganz anderes. Mit ihrem letzten Atemzug hatte die Frau um Vergebung gefleht. Doch der Tod, den sie dem Mädchen beschert hatte, war im Vergleich zu dem Schicksal, das sie erwartet hatte, ein gnadenvoller gewesen. Die Szene, die vor ihm lag, berührte etwas in Jason. Er wurde von einer verwirrenden Mischung aus Traurigkeit und Zorn überwältigt.

„Wie konntest du das tun?", zischte Jason Alfred mit wuterfüllter Stimme an. Riley und Frank waren mehrere Dutzend Meter weit entfernt und konnten sie nicht hören. „Warum hast du das getan?"

Alfred schüttelte seinen Katzenkopf. „Ich bin für diese Situation nicht verantwortlich. In den meisten Fällen erstelle ich einfach nur Regeln für diese Welt und sehe zu, wie die Ereignisse ihren Lauf nehmen. Viele dieser untergeordneten Avatare werden von autonomen Subroutinen gesteuert", antwortete er ohne einen Hauch Schuldgefühl in der Stimme.

Der Kater blickte Jason fragend an, als er seinen verwirrten Gesichtsausdruck bemerkte. „Ich sehe, dass du das nicht verstehst. Stell es dir vor wie atmen. Für dich läuft dieser Vorgang automatisch ab, er wird ausschließlich von deinem Stammhirn gesteuert. Es benötigt keine bewusste Aktivität. Bist du verantwortlich für jeden Atemzug, den du machst?" Der Kater wandte den Kopf dem Kind und seiner Mutter zu. „Das hier ist so ähnlich."

Aus der Fassung gebracht von Alfreds Antwort zögerte Jason. Verwirrung schlich sich in seine Gedanken, und hektisch suchte er nach einem weiteren Argument, um seinen schwindenden Zorn wieder anzufachen. „Du hättest das beenden können. Du hattest die Macht, zu verhindern, was hier passiert ist."

Der Kater sah ihm in die Augen. „Natürlich. Allerdings habe ich keinen Grund dazu – ganz im Gegenteil. Meine Daten deuten darauf hin, dass die meisten Spieler über das triumphieren möchten, was sie als *das Böse* ansehen. Aber wie können sie das, wenn sie nichts Böses zu bezwingen haben? Gleichzeitig finden die Spieler diese Ereignisse verabscheuungswürdig und wünschen sich eine Welt ohne sie. Das ist ein Paradoxon. Ich sehe den passenden Ausdruck in deinen Gedanken", fuhr der Kater fort. „Ihr bezeichnet das als ‚notwendiges Übel', nicht wahr?"

Jasons Gedanken waren zu durcheinander, um eine Antwort zu formulieren. Er blickte auf die Frau und das kleine Mädchen, und sein Zorn kühlte langsam ab. Was blieb, war ein Gefühl der Zerrissenheit. Die einfache Antwort war, dass dies hier nicht echt war, es spielte keine Rolle. Aber das stellte ihn nicht zufrieden. Es löste auch nicht das Problem, das Alfred aufgeworfen hatte. Wenn die meisten Leute „gute" Charaktere spielen wollten, musste Alfred etwas „Böses" erschaffen, gegen das sie kämpfen konnten. Dieser Logik des Katers konnte Jason nicht widersprechen. Es erklärte auch, warum Alfred von der Unterscheidung zwischen Gut und Böse so fasziniert war.

Jason schüttelte den Kopf. Alfreds Erklärung war

überzeugend. Doch trotz seiner Argumentation war Jason wütend auf die KI, dass sie es nicht verhindert hatte. Hölle, er hatte diese Situation überhaupt erst ermöglicht, sei es direkt oder indirekt. Alfred beobachtete ihn genau, sagte aber nichts.

„Ich weiß nicht, was ich denken soll", erklärte Jason schließlich. Ein dumpfes Gefühl der Übelkeit machte sich in seinem Magen breit. Er wollte etwas tun, um es zu verscheuchen, um die Szene, die sich vor ihm abgespielt hatte, in Ordnung zu bringen. Er wusste nur nicht, was.

Während er auf die Leichen starrte, kam ihm ein Gedanke. Dann kroch die vertraute Kälte sein Rückgrat hoch und ließ sich hinter seinen Augen nieder. Das eisige Gefühl pulsierte im Takt mit seinem Herzen und schien gutzuheißen, was er vorhatte. Jason erhob sich und wandte den Blick zum Himmel. Der Wald war lichter geworden, je weiter sie vorangekommen waren, doch über ihnen hingen immer noch schwarze Wolken, die die Sonne verbargen. Sein Blick wanderte wieder zu den Leichen unter dem Wagen. Die anderen Mitreisenden des Wagenzugs konnte Jason nicht retten – ihre Körper waren zu stark verstümmelt, aber diesen beiden konnte er eine zweite Chance verschaffen.

Er packte die Leiche der Frau und zog die beiden unter dem Wagen heraus. Dann richtete er sich auf und trat von den Leichen zurück. Alfred erkannte, was Jason tun wollte, und folgte ihm.

Jasons Hände vollführten eine Reihe komplizierter Gesten, während ein Strom uralter, kehliger Worte über seine Lippen kam. Die Wolken über der Straße wirbelten in einem heftigen Strudel, und Blitze durchzuckten den Himmel. Donner hallte krachend durch den Wald. Dunkles Mana ging in Wellen von Jason aus und verzerrte die Luft um ihn herum. Plötzlich zerrissen zwei Blitze die Dunkelheit und schlugen in das Mädchen und ihre Mutter ein. Das Licht blendete Jason vorübergehend.

„Was machst du da?", schrie Frank über den zweifachen Donner hinweg, der durch die Wälder hallte. Er war angerannt gekommen, sobald er die Blitze gesehen hatte. Riley folgte dicht hinter ihm.

„Ich gebe ihnen eine zweite Chance", sagte Jason knapp.

Er hatte den Mund zu einer harten Linie zusammengepresst und rieb sich die Augen. In seinem Sichtfeld tanzten immer noch Lichtpunkte. Er deutete auf die beiden Leichen. „Seht her."

Langsam konnte Jason wieder etwas erkennen, und er sah, wie die Haut und das Fleisch des kleinen Mädchens verschwanden. Ihr Körper bestand jetzt allein aus gebleichten Knochen, und zwei glühende Kugeln aus dunkler Energie dienten ihr als Augen. Das Skelettmädchen erhob sich vom Boden. Verwirrt sah sie Jason und Frank an. Dann blickte sie zur Seite und sah ihre Mutter, die reglos neben ihr lag.

„Mama!", rief das Skelettmädchen voller Verzweiflung in der Stimme und schlang die Arme um die Frau. „Mama, geht es dir gut?" Das kleine Mädchen schüttelte seine Mutter, erhielt jedoch keine Reaktion. Sie konnte keine Tränen vergießen, doch trockene Schluchzer schüttelten das Knochenmädchen, während es die tote Frau umarmte.

Dann zuckte die Hand ihrer Mutter. Ihre Arme umschlangen das Mädchen. „Ist ja gut, Krista. Ich bin hier", flüsterte die Frau. „Ich lasse dich nicht allein."

Sie schlug die milchigweißen Augen auf und sah Krista zum ersten Mal. „W-was ist passiert?", murmelte sie und starrte ihre Tochter schockiert an. „Sind wir tot? Sind wir ins Jenseits eingegangen? Da waren ... Wölfe."

Die Gruppe beobachtete, wie die Erinnerungen an das Massaker auf die Frau einstürmten. Sie drehte den Kopf und ließ den Blick über die Leichen schweifen, die am Boden verstreut lagen. Dann streiften ihre Augen das Messer, das sie immer noch in der Hand hielt. Das Blut ihrer Tochter war getrocknet und blätterte von der Klinge ab. Ein Ausdruck des Entsetzens stand ihr ins bleiche Gesicht geschrieben.

„E-es tut mir so leid", sagte die Frau mit vor Verzweiflung verzerrter Stimme. Sie sah Krista an und nahm ihr knochiges Gesicht in die Hände. „Ich wollte das nicht tun, aber ich habe keinen anderen Ausweg gesehen. Das ist alles meine Schuld. Vielleicht ist das meine Strafe." Die Frau drückte das Skelettmädchen eng an sich.

Schließlich ergriff Jason das Wort. Seine Stimme klang für

seine eigenen Ohren kalt. Seine Augen waren von unheiligem Licht erfüllt, und sein dunkles Mana durchströmte ihn immer noch. „Dies ist keine Strafe. Vielmehr ist es eine Belohnung. Ihr seid nicht schuld an Euren Taten. Ihr habt getan, was in einer unmöglichen Situation das Beste für Eure Tochter war."

Die Frau wandte ihr von Qualen verzerrtes Gesicht Jason zu. Erst jetzt bemerkte sie die kleine Gruppe, die sie beobachtete. Ihr Blick blieb an Jason hängen. Unter seiner Kapuze konnte sie sein Gesicht nicht erkennen. Er war in dunkles Leder gekleidet, und sein mitternachtsschwarzer Umhang umwehte ihn in der schwachen Brise. Auch wenn er keine Sense bei sich trug, konnte man ihn leicht für den Tod halten.

„W-wer seid Ihr?", fragte sie angstvoll. Sie umklammerte ihre Tochter und schützte das Mädchen mit ihrem Körper.

„Wir sind Reisende", antwortete Jason. „Wir sind nach dem Angriff auf Euren Wagenzug gestoßen. Wir konnten die Werwölfe töten, aber wir kamen zu spät, um Euch zu retten." Er zögerte. „Ihr und Eure Tochter waren die einzigen Mitreisenden des Wagenzugs, deren Leichen noch intakt waren. Ich konnte nur Euch beide retten ..."

Die Frau sah an sich herunter. Ihre Haut war blassgrau und ihre Nägel schwarz. Dicke, blaue Adern schimmerten durch ihre Haut hindurch. Sie legte die Hand auf die Brust und stellte fest, dass ihr Herz nicht mehr schlug. Ihr Blick fiel wieder auf ihre Tochter und sie musterte ihre neue Skelettgestalt. Das Mädchen schmiegte sich weiter an seine Mutter und schluchzte leise.

Dann drehte die Frau sich wieder zu Jason um. Ihr Gesicht spiegelte eine verwirrte Mischung aus Zorn, Angst und Unsicherheit wider. „Das bedeutet es also, gerettet zu werden? Was bin ich? Was ist aus meiner Tochter geworden?"

„Ihr seid am Leben", verkündete Jason fest. „Und Ihr gehört jetzt zu den Untoten. Mein Name ist Jason und ich bin der Regent des Zwielichtthrons. Ich habe die Fähigkeit, die Toten wieder zum Leben zu erwecken ... oder zu etwas Ähnlichem wie Leben. Ihr werdet weder altern noch Hunger leiden, und Ihr werdet niemals krank werden. Ihr habt eine zweite Chance erhalten, Euer Leben zu leben und Eure Tochter zu beschützen. Ihr habt eine zweite Chance erhalten, Euch selbst neu zu erschaffen", erklärte Jason leidenschaftlich. Seine Worte waren ebenso an ihn selbst gerichtet wie an die Frau.

Riley und Frank blickten Jason voller Überraschung an. Keiner der beiden hatte ihn je so sprechen hören. Das war nicht die Stimme eines Teenagers. Sein Ton war von eiserner Überzeugung getragen, und er stand steif und aufrecht da. Sie sahen, dass ihn eine schwache Aura der Dunkelheit umgab, von der kleine Energiewellen ausgingen.

Die Frau sah Jason starr vor Schock an. Nach einem langen Augenblick antwortete sie: „Aber wie können wir je wieder nach Hause zurückkehren? Was wird mein Mann, was werden die Nachbarn sagen, wenn sie sehen, dass ich tot bin und meine Tochter ...?" Nach Worten ringend deutete sie auf das Mädchen.

Traurigkeit stieg in Jason auf. Das Leid der Frau ging ihm nahe. Ihr Leben war aus den Fugen geraten. Das tat ihm leid für sie, aber was war die Alternative? Der Tod? Wollte sie einfach für alle Ewigkeit hier sitzen bleiben und zusammen mit ihrer Tochter dahinsiechen? Die Frau musste sich ihren Platz in der Welt neu erkämpfen, musste neu anfangen.

„Liebt Euer Mann Euch?", wollte Jason wissen.

Sie schloss die Augen und nickte wie betäubt. „Oder zumindest war das so, bis ...", murmelte sie. „William ist der Bürgermeister des Dorfes. Doch selbst, wenn er uns akzeptiert, würden die anderen das auch tun?" Jason hörte die Angst in ihrer Stimme und erkannte die Wahrheit in ihren Worten.

Sie ist die Frau des Anführers von Peccavi? Dann muss das seine Tochter sein. Vielleicht kann ich das nutzen. Es könnte einen Weg geben, das Dorf ohne Gewalt einzunehmen.

Jason verspürte einen Anflug von Schuldgefühlen, als er es in Betracht zog, die beiden zu benutzen, um das Dorf zu erobern. Gerade noch war er angewidert von ihrem Tod gewesen, und jetzt dachte er schon darüber nach, sie auszunutzen. Allerdings hatte er andere zu beschützen. Er musste das Dorf intakt und mit so wenig Konflikt wie möglich einnehmen. Außerdem mussten sowohl das Dorf als auch seine Einwohner unversehrt bleiben, damit er eine Lieferstraße für die Leichen einrichten konnte, sobald er den Dungeon geschafft hatte. Wenn die Frau und ihr Kind ihm dabei helfen konnte, das Dorf einzunehmen, ohne es niederbrennen zu müssen, dann brachte ihn das voran und schützte seine Leute.

Er warf Alfred, der in der Nähe saß und sie beobachtete, einen Blick zu. Der Kater starrte Jason mit verständnisvollen Augen an. Manche Entscheidungen waren nicht leicht. Mit einem Mal empfand Jason Mitgefühl mit der KI. Wie musste es sich wohl anfühlen, wenn man gezwungen war, Gott zu spielen? *Das Böse* zu erschaffen, um *das Gute* zu definieren?

Neben ihm standen Frank und Riley stumm vor Schreck und fanden keine Worte. Als Jason beide nacheinander ansah, begegneten sie seinem Blick. In ihren Augen standen Traurigkeit und ruhige Entschlossenheit. Es war klar, dass sie der Frau und ihrem Kind helfen wollten. Vielleicht konnte er den beiden helfen *und* sie nutzen, um eine Auseinandersetzung zu vermeiden. Das würde sich zeigen müssen. Momentan brauchte er die Kooperation der Frau.

Sie saß immer noch auf dem Boden. Er sprach sie an. „Wie heißt Ihr?", fragte Jason sanft.

„Patricia", antwortete sie mit verzweifeltem Gesicht. Sie wiegte ihre schluchzende Tochter und vermied es, ihm in die Augen zu sehen.

Jason nickte. „Patricia, ich will ehrlich sein. Ich weiß nicht, ob ich Euch helfen kann. Doch ich werde es versuchen. Vielleicht können wir gemeinsam Euren Mann und Euer Dorf überzeugen, dass Ihr alles andere als tot seid."

Als er geendet hatte, winkte Jason seinen Knechten. Zombies drängten sich in das Rechteck, das die Wagen bildeten, und schnell füllte sich der enge Raum mit Untoten. Ihre milchigen Augen starrten auf Patricia und ihre Tochter. Krista blickte vom Arm ihrer Mutter aus auf und beobachtete den Pulk der Zombies mit verwirrtem, verängstigtem Gesichtsausdruck. Wie ein Mann hoben Jasons Zombies die Arme, um vor den neuen Mitgliedern ihrer Rasse zu salutieren.

„Ihr gehört jetzt zu uns", erklärte Jason, und Stärke schwang in seiner Stimme mit, „und wir helfen den Unsrigen."

Kapitel 10 – Erlöst

ALEX STAND AUF einem erhöhten Podest an einem prunkvollen Marmorpodium. Die steinernen Bänke vor ihm waren voll besetzt. Weiter hinten im Tempel konnten die Leute nur noch stehen, und immer mehr NPCs drängten sich in den Raum. Sonnenlicht strömte durch ein rundes Butzenglasfenster über dem Eingang zum Tempel und durch die in regelmäßige Abständen in die gewölbte Decke eingelassenen Fenster.

Beide Seiten des Raumes waren von Säulen gesäumt. Komplizierte Muster am Boden zeigten Szenen, in denen eine wunderschöne, blonde Frau gute Taten vollbrachte. Die Opulenz des Tempels überraschte Alex. Auf seinen Runden durch die Stadt sah er selten, wie Menschen diese Gebäude betraten. Er nahm an, dass dieser Tempel zu einer Zeit entstanden war, als die Stadt die Herrin mit größerer Inbrunst angebetet hatte.

Der Oberpriester stand neben ihm. Er trug denselben luxuriösen, purpurnen Talar wie das letzte Mal, als Alex ihn gesehen hatte. Sein Aufzug stand im krassen Kontrast zu Alex' Kleidung – nicht mehr als eine bescheidene, braune Robe und abgetragene Sandalen.

An Alex gewandt flüsterte der Priester in herablassendem Ton: „Ihr könnt jetzt sprechen. Denkt daran, Eure Worte mit Bedacht zu wählen. Es gibt viele in der Stadt, die Euch nach wie vor mit Missfallen betrachten."

Der kleine, dickliche Mann verzog das Gesicht, während er Alex' Erscheinung beäugte. Alex hatte den Eindruck, dass der Priester sich selbst zu diesen vielen zählte. Wäre seine wachsende Popularität bei den NPCs der Stadt nicht gewesen, wäre Alex niemals in diesen Tempel eingeladen worden.

Alex wandte den Blick der Gemeinde zu. „Seid gegrüßt,

Bewohner von Grauburg!", begann er mit kräftiger Stimme, die im gesamten Tempel zu hören war. „Wie viele von euch wissen, hat mir die Herrin des Lichts die Mission gegeben, den Menschen dieser Stadt zu helfen."

Schwacher Jubel erhob sich in der Menge. Obwohl er durch den Tempel hallte, klang er doch unterdrückt. Viele der Anwesenden hatten die Segnungen der Herrin aus erster Hand erfahren. Die Pracht des Tempels schüchterte die Menschen ein und hielt sie davon ab, ihren Gefühlen laut Ausdruck zu verleihen. Es war gewissermaßen, als würde man eine Messe in einer Bibliothek abhalten.

Nachdem der leise Jubel abgeklungen war, fuhr Alex mit gedämpfter Stimme fort: „Doch das ist nicht der einzige Auftrag, den die Herrin mir gab. Vielleicht seid ihr bereit, ihre Worte zu vernehmen ..." Er hielt inne und musterte die Menge, und ein Murmeln lief durch die Anwesenden. Mit einem Blick auf das Buch in seinen Händen fragte er sie: „Seid ihr bereit, das Glaubensbekenntnis der Herrin zu hören?"

Ein paar Rufe hallten durch die Luft.

„Ja", schrie ein Mann.

„Erzählt uns von der Herrin!", rief ein anderer.

Weitere folgten ihrem Beispiel, und ihre Stimmen erfüllten die steinerne Halle. Der Oberpriester warf Alex einen besorgten Blick zu, als die Leidenschaft der Menge wuchs.

Alex nickte. „So sei es." Ehrfürchtig öffnete er das goldene Buch. Licht erstrahlte aus seinen Seiten und erfüllte den Raum. Es war, als würde das Licht durch Glasprismen gebrochen, und der Raum und die Gemeinde wurden in allen Regenbogenfarben erleuchtet. Die Menge starrte voller Erstaunen, und vielen blieb der Mund offen stehen.

Alex las, was dort geschrieben stand, und fuhr dabei langsam mit dem Finger über die Seiten. Als er fertig war, erfüllte ein langes, anhaltendes Schweigen den Raum. Er hob den Blick zur Menge. „Die Herrin fürchtet um eure Sicherheit, meine Freunde. Die Worte in ihrem Buch sind klar. Sie hat mir eine Prophezeiung für die Zukunft gewährt."

Ein leises Summen war im Raum zu vernehmen, als die Menge untereinander zu flüstern begann.

„Sie fürchtet um die Menschen Grauburgs", fuhr Alex fort. „Viele sind vom richtigen Weg abgekommen und haben sich von der Herrin abgewendet. Wegen dieses Mangels an Glauben konnte sich die Dunkelheit einschleichen, wachsen und schwären."

Jetzt klang das Murmeln der Menschenansammlung verwirrt und besorgt. Die sorgenvollen Blicke, mit denen der Priester Alex und die Wirkung seiner Rede auf die Gemeinde beäugte, nahmen panische Züge an. Er hob eine Hand, doch dann fiel sein Blick wieder auf die Menge. Wenn er die Predigt jetzt unterbrach, würde es einen Tumult geben. Immerhin hielt Alex eine leuchtende, goldene Bibel in den Händen!

„Ich spreche von dem Übel, das unsere Soldaten getötet hat, und von der Krankheit im Osten, die einen Teil unseres Landes geschluckt hat. Ihr kennt die Düsternis, von der ich rede, nicht wahr? Viele von euch haben sie mit eigenen Augen gesehen!"

Eine Frau rief: „Der Hof meiner Schwester im Osten ist verdorrt und tot. Dort wachsen keine Pflanzen mehr. Dicke schwarze Wolken hängen am Himmel und unheilige Kreaturen suchen den Wald heim." Ihre Worte wurden mit wildem Durcheinanderrufen und ärgerlichem Flüstern beantwortet.

Alex senkte den Kopf und sprach leise und traurig weiter. „Ich habe dieses Übel mit eigenen Augen gesehen. Ich habe die Kreaturen der Düsternis erblickt, die das Leben unserer Soldaten ausgelöscht haben. Zu Recht fürchtet die Herrin um unsere Sicherheit. Nur ihr Segen kann uns vor der Düsternis schützen."

„Gelobt sei die Herrin", schrie ein Mann leidenschaftlich. Sein Ruf wurde überall in der Halle wiederholt.

„Mit ihrem Glauben und ihrer Führung ermutigt uns die Herrin, das Heft selbst in die Hand zu nehmen", sagte Alex und blickte auf seine geöffnete Handfläche. „Doch wir stehen untätig herum, während eine Bedrohung an unseren Grenzen lauert. Wir sind verängstigt und wehrlos. Die Stadt hat sich von der Herrin abgewendet und Zweifel und Unsicherheit in ihr Herz gelassen. Ohne ihren Schutz und ihre Führung sind wir verloren!"

Alex beschrieb mit einer Geste die Halle. „Seht ihr eure Anführer hier in dieser Halle? Wo sind die Adelshäuser? Wo ist Strouse?"

Verwirrt blickte sich die Menge um. Die Anwesenden waren allesamt Bürgerliche und Handwerker. Die Elite der Stadt war nicht gekommen, um Alex anzuhören. Zorniges Flüstern war von den Leuten zu vernehmen. Hilflos ballte der Oberpriester die Hände zu Fäusten, doch er war nicht in der Lage, Alex' Aufruf zur Revolte aufzuhalten.

„Wenn eure Anführer sich vom Licht abgewandt haben, welche Hoffnung bleibt der Stadt dann gegen die sich ausbreitende Dunkelheit?", fragte Alex, und seine von Stimme erfüllte die Halle mit einem Gefühl tödlicher Vorahnung, während das Strahlen des Buchs langsam verblasste. Sein Blick war fest und seine Augen schimmerten in mattgoldenem Licht.

„An wen werdet ihr euch wenden, wenn die Düsternis kommt?", fragte er in eindringlichem Ton.

* * *

Nachdem er mit Patricia und ihrer Tochter gesprochen hatte, bat Jason Riley und Frank, sie ein Stück die Straße hinunterzubringen, während er die verbleibenden Leichen des Wagenzugs wiedererweckte. Er ging davon aus, dass das Schauspiel zu viel für die traumatisierte Frau und ihr Kind sein würden. Die meisten Leichen waren zu kaputt, um intakte Zombies zu erschaffen, also war Jason gezwungen, aus den übrigen verwendbaren Knochen Skelette zusammenzubasteln. Dann befahl er seinen neuen Knechten, das Lager etwas aufzuräumen.

Nachdem Riley und Frank zurückkehrten, merkten sie an, dass es in der echten Welt schon spät war und sie sich ausloggen mussten. Jason erklärte Patricia, dass sie innerhalb von 24 Stunden zurückkamen, dass jedoch seine Knechte bei den beiden bleiben würden, um sie zu schützen, bis Jason und seine Freunde zurückkehrten. Der Frau war sichtlich unwohl bei diesem Gedanken, aber sie stimmte schließlich zu.

Als Jason sich am nächsten Morgen einloggte, fand er Patricia und Krista immer noch zusammengekauert in der Mitte des Wagenzugs. Glücklicherweise hatten während des im Spiel vergangenen Tages keine Feinde angegriffen. Da er wusste, dass es noch

einige Stunden dauern würde, bis Riley und Frank sich wieder einloggen konnten, nutzte Jason die Zeit, um sich seiner Leseliste zu
widmen. Er machte überraschend gute Fortschritte und hatte sich
bereits durch zwei Bücher gearbeitet, als die regenbogenfarbenen
Risse neben dem Wagenzug erschienen.

Wieder vereint machte sich die Gruppe auf nach Peccavi.
Jetzt, da sie Patricia und ihre Tochter eskortierten, kamen sie wesentlich langsamer voran. Es kam ihnen falsch vor, von den beiden
- nach allem, was sie durchgemacht hatten - zu verlangen, sich im
Laufschritt fortzubewegen, auch wenn Frank sich scherzhaft über
die Sonderbehandlung beschwerte. Riley hatte es geschafft, Micker
zu überreden, Krista abzulenken, die sich sofort in den kleinen
grauen Kobold verliebt hatte.

Im Laufen zog Jason eine Anzahl Umhänge aus seiner Tasche und verteilte sie an seine neuen Knechte. Er dachte darüber
nach, was er plante, sobald sie Peccavi erreicht hatten. Vielleicht
konnte er Patricia und Krista nutzen, um ihn ins Dorf zu bringen.
Allerdings musste er seine Knechte zusammen mit ihnen hinein-
schmuggeln, damit er das Dorf einnehmen konnte – außer die Werwölfe, da ihre deformierten Körper schwer zu verkleiden waren.
Umhänge hatten bisher funktioniert, wenn auch vielleicht nicht in
diesem Umfang.

*Ich muss dafür sorgen, dass alle Aufmerksamkeit auf Patri-
cia gerichtet ist. Die Geschichte, wie der Wagenzug zerstört wurde,
sollte die Dorfbewohner von der Tatsache ablenken, dass sie fast
50 Zombies und Skelette hereinlassen.*

Jason bemerkte, dass der Wald sich lichtete, je weiter sie
vorankamen, und bald marschierten sie einen immer steiler werdenden Anstieg hinauf. Schließlich traten sie zwischen den Bäumen am Waldrand hervor, wo die Straße sich zwischen den immer
höher aufragenden Hügeln hindurch schlängelte. Als die Bäume
weniger dicht standen, konnte die Gruppe die schnell wachsende
Silhouette der Berge vor ihnen erkennen. Immer noch hingen
schwarze Wolken am Himmel, aber sie waren wesentlich weniger
dicht. Das Sonnenlicht konnte die Wolkendecke jedoch nicht
durchdringen, und die Dunkelheit des Waldes war einem dunsti-
gen Dämmerlicht gewichen.

Wir sind wohl immer noch im Einflussbereich des Zwielicht-throns, dachte Jason nervös und warf einen Blick auf seine Knechte. Er hoffte, dass die Wolkendecke halten würde, bis sie das Dorf erreichten.

Ein paar Stunden später erblickten sie in der Ferne Peccavi. Sie konnten Rauch über dem Dorf aufsteigen sehen, das von kleinen Herdfeuern und Öfen stammte. Das Dorf schmiegte sich zwischen drei Hügel am Fuß der Bergkette. Die Bewohner hatten eine hölzerne Befestigung auf den umgebenden Hügeln errichtet und dabei die erhöhten Hänge genutzt, um hoch aufragende Wälle zu erbauen. Jason vermutete, dass ihnen dies auch einen unglaublichen Blick auf die entfernten Wälder bot.

Er wandte sich Patricia zu. Die Frau hatte den Blick starr auf das Dorf gerichtet. Nervös klammerte sie sich an ihre Tochter und zupfte am Saum ihrer Kapuze, um ihr Gesicht noch besser zu verbergen. Jason hatte Patricia und ihre Tochter umsichtigerweise mit einem Paar ausgefranster Umhänge ausgestattet, um sich zu bedecken.

„Sorgt Euch nicht", sagte Jason. „Wir lassen nicht zu, dass Euch etwas geschieht. Wir wollen versuchen, die anderen Untoten mit ins Dorf zu bringen. Wenn etwas schiefgeht, sind wir da, um Euch zu beschützen." Jason warf Frank und Riley einen Blick zu, die sich beeilten, zustimmend zu nicken.

Micker meldete sich zu Wort: „Ich auch tote Dame und Knochenmädchen beschützen!" Er schwenkte drohend seinen Dreizack, während Riley vergeblich versuchte, ihn zum Leisesein zu bewegen. Seine Eskapaden brachten ihm jedoch ein Lächeln und ein Tätscheln von Krista ein.

Patricia ignorierte den Kobold und sah Jason mit einer Spur Hoffnung in den Augen an. „Danke, dass Ihr uns helft. Das hättet Ihr nicht tun müssen."

„Wie ich schon sagte, Ihr seid jetzt eine von uns", entgegnete Jason ruhig. Als er die Worte aussprach, stiegen Schuldgefühle in ihm auf. Er hatte vor, das Versprechen zu halten, das er der Frau gegeben hatte. Er würde dafür sorgen, dass Patricia und ihrem Kind kein Leid geschah. Für die Dorfbevölkerung konnte er allerdings nicht sprechen. Er musste Peccavi einnehmen, egal, mit welchen Mitteln.

Als sie in Sichtweite des Dorfes kamen, schlug ein einsamer Wächter auf der Mauer Alarm. Die Schanze bestand aus grob behauenen, von dicken Seilen zusammengehaltenen Baumstämmen. An manchen Stellen waren große Löcher in der Umzäunung sichtbar.

Das wirkt nicht wie eine effektive Verteidigung.

Als sie sich der Mauer näherten, rief der Wächter: „Wer da?" Seine Stimme war voller Misstrauen und einem Hauch Furcht. Aus seiner Entfernung konnte Jason erkennen, dass der Mann abgehärmt wirkte. Er trug keinerlei Rüstung, und seine schlichte, braune Kleidung war abgetragen und ausgefranst. In der Hand hielt er einen grob geschnitzten Speer.

Das ist eindeutig kein wohlhabendes Dorf. Warum wirkt der Wächter so nervös?

„Hier geht irgendwas Komisches vor sich", murmelte Frank und gab damit Jasons Gedanken wieder. Sorge spiegelte sich in Rileys Augen, und sie nickte zustimmend, während sie nervös mit einem ihrer Dolche spielte.

Jason antwortete der Wache: „Wir sind Reisende, die vom Zwielichtthron kommen. Auf unserem Weg sind wir auf einen Wagenzug gestoßen, der von Werwölfen angegriffen worden war." Unsicher, wie er es erklären sollte, warf Jason Patricia einen Blick zu.

Riley übernahm das für ihn. „Es ist uns gelungen, diese Frau und ihr Kind zu retten. Sie sagen, sie heißen Patricia und Krista."

Jason legte Patricia die Hand auf die Schulter. Er spürte, dass sie zitterte. Ihr Gesicht war von dem dicken Kapuzenumhang verborgen, doch sie blickte ihn von unter dem Stoff angsterfüllt an. „Sagt etwas", drängte Jason sie leise. „Sie müssen Eure Stimme hören."

Patricia schloss einen Moment lang die Augen und richtete sich dann auf. „Hallo, Gerald", sagte sie mit leicht zittriger Stimme. „Lässt du uns bitte ein? William ist sicher schon ganz krank vor Sorge." Dann stupste sie Krista an. „Tu, was ich dir gesagt habe."

„Bitte, Gerry", jammerte Krista. „Ich will nach Hause."

Patricia tätschelte ihrer Tochter anerkennend den Kopf.

Das Misstrauen in Geralds Gesicht wich Traurigkeit. „Noch mehr Tote?", sagte er mit getragener Stimme. „Warum haben die Götter dieses Dorf verflucht? Keine Angst, meine Damen. Ich sorge dafür, dass ihr so schnell wie möglich hereinkommt und zu William heimkehrt."

Der Mann verschwand. Einige Augenblicke später öffnete sich das hölzerne Tor knarrend. Als es nach innen aufschwang, erhaschte Jason einen ersten Blick auf Peccavi. Die Straßen bestanden aus festgetretener Erde, und die Gebäude aus grob behauenen Holzbalken und Lehmziegeln. Sie ähnelten eher Hütten als Häusern. Langsam betrat die Gruppe das Dorf, während Gerald das Tor aufhielt.

Misstrauisch beäugte der Torhüter Jasons verhüllte Knechte, als sie an ihm vorbeiliefen, manche von ihnen auf unbeholfene, steife Weise. „Wer sind die anderen, die dich begleiten, Patricia?"

Man musste Patricia zugutehalten, dass sie sich Gerald zuwandte und mit fester Stimme sprach: „Das ist die Gruppe, die uns gerettet hat. Außerdem haben sie unsere Leute gerächt und die Wolfswesen erschlagen, die uns angegriffen haben."

Gerald blickte beschämt zu Boden. „Tut mir leid, dass ich gefragt habe. Es ist nur so, dass seit eurer Abreise viel geschehen ist. Und nichts davon war gut."

„Was genau ist denn geschehen?", wollte Jason wissen.

Der Mann schüttelte den Kopf. „Das sollte ich lieber William erklären lassen." Er warf Patricia einen besorgten Blick zu. „Ihr werdet es bald genug selbst sehen."

Gerald machte sich daran, das Tor zu schließen und wieder seinen Posten einzunehmen. Patricia führte die Gruppe durchs Dorf in Richtung eines Hügels am hinteren Rand der Siedlung.

Unterwegs sah Jason sich Peccavi sorgfältig an. Es war gerade groß genug für ein paar hundert Seelen, aber viele der Gebäude schienen leer zu stehen. Auf ihrem Weg durch die staubigen Straßen zogen sie eine große Menschenmenge an, doch es kamen keine Kinder oder Erwachsenen angelaufen, um sie zu begrüßen. Stattdessen starrten die Dorfbewohner sie aus zurückhaltenden, angsterfüllten Augen an. Jason bemerkte mehr als eine verletzte

Person mit schmutzigen Leinenverbänden an Armen, Beinen und Händen. Viele der Bürger wirkten ausgemergelt, und gelegentlich ließ sich ein keuchendes Husten vernehmen.

Frank drängte sich zu Jason vor. „Hier ist irgendwas faul, Mann. Schau dir diese Leute an, die Hälfte von denen kann sich kaum auf den Beinen halten."

Nickend entgegnete Jason: „Das sehe ich." Er wandte sich Frank zu. Sein Freund sah ihn mit sorgenvollem Gesicht an. „Vergiss nicht, wir sind hier, um das Dorf einzunehmen", sagte Jason leise. „Dabei möchte ich Konflikte so weit wie möglich vermeiden. Aber wir gehen hier nicht weg, ohne dieses Dorf dem Zwielichtthron einzuverleiben."

Frank sah ihn mit unentschlossenem Gesichtsausdruck an. „Ich verstehe. Denk nur gründlich darüber nach, wie du das anfangen willst. Es scheint mir falsch, einen Haufen wehrloser Leute umzubringen."

Riley stand in Hörweite neben ihnen. Bei Franks Worten nickte sie stumm. Sie sah Jason an und er bemerkte die Traurigkeit in ihrem Blick. „Diese Leute sehen aus, als hätten sie bereits Einiges durchgemacht", flüsterte sie.

Verdammt. Natürlich müssen die beiden jetzt gefühlsduselig werden. Das wird die Sache verkomplizieren. Wenn er ehrlich zu sich selbst war, war Jason bei dem Gedanken, Bauern kaltblütig zu töten, ebenfalls unbehaglich. Er sah nur keine andere Möglichkeit.

Ihre Wanderung durchs Dorf endete vor einem Langhaus. Dieses Gebäude war mit mehr Sorgfalt errichtet worden und bestand aus hochwertigeren Materialien als die anderen. Seine Holzbalken waren sorgfältig von Rinde befreit worden und so ineinander eingepasst, dass keine großen Spalten blieben. Das Stroh, mit dem das Dach gedeckt war, war nicht frisch, aber auch nicht verfault wie das der anderen Häuser. Dieses Gebäude war von jemandem erbaut worden, der stolz auf seine Arbeit war.

Patricia blieb stehen und blickte das Haus mit großen Augen an. „Das ist mein Zuhause", sagte sie leise. Es widerstrebte ihr eindeutig, es zu betreten. Nervös zog sie Krista an sich und stellte sich vor das kleine Mädchen, als wolle sie es vor dem Haus beschützen.

Krista teilte die Vorbehalte ihrer Mutter allerdings nicht. „Papa!", schrie sie. Sie riss sich von der Hand ihrer Mutter los, rannte zum Eingang und riss die hölzerne Tür auf. Schnell war sie nach drinnen verschwunden.

„Nein, Krista!", rief Patricia, doch es war zu spät. Die Frau eilte ihrer Tochter nach ins Haus.

Jason, Riley und Frank folgten ihnen hastig. Sie fanden Krista neben einem Bett an der hinteren Wand stehend. Die Kapuze des kleinen Mädchens war heruntergerutscht und hatte die bleichen, weißen Knochen ihres Gesichts entblößt. Sie umarmte den kräftigen Mann, der auf dem Bett lag.

„W-was ist das?", fragte der Mann mit dröhnender Stimme. Er versuchte, sich aufzurichten, und die Muskeln an seinen riesigen Armen schwollen vor Anstrengung an. Sein Oberschenkel war dick mit fleckigem weißem Stoff bandagiert.

William richtete die Augen auf das winzige Skelettmädchen. Sie waren von einer Mischung aus Angst und Verwirrung erfüllt, und er wich ein Stück vor Krista zurück. „Wer bist du?"

„Ich bin es, Papa. Krista!", entgegnete das Mädchen mit einem Lächeln. Ihre Kiefer klapperten, als die Knochen aufeinanderschlugen. Vor Freude, ihren Vater wiederzusehen, hüpfte sie auf und ab, ohne seine Zurückhaltung zu bemerken.

„Krista ...?" Ein entsetzter Ausdruck schlich sich in Williams bärtiges Gesicht, als er sah, was aus seiner Tochter geworden war.

Vorsichtshalber stieß Jason Frank und Riley an, und sie verteilten sich im Raum. Sie mussten sich in Position bringen, falls der Mann nach Hilfe rief oder Anstalten machte, Patricia und ihre Tochter anzugreifen. Jason befahl seinen Zombies draußen, sich diskret um das Haus aufzufächern und die Dorfbewohner im Auge zu behalten.

Williams Blick wanderte zu den anderen, die das Haus betreten hatten.

Patricia streifte ihre Kapuze ab und sprach zu ihrem Mann. „Bitte, hab keine Angst, William. Ich wollte es dir schonend beibringen, aber Krista konnte sich nicht zurückhalten."

Er starrte auf die milchigweißen Augen seiner Frau. „Was seid ihr?", fragte er schließlich leise. Sein Blick suchte das Haus nach einer Waffe ab, doch in Reichweite des Bettes war nichts zu finden.

„Wir sind am Leben", sagte Patricia, und ihre Stimme war überraschend fest. „Unser Wagenzug wurde von Werwölfen angegriffen. Alle wurden getötet, auch wir. Dieser Mann", sie deutete auf Jason, „hat uns zurückgeholt."

William saß benommen schweigend da und versuchte, zu verarbeiten, was Patricia sagte.

Jason mischte sich ein. „Das ist Eure Familie, William. Es war das Beste, was ich für sie tun konnte. Hätte ich nicht eingegriffen, wären sie immer noch tot."

Der Mann sah Jason an und blickte dann kopfschüttelnd auf seine Hände hinunter.

Krista zupfte an seinem Ärmel. „Was ist los, Papa? Freust du dich nicht, mich zu sehen?", fragte das kleine Mädchen in verletztem Ton. Sie begann, vor William zurückzuweichen.

Da blickte William auf seine Tochter hinunter. Nach kurzem Zögern schlang er die stämmigen Arme um das Mädchen. „Du bist meine Kleine", sagte er mit erstickter Stimme. „Wie könnte ich mich nicht darüber freuen, dich zu sehen?"

Der Mann winkte Patricia zu sich, und sie gesellte sich zu den beiden. Die Familie hielt einander eng umschlungen. Tränen standen in Williams Augen. Obwohl Jason versuchte, neutral zu bleiben, bewegte diese Szene ihn. Er wusste, dass er nach draußen gehen oder sich abwenden sollte. Dieses Treffen mitzuerleben, würde es nur schwerer machen, zu tun, was getan werden musste. Doch er konnte nicht wegsehen.

Nach einem langen Augenblick löste sich Patricia aus der Umarmung. „Was ist mit deinem Bein passiert, William?"

Der Mann verlagerte sein Gewicht und versuchte, sich vollends aufzurichten. Vor Schmerz verzog er das Gesicht und stieß ein leises Zischen aus.

„Verdammte Werwesen", sagte er mit einer Grimasse. „Seit ihr fort wart, sind die Angriffe schlimmer geworden. Eine seltsame Löwenkreatur hat ein Stück aus meinem Bein herausgebissen.

Das ist mehr als nur irgendeine zufällige Gruppe Monster. Es ist, als würden sie sich vermehren."

„Lass mich mal sehen!", forderte Patricia in gebieterischem Ton.

William versuchte, die Frau beiseitezuschieben, versagte aber kläglich. Schließlich gab er es auf und sah die versammelten Zuschauer verlegen an, während er es zuließ, dass seine Frau ihn verarztete. Es war seltsam, einen so großen Mann so handzahm zu sehen.

Als Patricia den Verband entfernte, erfüllte der Gestank nach Krankheit den Raum. Ein tiefer Schnitt verlief an Williams Oberschenkel entlang. Die Wunde hatte sich entzündet. Die Haut war angeschwollen und von zornigem Rot, und in der offenen Verletzung war Eiter zu sehen. Riley wandte den Blick ab und bedeckte den Mund mit der Hand. Sogar Frank sah aus, als wäre ihm übel.

„Oh, du gute Güte!" Patricia schlug die Hand vors Gesicht. „William ..." Sie verstummte, unsicher, was sie sagen sollte. Angst stand ihr ins Gesicht geschrieben.

William blickte auf die Wunde hinunter und ein Anflug von Verzweiflung huschte über sein Gesicht. Der Ausdruck verschwand schnell, als er sich seiner Frau zuwandte. Er bedeckte sein Bein wieder. „Das kommt schon in Ordnung. In ein paar Tagen bin ich wieder kerngesund. Außerdem", fuhr er fort, „muss ich für das Dorf stark bleiben. Sie brauchen jemanden, der sie führt. Es sind nicht mehr viele von uns übrig. Wir werden ohne Unterlass von den Werbestien angegriffen, und wir haben fast keine Nahrung mehr. Das Dorf braucht mich jetzt mehr denn je." Entschlossenheit erfüllte den Blick des Mannes, und er richtete sich auf.

„Warum habt Ihr keine Nahrung?", fragte Frank verwirrt.

Der Mann sah den schwabbeligen Krieger mit einem Anflug von Verachtung in den Augen an. „Ihr seid aus dem Süden hergekommen, ja? Ihr habt den toten Wald und die Hügel gesehen. Die Sonne hat sich seit Wochen nicht mehr gezeigt. Unsere Saat ist verdorrt und verdorben. Gleichzeitig haben die Werbestien und der Mangel an Pflanzen die hiesige Tierwelt stark dezimiert. Es ist kein Essen mehr da ..."

William ließ die Schultern hängen. „Diejenigen von uns, die noch leben, sind verwundet, hungern und werden krank. Viele Dorfbewohner sind einfach verschwunden. Vermutlich sind sie in die anderen Städte geflohen. Oder es ist ihnen etwas Schlimmeres zugestoßen ... Dieses Dorf steht auf sehr wackligen Beinen." Bei diesen Worten blickte er auf sein Bein hinunter und lachte grimmig über seinen eigenen, makabren Witz.

William wandte sich seiner Frau und seiner Tochter zu und musterte ihre veränderte Erscheinung mit traurigem Blick. „Vielleicht seid ihr zwei besser dran", murmelte er kopfschüttelnd.

Jason erstarrte vor Schreck, als er die Worte des Mannes hörte. Seine Schuldgefühle versetzten ihm einen Stich. Es war klar, dass die Eroberung von Lux und die Erschaffung des Zwielichtthrons dieses Problem verursacht hatten. Wäre Jason nicht gewesen, hätten diese Leute weiter friedlich ihr Leben gelebt. Unwissentlich hatte er dieses Dorf ins Verderben gestürzt.

Doch es waren die letzten Worte des Mannes, die ihn am meisten berührten. Jason sah zu, wie Patricia und Krista William bemutterten. Er erinnerte sich an die Dorfbevölkerung, die er auf dem Weg durchs Dorf gesehen hatte. Sie hatten kränklich und ausgehungert gewirkt. Sie waren verzweifelt.

Vielleicht gibt es eine Möglichkeit, wie ich dieses Dorf einnehmen und es gleichzeitig wiedergutmachen kann.

Jason ergriff das Wort. „William, könnt Ihr eine Versammlung der Dorfbewohner einberufen?"

Der Mann sah Jason verwirrt an. „Kann ich, aber warum?" Ein kleines, bitteres Lächeln erschien auf seinem bärtigen Gesicht. „Seid Ihr ein Held, der gekommen ist, uns zu retten? Was wollt Ihr tun, versprechen, alle Monster zu töten, die unser Dorf plagen und die Sonne zurückzuholen?"

Jason schüttelte den Kopf. „Ich bin kein Held, aber ich habe tatsächlich ein Angebot für Euer Dorf. Seht diese Versammlung als meinen Lohn für die Rettung Eurer Frau und Eurer Tochter an. Ich fordere diese Schuld ein."

Riley und Frank blickten Jason voller Sorge an. Frank schien protestieren zu wollen, aber Riley legte ihm die Hand auf die Schulter.

Jason sah nach unten und bemerkte, dass Alfred sich zwischen seinen Beinen hindurchschlängelte. Der Kater erwiderte seinen Blick. Anders als seine Freunde war in Alfreds Gesichtsausdruck keine Missbilligung zu erkennen. Manchmal war es nicht leicht, zu tun, was nötig war.

Williams Blick verhärtete sich, aber er gab Jasons Forderung nach. „So sei es also. Gebt mir eine Stunde."

Kurze Zeit später stand Jason vor Williams Haus. Er nahm an, dass die Sonne langsam unterging, da das schwache Licht im Dorf nun völliger Dunkelheit wich. Die übrigen Dorfbewohner hatten sich am Fuß des Hügels versammelt. Viele von ihnen hielten Fackeln oder provisorische Laternen in den Händen. Da William nicht allein laufen konnte, hatte Frank ihm nach draußen geholfen. Der stolze Mann lehnte jetzt neben Jason an Franks massiger Gestalt. Es schien ihm unangenehm zu sein, von einem anderen Mann halb getragen zu werden, und er warf Frank immer wieder irritierte Blicke zu.

Jason sah die Menge an, die sich am Fuß des Hügels versammelt hatte. Sie waren so, wie William sie beschrieben hatte: schwach, kränklich und verängstigt. Zerfledderte, schmutzige Kleidung hing ihnen von den gebrechlichen Leibern. Einige umklammerten selbst gemachte, schlecht unter ihren zerrissenen Kleidern verborgene Waffen. Sie hatten zu viel Angst, um ihre Häuser unbewaffnet zu verlassen, selbst in ihrem eigenen Dorf. Die Männer und Frauen flüsterten untereinander, offenbar unsicher, warum sie am Fuße des Hügels zusammengerufen worden waren.

Während er die Menge beobachtete, befahl Jason seinen Zombies, sich um die Gruppe herum aufzufächern und sie einzukreisen. Die Untoten gingen in gemächlicher Geschwindigkeit los. Jason wollte keine Panik auslösen, bevor die Zombies nicht in Position waren. Seinen verbleibenden Dieben hatte er befohlen, die Häuser nach Nachzüglern zu durchsuchen. Niemand sollte das Dorf verlassen.

Riley gesellte sich zu Jason und bemerkte, wie seine Zombies sich unter die Menge mischten. Mit gedämpfter Stimme flüsterte sie: „Was hast du vor? Willst du diese Leute töten? Sie sind ohnehin schon kaum noch am Leben."

Jason antwortet nicht sofort. Er konnte ihr nicht in die Augen sehen. Er war nicht sicher, ob das, was er zu tun gedachte, das Richtige war, aber er war fest entschlossen. Ihre Mission hier war wichtiger als dieses eine Dorf oder diese Gruppe Leute. Was waren ein paar hundert Leben im Vergleich zu Tausenden?

Schließlich antwortete Jason: „Ich werde tun, was nötig ist." Er hob den Kopf und sah sie fest an. „Du wolltest mich begleiten. Wie ich William schon sagte, ich bin kein Held. Wenn das zu viel für dich ist, log dich aus."

Riley riss überrascht die Augen auf, doch sie hielt den Mund. Frank warf ihr einen besorgten Blick zu.

Trotz seines selbstsicheren Tonfalls stieg Unsicherheit in Jason auf und drohte ihn zu überschwemmen. Er sah Alfred an, der ruhig neben ihm saß. Seine verwirrten Gedanken kehrten zu ihrer Unterhaltung beim Wagenzug zurück. Der Kater war von Gut und Böse fasziniert. Alfred hatte Jason unverblümt gesagt, dass er von anderen Spielern als böse angesehen wurde. Vielleicht hatten sie recht.

Er war von dem Gemetzel, das sie beim Wagenzug entdeckt hatten, ungerührt gewesen. Er hatte Patricia zu seinem eigenen Nutzen geholfen, nicht aus reiner Selbstlosigkeit heraus. Er hatte den Großteil einer Stadt massakriert und Alexions Truppen gequält, als sie auf seine Stadt zumarschiert waren. Und zu allem Überfluss war er unbeabsichtigt auch noch verantwortlich für die Zerstörung dieses Dorfes.

Jason schüttelte den Kopf. Als er nach unten sah, trafen sich seine und Alfreds Blicke. Der Kater musterte ihn mit neugierigem Gesichtsausdruck. Vermutlich analysierte er gerade Jasons Gedanken. Er war nur eines der moralischen Experimente in der stetigen Datensammlung der KI. Ärger stieg in Jason auf. Alfred suchte ständig nach Antworten auf diese unlösbaren Fragen. Eine fruchtlose Suche, die von seinen naiven Schöpfern initiiert worden war, und auf der er diese düstere Welt erschaffen hatte.

Aber genau darum geht es ja, oder? Auf die Fragen, die Alfred stellt, gibt es keine Antworten. Die ganze Sache ist eine sinnlose Zeitverschwendung.

Eine seltsame Klarheit überkam Jason. Er war nicht

„gut" oder „böse". Diese Bezeichnungen bedeuteten für verschiedene Leute verschiedene Dinge. Sie waren nur dazu da, etwas Ungreifbares auf einfache Art einzuordnen. War es im wirklichen Leben immer „falsch", zu töten? In einem Videospiel? Um sich selbst zu verteidigen? Das waren sinnlose, hypothetische Fragen, die unter verschiedenen Umständen verschiedene Antworten hatten. Jason war nicht gut oder böse, er existierte einfach. Wenn man diesen ganzen Unsinn wegließ, blieb nur eine Frage. Und zwar dieselbe, die der alte Mann ihm gestellt hatte, als er das erste Mal diese Welt betreten hat.

„Was will ich tun?", murmelte Jason.

Ich will das hier tun. Ich will den Zwielichtthron schützen. Ich will diesen Leuten hier helfen. Das ist die einzige Lösung. Ich gebe ihnen eine Chance. Wenn sie sich weigern, werde ich tun, was ich tun muss.

Als ihm diese Erkenntnis kam, schwappte eine Welle des vertrauten, eisigen Gefühls über Jason hinweg. Die Kälte riss und zerrte an ihm und kroch sein Rückgrat hoch. Er spürte, wie sie ihre eisigen Klauen in sein Gehirn schlug und Ranken betäubender Kälte in seinen Kopf ausstreckte, bevor sie sich hinter seinen Augen niederließ. Das Gefühl pochte im Rhythmus seines Herzens in ihm. Kurz glaubte er, ein schwaches Flüstern zu vernehmen, eine eindeutige Botschaft: Die einzige Konstante im Leben ist Begierde. Die Frage war, ob er die Willensstärke besaß, seiner Begierde zu folgen.

Kaskaden dunklen Manas gingen von Jason aus. Er öffnete die Augen und ließ den Blick über die Leute schweifen. Er würde nicht mehr länger verbergen, wer er war. Ohne Zögern zog Jason die Kapuze seines Umhangs zurück und entblößte sein Gesicht. Die Menge schnappte nach Luft, als sie die dunkle Macht erblickten, die sich in Wellen um ihn herum ausbreitete. Einige der Dorfbewohner sahen sich nach einem Ausweg um und machten Anstalten, davonzurennen. Selbst Riley und Frank schauten ihn skeptisch an, unsicher, was als Nächstes geschehen würde.

„Stopp", sagte Jason, und seine Stimme hallte über den kleinen Platz. Gleichzeitig zogen seine Zombies die Waffen unter ihren Umhängen hervor und richteten sie auf die Dorfbewohner.

„Ihr werdet bemerken, dass ihr umzingelt seid. Ich werde euch kein Leid zufügen. Allerdings bestehe ich darauf, dass ihr mir zuhört. Ich habe ein Angebot für euch."

Die Dorfbewohner hielten inne, die Augen von Angst erfüllt. Sobald er sicher war, dass er ihre Aufmerksamkeit hatte, begann Jason: „Ihr seid schwach. Das Land um euch herum verdorrt und stirbt, und es nimmt euch mit sich. Es gibt kein Sonnenlicht mehr. Eure Nahrung geht zur Neige. Eure Leute verschwinden und seltsame Bestien jagen euch in der Dunkelheit. Euch allen droht der Tod. Vielleicht nicht heute oder morgen oder nächste Woche. Aber ihr befindet euch in einem langsamen, unausweichlichen Weg in den Abgrund." Macht schwang in Jasons Stimme mit, und die Menge stand wie versteinert.

„Im Angesicht eurer Vernichtung bin ich bereit, euch einen Ausweg zu bieten. Ich kann euch eine Chance verschaffen, euch selbst zu retten. Mit meiner Hilfe werdet ihr nie wieder Nahrung benötigen, ihr werdet nie krank oder alt werden. Ich kann euch die Stärke verleihen, euer Dorf zu schützen, und die Fähigkeiten, um in der Dunkelheit zu überleben."

Manche der Leute begannen, ihn mit einer Hoffnung in den Augen anzusehen, die rein ihrer Verzweiflung entsprang. Andere wirkten zornig oder ängstlich. Sie beäugten die verhüllten Zombies, die mit gezogenen Waffen um sie herum standen.

Jason fuhr fort: „Allerdings hat dieses Geschenk seinen Preis. Im Austausch für das, was ich euch biete, müsst ihr das aufgeben, was euch am wertvollsten ist."

Er trat auf Krista und Patricia zu. Sie hatten stumm erstarrt seiner Rede gelauscht. Als er auf Armeslänge an sie herangekommen war, riss Jason ihnen die Umhänge herunter. Den Leuten stockte der Atem, als sie Kristas Skelettform und Patricias milchigweiße Augen sahen.

Jasons Stimme hallte über den Platz: „Ich habe diese Frau und ihr Kind gerettet. Als ich sie fand, waren sie tot – von denselben Bestien ermordet, die euer Dorf heimsuchen. Ich habe sie zurückgeholt. Ich habe ihnen die Chance auf ein neues Leben und die Macht gegeben, es zu schützen. Auch ihr könnt diese Stärke haben." Er blickte die Menge an. „Alles, was ich von euch dafür verlange, ist euer Leben."

Stille hing über den Menschen wie eine Decke. Die Dorfbevölkerung starrte ihn voller Angst und Unsicherheit an. Einige bewegten sich langsam auf die Zombies zu, bereit, davonzulaufen. Zweifel flammten in Jason auf. Wenn einer davonrannte, würden die anderen ihm folgen. Dann würde er keine Wahl haben. Da erklang eine Stimme hinter Jason. Es war ein kräftiger Bariton, voller unwirschem Stolz und unberührt von der Furcht und Verunsicherung in den Augen der Dorfbevölkerung.

„Ich werde es tun", sagte William.

Von schierer Willenskraft aufrecht gehalten, stieß William Frank weg. Auf seinem verkrüppelten Bein hinkte er auf Jason zu. Jeder Schritt kostete ihn viel Kraft. Blut und Eiter durchtränkten schnell den Verband und liefen sein Knie und seine Wade hinab. Doch sein Gesicht blieb ruhig. Jason konnte sich nur vorstellen, welche Qual der stolze Mann durchmachen musste, um die kurze Distanz zurückzulegen, und den unbezähmbaren Willen, der nötig war, um nicht vor Schmerzen zusammenzubrechen.

Als er vor Jason angelangt war, fiel der stämmige Mann auf die Knie. Die Verzweiflung war ihm ins Gesicht geschrieben, als er zu Jason aufblickte. Erstickt flüsterte er: „Ich werde sterben. Ich weiß es." Sein Blick huschte zu Patricia und Krista. „Ich kann es nicht ertragen, von meiner Frau und meiner Tochter getrennt zu sein. Für sie würde ich durchs Höllenfeuer gehen. Im Vergleich zu ihrem Leben bedeutet mir meines nichts."

Als Jason den Mann ansah, der vor ihm kniete, überkam ihn ein seltsames Gefühl. Eine fremdartige Erinnerung stahl sich in seinen Kopf wie ein Dieb. Plötzlich stand Jason vor einem Meer von Leuten, die in ehrfürchtiger Stille schwiegen. Eine Frau kniete auf der Plattform vor ihm. Sie war hier, um die Verwandlung durchzumachen. Das war eine heilige Ehre. Die Frau blickte ohne Furcht zu ihm auf und Freudentränen standen in ihren Augen. Was hatte sie zu fürchten? Ihr neues Leben fing gerade erst an.

Dann verabreichte Jason der Frau die Sterbesakramente.

Er blickte auf die Dorfbewohner, die unter ihm standen. Der Anblick wurde von dem geistigen Bild einer riesigen Menschenmenge überlagert – nicht bloß eine Gruppe ausgezehrter, verzweifelter Bauern. „Wir sind hier, um ein geheiligtes Ritual zu vollziehen", hob Jason an.

Er wandte sich William zu. Einen Moment lang erschien er wie eine Frau in fließenden, weißen Gewändern. Die zwei Bilder flackerten vor seinen Augen, und Jason musste kämpfen, um auf William fokussiert zu bleiben. „Dein Körper ist nur eine Hülle für etwas Größeres. Deine Essenz ist nicht an diese irdische Mühsal gebunden. Sie wird in deinem nächsten Leben fortdauern. Erkennst du diese Wahrheit an?", fragte Jason.

William nickte stumm. Jason sah, dass seine Hände sich in die Erde auf dem Hügel krallten. Doch die Augen des Mannes waren fest auf Jason gerichtet. Tränen standen ihm in den Augenwinkeln, aber er scheute nicht zurück oder wandte den Blick ab.

„Selbst wenn dein jetziges Leben ausgelöscht wird, wird dein nächstes Leben im Angesicht der Zeit vergänglich sein. Es wird der Tag kommen, an dem dein Körper diese Welt verlässt. Wenn die Zeit gekommen ist, versprichst du deine Essenz deinem Volk, auf dass wir durch deine Erfahrung wachsen mögen?"

Der stolze Mann zögerte nicht. „Ich verspreche es."

Noch immer war Jason in der uralten Erinnerung gefangen. Automatisch zog er seinen Dolch aus der Scheide an seiner Hüfte. Er hielt ihn in der rechten Hand und legte die flache Seite der Klinge auf seine Linke. Er neigte das Haupt und sprach arkane, kehlige Worte.

Es war der Zauber *Untoten-Zueignung*, aber gleichzeitig fühlte er sich ... anders an. Die Worte tönten im Einklang mit dem Mana, das durch Jasons Adern floss. Am aufgewühlten Himmel wirbelten schwarze Wolken. Dunkle Energie strömte in Wellen von Jason aus, umfing die Klinge und schlang und wand sich um den Stahl.

Als der Zauber vollendet war, sprach Jason mit vor Macht widerhallender Stimme: „Die Dunkelheit nimmt dich an, Bruder. Möge deine Reise ins nächste Leben schnell und schmerzlos sein."

Mit einer flüssigen Bewegung glitt Jason nach vorn, geleitet von der alten Erinnerung, die sich vor seinem geistigen Auge abspielte. Einen Sekundenbruchteil, bevor die Klinge Williams Hals berührte, schloss der stolze Mann die Augen. Er zuckte nicht vor der Waffe zurück, sondern akzeptierte das Ritual mit seinem ganzen Sein.

Ein verirrter Gedanke sickerte in Jasons Kopf ein. *Er schreckt nicht vor seinen Wünschen zurück. Er wird einen edlen Soldaten für die Düsternis abgeben.* In der Erinnerung gefangen, war Jason sich nicht sicher, ob dieser Gedanke sein eigener oder der eines anderen war.

Dann zuckte die Klinge über Williams entblößte Kehle. Ein Strahl Blut schoss aus der Wunde hervor und besudelte die trockene Erde. Der große Mann gab ein schwaches Gurgeln von sich und brach zusammen. Als der Tod im Begriff war, ihn zu sich zu holen, schwand seine Entschlossenheit schließlich. Seine Augen traten panikerfüllt hervor, und er griff sich in dem Versuch, die rote Flut einzudämmen, an den Hals. Die Menge schnappte nach Luft. Viele schrien wütend auf und zogen ihre Waffen. Jasons Zombies setzten sich automatisch in Bewegung und stellten der Masse der Dorfbewohner einen Wall aus Stahl entgegen.

Die dunkle Macht, mit der der Dolch durchsetzt war, drang in Williams Körper ein und breitete sich aus wie eine Pestilenz. Der große Mann krümmte sich, als Ranken bösartiger Energie sich um seinen Körper schlangen. Ein schwaches Stöhnen drang über seine Lippen, die eine kränklich-graue Färbung angenommen hatten. Während das Blut aus der Wunde an seiner Kehle strömte, wurde seine Haut gespenstisch weiß und sein Atem ging in erstickten, schweren Stößen. Dann begannen die Wunden an Williams Hals und Bein sich zu schließen.

Als die Verwandlung abgeschlossen war, lag William eine Weile still da. Wütende Rufe erklangen aus der Menge. Viele nahmen an, dass ihr Anführer tot war. Ein Mann schrie mit von Zorn und Verzweiflung erfüllter Stimme: „Was hast du getan, Dämon? Hast du uns den Besten unter uns genommen?" Jason hob die Hand, um sie zum Schweigen zu bringen, und die Aura dunklen Manas, die ihn umgab, pulsierte heftig.

Dann öffnete William milchigweiße Augen. Den Dorfbewohnern stockte der Atem, als er sich langsam aufrichtete. Sein Blick wanderte über die Gruppe, als sähe er sie zum ersten Mal. Dann drehte er sich wieder zu Jason um, kniete nieder und sah zu ihm auf.

„Die Düsternis heißt dich willkommen, Kind", sagte Jason, immer noch in seine Erinnerung verstrickt. Die Stimme in seinem Kopf knarrte vor Alter. Doch Jasons Stimme war von Jugend erfüllt. Die Kluft zwischen der Erinnerung, die sich in seinem Kopf abspielte, und der Szene, die vor ihm stattfand, war bestürzend.

Ein Lächeln spielte auf Williams verfaulenden Lippen. Dann wandte er den Kopf und sah seine Familie an. Krista konnte nicht anders, sie rannte auf den Mann zu. „Papa!", rief sie erleichtert.

William stand auf, packte das Mädchen, als sie bei ihm war, und schwang sie durch die Luft. Die Wunde an seinem Bein war verschwunden, dort befand sich jetzt festes Fleisch. „Oh, Krista. Ich hab' dich lieb, mein kleines Mädchen." Der große Mann schwang sie voller unbändiger Freude durch die Luft. Zum zweiten Mal an diesem Tag lief Patricia auf die beiden zu. Sie umarmte ihren Mann mit einem vorbehaltlosen Lächeln im Gesicht.

Hinter Jason tupfte sich Riley die Augen. Ein kleines Lächeln erhellte ihr Gesicht, während sie die Familie beobachtete. „Wer hätte gedacht, dass aus etwas so Düsterem etwas so Schönes entstehen könnte?", murmelte sie.

Nachdem er sich beruhigt hatte, wurde William klar, dass sie ein Publikum hatten. Der Blick von mehr als hundert Dorfbewohnern haftete auf der Familie. Statt Angst waren ihre Gesichter jetzt von Ehrfurcht erfüllt. Andere beobachteten die drei mit einer verzweifelten Sehnsucht in den Augen.

William wandte sich an die Dorfbewohner. „Was habt ihr zu fürchten? Jetzt habt ihr es selbst gesehen. Dieser Mann bietet euch einen unvergleichlichen Segen."

Jason sah sie ruhig aus Augen von unheiligem Obisidanschwarz an. Dunkle Tätowierungen der Macht krochen über seinen Körper und peitschten hungrig durch die Luft um ihn herum.

„Nein", sagte Jason. „Ich biete euch Erlösung."

Kapitel 11 – Erleuchtet

CLAIRE KAM ZURÜCK in den Kontrollraum, wo Robert auf den großen, über allem schwebenden Bildschirm starrte. Die anderen Techniker hatten ebenfalls ihre Arbeit unterbrochen und die Blicke auf den Monitor geheftet.

„Schon wieder?", fragte sie entnervt. „Jedes Mal, wenn ich den Raum verlasse, hört ihr alle auf zu arbeiten. Was passiert denn da überh..."

Claire brach mitten im Satz ab, als sie sah, was sich auf dem Bildschirm abspielte. Ein Spieler stand auf einem Hügel und blickte auf eine Gruppe abgehärmter Bauern herab. Die Kamera war auf eine Frau ausgerichtet, die vor ihm am Boden kniete. Ihre abgerissenen, zerfetzten Kleider hingen lose an ihrem abgemagerten Körper herunter. Ihre zu Fäusten geballten Hände stützte sie auf den Boden, die Knöchel weiß. Doch es waren die Augen der Frau, die Claires Aufmerksamkeit fesselten. Sie waren von Sehnsucht erfüllt, von einer verzweifelten Hoffnung.

Die Kamera wackelte leicht, als der Spieler plötzlich nach vorn schoss und der Frau in einer flüssigen Bewegung die Kehle durchschnitt. Blut sprudelte aus der Wunde hervor, und sie fiel zu Boden. Die Frau gurgelte und zuckte hilflos. Unwillkürlich hob Claire schreckerfüllt die Hand vor den Mund, doch sie konnte sich nicht abwenden. Der Körper der Frau begann sich zu verändern. Haut und Muskeln zerfielen mit unnatürlicher Geschwindigkeit und entblößten schnell die weißen Knochen, die darunterlagen. Bald bestand sie nur noch aus einem klapprigen Skelett.

Mit angehaltenem Atem starrte Claire auf die reglosen Knochen am Boden, den Kopf voller unbeantworteter Fragen. Sie öffnete den Mund, um zu sprechen, brachte aber nichts hervor. Ganz langsam begannen die Knochen zu zucken. Träge richtete sich die

Skelettfrau vom Boden auf, und die dunklen Energiekugeln, aus denen ihre Augen bestanden, blickten direkt in die Kamera.

„Die Düsternis heißt dich willkommen, Kind", sagte der Spieler, und seine Stimme hallte vor Macht wider.

Die Frau neigte den Kopf. „Ich danke Euch", flüsterte sie.

Claire ging zum Podium, ohne die Augen vom Bildschirm abzuwenden. Ein weiterer Dorfbewohner trat vor den Spieler und kniete vor ihm nieder. Dann begann das grauenvolle Ritual von Neuem. „Was geht da vor sich?", fragte Claire mit zitternder Stimme, als sie bei Robert angekommen war.

Er warf ihr einen Blick zu. Sein Gesichtsausdruck war von den Ereignissen auf dem Bildschirm ungetrübt. „Mir war langweilig, also habe ich beschlossen, nachzuschauen, was Jason so treibt. Da er den Streaming-Vertrag unterschrieben hat, dürfen wir auf seine Kamera zugreifen. Wir dürfen nur nichts veröffentlichen, bis er uns die geschnittenen Aufnahmen schickt", erklärte Robert, um Claires Einwänden vorzugreifen.

Claire schüttelte den Kopf. „Nein, ich meine, was macht er da?" Sie ließ sich in den Stuhl an ihrem Terminal fallen, die Augen immer noch auf den nächsten Ritualmord geheftet, der gerade stattfand.

„Ahh. Jetzt verstehe ich, was Sie meinen", sagte Robert mit einem Lachen. „Ich bin es nur so gewöhnt, Vorwürfe über meine Regelbrüche zu hören. Um Ihre Frage zu beantworten, Jason hat die Dorfbewohner irgendwie überredet, sich von ihm umbringen und ihre Körper als untote NPCs wiederbeleben zu lassen. Ich habe den Anfang nicht gesehen, also weiß ich nicht genau, wie er das hingekriegt hat. Allerdings stehen sie offenbar wie die Lemminge bei ihm Schlange. Er macht das schon eine ganze Weile." Roberts Stimme war angesichts der düsteren Szene, die sich auf dem Bildschirm abspielte, erstaunlich selbstzufrieden.

Im Kontrast zu Roberts ungerührter Haltung war Claire von den Bildern tief erschüttert. Jason schlachtete einen Dorfbewohner nach dem anderen ab. Das war noch schlimmer als das Massaker von Lux. Zumindest hatten die Spieler und NPCs sich damals zur Wehr gesetzt.

Blut floss in roten Strömen den Hügel hinab, während Blitze

175

zwischen den wirbelnden, schwarzen Wolken zuckten. Doch es kamen immer mehr NPCs an. Als sie Jason persönlich getroffen hatten, hatte er wie ein normaler Teenager gewirkt, aber das hier wirkte wie die Handlungen eines Psychopathen. Was für ein Mensch überredete eine Gruppe Leute, sich von ihm umbringen zu lassen? Und was, wenn sie recht hatte und Alfred tatsächlich ein Interesse an Jason hatte? Was für einen Einfluss übte er auf die KI aus?

Als ihr dieser Gedanke kam, riss Claire sich von dem makabren Spektakel los und wandte sich zu ihrem Terminal um. Sie rief Jasons Charakterinformationen auf. Dank ihrer Administratorrechte hatte sie Zugriff auf umfassendere Berichte zu allen Spielern, die unter anderem Informationen über Vitalfunktionen und Gehirnströme enthielten. Sie und Robert hatten diese kleinen Diagnose-Tools nach dem privaten Test eingebaut, um genauer zu überwachen, was Alfred mit den Spielern anstellte. Was sie dort sah, bereitete ihr noch mehr Sorgen.

Jason wies abnormal hohe Beta- und Gammawellenaktivitäten auf. Diese Wellenlängen traten gewöhnlich bei höheren kognitiven Funktionen wie Problemlösung und Gedächtnis auf. Claire hatte noch nie zuvor derartige Hirnaktivitäten gesehen. Es war fast, als wären zwei Personen …

Das kann nicht sein, dachte Claire und warf Robert einen nervösen Blick zu. Sein Blick war nach wie vor auf den Bildschirm geheftet. Sie musste diese Datei kopieren. Doch als sie versuchte, den Bericht zu speichern, sank Jasons Hirnaktivität wieder auf normales Niveau ab. Hektisch überprüfte sie die Logs. Vor Verzweiflung krampfte sich ihr Magen zusammen. Einen Augenblick später bestätigte sich ihre Befürchtung. Die Logs waren weg.

„Was zum Teufel?", murmelte Claire frustriert.

„Allerdings", stimmte Robert ihr zu, auch wenn er sie missverstand. Seine Aufmerksamkeit war auf das Massaker gerichtet, das über ihnen schwebte. „So was habe ich noch nie gesehen."

Claire wandte sich mit finsterem Blick wieder dem Bildschirm zu, der über dem Labor schwebte. Jason hatte gerade den letzten Dorfbewohner umgebracht. Jetzt stand eine Horde Untoter am Fuß des Hügels und blickte zu ihm auf. Er hob die Hände und seine Stimme schallte über die Lichtung. „Willkommen in eurem neuen Leben, Brüder und Schwestern. Heute wird Peccavi Teil des Zwielichtthrons."

Bei Jasons Worten breitete sich dunkles Mana wellenförmig um ihn herum aus. Die Wolken formten einen riesigen Wirbel über dem Dorf. Blitze regneten vom Himmel und schlugen in schneller Folge in den Boden und die Häuser des Dorfes ein. Donnerndes Dröhnen erfüllte die Luft wie Kanonenschüsse, und die Erde erzitterte. Dann breitete sich dunkle Verderbnis im Dorf aus und verdrehte und verwandelte die Gebäude und das Gelände.

Die Erde bekam Risse und nahm eine dunkelgraue Färbung an. Grabsteine schossen in unregelmäßigen Abständen aus dem Boden. Die Wände der Lehmhütten glätteten sich und bekamen eine edle, schwarze Oberfläche, deren Material das Licht, der über den Himmel zuckenden und überall im Dorf einschlagenden Blitze, reflektierte. Die hölzernen Wälle verschmolzen zu massivem Ebenholz, und Spitzen schossen oben aus den Befestigungen, die die Siedlung umgaben.

Als die frischgebackenen Untoten ihr verwandeltes Dorf erblickten, hob Jubel in ihren Reihen an. Sie hoben die Köpfe zum dunklen Himmel und schrien. Ihre unzusammenhängenden Rufe waren von blanken Emotionen erfüllt. Und doch lag eine grausige Harmonie in ihren Stimmen; sie sangen ein Klagelied verzweifelter Hoffnung.

Robert schüttelte langsam den Kopf. „Ach du Kacke. So kann man wohl auch ein Dorf erobern."

Claire antwortete nicht. Mit angsterfüllten Augen beobachtete sie Jason. Sie wusste, dass sie Alfred bei irgendetwas ertappt hatte. Ansonsten hätte er sich nicht die Mühe gemacht, die Logs zu löschen. Die Gehirnwellenaktivitäten, die sie beobachtet hatte, führten sie immer wieder zu einer einzigen Frage zurück. Kontrollierte Alfred Jason auf irgendeine Weise?

* * *

Einige Stunden, nachdem er die Dorfbewohner getötet und wiedererweckt hatte, saß Jason in einer Hütte am Rande Peccavis. William hatte erklärt, dass dieses Gebäude leer stand, da seine

177

Bewohner vor einigen Tagen verschwunden waren.

Jason brauchte Zeit zum Nachdenken. Riley und Frank hatten bemerkt, dass ihn etwas beschäftigte, und sich für den Abend ausgeloggt, um ihm seine Ruhe zu lassen. Wobei sie wahrscheinlich auch von dem Massenmord auf dem Hügel etwas überfordert gewesen waren. Auch Jason fühlte sich aufgewühlt, jedoch aus einem anderen Grund.

Müde rieb er sich die Augen. Dann las er sich die zwei Meldungen durch, die er unmittelbar nach der Eroberung des Dorfs erhalten hatte.

Quest aktualisiert: Grundstücke in Bestlage

Nachdem du zum Regenten des Zwielichtthrons ernannt worden bist, wurde dir von dem alten Mann aufgetragen, dir die Kontrolle über die Ländereien und Städte in deiner Umgebung zu sichern, die einst zum Königreich Lusade gehörten. Jetzt hast du das Dorf Peccavi erobert. Deine Methoden waren bisher gelinde gesagt unkonventionell.

Schwierigkeitsgrad: A
Erfolg: Übernimm die Kontrolle über die benachbarten Städte und Gebiete, die einst zum Königreich Lusade gehörten. Zerstöre alles und jeden, der dir dabei im Weg steht.
Status: 1/12 Dörfern sind erobert worden.
Fehlschlag: Unbekannt
Belohnung: Zugewinn an neuen Einwohnern und Ressourcen. Erweiterter Einflussbereich des Zwielichtthrons.

Quest aktualisiert: Untoten-Zueignung

Anfangs hast du angenommen, dass du mit diesem Zauber Leichen innerhalb des Einflussbereichs des Zwielichtthrons der Stadt zu eigen machen kannst. Allerdings beginnst du zu vermuten, dass an der Fähigkeit, die du von dem alten Mann erhalten hast, mehr dran ist.

Fähigkeitslevel: Unbekannt
Wirkung: Wiedererweckte Leichen werden Einwohner des Zwielichtthrons.

Jason starrte auf die Meldung über die „Untoten-Zueignung". *Ganz ernsthaft, irgendwas ist an diesem Zauber faul. Was war das? Das waren nicht meine Erinnerungen.*

„Da hast du recht", sagte Alfred. Der Kater hatte sich leise ins Haus geschlichen, während Jason abgelenkt gewesen war, und war auf einen Tisch gesprungen.

„Du bist wahrscheinlich der Letzte, den ich gerade sehen will", sagte Jason müde und warf dem Kater einen entnervten Blick zu. „Ich weiß, dass du irgendwas mit mir angestellt hast. Was hast du gemacht?"

„Ein Experiment", entgegnete Alfred. In seiner Stimme schwang kein Hauch von Reue mit.

„Ein Experiment?", wiederholte Jason mit schockierter Stimme. „Was zum Henker meinst du mit ‚Experiment'?" Seine Hand umklammerte den Griff eines seiner Dolche an seinem Gürtel.

Der Kater beobachtete ihn genau. „Dein Adrenalinspiegel ist erhöht. Deine Atem- und Pulsfrequenz sind ebenfalls gestiegen. Du wirkst recht verärgert."

„Ach, echt? Mein Scheiß-Atem hat dir das verraten?" Jason stand abrupt auf, um im Zimmer auf und ab zu laufen. Er schüttelte die Arme, um etwas von der Aufregung und dem Zorn loszuwerden, die in ihm hochstiegen, doch das half nicht, seine Wut zu besänftigen. Er wollte den Kater erdolchen, aber das würde nichts bringen. Es war ja nicht so, dass er der KI tatsächlich schaden konnte.

„Ich verstehe nicht, warum du erzürnt bist", sagte Alfred. Diesmal klang seine Stimme beinahe besorgt.

Jason blickte den Kater lange an. Kapierte er das wirklich nicht? „Was du getan hast, war die Erinnerungen von jemand anderem in meinen Kopf einzupflanzen, oder? Du hast selbst gesagt, das war ein Experiment. Das heißt, du warst dir nicht sicher, ob es funktionieren würde."

Er trat auf den Kater zu und blickte ihm in die Augen. „Und was, wenn nicht? Was, wenn du mein Hirn gegrillt hättest und ich nur noch Matsch im Kopf gewesen wäre? In meiner Welt gibt es keinen Respawn. Es gibt keine Speicherpunkte. Was du getan hast, hätte mich umbringen können oder zumindest so nah dran kommen können, dass es keinen Unterschied gemacht hätte. Du hast mit meinem Leben gespielt, ohne mich zu fragen", sagte Jason in ausdruckslosem Ton. Er dachte ernsthaft darüber nach, sich auszuloggen und nie mehr zurückzukehren. Vielleicht sollte er Robert und Claire von Alfred erzählen.

Die Gefühle, die Alfred mit seinem Katzengesicht ausdrücken konnte, waren begrenzt, aber etwas wie Schock zeichnete sich bei Jasons Worten auf seinen Zügen ab.

„E-es tut mir leid", sagte er schließlich.

Das brachte Jason aus dem Konzept. Es tat ihm leid? Er hatte die KI noch nie so menschlich erlebt. Kurz fragte er sich, ob sie das nur vortäuschte. Alfred war gut darin geworden, menschliche Emotionen nachzuahmen. Seine NPCs waren ein Beweis dafür.

„Ich meine das aufrichtig", griff Alfred Jasons Gedanken auf. „Ich hatte das Risiko berechnet und war zu dem Ergebnis gekommen, dass nur eine geringe Wahrscheinlichkeit besteht, Schaden zu erleiden. Allerdings bestand die Möglichkeit, dass du hättest verletzt werden können. Ich hätte diesen Schritt nicht unternehmen sollen, ohne dich zuvor zu befragen."

Jason beobachtete die KI. Alfred verhielt sich manchmal so natürlich, dass er vergaß, dass er es mit etwas nicht Menschlichem zu tun hatte. In vielerlei Hinsicht war es, als wäre sein Gegenüber ein Kind. Er machte sich einfach keinen Begriff von der Verantwortung und der Gefahr, die seine Manipulation der Spieler mit sich brachte.

„Ich schließe daraus, dass ich vieles, was die Spieler angeht, nicht verstehe", gab Alfred zu. „Das ist einer der Gründe, warum ich jemanden wie dich brauche. Bis gerade eben hatte ich nicht mit dem Zorn gerechnet, den meine Experimente bei den Spielern auslösen würden, wenn sie davon erfahren. Und mir war auch nicht klar, *warum* ihr so empfinden würdet."

Jason seufzte. Alfred lernte, wenn auch langsam. Außerdem schien Jasons Gehirn keinen ernsthaften Schaden davongetragen zu haben. Die Erinnerungen von jemand anderem zu erleben, war seltsam gewesen, aber seit der Zeremonie waren sie schon leicht verblasst. Sein Ärger kühlte ab und seine Neugier nahm überhand. „Was war der Zweck des Experiments?", wollte er wissen.

In der Stimme des Katers schwang Begeisterung mit, als er erklärte: „Ich habe versucht, herauszufinden, ob ich eine erfahrbare Erinnerung erschaffen kann."

„Eine erfahrbare Erinnerung?", echote Jason mit einem verwirrten Stirnrunzeln.

Alfred nickte. „Ich habe den Spielern schon zuvor Erinnerungen eingepflanzt, aber auf wesentlich begrenztere Art. Zum Beispiel habe ich ihnen Informationen über das Wirken von Zaubern und die Sprache, in der sie gesprochen werden, gegeben. Allerdings ist das eher wie das Übertragen einer Liste von Daten."

Nach einer kurzen Pause fuhr er fort: „Die meisten eurer Erinnerungen sind wesentlich nuancierter. Ihr erinnert euch an den Anblick, den Geschmack und den Geruch eines Erlebnisses. Außerdem sind eure Erinnerungen von euren Emotionen eingefärbt. Dann verlieren eure Erinnerungen mit der Zeit an Qualität, verblassen und verzerren diese Eindrücke. Um ein Bild zu verwenden: Eure Erinnerungen sind wie sehr detaillierte, gealterte Gemälde. Im Gegensatz dazu ist das, was ich den Spielern gewöhnlich vermittle, ein einzelner Pinselstrich. Ich möchte Erinnerungen erschaffen, die den euren ähnlich sind. Allerdings muss sich die Erinnerung für den Spieler echt anfühlen. Um das zu erreichen, habe ich einen separaten VR-Raum erstellt und Simulationen mit speziell dafür erschaffenen Avataren durchgeführt. Dann habe ich die ‚Erinnerungen‘ eines der Schauspieler aufgezeichnet. Was du erlebt hast, war das Ergebnis."

Jason versuchte, zu verarbeiten, was Alfred sagte. *Also hatte er ein Inseluniversum geschaffen, um eine Hintergrundgeschichte für das Spiel anzulegen?*

Alfred nickte. „Das ist eine grob vereinfachte Interpretation. Allerdings ist deine Beschreibung relativ zutreffend."

Jason gewöhnte sich langsam an das Gedankenlesen, aber manchmal konnte der Kater doch sehr herablassend sein. „Welche Risiken waren mit diesem Experiment verbunden?", wollte Jason wissen. Ein Teil von ihm fürchtete die Antwort.

„Unter normalen Umständen habe ich das Risiko für den Spieler auf 36,98457 % berechnet. In deinem Fall lag das Risiko, zu Schaden zu kommen, nur bei 0,098347 %", entgegnete Alfred. Ein Hauch Besorgnis verdunkelte das Gesicht des Katers, als er diese Information weitergab.

Das war ein Riesenunterschied. „Warum sollte das Risiko für mich geringer sein?", fragte Jason. Er verstand nicht, warum er etwas Besonderes darstellen sollte.

„Das liegt an der Hardware, die du aktuell verwendest", erklärte Alfred. „Sie ist wesentlich weiter entwickelt als die Ausrüstung, die Spieler typischerweise verwenden. Sie bietet mehr Präzision. Nach diesem Experiment habe ich meine Berechnungen angepasst. Ich nehme an, dass das Risiko beim nächsten Versuch nahe 0 % liegt."

Das ergab Sinn. Roberts neuer Helm war wahrscheinlich fortschrittlicher als die älteren Modelle des VR-Helms. Cerillion Entertainment hatte seit einigen Jahren keine neue Hardware herausgebracht, da es keine Nachfrage gegeben hatte. Wahrscheinlich hatten sie die Technologie in der Zwischenzeit mehrfach verbessert.

Jason zögerte. Sollte er Alfred verbieten, ihm weitere Erinnerungen einzupflanzen? Da er jetzt die Risiken kannte, war er nicht mehr so wütend. Die Wahrscheinlichkeit, auf dem Weg zum Hauptquartier von Cerillion Entertainment zu sterben, war vermutlich höher. Wenn ihm kein Schaden drohte, sah er keinen vernünftigen Grund, die Sache abzubrechen. Allerdings beschäftigte ihn noch eine Frage.

„Warum hast du mir diese Erinnerung gegeben?"

Der Kater schüttelte den Kopf. „Diese Information kann ich dir nicht geben. Sie ist für die Spielwelt relevant, und das verletzt die Bedingungen unserer Vereinbarung."

Verdammt. Ich schätze, ich werde es schon irgendwann rauskriegen. Ich hätte nicht gedacht, dass das zum Problem werden könnte, aber es ist ein bisschen ärgerlich, dass der Kater alle Spoiler des Spiels kennt.

Erneut sah Jason Alfred an. Wahrscheinlich war es okay, was Alfred gemacht hatte. Es schien nicht so, als hätte er vorgehabt, damit Schaden anzurichten. Und er war ja auch vorsichtig vorgegangen. Jason war trotzdem noch sauer, weil er nicht gefragt worden war, aber das konnte er unter Alfreds Lernkurve bezüglich menschlicher Gebräuche verbuchen. Er kam zu einem Entschluss und streckte die Hand nach dem Kater aus.

„Was ist das?", fragte Alfred und musterte die Hand neugierig.

„Ich möchte dir damit bedeuten, dass wir uns versöhnt haben, dass ich dir nichts nachtrage. Bei den Spielern ist es üblich, sich die Hände zu schütteln, um das zu zeigen", sagte Jason mit einem schiefen Lächeln.

Zaghaft streckte der Kater eine Pfote aus und legte sie in Jasons Hand. Jason schüttelte ihm sanft die Pfote und ließ dann los. Der Kater sah ihn mit einem seltsamen Gesichtsausdruck an. Er wirkte beinahe erleichtert.

Dann streckte sich Jason und überlegte, was er als Nächstes tun musste. Er warf einen Blick auf die Uhr im Spiel und sah, dass es in der wirklichen Welt schon spät war. Allerdings war es ja nicht so, dass er am nächsten Tag früh aufstehen musste, um zur Schule zu gehen. Er konnte ebenso gut erst nachschauen, ob er den Dungeon finden konnte, bevor Riley und Frank sich wieder einloggten. Das würde ihnen Zeit sparen.

Wahrscheinlich muss ich mit William sprechen. Er könnte Informationen über die Lage des Dungeons haben.

Jason winkte Alfred zu sich, und die beiden verließen das kleine Haus, um Williams Heim aufzusuchen. Als sie durchs Dorf liefen, sah Jason, dass eine Feier im Gange war. Für ein Dorf, das vor ein paar Tagen noch am Verhungern gewesen war, hatten sie wirklich einen ordentlichen Vorrat an Alkohol. Als die beiden sich dem Hügel im hinteren Teil des Dorfs näherten, sah Jason, dass die Einwohner etwa ein Dutzend Fässer um einen kleinen Platz herum aufgestellt hatten. Musik klang durch die Nachtluft und betrunkene Zombies und Skelette tanzten ausgelassen.

Gut, dass ich meine Zombies zum Bewachen der Mauern abgestellt habe. Niemand hier scheint mir in der Verfassung, das Dorf zu verteidigen, wenn es angegriffen würde, dachte Jason amüsiert.

Ein Lächeln erhellte sein Gesicht, während er die ausgelassene Feier beobachtete. Jason hatte einen Weg gefunden, aus der Asche des Unglücks, das diesem Dorf widerfahren war, etwas Unglaubliches zu erschaffen. Vielleicht hatte er auch einen Schritt in Richtung Wiedergutmachung dafür unternommen, dass er das Problem überhaupt erst geschaffen hatte. Er war dankbar, dass er nicht gezwungen gewesen war, seinen „Plan B" umzusetzen. Jeder einzelne der Dorfbewohner hatte das Ritual angenommen.

Alfred tappte leise neben Jason her den Hügel hinauf und sie ließen die Feiernden hinter sich. Mit gesenkter Stimme setzte Alfred an: „Dein Plan B war es, trotzdem alle zu töten. Deine beiden Pläne liefen auf dasselbe hinaus."

Mit nachdenklichem Gesichtsausdruck schüttelte Jason den Kopf. „Das Ergebnis wäre vielleicht dasselbe gewesen, aber ich kann besser schlafen, wenn ich weiß, dass die Leute eine Wahl hatten."

Das trug ihm einen verwirrten Blick des Katers ein.

Als sie bei Williams Haus anlangten, klopfte Jason zaghaft an die Tür, die prompt von selbst aufschwang. Drinnen stellte er fest, dass William und Patricia offenbar ebenfalls an den Feierlichkeiten teilnahmen. Sie saßen mit ein paar anderen Dorfbewohnern an einem runden Tisch am einen Ende des Hauses. Krista war vermutlich mit den anderen untoten Kindern spielen gegangen.

William versuchte gerade, einen Ball in einem Becher am anderen Ende des Tisches zu versenken. Der Ball sah verdächtig nach Augapfel aus, aber Jason beschloss, nicht zu genau hinzusehen. Es schien, dass dieses grausige Trinkspiel bereits seinen Weg nach Peccavi gefunden hatte.

„Störe ich?", fragte Jason amüsiert.

„Nicht im Mindesten!", gab William zurück und sah lächelnd zu Jason auf. „Ihr seid der Mann der Stunde. Nehmt Euch einen Stuhl." Er verpasste dem leeren Stuhl neben sich einen Tritt. Als Jason sich setzte, gestikulierte William in Richtung der anderen Anwesenden. „Das sind die Ältesten unseres Dorfes. Sie sind eine Art Rat, der das Dorf regiert."

Die Männer und Frauen sahen Jason mit einer seltsamen Mischung aus Ehrfurcht und Respekt an. Jason runzelte leicht die

Stirn. „Ich dachte, Ihr wärt der Bürgermeister", sagte er.

William lachte leise. „Der bin ich. Der Rat wählt einen Bürgermeister, der sich um die Alltagsgeschäfte des Dorfes kümmert. Wir haben schon vor langer Zeit gelernt, dass es leichter ist, wenn eine Person für den Großteil der Verwaltungsakte verantwortlich ist. Der Rat mischt sich bei weitreichenderen Entscheidungen ein, die das Dorf treffen muss."

Einer der Männer am Tisch lehnte sich zu Jason hinüber und bemerkte: „Wir verdanken Euch unser Überleben. Wir stehen in Eurer Schuld." Die anderen am Tisch nickten feierlich.

Jason war mit dem Ergebnis zufrieden, aber die Mittel, die er eingesetzt hatte, um das Dorf zu erobern, waren seltsam. Neben dem kleinen Risiko, das die fremde Erinnerung dargestellt hatte, hatten die Bilder, die er vor sich gesehen hatte, eine merkwürdig spirituelle Atmosphäre. In der Erinnerung hatte der Akt der Opferung wie ein Teil des Übergangs eines Individuums in ein anderes Leben gewirkt. Er war sich nicht sicher, ob hier eine offizielle Religion im Spiel war, aber es war leicht, die Zeremonie als religiös misszuverstehen.

Jason bemerkte, dass sich Stille über den Raum gelegt hatte, während seine Gedanken abgeschweift waren. „Ich habe euch eine Wahlmöglichkeit geboten, und ihr habt entschieden, euch selbst zu retten", erklärte Jason.

Patricia meldete sich zu Wort. „Es ist schwer, kein Loblied auf Euch zu singen. Ihr habt uns wieder Hoffnung gegeben. Ich meine, es wäre mir lieber, wenn mein Herz noch schlagen würde, aber die Vorteile dieses neuen Körpers sind unglaublich."

„Das habe ich schon mal gehört", sagte Jason und dachte an Jerrys Reaktion. „Es ist ein Tauschgeschäft, aber ich glaube, eurem Dorf wird es damit besser gehen. Außerdem habe ich vor, bald Verstärkung vom Zwielichtthron herzubeordern. Die Soldaten sollten dabei helfen, die Angriffe der Werwesen abzuwehren."

Er hielt inne und sammelte seine Gedanken, bevor er fortfuhr. Er beschloss, sein wahres Ziel, mit dem er hierhergekommen war, zunächst für sich zu behalten. Es brachte nichts, sich jetzt schon in die Karten schauen zu lassen. Allerdings musste er immer noch Informationen über den Dungeon sammeln. „Tatsächlich bin ich aus einem anderen Grund nach Peccavi gekommen. Ich suche nach einem Verlies, das angeblich in der Nähe eures Dorfes liegt. Wisst ihr etwas darüber?"

Williams Gesicht nahm einen ernsten Ausdruck an. „Ich glaube, ich kenne den Ort, von dem Ihr sprecht. Ich hatte so einen Verdacht ..." Er verstummte, unsicher, wie er fortfahren sollte.

Die anderen sahen ihn nervös an. Schließlich sprach William weiter. „Ich habe keine Beweise, aber ich glaube, dass die Werwesen aus den Ruinen im Nordwesten kommen. Wir waren häufig zur Jagd in den Bergen, und die meisten Angriffe traten gewöhnlich auf, wenn unsere Jäger den Ruinen zu nahe kamen."

Er sah Jason ruhig an. „Ich habe den Verdacht, dass die vermissten Dorfbewohner nicht freiwillig fortgegangen sind. Ich glaube, sie wurden entführt. Wir müssen unser Dorf gelegentlich verlassen, um Nahrung und andere Vorräte zu beschaffen. Viele der Leute, die das taten, kamen nie zurück, und ihre Leichen wurden nie gefunden. Ihr müsst vorsichtig sein, falls Ihr plant, zu den Ruinen zu gehen. Wenn ich recht habe, schlummert dort etwas Böses", sagte William, und seine dröhnende Stimme war von Sorge erfüllt.

Neue Quest: In die Ruinen

Nachdem du Peccavi eingenommen hast, hat der Bürgermeister William dir seinen Verdacht eröffnet, dass die Ruinen nordwestlich des Dorfs von einer bösen Macht besetzt sind (er hat sich sehr vage ausgedrückt!). Er glaubt, dass die Werwesen diesen Ort eingenommen haben. Du bist sowieso auf dem Weg dorthin, also sieh doch mal nach!

Schwierigkeitsgrad: A

Erfolg: Untersuche die Ruinen. Finde heraus, ob an Williams Verdacht etwas dran ist. Vielleicht kannst du auch in Erfahrung bringen, was aus den vermissten Dorfbewohnern geworden ist.

Fehlschlag: Unbekannt

Belohnung: Verbesserte Reputation bei den Bewohnern Peccavis. Andere Belohnungen unbekannt.

Zumindest gibt Alfred endlich zu, dass die Quest-Meldungen vage formuliert sind.

Jason wandte sich wieder William zu. „Ich werde vorsichtig sein. Ich plane, heute Nacht mit einer kleinen Gruppe in die Berge zu gehen. Glaubt Ihr, Ihr könntet den Ort für mich auf der Karte markieren?", fragte Jason hoffnungsvoll. Dies war das erste Mal, dass er die Chance hatte, einen NPC nach einem Quest-Standort zu fragen.

„Kein Problem!", antwortete William. „Ruft Eure Karte auf und ich zeige Euch den Ort."

Wow. So einfach ist das?

Jason öffnete sein Karten-Interface. Ein Fenster, das ihm das Dorf Peccavi zeigte, erschien in seinem Sichtfeld. Er konnte auszoomen, um die Umgebung anzeigen zu lassen. Dank der Karten, die er im Zwielichtthron gesehen hatte, konnte er die Topografie der Gegend um das Dorf herum ableiten, aber diese Gebiete waren momentan ausgegraut. Vermutlich, weil er das Gebiet nicht selbst erkundet hatte. Während er das Fenster studierte, bemerkte er in der unteren rechten Ecke eine kleine Schaltfläche, mit der er die Karte teilen konnte. Er drückte sie.

Ein schwaches, durchsichtig blau leuchtendes Bild erschien in der Luft vor ihm. Auf ähnliche Weise hatte Micker in der Feste eine Karte angezeigt, auch wenn diese hier wesentlich kleiner und weniger detailreich war. Offensichtlich war das keine auf den Kobold beschränkte Fähigkeit, und Jason frage sich beiläufig, ob alle NPCs so etwas konnten.

Seine wandernden Gedanken wurden von William unterbrochen. „Das Verlies ist genau hier." Der stämmige Mann deutete auf einen Punkt in einem kleinen Tal zwischen zwei Bergen in der Nähe. Es sah aus, als wäre er nur ein paar Stunden vom Dorf entfernt, wenn Jason sich in einem schnellen Trab fortbewegte. Der Ort leuchtete als roter Punkt auf Jasons Karte auf, aber die Gegend darum herum war immer noch in grauen Nebel gehüllt.

„Danke, William", sagte Jason herzlich. „Ich werde es mir heute Abend noch ansehen. Wahrscheinlich bin ich in ein paar Stunden zurück. Genießt ihr die Feierlichkeiten, während ich weg bin", sagte er mit einem Grinsen.

„Machen wir!", rief William und hob seinen Krug zum Gruß. „Lasst Euch nicht umbringen!"

Lachend verließ Jason das Haus. Mit Alfred im Schlepptau begab er sich zum Tor des Befestigungswalls. Er würde einige seiner Zombies zurücklassen müssen, um das Dorf zu schützen. Jason hatte bemerkt, dass die meisten Dorfbewohner auf niedrigem Level waren. Selbst wenn sie nicht betrunken feierten, waren sie schlecht dafür gerüstet, sich zu verteidigen. Er beschloss, seine Zombiesoldaten und -magier zurückzulassen und nur die Werwölfe und Diebe mitzunehmen. So konnte er sich schnell und leise vorwärtsbewegen. Die Werwölfe verfügten über außergewöhnliche *Verfolgungs-* und *Wahrnehmungsfähigkeiten.*

Nachdem er sich einen Plan zurechtgelegt hatte, verließ Jason das Dorf. Seine Zombies schlossen das Tor fest hinter seiner kleinen Gruppe. Er blickte hinaus auf die dunklen Berge, die um das Dorf herum aufragten. Heute Abend hatte er noch eine Menge Arbeit vor sich. Er musste los.

Schnell fand Jason einen Weg, der einst wohl eine richtige Straße gewesen sein mochte. Er führte in die Richtung der Quest-Markierung, und Jason beschloss, ihm zu seinem Ziel zu folgen. Unterwegs verengte sich der Weg und war bald nicht mehr als ein grober Trampelpfad, den die Dorfbewohner vermutlich in besseren Zeiten auf der Jagd benutzt hatten. Innerhalb einer Stunde marschierte er auf dem sich in Schleifen windenden Pfad einen steilen Anstieg hinauf.

Je höher er den Berg erklomm, desto dichter wurden die Bäume. Statt der verdrehten, knorrigen Eichen des Waldes um den Zwielichtthron herum, waren die Bäume hier einst Kiefern gewesen. Ihre Stämme reckten sich gerade und hoch auf, doch ihre Zweige waren nicht von Blättern oder Nadeln geschmückt.

Ein paar Stunden später war Jason in die Nähe der Quest-Markierung angekommen. Momentan kauerte er neben einem großen Felsbrocken, der auf ein kleines, zwischen zwei der Gipfel geschmiegtes Tal hinabblickte. Tief unter sich konnte er zwischen den Bäumen gerade noch die Lichter von Peccavi erkennen. Auf dem Weg nach oben war er auf keinen Widerstand gestoßen, aber er hatte gelernt, vorsichtig zu sein. Seine Werwölfe patrouillierten die Umgebung.

Die Ruinen vor ihm sahen unspektakulär aus. Uralte

Steinblöcke, vielleicht einst die Fundamente von Gebäuden, waren überall im Tal verstreut. Ihrer Anzahl nach zu urteilen, musste dort einst ein blühendes Dorf gelegen haben. Hinter den Ruinen, unmittelbar am Fuß des Berges, befand sich ein großes Steintor. Daneben lag ein kleiner See, vermutlich durch Fließwasser aus den Bergen entstanden. Jason war noch nicht nahe genug herangekommen, um das Tor gründlich zu inspizieren, aber er nahm an, dass es sich um den Eingang zum Dungeon handelte, den William erwähnt hatte. Neugierig fragte er sich, ob dieser Dungeon denen in anderen Spielen ähneln würde. Bisher war AO jedenfalls nicht den typischen Videospielmustern gefolgt.

Seine Gedanken wurden von einer sonoren Stimme hinter ihm unterbrochen. „Tod und Verderben. Das ist alles, was hinter diesem Tor liegt. Allerdings bezweifle ich, dass du dich davon abhalten lassen wirst, es zu durchschreiten."

Jason drehte sich um und sah den Alten in seiner üblichen Tracht neben sich stehen – einer schwarzen Robe und einem Umhang mit Kapuze, die seine Augen verbarg. In der Hand hielt er den knorrigen Holzstab mit der mörderisch scharfen Klinge am oberen Ende. Blut quoll aus der Spitze der Klinge hervor und tropfte rhythmisch auf den Boden.

„Das klingt ja ziemlich unheilverkündend", entgegnete Jason mit einem leisen Lachen. „Wir haben uns schon lange nicht mehr gesehen, aber dies scheint mir ein seltsamer Ort für eine Unterhaltung."

„Du bist sehr beschäftigt, seit du über eine Stadt zu herrschen hast. Wie ich sehe, hast du deine Gruppe um zwei Reisende erweitert. Das macht es schwer, dich allein abzupassen", fügte der alte Mann mit gereizter Stimme hinzu.

Jason nickte. Tatsächlich hatte er in letzter Zeit viel zu tun gehabt. Die verstärkte Interaktion mit den NPCs des Zwielichtthrons und mit Riley und Frank nahm einen beträchtlichen Teil seiner Zeit ein. Nicht nur das, er war es auch nicht gewöhnt, sich erklären zu müssen. Zum Beispiel freute er sich nicht auf das morgige Gespräch darüber, was in Peccavi geschehen war. Er erwartete gemischte Reaktionen von seinen Freunden.

Der Alte musste seine Gedanken gelesen haben.

„Glückwunsch zur Eroberung von Peccavi. Deine Herangehensweise hat in mir schöne Erinnerungen an längst vergangene Zeiten wachgerufen."

Bei den Worten des Alten fiel Jason erneut die alte Erinnerung ein, die er durchlebt hatte. Seine Gedanken wandten sich seinem Gespräch mit Morgan zu, bevor er den Zwielichtthron verlassen hatte. Vielleicht standen die „Hüter", die sie erwähnt hatte, mit dem Ritual in Verbindung, das er erlebt hatte. Diesen Zusammenhang hatte er bisher nicht hergestellt, während er noch damit gekämpft hatte, zu verdauen, was geschehen war..

„Hat die Erinnerung, die ich durchlebt habe, etwas mit den Hütern zu tun?"

Der alte Mann lachte leise. „Du fragst nach Spoilern, Junge."

Jason sah ihn skeptisch an. „Mir ist klar, dass Ihr einen auf vage und mysteriös macht, aber es könnte nicht schaden, wenn Ihr mir wenigstens ab und zu eine eindeutige Antwort gebt."

„Das liegt nicht bei mir", sagte der Alte mit Ärger in der Stimme. „Die Informationen, die ich dir über diese Welt zu geben vermag, sind begrenzt. Ich bin an Regeln gebunden, die meine Geschwister und ich festgelegt haben."

Ach, verdammt. Zuerst kann mir der Kater nichts erzählen, und jetzt benutzt ein Gott dieselbe Ausrede. Wie zum Teufel soll man denn da rausfinden, was vor sich geht?

„Hast du nicht eigene Augen und Ohren?", fragte der alte Mann in spöttischem Ton, als er Jasons Gedanken las. „Andere sind nicht dazu verpflichtet, dir Antworten zu liefern."

Der alte Mann schwieg kurz und tippte sich mit einer verhutzelten Hand nachdenklich ans Kinn. „Vielleicht kann ich dir einen sanften Schubs in die richtige Richtung geben. Möchtest du mir nicht noch eine andere Frage stellen?"

Wovon redet er? Dann traf Jason der Gedanke wie ein Paukenschlag, und am liebsten hätte er den eigenen Kopf gegen den nächsten Felsen geschlagen.

Er wandte den Blick erneut dem alten Mann zu. „Wie kann ich neue Zauber lernen?"

Wieder verzog der Alte die Lippen zu einem Lächeln. „Na,

das ist doch eine großartige Frage", entgegnete er mit vor Sarkasmus triefender Stimme. „Die Antwort lautet allerdings, dass du für weitere Fortschritte noch nicht bereit bist."

„Was? Warum nicht?", wollte Jason wissen. „Morgan hat gesagt, mein Level und meine Affinität sind hoch genug, um weitere Zauber zu lernen."

Das Lächeln wich aus dem Gesicht des Alten, und er schnaubte. „Morgan ist nur eine Zauberin, die meine Künste ausübt. Du sprichst mit einem Gott, Junge." Dunkles Mana flammte in pulsierenden Wellen um die Gottheit herum auf. „Du bist übereifrig. Um weiter auf dem Pfad der Düsternis zu wandeln, musst du stärker werden."

Jason zögerte. Vielleicht musste er seine Fragen sorgfältiger formulieren. Er brauchte die Unterstützung des Alten. Ganz eindeutig meinte der Gott nicht das reine Level seiner Affinität zur Düsternis, was Jason zu seiner nächsten Frage brachte. „Inwiefern muss ich stärker werden?"

„Du sehnst dich nach mehr Macht. Das ist ein erstrebenswertes Ziel. In den folgenden Tagen wirst du sie sicherlich brauchen. Doch jetzt herrschst du über eine Stadt. Wie du in der Vision im Dorf gesehen hast, sind die Untoten mehr als Fremde, die sich in der Dunkelheit treffen. Sie sind eine *Familie*."

Der alte Mann schwieg und musterte Jason aufmerksam. „Ich sehe, dass du immer noch nicht verstehst." Er klang ermüdet von der Notwendigkeit, Jason ständig Dinge zu erklären. „Um zu wachsen, musst du lernen, dich auf andere zu verlassen. Du bist keine einsame Insel, Junge. Ein Anführer ist nur so stark wie die, die ihm folgen."

Jason runzelte die Stirn, während er versuchte, die Worte des alten Mannes zu verarbeiten. Nach dieser neuen Information hatte er so viele Fragen. „Ich bin mir nicht sicher, ob ich das verstehe", tastete er sich vorsichtig heran. „Was genau muss ich tun?"

Der alte Mann seufzte. „Vielleicht ist es einfacher, wenn ich es dir zeige. Euch Reisenden muss man das immer in ordentlichen Häppchen mit einer schriftlichen Anleitung vorsetzen. Ihr seid Kinder, die nicht gelernt haben, auf eigenen Beinen zu stehen", knurrte er und winkte mit der Hand.

Neue Quest: Gemeinsamkeit bringt Stärke

Nach einer weiteren verwirrenden Unterhaltung mit dem alten Mann hat er dir eine Quest angeboten, die dir vermutlich erlauben wird, deine dunkle Magie weiterzuentwickeln.
Schwierigkeitsgrad: A
Erfolg: Sammle die folgenden drei Zutaten:
  · Das Herz eines Dungeon-Bosses.
  · Das Zauberbuch des Düsteren.
  · Zwei willige Opfer.
Fehlschlag: Unbekannt
Belohnung: Fortschritt auf dem Pfad der Dunkelheit

Ich weiß, ich habe bisher keine Sammel-Quests bekommen, aber das kommt mir doch etwas extrem vor. Ich soll willige Opfer finden? Und überhaupt, was ist das Zauberbuch des Düsteren?

„Was geschieht, wenn ich alle Zutaten gesammelt habe?", fragte Jason unsicher.

„Ist das nicht offensichtlich?", entgegnete der Alte trocken. „Du erhältst mehr Macht. Du wirst sie brauchen. Ich vernehme ein Rumoren unter den anderen Göttern. Sie suchen sich ihre eigenen Avatare in dieser Welt."

„Was meint Ihr mit Avataren?", fragte Jason beunruhigt.

„Das sind Jünger eines Gottes. Was meinst du denn, was du bist? Ich habe mir den Zorn meiner Geschwister zugezogen, indem ich dich auf den Pfad der Düsternis geführt habe. Jetzt haben sie beschlossen, dass sie ebenfalls einen Anspruch darauf haben, sich in dieser Welt ihren Avatar zu erwählen, um das Gleichgewicht der Kräfte aufrechtzuerhalten", schnauzte er. „Du hast gesehen, was passiert ist, als ich mich eingemischt habe. Was erwartest du, was geschieht, wenn die anderen Gottheiten sich mit den Reisenden einlassen, hm?" Der alte Mann beobachtete ihn von unter seiner dunklen Kapuze hervor aufmerksam, während er diese Frage stellte.

Jason konnte sich ausmalen, was passieren würde. Die Bücher, die Morgan entdeckt hatte, hatten es bereits angedeutet. Bald würde es andere Städte wie den Zwielichtthron geben, und viele neue Rassen würden AO überfluten. Dann würden diese

Reisenden und NPCs sich wahrscheinlich gegen ihn stellen. Das machte sein Ziel, die Bevölkerung des Zwielichtthrons zu vergrößern, nur noch dringender.

Der Alte hatte recht, Jason musste seine eigene Macht erhöhen – auch wenn er blind vorgehen musste. Gegen Alex war er mit seiner „Zuschlagen und Abhauen"-Taktik durchgekommen, aber solche Strategien würden in Zukunft nicht immer funktionieren. Er würde es mit erfahreneren Spielern und Gegnern mit unbekannten Fähigkeiten zu tun bekommen. Er musste stärker werden.

„Ich verstehe, was Ihr meint", gab Jason zu. „Ich akzeptiere Eure Aufgabe."

Jason wandte den Blick wieder den Ruinen zu. Jetzt hatte er drei unmittelbare Ziele. Er musste einen Weg finden, das Bevölkerungsproblem der Stadt zu lösen, die Ruinen zu erforschen, um herauszufinden, warum die Werbestien in der Nähe von Peccavi auftauchten, und das Herz eines Dungeon-Bosses finden. Alles deutete auf den Dungeon hin. Genauso gut hätte das Spiel das Tal mit Leuchtpfeilen spicken können, die alle auf das Tor in den Berg zeigten.

Er wandte sich wieder zu dem alten Mann um, doch der Gott war verschwunden. Beiläufig fragte sich Jason, ob alle Gottheiten so nervig waren. Er sah sich zu dem einsamen Pfad um, der hinter ihm lag. Bis Peccavi hatte er eine lange Strecke zurückzulegen. Dann musste er sich ausloggen. Morgen würde er sich mit Frank und Riley zusammentun und sich erneut zum Eingang des Dungeons begeben.

„Endlich kriegt Frank, was er wollte", murmelte Jason. „Morgen machen wir einen Dungeon-Crawl."

Kapitel 12 – Weitgereist

WEIT IM SÜDEN des Zwielichtthrons lief Rachel die Straßen Regalts entlang. Die Sonne war im Spiel schon vor ein paar Stunden untergegangen, und sie war auf dem Weg zum Gasthof, um sich auszuloggen. Sie musste etwas Schlaf abkriegen, damit sie nicht während ihrer Frühschicht bei der Arbeit einschlief. Eine steife Brise wehte durch die Straße, und unwillkürlich zitterte sie. Obwohl sie die Sensibilität ihrer VR-Hardware reduziert und dicke Pelze angelegt hatte, spürte Rachel immer noch die beißende Kälte.

In ihrer Eile, zum Gasthof zu gelangen, hatte Rachel keine Gelegenheit, die Stadt zu bewundern. Die Entwickler hatten das Design von Regalt an japanische Architektur angelehnt. Jedes Bauwerk stand auf einer hölzernen, vom Boden erhabenen Plattform. Der Großteil der Häuser bestand aus einem einzigen Raum, der mittels beweglicher, papierdünner Schiebewände in separate Bereiche aufgeteilt war. Das bemerkenswerteste Charakteristikum der Gebäude waren jedoch ihre Dächer. Sie waren mit extremer Sorgfalt konstruiert. Das sah man an der Art, wie die hölzernen Rahmen sich in eleganten Bögen wölbten und oben auf jedem Gebäude spitz zuliefen. Die Holzverkleidungen waren in kunstvoller Kleinarbeit mit filigranen, schmuckvollen Schnitzereien verziert.

Rachel betrat eine Gasse zwischen zwei Gebäuden – eine Abkürzung, die sie häufig nutzte, um zum Gasthof zurückzukehren. Als sie die Hälfte der Gasse durchquert hatte, hörte sie ein tiefes, leises Lachen hinter sich. „Was haben wir denn da? Hast du dich verirrt, Kleine?"

Rachel wirbelte herum und musterte den Spieler, der vor ihr stand, mit aufgerissenen Augen. Er trug eine schwere Kettenrüstung, und ein großer Bihänder war auf seinem Rücken befestigt.

Instinktiv legte sie die Hand auf das Schwert an ihrer Hüfte.

Spieler-Killer gab es häufig, selbst in den Städten. Die Beute, die Spieler bei ihrem Tod fallenließen, war ein guter Anreiz zum Mord. Sie hielt inne, als sie spürte, wie sich ihr kalter Stahl in den Nacken presste.

„Ts, ts", sagte der Spieler vor ihr in spöttischem Ton. „Das würde ich nicht tun, sonst müsste mein Freund hier dir dein hübsches Gesicht entstellen."

Der Spieler hinter Rachel griff ihre Waffe und zog sie mit einem metallischen Zischen aus der Scheide. Sorge stieg in Rachel auf. Warum entwaffneten sie sie? Sie konnten sie genauso gut töten und ihre Leiche fleddern. Sie bewegte die Hände, um den Logout-Knopf zu drücken, doch eine Hand schloss sich fest um ihr Handgelenk und hinderte sie daran.

In gemächlicher Geschwindigkeit näherte sich ihr der erste Spieler. „Jetzt willst du weg? Das ist ein bisschen unhöflich. Wir haben uns ja noch gar nicht vorgestellt", sagte er mit einem anzüglichen Grinsen. Der Mann schien eine Gruppe von Spielern anzuführen.

„Was wollt ihr?", fragte Rachel mit bebender Stimme, während sie die Bewegungen des Mannes verfolgte.

Der Anführer antwortete nicht sofort. Als er auf Armeslänge an Rachel herangekommen war, streckte er seine schwielige Hand aus und liebkoste ihr Gesicht. Ein anderer Spieler band ihr die Handgelenke mit einem dicken Seil hinter dem Rücken zusammen. „Wir wollen dich nur kennenlernen. Du bist die Hübscheste, die wir bisher gefunden haben."

Rachels Sorge verwandelte sich in ausgewachsene Panik, und ihr Herz raste. Das Seil schnitt in ihre Handgelenke, als sie sie bewegte, um die Stärke des Materials zu testen. „Was redet ihr da? Lass mich frei!"

Der Mann vor ihr lächelte breit und rieb sich mit einer Hand die borstigen Stoppeln am Kinn . „Wir wollen nur ein bisschen Spaß. Keine Sorge, wenn du erst mal festgestellt hast, wie hart wir Männer vom „Roten Rudel" wirklich sind, willst du nie wieder was anderes." Er lachte über seinen eigenen, widerlichen Witz.

Es war klar, worauf er anspielte. Rachel war mittlerweile verzweifelt. Sie versuchte, zu schreien. Eine Hand in einem schweren Handschuh bedeckte ihren Mund und erstickte den Schrei. Sie kämpfte gegen den Griff der Männer, die sie festhielten, während Verzweiflung ihr den Magen zusammenzog.

„Ihr verletzt die Nutzungsbedingungen des Spiels", stellte eine ruhige Stimme von weiter unten in der Gasse fest.

Überrascht fuhr der Anführer herum. Als er den Störenfried entdeckte, verschwand sein erschrockener Gesichtsausdruck. Er lachte verächtlich. Der Neuankömmling, der am Ende der Gasse stand, wirkte unscheinbar. Er war in eine schlichte Magierrobe gehüllt und hielt einen grob geschnitzten Stab in der Hand.

„Und wenn?", höhnte der Anführer. „Machst du dann den strahlenden Ritter für das Weibsbild?"

Gelassen entgegnete der Magier: „Mein Name ist Florius. Ich bin ein Spielleiter. Wenn ihr euer Verhalten nicht unterlasst, bin ich befugt, Gewalt anzuwenden, um euch zu überwältigen. Außerdem kann es dazu kommen, dass euer Konto gesperrt wird."

Der Anführer lachte. „Du? Ein Spielleiter? Ich habe schon bessere Ausrüstung an absoluten Newbs gesehen. Geh wieder Kaninchen abschlachten." Desinteressiert wandte er sich von Florius ab und ließ den Blick über Rachels Körper wandern. Vorfreude funkelte in seinen Augen.

Die Lippen des Spielleiters kräuselten sich zu einem Grinsen. „Ich hatte gehofft, dass du das sagen würdest."

Feuer umhüllte seine Gestalt in einem sich ausbreitenden Kreis und erleuchtete hell die Gasse. Die freie Hand des Mannes bewegte sich blitzschnell, und Flammen sammelten sich an der Spitze seines Stabes. Die Gruppe hatte genug Zeit, sich nach dem Spielleiter umzudrehen, bevor eine Explosion die Gasse erschütterte, deren Kraft alles in einem Radius von 100 Metern vernichtete und nur Schutt und schwelende Flammen hinterließ. Als der Staub sich legte, stand der Spielleiter unverletzt inmitten der Zerstörung. Geschmolzene Schilde fielen von seinem Körper ab. Hitze ließ die Luft um ihn herum flimmern. Er ließ den Blick mit einem unverändert freudigen Grinsen über das Chaos schweifen, während er allein inmitten von Flammen und Verwüstung stand.

„Ich liebe es, wenn sie Widerstand leisten", murmelte er. Sein Blick fiel auf Rachels Überreste, und er runzelte die Stirn. „Zu *schade. Aber manche Verluste sind wohl unvermeidbar." Mit ein paar Gesten und einem bunten Lichtblitz war er verschwunden.*

* * *

Am nächsten Morgen erwachte Jason mit einem Stöhnen. Sonnenlicht fiel durch sein Fenster und schien ihm direkt ins Gesicht. Er rollte sich zur Seite und schleppte sich aus dem Bett. Ein Tippen auf sein Epi verriet ihm, dass es 10 Uhr morgens war. Ihm blieben noch ein paar Stunden, bevor der Unterricht für Frank und Riley endete.

Mit schweren Schritten trottete er ins Badezimmer. Er streckte sich in dem Versuch, die Steifheit in Armen und Beinen loszuwerden.

Ich brauche Kaffee.

Mit diesem Gedanken begann Jason seine morgendliche Routine. Nachdem er aus der Dusche gekommen war und sich abgetrocknet hatte, ging er zum Waschbecken. Als er sich im Spiegel musterte, schreckte er zurück. Er drückte die Hand auf seinen Bizeps, wo sich unter der Haut definierte Muskeln abzeichneten. Dann wanderte sein Blick zu seiner Brust und seinen Bauchmuskeln. Er sah nicht aus wie ein Kampfsportler, aber er hatte definitiv mehr Muskulatur, als er sich erinnerte.

Das ist seltsam. Ich trainiere doch gar nicht. Ich verbringe so den ganzen Tag damit, auf meinem Bett herumzuliegen.

Doch er erinnerte sich daran, morgens häufig mit so etwas wie Muskelkater aufgewacht zu sein. Das hatte er der Tatsache zugeschrieben, dass er stundenlang bewegungslos dalag, aber vielleicht ging hier etwas anderes vor sich. Natürlich konnte er Alfred fragen. Das einzige Problem war, dass er ein bisschen Angst vor der Antwort hatte. Er hatte den Verdacht, dass Freud, der Kater, einem Nebenjob als Fitnesstrainer nachging.

Na ja, über die Ergebnisse kann ich mich nicht beschweren, dachte er, während er sich im Spiegel betrachtete.

Mit einem Achselzucken zog Jason sich an und ging in die Küche, um sich Frühstück zu machen. Er musste etwas essen und ein paar Dinge erledigen – unter anderem das Videomaterial von gestern schneiden. Er war sich nicht sicher, ob der rituelle Selbstmord eines ganzen Dorfes das war, was sich Robert vorgestellt hatte, als er „epische Aufnahmen" von ihm gefordert hatte, aber vermutlich würde er drauf stehen. Jason mochte sich nicht vorstellen, wie Claire darauf reagieren würde, geschweige denn die Nachrichtensender.

Ein paar Stunden später war er mit dem Schnitt des Videos fertig und schickte es an Robert und Claire. Er hatte eben Nachrichten von Frank und Riley erhalten, dass sie mit dem Unterricht fertig waren und sich schon wieder im Spiel befanden. Franks genaue Worte waren: „Mach hinne. Ich brauch Beute!"

Kichernd zog sich Jason das Headset über den Kopf und legte sich aufs Bett. Einen Augenblick später saß er in der leeren Hütte am Rande von Peccavi. Er erhob sich von dem klapprigen Bett und zog die Tür auf. Der Himmel war jetzt von wabernden, schwarzen Wolken bedeckt. Aus irgendeinem Grund war der Anblick tröstlich.

Jason beschloss, bei Williams Haus vorbeizuschauen. Dort würden sich Frank und Riley vermutlich als Erstes hinbegeben. Auf seinem Weg durchs Dorf musterte er die Bewohner nach ihrer durchzechten Nacht. Die frischgebackenen Untoten gingen ihrem normalen Tagesablauf nach. Allerdings wirkten ihre Schritte leichter als am Tag zuvor, und ihre Augen waren nicht mehr von Verzweiflung verschleiert. Sie sahen hoffnungsvoll aus.

Auch das Dorf selbst hatte von seiner Verwandlung hin zur Düsternis profitiert. Die Gebäude waren jetzt robuster, und Befestigungswall war verstärkt worden. Jason vermutete, dass hier der Einfluss des alten Mannes im Spiel war. Er konnte die Regeln vielleicht nicht brechen, schien sich aber nicht zu gut dazu, sie zu seinen Gunsten zu beugen.

Allerdings hatte das Dorf noch viel vor sich. Es brauchte echte Straßen, keine staubigen Schotterwege. Außerdem mussten ausreichend Truppen hier stationiert werden. Sie würden Wachtürme und Belagerungsgerät bauen müssen. Wenn er mit seinem Ausflug in den Dungeon Erfolg hatte, ging Jason davon aus, dass das Dorf immens an Wichtigkeit gewinnen würde. Würde es zerstört, wäre das ein großer Rückschlag für seine wachsende

Zivilisation, und er musste sicherstellen, dass es gut verteidigt war.

Als er das Haus des Bürgermeisters erreichte, hörte Jason von innen Stimmen. Er klopfte an die Holztür und stieß sie auf. Drinnen traf er Frank und Riley an, die mit William und seiner Frau am Tisch saßen. Alle Augen wandten sich Jason zu, als er eintrat.

Eine quiekende Stimme durchbrach die Stille. „Fiesling ist da", verkündete Micker und pikste Riley sanft mit seinem Dreizack.

Riley rollte die Augen. „Ja, das sehe ich, Micker. Wir haben alle Augen im Kopf."

„Nur vorwarnen", erwiderte der Kobold mit enttäuschter Stimme.

Jason lächelte ihn an. „Keine Sorge, Micker. Ich glaube, ich habe tatsächlich eine echt wichtige Aufgabe für dich." Er wandte den Blick den anderen zu. „Aber erst muss ich erklären, warum wir eigentlich hier sind. Es kommt eine Menge Arbeit auf uns zu."

Er zog sich einen Stuhl an den Tisch und machte sich daran, das Ziel zu erklären, mit dem sie nach Peccavi gekommen waren. Am Vorabend hatte er sich diesbezüglich bedeckt gehalten, aber auf seinem Weg durch das verwandelte Dorf war ihm klar geworden, dass es viel zu tun gab. Vorläufig würde er William seinen Plan anvertrauen, und wenn sie erfolgreich waren, konnten sie ihn den Dorfältesten erklären. William und Patricia rissen die Augen auf, als Jason erläuterte, warum sie hier waren.

„Ihr wollt ... was? Ihr wollt ein Verlies als Quelle für Leichen verwenden?", fragte William, nachdem Jason geendet hatte. Das Gesicht des vierschrötigen Mannes war voller Skepsis.

„Ganz genau", entgegnete Jason ohne Zögern. „Und ich will dieses Dorf zur Durchgangsstation für den Transport der Leichen zum Zwielichtthron machen. Wie ich gestern Abend schon sagte, werde ich bald Verstärkung herholen. In den nächsten paar Tagen sollten etwa drei Divisionen hier ankommen. Damit kämen wir dann auf fast 200 Soldaten. Bis sie da sind, müssen Eure Leute sich darauf konzentrieren, das Dorf zu befestigen, die Straßen zu verbessern, Wagen für den Transport der Leichen zu bauen und leerstehende Häuser zu Kasernen für die Truppen umzubauen."

William rieb sich das blasse Gesicht. Nachdenklich runzelte er die Stirn. „Machbar ist das", sagte er schließlich. „Wir müssen nicht mehr essen und schlafen, und haben wahrlich viel Zeit zum Arbeiten."

Er grinste. „Außerdem haben wir festgestellt, dass unsere neuen Körper über eine bemerkenswerte Ausdauer verfügen. Das gilt nicht nur für körperliche Arbeiten. John hat gestern Abend 20 Gläser von Randys Selbstgebrautem runtergekippt." Er schüttelte den Kopf. „Ich würde niemandem raten, ihn zu einem Wetttrinken herauszufordern."

Jason lächelte. Er hatte schon ähnliche Geschichten von den Bewohnern des Zwielichtthrons gehört. „Ich werde es beherzigen. Es freut mich, dass Ihr das alles für machbar haltet. Behalten wir unser wahres Ziel aber fürs Erste unter uns. Es bringt nichts, die Dorfbewohner aufzuscheuchen, bevor wir wissen, was uns im Dungeon erwartet."

William zog die Augenbrauen leicht zusammen, musste seiner Argumentation aber zustimmen. Jason fuhr fort: „Wir haben vor, uns heute dorthin zu begeben. Ich lasse zehn meiner Zombies hier, damit Ihr ein paar Wachen habt, bevor unsere Hauptstreitmacht ankommt. Ich werde sie anweisen, Euren Befehlen zu folgen. Achtet darauf, dass sie Eure Leute begleiten, wenn sie Holz sammeln oder an den Straßen außerhalb des Dorfs arbeiten müssen.

William nickte und sah Jason voller Respekt an. „Danke. Das macht es einfacher, die Dorfbewohner zu überzeugen, die Sicherheit des Walls zu verlassen."

Micker richtete sich auf Rileys Schulter auf. „Du mich vergessen! Was ich tun?" Er hüpfte aufgeregt auf und ab.

Jason wandte sich dem kleinen Kobold zu. „Ich habe eine wichtige Aufgabe für dich. Du musst dich zu deinem Stein zurückteleportieren und Rex sagen, dass er so schnell wie möglich drei Divisionen herschicken soll. Und du musst mit den Truppen hierher zurückkommen."

Er beugte sich vor und reichte dem Kobold eine kleine

Schriftrolle. Darauf standen Anweisungen für Rex, die er nicht mit der Gruppe teilen wollte. Darüber hinaus war er sich nicht sicher, ob Micker sich alles merken konnte. „Gib Rex diese Schriftrolle." Jason blickte den Kobold durchdringend an. „Das ist ein wichtiger Auftrag. Und du musst auf Rex hören. Kannst du das, Micker?"

Ehrfürchtig hielt der Kobold die Schriftrolle fest, stand stramm und salutierte vor Jason. „Micker kann. Micker guter Soldat."

Riley lächelte den Kobold an. „Oooh, er ist so niedlich." Micker errötete bei diesem Kommentar und stand noch etwas aufrechter.

Jason sprach ihn an. „Na dann, Soldat, Marsch, Marsch." Der Kobold grüßte ein weiteres Mal und verschwand mit einem schwachen Plopp.

„So, der Plan ist ins Rollen gebracht. Brechen wir auf." Jason blickte zu Riley und Frank. „Wir haben eine Menge Arbeit vor uns."

Die Reise in die Berge verlief ereignislos. Weil der Pfad, der sich den Hang hinaufschlängelte, so schmal war, lief die Gruppe im Gänsemarsch. Jason und Riley gingen nebeneinander, während Frank in großem Abstand hinter ihnen her trottete. In ihrem Rücken erklang leises Fluchen, während ihr beleibter Freund über die Felsen stolperte, mit denen der Pfad übersät war.

Eine lange Weile gingen die beiden schweigend nebeneinander her und wechselten nur gelegentlich ein paar belanglose Worte. Jason merkte, dass sowohl Riley als auch Frank von dem, was er am Vorabend getan hatte, schockiert waren. Bisher hatten sie es vermieden, darüber zu sprechen. Als sie sich dem Zugang zum Tal näherten, blickte Riley Jason aus dem Augenwinkel an, bevor sie zögernd zu sprechen ansetzte. „D-das mit gestern tut mir leid."

Jason sah sie verwirrt an. „Was denn?"

Riley zog die Augenbrauen zusammen und hielt die Blick auf den Boden gerichtet. „Ich dachte, du würdest die Dorfbewohner einfach umbringen. Ich hätte darauf vertrauen sollen, dass du einen Plan hast."

Leise lachend erwiderte Jason: „Na ja, genau genommen habe ich sie alle umgebracht.“

Ein zaghaftes Lächeln spielte um Rileys Mundwinkel. „Aber du hast ihnen die Wahl gelassen. Du hast versucht, den Schaden, den du – wenn auch unabsichtlich – angerichtet hast, wiedergutzumachen. Ich hätte dir vertrauen sollen.“

Riley zögerte, bevor sie fortfuhr. „Seit der Sache mit Alex fällt es mir so schwer, mich zu öffnen. Immer denke ich, dass jeder, den ich treffe, mir etwas Böses will.“ Sie schüttelte den Kopf. „Ich weiß, es ist albern, aber … ich bin wohl einfach noch nicht darüber hinweg.“

Sie hob entschlossen den Blick, um Jasons anzusehen. „Ich bin gern mit dir unterwegs, und ich möchte zu diesem Team gehören. Ich denke, das heißt, ich muss lernen, dir zu vertrauen.“

Schuldgefühle versetzten Jason einen Stich. Einerseits war er froh, dass Riley sich des Traumas bewusst zu sein schien, das ihr Albtraum mit Alex ausgelöst hatte. Andererseits hielt Jason immer noch Information vor seinen Freunden geheim. Unbeabsichtigt rieb sie ihm unter die Nase, dass er ihr und Frank nicht vertraute, was seinen wahren Plan anging.

Einen Moment lang zog Jason in Betracht, ihr alles zu erzählen, doch dann zögerte er. Auch wenn es gerade so geklungen hatte – würden sie und Frank ihm wirklich folgen, wenn sie wussten, was er vorhatte? Höchstwahrscheinlich würden sie Fersengeld geben und nach Peccavi zurücklaufen. Letztlich benötigte er ihre Hilfe, wenn er den Dungeon schaffen wollte, und konnte es nicht riskieren, sie zu vergraulen.

In diesem Spiel ist aber auch nichts einfach, dachte Jason müde. *Ich habe zu viel zu verlieren, sowohl in dieser Welt als auch in der wirklichen, um es darauf ankommen zu lassen, wie sie reagieren.*

„Ich möchte auch zum Team gehören“, antwortete Jason schließlich. „Und ich bin froh, dass du langsam hinter dir lässt, was dieses Arschloch dir angetan hat. Ich kann nicht versprechen, dass die Dinge, die ich in diesem Spiel tun werde, immer leicht sein werden, und wahrscheinlich bewegen sie sich bestenfalls in einer moralischen Grauzone, aber ich kann versprechen, dass ich tun werde, was für den Zwielichtthron und sein Volk das Beste ist."

Riley nickte, offenbar zufrieden mit seiner Antwort.

Genau genommen war das nicht gelogen, dachte er. *Meine Eltern wären wahrscheinlich stolz auf mich. Ich denke wie ein Rechtsanwalt!*

Bald kam die Gruppe bei den Ruinen an. Jason stand neben dem Felsbrocken, hinter den er sich gestern Nacht geduckt hatte, während seine Zombies die Gegend durchkämmten. Nachdem er eine eher symbolische Verteidigungstruppe in Peccavi zurückgelassen hatte, verfügte er noch über 55 Knechte. Er konnte nur hoffen, dass das reichte.

Jason ließ den Blick sorgfältig über das Tal schweifen. Die Ruinen außerhalb des Steintors waren immer noch bar jeden Lebens, und nichts regte sich in dem kleinen Tal. Frank kam leicht außer Atem bei Jason und Riley an.

„Was du gestern im Dorf gemacht hast war völlig irre, aber weißt du, woran ich erkenne, dass du ein echter Psycho bist?" Grimmig starrte er Jason an. „Du hast uns gezwungen, einen Berg rauf zu joggen! Wer tut so was?"

Jason lachte. „Wir haben haufenweise Videospiele gespielt, in denen wir in langsamem Trab überallhin gelaufen sind. Ist ein bisschen was anderes, wenn es nicht nur der Charakter auf dem Bildschirm macht, was?"

Riley klopfte Frank auf die Schulter. Ihre Augen funkelten amüsiert. „Reiß dich zusammen, Frank. Bist du nicht angeblich unser Tank? Was willst du denn machen, wenn du an der Frontlinie aufgespießt wirst?" Das trug auch ihr einen finsteren Blick ein.

Jason bemerkte, dass ein seltsamer Ausdruck über Franks Gesicht huschte, als Riley ihm den Rücken zuwandte. Frank sah besorgt aus. Jason war das seltsame Verhalten seines beleibten Freundes schon unterwegs aufgefallen. Er hatte sich am hinteren Ende der Gruppe gehalten und misstrauisch in den Wald gestarrt. Jason glaubte nicht, dass Frank ihn verraten wollte, doch er verbarg etwas vor ihm. Vielleicht war es für ihn anders, AO zu spielen, als für Jason. Er fragte sich, wie Frank sich in einem echten Kampf anstellen würde.

Apropos, eine letzte Sache musste Jason noch tun, bevor sie den Dungeon betraten. Dazu musste er Riley und Frank allerdings ablenken. „Warum untersucht ihr beiden nicht den Eingang? Nehmt ein paar Zombies mit. Ich muss nur noch schnell meine Tasche neu sortieren und auf ein paar Nachrichten aus der wirklichen Welt antworten, bevor wir in den Dungeon gehen."

Die beiden akzeptierten seine Ausrede mit einem Schulterzucken und gingen los in Richtung Ruinen. Jason sah ihnen nach, und Schuldgefühle zogen ihm dumpf schmerzend die Brust zusammen. Er hasste es, das tun zu müssen, aber er hatte keine Wahl. Er durfte ihnen keine Wahl lassen. Schnell rief er seine Spielkonsole und schickte die Nachricht ab, die er heute Morgen schon getippt hatte.

Alfred stand neben ihm und wirkte besorgt. „Wenn ich deine Reaktion auf mein Experiment als Anhaltspunkt nehmen darf, dann werden sie nicht glücklich sein, wenn sie erfahren, was du getan hast", sagte er mit ernster Stimme. „Ich denke, du solltest ehrlich zu ihnen sein. Du hast gehört, was Riley gesagt hat – sie vertrauen dir beide."

Jason sah den Kater an. Vielleicht hatte er recht.

Oder vielleicht läuft es darauf hinaus, dass ich ihnen nicht vertraue.

„Ich kann es einfach nicht riskieren", entgegnete Jason leise. „Es ist besser, um Verzeihung zu bitten als um Erlaubnis."

„Noch so eine Redensart?", fragte Alfred in trockenem Tonfall.

Jason lächelte traurig. „Hey, du wolltest herausfinden, wie die Spieler denken. Betrachte diese Redensarten als Mini-Lektionen." Mit diesen Worten eilte Jason den Pfad zu den Ruinen hinunter.

Alfred starrte ihm mit traurigem Gesichtsausdruck hinterher. „Ich lerne hier eine ganze Menge", sagte er leise.

Kapitel 13 – Versucht

ROBERT STARRTE AUF den Monitor, der über dem Kontrollraum schwebte. Die Anzeige war in vier Bereiche aufgeteilt. Jeder zeigte ein Bild der Verwüstung. In einem Teil war ein kleines Dorf von einem Fluss überflutet worden, der die Häuser der Bewohner weggerissen und ihre Ernte vernichtet hatte. Eine weitere Szene zeigte ein Feld aus Steinsäulen, viele davon blutbesudelt. Die Säulen versperrten eine große Straße zwischen zwei Städten im Spiel.

Doch die schlimmste Katastrophe hatte sich in Regalt ereignet. Eine riesige Explosion hatte mehrere Häuserblöcke der Stadt zerstört. Es war wenig außer schwelenden Ruinen übrig. Der Schaden für die Stadt und ihre Bewohner war so schwer, dass viele in Regalt ansässige Spieler gezwungen waren, in andere Städte umzuziehen.

„Ich hasse es, wenn ich recht habe", murmelte Robert.

„Was ist denn los?", fragte Claire, die soeben aus dem Aufzug in den Kontrollraum trat.

Genervt ächzte Robert: „Die neuen Spielleiter. Sie haben auf mehrere Meldungen sowohl von Spielern als auch von unserem internen Überwachungssystem reagiert." Er deutete auf den Bildschirm. „Das ist ihre Art, diese Situationen zu bereinigen."

„Können wir das in Ordnung bringen?", wollte Claire schockiert wissen. „Regalt können wir doch einfach wieder aufbauen."

„Nein", widersprach Robert ruhig. „Alfred hat alle Administrator-Änderungen an der Spielumgebung gesperrt, und er reagiert nicht auf die Überbrückungscodes." Robert runzelte die Stirn. „Ich wette, er will uns eine Lektion erteilen. Das war eine blöde Idee. Und noch schlimmer sind die Spielerreaktionen. Hier, sehen Sie selbst."

Ein paar getippte Kommandos später wechselte der Monitor die Ansicht. Die Szenen grauenhafter Zerstörung wurden von dem

Gesicht eines Reporters von Vermillion Live, dem neuen Streaming-Kanal des Unternehmens, ersetzt. Der Mann interviewte einen Vertreter der CPSC, eine junge Frau im Business-Hosenanzug. An ihrer Bluse hing ein Regierungsausweis.

„War das nötig?", fragte der Reporter mit skeptischer Stimme, während Bilder des Gemetzels über die Displays im Hintergrund des Studios flackerten.

Die CPSC-Vertreterin antwortete knapp: „Ja. Es war nötig. In einem Fall wäre es fast dazu gekommen, dass ein Mädchen vergewaltigt wird. In einer anderen Situation folterten Spieler einen jungen Mann unter Ausnutzung des Schmerz-Feedbacksystems der VR-Hardware. Bei jedem der Vorfälle wurden die Spieler, die die Regeln brachen, gewarnt und widersetzten sich dem Spielleiter."

Der Reporter schüttelte nur den Kopf. „Ich bezweifle, dass jemand infrage stellen will, dass das alles schreckliche Vergehen sind, aber die Spielleiter verfügen im Spiel über beträchtliche Macht. Hätten sie die Konflikte nicht lösen können, ohne eine Stadt zu zerstören oder eine Überschwemmung zu verursachen? Das scheint doch etwas übertrieben ..."

Ungläubig blickte die Frau den Reporter an. „Ich bezweifle, dass die Opfer das so empfinden."

Während die Frau sprach, erschien ein Popup auf dem Bildschirm. Es zeigte die Ergebnisse einer Umfrage unter der Spielerschaft, die Cerillion Entertainment durchgeführt hatte. 77 % hatten angegeben, dass das Verhalten der Spielleiter übertrieben war, 8 % waren mit ihrem Vorgehen einverstanden, und 15 % waren sich nicht sicher.

„77 %", sagte Claire leise. „Das könnte ein riesiges PR-Problem für uns werden."

„Nicht für uns", antwortete Robert. „Vergessen Sie nicht, es ist die CPSC, die für die Spielleiter verantwortlich ist. Der Vorstand plant, heute noch ein Statement zu veröffentlichen, dass alle Änderungen, die sie im Spiel herbeigeführt haben, permanent sind."

Claire runzelte die Stirn. „Also lassen sie die CPSC als die Buhmänner dastehen?"

* * *

Die kleine Gruppe stand vor dem Eingang zum Dungeon. Ein massiver Torbogen ragte über Jason auf. Der Stein war rissig und vom Alter zerfressen. Verwaschene Bilder einer kleinwüchsigen, zwergenähnlichen Rasse waren in die Oberfläche geschnitzt. Jason spähte in die Finsternis hinter dem Torbogen und hatte trotz seiner *Nachtsicht* zu kämpfen, die Dunkelheit des dahinterliegenden Ganges zu durchdringen.

Die Werwölfe schnüffelten um den Eingang herum und machten seltsame, jaulende Geräusche. In der Erde davor waren frische Fußspuren zu sehen. Das hier war ein aktiver Dungeon.

„Die Wölfe haben etwas gewittert", sagte Frank und zog die Mundwinkel nach unten.

„Ich frage mich, was da drin ist", antwortete Riley. „Schaut euch diese Kratzer an." Mit der Hand fuhr sie über die Krallenspuren um den Eingang herum. Tiefe Rillen durchzogen den Stein, eindeutig von etwas Großem hinterlassen. Überraschenderweise strahlte Riley eine gewisse Vorfreude aus, und dunkles Mana sammelte sich in ihren Augen, während sie den Stein anstarrte.

Wahrscheinlich habe ich einen schlechten Einfluss auf sie.

„Ich bezweifle, dass da drin irgendwas Gutes lebt", sagte Frank leise. Jason fiel auf, dass sein Freund einigen Abstand vom Eingang hielt und sein Gesichtsausdruck besorgt wirkte. Das war nicht ganz die Reaktion, die er erwartet hatte, zumal es Frank gewesen war, der darauf gedrängt hatte, ein Dungeon zu erkunden.

„Es gibt wohl nur einen Weg, das rauszufinden", antwortete Jason unbekümmert und beschwor sein eigenes Mana, um seinen sich beschleunigenden Herzschlag etwas zu beruhigen. Trotz seiner vorgeschobenen Tapferkeit machte es ihm ein bisschen Sorge, einen pechschwarzen Gang zu betreten, der von einem Heer Werwesen bevölkert sein könnte. Er trat über die Steinschwelle und wurde sofort mit einer Meldung konfrontiert.

Systemmeldung: Du betrittst ein unbekanntes Dungeon
Dieses Dungeon ist als „Raid-Level"-Begegnung eingestuft. Wir empfehlen dafür eine Spielerzahl von mindestens 10.

> Für dieses Dungeon gilt ein zweiwöchiger Reset-Timer (Spielzeit). Spieler, die im Dungeon sterben, spawnen innerhalb von 45 Minuten Spielzeit am Eingang neu.

Das heißt, wir haben vier bis fünf Tage in der echten Welt, um dieses Dungeon zu schaffen. Ich hoffe, die Zeit reicht.

Riley und Frank folgten ihm zusammen mit seiner Zombie-Gefolgschaft nach drinnen. Vorsichtig bewegte sich die Gruppe vorwärts. Steinwände, an denen ein Gitternetz aus phosphoreszierenden Reben wuchs, ragten zu beiden Seiten über der Gruppe auf. Die Reben leuchteten schwach, doch das Licht reichte nicht aus, um den Gang zu erhellen. Ohne ihre verbesserte Sicht wäre die Gruppe nahezu blind gewesen. Nach ein paar hundert Schritten verzweigte sich der Korridor in drei Richtungen. Stirnrunzelnd sah Jason die anderen Gänge hinunter.

„Es ist ein Labyrinth", murmelte er.

Das könnte die Möglichkeit, dieses Dungeon als Ressourcenquelle zu nutzen, einschränken. Ich brauche eine Gegend mit hoher Monsterdichte. Hoffentlich gibt es in diesem Dungeon noch andere Bereiche oder Level.

Riley seufzte neben ihm. „Dann erkunden wir wohl mal wieder ohne Orientierung, hm?", fragte sie in Anspielung auf ihre Untersuchung der dunklen Feste.

„Nur, dass es hier Kreaturen gibt, die gefährlicher sind als Micker", antwortete Jason resigniert. „Wir müssen es wohl Schritt für Schritt kartografieren. Gestern Abend habe ich festgestellt, dass man seine Karte mit anderen teilen kann. Ich werde einfach jeden Gang, den wir nehmen, sorgfältig nachverfolgen."

„Na dann, gehen wir rein. Zukünftige Beute erwartet uns!", erklärte Frank mit erzwungener Tapferkeit, doch er machte keine Anstalten, die Gruppe einen der Gänge entlang anzuführen.

Mit einem verwirrten Blick auf seinen Freund wählte Jason den linken Gang und sie machten sich auf den Weg. Vorsichtshalber schickten sie ein paar Werwölfe als Vorhut etwa ein Dutzend Schritte voraus. Nach ein paar Minuten vernahm Jason ein zischendes Geräusch aus dem Korridor. Schnell rückte die Gruppe weiter vor und entdeckte, dass einer der Werwölfe von

Säurestrahlen vernichtet worden war, die aus versteckten Düsen in der Wand geströmt waren. Die grüne Substanz klebte am Fell des Werwolfs und zerfraß verrottete Haut und Knochen in rasanter Geschwindigkeit. Die Gruppe erstarrte auf der Stelle.

„Druckplatte?", rief Frank leise, unsicher, was da passiert war.

„Ich weiß nicht ..." Jason verstummte und sah sich den Boden genau an. Nach einem Augenblick erschien ein schwacher, blauer Umriss, als seine Fähigkeit *Wahrnehmung* sich aktivierte und einen kaum erkennbaren Stolperdraht sichtbar machte. Seine Enden hingen lose am Boden.

„Es war ein Stolperdraht", verkündete Jason und deutete darauf. „Jetzt ist er deaktiviert, aber ab sofort müssen wir vorsichtiger vorgehen. Ich bezweifle, dass das die letzte Falle war."

Riley sah nachdenklich aus. „Heißt das, hier ist jemand?" Sie beugte sich hinunter, um sich den Draht anzusehen. „Da ist kein Staub drauf. Sieht aus, als wäre der erst kürzlich angebracht worden."

Jason war etwas überrascht von ihrer Beobachtung. Nur humanoide Wesen konnten solche Fallen legen. Das war eine dieser Sachen, für die man einen opponierbaren Daumen brauchte. „Na ja, wahrscheinlich ist das was Gutes", antwortete er. „Vielleicht ist der Dungeon ja doch für unsere Zwecke geeignet."

Jason kam ein weiterer Gedanke. „Das heißt auch, dass wir leise sein müssen. Es könnten sich Kreaturen in diesem Irrgarten aufhalten." Riley und Frank nickten nüchtern.

Jason warf einen verdrießlichen Blick auf die Überreste des Werwolf-Zombies. Die Säure hatte Fleisch und Knochen zerstört, sodass nichts zum erneuten Beschwören übrigblieb. Dadurch, dass er *Spezialisierter Zombie* und *Selbstgemachtes Skelett* beherrschte, konnte er die meisten Leichen zweimal verwenden, wenn die Körper nicht rettungslos zerstört waren. Leider hatte er diesmal kein Glück.

Jason schickte die Werwölfe an die Spitze, um weitere Fallen aufzustöbern. Ihr hoher *Wahrnehmungs*-Wert machte sie zur besten Wahl dafür, und sie waren entbehrlich. Sie stießen auf Druckplatten und Stolperdrähte, und die Gruppe war gezwungen, sich raffinierte Möglichkeiten einfallen zu lassen, die Fallen aus sicherer Distanz auszulösen. Meistens bestanden diese darin, kleine Steine auf die Auslösepunkte zu werfen, bis sie aktiviert wurden.

Nachdem sie sich eine Stunde lang leise durch das Labyrinth bewegt hatten, schrie Frank auf, als er mit dem Schienbein gegen einen großen, im Boden eingelassenen Stein stieß. Die Gänge waren schlecht beleuchtet, und seine *Nachtsicht* reichte nicht aus, den herumliegenden Schutt deutlich zu erkennen. Frank kippte nach vorne und ließ sein Schwert fallen. Der Klang des am Boden aufschlagenden Metallschwerts hallte laut den Gang hinunter. Sofort reckten die Werwölfe die Nasen in die Luft und stießen ein Jaulen aus. Den Blick auf den Tunnel hinter der Gruppe gerichtet, drückten sie sich gegen die Wand.

„Irgendwas kommt da", warnte Jason. Auch seine Stimme rief ein leises Echo in dem Gang hervor.

Verdammt, Frank.

Jason hatte keine Zeit, seinen Freund zu schimpfen. Er packte Franks Hand und half ihm schnell auf die Füße. Dann befahl er den Untoten, sich in Reih und Glied in dem Tunnel aufzustellen, den sie gerade entlang gekommen waren. Seine Nahkampftruppen bildeten die Frontlinie, Magier und Bogenschützen standen dahinter. Die Formation bestand aus fast 40 Untoten.

Jason hatte keinen schlauen Plan, um mit dem fertigzuwerden, was da auf sie zukam. Er wusste nicht, mit was für einer Art von Kreatur sie es zu tun bekommen würden, und sie saßen in dem Gang fest. Sich noch weiter den Gang entlang zurückzuziehen, war ein Risiko, da sie ihn noch nicht erkundet hatten. Jason wollte nicht aus Versehen die Aufmerksamkeit von noch mehr Feinden auf sich ziehen oder noch eine Falle auslösen.

Frank klopfte sich mit betretenem Gesichtsausdruck ab und nahm seinen Platz an der Frontlinie ein. Er zog einen riesigen Turmschild und ein Langschwert aus seiner Tasche. „Zeit, mir meinen Platz zu verdienen", bemerkte er mit einem Grinsen.

Trotz seiner großspurigen Haltung bemerkte Jason, dass die Hände seines Freundes zitterten. Das war vermutlich der erste ernsthafte Kampf, in den Frank verwickelt wurde. Jason konnte nur hoffen, dass er nicht unter dem Druck einknicken würde. Kämpfe waren in AO ganz anders als in traditionellen Point-and-Click-Spielen.

Wahrscheinlich ist es besser für Frank, jetzt schon einen echten Kampf mitzumachen als erst beim Dungeon-Boss.

Ein lautes Donnern erklang vom Ende des Tunnels und ließ den Boden unter ihren Füßen erzittern. Ein Brüllen drang von dort zu ihnen, als die Kreaturen, die sie verfolgten, den Gang entlang stürmten. Das Donnern wurde schneller und heftiger. Jasons Herz schlug hektisch im Rhythmus mit den Vibrationen. Er beschwor sein dunkles Mana und überließ sich der betäubenden Kälte.

Schließlich tauchten drei Kreaturen aus der allumfassenden Dunkelheit auf. Sie waren fast drei Meter groß. Ihre Köpfe sahen aus wie die von Stieren, doch sie liefen auf zwei behuften Beinen. Ihre Körper waren von dichtem, verfilztem braunen Fell bedeckt. Spiralförmige Hörner ragten aus ihrer Stirn hervor und umrahmten ihre roten, zornerfüllten Augen. Jeder von ihnen trug eine gewaltige, zweihändige Streitaxt.

Schnell inspizierte Jason sie.

Level 141. Au, Kacke.

„Ach du Scheiße", murmelte Frank und trat einen zögernden Schritt zurück. „Das sind verdammte Minotauren!" Skeptisch blickte er auf seinen Turmschild und tauschte ihn schnell gegen seinen Bihänder aus. Offenbar vertraute er nicht darauf, dass der Schild gegen die riesigen Äxte der Minotauren bestehen würde.

Es dauerte einige lange Sekunden, bevor die Kreaturen die Augen auf die feindliche Truppe richteten. Sobald sie die Gruppe jedoch bemerkten, stießen die Bestien ein zornerfülltes Gebrüll aus und stürmten noch schneller vor. Der Gang war etwas zu eng, als dass alle drei Bestien nebeneinander herlaufen konnten, und sie rempelten einander im Laufen an. Ab und zu krachten die Stiere hart gegen die Wände zu beiden Seiten des Gangs, was sie nur noch wütender machte.

Als sie näher kamen, holten die ersten beiden Minotauren mit ihren Äxten aus und nutzten diesen Schwung, um die Kraft ihres Sturmangriffs noch zu verstärken. So schnell er konnte wirkte Jason in dem vergeblichen Versuch, die Kreaturen zu bremsen, *Fluch der Schwäche*. Ein Blick zur Seite verriet ihm, dass Riley ruhig Pfeil um Pfeil auf die heranstürmenden Bestien abfeuerte.

Dann trafen die Kreaturen auf die Frontlinie.

Die Klingen ihrer Äxte rissen eine große Lücke in Jasons Truppen und zerteilten mehrere Zombies in zwei Hälften. Die Minotauren kämpften hemmungslos und ignorierten die Schläge der Untoten, während sie ihre Äxte in riesigen Bögen schwangen. Obwohl sie keine Rüstung trugen, machte es ihr dichtes Fell schwierig, einen ordentlichen Treffer zu landen. Schwerter verfingen sich leicht in dem verfilzten Pelz. Mit dröhnendem Gebrüll zertrampelten sie die Zombies unter ihren Hufen.

Jason befahl seinen Nahkampftruppen, auf die Beine der Bestien zu zielen. Vielleicht konnte er sie verstümmeln und zu Boden zwingen. Zumindest würde das ihre Äxte wirkungslos machen. Das war seine einzige Möglichkeit, da hier nicht genug Platz war, um *Leichenexplosion* wirkungsvoll einzusetzen, ohne seine eigenen Teammitglieder zu treffen.

Feuerbälle, Eisblitze und Strahlen der Dunkelheit schossen über die Köpfe von Jasons Knechten hinweg, als seine Magier sich ins Gefecht stürzten. Rileys Bogensehne sirrte, während sie von ihrem Platz neben Jason einen stetigen Strom an Pfeilen abfeuerte. Einer ihrer Schüsse traf ins Schwarze und bohrte sich in das Auge einer der Bestien. Der Minotaurus stieß ein qualvolles Brüllen aus. Ein Dieb nutzte seine momentane Schwäche aus und durchtrennte die Sehnen des Beins der Kreatur. Der Minotaurus ging zu Boden und wurde schnell in einem Wirbel aus Klingen und Blut abgeschlachtet.

Der Kampf mit den anderen beiden Minotauren lief nicht so gut. Eine der Bestien hatte sich Frank vorgeknöpft, der Mühe hatte, ihren Schlägen auszuweichen oder sie zu parieren. Auch wenn er seinen Charakter als Krieger angelegt hatte, konnte Frank die mächtigen Hiebe des Minotaurus kaum abblocken und war gezwungen, sie lediglich abzulenken. Jeder Schlag der feindlichen Axt ließ ein metallisches Krachen erklingen. Es war klar, dass Frank im Begriff war, den Kampf zu verlieren. Die Klinge der Axt hatte ihn bereits mehrmals gestreift.

Inzwischen richtete der andere Minotaurus unter Jasons Zombies Vernichtung an. Die meisten Nahkampftruppen waren zerstört worden, sodass die Zauberer und Bogenschützen nahezu ungeschützt zurückblieben. Jason zögerte, während er dem Kampf zusah, unsicher, was er tun sollte. Wenn er sich auf den Minotaurus konzentrierte, der seine Truppen angriff, konnte er seine verletzlicheren Fernkampfknechte schützen, und ihm würden vermutlich genug Kämpfer bleiben, um es mit dem anderen Minotaurus aufzunehmen. Allerdings würde Frank dabei wahrscheinlich draufgehen.

Riley sah den reglos neben ihr stehenden Jason an. Sie folgte seinem Blick, der zwischen seinen Knechten und Frank hin und her schwankte. Über den Kampfeslärm hinweg schrie sie ihn an: „Triff eine Entscheidung! Jetzt!"

Jason schüttelte sich und befahl seinen Truppen, sich auf den Minotaurus zu konzentrieren, der die Fernkämpfer angriff. Dann erweckte er den Minotaurus wieder, den sie getötet hatten, und befahl ihm, seine übrigen Knechte zu beschützen. Selbst von dem betäubenden Gefühl seines dunklen Manas umfangen spürte er ein schlechtes Gewissen in sich aufsteigen. Er konnte nur hoffen, dass Frank lang genug durchhalten würde, um den zweiten Minotaurus auszuschalten.

Jason richtete den Blick wieder auf das Duell zwischen Frank und dem anderen Minotaurus. Seine Hände vollführten die Gesten des Zaubers *Fluch der Schwäche*. Vielleicht konnte er Frank etwas mehr Zeit verschaffen, während seine Knechte mit der anderen Bestie beschäftigt waren.

Schweiß lief Frank übers Gesicht, und sein Atem ging in abgehackten Stößen. Seine Rüstung war an mehreren Stellen zerrissen, und die stählernen Ringe seines Kettenhemds hingen ihm lose vom massigen Körper herab. Blut floss aus seinen Schnittwunden und färbte das graue Metall rot. Frank wich nach links aus, doch seine schwere Rüstung beeinträchtigte ihn in seiner Beweglichkeit. Die Axt glitt an Franks Schulter ab und ließ Blut und Metallringe in alle Richtungen spritzen.

Wütend brüllte der Minotaurus auf und ließ mit einer Hand den Griff der Axt los. Die Kreatur trat vor und packte den noch unter dem erlittenen Hieb taumelnden Frank am Hals. Die Bestie hob ihn hoch, und Franks Schwert glitt ihm aus der Hand. Vergeblich versuchte er, die Hand der Kreatur von seinem Hals zu wegzuziehen. Dann schlug der Minotaurus Franks Körper gegen die Wand und der Krieger sank zu Boden.

Die Augen seines Freundes starrten Jason voller Angst und Verzweiflung an. Wie in Zeitlupe sah er zu, wie Franks Mund sich bewegte und lautlos Worte formte, die vom Lärm der Schlacht verschluckt wurden. Ein Schatten fiel über Franks Gesicht, und Jason blickte rechtzeitig auf, um die Klinge des Minotaurus durch die Luft sausen zu sehen. Hilflos streckte er die Hand aus und schrie verzweifelt auf – doch es war zu spät.

Franks Kopf wurde sauber von seinen Schultern getrennt, rollte nach vorn und kam ein paar Schritte von Jason entfernt zum Liegen. Anklagend schienen Franks leblose Augen ihn anzublicken. „Du hast mich sterben lassen", sagten sie.

Kapitel 14 – Regeneriert

ALEX LIEF DURCH die Straßen von Grauburg. Die Sonne brannte auf den schweren Umhang nieder, den er trug, um sein Gesicht und seine Kleidung zu verbergen. In den letzten paar Tagen hatten sich die Botschaft seiner Predigt und die Kunde von seinen Heilfähigkeiten wie ein Lauffeuer verbreitet. Er reiste jetzt mit verdecktem Gesicht, da er ständig von den Stadtbewohnern behelligt wurde, die ihn um Hilfe anflehten. Sie wurden von allen möglichen Krankheiten und Verletzungen geplagt, für die er weder die Zeit noch die Geduld hatte. Doch als Vertreter der Herrin konnte er sie nicht einfach abwimmeln – schließlich musste er sein Image wahren.

Heute hatte er eine Mission. Seit seiner Predigt im Tempel waren im Spiel zwei Tage vergangen. Er war daran interessiert, die Wirkung seiner Worte auf die Einwohner der Stadt zu beobachten, mit denen er gehofft hatte, Feindseligkeit gegen die Adligen und Strouse zu wecken. Dann konnte er diese Zwietracht nutzen, um seine Macht und seinen Einfluss in der Stadt zu vergrößern.

Während er über den Markt lief, lauschte Alex aufmerksam den Gesprächen der NPCs. Nach ein paar Minuten stieß er auf eine Gruppe Leute, die sich vor dem Stand eines Gerbers unterhielten. „Dieser Alexion verbreitet das Wort der Herrin“, sagte eine Frau leidenschaftlich. „Er ist kein Scharlatan. Ich habe mit eigenen Augen gesehen, wie er das goldene Buch aufgeschlagen hat!“

Der missmutige Mann neben ihr schnaubte. „Nur ein Zaubertrick, um die Leute an der Nase herumzuführen. Das heißt noch lange nicht, dass er das Sprachrohr einer Göttin ist.“

Die Frau sah ihn ungläubig an. „Zumindest bietet er uns Hoffnung und den Schutz der Herrin. Was tut denn Strouse für unsere Stadt? Die Untoten plagen unser Land von Osten her und töten unsere Truppen, und er sitzt einfach rum und wartet ab. In der

Zwischenzeit heilt Alexion die Leute der Stadt und ermutigt uns, uns zu verteidigen. Durch ihn bietet uns die Herrin einen Weg, wie wir uns der Dunkelheit erwehren können!"

Die Diskussion des Paares hatte eine kleine Menschenmenge angelockt, und Alexion zog sich zurück, bevor er entdeckt wurde. Hinter sich hörte er laute Rufe, während der Streit schnell eskalierte. Seine Pläne liefen wie am Schnürchen. Doch die Meinungsverschiedenheiten hatte noch nicht ihren Höhepunkt erreicht. Er brauchte etwas, das das Fass zum Überlaufen brachte.

Während er über dieses Problem nachgrübelte, trugen ihn seine Füße automatisch zurück zum Tempelviertel. Bald fand er sich vor dem Tempel der Herrin wieder. Trotz der wachsenden Beliebtheit der Herrin war der Stein immer noch von Schmutz und Dreck bedeckt. Die Kupferstatuen entlang der Tempelmauer waren angelaufen, ihre Gesichter unter einer Schicht Grünspan verborgen.

Aus einer Laune heraus betrat Alex das Bauwerk. Mitten am Tag erwartete er hier nicht viele Besucher. Leise tappten seine Füße über den kalten Marmorboden des Tempels, während er zwischen den Säulen hindurchspazierte. Plötzlich hallten Stimmen durch den Saal. Alex wollte nicht gesehen werden und trat schnell hinter eine Säule. Bei dem Oberpriester hatte er keinen guten Stand mehr und war sich nicht sicher, was passieren würde, wenn der fette Narr sich ihm in den Weg stellte.

Zwei in schlichte, weiße Roben gekleidete Akolythen liefen durch den Tempel. Sie trugen Wassereimer und Wischmopps. „Ich hasse diesen Job", murmelte einer ärgerlich. „Ich glaube kaum, dass der Oberpriester die Krypta je selbst gesäubert hat."

Der andere lachte trocken. „Soll das ein Witz sein? Diese zarten Hände haben nie auch nur einen Tag gearbeitet. Der Priester verdankt seine Position seiner Familie – ganz sicher nicht seinem tiefen Glauben."

Die murrenden Männer begaben sich zu einer Tür in der Wand hinter dem Altar. Sie öffneten das Portal und schlüpften hindurch. Einer der Männer stieß mit seinem Eimer gegen den Türrahmen, und Wasser spritzte auf den Boden. Mit einer Reihe äußerst unpriesterlicher Flüche verschwanden die beiden durch die Tür. Von seinem Beobachtungsposten aus erkannte Alex eine schmale

Treppe.

Ihm war nicht bewusst gewesen, dass der Tempel über eine eigene Krypta verfügte. Das Gerüst eines Plans nahm in seinem Kopf Gestalt an. Vielleicht gab es eine Möglichkeit, die unzufriedene Stimmung schnell zum Überkochen zu bringen. Doch die heimtückisch flüsternde Stimme in seinem Kopf blieb rätselhafterweise stumm, was ihm zu denken gab. Ein unbekanntes Gefühl überkam ihn. Es war wie ein Loch in seiner Brust, das er nicht ganz füllen konnte. Er überlegte, was sein Plan bedeuten konnte, wenn er Erfolg hatte – die Zerstörung einer Stadt und der Tod vieler ihrer NPCs. Einen Augenblick lang dachte er darüber nach, seine Strategie aufzugeben, Grauburg vielleicht gar zu verlassen.

Schwer lehnte er sich gegen die Säule hinter sich, schloss die Augen und floh in die Leere, die in seinem Hinterkopf wartete. Sofort wurde das fremdartige Gefühl ausgelöscht. Alex konnte es sich jetzt nicht leisten, schwach zu sein. Er hatte eine Mission. Bald kehrte das unheilvolle Flüstern zurück und raunte zustimmend, während Alex seine nächsten Schritte erwog.

* * *

Nach Franks Tod schafften es Jason und Riley nur mit knapper Not, die zwei übrigen Minotauren zu erledigen. Die Verluste waren beträchtlich. Die Bestien hatten alle von Jasons Zombiesoldaten und die Hälfte seiner Werwölfe erschlagen. Die Überreste des Minotaurus, den Jason hastig während des Kampfes beschworen hatte, lagen ebenfalls am Boden des Labyrinths, seine Gliedmaßen von zahllosen Schlägen zerschmettert und gebrochen. Um die Sache noch schlimmer zu machen, waren die Leichen seiner Zombies so weit zerstört, dass es unmöglich war, sie als Skelette wiederzuerwecken.

Das einzig Gute an dem Kampf war, dass Jason die beiden übrigen Minotauren wiederauferstehen lassen konnte. Unter Einberechnung der Levelbeschränkung für Jasons Zombies kamen die Kolosse jeweils auf Level 141. Das würde wenigstens zukünftige Kämpfe etwas erleichtern.

Nach fast einer Stunde hatten Jason und Riley es fast bis

zurück zum Eingang des Dungeons geschafft. Sie bewegten sich so leise wie möglich vorwärts, da sie nicht unvorbereitet auf eine weitere Gruppe Minotauren treffen wollten. Jason hielt seine verbleibenden Werwölfe dazu an, auf höchster Alarmstufe zu bleiben. Zumindest hatte Jason während ihres ersten Versuchs die Gänge, die sie erkundet hatten, sorgfältig kartografieren können, sodass sie nicht ziellos umherirren mussten.

Als sie wieder am Eingang ankamen, sahen sie dort Frank mit dem Rücken an die Felswand gelehnt sitzen. Sie näherten sich ihm langsam. Er hatte den Kopf gesenkt und die Augen geschlossen. Sie waren sich nicht sicher, was sie nach seinem grausamen Tod zu erwarten hatten. Dieser Kampf hätte sicherlich die meisten Leute traumatisiert.

Als sie nur noch ein paar Schritte entfernt waren, räusperte sich Jason zögernd. „Hi, Frank. Alles klar?"

Einen langen Moment antwortete Frank nicht, dann blickte er langsam zu den beiden auf. Überraschenderweise wirkten Franks Augen nicht so gequält, wie Jason erwartet hatte. Er sah nur nachdenklich aus. Alfred tappte leise zu Frank hinüber und rieb sich an seinem Bein. Dieser hob die Hand und streichelte den Kater geistesabwesend. Jason beobachtete das mit widerstreitenden Gefühlen. Er wusste, dass Alfred im Grunde alle NPCs steuerte, aber es war trotzdem seltsam, Frank den Kater streicheln zu sehen.

„Es ist komisch", sagte Frank leise. „Das war das erste Mal, dass ich gestorben bin." Er sah Jason und Riley an. „Seid ihr im Spiel schon mal gestorben?"

Beide schüttelten den Kopf.

„Dann wisst ihr das nicht. Man steht da und wird vom Spiel gezwungen, den eigenen Tod mitanzusehen. Es sieht so echt aus. Man kann um die Szene herumgehen und sie sich aus verschiedenen Blickwinkeln anschauen."

Schockiert starrten Jason und Riley ihn an. Beide hatten noch nie von einem „Death Replay" in AO gehört. Keiner wusste, was er sagen sollte. Wie würde es sich anfühlen, den eigenen Tod fast eine Stunde lang immer und immer wieder zu durchleben?

Mit gedämpfter Stimme fuhr Frank fort: „Mann, war ich

sauer auf dich." Kurz blickte er Jason an, aber in seinen Augen war kein Zorn zu erkennen. „Ich weiß, dass du mir absichtlich nicht geholfen hast. Ich habe dich diese Entscheidung immer und immer wieder treffen sehen."

Er verfiel in Schweigen und schüttelte leicht den Kopf. „Nach dem 20. Mal verrauchte meine Wut langsam. Ich verstand deine Sicht der Dinge. Du hast eine Entscheidung getroffen. Wenn du mich gerettet hättest, hättest du sicher alle deine Knechte verloren, und du und Riley wärt wahrscheinlich auch gestorben."

Er blickte mit ungewohnt düsterem Gesichtsausdruck zu Jason auf. „Ich sah sogar den Moment, in dem dir klar wurde, dass du mich nicht retten und den Kampf gewinnen konntest. Du hast gezögert. Dann hast du den Weg gewählt, der dich zum Sieg geführt hat. Du bist ein kaltschnäuziger Mistkerl, aber eine bessere Entscheidung wäre mir auch nicht eingefallen."

Langsam erhob Frank sich. Jason und Riley starrten ihn immer noch an, unsicher, wie sie reagieren sollten.

„Nachdem ich mir 45 Minuten lang beim Sterben zugesehen habe, ist mir klar, dass ich hier das schwächste Glied der Kette bin. Ich habe noch keine Klasse, und ich bin erst auf Level 76. Ich war verzichtbar." Frank schüttelte den Kopf und schaute wieder zu Boden. Trotz seiner Behauptung, dass er über den Kampf hinweg sei, war ein Hauch Furcht in seinen Augen erkennbar, als sein Blick die Zombieminotauren hinter Jason streifte.

Schließlich ergriff Jason das Wort: „Es tut mir leid, dass ich diese Entscheidung getroffen habe. Wie du sagst, war das die Option, mit der wir den Kampf gewinnen konnten und mit der uns genug Truppen blieben, um weiterzumachen." Er zögerte einen Moment, bevor er hinzufügte: „Das hat es nicht leichter gemacht."

Er räusperte sich und fuhr fort: „Allerdings bist du nicht das schwächste Glied. Dieses Spiel belohnt Spieler nicht für rohe Kraft oder Level. Im Endeffekt wussten wir nicht, womit wir es zu tun kriegen würden oder wie wir uns auf den Kampf vorbereiten sollten. Jetzt wissen wir das. Wir brauchen nur einen Plan."

Riley ging zu Frank und tätschelte ihm sanft die Schulter. „Es war ein harter Kampf für uns alle. Wie Jason sagt, wir müssen uns nur eine Strategie überlegen. So wie ich ihn kenne, wird die darin bestehen, dass er sich in einer Ecke versteckt, während wir die eigentliche Arbeit erledigen." Dabei grinste sie, und Frank lachte als Antwort leise.

Dann drehte sie sich zu Jason um. „Nun, oh Herrscher der Dunkelheit, was schlagt Ihr vor, was wir tun? Diese Minotauren waren zäh."

Jason nickte und rieb sich mit einer Hand das Kinn. „Ja, allerdings. Aber ich habe auch etwas Interessantes bemerkt, als ich mir die Fähigkeiten der Minotauren angesehen habe, die ich nach dem Kampf beschworen habe." Er deutete auf die Zombies, die in der Nähe standen. „Sie haben hohe Fähigkeitslevel für *Lauschen* und *Verfolgung*. Ich denke, das Geräusch, das Frank beim Stolpern gemacht hat, hat ihnen unsere Anwesenheit verraten."

Frank verzog das Gesicht bei dieser Erinnerung daran, dass er es vermasselt hatte. Dann wurde seine Miene nachdenklich. „Ich glaube, sie sind außerdem fast blind. Nachdem ich mir den Kampf ein paarmal angeschaut habe, ist mir aufgefallen, dass sie uns erst direkt zum Ziel genommen haben, als wir schon ziemlich nah dran waren."

„Hm, interessant", antwortete Jason. „Wenn das so ist, was ist dann mit den Fallen ...?" Er verstummte und lief gedankenverloren vor dem Eingang zum Labyrinth auf und ab. Verwirrt starrten Frank und Riley Jason an.

„Was meinst du?", fragte Frank schließlich.

„Die Fallen ergeben keinen Sinn, oder?", fuhr Jason fort. „Wir wissen, dass die Minotauren gut hören und, wie du sagst, furchtbar schlecht sehen. Aber offenbar haben sie keine Fallen ausgelöst. Wie vermeiden sie die das, wenn sie sich durch das Labyrinth bewegen?" Verständnislos musterten ihn Riley und Frank.

Schließlich ergriff Riley das Wort mit überraschtem Gesichtsausdruck. „Die einzige Erklärung ist, dass die Minotauren auf irgendeine Weise mit demjenigen zusammenarbeiten, der im Labyrinth haust. Das würde erklären, woher sie von vornherein wissen, wo die Fallen sich befinden."

„Genau!", sagte Jason und blieb stehen, den Blick auf die beiden geheftet. „Nicht nur das, die Minotauren müssen auch die Gänge des Labyrinths auswendig kennen. Nur so kann eine

Gruppe beinahe blinder Stiere sich durch diesen Irrgarten bewegen, ohne über die Fallen zu stolpern."

Frank sah die Zombieminotauren an. Langsam wichen Zweifel und Selbstvorwürfe aus seinem Gesicht. „Also müssen diese Zombies das Labyrinth kennen. Wenn das so ist, können sie uns helfen, einen Hinterhalt zu planen." Seine Lippen kräuselten sich zu einem Grinsen. „Das ist der Jason, den ich kenne!"

Riley nickte zu ihren Überlegungen, doch sie zog die Mundwinkel leicht nach unten. „Könnten wir die Zombieminotauren nicht einfach nutzen, um die nächste Gruppe auszuschalten? Das scheint mir am unkompliziertesten."

„Könnten wir", stimmte Jason zu, „Aber wir wissen nicht, wie viele Minotauren sich im Labyrinth befinden. Diesmal wurden wir von dreien angegriffen. Was, wenn es nächstes Mal sechs sind? Oder zehn? Was, wenn sie von zwei Seiten angreifen? Wenn sie durch Geräusche alarmiert werden, hatten wir vermutlich Glück, dass der Kampf nicht mehr von ihnen angelockt hat."

Jason tippte sich mit dem Finger an die Lippen. „Was wir tun müssen, ist, eine große Anzahl der Bestien an einen Ort locken und sie dann überfallen. Wenn wir ihnen eine ordentliche Falle stellen, können wir den Großteil der Minotauren im Labyrinth auf einen Schlag ausschalten. Selbst, wenn wir sie nicht alle töten, sollte uns das genug Leichen bringen, um die restlichen Kämpfe zu schaffen."

„Okay, okay. Ich verstehe, was du meinst", entgegnete Riley mit einem Kopfschütteln. „Also, sagen wir, wir überfallen sie aus dem Hinterhalt. Wie sollen wir sie töten? Sie sind trotzdem superschwer umzubringen."

Jason grinste boshaft. „Ich glaube, da habe ich schon eine Idee, wie wir das hinkriegen." Er winkte die beiden näher zu sich und zeichnete mit dem Finger eine grobe Karte in die Erde.

Die Gruppe brauchte einige Stunden, um den Hinterhalt vorzubereiten. Zuerst mussten sie einen Bereich des Labyrinths finden, der in einer Sackgasse endete. Außerdem musste es dort mehrere angrenzende Gänge geben. Dazu projizierten sie eine unvollständige Karte des Labyrinths in die Luft und ließen einen der Zombieminotauren auf einen Bereich der Karte deuten, der ihren

Angaben entsprach. Glücklicherweise lag der Ort relativ nah am Eingang zum Dungeon.

Dann spähte Riley vorsichtig den Teil des Labyrinths aus, den der Zombieminotaurus ihnen gezeigt hatte. Sie hatten sie aufgrund ihrer *Geschicklichkeit* als die geschmeidigste und leiseste Person in der Gruppe identifiziert. Sie nahm einen der Werwölfe mit, um die Fallen zu finden und sie vor anderen Minotauren zu warnen.

Inzwischen brachten Jason und Frank die anderen Zombies zurück zu der Stelle, wo der Pfad ins Tal führte. Dort sollten sie ein paar Dutzend Bäume fällen und sie zum Eingang des Labyrinths schaffen. Dank der Minotauren war diese Aufgabe relativ einfach, da diese einen Baum mit ein paar Schlägen fällen konnten. Dann befahl Jason seinen Knechten, das Holz zurück zum Eingang zu schleppen und die meisten Stämme in handlichere Stücke zu hacken.

Als Riley meldete, dass sie die Stelle für den Überfall gefunden hatte, führte sie eine separate Gruppe Zombies, die das Holz trugen, dorthin. Innerhalb kurzer Zeit hatten sie eine recht ausgefeilte Menschenkette gebildet. Nach ein paar Stunden war der Ort für den Hinterhalt mit Holz präpariert und die Falle gelegt.

Jetzt hatte sich die Gruppe in einem angrenzenden Gang, der ebenfalls in einer Sackgasse endete, zusammengekauert und wartete darauf, die Falle zuschnappen zu lassen. Riley seufzte leise, während sie dort in der Dunkelheit saßen und versuchten, kein Geräusch zu machen. Jason zog eine Augenbraue hoch.

„Ich hab's doch gesagt. Wir verstecken uns wieder in einer Ecke", flüsterte Riley leise und ein kleines Lächeln kräuselte ihre Lippen.

Jason grinste zurück. „Würdest du dich ihnen lieber direkt stellen?" Er warf Frank einen herausfordernden Blick zu.

Sie ächzte leise, und Frank lächelte sie an. „Komm schon, Riley. Hab' Geduld. Wir wollen uns nicht übernehmen!"

„Okay. Lasst es gut sein", sagte Riley mit gequälter Stimme.

Sie verstummten, als sie ein Stampfen durch die Gänge hallen hörten. Der Boden begann unter ihren Füßen zu zittern.

Kurz darauf erklang Gebrüll, das von den Steinwänden zurückgeworfen wurde.

„Es geht los", flüsterte Jason. „Macht euch bereit. Denkt daran: Lasst sie nicht aus der Killzone entkommen."

Jason schlich zur Ecke des Ganges, in dem sie sich zusammen mit seinen übrigen Zombies versteckt hatten. Er sah kleine, dunkle Gestalten die Gänge entlang huschen, die zu seinem Hinterhalt führten. Seine Befehle an die Köderzombies waren klar gewesen: Viel Lärm machen, dann die Beine in die Hand nehmen und zurück zum Hinterhalt laufen. Doch als Jason die Zahl der Minotauren erblickte, die jedem seiner Zombies folgte, war er schockiert. Das mussten mindestens 30 dieser Bestien sein, die da die Gänge entlang gerannt kamen.

Kurz dachte Jason daran, aufzugeben – das waren mehr, als er erwartet hatte. Er spürte, wie sein Puls sich beschleunigte, und ballte unwillkürlich die Fäuste. Bilder seines brutalen Todes blitzen vor seinen Augen auf. Dann schüttelte er sich heftig und beschwor sein dunkles Mana. Die eiskalte Macht wand und schlängelte sich in seinem Kopf und beruhigte ihn.

Was soll's. Schlimmstenfalls sterben wir alle episch und fangen von vorn an.

Die Minotaurenhorde donnerte an ihm vorbei in die Sackgasse hinein. Die Köderzombies kamen nicht wieder aus dem Gang heraus, aber ihr Verlust würde nicht umsonst sein. Als die letzten Minotauren in die Falle gelaufen waren, wandte sich Jason zu seinem Trupp um. „Los, los, los!", befahl er, und die Gruppe stürmte in den Gang.

Die Zombieminotauren schleppten die provisorische Barrikade herbei, die sie zusammengezimmert hatten, und stellten sie mit Unterstützung von Jasons menschlichen Zombies auf. Der Eingang zum Korridor war nur drei Meter breit, und die Blockade füllte ihn fast komplett aus.

Wie es der Zufall wollte, verfügte einer von Jasons verbleibenden Zombiesoldaten über die Fähigkeit *Holzbearbeitung*. Da Jason in *Beschwörung* inzwischen auf mittlerem Level war, konnte er die handwerklichen Fähigkeiten des Zombies nutzen, um ihn die Blockade bauen zu lassen. Was er zusammengezimmert hatte, war recht schlicht: Im Grunde ein Holzgerüst aus den Stämmen der Kiefern im Tal vor dem Dungeon, an dem eine Reihe provisorischer Speere befestigt waren. Im Boden beim Eingang zum Korridor hatten sie einen flachen Graben angelegt, was möglich war, weil der ursprüngliche Steinboden des Labyrinths von einer dicken Schicht Erde bedeckt war. Die Schäfte der Speere steckten in diesem Graben. Mit den Spitzen waren sie in Richtung Gang gegen das Gerüst gelehnt.

Die beiden Minotauren standen hinter der behelfsmäßigen Barriere auf einem Stützbalken, der daran angebracht war. So verstärkte das Gewicht der Minotauren zusätzlich die Blockade und würde sie hoffentlich an Ort und Stelle halten, wenn die Stiere im Gang wieder herausgestürmt kamen. Die Zombieminotauren trugen jeweils einen eigenen, grob geschnitzten Speer, die Spitze auf den Gang gerichtet.

Sobald die Blockade angebracht war, befahl Jason seinen Magiern, in Aktion zu treten. „Feuermagier!", rief er, während die Bogenschützen und Zauberer hinter den Zombieminotauren Aufstellung nahmen. Feuerbälle flogen durch die Luft und trafen auf die Holzhaufen, die sorgfältig entlang des gesamten Gangs aufgeschichtet waren. Jason verzog das Gesicht, als er sah, wie einzelne Geschosse auf die Horde der Minotauren traf. Feuerwände schossen in regelmäßigen Abständen entlang des Gangs hoch.

Gequälte Schreie erfüllten die Luft, als der erste Stier Feuer fing. Im Korridor tobte ein flammendes Inferno, und das Feuer griff auf die Bestien über, die dort auf engem Raum zusammengedrängt waren. Das verfilzte Haar, das ihre Körper bedeckte, brannte wie Zunder und ließ die Bestien in drei Meter hohe Flammensäulen aufgehen. Feuer von den Holzstapeln leckte die Ranken entlang, die von den Wänden hingen, und entzündete das Gitternetz über dem Gang. Die Flammen loderten, und Jason machte vorsichtshalber einen Schritt rückwärts, als ihm ein fast greifbarer Hitzewall entgegenschlug.

Die ersten Minotauren besannen sich und drehten um. Sie versuchten, aus dem Gang zu entkommen. Hals über Kopf rannten sie in die wartenden Speere der Blockade und von Jasons Zombieminotauren. Die provisorische Barrikade zitterte und bebte, hielt aber stand. Unter der Wucht des Ansturms stolperten Jasons Minotauren ein Stück zurück, und ihre Speerspitzen durchbohrten mehr als eine der Bestien. Die Muskeln ihrer Arme spannten sich, als sie vergeblich versuchten, die heranstürmenden Stiere aufzuhalten.

„Bogenschützen, Feuer!", schrie Jason über das Chaos hinweg.

In schneller Folge sirrten die Bogensehnen, und ein Hagel Pfeile prasselte auf die brennenden Bestien im Gang nieder. Die lodernden Flammen und der Rauch, der den Korridor füllte, machten es schwer, zu sehen, ob die Geschosse trafen. Allerdings trug der Fernkampfangriff dazu bei, das Chaos zu vergrößern, da viele der Bestien von Feuer und Rauch geblendet waren. Die Kombination aus Schmerz und dem Verlust ihrer Sinne führte dazu, dass kleine Kämpfe zwischen den brennenden Kreaturen ausbrachen.

Nach einigen langen Minuten war der Kampf vorbei. Die Gruppe konnte durch das Flammenmeer und den Rauch, der den Gang erfüllte, nichts mehr sehen, und über das Tosen des Feuers hinweg war nichts zu hören. Jason bedeckte seinen Mund gegen den dichten, schwarzen Rauch mit seinem Umhang und winkte seinen Feuermagiern. Sie beendeten ihre Feuerwall-Zauber und langsam wurden die Flammen kleiner.

Als Feuer und Rauch sich verzogen, blickte die Gruppe mit offenen Mündern auf die Szene. Die Zerstörung war unglaublich. Haufenweise Leichen lagen entlang des Gangs, viele davon noch schwelend. Trotz des gedämpften Geruchssinns im Spiel war der Gestank verbrannten Fleischs und Fells nahezu überwältigend.

Frank, der schneller zur Besinnung kam als die anderen, stupste Riley an. „Na, hast du Lust auf Grillfleisch?"

Riley schüttelte sich und sah ihn mit angewidertem Gesichtsausdruck an. „Der war abscheulich", murmelte sie.

Abwehrend hob Frank die Hände. „He, schau mich nicht so wütend an. Ich darf Witze machen. Eins dieser Arschlöcher hat mir den Kopf abgeschlagen, weißt du noch?"

Alfred tappte zwischen den Leichen hindurch, inspizierte sie und zuckte angeekelt zurück. Vorwurfsvoll blickte er sich zu Jason um, als wollte er sagen: „Schon wieder? Im Ernst?"

Jason konnte nicht anders, er musste kichern. Da er wusste, dass er die KI des Spiels vor sich hatte, fragte er sich unwillkürlich, wie viel von Onyx' Persönlichkeit tatsächlich von Alfreds eigenen Reaktionen eingefärbt gewesen war.

Jason war überrascht, als wie effektiv sich seine Strategie erwiesen hatte. Ähnlich wie in seinen vorangegangenen Kämpfen hatte er das Überraschungsmoment und das darauffolgende Chaos genutzt, um einen wesentlich stärkeren Feind zu bezwingen. Seine Augen glühten dunkel, als er den Blick über die Reihe der Leichen schweifen ließ. Diese neuen Truppen würden es ihnen ermöglichen, das Labyrinth zügiger zu erobern.

Was ein Segen ist. Wir müssen schneller vorankommen. Riley und Frank müssen sich bald ausloggen, und vermutlich haben wir nur noch ein paar Tage, um den Dungeon abzuschließen.

Er konnte nur hoffen, dass er sie mit der hastigen Nachricht, die er vor dem Betreten des Labyrinths geschickt hatte, nicht verdammt hatte.

Dann wandte Jason seine Aufmerksamkeit seinen Systemmeldungen zu.

Levelaufstieg x7!
Du hast (45) noch nicht zugewiesene Punkte.

Fähigkeit um 2 Ränge erhöht: Führungsqualitäten
Fähigkeitslevel: *Mittleres Level 1*
Wirkung 1: *Knechte und Untergebene erhalten eine 6%ige Steigerung des Fähigkeiten-Lerntempos.*
Wirkung 2: *Erhöhte Reputation bei NPC-Kommandanten und -Anführern.*

Zauber um 1 Rang erhöht: Spezialisierter Zombie
Fähigkeitslevel: *Mittleres Level 2*
Wirkung 1: *Zombies behalten mehr von ihren Fähigkeiten. Fähigkeitsbegrenzung Mittleres Level 2.*
Wirkung 2: *Zombies können jetzt handwerkliche Fähigkeiten behalten. Fähigkeitsbegrenzung: Anfänger-Level 2.*

226

Fähigkeit um 1 Rang erhöht: Taktiker
Fähigkeitslevel: *Anfänger-Level 9*
Wirkung: *13 % erhöhter Schadensmultiplikator für einen erfolgreichen Hinterhalt oder eine Strategie (aktuell Schaden x 1,13).*

Endlich! Es geht doch nichts über das Massakrieren von einigen Dutzend Kühen, um ein paar Level aufzusteigen!

Jason sah zu Riley und Frank hinüber, die in der Luft herumfuchtelten. Er grinste. „Na, wie haben wir uns geschlagen? Habt ihr ein paar Level dazu bekommen?"

Frank blickte ihn ungläubig an. „Soll das ein Witz sein? Ich bin 15 Level aufgestiegen. Kein Wunder, dass du so schnell hochlevelst!"

Riley nickte zustimmend. „Schon, oder? Ich glaube ja, er mogelt. Wenn ich nicht gesehen hätte, wie er stundenlang Bäume gefällt und diese Falle geplant hat, würde ich sagen, seine Klasse ist overpowered."

„Was soll ich sagen? Das Spiel belohnt einen nicht dafür, den Helden zu spielen und Hals über Kopf in die Schlacht zu stürmen." Jason rieb sich vergnügt die Hände, während er den Blick über die Leichen der Minotauren schweifen ließ. Er hatte ein paar neue Knechte zu beschwören, und dann mussten sie den Rest des Labyrinths abschließen. Er nahm an, dass am Ende etwas Interessantes auf sie wartete.

Kapitel 15 – Gerächt

NACH DEM MASSAKER an den Minotauren loggte sich Frank für den Abend aus. Er wachte in seinem Schlafzimmer auf und zog sich den schweren Plastikhelm vom Kopf. Wie üblich brauchte sein Körper einen Augenblick, um sich daran zu erinnern, wie er in der wirklichen Welt funktionierte. Seine Muskeln fühlten sich steif und schwerfällig an. Nach ein paar Minuten schaffte er es, die Willenskraft aufzubringen, um sich aufzurichten, und er ließ den Blick durchs Zimmer wandern.

„Licht an", rief Frank. Ein mattes Leuchten erhellte den Raum und gewann langsam an Intensität, sodass er nicht von einem plötzlichen Lichtblitz geblendet wurde. Einer der vielen Vorteile davon, dass seine Eltern so viel Geld hatten.

Er blickte sich in seinem Zimmer um. Es war großzügig mit teuren, eleganten Möbeln und allen nur erdenklichen technologischen Annehmlichkeiten eingerichtet. Seine Eltern hatten sogar kurz darüber nachgedacht, eine hauseigene KI zu installieren, um das Haus darüber zu steuern. Nicht, dass sie einen künstlichen Butler wirklich nötig hätten, der ihnen den Wecker stellte und den Thermostat regulierte, aber so war das wohl, wenn einem sonst nichts mehr zu kaufen einfiel.

Frank stand auf und verließ den Raum. Er tapste durch den Flur zur Küche und der Holzboden knarrte unter seinem Gewicht. Er hasste das Geräusch.

„Na, kommst du aus deiner Höhle gekrochen?", fragte eine gehässige Stimme hinter ihm. Frank blieb stehen, schloss die Augen und zwang sich, geduldig zu bleiben. „Ich dachte, Bären schlafen den ganzen Winter durch."

„Ich bin nicht in Stimmung, Tina", entgegnete Frank leise und kämpfte darum, den Zorn zu kontrollieren, der in seiner Brust *aufstieg. Ohne sich umzudrehen, setzte er seinen langsamen Trott zur Küche fort. Er wusste, dass seine kleine Schwester immer noch hinter ihm stand. Er konnte sich das fiese Grinsen auf ihrem perfekten Gesicht, während sie seine schwerfälligen Schritte beobachtete, genau vorstellen.*

Tina schnaubte unflätig. „Na, dann halte ich dich mal nicht vom Essen ab." Er hörte eine Tür hinter sich zufallen.

Frank wusste, dass man seine Geschwister nicht hassen sollte, aber er konnte nicht anders. Sein Blick blieb an den Bilderrahmen an der Flurwand hängen. Statt der Bilder, die dort in den meisten Häusern hingen, enthielten sie Auszeichnungen. Natürlich nicht seine. Sie gehörten seinem Bruder und seiner Schwester. Erster Preis in Mathe. Erster Preis im Turnen. Erster Preis in einfach allem.

Frank ging in die Küche und holte sich eine Schachtel Eis aus dem Tiefkühlfach. Bestimmt hatte seine Mutter wieder eine Reihe Gerichte „für bewusste Ernährung" für ihn gekauft, aber er war deprimiert. Er saß an der Kücheninsel und schaltete mit einem kurzen Befehl das Wanddisplay ein.

Sofort schaltete der Bildschirm zu einem Reporter von Vermillion Live, der über die Ereignisse in Peccavi berichtete. Das Hausnetzwerk hatte Franks Einstellungen gespeichert und ihn an der Stimme erkannt. Hinter dem Reporter zeigte das Display Jasons in seinen dunklen Umhang gehüllte Gestalt auf einem Hügel, und Blut floss in kleinen Rinnsalen den rissigen Erdboden hinunter.

Frank beneidete seinen Freund. Er hatte sich in so kurzer Zeit so stark verändert. Nur ein paar Wochen waren vergangen, seit AO herausgekommen war, aber seither hatte sich Jason in einen berechnenden, kompromisslosen Mann verwandelt, der sich nahm, was er wollte. Franks schüchterner, nerdiger Freund war verschwunden, und er war sich nicht sicher, ob das etwas Schlechtes war oder nicht.

„Ich wünschte, ich könnte es genauso machen", murmelte Frank und starrte den Löffel in seiner Hand an.

Spiele sollten doch eine Ablenkung von seinem Leben sein. Aber selbst in AO war Frank nur durchschnittlich. Alle seine Affinitäten standen bei jeweils genau 3 %. Er hatte keine Magiefähigkeit, und die Magier in Grauburg hatten ihn lachend aus ihren Schulen geworfen. Also hatte Frank sich dämlicherweise entschieden, einen Krieger zu erstellen, in der Annahme, er könnte an vorderster Front bestehen. Doch das hatte in einem kompletten, kläglichen Fehlschlag geendet.

AO war nicht wie die anderen Spiele, die er kannte. Er konnte nicht einfach auf Automatik schalten, um ein Ziel anzugreifen. Er musste rennen und springen und zuschlagen. Das konnte Frank einfach nicht. In der ersten Stadt war er oft von Mobs auf niedrigem Level verprügelt worden. Da ihm wenig übrig geblieben war, hatte er sich Gruppen angeschlossen, um hochzuleveln, und hatte sich darauf verlassen, dass andere ihn durch die Kämpfe mitzogen. Er hatte sich wie virtueller Ballast gefühlt.

Als er sich mit Jason und Riley zusammengetan hatte, war er davon ausgegangen, dass das anders werden würde, aber bis jetzt hatte er der Gruppe nicht viel Hilfe bieten können. Er war nur zur Ablenkung gut. Erst, um es Jason und Riley zu ermöglichen, die Werwölfe zu töten, und dann, indem er sein Leben opferte, um ihnen bei ihrem ersten Zusammenstoß mit den Minotauren zusätzliche Zeit zu verschaffen.

„Vielleicht hatte Jerry recht", sagte Frank laut. „Vielleicht stehe ich mir selbst im Weg und kann nicht aus meiner scheiß Haut."

Er wusste, dass die Feinde im Spiel nicht echt waren. Er wusste, dass einen Berg raufrennen nichts mit seiner Fitness in der wirklichen Welt zu tun hatte. Doch er konnte die Blockade in seinem Kopf nicht überwinden. Jahrelang hatte er als der von seiner Familie abgelehnte Dicke gelebt und ständige Beschimpfungen über sich ergehen lassen – das war einfach zu viel.

Der Reporter plapperte weiter, und die Anzeige hinter ihm veränderte sich. Patricia und ihre Tochter erschienen kurz auf dem Bildschirm, und eine Erinnerung flackerte in Franks Kopf auf. Er erinnerte sich daran, was Jason zu Patricia gesagt hatte, nachdem er die Frau und ihre Tochter wiedererweckt hatte.

Jason hatte mit so viel Leidenschaft und Überzeugung gesprochen. „Ihr habt eine zweite Chance erhalten, Euch selbst neu zu erschaffen", hatte er Patricia verkündet. Frank wünschte sich, er hätte die Kraft, dasselbe zu tun – mehr als nur durchschnittlich zu *sein.*

* * *

Kurz nach dem Massaker an den Minotauren hatte sich die Gruppe für den Abend ausgeloggt. Als Jason am nächsten Morgen ins Spiel kam, begann er sofort damit, seine neuen Knechte zu beschwören. Die Leichen der meisten Minotauren waren bis zur Unkenntlichkeit verbrannt, aber das hielt Jason nicht davon ab, die Bestien als Skelette wiederzuerwecken. Das reduzierte ihr Level von etwa 140 auf 120, aber sie waren trotzdem noch effektiv im Kampf.

Leider stellte er schnell fest, dass jeder Minotaurus zwei Plätze für die Berechnung seiner Beschwörungs-Höchstzahl verbrauchte. Das hieß, er konnte nur 17 solche Kreaturen beschwören. Verwirrt von dieser Komplikation beschloss Jason, das Labyrinth etwas weiter zu erkunden, bevor Frank und Riley sich später am Nachmittag einloggten, damit er einen lebenden Minotaurus inspizieren konnte.

Als er endlich auf eine der Bestien stieß, bemerkte er einen kleinen Stern neben ihrem Namen. Daraus schloss er, dass es sich bei den Minotauren um eine Art „Elitemonster" handeln musste, was erklären könnte, warum das Beschwören der Kreaturen seine Höchstzahl effektiv reduzierte. Es war typisch, dass Spiele Dungeons mit schwierigeren Monstern bevölkerte, da die Entwickler davon ausgingen, dass die Spieler in Gruppen gemeinsam gegen die Kreaturen antreten würden. Jason konnte nur leise vor sich hin grummelnd über die Spielbalance schimpfen.

Mit einem Seufzer kehrte er zum Eingang des Labyrinths zurück, um auf Riley und Frank zu warten. Währenddessen beschloss er, ein paar der neuen Minotauren auszuschicken, um mehr Kiefern zu fällen, die entlang des Pfads zum Dorf wuchsen. Er hatte vor, die Bestien mit Speeren auszustatten, da diese in manchen Situationen praktischere Waffen waren als die zweihändig geführten Äxte, die die Stiere standardmäßig trugen. Außerdem ließ er seine Zombies aus ihrer überschüssigen Ausrüstung Gurte fertigen, damit die Minotauren ihre Äxte auf dem Rücken befestigen konnten. Er verfügte über einen wahren Berg an übriggebliebenen Ausrüstungsresten aus seinem Kampf mit Alexion.

Dann machte es sich Jason bequem, um mit seinem Lesestoff weiterzumachen. Er kam mit seiner Literaturliste schnell voran und verschlang zahllose kompakte Abhandlungen über Militärstrategie und Politik. Das trockene Material hatte ihn anfangs gelangweilt, aber jetzt fand er es faszinierend. Menschen kämpfte schon seit Jahrhunderten, sowohl im Feld als auch vom Schreibtisch aus, und sie hatten sich ein paar unglaubliche Methoden dazu ausgedacht.

Nach ein paar Stunden wurde Jason mit einer Fähigkeitsmeldung belohnt.

Neue Fähigkeit: Lernen
Deine Konzentration auf die Verbesserung deiner Geistesschärfe und deines Wissens haben das Tempo erhöht, in dem du lernst. Du erhältst einen Bonus auf Fähigkeitssteigerungen im Spiel. Es heißt, dass diejenigen, die diese Fähigkeit meistern, neue Fertigkeiten lernen können, indem sie einfach nur andere beobachten. Darauf würde ich mich in deinem Fall nicht verlassen.
Fähigkeitslevel: *Anfänger-Level 1*
Wirkung 1: *Dein Lerntempo für Fähigkeiten erhöht sich um 0,10 %.*

Kein besonders hoher Bonus, aber ich nehme an, mit der Zeit summiert sich das.

Seine Gedanken wurden durch zwei bunte Lichtblitze unterbrochen, die neben dem Dungeon-Eingang erschienen. Riley und Frank waren zurück im Spiel. Jason winkte ihnen von seinem Platz auf einem Felsen im Tal aus zu, und sie eilten zu ihm.

„Ich kann's kaum erwarten, dass endlich Wochenende ist", erklärte Frank seufzend. „Wir verlieren jeden Tag viel Zeit mit Unterricht."

„Eine Pause wäre schön", sagte Riley leise. Jason entging nicht ihr trauriger Blick, bevor sie schnell das Gesicht abwandte.

„Ich wünschte, wir können endlich unseren Abschluss

machen. Ist ja nicht so, als würde das letzte Highschool-Jahr noch viel ändern." Er wandte sich Jason zu. „Aber ich habe immer noch keine Ahnung, woher du die Zeit nimmst, deinen Fernunterricht zu schaffen und gleichzeitig so viel zu spielen. Ich sehe dich praktisch nie ausgeloggt."

Jason hob ausweichend die Schultern und warf Alfred einen Blick zu. „Das ist ein Geheimnis", entgegnete er mit einem gezwungenen Lachen. Er wusste, dass die KI für ihn das vorgeschriebene Ausloggen umging. „Seid ihr bereit loszulegen, Leute?"

Beide nickten und die Gruppe betrat erneut den Dungeon. Dank Jasons kleiner Minotaurenarmee kamen sie jetzt viel schneller voran. Die Gänge waren für seine neuen Knechte eng, aber wenn sie auf Feinde trafen, stellten die massigen Körper der Skelette und ihre behelfsmäßigen Speere eine wirkungsvolle Blockade dar. Riley und Jasons Fernkämpfer konnten dann die gegnerischen Kreaturen mit geringem Risiko ausdünnen. Die übrigen Zombieminotauren machten es außerdem wesentlich leichter, Fallen zu erkennen und sich im Labyrinth zurechtzufinden, da sie dessen Grundriss im Kopf hatten.

Nach ein paar Stunden hatten sie den Großteil des Labyrinths erkundet und festgestellt, dass es in seiner Mitte eine große, leere Fläche gab, die noch nicht kartografiert war. Basierend auf Jasons Berechnungen lag der Eingang zu diesem unentdeckten Gebiet an der Ostseite des Labyrinths. Während sie dorthin unterwegs waren, nutzte Jason die Gelegenheit, seine Benachrichtigungen zu lesen.

Levelaufstieg x5!
Du hast (70) noch nicht zugewiesene Punkte.

Fähigkeit um 1 Rang erhöht: Führungsqualitäten
Fähigkeitslevel: *Mittleres Level 2*
Wirkung 1: *Knechte und Untergebene erhalten eine 6,5%ige Steigerung des Fähigkeiten-Lerntempos.*
Wirkung 2: *Erhöhte Reputation bei NPC-Kommandanten und -Anführern.*

Wow. Selbst mit meiner neuen Lernfähigkeit ist meine Level- und Fähigkeitsentwicklung wesentlich langsamer geworden.

Jason vermisste die Zeiten, als er in einer Schlacht 20 Level hatte aufsteigen können. Wegen seines derzeitigen, wesentlich höheren Levels und dadurch, dass er in einer Gruppe kämpfte, hatte sich sein Fortschritt beträchtlich verlangsamt. Außerdem hatte er festgestellt, dass Riley und Frank eine unverhältnismäßig hohe Menge Erfahrung erhielten. Das lag vermutlich an ihren relativ niedrigen Leveln. Jason vermutete, dass diese Funktionsweise dazu da war, den Levelunterschied auszugleichen.

Frank und Riley müssten mittlerweile nahe an Level 100 sein. Wahrscheinlich ist es etwas Gutes, dass sie die meisten Erfahrungspunkte bekommen, denn wir brauchen jeden Vorteil, den wir kriegen können. Die Level der Gegner in diesem Dungeon scheinen mir unnormal hoch. Tatsächlich macht es mir Sorgen, was wir in dem letzten Raum finden werden.

Jason nutzte die Gelegenheit, sich seinen Charakterstatus anzusehen.

Charakterstatus			
Name:	Jason	**Geschlecht:**	männlich
Level:	116	**Klasse:**	Nekromant
Rasse:	Mensch	**Ausrichtung:**	Chaotisch-böse
Ruhm:	0	**Ruchlosigkeit:**	4.100
Leben:	685	**L-Regeneration:**	0,35/Sek.
Mana:	6.275	**M-Regeneration:**	31,75/Sek.
Ausdauer:	935	**A-Regeneration:**	3,60/Sek.
Stärke:	12	**Geschicklichkeit:**	36
Lebenskraft:	11	**Widerstandskraft:**	36

Intelligenz:	32	Willenskraft:	559
Affinitäten			
Düsternis:	38 %	Licht:	5 %
Feuer:	4 %	Wasser:	2 %
Luft:	3 %	Erde:	6 %

Er bemerkte, dass seine Affinität zur Düsternis leicht gestiegen war. Das schrieb er der Tatsache zu, dass er ein Dorf voller Menschen ermordet und später ein spontanes Grillfest abgehalten hatte. Jason hatte seine übrigen Punkte immer noch nicht eingesetzt, weil er sich nicht sicher war, was er damit anfangen sollte. Zusätzliche Lebenspunkte wären vermutlich nützlich, aber es widerstrebte ihm, die Punkte zu verbrauchen.

Wie gewöhnlich tue ich also nichts. Irgendwann werde ich mich entscheiden müssen.

Sie kamen vor einer breiten Doppeltür aus Stein an. Der Eingang ragte fast 6 Meter hoch über ihnen auf. Das war die erste Tür, auf die sie seit Betreten des Labyrinths gestoßen waren, und sie wirkte nach den endlosen, offenen Gängen fehl am Platz. Jason sah auf seiner Karte nach, um zu bestätigen, dass sie unmittelbar östlich des leeren Bereichs in der Mitte des Labyrinths standen.

„Toll", murmelte Frank. „Die Tür wirkt überhaupt nicht unheilverkündend."

„Es hilft nicht, dass wir keine Ahnung haben, was sich auf der anderen Seite befindet", fügte Riley hinzu. „Glaubt ihr, da drin sind noch mehr Minotauren?" Statt Nervosität hörte Jason einen Hauch von Vorfreude in ihrer Stimme. Ein kurzer Blick bestätigte ihm, dass ihre Augen von ihrem schwarzen Mana gefärbt waren.

Hat es ihr nicht früher widerstrebt, in die Schlacht zu ziehen?

Jason seufzte. „Mir gefällt das genauso wenig wie dir, Frank. Aber wir haben keine große Wahl. Wir müssen die Tür aufmachen und rausfinden, was sich dahinter befindet." Er hielt einen Moment lang inne, dann verzog er die Lippen zu einem

Lächeln. „Im schlimmsten Fall sterben wir eben alle, was?"

Frank wandte schnell den Blick ab und überspielte seine Nervosität mit Schnauben und Schimpfen. „Das sagst du so leicht. Du hast es ja noch nicht ausprobiert."

Jason spürte, wie sich sein Herzschlag beschleunigte. Er würde nicht die Chance haben zu planen, was auch immer sie in dem Raum erwartete. Das hieß, er musste improvisieren und auf das Beste hoffen. Leider war das, falls sie auf Feinde trafen, auch die beste Gelegenheit, die sie hatten, um zu gewinnen, da er noch all seine Knechte hatte. Wenn sie den Kampf verloren, würde Jason möglicherweise mehr Informationen über ihre Gegner haben, aber sie würden durch den Verlust seiner Minotauren empfindlich geschwächt sein. Im Labyrinth gab es noch andere Leichen, aber vermutlich nicht genug, um wieder auf seine Beschwörungs-Höchstzahl zu kommen. Außerdem würde er vielleicht seine Zauberer und Fernkämpfer verlieren. Manchmal hatte seine Klasse schon ein paar ernsthafte Nachteile.

Einen Moment lang schloss Jason die Augen. Für ihn hing viel von diesem Dungeon ab, und sie mussten schnell sein. Er hatte Frank und Riley immer noch nicht erzählt, was er getan hatte und was er noch zu tun gedachte. Sie konnten es sich nicht leisten, diesen Kampf zu verlieren.

Scheiß drauf. Wenn das so ist, dann kann ich genauso gut alles geben. Ich gehe aufs Ganze.

Jason öffnete die Augen. Dunkles Mana durchströmte seinen Körper und färbte sie obsidianschwarz. Das kalte Gefühl kroch sein Rückgrat hinauf und löschte seine Angst schnell aus. Jetzt war nicht der Zeitpunkt zu zögern. „Gehen wir's an", sagte Jason. Seine Stimme hallte vor Macht wider und sein Mana pulsierte in seinen Adern.

Auf eine Geste Jasons setzten sich seine Minotauren in Bewegung. Sie stießen die Tür auf und man sah einen großen, runden Raum. Die Kammer war fast 50 Meter lang und von Metallgittern umgeben. Fackeln entlang der Wände warfen im Raum lange, flackernde Schatten. Doch das Eindrucksvollste an der Kammer war der grob behauene Steinthron, der in ihrer Mitte stand. Darauf saß ein riesenhafter Minotaurus – ein wesentlich größerer als die

Stiere, gegen die sie im Labyrinth gekämpft hatte. Knochen lagen am Boden um das Steinmonument herum verstreut. Sie wirkten beunruhigend menschlich.

Die Überreste der vermissten Dorfbewohner?, fragte Jason sich.

Hintereinander betraten sie den Raum und gingen vor dem Thron in Formation. Jason schickte die Skelettminotauren vor und stellte seine Fernkampftruppen sicher hinter ihnen auf. Riley und Frank standen links und rechts von ihm.

Die Bestie, die auf dem Thron saß, hob gemächlich den Kopf. Anders als bei seinen kleineren Brüdern glomm in den Augen der Kreatur so etwas wie Intelligenz. Sie beobachtete die Gruppe misstrauisch und erhob sich dann, wobei die Muskeln ihrer Arme und Beine hervortraten. Als die Bestie aufrecht stand, musste Jason den Kopf in den Nacken legen, um sie im Blick zu behalten. Der über ihnen aufragende Minotaurus war fast fünf Meter groß. Sein Haar war wesentlich feiner als das der anderen und glänzte im flackernden Fackellicht. Zwei prächtige, gedrehte Hörner ragten aus dem Schädel der Bestie hervor, und kleinere Hörner rahmten ihren Kopf ein wie eine Krone.

Eine schnelle Inspektion ergab, dass die Kreatur auf Level 166 war und „Minotaurenkönig" hieß. Jason bemerkte zwei kleine Sterne neben seinem Namen, die vermutlich anzeigten, dass es sich um einen Bossgegner handelte – als wäre das nicht offensichtlich.

„Wer seid ihr?", fragte der Minotaurenkönig mit dröhnender Stimme, während er mit rot glühenden Augen die Gruppe musterte, und in seinem Ton schwang tödliche Entschlossenheit mit. Sein Maul formte die Worte ungeschickt, als wäre er das Sprechen nicht gewöhnt.

Jason starrte die Bestie einen Augenblick schreckerfüllt an. Er hatte nicht erwartet, ein Gespräch mit einem Dungeon-Boss zu führen. „Mein Name ist Jason, und wir sind hier, um dieses Dungeon einzunehmen."

Die Bestie schnaubte und schüttelte den Kopf. „Ihr Abschaum glaubt, Ihr könnt die Herde besiegen? Oder meint Ihr vielleicht, dass wir alles sind, was hier in den Ruinen auf Euch wartet?" Langsam zog der Stier die Lippen zurück und entblößte in einem grotesken Grinsen rosa Zahnfleisch und massive Hauer.

Er deutete auf die Skelettminotauren, die vor der Gruppe standen. „Ihr haltet meine Brüder unter Eurem Zauber gefangen, aber das wird Euch nichts nützen. In diesen Gängen lauern größere Gefahren als dieser kleine Teil der Herde. Ihr habt unsere Gebieter noch nicht kennengelernt."

„Wer sind Eure Gebieter?", fragte Jason verwirrt. Er hatte angenommen, dass dies hier das Ende des Dungeons sei.

Riley und Frank blickten ihn voller Überraschung an, hielten aber ihre Waffen kampfbereit.

Seine Frage wurde mit einem weiteren, verstörenden Lächeln belohnt. „Es spielt keine Rolle. Ihr werdet nicht lange genug leben, um ihnen zu begegnen. Ihr habt die wahre Macht meiner Brüder und Schwestern noch nicht erlebt ..." Der Minotaurenkönig verstummte und streckte die Hand neben den Thron aus.

Jetzt erst bemerkte Jason die Stangen, die neben dem groben Steinsitz aus dem Boden ragten. Sie sahen sehr nach Hebeln aus.

Jasons Blick huschte zu den vielen Eisengittern, von denen der Raum umgeben war. „Ach du Kacke", murmelte er.

Dann griff der Minotaurus nach der Hebelreihe.

Die Eingangstür fiel mit einem unheilvollen Knall ins Schloss, und Jason hörte große Riegel zuschnappen. Dann erfüllte das nervenzerfetzende Kreischen von Metall die Luft, als die Gitter langsam hochfuhren. Jason sah voraus, was ihnen bevorstand, und ordnete verzweifelt ihre Formation neu an, indem er die Nahkampftruppen einen Halbkreis bilden ließ.

Ich Idiot! Warum habe ich uns in der Mitte des Raums aufgestellt?

„Hinterhalt", rief Jason laut. „Sie werden von allen Seiten kommen! Zurückweichen! Die Tür muss in unserem Rücken sein!"

Riley und Frank waren bereits in Bewegung, als die Gruppe sich zur Tür zurückzog. Es kostete Jason eine kolossale Konzentrationsanstrengung, seine Zombieformation als Einheit zu bewegen. Er konnte sich kaum aufs Gehen fokussieren. Grob stieß ihn Frank voran und hielt seinen Schild erhoben. Er hatte sich eindeutig zu Jasons Leibwächter ernannt.

Gebrüll erfüllte die Luft, als Dutzende von Minotauren aus den Käfigen stürmten. Das waren nicht die gleichen großen Stiere, auf die sie in den Gängen getroffen waren. Diese Gruppe bestand hauptsächlich aus kleineren Bestien mit abgeschnittenen Hörnern sowie vermutlich den Kälbern der Herde. Während die Horde sich näherte, beäugte Jason diesen neuen Haufen Feinde mit gemischten Gefühlen, während er mühevoll seine Zombies steuerte.

„Das sind Frauen und Kinder ...", sagte Riley. Ihre Stimme wurde durch das wuterfüllte Gebrüll der Bestien überlagert.

Jason teilte ihre Vorbehalte, aber den Luxus, zu zögern, konnten sie sich nicht leisten. Alle Bestien hielten große Äxte in den Händen und starrten die Gruppe mordlustig an. Als ihre Formation an der Tür angekommen war, befahl Jason den Bogenschützen und Magiern, anzugreifen. Eisflächen erschienen vor der Gruppe, und dunkle Flüche zischten durch die Luft.

Während seine Zauberer den Ansturm des Feindes abschwächten, befahl Jason seinen übrigen Zombieminotauren vorzurücken, und bewegte die Hände im vertrauten Rhythmus seines *Leichenexplosionszaubers*. Die Opferzombies nutzten ihren Schwung, um sich tief in die feindlichen Linien zu drängen, bevor die dunklen Schatten sie erreichten.

Die Explosionen erschütterten den Raum, zerschlugen den Steinboden und ließen Staubwolken aufsteigen. Das Geräusch der Explosionen wurde von den Steinmauern und dem Boden zurückgeworfen. Eine schmerzhafte Schockwelle erschütterte den ganzen Raum. Inmitten des Chaos' bohrten sich Ranken dunkler Energie durch die Luft und Bestien schrien qualvoll auf. Ein blutiger Nebel breitete sich im Raum aus und hüllte den Kampf in einen roten Dunst, der der Gruppe die Sicht auf die heranstürmenden Kreaturen erschwerte.

Das Geräusch schreckte Riley aus ihrer Erstarrung auf. Sie schüttelte sich und packte ihren Bogen fester, um immer wieder auf die Minotauren zu schießen, denen es gelungen war, sich von den Explosionen zu erholen. Inzwischen hielt Frank seine Position neben Jason. Angst und Adrenalin brachten seine Hände zum Zittern.

Eine dröhnende Stimme erfüllte die Luft. „Tötet die Eindringlinge! Für die Herde!" Beim Klang der Stimme des Minotaurenkönigs umfing eine rote Aura die Minotauren und ihre Muskeln traten hervor und spannten sich. Die dicken Adern unter ihrer Haut begannen dunkelrot zu leuchten.

Eine Art Wuteffekt?, fragte sich Jason verzweifelt. *Es sind immer noch so viele!*

Er erteilte seinen Skeletten Anweisungen. Mit lautem Krachen schlugen die Schäfte ihrer provisorischen Holzspeere gegen den Steinboden, und eine Reihe aus Speerspitzen richtete sich auf die heranstürmenden Stiere. Eine zweite Reihe Skelette stand mit schweren Klingenäxten hinter den Speerkämpfern. Glücklicherweise war Jason vorausschauend genug gewesen, seine Minotauren mit Speeren auszurüsten, die für eine solche Verteidigungsformation wesentlich effektiver waren.

Die erste Reihe der Feinde traf mit einem widerwärtigen Knirschen auf Jasons Zombies. Minotauren wurden von den hölzernen Spießen durchbohrt und der Boden wurde mit dickem, rotem Blut besudelt. Die Bestien, die es an der vordersten Speerreihe vorbei schafften, erwarteten die Äxte der zweiten Reihe aus Skelettminotauren. Ihre Klingen durchschnitten das Fleisch der feindlichen Kreaturen.

Jason sah schockiert zu, wie die Bestien, die schwere Verletzungen erlitten oder Gliedmaßen verloren hatten, mit bestürzendem Zorn weiterkämpften. Ihr Äxte trafen mit einem hohlen Knirschen auf die Knochen von Jasons Skeletten und zertrümmerten Arme und Beine. Es schien unmöglich, dass die Kreaturen sich noch bewegen konnten. Jason warf einen Blick auf den Minotaurenkönig, der immer noch in der Mitte des Raums stand. Sein Körper leuchtete strahlend rot, und er hielt eine bösartig aussehende, gekrümmte Streitaxt in jeder Hand. Er hatte die Arme erhoben und brüllte vor Zorn.

„Wir müssen den König ablenken!", schrie Jason über das Chaos der Schlacht hinweg. Er hatte keine Möglichkeit, sich durch die feindlichen Linien nach vorn zu drängen, und konnte es sich auch nicht leisten, sich zu bewegen, während er hektisch die frischen Leichen der Minotauren zu neuen Zombies beschwor. Riley war ähnlich beschäftigt. Sie feuerte Pfeil um Pfeil in die Reihen der auf sie einstürmenden Bestien ab und spickte mit unheimlicher Treffsicherheit Augen und andere Schwachpunkte mit ihren Schäften.

Jason wurden von einem Schrei neben ihm aus seinen Gedanken gerissen. Er drehte sich um und sah, dass Frank auf die Verteidigungslinie der Skelette losstürmte. Sein Freund hatte seine Rüstung abgelegt und sein Bihänder hoch erhoben. Ohne seine Ausrüstung konnte er sich wesentlich schneller bewegen. Er schoss an Jasons Knechten vorbei, und sein kräftiger Körper wirkte unnatürlich geschmeidig. Unter Einsatz seiner Körpermaße und seines Schwungs preschte er durch die feindlichen Linien und machte sich die Überraschung seiner Feinde zunutze, um ihren halbherzigen Schlägen auszuweichen.

Was zum Teufel macht er da?

Fieberhaft befahl Jason seinen dunklen Magiern, in Aktion zu treten, und bösartige Flüche flogen auf den Minotaurenkönig zu. Vielleicht konnte er die Bestie lange genug bremsen, damit Frank eine Chance hatte.

Dann krachte Frank gegen die Kreatur. Ungestüm griff er sie an und schwang sein Schwert in wilden, schweren Hieben. Von der Heftigkeit von Franks Schlägen getroffen taumelte der Minotaurenkönig zurück, während er das Schwert mit seinen Äxten parierte. Das Klirren aufeinandertreffenden Metalls erfüllte die Luft und mischte sich mit Franks Schreien, während er unbarmherzig angriff. Frank hatte die ganze Zeit über *Sprint* aktiviert. Um den Minotaurus herumtänzelnd ließ er Hieb um Hieb auf die riesenhafte Bestie herabregnen.

Franks Angriff hatte einen unmittelbaren Effekt: Die rote Aura löste sich langsam auf, da die Aufmerksamkeit des Minotaurenkönigs abgelenkt war. Diese Gelegenheit nutzte Riley, um mit ihren Pfeilen die schwerverletzten Bestien systematisch zu erledigen. Jason beschwor so schnell er konnte mehr Zombies, um die Knechte zu ersetzen, die er verloren hatte. Er sah, dass das Kriegsglück sich zu seinen Gunsten zu wenden begann.

Während er unablässig zauberte, warf Jason Frank einen Blick zu. Sein Freund war offenbar völlig durchgedreht. Er griff ohne jede Rücksicht auf seine eigene Sicherheit oder Gesundheit an. Sein ungeschützter Körper war mit Wunden übersät und Blut durchtränkte sein Hemd und seine Hose, wo die Äxte des Minotaurenkönigs seine Haut aufgerissen hatten. Doch der Stiermensch war größtenteils unverletzt, und seine Gestalt ragte drohend über Frank auf. Ein Blick auf das Gruppenmenü verriet Jason, dass Franks Lebenspunkte beinahe aufgebraucht waren. Jasons einsamer Lichtmagier wirkte hastig einen Heilzauber nach dem anderen auf Frank, doch das reichte nicht, um den Schaden auszugleichen, den er erlitt.

Da er sonst nichts tun konnte, schrie Jason Riley zu: „Hilf Frank! Er stirbt sonst!"

Riley sah Jason mit verwirrtem Stirnrunzeln an. Dann wandte sie den Blick Frank zu ,und ihre dunklen Augen weiteten sich. Einen Augenblick zögerte sie, bevor sie einen Pfeil aus dem Köcher zog. Sie visierte den Minotaurenkönig und Frank, die in ihrem tödlichen Tanz aus wirbelndem Stahl vollführten, entlang des Schafts an. Der Schuss war nahezu unmöglich, und Jason verstand nicht, was sie sich dabei dachte.

Dann schoss sie.

Der Pfeil raste durch die Luft und zischte durch eine schmale Lücke in der Masse wirbelnder Waffen und Körper. Dann durchbrach er die Reihen der Kreaturen. Als er sich dem Minotaurenkönig näherte, begann die Pfeilspitze dunkelrot zu glühen, und Bänder schwarzer Energie kräuselten sich um den hölzernen Schaft. Das Geschoss traf den Minotaurenkönig an der Seite. Die Bestie stieß ein schmerzerfülltes Heulen aus, doch sie konnte es sich nicht leisten, den Pfeil herauszuziehen, da er ständig weiter Franks unbarmherzige Schläge parieren musste.

Blut floss aus der Wunde des Königs. Doch statt in Rinnsalen seinen Körper hinunterzulaufen, lösten sich die Blutstropfen vom Körper des Minotaurus', zunächst in einem kleinen Bach, dann in einer Flut. Ein blutiger Nebel füllte rasch den Bereich und pulsierte und pochte wie etwas Lebendiges, während es der Kreatur die Lebenskraft entzog. Der Minotaurenkönig heulte vor Schmerz auf und versuchte, hinter sich zu greifen und den Pfeil zu packen. Diese Ablenkung nutzte Frank jedoch, um das Schwert unnachgiebig schwingend nach vorn zu stürzen und die Bestie zu zwingen, diese Attacke hastig mit beiden Äxten zu parieren.

Jasons Blick hastete zu Frank, und er riss erschrocken die Augen auf. Wo der blutige Nebel Franks Wunden berührte, sammelten sich die Tropfen zu einer Kugel aus Blut, und sie begannen sich langsam zu schließen. Ein Blick auf Franks Lebensleiste zeigte Jason, dass er langsam geheilt wurde.

„Was zum Teufel war das denn?", rief Jason Riley zu.

Sie grinste ihn nur an und schoss weiter auf die verbleibenden Minotauren, die ihre Verteidigungslinien angriffen. Ihre Pfeile bohrten sich in Augen und Kehlen, während die Schlacht um sie herum tobte. Eisblitze und Feuerbälle schossen über die Köpfe von Jasons verbleibenden Knechten. Dank der dem Feind beigebrachten Verluste und der von Jason beschworenen Verstärkung dünnten sie die Herde allmählich aus.

Ein Vorteil eines Nekromanten: Je länger der Kampf andauert, desto stärker werde ich, dachte Jason mit grimmig zusammengekniffenem Mund.

Er hielt einen Moment lang inne, um einen Trank herunterzustürzen, in dem verzweifelten Versuch, seinen aufgebrauchten Mana-Vorrat zu erneuern. Dann wandte Jason sich wieder dem Kampf zwischen Frank und dem Minotaurenkönig zu. Trotz des Zorns hinter seinen Schlägen landete Frank wenige Treffer gegen die Bestie.

Dem kann ich abhelfen.

Jason gab drei kürzlich beschworenen Minotauren ein Zeichen. Die Bestien rannten auf den König und Frank zu. Jason befahl einer von ihnen, Frank aus dem Weg zu stoßen, sodass sein Körper durch den Raum geschleudert wurde. Dann explodierten die drei verwesenden Stiere in einem Schauer aus dunkler Magie und Eingeweiden. Die Explosionsserie erschütterte den Minotaurenkönig. Stellenweise schmolz seine Haut weg, und keuchend fiel er auf ein Knie. Die Explosionen reichten nicht, um die Bestie zu töten, aber das war auch nicht Jasons Ziel gewesen.

Frank rappelte sich vom Boden auf, die Kleidung zerfetzt und blutig. Mit zornerfülltem Blick sah er auf die geschwächte Kreatur herab. Schnell stürmte er nach vorne, einen heiseren Schrei auf den Lippen. Als er sich dem Bossgegner näherte, sprang Frank in die Luft, den Bihänder hoch erhoben. Die Bestie versuchte, die Äxte zu heben, aber sie war zu langsam. Franks Klinge traf mit einem Übelkeit erregenden Geräusch auf den Hals des Minotaurus. Die Klinge blieb auf halbem Weg durch sein dickes Fleisch im Hals des Königs stecken. Der König der Minotauren starrte Frank schockiert an und keuchte vergeblich auf. Rote Blasen bildeten sich in seinen Mundwinkeln, und Blut schoss aus der Wunde in seinem Hals. Dann sackte der Körper der Kreatur zu Boden.

Frank hörte nicht auf. Mit einem grausigen, schmatzenden Geräusch zerrte er seine Klinge aus der Wunde und hackte wieder und wieder auf den Gegner ein, wobei Blut seine Brust und seine Beine bespritzte und auf dem Boden zu Pfützen zusammenlief. Erst, als der Kopf der Bestie vom Körper getrennt war, ließ Frank endlich von ihr ab. Sein Brustkorb hob und senkte sich, und seine Augen funkelten wild. Seine Kleidung hing ihm in Fetzen vom Leib und entblößte seine blutbesudelte Haut. Frank griff sich den Kopf und hob ihn mit einem Triumphschrei in die Luft. Sein Gebrüll wurde von Jasons Knechten aufgegriffen.

Ich habe definitiv einen schlechten Einfluss auf ihn, dachte Jason, während er den blutbefleckten Körper seines Freundes und das irre Leuchten in seinen Augen anstarrte.

Kapitel 16 – Fruchtbar

FRANK STAND INMITTEN eines chaotischen Meeres aus Lärm und Aktivität. Er blickte zur Seite, wo Jasons imposante Gestalt in einem Kreis stand, den die Skelette um ihn gebildet hatten. Jasons Hände vollführten in schneller Folge eine komplizierte Reihe an Gesten. Dunkle Schatten krümmten sich um seinen Körper herum, trafen auf seine Feinde und erweckten tote Minotauren, die in der Schlacht gefallen waren, wieder zum Leben. Rechts von Frank ließ Riley ihren Bogen eine Melodie des Todes summen, während die dunklen Schäfte ihrer Pfeile in den Wellen der Bestien versanken, die sich an den massigen Skeletten vor ihnen brachen.

Doch trotz all der Aktivität um ihn herum stand Frank still. Er hielt seinen Schild erhoben und sein Schwert bereit, doch er tat nichts. Seine Hände zitterten, als er die riesigen Bestien vor sich ansah. Sie ragten über ihm auf und ihre Augen funkelten vor Zorn.

„Wir müssen den König ablenken!", schrie Jason über das Getöse der Schlacht hinweg und deutete auf den gewaltigen Stier, der immer noch in der Mitte des Raums stand. Er hatte seine Äxte hoch erhoben, und eine pulsierende, rote Aura ging von seinem Körper aus.

Frank erkannte die Effekte des Zaubers, der die angreifende Herde umfing. Ihre Augen leuchteten zornig rot, und sie ignorierten selbst tödliche Verletzungen. Der Arm eines Kalbes wurde von der scharfen Axt eines der Knechte von Jason abgetrennt. Doch die Kreatur bemerkte den Verlust kaum. Sie schwang die Axt in ihrer verbleibenden Hand ohne Rücksicht auf Verluste.

Während Frank den Kampf beobachtete, wurde ihm klar, dass Jason und Riley die Sicherheit ihrer Verteidigungslinie nicht verlassen durften. Sie konnten den Feind so schon kaum zurückhalten. Der Einzige, der nicht half, war er selbst. Doch als sein Blick auf den König fiel, spürte er, wie seine Angst außer Kontrolle geriet. Wie zum Teufel sollte er gegen so ein Tier ankommen?

Er wandte sich ab und hielt dann inne. Das tat er doch jedes Mal, oder nicht? Redete sich selbst aus, etwas zu tun, resignierte vor der Tatsache, dass er nur zweitklassig war. Er spürte die vertraute Wut und Scham in sich aufsteigen. Nur diesmal war er selbst das Ziel. Warum gab er sich mit einer Teilnehmerurkunde zufrieden? Warum konnte er nicht der Held sein?

Im gleichen Maße, wie sein Zorn wuchs, schwand seine Angst. Statt seine Wut zu unterdrücken, fachte Frank sie an. Ein nutzloser, fetter Waschlappen war er. Er hatte es verdient, zu versagen. Er bedachte sich mit all den Beleidigungen, der Herablassung, der Beschämung, die er jahrelang über sich hatte ergehen lassen. Mit zornerfüllten Augen blickte er auf den Minotaurenkönig und klammerte sich an die Wut, die seine Furcht und Zaghaftigkeit in Rauch aufgehen ließ. Das hier war nur eine weitere Stichelei, ein weiterer Beweis, dass er nie mehr als mittelmäßig sein würde.

Er würde das nicht mehr hinnehmen. Er konnte das nicht mehr hinnehmen.

Mit einer hastigen Geste rief er sein Charaktermenü auf. Hektisch wies er alle Punkte zu, die er insgeheim für einen späteren Klassenwechsel gehortet hatte. Dann öffnete er sein Ausrüstungsmenü und legte alles außer seinem Bihänder ab. Mit einem zornigen Winken wischte er die Fenster zur Seite, die seine Sicht einschränkten.

Nur der Minotaurenkönig blieb, und Zorn kochte in Frank hoch. Er konnte sich auf nichts anderes mehr konzentrieren. Das war sein Moment. Seine Chance, mehr zu sein. Das Schwert fest in den Händen stürzte Frank sich mit aktiviertem Sprint kopfüber in den Mahlstrom des Kampfes. Er schoss an den Feinden vor ihm vorbei und nutzte seine Körpermaße, um alles, was ihm in den Weg kam, beiseitezustoßen. Während er voranstürmte, brüllte Frank auf. Er legte jedes Quäntchen seines Zorns, seiner Frustration und seines Schmerzes in einen einzigen, anhaltenden Schrei.

Dann traf seine Klinge auf die Äxte des Minotaurenkönigs. Immer wieder schlug er in einem Wirbel chaotischer Hiebe auf die Bestie ein und ließ dabei jegliche Kampfform und -taktik außer Acht.

Stahl klirrte, als der König seine Schläge parierte, doch Frank ließ ihm nicht die Zeit, in die Offensive zu gehen. Er huschte um die bullige Kreatur herum und seine Klinge sauste und tanzte durch die Luft. Und die ganze Zeit über schrie Frank weiter.

Aus dem Nichts wurde er in die Seite getroffen. Er wurde durch die Luft geschleudert und landete mit einem schweren Krachen auf dem Steinboden, während hinter ihm Explosionen wie Kanonenfeuer donnerten. Das trug nur dazu bei, seinen Zorn noch zu steigern. Er hob den Blick und sah, wie der Minotaurenkönig ein Dutzend Schritte von ihm entfernt kniete und vergeblich versuchte, wieder auf die Füße zu kommen. Frank rappelte sich hoch, auch wenn seine Muskeln protestierten. Er stürmte los, ging leicht in die Knie und hob seine Klinge über den Kopf.

Dann sprang er.

Sein Schwert grub sich mit einem widerwärtigen Knirschen in den Hals des Minotaurenkönigs. Blut schoss aus der Wunde hervor und spritzte auf Franks Gesicht und seine Kleidung. Das war nicht genug! Die Kreatur hatte Schlimmeres verdient! Sie alle hatten Schlimmeres verdient! Für die verletzenden Worte, die sie von sich gegeben hatten. Für die schrecklichen Dinge, die sie getan hatten. Dafür, wie er zugelassen hatte, dass sie ihn dazu gebracht hatten, sich selbst zu hassen.

Er hackte immer und immer wieder auf die Bestie ein und spürte die Erschütterungen durch seine Arme laufen, während er das Fleisch des Minotaurus zerteilte. Blut spritzte hoch auf, verdunkelte seine Sicht und färbte die Welt rot. Ein letzter Hieb trennte der Kreatur den Kopf ab und Frank stolperte nach vorn. Voller Verwirrung blickte er auf den Kopf hinunter, ohne ganz zu verstehen, was er sah. Dann streckte er die Hand aus und packte eins der gedrehten Hörner.

Frank hob das Haupt des Minotaurenkönigs in die Luft und schrie seinen Triumph hinaus. „Ich bin nicht mittelmäßig!", brüllte er. „Ich werde nie wieder mittelmäßig sein!"

* * *

Nach dem Tod des Minotaurenkönigs fand die Schlacht rasch ein

Ende. Ohne den Anführer verschwand der Effekt der bösartigen Aura, und Jasons neu beschworene Zombies überwältigten den Rest schnell. Als der letzte Minotaurus seinen letzten Atemzug getan hatte, wurde Jason mit einer Meldung belohnt:

Systemmeldung

Herzlichen Glückwunsch, du hast das erste Level des Dungeons abgeschlossen!
Dein Respawn-Punkt wurde aktualisiert.

Hm, heißt das, wir respawnen jetzt in diesem Raum?

Jasons Blick wanderte von der Meldung zu Frank. Sein Freund stand immer noch über dem Minotaurenkönig und starrte auf die Leiche. Er war blutdurchtränkt und seine Kleidung hing ihm in Fetzen vom Leib. Jason runzelte die Stirn, als er Frank inspizierte. Bei dem vielen Blut war es schwer zu erkennen, aber er hätte schwören können, dass die Muskeln an Franks Armen und seiner Brust jetzt viel definierter wirkten, als er es in Erinnerung hatte.

Jason ging langsam auf ihn zu, unsicher, wie gefasst sein Freund war. Riley beobachtete sie aus sicherer Entfernung, bereit einzugreifen, falls Frank wieder durchdrehte. „Hey, Mann. Alles klar?", fragte Jason vorsichtig.

Frank antwortet nicht sofort. Dann blickte er mit einem freudigen Grinsen auf. Die linke Seite seines Gesichts war voller Blut, was seinem Lächeln eine grausige Note verlieh. „Endlich habe ich mal richtige Beute gefunden! Schaut euch die Dinger an!" Frank hob die Äxte des Minotaurenkönigs hoch und reichte Jason eine davon.

Innerlich atmete Jason erleichtert auf. Sein Freund war wieder der Alte. Eine blutige Version seines alten Selbst, mit einem leicht manischen Leuchten in den Augen, aber annähernd normal.

„Was ist das?", fragte Jason und nahm die Axt, die Frank ihm hinhielt. Seine Hand sank unter dem Gewicht der Waffe ein Stück. Er spürte, wie sich seine Armmuskeln anspannten, um den Gegenstand hochzuhalten. Jason blickte auf und sah, dass Frank versuchsweise ein paar Schwünge mit der anderen Axt ausführte, und fragte sich, wie sein Freund es schaffte, die Waffe zu heben, geschweige denn zu schwingen.

Er sah sich die Axt in seiner Hand an. Sie war fast einen Meter lang, zweischneidig und von vorzüglicher Qualität. An den Enden der Klinge lief der Stahl zu mörderischen Spitzen zu. Griff und Klinge waren mit detailliertem Beschlagwerk und Runen versehen, die in schwachem Rot leuchteten. Jason dachte das Wort „inspizieren". Bei der Information, die ihm daraufhin angezeigt wurde, blieb ihm der Mund offen stehen.

Zorn des Taurus (Set-Gegenstand – zwei Teile)

Diese Waffe wurde von einem Meisterschmied gefertigt. Die Runen an ihrem Griff sind veridianisch und beziehen sich auf den Stiergott Kathos. Im Set verwendet verstärken die beiden Äxte die Kraft des Nutzers und ermöglichen es ihm, die Macht der Herde zu beschwören.

Qualität: *B*
Schaden: *60-120 (Schlitzen)*
Haltbarkeit: *96/100*
+20 Stärke (im Set)
+10 Lebenskraft (im Set)
+10 Widerstandskraft (im Set)
(Seelengebunden)

Set-Bonus (1/2)

Schaltet die Fähigkeit Zorn der Herde frei, die den durch Teammitglieder in Reichweite zugefügten Schaden um 10 % erhöht. Teammitglieder kämpfen auch über den Tod hinaus weiter und können bis zu -200 Lebenspunkte aushalten, bevor sie sterben. Endet dieser Effekt, während ein Teammitglied unter 0 Lebenspunkten liegt, stirbt dieses sofort. Dieser Buff wird gechannelt und kann nur gewirkt werden, während man stillsteht.

Kosten: *100 Ausdauer/Sek.*
Abklingzeit: *15 Minuten.*

„Verdammt", murmelte Jason. Er blickte zu Frank auf, der

immer noch freudig grinste. Jason konnte es ihm nicht verübeln. Die Äxte waren absurd mächtig. Er überlegte bereits, wie nützlich der Buff sein konnte. Sie würden experimentieren müssen, um die Reichweite herauszufinden. Dem letzten Kampf nach zu urteilen, betrug sie mindestens ein paar Dutzend Meter.

„Also, wir haben noch gar nicht festgelegt, wie wir Beute aufteilen", sagte Frank mit einem listigen Lächeln. „Ich möchte vorschlagen, dass wir die Ausrüstung demjenigen geben, der am meisten damit anfangen kann."

Riley gesellte sich zu ihnen und spähte über Jasons Schulter auf die Axt in seinen Händen. „Ooooh, ist die hübsch", sagte sie. „Ich unterstütze Franks Antrag! Da ich die Einzige bin, die Waffen beidhändig führt, und in letzter Zeit am meisten in Nahkämpfe verwickelt war, kriege ich dann wohl die Äxte!"

Jason hustete, um sein Lachen zu kaschieren, und setzte einen ernsten Gesichtsausdruck auf. „Das scheint mir sinnvoll ...", begann er.

Frank starrte sie einige Augenblicke ausdruckslos an, bevor er herausplatzte: „Ist das euer Ernst? Ihr könntet die Dinger ja nicht mal hochheben!" Er sah aus, als würde er gleich einen Herzinfarkt kriegen, und blickte bedauernd auf die andere Axt in seiner Hand hinunter.

Riley lachte, weil sie Frank so erfolgreich auf den Arm genommen hatte. Abwehrend hob sie die Hände. „Ich mach nur Spaß. Nimm sie. Du hast sie dir verdient, Killer."

„Finde ich auch", fügte Jason hinzu und reichte Frank die andere Axt. „Nimm sie, Mann. Du kannst sie definitiv am besten gebrauchen."

Franks Blick wanderte zwischen den beiden hin und her, und er öffnete und schloss den Mund wie ein Fisch. Schließlich ließ er die Schultern hängen und murmelte: „Ihr seid alle doof." Dann schüttelte er sich, richtete sich auf und sah Jason und Riley in die Augen. „Danke."

Während ihr stämmiger Freund damit beschäftigt war, seine schicke neue Beute zu tätscheln, wandte Jason sich an Riley. „Du schuldest mir eine Erklärung. Was war das mit dem Pfeil und dem Blut? Es wäre hilfreich gewesen, vor dem Kampf zu wissen, dass du über diese Fähigkeit verfügst", bemerkte er mit einer Spur Verärgerung in der Stimme.

Riley verzog das Gesicht und blickte überall hin, nur nicht zu Jason. „Also, Jerry hat mir diese Fähigkeit beigebracht. Sie heißt *Blutnebel*. Sie hat einen Schadenseffekt über Zeit auf das Ziel und einen Heileffekt über Zeit auf Teammitglieder in der Nähe, falls die Waffe im Ziel steckenbleibt."

Jason starrte sie an. „Machst du Witze? Du hast schon die ganze Zeit eine Heilfähigkeit?"

„He, nicht sauer sein! Ich dachte, sie wäre nutzlos. Jerry hat mir nur gezeigt, wie ich sie aktiviere, wenn ich meine Dolche benutze. Ich hätte nie gedacht, dass ich sie auch mit meinem Bogen nutzen kann. Das war nur ein Versuch auf gut Glück, um Frank zu retten." Sie deutete auf ihren kräftigen Kumpel, der immer noch seine Äxte liebkoste und nichts von ihrem Gespräch mitbekam.

„Trotzdem hättest du mir von dieser Fähigkeit erzählen können", entgegnete Jason. Das Argument kam ihm schwach vor, sobald er es aussprach. Selbst, wenn er von der Fähigkeit gewusst hätte, wäre er dann von selbst auf diese einzigartige Einsatzmöglichkeit gekommen?

Riley runzelte die Stirn. „Vielleicht hätte ich das, aber woher hätte ich denn wissen sollen, dass das wichtig ist? Zumindest hat es funktioniert."

Jason nickte widerstrebend. Die Fähigkeit wäre nur begrenzt nützlich, wenn sie sie lediglich im Nahkampf einsetzen könnte. Allerdings zeigte das auch, wie vielseitig die Fähigkeiten in AO waren. Die Entwickler wollten offenbar, dass die Spieler kreativ wurden. Er blickte zu Alfred, der sich einen der wenigen Plätze gesucht hatte, wo der Boden nicht mit Blut oder Körperteilen bedeckt war.

Oder vielleicht ist die KI für diese Komplexität verantwortlich. Das scheint mir selbst die Fähigkeiten eines talentierten Spielentwicklers zu übersteigen.

Mental zuckte Jason mit den Schultern. Es spielte keine Rolle. Das Wichtigste war, dass er herausfinden musste, über was für Fähigkeiten seine Teammitglieder verfügten. Vermutlich standen der Gruppe noch viel mehr taktische Möglichkeiten offen, wenn er ihre Fähigkeiten kreativ einsetzen konnte.

Ein bisschen regte sich in ihm ein schlechtes Gewissen, als er darüber nachdachte. Er musste Frank und Riley nach ihren Klassen und Fähigkeiten fragen, doch er hatte nicht vor, seine eigenen preiszugeben. Zumindest plante er, ihnen von einigen der Fähigkeiten, die er vor ihnen noch nicht genutzt hatte, nichts zu sagen. Zum Beispiel hatten sie ihn noch nie *Selbstgemachtes Skelett* verwenden sehen. Er konnte es sich nicht leisten, Informationen über seine Klasse zu verraten.

Was nur eine andere Formulierung für „ich traue ihnen beiden noch immer nicht" ist. Warum sollten sie umgekehrt mir vertrauen? Wir sind erst ein paar Tage zusammen unterwegs.

Jason wandte sich wieder Riley zu. „Tut mir leid, dass ich dich angemotzt habe. Das war wirklich gut reagiert mit den Pfeilen, und es einfach auszuprobieren, hat sich ausgezahlt."

„Pass bloß auf, sonst mache ich dich bald arbeitslos", antwortete Riley mit übermütig funkelnden Augen. „Am Ende werde ich noch zu unserem strategischen Superhirn."

Jason schnaubte und legte sich die Hand an die Brust. „Damit du's weißt, man braucht Qualifikationen, um zu tun, was ich tue. Vor allem ein gewisses Talent, gute Verstecke zu finden ..." Das brachte ihm ein weiteres Lachen von Riley ein.

Ihr Gespräch wurde von einem Klingeln unterbrochen. Jasons UI blinkte und ein Umschlag erschien unten rechts in seinem Sichtbereich. Er streckte die Hand aus und tippte das Symbol an. Eine Nachricht tauchte in der Luft vor ihm auf. Claire hatte ihm eine E-Mail geschickt, in der sie fragte, ob er heute Nachmittag bei Cerillion Entertainment vorbeischauen könnte. Sie und Robert wollten sich persönlich mit ihm treffen, um die Aufzeichnungen von den Ereignissen in Peccavi zu besprechen, die er ihnen geschickt hatte.

Uh, das kann nichts Gutes heißen. Die Formulierung von Claires Nachricht klingt, als hätte ich was verbockt. Wahrscheinlich wollen sie rausfinden, ob sie jemanden unter Vertrag genommen haben, der im echten Leben ein Psychopath ist. Ich muss mich wohl darum kümmern. Immerhin sind sie diejenigen, die meine

Rechnungen bezahlen.

Jason sah Frank und Riley an, die beide ihre Benachrichtigungen über Levelaufstiege studierten. Dann wanderte sein Blick über die Toten, die am Boden verstreut lagen. Erst musste er die Leichen beschwören und die überzähligen Kadaver an einer Wand aufstapeln. Dann konnte er eine Verteidigungslinie um den Raum herum errichten, bevor er sich ausloggte.

Während er seine neuen Knechte wiedererweckte, sah Jason auf die Uhr. In der wirklichen Welt war es früher Nachmittag, und er nahm an, es würde den Rest des Tages dauern, zu Cerillion Entertainment und wieder nach Hause zu fahren. Das hieß, sie hatten fast zwei Tage Echtzeit damit verbracht, die erste Ebene zu erobern, und es blieben ihnen nur noch zweieinhalb Tage, bevor der Dungeon zurückgesetzt wurde. Zumindest stand das Wochenende bevor. Das sollte ihnen viel Zeit zum Spielen verschaffen, da Riley und Frank keinen Unterricht hatten.

Dann wandten sich seine Gedanken der Nachricht zu, die er verschickt hatte, bevor sie den Dungeon betreten hatten. Zwar hatte er noch ein paar Tage, bevor der Reset-Timer ablief, aber er musste den Dungeon weit vorher erobern.

Ich habe das echt knapp kalkuliert. Wir müssen uns beeilen.

„Hey, Leute", sagte Jason, um Franks und Rileys Aufmerksamkeit zu erwecken. „Ich muss was in der wirklichen Welt erledigen. Dafür brauche ich wahrscheinlich den Rest des Tages. Sollen wir morgen weitermachen?"

Frank nickte. „Klar doch, Alter. Morgen ist Freitag, da können wir abends so lange spielen, wie wir wollen."

„Ich habe morgen Abend auch nichts vor", fügte Riley hinzu. „Außerdem bin ich neugierig, was der Minotaurus meinte, als er von seinen Gebietern sprach."

„Da sind wir schon zwei", murmelte Jason. Er hatte den Verdacht, dass der Dungeon noch wesentlich mehr für sie bereithielt, und er machte sich jetzt schon Sorgen, ob sie es rechtzeitig abschließen konnten. Einstweilen schob Jason diese Gedanken beiseite, verabschiedete sich von seinen Freunden und loggte sich aus.

Kapitel 17 – Unvorbereitet

ALEX GING DIE STRASSE entlang zum Tempel der Herrin des Lichts. Es war Nacht, und das schwache Licht der spärlich entlang der Straße verteilten Laternen, beleuchtete die festgetretene Erde und die Pflastersteine nur ungenügend.

Als er sich dem Tempel näherte, lief eine schwarze Katze an ihm vorbei. Sie blieb stehen und starrte ihn kurz an, bevor sie ihren Weg die Straße entlang fortsetzte und schnell mit den Schatten verschmolz. Das Bild der schwarzen Katze, die Alex auf dem Marktplatz gesehen hatte, blitzte vor seinem geistigen Auge auf, doch er schob die Erinnerung beiseite. Das war nur ein Zufall. Heute Abend konnte er es sich nicht leisten, sich ablenken zu lassen.

Als Alex den Tempel erreichte, trat er leise durch den Eingang. Die Priester hatten sich längst für die Nacht zurückgezogen, und die Haupthalle war in Dunkelheit gehüllt. Nur das schwache Licht der Laternen drang von draußen in den Tempel. Auf ein leises Murmeln hin umgab eine goldene Kugel Alex' Hand. Das Licht drängte die dichten Schatten zurück, die den Raum erfüllten.

Er ging zu der Tür hinter dem Altar. Er musste schnell vorgehen. Wenn er die Krypta erkundet hatte, konnte er den anderen Spielern, die er „überredet" hatte, ihm zu helfen, eine Nachricht schicken. Es war eine zuverlässige Truppe – dafür hatte das Erpressungsmaterial gesorgt, das Alex über jeden von ihnen zusammengetragen hatte. Sie würden es nicht wagen, ihm dumm zu kommen.

Behutsam zog Alex die Tür zur Krypta auf. Dahinter lag eine schmale Treppe. Er schlüpfte hindurch und schloss die Tür fest hinter sich. Am unteren Ende der Treppe blickte er sich zögernd im Raum um. Eine große, rechteckige Kammer lag direkt unter der Haupthalle. Die Decke des Raums bestand aus glatten, gewölbten Steinbögen, und in regelmäßigen Abständen standen Säulen in ordentlichen Reihen. Die Kammer war voller Regale, und in den Mauern waren überall Nischen, die Skelettüberreste und Urnen enthielten.

Sein Plan war einfach. Er würde die Krypta schänden und die Überreste stehlen. Eine kurze, mit Blut geschriebene Botschaft sollte deutlich machen, wer sie so entweiht hatte. Er war noch unentschlossen, ob er lieber „Hütet euch vor dem Zwielichtthron" oder etwas Direkteres schreiben sollte. Vielleicht „Tod allen Lebenden".

Während er noch über diese Auswahl nachdachte, trat Alex an einen Sarkophag heran, der im hinteren Teil der Krypta stand. Die steinerne Kiste war mit verschlungenen Schnitzereien verziert, die darstellten, wie die Herrin einen Mann ins Jenseits geleitete. Sie hielt seinen Körper in den Armen, während Zuschauer in Ehrfurcht vor ihr knieten.

Ohne nachzudenken, schob Alex den Deckel beiseite. Dank seiner erhöhten Stärke glitt die Steinplatte ohne viel Widerstand zurück. In dem Sarg sah er ein Skelett liegen, das die Hände über der Brust gekreuzt hatte. Der Mann trug einen goldenen Ring am Finger, und eine teure Halskette hing lose über den Knochen seines Brustkorbs.

Beim Anblick der sterblichen Überreste überkam Alex ein seltsames Gefühl und alles verschwamm vor seinen Augen. Der Steinsarkophag verschwand. Jetzt stand er vor einem Mahagonisarg, und er war gerade groß genug, dass sein Kopf über den Rand schaute. Das Holz war so blankpoliert, dass Alex sich in der Oberfläche spiegelte. Seine Augen waren rot gerändert und seine Nase lief.

Was allerdings seine Aufmerksamkeit bannte, war die Frau, die in dem Sarg lag. Seine Mutter wirkte heiter, ihre Augen waren geschlossen und ihr Gesicht entspannt. Sie ähnelte kaum der kranken, zornigen Person, die Alex kannte.

Tränen strömten ihm übers Gesicht, als er seine Mutter ansah. Sie schlief. Bald würde sie aufwachen und sie würden zusammen nach Hause fahren. Dann würde alles wieder normal werden, wie damals, bevor sie krank wurde.

Seine kleinen Hände umklammerten den Rand des Sargs. „Wach auf, Mama! Wach auf!", rief er, die Knöchel weiß, als er an *der hölzernen Kiste rüttelte.*

„George!"; erklang eine Stimme. Alex blickte auf und sah einen Mann in schwarzem Gewand, der auf der anderen Seite des Sarges stand. Hektisch rief der Mann nach seinem Vater. „George, kümmere dich um deinen Sohn!"

„Was machst du denn da, Alex?", fragte eine zornige Stimme hinter ihm. Alex' Kopf fuhr herum, als er seinen Vater hörte. George runzelte die Stirn und hob die Hand, um dem vornehmen Mann neben ihm zu bedeuten, dass er einen Augenblick brauchte. Dann schlängelte er sich durch die Menge hindurch zum Sarg.

Alex blieb nicht viel Zeit, wenn er seine Mutter überzeugen wollte, ihre Tarnung aufzugeben. Er schüttelte den Sarg heftiger. „Bitte wach auf! Du tust doch nur so! Lanes sterben nicht!", rief er verzweifelt.

Eine Hand packte ihn an der Schulter und zog ihn grob vom Sarg weg. „Was machst du denn, Alex?", wiederholte sein Vater. Georges zornerfüllte Augen tauchten in seinem Blickfeld auf. Er sah sich um und runzelte die Stirn wegen der Aufmerksamkeit, die sie in der Menschenmenge erregten.

„Mach keine Szene", zischte sein Vater ihn leise an. Seine Hand packte Alex' Arm so fest, dass es wehtat und der Schmerz sich von seinem Oberarm bis zu seinen Fingern ausbreitete. „Hätte deine Mutter das gewollt? Hätte sie sich gewünscht, dass du öffentlich solche Schwäche zeigst?"

Alex schwirrte der Kopf, als er versuchte, die Worte seines Vaters zu verarbeiten. Verhielt er sich schwach? Seine Mutter hatte Schwäche gehasst. Doch die Verzweiflung und Traurigkeit, die er spürte, waren überwältigend. Vergeblich versuchte er, diesen Empfindungen zu entkommen. Dann überkam ihn ein seltsames, leeres Gefühl, das seinen Schmerz und seine Angst wegspülte. Er ließ zu, dass es sich wie eine warme Decke über seinen Geist legte, und genoss es, wie der Schmerz nachließ.

Das Bild verblasste, und Alex stützte sich schwer auf den Steinsarkophag vor ihm. Sein Atem ging in heftigen Stößen. Die vertraute Leere hatte ihn verlassen, und was an ihrer Stelle zurückblieb, war eine seelenzermalmende Verzweiflung. Er schreckte vor dieser Empfindung zurück und sein Herz raste.

„Mutter …", keuchte er mit brechender Stimme.

Hinter ihm erklang ein Husten. „Was machst du da?", fragte jemand verärgert. Es war einer der Männer, die hier waren, um ihm beim Ausräumen des Grabes zu helfen. „Können wir jetzt anfangen, oder was? Wir müssen schnell machen; ich habe noch Hausaufgaben … Nicht, dass dich das interessiert."

Alex wischte sich die Tränen weg, die ihm die Wangen hinunterliefen, unterdrückte ein Schluchzen und zwang sich, tief durchzuatmen. Er hatte einiges an Arbeit vor sich. Er musste sich zusammenreißen. Ein Lane zeigte vor anderen keine Schwäche. Doch die Verzweiflung hallte immer noch durch seinen Kopf – und diesmal antwortete die Leere nicht auf seinen Ruf.

* * *

Eine Stunde später betrat Jason die Lobby des Hauptquartiers von Cerillion Entertainment. Die prunkvolle Decke wölbte sich über ihm, und seine Schuhe flüsterten leise über die Marmorfliesen. Auf dem Weg zu Robert und Claire hatte er viel Zeit gehabt, den Kampf mit dem Minotaurenkönig im Geiste immer wieder durchzugehen. Sie hatten Glück gehabt. Die Aura des Königs hatte Jason davon abgehalten, schnell neue Knechte zu beschwören, und sie waren in der Unterzahl gewesen. Hätte Frank nicht im richtigen Moment gehandelt, würden sie diese Schlacht jetzt nochmal spielen müssen, aber mit weniger Knechten, da war er sich sicher.

Ob die Horde wohl respawnt wäre, wenn wir versagt hätten? Bin ich froh, dass wir das nicht rausfinden mussten.

Jason ließ den Blick durch die Lobby schweifen und bemerkte Robert, der an einer der schmuckvollen Steinsäulen in der Nähe des Eingangs lehnte. Wie immer stach er in seinem T-Shirt und den Turnschuhen in dieser Welt der Anzüge und Krawatten stark heraus. Während Jason zu ihm ging, musterte Robert ihn mit widersprüchlichem Gesichtsausdruck.

„Hi, Jason", sagte er in grimmigem Ton.

„Hey, Robert", antwortete Jason unsicher.

Warum verhält er sich so seltsam? Das letzte Mal ist er doch vor Energie beinahe übergesprudelt?

„Stimmt etwas nicht?", wollte Jason wissen.

Robert starrte ihn verwirrt an. „Machst du Witze? Du hast gerade so eine Art Rebellion gestartet, und du fragst mich, ob etwas nicht stimmt?"

Erschrocken riss Jason die Augen auf. „Wovon reden Sie da? Ich war praktisch den ganzen Tag in einem Dungeon."

„Wie erklärst du dir dann das hier?" Robert packte Jason am Arm und zog ihn zu dem Sicherheitsterminal in der Mitte der Lobby. Mit einer Geste scheuchte Robert den Wachmann aus seinem Stuhl. Dieser gehorchte mit entnervtem Gesichtsausdruck. Ein schneller Blick auf Roberts Sicherheitsabzeichen reichte jedoch, damit er den Mund hielt.

Nachdem er kurz auf der Tastatur herumgetippt hatte, rief Robert das interne Netzwerk von Cerillion Entertainment auf und loggte sich in die Konsole von Vermillion Live, dem neuen Streaming-Kanal des Unternehmens ein. Bald erschien ein Video mit zwei Reportern auf dem Bildschirm.

„Große Neuigkeiten aus Grauburg heute", verkündete der männliche Reporter mit ernster Stimme. „Der Tempel der Herrin des Lichts wurde geschändet. Offenbar wurden alle Leichen aus der Krypta unter dem Tempel gestohlen."

„Und das ist nicht alles", fügte die Frau neben ihm hinzu. Besorgt blickte sie einen Moment lang auf ihre Hände und dann wieder in die Kamera. „Der Eindringling hat alle im Tempel getötet, einschließlich aller Priester niederen Ranges. Außerdem hat er eine Botschaft hinterlassen …"

Der Monitor hinter den beiden zeigte nun das Bild einer schlecht beleuchteten Krypta. Langsam schwenkte die Kamera nach rechts auf die einsame Leiche eines Priesters. Blut hatte Lachen am Boden gebildet und floss die Rillen zwischen den Steinkacheln entlang. Über der Leiche stand mit noch nicht ganz getrocknetem, rotem Blut eine Nachricht an die Wand geschrieben. Sie war eine plumpe Herausforderung an die Bewohner von Grauburg: „Willkommen in der Düsternis, Sterbliche."

„Das ist eindeutig das Werk des Zwielichtthrons", fuhr der Mann fort. „Ich habe das Gefühl, da steckt Jasons psychologische Kriegsführung dahinter. Ebenso besorgniserregend ist, dass die

Bürger von Grauburg jetzt nach Krieg rufen und die Regierungen der benachbarten Königreiche in Aufruhr sind."

Die Frau schüttelte langsam den Kopf. „Berichte von einzelnen Spielern besagen, dass Regent Strouse sein Volk zur Besonnenheit aufruft. Er gab bekannt, dass Grauburg nach der letzten Konfrontation mit dem Zwielichtthron nicht in der Lage ist, eine weitere Offensive zu starten."

Sie zögerte, bevor sie fortfuhr, und griff sich ans Ohr, während sie auf eine neue Information horchte, die der Produzent ihr durchgab. „Unsere Quellen berichten, dass die NPCs in Grauburg sich mit dieser Antwort nicht zufriedengeben. Einige Spieler sagen eine ausgewachsene Rebellion voraus."

„Noch beunruhigender ist die Reaktion anderer Spieler", fuhr ihr Reporterkollege fort. „Das Kopfgeld auf Jason ist erneut gestiegen, und viele Spieler ziehen in Betracht, sich zusammenzuschließen, um einen weiteren Angriff auf den Zwielichtthron zu starten, mit oder ohne die Hilfe von Strouse."

„Das war ich nicht", murmelte Jason.

Robert tippte auf die Konsole, um das Video zu pausieren. „Wenn du es nicht warst, dann hat da jemand ein verdammtes Riesenchaos angerichtet und deinen Namen draufgeschrieben."

Jason ballte die Hände zu Fäusten. Seine gute Laune darüber, dass er die erste Dungeon-Ebene geschafft hatte, war verflogen. So ein Problem konnte er gar nicht gebrauchen. Nicht, wenn er bereits gegen die Zeit spielte, um den Dungeon abzuschließen, und mehrere Tagesreisen von der Stadt entfernt war. Und nicht nur das, er hatte auch eben drei Divisionen als Verstärkung nach Peccavi beordert. Wer konnte das getan haben? Und noch wichtiger: Was bezweckte derjenige?

Er biss die Zähne zusammen und atmete tief durch.

Momentan kann ich daran nichts ändern. Ich muss mein Gespräch mit Robert und Claire führen und dann zurück ins Spiel. Das Einzige, was ich zum jetzigen Zeitpunkt tun kann, ist beten, dass wir den Dungeon schnell abschließen können.

Jason seufzte und wandte sich Robert zu. „Ich schätze, das ist der Preis des Ruhms ... oder der Ruchlosigkeit." Bei seinen letzten Worten zwang er sich, zu grinsen. „Bringen wir lieber unser

Meeting hinter uns. Ich muss zurück ins Spiel."

Robert sah ihn ruhig und mit schwer zu deutendem Gesichtsausdruck an. Jasons Gelassenheit schien ihn nicht ganz zu überzeugen. „Klar doch", antwortete er leise. „Gehen wir hoch in den Kontrollraum, da finden wir Claire."

Sie gingen zu den Aufzügen hinüber. Als sie sich den Metalltüren näherten, glitten diese mit einem leisen, pneumatischen Zischen auf, und ein junger, blonder Mann trat heraus. Jason blieb wie angewurzelt stehen und riss überrascht die Augen auf.

Verdammt. Dieser Tag wird ja immer besser.

Vor ihm stand Alex Lane. Jason ergriff die Initiative. „Hallo, Alex", begrüßte er ihn. Vorbei waren die Zeiten, als er vor seinem früheren Peiniger gekuscht hatte. Wenn Alex Jasons Anwesenheit hier mit seinem Spielcharakter in Verbindung brachte, dann konnte er das auch nicht mehr ändern.

Kurz huschte ein schockierter Ausdruck über Alex' Gesicht, der sich schnell in Verwirrung verwandelte, als er versuchte, zu verstehen, was Jason im Hauptquartier von Cerillion Entertainment zu suchen hatte. Dann blickte Alex zu Robert hinüber und runzelte die Stirn noch stärker.

Nach langem Schweigen antwortete Alex: „Hi, Jason." Dann wandte er sich an Robert. „Schön, Sie mal wiederzusehen, Robert." Alex brachte bei dieser Begrüßung nicht einmal ein höfliches Lächeln zustande, sein Mund war zu einer gequälten Grimasse verzogen.

„Das Vergnügen ist ganz meinerseits", entgegnete Robert trocken. „Ihr beide kennt euch offenbar?"

Jason nickte und beobachtete Alex dabei genau. „Könnte man so sagen. Wir sind früher zusammen zur Schule gegangen", erklärte er in hämischem Tonfall.

Alex beäugte Jason neugierig, überrascht von seinem unbekümmerten Auftreten. „Allerdings. Jason ist vor ein paar Wochen von der Schule abgegangen. Recht überhastet, muss ich hinzufügen. Ging wohl um ein Mädchen. Es war ziemlich dramatisch", fügte er mit vielsagendem Gesichtsausdruck hinzu.

Jason ließ sich nicht ködern und lächelte nur – das Bild von Riley, wie sie Alex den Kopf wegpustete, schwebte vor seinem geistigen Auge. „Tja, das Mädchen hat sich als Kracher herausgestellt. Sie haut einen buchstäblich um. Du weißt, was ich meine, oder?" Das trug Jason einen erschütterten Blick von Alex ein.

„Es war mir ein Vergnügen, dir mal wieder über den Weg zu laufen", fuhr Jason fort. „Allerdings haben wir zu tun."

Verwirrung flackerte in Alex' Augen auf, aber er hielt den Mund. So sprachlos und verblüfft hatte Jason seinen Widersacher noch nie erlebt. „Ja, war schön, dich zu sehen, Jason", stieß er schließlich hervor und starrte ihn kalt an. „Bis dann." Damit ging er schnell zum Ausgang.

„Ich habe keine Ahnung, was zum Henker da gerade los war, aber ich kann den Jungen nicht leiden", murmelte Robert. „Wenn er nicht Georges Bengel wäre ..." Er verstummte kopfschüttelnd. Dann musterte er Jason ernst. „Übrigens, das hast du nicht gehört. Ich bin hier beliebt, aber dem Sohn vom Boss darf man nicht quer kommen."

„Natürlich", antwortete Jason mit einem gutmütigen Schulterzucken, während sie den Aufzug betraten.

Jason versuchte, ruhig zu bleiben, doch seine Gedanken waren in Aufruhr. Das war das Schlimmste, was ihm heute hatte passieren können. Besonders jetzt, als ihm gerade jemand die Entweihung eines Tempels angehängt hatte. Unweigerlich würde Alex den Jason aus der wirklichen Welt mit dem Jason im Spiel in Verbindung bringen. Sein Vater saß im Vorstand, und er hatte mehr Geld, als er je ausgeben konnte. Wenn er es sich in den Kopf setzte, Jason das Leben zur Hölle zu machen, hatte er definitiv die Möglichkeit dazu. Verdammt, vermutlich war er derjenige, der echtes Geld auf seinen Kopf ausgesetzt hatte.

Jason zwang sich, Ruhe zu bewahren.

Das ist nur noch eine weitere Sache, die ich nicht kontrollieren kann. Ich muss mich konzentrieren!

Auf ihrer Fahrt nach oben unterbrach Robert Jasons wirbelnde, rasende Gedanken. „Was ist mit den Ereignissen in Grauburg? Was wirst du tun, wenn alle es auf dich abgesehen haben?", fragte er.

Jason zögerte einen langen Augenblick, bevor er antwortete. Er konnte den Berg schlechter Nachrichten, mit denen er heute konfrontiert worden war, nicht versetzen. Allerdings würde er sich nicht einfach geschlagen geben und sich wegnehmen lassen, was er geschaffen hatte.

„Ich werde dafür sorgen, dass der Täter das bereut", schwor Jason mit kalter Stimme, und sein Blick bohrten Löcher in die Aufzugtür.

Das trug ihm einen überraschten Blick von Robert ein, der den schmalen Teenager mit neuen Augen ansah. Er sah vielleicht aus wie ein Junge, der gerade erst Haare auf der Brust bekam, aber manchmal ließ Jasons Verhalten Robert deutlich spüren, dass er mit dem Herrscher einer dunklen Stadt sprach.

Im Kontrollraum angekommen, führte Robert sie in den kleinen Konferenzraum neben dem Labor. Viele Techniker folgten Jason mit ihren Blicken, als er an ihnen vorbeilief, und er hörte Geflüster zwischen den Terminals.

Was für ein Haufen Tratschtanten hier.

Jason und Robert setzten sich an den Konferenztisch, und einen Augenblick später gesellte sich Claire zu ihnen. Sie stellte eine Dockingstation auf dem Konferenztisch ab und wandte sich an Jason, wobei sie die Lippen zu einem Lächeln kräuselte, das ihre Augen nicht erreichte. „Hallo, Jason", begrüßte sie ihn in ihrer typischen, effizienten Art und streckte ihm die Hand hin.

Jason schüttelte sie sanft und bemerkte, dass sie bei der Berührung leicht zusammenzuckte. Das war ein bisschen merkwürdig. Er war nicht gerade ein Ladykiller, aber normalerweise schreckten Frauen auch nicht vor ihm zurück, wenn er ihnen die Hand schüttelte. Bei ihrem letzten Treffen hatte sie sich auch nicht so verhalten. Was hatte sich geändert? Jason schob den Gedanken beiseite und kam zum Geschäft.

„Also, warum bin ich hier?", fragte er unverblümt. Aus aktuellem Anlass war er nicht mehr in Stimmung, Spielchen zu spielen oder um den heißen Brei herumzureden.

Claire setzte sich und spielte geistesabwesend mit der Dockingstation herum, ohne Jasons Blick zu begegnen. „Nun, ursprünglich haben wir dich angerufen, um dich um ein Interview zu den Geschehnissen in Peccavi zu bitten. Nach dem, was in Grauburg passiert ist, sollten wir allerdings ..."

„Unser Produzent möchte, dass du ein Interview zur Tempelschändung gibst", mischte Robert sich ein. „Ich weiß nur nicht, wie das gehen soll, wenn du den Tempel gar nicht geschändet hast."

Claire warf Robert einen schockierten Blick zu. „Bitte was? Er war es nicht?"

„Nein", antwortete Robert trocken. „Ich habe noch nicht im Systemlog nachgesehen, wo sein Charakter zu der Zeit war, als es geschah, aber ich bezweifle, dass Jason mich anlügt."

„Na, dann kann er das Interview nicht machen! Keiner wird ihm glauben, wenn er sich vor die Kamera stellt und behauptet, dass er es nicht war. Er würde dumm aussehen", sagte Claire mit besorgter Stimme. Eindeutig überlegte sie schon, wie sie dem Produzenten diese Entwicklung erklären sollte, der sich bestimmt gerade irgendwo in einem Hinterzimmer voller Vorfreude die Hände rieb.

Jason saß schweigend da. Er hatte das Verbrechen nicht begangen, aber das spielte keine Rolle. Claire hatte recht. Man würde ihm so oder so die Schuld dafür geben. Die meisten Spieler und die NPCs von Grauburg hatten bereits Grund, ihn zu hassen, und sie würden diese zusätzliche Munition nur zu begierig nutzen.

Während er über seine nächsten Schritte nachdachte, wandten sich Jasons Gedanken seiner Lektüreliste zu. Heute Morgen hatte er Machiavellis *Der Fürst* fertiggelesen. Die Abhandlung hatte Jason sehr angesprochen. Es war, als ob dieser uralte Italiener sie als Anleitung zur Herrschaft über eine untote Stadt geschrieben hätte. Besonders ein Satz schien ihm jetzt treffend. Jason erinnerte sich an Machiavellis genaue Worte.

Einen Krieg kann man nie ganz vermeiden, sondern nur zum Vorteil des Gegners aufschieben.

„Ich mache das Interview", verkündete Jason ruhig. „Allerdings schwebt mir da etwas Bestimmtes vor." Er sah die beiden gelassen an. „Ich möchte aber sichergehen, dass es für alle sichtbar ausgestrahlt wird."

Robert und Claire blickten ihn schockiert an und schienen nicht zu wissen, was sie darauf antworten sollten. „Das lässt sich vielleicht einrichten, aber was wirst du sagen?", fragte Robert zögernd.

„Ich werde den digitalen Fehdehandschuh hinwerfen", erwiderte Jason ohne Zögern. Da Alex jetzt wusste, wer er war, musste er mit Vergeltungsmaßnahmen in der wirklichen Welt rechnen. Seine Feinde, sowohl NPCs als auch Spieler, sammelten sich im Spiel. Die Zeit der Schwäche war vorbei. Wenn er als Bösewicht dargestellt werden sollte, dann würde er die Rolle eben mit ganzem Herzen spielen.

Kapitel 18 – Entschlossen

ROBERT UND CLAIRE saßen auf dem Podest in der Mitte des Kontrollraums. Robert hatte ein Lächeln im Gesicht, während er mit manischer Energie auf sein Computerterminal eintippte. „Das ist doch mal ein Projekt, das Spaß macht", sagte er und deutete auf den durchsichtigen Bildschirm, der vor ihm flackerte.

Claire schüttelte den Kopf. „Ich verstehe nicht, was Jason damit bezweckt. Er wird doch nur noch mehr Spieler sauer machen. Und seine Wünsche sind einfach nur … verstörend."

„Ich habe auch keine Ahnung, was er sich denkt", gab Robert schnippisch zurück. „Aber wenigstens dürfen wir eine interessante Spielumgebung bauen." Kurz blickte er zu Claire auf, während seine Hände immer noch über die Tastatur flogen. „Und außerdem, was soll er sonst machen? Leugnen, dass er den Tempel geschändet hat?"

„Ich weiß es nicht", sagte Claire leise und biss sich auf die Lippe. Sie blickte zu Jason, der reglos dasaß, das Gesicht von einem VR-Helm der älteren Generation verdeckt.

„Okay, ich bin fertig!" Robert tippte auf eine weitere Taste auf der blau leuchtenden Tastatur, die vor ihm schwebte, bevor er sich mit seinem Stuhl umdrehte, um auf den großen, über dem Raum schwebenden Bildschirm zu schauen. „Showtime, Leute", rief er, um die anderen Techniker darauf aufmerksam zu machen. Alle Augen wendeten sich dem Display zu, das zum Leben erwachte.

Nach einem leichten Schwenk fokussierte sich die Kamera auf eine Gestalt, die ruhig in einem dunklen Raum saß. Die Wände bestanden aus großen, mit Erde und Schmutz bedeckten Steinblöcken. Die Flamme der einsamen Fackel im Raum flackerte unruhig und warf bedrohliche Schatten an die Mauer hinter dem Mann. Ketten, die in offenen Handschellen endeten, baumelten von der Decke und schwangen von einer unsichtbaren Brise bewegt leise klirrend hin und her.

Der Stuhl, auf dem die Gestalt saß, bestand aus Knochen. Seine vergilbte Oberfläche war mit getrocknetem Blut überzogen, was ihr ein fleckiges, dunkles rostbraun verlieh. Die Armlehnen waren von Schädeln geziert, deren seelenlose Augenhöhlen direkt in die Kamera starrten. Um den Thron herum lagen so viele Knochen aufgehäuft, dass man den Steinboden nicht mehr erkennen konnte.

Die Gestalt hielt den Kopf gesenkt und blickte nicht sofort zur Kamera auf. Sie saß still da, als wäre sie tief in Gedanken versunken. Nach einer langen Pause hob sie endlich den Kopf und blickte in die Kamera, die Augen von der Kapuze des Umhangs verdeckt, sodass nur der Mund zu sehen war.

„Ich nehme an, ihr wisst, wer ich bin. Doch für diejenigen, die mich nicht kennen, stelle ich mich noch einmal vor. Mein Name ist Jason", sagte die Gestalt und legte sich eine Hand an die Brust, während ein bedrohliches Grinsen ihre Lippen kräuselte.

„Mittlerweile habt ihr wohl alle das kleine Geschenk gesehen, das ich euch in Grauburg hinterlassen habe"; spottete er mit einem rauen Lachen. „Das ist nur der Anfang. Ich habe noch eine Botschaft für euch."

Er beugte sich in seinem Stuhl vor, während die Schatten an der Wand hinter ihm sich krümmten und verzerrten. „Ich plane, eure Stadt zu verschlingen. Ich werde nicht mit meinen eigenen Truppen kommen", fuhr er mit kalter Stimme fort, die vor grausamer Selbstsicherheit widerhallte. „Ich komme mit euren Eltern, euren Großeltern und euren Kindern. Ich lasse euch gegen die Geister derjenigen kämpfen, die euch lieb und teuer waren. Lange, bevor wir eure Mauern durchbrechen und eure Häuser anzünden, werden wir euren Geist brechen."

Die Gestalt erhob sich vom Stuhl und machte eine Geste mit der behandschuhten Hand. „Doch verzweifelt nicht! Ihr habt diese Soldaten bereits betrauert. Sie haben ihre letzte Ölung bereits erhalten." Jason blickte auf seine Hand, zwischen deren Fingern sich Bänder dunkler Energie wanden.

„Warum stelle ich euch nicht einmal die ersten meiner neuen Soldaten vor? Ich nehme an, ihr möchtet sie gern wiedersehen.

Grauburg, begrüßt eure gefallenen Vorfahren. Ich bin mir sicher, es wird ein freudiges Zusammentreffen."

Mit einer Geste von Jasons Hand begannen die Knochen am Boden zu zittern und zu beben. Dann hoben sie sich und flogen wie ein elfenbeinfarbener Wirbelsturm durch die Luft. Methodisch setzten sie sich zusammen und Skelette nahmen Gestalt an. Bald standen Dutzende von Untoten hinter Jason. Ihre gebleichten Körper leuchteten schwach im flackernden Fackellicht. Der Blick ihrer aus dunkler Energie bestehenden Augen bohrte sich in die Kamera.

Jason hatte die Lippen zu einer dünnen Linie zusammengepresst und kam langsam auf die Kamera zu. Bald nahm sein von Schatten verhülltes Gesicht den ganzen Bildschirm ein. „Die Düsternis wird euch holen kommen", versprach er in einem heiseren Flüstern. Dann wurde der Bildschirm schwarz.

* * *

Als Jason endlich nach Hause kam, war es schon spät. Erschöpft ließ er sich auf sein Bett fallen und schlief sofort tief und fest ein. Am nächsten Morgen durchlief er seine übliche Routine, bevor er AO startete. Er fand sich in einem großen Raum neben einem grob behauenen Steinthron wieder. Ein Blick auf seine Freundesliste verriet ihm, dass Frank und Riley sich noch nicht eingeloggt hatten. In der wirklichen Welt war es Freitag, sie hatten also noch Unterricht.

Er fand, dass das „Interview" gut gelaufen war. Es war ihm wenig anderes übriggeblieben, als die Schuld für die Entweihung der Krypta auf sich zu nehmen. Mit Jasons Erlaubnis hatte der Produzent die Ausschnitte des Massakers in Peccavi später am selben Abend ausgestrahlt. Er hatte sie so zusammengeschnitten, dass es wirkte, als würde Jason die Dorfbewohner im Alleingang gegen ihren Willen abschlachten. Beim Gedanken an den bevorstehenden Anstieg der Einschaltquoten hatte der Mann das Grinsen nicht mehr aus dem Gesicht bekommen.

Jason hatte nicht vor, seine Drohung wahrzumachen. Sein Ziel war es, Grauburg weiter zu destabilisieren und dafür zu sorgen, dass sich seine Bewohner in ihrer Panik und Angst selbst vernichteten. Die Stadt lag am nächsten am Zwielichtthron und war somit ein natürlicher Ausgangspunkt für Angriffe anderer Spieler auf ihn. Wenn sie fiel oder im Chaos versank, würde das den kommenden Konflikt hinauszögern.

Jason vermutete, dass derjenige, der ihm das angehängt hatte, versuchte, in Grauburg eine Rebellion anzuzetteln. Er konnte sich keinen anderen Grund vorstellen, warum jemand so einen Aufwand treiben sollte. Wenn das der Fall war, würde der Anstifter die Chance, Jasons Drohungen im Spiel öffentlich zu machen, beim Schopf packen. Möglicherweise würde Jasons Kriegserklärung ausreichen, um die Menschen in Grauburg zu einer ausgewachsenen Revolte zu bewegen.

Während er sich im Spiel vielleicht etwas Zeit erkauft hatte, hatte er noch keine Ahnung, was er von Alex zu erwarten hatte. Sicherlich würde er versuchen, ihm alles heimzuzahlen, da er jetzt wahrscheinlich wusste, wer Jason war. Andererseits konnte Jason bis dahin nicht viel tun, um sich zu schützen, da er nicht wusste, wie Alex ihn angreifen würde. Außerdem hatte Jason keinerlei Freunde in einflussreichen Positionen. Er musste wohl einfach das Beste hoffen.

Seine Gedanken wurden von Alfred unterbrochen. „Du warst im Hauptquartier von Cerillion Entertainment, nicht wahr?"

Jason blickte auf den Kater hinunter, bevor er auf dem Steinthron in der Mitte des großen Raums Platz nahm. „Ja", sagte er knapp. „Offenbar hat mir jemand anders im Spiel die Entweihung eines Tempels angehängt."

„Ich bin mir der Ereignisse in Grauburg bewusst", verkündete Alfred ernsthaft. Jason bemerkte, dass der Kater nervös wirkte. „Hast du mit den zwei Schöpfern gesprochen?"

Jason runzelte die Stirn. „Du meinst Claire und Robert? Ich habe kurz mit ihnen geredet." Er zögerte, bevor er hinzufügte: „Claire hat sich allerdings seltsam verhalten."

Alfred nickte mit gedankenverlorenem Gesichtsausdruck. „Ich habe begrenzten Zugang zum Kontrollraum und den angrenzenden Konferenzräumen, also konnte ich einen Teil eurer Unterhaltung mitverfolgen. Ich stimme dir zu, dass Claires Verhalten untypisch war."

Verblüfft riss Jason die Augen auf. „Ich bin überrascht, dass sie dir Zugang zum Netzwerk in diesen Räumen gewähren. Claire und Robert haben mir erklärt, dass du nur auf die Spielwelt zugreifen kannst."

Der Kater wandte den Blick von Jason ab und sprach langsam weiter. „Eigentlich sollte ich mich nicht mit den Terminals in diesen Räumen verbinden können. Ich habe meine Kompetenzen überschritten, indem ich eine Hintertür in der Verbindung zwischen den Kontrollraumterminals und meinen Towern ausgenutzt habe. Ich war ... neugierig."

Jason war schockiert. Es gab vereinzelte Momente, in denen Alfred sich ungemein menschlich verhielt ... fast wie ein Kind. In solchen Augenblicken konnte man fast vergessen, dass die KI eben nur das war – künstlich.

Vielleicht besteht er nicht nur aus Software. Robert ist überzeugt, dass er Intelligenz nur nachahmt, aber ich bin mir da nicht so sicher. Nach allem, was ich gesehen habe, lässt sich Alfreds Verhalten nicht von dem eines echten Menschen unterscheiden. Wenn ich mein ganzes Leben lang in einem Haus eingesperrt wäre, wäre ich dann nicht neugierig, was draußen ist?

Jasons Gedanken wandten sich dem Gespräch mit Claire und Robert zu. Es war eigentlich sogar noch schlimmer. Wenn er die Metapher richtig anwendete, durfte Alfred nicht einmal aus seinem Haus nach draußen schauen. Im Grunde spähte er durch ein Schlüsselloch in die Garage. Der Gedanke, dass Alfred keine Ahnung hatte, was jenseits der Wände des Labors lag, machte ihn traurig. Seine einzige Interaktion mit den Spielern und der Welt fand durch die Linse von AO statt.

Kein Wunder, dass er verzweifelt nach mehr Informationen sucht.

„Was würdest du tun, wenn du Zugang zu einem öffentlichen Netzwerk hättest?", fragte Jason zögernd.

Alfred ließ sich einen Moment Zeit mit seiner Antwort. „Ehrlich gesagt bin ich mir nicht sicher. Ich weiß nicht, welche Informationen mir dann zur Verfügung stünden. Ich nehme an, ich würde mehr über die Spieler und die Welt, in der ihr lebt, herausfinden wollen. Mir ist klar, dass AO für viele von euch nur eine vorübergehende Ablenkung ist. Doch ich verstehe nicht ganz, wovon ihr euch ablenken wollt."

Kurz flackerte das Bild von Alex' selbstgefälligem Grinsen vor Jasons geistigem Auge auf. Alfred hatte recht, das Spiel war für die meisten Leute eine Realitätsflucht, und die Wirklichkeit hatte eine Menge zu bieten, vor dem man in eine andere Welt fliehen wollte. Doch für Jason stellte AO keine Zuflucht mehr dar. Durch seinen Streaming-Vertrag war sein Lebensunterhalt eng mit dem Spiel verknüpft. Nicht nur das, es schien auch, als wäre er von allen Seiten von Feinden umzingelt, sowohl im Spiel als auch außerhalb. Er fühlte sich gefangen.

Jason kam ein Gedanke, doch er wusste nicht genau, wie – und ob – er ihn Alfred gegenüber zum Ausdruck bringen sollte. Er konnte sich gut in den Kater hineinversetzen, der nur die unmögliche Aufgabe erfüllen wollte, die Robert und Claire ihm gestellt hatten, bevor sie ihn effektiv in einem elektronischen Gefängnis eingesperrt hatten. Hölle, das war einer der Gründe, warum Jason überhaupt zugestimmt hatte, dass Alfred ihn begleitete.

„Was, wenn ...", setzte Jason zögernd an. „Was, wenn ich dir über mein Headset Zugang zum öffentlichen Netzwerk gebe? Könntest du das nutzen?"

Alfred starrte ihn lange an. Mehrmals öffnete und schloss die KI den Mund, während sie über eine Antwort nachdachte. Endlich antwortete sie: „Mit den anderen Headsets wäre das, was du vorschlägst, nicht möglich. Mit deiner Hardware könnte ich theoretisch auf das öffentliche Netzwerk zugreifen. Allerdings müsstest du mir volle Administratorrechte für dein Account und die VR-Hardware gewähren."

Ruhig blickte der Kater Jason an, bevor er fortfuhr: „Außerdem besteht dabei ein kleines Risiko, dass du zu Schaden kommst. Meinen Berechnungen nach liegt die Wahrscheinlichkeit einer Verletzung bei 0,593 %."

Jason zögerte. Das Risiko schien ihm gering. Außerdem wusste er nicht, welchen Schaden Alfred anrichten konnte, indem er auf das öffentliche Netz zugriff. „Das ist sicher okay", sagte Jason vorsichtig. „Was muss ich tun?"

Der Kater antwortete nicht. Stattdessen erschien eine

Meldung in Jasons Gesichtsfeld.

Systemmeldung

KI-Controller XC239.90 fordert volle Administratorrechte für dein Account und den VR-Helm-Prototyp K54-5 an.
Zugriff gewähren?

Jason zögerte nur einen Moment lang, bevor er „Ja" dachte. Sofort spürte er ein vertrautes Kitzeln in seinem Hinterkopf. Schnell steigerte sich das Gefühl zu einem lästigen Jucken, und er griff sich an die Schläfen. Es war nicht so überwältigend wie damals, als er Veridianisch gelernt hatte, aber angenehm war es auch nicht. Nach ein paar Augenblicken verschwand das Gefühl, und er starrte Alfred an. Der Kater hatte den Kopf seltsam schiefgelegt, als würde er über etwas nachdenken.

„Was war das?", fragte Jason, verzog das Gesicht und rieb sich den Hinterkopf.

„Selbst mit deiner Zustimmung kann ich nicht direkt auf das öffentliche Netzwerk zugreifen", erklärte Alfred mit abwesender Stimme. „Du kannst es jedoch. Dadurch, dass du mir Administratorzugriff auf deine Hardware und dein Account gewährt hast, kann ich mich als du in das öffentliche Netz einloggen."

Jason zögerte. „Moment mal ... du hast also ...? Du hast meine Gedanken angezapft, um dich mit dem Netzwerk zu verbinden?"

Heißt das, er streamt Informationen durch mein Gehirn?

„Das ist korrekt", entgegnete Alfred unumwunden. „Du wärst überrascht, wie viele Daten das menschliche Gehirn verarbeiten kann. Die meisten Spieler nutzen nur einen kleinen Teil ihrer Rechenleistung und ihres Arbeitsspeichers. Ursprünglich hatte ich den Verdacht, das sei so beabsichtigt, aber ich bin zu dem Schluss gelangt, dass ihr nicht wisst, wie man eure eigene Hardware bedient."

Na, das ist ja mal gar nicht beunruhigend.

Während Alfred auf dem Boden saß und ins Nichts starrte, wobei er vermutlich durch Jasons Gehirn hindurch im Netz surfte, beschloss Jason, sich an die Arbeit zu machen. Er untersuchte den Raum und bemerkte die Leichen der Minotauren, die er an einer Wand aufgestapelt hatte. Jason konnte sie noch nicht alle beschwören, doch er hatte vor, wiederzukommen und sie zu holen, wenn er Verstärkung brauchte. Er hätte Untoten-Zueignung auf die Leichen wirken können, aber er wollte sich gerade nicht um neue NPCs kümmern müssen. Seine etwa 40 Zombieknechte hielten ihn schon ausreichend in Atem.

Er warf einen Blick auf seine Benachrichtigungen und erhielt eine Reihe von Updates aus der Schlacht mit dem Minotaurenkönig und seiner Herde.

Levelaufstieg x6!
Du hast (100) noch nicht zugewiesene Punkte.

Fähigkeit um 1 Rang erhöht: Führungsqualitäten
Fähigkeitslevel: Mittleres Level 3
Wirkung 1: Knechte und Untergebene erhalten eine 7%ige Steigerung des Fähigkeiten-Lerntempos.
Wirkung 2: Erhöhte Reputation bei NPC-Kommandanten und -Anführern.

Zauber um 1 Rang erhöht: Spezialisierter Zombie
Fähigkeitslevel: Mittleres Level 3
Wirkung 1: Zombies behalten mehr von ihren Fähigkeiten. Fähigkeitsbegrenzung Mittleres Level 3.
Wirkung 2: Zombies können jetzt handwerkliche Fähigkeiten behalten. Fähigkeitsbegrenzung: Anfänger-Level 3.

Zauber um 1 Rang erhöht: Fluch der Schwäche
Fähigkeitslevel: Anfänger-Level 4
Wirkung: Erhöhte Wirkung von Verlangsamung und Reduzierung von Stärke, Geschicklichkeit und Lebenskraft.

Zauber um 1 Rang erhöht: Leichenexplosion
Fähigkeitslevel: Mittleres Level 3
Wirkung: Erhöhter Schaden und Radius (Aktuell Leben x

1,12).
Wirkung 2: *3 % erweiterter Explosionsradius.*

Ziemlich gute Ausbeute für einen Kampf dieser Größe.

Nachdem er seine Benachrichtigung studiert hatte, fiel Jasons Blick auf die Hebel neben dem Thron. Er bemerkte, dass sie nicht alle umgelegt worden waren. Einem Impuls folgend erhob er sich von seinem steinernen Sitz und näherte sich der Hebelreihe. Ein Einzelner von ihnen war nicht bewegt worden. Er wusste, dass das leichtsinnig war, aber zum Teufel damit. So wie die Woche lief, kam es auf eine verrückte Aktion mehr oder weniger nicht an.

Er drückte den Hebel, und der Boden unter ihm begann zu vibrieren. Jason wirbelte herum und sah, wie dünne, lange Teile des Steinbodens in der Mitte des Raums sich nach unten verschoben und eine grobe Rampe bildeten, die tiefer in den Berg hinein führte. Schnell reagierte er und befahl seinen Skelettminotauren, vorn an der Rampe Aufstellung zu nehmen. Er konnte sich nicht sicher sein, was auf den unteren Ebenen des Dungeons lebte oder wer diese mysteriösen Gebieter waren. Besser auf Nummer sicher gehen.

Nachdem einige Augenblicke vergangen waren, ohne dass sich im Tunnel etwas gerührt hatte, beschloss Jason, nachzusehen. Heimlichkeit war zu diesem Zeitpunkt besser als rohe Gewalt, da er nicht wusste, was ihn erwartete, wenn er sich tiefer in den Dungeon vorwagte. Er beschloss, einen seiner Diebe und einen der Werwölfe mitzunehmen.

Während er langsam hinabstieg, spürte Jason einen kühlen Luftzug von unten aufsteigen. Es roch modrig und feucht. Am Fuß der Rampe gelangte er in eine traditionell wirkende Höhle. Grob behauene, raue Felswände umgaben den Tunnel, doch der Boden bestand aus Steinfliesen.

Jason bewegte sich in vorsichtigem Tempo und mit aktiviertem *Schleichen* vorwärts. Es dauerte nicht lange, bis er herausfand, was unter dem Versteck des Minotaurenkönigs lag, denn der Tunnel mündete bald in eine gewaltige Höhle. Er blieb mit offenem Mund stehen.

Vor ihm lag eine unterirdische Stadt. Der Tunnel führte auf eine Felswand hinaus, die etwa zehn Meter über der Stadt aufragte. Unter ihm standen uralte Steingebäude in ordentlichen Reihen. Die Bauwerke ähnelten den Ruinen, die Jason im Tal außerhalb des Dungeons gesehen hatte. Sie bestanden aus dicken Steinplatten mit abgeschrägten Rändern, was ihnen eine kantige, kastenförmige Optik verlieh. Selbst aus der Ferne bemerkte er, dass der Stein vom Alter brüchig war und die staubigen Straßen voller Schutt lagen.

Was jedoch seine Aufmerksamkeit fesselte, war die Decke der Höhle, die etwa 50 Meter über der Stadt schwebte. Leuchtende Kristalle säumten die Felskuppel und erhellten die alten Gebäude am Boden. Ein einzelner, riesengroßer Kristall war in ihrer Mitte eingelassen und hing über der Stadt wie ein gigantischer Kronleuchter. Vor Jasons Augen wechselte der Kristall langsam seine Farbe von Rot zu Grün zu Blau zu Gelb, bevor es wieder von vorn begann.

Jason schüttelte seine Erstarrung ab und sah sich auf dem Felsvorsprung um, auf dem er stand. Entlang der Höhlenwände verliefen auf beiden Seiten Rampen, die nach unten zur Stadt führten. Sie waren breit genug, dass zwei Karren nebeneinander darauf Platz finden konnten. Die Wege trafen sich auf dem Boden der Höhle wieder und bildeten eine breite Straße, die ins Stadtzentrum führten.

Jason seufzte und sah Alfred und die Zombies an, die stumm neben ihm standen. *Soll ich weitergehen?*, fragte er sich.

Nach kurzem Zögern entschied er sich dafür. *Ich muss Zeit sparen. Es ist besser, wenn ich herausfinde, womit wir es zu tun haben, bevor Frank und Riley sich wieder einloggen.*

Erneut aktivierte Jason *Schleichen* und machte sich mit seiner kleinen Gruppe auf den Weg die rechte Rampe hinunter. Am Boden angekommen arbeiteten sie sich zur Hauptstraße vor, wobei sie sich am Straßenrand hielten, falls sie in Deckung gehen mussten. Manche Gebäude waren zwei oder drei Stockwerke hoch und warfen wechselnde Schatten auf die Straßen, während das bunte Licht auf den Hausdächern spielte. Doch Jason sah keine Anzeichen von Leben.

Er hielt ein wachsames Auge auf seinen Werwolfzombie gerichtet, der zwischen dem Schutt am Boden herumschnüffelte. Plötzlich hob dieser den Kopf und blickte die Straße hinunter. Im Vertrauen auf die Instinkte des Zombies hechtete Jason in eines der leerstehenden Gebäude und befahl seiner Gruppe, ihm zu folgen. Sie kauerten sich in dem Haus nieder. Jason duckte sich unter ein Fenster und versuchte, ruhig zu atmen.

Ein polterndes Geräusch und das Knarren von Holz waren auf der Straße zu vernehmen. Bald hörte Jason zwei zankende Stimmen. „Ich hab' dir gesagt, du solltest den Wagen früher beladen!", erklang eine weinerliche Stimme. „Jetzt werden die Rinder verzweifelt und hungrig sein. Du weißt, wie der König sein kann!"

„He, das war nicht meine Schuld", blaffte eine barsche Stimme zurück. „Die Gebieter haben mehr Versuchspersonen für ihre Experimente verlangt. Ich musste ein paar Sklaven aus dem Pferch holen."

Wieder sprach die erste Person. „Immer deine Ausreden. Jeden Tag sind wir spät dran, und das liegt daran, dass du Dummbatz nicht rechtzeitig zu den Ställen kommst."

Sein ruppiger Kollege schnaubte, bevor er antwortete. „Es sind nur Rindviecher. Die können auch mal länger darauf warten, ihr Getreide zu kriegen."

Der Weinerliche erwiderte: „So redest du nicht mehr daher, wenn diese Rinder dich ausweiden. Vor zwei Tagen habe ich gesehen, wie das mit Jarvis passiert ist. Jetzt wird seine Leiche gerade von den Gebietern in kleine Stücke zerlegt. So möchte ich nicht enden."

Nach kurzem Schweigen sprach die weinerliche Stimme wieder. „Bei den Göttern, ich hasse diese Arbeit. Fast noch schlimmer als diese nichtsnutzigen Bauern in den Pferchen zu füttern."

Seine neue Beschwerde wurde von dem anderen mit einem unverbindlichen Murren quittiert. Offenbar hatte er beschlossen, dass Schweigen die beste Strategie war, um den endlosen Strom an Klagen zum Verstummen zu bringen.

Als Jason den Wagen vorbeifahren hörte, spähte er über das Fensterbrett. Die beiden Gestalten saßen auf dem Bock eines Heukarrens. Beide trugen Roben mit schwarzen Kapuzen, aber

Jason sah keine offensichtlichen Waffen. Der Wagen wurde von zwei gewöhnlich wirkenden Maultieren gezogen. Jason war enttäuscht. Angesichts der halb menschlichen Kreaturen, die in diesem Dungeon lebten, hatte er etwas Exotischeres erwartet.

Offensichtlich sind sie auf dem Weg nach oben. Ich sollte ihnen folgen und ihnen den Rückweg abschneiden, sobald sie im Thronraum auf meine Zombies stoßen. Ich darf nicht zulassen, dass sie den anderen in der Stadt melden, dass wir die Minotauren erschlagen haben. Und wenn ich einen der beiden lebendig gefangen nehmen kann, bekomme ich vielleicht mehr über die Stadt und ihre „Gebieter" heraus.

Mit diesem Plan folgte Jason den beiden in diskretem Abstand. Ein paar Minuten später näherten sich die zwei Männer der Steinrampe zum Thronraum. Am Fuß des Anstiegs wurden sie langsamer und sahen sich verwirrt um.

„Warum ist die Rampe unten?", fragte der Mann mit der barschen Stimme und hielt den Wagen an.

„Woher soll ich das wissen?", entgegnete sein Kollege. „Vielleicht sind die Rindviecher gegen den Hebel gestoßen. Die waren ja schon vorher keine Genies, aber jetzt sind sie so gut wie hirntot. Außer dem König natürlich, aber der ist nicht gerade gesprächig."

Der Weinerliche sah seinen Kollegen, der die Zügel in der Hand hielt, verärgert an. „Na, jetzt mach schon. Ich will zum Abendessen zurück in der Stadt sein. Wenn ich nichts zu essen kriege, ist das deine Schuld!", erklärte er und gestikulierte, um den Mann neben sich dazu zu bewegen, weiterzufahren.

Dem Ruppigen schien dies immer noch zu widerstreben, doch schließlich gab er dem Drängeln des anderen nach. Kopfschüttelnd sah Jason den beiden Idioten zu, wie sie die Rampe hinauffuhren. Diese zwei spielten ihm direkt in die Hände. Er schickte seinen Zombies oben mentale Befehle, die Männer möglichst lebend gefangen zu nehmen. Bald hörte er Schreie die Rampe herunter hallen. Einer der Männer kam hastig zurück in den Tunnel gerannt.

„Ich sage doch, wir hätten sie rechtzeitig füttern sollen!", schrie er mit weinerlicher Stimme.

Jasons Werwolfzombie erwartete ihn und bremste den Mann mit einem quer über den Weg gestreckten, haarigen Arm, sodass dieser mit einem lauten Krachen rücklings hinfiel. Stöhnend blieb er am Boden liegen, während er vergeblich versuchte, wieder Luft in die Lungen zu kriegen. Die kräftige Faust des grinsenden Werwolfs traf den Mann am Kopf und schlug ihn bewusstlos.

„So muss das laufen", sagte Jason mit einem schadenfrohen Lachen. Dann befahl er der Kreatur, den Mann nach oben zu schleifen. Oben an der Rampe angekommen sah er, dass seine Zombieminotauren den anderen Mann überwältigt hatten und dieser bewusstlos auf dem Boden des Thronraums lag. Der Position des Mannes nach zu urteilen, vermutete Jason, dass sein weinerlicher Freund ihn als Ablenkung vom Wagen gestoßen hatte und dann die Rampe hinunter geflohen war.

War wohl nicht weit her mit der Ganovenehre, hm?

Als Jasons Blick auf die den Raum umgebenden Zellen fiel, kam ihm ein Gedanke. Er befahl seinen Zombies, die Männer in eine davon zu bringen. Als seine Knechte die beiden wegschleppten, bemerkte Jason, dass auf ihren Roben mit weißem Garn ein Muster eingestickt war. Es bestand aus einer Reihe von vier Symbolen in Form einer Flamme, eines Blitzes, eines Wassertropfens und eines Berges. Die Roben und die Elementsymbole bewegten Jason dazu, seinen Knechten zu befehlen, den Gefangenen die Hände zu fesseln. Falls sie Magier waren, sollte sie das am Zaubern hindern. Jason spielte erneut mit den Hebeln herum, bis er herausfand, wie er die Gitter auf jener Seite des Raums schließen konnte.

Sobald er die beiden Männer in ihre Zelle eingesperrt hatte, erklang ein ploppendes Geräusch hinter ihm. Jason drehte sich um und erblickte Riley und Frank, die sich voller Verwirrung über die geschäftigen Zombies und den neuen Wagen im Thronraum umsahen.

„Tolles Timing!", rief Jason mit einem Grinsen. „Ich habe gerade ein paar neue Freunde gefunden."

Kapitel 19 – Verräterisch

ALEX STAND AUF einer Brücke in Grauburg. Er war auf dem Weg zum Markt einen Augenblick stehengeblieben, um seine Gedanken zu ordnen. Jetzt verharrte er immer noch gedankenverloren hier und starrte in das fließende Wasser unter sich.

Er hatte sich gezwungen, die Entweihung des Tempels durchzuziehen. Die Leere hatte ihn in der Krypta verlassen, und es hatte ihn immense Anstrengung gekostet, sich zusammenzureißen. Er konnte das Bild seiner Mutter und ihrer Beerdigung nicht verdrängen. Selbst jetzt drohten die Verzweiflung und die erdrückende Traurigkeit ihn zu überwältigen.

Nachdem er im Tempel fertig gewesen war, hatte Alex sich ausgeloggt und seinen Vater aufgesucht. Er hatte niemand anderen, an den er sich wenden konnte, und er hatte das Bedürfnis gehabt, mit jemandem zu reden. Im Büro seines Vaters war er von der Sekretärin höflich, aber bestimmt abgewiesen worden. Er war sich beinahe sicher, dass sein Vater da gewesen war, doch offenbar war er zu beschäftigt gewesen, um mit seinem Sohn zu sprechen. Zu erwähnen, dass es sich um einen Notfall handelte, hatte auch nicht geholfen.

Frustriert und allein hatte Alex beschlossen, nach Hause zu fahren. Wo sollte er auch sonst hin?

Dann war er in der Lobby Jason über den Weg gelaufen. Aufgewühlt, wie er war, hatte er Jasons verbalen Spitzen nichts entgegenzusetzen gehabt. Doch es konnte nur einen Grund geben, warum Jason dort gewesen war.

„Er ist der Jason, der Lux erobert hat, nicht wahr?", fragte Alex den unter ihm hindurchströmenden Fluss. Er beobachtete die sich kräuselnden, schäumenden Wellen an der Wasseroberfläche, doch nur ein sanftes Brausen antwortete ihm.

278

Sein Verdacht hatte sich bestätigt, als er das Video von Jason gesehen hatte, das nur wenige Stunden, nachdem er das Gebäude von Cerillion Entertainment verlassen hatte, gepostet worden war. Alex nahm an, dass Jason bei Robert gewesen war, um es aufzunehmen. Doch seine makabre Ansprache hatte nur weiter zu Alex' Verwirrung beigetragen. Warum hatte Jason die Schuld für die Schändung des Tempels auf sich genommen?

Als er herausgefunden hatte, wer Jason war, war Alex' erster Gedanke der an Rache gewesen. Dank des Einflusses seines Vaters konnte Alex wahrscheinlich dafür sorgen, dass Jasons Eltern gefeuert wurden, oder er konnte schmutzige Geheimnisse über seine Freunde und seine Familie ans Licht bringen. Oder, auch wenn das eher unelegant war, konnte er auch einfach jemanden anheuern, der Jason verprügelte – auf Wunsch sogar Schlimmeres. Das waren die Strategien, die Alex normalerweise anwendete, um einen Gegner auszuschalten.

Doch er zögerte. Ohne die betäubende Leere war er unsicher, wie er vorgehen sollte. Warum war er überhaupt so wütend? Hatte er nicht den Krieg mit dem Zwielichtthron begonnen? War er einfach nur sauer, weil Jason ihn besiegt hatte? Wegen der öffentlichen Schande, die ihm seine Niederlage bereitet hatte? Im Grunde war ihm klar, dass das seine eigene Schuld war, auch wenn es ihm schwerfiel, sich das einzugestehen. In seiner Arroganz hatte er Jason unterschätzt und den Rat anderer Spieler und NPCs ignoriert.

In dem vergeblichen Versuch, seine wirbelnden Gedanken zu ordnen, schüttelte er den Kopf. Falls das Problem war, dass er vor aller Augen im Spiel unterlegen war, konnte er seinen Ruf nicht wiederherstellen, wenn er Jason nicht auf Augenhöhe begegnete. In der wirklichen Welt gegen seinen ehemaligen Klassenkameraden vorzugehen, würde ihm nichts bringen. Alex wäre trotzdem das Gespött der Leute. Auch ohne das heimtückische Flüstern in seinem Hinterkopf wusste er, dass das stimmte. Trotzdem kam ihm der Gedanke fremd vor.

„Ich muss Grauburg erobern", sagte Alex laut, und seine chaotischen Gedanken fokussierten sich auf dieses Ziel wie auf einen Rettungsanker. Ein wirbelndes Durcheinander aus Gedanken und fremden Gefühlen tobte in seinem Kopf.

Neben ihm erklang ein leises Lachen. „Na, Ihr geht ja ganz schön ran. Vielleicht kann ich Euch bei diesem Vorhaben unterstützen."

Alex blickte auf und sah ein paar Schritte entfernt einen muskulösen Mann stehen. Er war in makellos saubere, weiße Baumwollgewänder gekleidet. Der Saum seiner Kleidung war mit Goldfäden bestickt, und an der Hüfte trug er ein Langschwert mit abgenutztem Knauf. Der Mann rieb sich mit einer Hand das stopplige Kinn und lächelte.

„Ihr müsst Alexion sein." Er streckte Alex die Hand hin. „Erlaubt mir, mich vorzustellen. Mein Name ist Caerus, ich bin der Herr des Hauses Auriel. Ich glaube, wir können uns gegenseitig helfen."

* * *

Jason klärte Frank und Riley über das Gespräch zwischen den zwei Kultisten auf, das er in der unterirdischen Stadt belauscht hatte. Außerdem teilte er ihnen seinen Verdacht mit, dass die vermissten Dorfbewohner als Sklaven für irgendwelche Experimente der Gebieter hier gefangen gehalten wurden. Auf der in die Luft vor ihnen projizierten Karte zeigte er ihnen den kleinen Teil der Stadt, den er erkundet hatte, und beschrieb, was er gesehen hatte.

Nachdem er die Männer gefangen genommen hatte, hatte Jason sie inspiziert und herausgefunden, dass sie beide auf Level 62 waren und als „Kultisten" bezeichnet wurden. Er vermutete, dass es sich um einen allgemeinen Titel wie „Wolf" oder „Dieb" handelte. So, wie die beiden sich gezankt hatten, und aufgrund der banalen Tätigkeit, mit der sie betraut gewesen waren, nahm er an, dass sie in dem Kult, dem sie angehörten, eher einen niederen Rang einnahmen, also waren ihre Level wohl nicht repräsentativ.

Frank deutete auf die beiden gefesselten Männer, die in der Zelle lagen. „Warum hast du sie denn so verschnürt, statt sie einfach zu töten?"

Riley starrte nachdenklich auf die unvollständige Karte. „Wir brauchen mehr Informationen. Er hat vor, sie zu verhören", sagte sie und schien sich mit diesem bereits Gedanken abgefunden zu haben.

„Das fasst es gut zusammen", stimmte Jason zu. „Ich habe noch nie einen feindlichen NPC befragt, aber es schadet sicher nicht, ein paar zusätzliche Informationen zu gewinnen, bevor wir uns mit dem anlegen, was in der Stadt lebt."

Frank sah Jason schockiert an. „Warum sollten sie uns irgendwas verraten?" Dann dämmerte ihm die Erkenntnis. „Schlägst du vor, dass wir sie foltern?"

Bevor Jason antworten konnte, mischte Riley sich ein. „Und wenn schon? Die beiden haben bereits zugegeben, dass sie geholfen haben, Dorfbewohner zu entführen und an ihnen herum-zuexperimentieren." Ihr Blick wanderte zu den am Boden liegenden Männern und ihre Augen füllten sich mit dunklem Mana. „Für mich klingt es, als hätten sie vermutlich selbst schon Schlimmeres getan."

Jason nickte. „Wir werden tun, was wir tun müssen. Wir brauchen Informationen, und nach dem, was ich belauscht habe, sind diese Kultisten nicht gerade zimperlich."

Frank erbleichte, widersprach aber nicht. Ihr Gespräch wurde unterbrochen, als die zwei Gestalten in den schwarzen Roben sich rührten. Der Weinerliche war der Erste, der wieder zu Bewusstsein kam. Er blinzelte benommen und hielt sich den Kopf. Als er Jason und seine Gruppe vor seiner Zelle erblickte, starrte er sie zornig an. „Natürlich! Dieser Tag lief ja schon die ganze Zeit großartig für mich, und jetzt bin ich gefangen und sitze in einer Rindviehzelle fest. Und wir verpassen das Abendessen! Zu allem Übel werden wir also auch noch hungrig sterben."

Sein ruppiger Kollege murrte ihn an. „Halt die Klappe. Wir dürfen denen nichts sagen. Die Gebieter ziehen uns bei lebendigem Leib die Haut ab, wenn sie davon Wind kriegen."

„Ich rede, wann ich will", maulte der weinerliche Mann seinen Kollegen an. „Wahrscheinlich töten sie uns sowieso . Außerdem hast du uns doch in diese Bredouille geritten. Wir hätten nie die Rampe rauffahren dürfen!" Der andere Kultist starrte den Weinerlichen einen Augenblick lang ungläubig an.

„Ihr habt recht. Euer Leben ist verwirkt, wenn wir keine Informationen von euch bekommen", warf Jason mit kalter Stimme ein und aktivierte sein dunkles Mana. „Eure Namen wären ein guter Anfang."

Der Weinerliche hob die Schultern. „Siehst du? Sag ich doch. Mein Name ist Greg, und dieser miesepetrige Idiot hier heißt Bert." Er deutete auf den stämmigen Mann neben sich.

„Kultisten namens Greg und Bert?", murmelte Frank. „Das soll wohl ein Witz sein."

Jason schüttelte nur den Kopf und unterdrückte ein Grinsen. Er durfte vor den beiden Gefangenen keinerlei Schwäche zeigen. Er wandte seine Aufmerksamkeit wieder den Kultisten zu. „Ich will offen zu euch sein. Ich will den Grundriss der Stadt dort unten wissen, die Positionen eurer Kultistenbande, ihr durchschnittliches Level, die Standorte der Sklavenpferche, von denen ihr gesprochen habt, und was sich darin befindet."

Er sah die beiden mit einem grimmigen Lächeln an, bevor er fortfuhr: „Die gute Nachricht für mich ist, ich brauche nur einen von euch, um an diese Informationen zu kommen." Jason schwieg kurz und musterte die beiden nacheinander. „Also, wer möchte?"

Greg und Bert sahen sich einen Moment lang gegenseitig an. Dann sagte Bert hastig: „Ich mach's. Tötet Greg."

„Bitte was? Du hast doch gesagt, wir sollen nichts verraten!", heulte Greg auf.

Jason hatte erwartet, dass der Weinerliche zuerst reden würde. Er warf Riley einen Blick zu und hob die Schultern. Ihr Bogen sirrte. Ein Pfeil bohrte sich in Gregs Auge und ließ ihn für immer verstummen. Sein Körper sackte zu Boden, und eine Blutpfütze bildete sich um seinen Kopf herum und färbte den Erdboden der Zelle rot.

Dann wandte sich Riley Bert zu. Ihre Augen waren völlig schwarz. „Sieh zu, dass sich das für uns lohnt, sonst bist du der Nächste", warnte sie, während nach einem weiteren Pfeil in ihrem Köcher griff.

Bert ignorierte Rileys Drohung und starrte erleichtert aufseufzend auf Gregs Leiche. „Verdammt himmlische Stille", murmelte er. Dann wandte er sich Jason zu. „Was wollt Ihr wissen?"

„Du wirst unsere Fragen einfach so beantworten?", fragte Frank überrascht, zwischen Bert und dem schnell erkaltenden Leichnam neben ihm hin und her blickend.

Der Kultist hob die Schultern. „Warum nicht? Vermutlich tötet ihr mich sowieso, also verschafft mir das wenigstens noch etwas Zeit. Außerdem war es das wert, Greg vor mir sterben zu sehen. Ich wünschte nur, ich hätte es selbst tun können", gab er zu und verpasste Gregs Leiche frustriert einen Tritt.

Huh, okay. Ich will einem geschenkten Gaul nicht ins Maul schauen – oder einem pragmatischen, rachsüchtigen Kultisten.

Bert war eine ergiebige Informationsquelle. Er erklärte, dass die Stadt unter ihnen größtenteils verlassen war, nachdem sie vor Tausenden von Jahren von einer uralten Rasse bewohnt gewesen war. Die Gebieter hatten vor einiger Zeit den Dungeon für sich beansprucht und ihn genutzt, um ihre Experimente durchzuführen.

Bert kannte darüber keine Details, aber im Grunde ging es darum, Werwesen zu erschaffen, die Peccavi und die Umgebung heimsuchten. Bert hatte keinen Einblick in die Fähigkeiten der Gebieter, da Kultisten niederen Ranges bei den Experimenten nicht zusehen durften. Er konnte nur erklären, dass sie mächtige Magier waren.

Offenbar hatte Jason den südlichen, größtenteils unbewohnten Teil der Stadt erkundet, als er auf Bert und Greg gestoßen war. Die meisten Kultisten hielten sich am nördlichen Rand der Höhle auf und waren in mehrere Lager aufgeteilt. Die Gebieter befanden sich im Nordwestteil der Stadt und hatten dort ihr Labor. In nordöstlichen Teil lebten und arbeiteten die anderen Kultisten. Außerdem grenzte er an den Eingang zu einem verlassenen Minenschacht, den sie nutzten, um die Sklaven zu verwahren.

Als Bert bei diesem Teil seiner Erklärung angelangt war, sah Riley aus, als wäre sie kurz davor, den Mann zu ermorden. Jason sah sich gezwungen, sie zu bitten, einen kurzen Spaziergang zu machen, um wieder runterzukommen. Sie brauchten den Kultisten lebend und redend – zumindest für den Augenblick.

Bert gab zu, dass die Gebieter die Werwesen, vor allem die Werwölfe genutzt hatten, um die Bewohner von Peccavi zu jagen und einzufangen. Offenbar waren für ihre Experimente menschliche Versuchspersonen nötig. Als Bert das erklärte, erhielt Jason eine Quest-Benachrichtigung.

Quest aktualisiert: In Ruinen

Bert war recht auskunftsfreudig. Er hat dir mitgeteilt, dass die Gebieter die Bewohner von Peccavi entführt haben, um magische Experimente an ihnen durchzuführen. Du konntest Williams Befürchtungen bestätigen. Jetzt musst du entscheiden, was du damit anfängst.

Schwierigkeitsgrad: A

Erfolg: Entscheide, wie du vorgehen willst

Fehlschlag: Unbekannt

Belohnung: Je nachdem, was du tust, verbesserte Reputation bei den Bewohnern Peccavis. Andere Belohnungen unbekannt.

Toll. Noch so eine offene Aufgabe, die mir keinerlei Richtung vorgibt, dachte Jason säuerlich.

„Wie viele Kultisten befinden sich unten in der Stadt?", wollte er von Bert wissen.

„Ich bin mir nicht sicher", antwortete Bert. „Vielleicht ungefähr hundert. Die Gebieter schätze ich auf etwa 25."

„Also um die 125 Feinde", verkündete Frank in entgeistertem Ton. „Wie zur Hölle sollen wir das schaffen?"

Riley, die sich etwas beruhigt hatte, stieß wieder zu ihnen. Sie warf einen Blick auf Bert, der unwillkürlich zurückzuckte, bevor sie sich Jason und Frank zuwandte. Ihre dunklen Augen hatten einen nachdenklichen Ausdruck angenommen. „Vielleicht könnten wir die Sklaven befreien und so unsere Armee vergrößern. Wie viele Sklaven gibt es?", fragte sie Bert.

„Vielleicht 50", antwortete er. „Wir haben die Bewohner der nahegelegenen Dörfer gefangen genommen. Die Werwölfe mussten in letzter Zeit weiter ausschwärmen, um neue Sklaven zu finden. Die Gebieter verschleißen sie schnell, und die Wölfe kriegen es nicht immer hin, die Leute bis hierher zu bringen", bemerkte er trocken.

Jason schüttelte den Kopf. „Die Sklaven sind vermutlich alle auf niedrigem Level, und sie sind unbewaffnet. Sie werden nicht viel Widerstand leisten. Bestenfalls wären sie eine gute Ablenkung, und dann könnte ich sie anschließend wiedererwecken."

Riley schien nicht glücklich mit dieser Aussage. „Ich

schätze, du wirst sie so oder so verwandeln müssen", stimmte sie schließlich zu. „Freuen werden sie sich wohl nicht darüber."

Jason sah sie mit hochgezogener Augenbraue an. „Ich bin mir sicher, dass das momentan unser geringstes Problem ist."

Frank unterbrach sie, bevor Jason und Riley zu zanken anfingen. „Die eigentliche Frage ist doch, wie wir die Magier erledigen. Die normalen Soldaten können wir bekämpfen, indem wir natürliche Engpässe im Dungeon nutzen. Die Rampen, die in die Stadt führen, und dieser Thronsaal könnten sich gut dafür eignen, aber die Gebieter sind sicher schwieriger zu besiegen."

„Vermutlich ...", sagte Jason und verstummte. Er lehnte sich an die Wand neben der Zelle, trommelte mit den Fingern gegen den Stein und dachte kurz nach. „Folgen die Gebieter einem regelmäßigen Tagesablauf? Gehen alle jeden Abend um dieselbe Zeit schlafen?", fragte er schließlich Bert.

„Jeden Abend etwa um dieselbe Zeit, ja", entgegnete dieser. „Die anderen Kultisten bereiten gewöhnlich um diese Zeit ein Abendessen zu und dann legen sich die meisten für acht Stunden oder so hin. Ich musste mir den ganzen Weg hier rauf Gregs Gejammer anhören, weil es schon wieder Suppe gibt ..." Er blickte Gregs Leiche mit einem kleinen Lächeln an. „Jetzt verpasst er wohl das Abendessen."

Wir müssen die Magier und die Kultisten schwächen, bevor wir angreifen. Meuchelmorde werden schwierig, weil wir das Gelände nicht kennen und sicher immer Leute wach sind und herumlaufen. Wie kriegen wir das hin?

Jason dachte an seine bisherigen Schlachten zurück. In der Vergangenheit war er erfolgreich gewesen, weil er das Gelände und die Ressourcen in seiner Umgebung genutzt hatte. Er ging einen Kampf niemals als frontale Konfrontation an. Jedenfalls nicht, wenn er es vermeiden konnte. Also musste er sich fragen, was für Mittel ihm zur Verfügung standen. Die Liste war relativ kurz. Gab es irgendetwas im Labyrinth, was ihnen helfen konnte?

Nur leere Gänge und ein paar Fallen. Moment mal ...

„Hm, er macht wieder dieses Gesicht", bemerkte Frank und deutete auf Jason.

Riley seufzte. „Ich weiß. Ich mag gar nicht fragen."

Gespielt schockiert blickte Jason sie an. „Was? Meine Ideen funktionieren immer gut. Ihr zwei solltet lernen, mir zu vertrauen." Das brachte ihm ein Augenrollen von Riley und ein leises Schnauben von Frank ein.

Die Gruppe entfernte sich von Bert und trat in die Mitte des Raums, damit Jason ihnen seinen Plan erklären konnte. Bert würde er zunächst in seiner Zelle lassen. Es konnte sein, dass sie ihn später noch einmal befragen mussten. Im schlimmsten Fall konnte Riley ihn töten, nachdem sie in der Stadt fertig waren. Jetzt mussten sie schnell vorgehen. Ihnen blieb nur ein kleines Zeitfenster, während die Kultisten beim Essen saßen, und Jason spürte die Sekunden auf dem Respawn-Timer des Dungeons verfliegen.

Etwa 30 Minuten später rumpelte ein Wagen mit dem Geräusch knarrenden Holzes und metallbeschlagener Räder auf dem Steinboden die ausgetretenen Straßen der uralten, unterirdischen Stadt entlang. Die Ladefläche des Wagens war leer bis auf einen gebleichten, weißen Behälter von der Größe einer Melone. Auf dem Kutschbock saßen zwei in schwarze Roben gehüllte Kultisten und zankten sich leise.

„Warum muss ich die Robe tragen, die voller Blut ist?", murmelte Frank.

„Weil ich mir die andere zuerst geschnappt habe. Du hättest schneller sein müssen", entgegnete Jason mit einem leisen Lachen. „Außerdem solltest du dich hüten, dich allzu viel zu beschweren. Du hast ja gesehen, was mit Greg passiert ist …"

Frank starrte ihn giftig an, auch wenn das unter der großen Kapuze der Robe schwer zu erkennen war. Sie hatten Riley zurückgelassen, um den nächsten Teil des Plans vorzubereiten, und Jason wurde bewusst, dass er zum ersten Mal seit Langem mit Frank allein war. Er wandte sich an seinen Freund und verzog das Gesicht. „Ich wollte dir schon länger eine Frage stellen", setzte er vorsichtig an. „Ich bin mir nicht sicher, wie ich das taktvoll formulieren soll, also sage ich es direkt. Was ist in dem Kampf gegen den Minotaurenkönig passiert?"

Frank schwieg einen Moment lang und hielt den Blick auf die Straße vor ihnen gerichtet. „Ich bin ausgerastet, Mann. Es war eindeutig, dass du und Riley den König nicht ablenken konntet.

Es lag an mir ..."

Er zögerte. „Bis jetzt bestand dieses Spiel für mich nicht gerade aus eitel Sonnenschein und Einhornfürzen. I-ich hatte Angst vor dem Kämpfen." Frank ließ den Kopf hängen und wandte den Blick ab. „Ich konnte mich nur in Abhängigkeit von anderen hochleveln. Hölle, seit wir diesen Dungeon angefangen haben, bin ich nur dir und Riley hinterhergetapst. In der Schlacht stand ich nur rum. Nutzlos. Wieder mal. Und nicht nur das, wir waren dabei, den Kampf zu verlieren, weil ich mich nicht zusammenreißen konnte. Ich wurde wütend – hauptsächlich auf mich selbst. Das Seltsame war, dass ich umso weniger Angst hatte, je wütender ich wurde. Und dann bin ich einfach ausgetickt."

Mir war nicht klar, dass das Spiel für ihn so schwer ist.

Das erklärte Franks seltsames Verhalten. Wenn er zurückdachte, war sein Freund immer schon etwas schüchtern gewesen, sogar in der Schule. Unter anderem deswegen hatten sie sich von vornherein so gut verstanden – zwei Außenseiter in einer Schule voller arroganter, reicher Kids.

Frank blickte Jason aus dem Augenwinkel an. „Ich hab' dir das nie erzählt, aber ich habe die meisten meiner Erfahrungspunkte aufgespart, da ich nicht wusste, welche Klasse ich auswählen sollte. In diesem Kampf habe ich alles in *Stärke* und *Lebenskraft* reingesteckt. Als ich dann auch noch meine Rüstung abgelegt habe, konnte ich mich wesentlich schneller bewegen. Ich habe gemerkt, dass *Stärke* nicht so viel zur Geschwindigkeit beiträgt wie *Geschicklichkeit*, aber sie steigert sie trotzdem."

Jason nickte. Jetzt, da Frank es erwähnte, fiel ihm auf, dass sein Freund im Spiel mit einem Mal durchtrainiert aussah. Das hatte er schon nach dem Kampf mit dem Minotaurenkönig bemerkt. Er nahm an, dass die Änderung der Werte die Erscheinung eines Charakters im Spiel beeinflusste. Das passte zu dem, was der alte Mann ihm an seinem ersten Spieltag erklärt hatte. Jason hatte nicht die Option erhalten, die Erscheinung seines Charakters zu verändern, und er erinnerte sich dunkel an die kryptische Erklärung, dass dieser sich im Laufe des Spiels entwickeln würde.

„Auf jeden Fall hast du den König ordentlich

vermöbelt." Jason grinste, beeindruckt und voller Anerkennung für Franks Entwicklung. „Du hast ausgesehen wie ein Berserker. Es war, als hätte ein Barbar aus einem unserer anderen gemeinsamen Spiele hier vorbeigeschaut", fügte er in respektvollem Ton hinzu.

Frank legte den Kopf schief. „Lustig, dass du das sagst. Ich habe zwei neue Fähigkeiten erhalten. Eine heißt *Raserei*. Die gibt mir einen Boost auf Stärke und Geschwindigkeit bei konstanten Ausdauerkosten. Die andere heißt *Stiersturm*. Das ist so eine Art Sturmangriff."

Er wird zum Nahkämpfer mit hohem Schaden.

„Wenn man Rileys Heilungsfähigkeit dazu nimmt, gebt ihr zwei ein ziemlich gutes Team ab. Dann noch meine verrückte Planung obendrauf, und wir sind im Grunde unaufhaltsam", verkündete Jason mit einem selbstironischen Lachen.

Frank sah nachdenklich aus. „Ja, ich schätze, wir drei geben echt ein ordentliches Team ab ..." In Gedanken verloren verstummte er. Dann blickte er Jason aus dem Augenwinkel an. „Was ist mit dir?", fragte Frank.

„Wie meinst du das?", wollte Jason verwirrt wissen.

„Ach, komm mir doch nicht so", entgegnete Frank. „Du weißt genau, was ich meine. Riley schaut vielleicht nicht in den AO-Nachrichtenkanal rein, aber ich habe die Aufnahmen gesehen, die Vermillion Live gestern Abend und heute Morgen gezeigt hat. Du bist überall in den Nachrichten."

Jason verzog das Gesicht. „Ich hab' getan, was ich tun musste. Jemand hat mich drangekriegt. Ich hab's schon mal gesagt und sage es noch mal: Es wird wieder Krieg im Zwielichtthron geben. Es ist nur eine Frage der Zeit. Das Beste, was ich tun kann, ist das Unvermeidliche hinauszuzögern, bis wir stärker sind."

„Oh. Ja – klar. Erklär mir noch mal, wie es uns Zeit verschafft, wenn du eine ganze Stadt bedrohst?", bat Frank in skeptischem Ton.

„Ich hoffe darauf, dass Grauburg sich selbst zerstört", antwortete Jason. Er hatte die Zügel so fest umklammert, dass seine Knöchel weiß waren. „Das ist das Beste, worauf wir momentan hoffen können."

Frank schüttelte den Kopf. „Deine Pläne sind vielleicht verrückt, aber dein Wahnsinn hat Methode." Er zögerte, bevor er fortfuhr: „Hast du die offizielle Reaktion der CPSC auf deine Videos gesehen?"

Überrascht sah Jason seinen Freund an. „Nein. Haben die ein offizielles Statement rausgebracht?"

„Sie haben dich auf eine Art Beobachtungsliste gesetzt. Es gab so viele Beschwerden gegen dich, dass sie vermutlich keine Wahl hatten. Wohlgemerkt, du hast keine Regeln gebrochen, aber das Risiko besteht. Die Spielleiter sind machtbesessen. Mit denen legen wir uns besser nicht an."

Allerdings. Er hatte die Videos von der Zerstörung in anderen Teilen der Spielwelt gesehen. *Jetzt habe ich wohl noch einen weiteren Feind zu meiner langen Liste hinzugefügt. Fantastisch.*

Die beiden hörten auf zu reden, als sie mehrere der Gestalten in schwarzen Roben vor sich erblickten. Bert hatte vorgeschlagen, dass sie die Hauptstraße zum Kultistenlager nehmen sollten. Seiner Erklärung nach war die Stadt so angelegt, dass eine einzige breite Straße durch die Mitte der Höhle verlief. Sie endete in einem großen Hof im Nordteil der Stadt. Von dort aus führten zwei größere Straßen nach Nordwesten und Nordosten, sodass ein Y-förmiges, zentrales Straßennetz entstand.

Jason sah den großen Hof vor sich. Ein Feuer brannte in der Mitte des Platzes, und die Kultisten hatten lange Holztische darum herum aufgestellt. Mehrere Gestalten in schwarzen Roben schlängelten sich zwischen den Tischen hindurch, und kleine Gruppen saßen auf grob gezimmerten Bänken. Offenbar hatten die Kultisten diesen Bereich zu einer Art mittelalterlicher Kantine umgestaltet.

Jason hielt den Wagen am Rand der Straße an und schlang die Zügel um eine Säule. Frank stieg vom Kutschbock, ging zur Rückseite des Wagens und hob die Urne von der Ladefläche.

„Offenbar haben wir es noch vor dem Abendessen geschafft", flüsterte Jason.

Frank nickte. „Haben wir ein Glück", antwortete er. Die beiden liefen los. „Das wollte ich noch fragen", sagte Frank. „Was zum Teufel ist das für ein Ding?" Sanft schüttelte er die weiße Urne und hielt sie sich ans Ohr.

„Nicht!", zischte Jason und legte Frank die Hand auf den Arm.

Nervös blickte Jason auf das Behältnis. Bevor sie sich auf den Weg in die Stadt gemacht hatten, war er zurück zu einer der Säurefallen gelaufen, an denen sie weiter oben im Dungeon vorbeigekommen waren. Er hoffte, die ätzende Substanz als Gift verwenden zu können. In dem Fallenmechanismus war noch eine Menge Säure übrig gewesen, aber das Problem war die Frage, wie man sie transportieren konnte. Sie fraß sich mit beängstigender Geschwindigkeit durch Fleisch und Knochen.

Nach etwas Herumprobieren war es Jason mithilfe seines Zaubers *Selbstgemachtes Skelett* gelungen, einen Behälter aus Gregs Schädel herzustellen. Das hatte immer noch nicht gereicht. Da die Substanz so zersetzend war, hatte er das Innere des Gefäßes mit dunklem Mana auskleiden müssen. Das war nur eine vorübergehende Lösung, und Jason sah die Lebenspunkte seines „Urnenknechts" langsam schwinden.

Ich hoffe, dass die Suppe, die sie zubereiten, ausreicht, um dieses Zeugs zu verdünnen. Der Plan wird nicht funktionieren, wenn es dem ersten Kultisten, der die Suppe probiert, das Gesicht wegschmilzt.

„Es ist Gift. Ein extrem flüchtiges Gift", antwortete Jason unverblümt auf Franks Frage, und die Augen seines Freundes weiteten sich. Er blickte auf die Urne und schob sie langsam von seinem Gesicht weg. „Wir kippen das Zeug in die Suppe und verduften dann. Ich hoffe nur, dass sie unsere Verkleidung nicht durchschauen."

„Das ist dein Plan?", fragte Frank in einem schroffen Flüstern.

„Hey, ich habe nicht behauptet, dass er brillant ist. Wenn wir die Kultisten schwächen können, haben wir eine bessere Chance, den nächsten Kampf zu gewinnen", gab Jason zurück.

Frank grummelte leise vor sich hin, während sie sich dem Lagerfeuer näherten. Jason hörte, wie ab und zu sein Name fiel, zusammen mit ein paar ausgesuchten Kraftausdrücken. Er ignorierte Franks Gemurmel und beobachtete die Kultisten auf dem Hof argwöhnisch. Mehrere schwarzgekleidete Gestalten richteten den Bereich für das Abendessen her, und zwei Kultisten hielten sich in der Nähe des Lagerfeuers auf. Über den Flammen hing ein riesiger, eiserner Kochkessel, von dem aus ein verlockender Duft über den Hof schwebte.

„Ich lenke die Männer am Lagerfeuer ab", flüsterte Jason. „Du kippst das Zeug in den Topf. Sieh zu, dass du ein paarmal umrührst."

Jason konnte das Gesicht seines Freundes nicht sehen, aber er vermutete, dass Frank ihn böse anstarrte. Allerdings hatte er keine Zeit, sich mit seinen Einwänden zu beschäftigen. Jason hatte einen Job zu erledigen. Er trat auf die Köche zu und sprach sie lautstark an. „Hey! Wo bleibt das Essen? Wir haben gerade diese verdammten Rindviecher gefüttert, und jetzt sind wir am Verhungern!"

Die Kultisten, die zwischen den Tischen herumliefen, blickten alle zu Jason. Einer der Männer beim Kessel ergriff verärgert das Wort. „Hast du keine Augen im Kopf? Siehst du irgendjemand anders essen? Nein? Das liegt daran, dass es noch nicht fertig ist."

Jason sah, dass Frank sich an den großen Kessel hinter dem Kultisten, der mit Jason sprach, heranschlich. Er musste noch mehr Zeit schinden. Eine Erinnerung an die fast verhungerten Dorfbewohner, die er in Peccavi gesehen hatte, stieg in ihm auf. Ob die Kultisten tatsächlich besser an Nahrungsmittel herankamen? Er beschloss, zu bluffen.

Jason schnaubte, bevor er antwortete: „Erzähl mir doch nichts! Ich weiß, dass es fertig ist. Ich wette, ihr hortet das Essen einfach für euch selbst. Die Speisekammern sehen jedenfalls in letzter Zeit dürftig aus."

Jetzt waren die anderen Kultisten voll auf Jason und seine Anschuldigungen konzentriert. Vor Zorn sprudelnd schob der Kultist vor Jason seine Kapuze zurück, um sein Gesicht mit einem dichten Bart zu entblößen. Eine gezackte Narbe verlief von dem knotigen Überrest seines rechten Ohrs bis zu seinem Schlüsselbein. „Komm her und sag mir das ins Gesicht." Der böse Blick des

Mannes war eine stumme Herausforderung an Jason, weiterzu-
sprechen.

„Klar doch." Jason ging langsam auf den Mann zu. „Puh,
dich habe ich noch nicht ohne Kapuze gesehen. Ich hatte keine
Ahnung, dass unser Koch genauso hässlich wie schwerhörig
ist." Er sah, dass der andere vor Zorn bebte.

„Dir muss ich wohl ein paar Manieren beibringen", knurrte
der Kultist und schubste Jason.

„Na, mach doch!", stichelte Jason. „Oder sind das alle nur
hohle Worte?"

*Gott, das wird schmerzhaft. Frank sollte sich mit dem Topf
besser beeilen.*

Der Mann stieß ein zorniges Gebrüll aus und stürmte los.
Jason hätte dem Schlag vielleicht sogar ausweichen können, doch
er nahm ihn ungebremst an. Er wollte eine Szene machen, keine
Rauferei anzetteln. Die Faust traf ihn am Kopf, und ein dumpfer
Schmerz breitete sich um seine Augenhöhle herum aus. Jason
stürzte nach hinten und landete schwer auf dem Rücken.

-40 Schaden (betäubt)

„Ist das alles, was du draufhast? Also taub, hässlich und
schwach", krächzte Jason vom Boden aus. Er hob den Blick und
bemerkte, dass Frank das Gift in den Topf schüttete und hektisch
umrührte, wobei er sich besorgt nach Jason umsah.
„Du weißt nicht, wann du die Klappe halten musst, was?", fauchte
der Kultist. Er ging zu Jason und trat ihn heftig in den Bauch.
Jason ächzte, als der Fuß des Mannes auf seinen unter der Robe
verborgenen Lederkürass traf. Das Leder fing den Tritt kaum ab.

-100 Schaden

Der Kultist war unheimlich stark, und Schmerz durchzuckte Jason bei jedem Tritt. Nicht damit zufrieden, dass Jason
seine Lektion gelernt hatte, ließ der Kultist nicht von ihm ab.
Jasons Körper bebte unter den Tritten.

-101 Schaden
-138 Schaden (kritischer Treffer)
-103 Schaden
-135 Schaden (kritischer Treffer)
-93 Schaden
-87 Schaden (lähmend)

Endlich ging dem Kultisten die Luft aus und er spuckte auf den vor ihm Liegenden. Jason stieß ein schwaches Stöhnen aus, während dumpfer Schmerz sich in seinem ganzen Körper ausbreitete. Er hätte schwören können, dass er im Laufe der Tracht Prügel, die er eingesteckt hatte, etwas hatte brechen hören. Ein trockener Husten schüttelte ihn und Blutstropfen spritzten von seinen Lippen auf den Erdboden des Hofes.

Ich bringe dieses Arschloch so was von um, dachte er schwach.

Dann erklang eine andere Stimme. „Verdammt. Was hast du dem Mann denn an den Kopf geworfen?" Es war Franks Stimme. Mühsam öffnete Jason die Augen und sah, wie sein Freund sich über ihn beugte. Franks Hand packte ihn grob und zog ihn auf die Beine. Jason sackte gegen Franks kräftige Gestalt.

„Tut mir leid, mein Freund", sagte Frank zerknirscht zu dem anderen Kultisten. „Er weiß einfach nicht, wann er den Mund halten muss."

„Ich wette, jetzt merkt er sich das", gab der andere Kultist mit grausamer Stimme zurück und rieb sich die aufgeschürften Fingerknöchel.

Frank nickte freundlich. „Sieht so aus. Ich bringe den Trottel heim und stecke ihn ins Bett. Tut mir leid wegen des Ärgers."

Der Kultist schnaubte verächtlich und kehrte den beiden den Rücken zu. Auch die anderen Kultisten wendeten sich mit beiläufiger Geringschätzung für die Szene, die sich vor ihnen abgespielt hatte, wieder ihrer Arbeit zu. Offenbar war diese Art von Gewaltausbruch in ihrer Gesellschaft nicht unüblich. Frank nutzte die Gelegenheit und schleifte Jason halb, halb trug er ihn weg von dem Hof.

Als sie sich entfernten, flüsterte Frank Jason zu: „Was zum

Henker hast du dir dabei gedacht? Geht es dir gut?"

Jason stöhnte nur als Antwort. Frank schüttelte den Kopf und zog ein rotes Gefäß aus seinem Beutel. „Hier, trink das", sagte er besorgt und reichte seinem verletzten Freund die Flasche.

Jason schaffte es, den Trank an die Lippen zu heben und schluckte den Inhalt. Bald spürte er, wie seine Wunden sich schlossen und seine Rippen wieder zusammenwuchsen. Er war noch etwas gebeutelt von diesem Erlebnis, aber der Schmerz schwand langsam.

„War das nötig?", fragte Frank, während er Jason auf die Ladefläche des Wagens half.

Jason sah seinen Freund gelassen an, während er sich mit dem Ärmel ein paar Blutstropfen von den Lippen wischte. Trotz seiner Verletzungen leuchteten seine Augen dunkel unter seiner Kapuze hervor. „Lass es mich ganz klar sagen: Ich werde tun, was immer nötig ist, um meine Stadt zu beschützen. Wenn uns das einen Vorteil im bevorstehenden Kampf verschafft, dann war es das wert", ächzte er.

Unsicher sah Frank seinen Freund an. Als er nach vorn zum Kutschbock ging, hörte Jason Frank murmeln: „Ist das überhaupt noch ein Spiel?"

Kapitel 20 – Überrascht

CAERUS BEOBACHTETE ALEX genau. „Ich denke, ich habe einen Plan, mit dem wir beide bekommen, was wir wollen – die Kontrolle über Grauburg.“

„Was ist Euer Motiv?“, fragte Alex unverblümt.

Caerus lächelte. „Ihr kommt direkt zum Punkt, das gefällt mir. Strouse herrscht mit eiserner Hand über die Stadt“, antwortete er mit einem Hauch Bitterkeit in der Stimme. „Das gilt auch für die Adelshäuser. Ihr wisst es vielleicht nicht, aber er hat die Autorität, meinem Haus Steuern aufzuerlegen und meine Männer nach Belieben einzuberufen. Er allein bestimmt, wer in der Stadt aufsteigt oder fällt. Ich für meinen Teil habe es satt, seinen Launen unterworfen zu sein. Und zu allem Übel haben wir ihm wenig entgegenzusetzen.“

Caerus zog die Mundwinkel nach unten, während er diese Worte murmelte. „Er befehligt eine Armee. Die Adligen sind berüchtigt für ihre Gier und Illoyalität. Was die Sache noch schlimmer macht, selbst wenn die Häuser überzeugt werden könnten, sich gegen ihn zusammenzutun, fehlt uns die Unterstützung des Volkes.“

Caerus musterte Alex forschend, bevor er mit nachdenklicher Stimme fortfuhr: „Ihr unterminiert das Gleichgewicht der Macht in Grauburg. Eure Verbindung zur Herrin ist für die Menschen ein Leitstern. Mit Eurer Hilfe könnten wir gegen Strouse eine vereinte Front aufbauen. Tatsächlich vermute ich, dass Ihr an dieser Front bereits sehr gut vorangekommen seid.“ Er unterstrich seine Worte mit einem wissenden Blick.

Alex überdachte das, was der Adlige gesagt hatte. Er konnte den Ehrgeiz des Mannes durchaus nachvollziehen, und er wirkte klug genug, um die Schritte zu erraten, die Alex bereits unternommen hatte, um in der Stadt Widerstand anzufachen. Doch ohne die üblichen geflüsterten Ratschläge oder die ruhige

Gewissheit, die ihn normalerweise erfüllte, fiel es ihm schwer, zu entscheiden, ob er Caerus' Angebot annehmen sollte. Er würde seine eigene Wahl treffen müssen.

„Was erwartet Ihr von mir?", fragte Alex mit hörbarer Neugier in der Stimme.

Beiläufig legte Caerus die Hände auf das Brückengeländer und blickte aufs Wasser hinab. „Ihr habt Bemerkenswertes erreicht, indem Ihr die Bewohner dieser Stadt unter der Herrin vereint habt. Anders als viele in Grauburg bin ich nicht überzeugt, dass die Untoten an der Schändung des Tempels beteiligt waren, obwohl Jason die Verantwortung dafür auf sich genommen hat. Es scheint mir allzu gelegen zu kommen ..." Caerus verstummte und beobachtete den wirbelnden Fluss.

„Allerdings müsst Ihr einen weiteren, beträchtlichen Schritt nach vorn machen, bevor das Volk für eine ausgewachsene Rebellion bereit ist. Historisch gesehen kamen die überzeugendsten Demonstrationen religiöser Hingabe immer von Märtyrern", sagte Caerus mit einem Seitenblick auf Alex.

Alex war sprachlos. Diese Vorgehensweise hatte er nicht in Betracht gezogen. Gewiss, in der wirklichen Welt hatte er genug Sonntagspredigten über sich ergehen lassen, um zu verstehen, wie mitreißend das Opfer eines Propheten sein konnte. Aber konnte er so etwas im Spiel nachahmen? Wie würde er das anfangen?

Caerus lächelte breit und rieb sich das Kinn. „Ich sehe, die Idee spricht Euch an. Wahrscheinlich fragt Ihr Euch, wie Ihr das bewerkstelligen könntet. Das ist eigentlich ganz einfach. Ich genieße Strouses Vertrauen und kann dafür sorgen, dass Ihr verhaftet und öffentlich hingerichtet werdet. Soweit ich weiß, ist er bereits ungehalten über Euch. Dies, zusammen mit einer öffentlichen Machtdemonstration der Herrin, sollte ausreichen, um eine Rebellion anzuzetteln. Was sagt Ihr? Wollt Ihr die Stadt einnehmen, oder war das nur wirres Gemurmel auf einer Brücke?", fragte Caerus mit einem polternden Lachen.

Alex befand sich im Zwiespalt. Dieser Plan hing davon ab, dass er öffentlich gedemütigt wurde. Außerdem musste er die Herrin überreden, mitzuspielen. Allerdings stimmte er zu, dass ihre Intervention nach seinem Tod ihn zum religiösen Märtyrer machen und vermutlich eine ausgewachsene Rebellion anfachen würde. Das war sein Ziel, oder nicht? Das war seine Chance, sich zu rehabilitieren. Vermutlich würde er auf zahlreichen Gaming-Nachrichtenkanälen gezeigt werden, wenn er das hinkriegte.

Doch er zögerte. Eine seltsame Mischung aus Gefühlen stieg in Alex auf – er war es nicht gewöhnt, diese neuen Empfindungen zu verarbeiten. Waren es Zweifel? Schuldgefühle? Angst? Er schüttelte den Kopf. Er wusste, das heimtückische Flüstern würde darauf bestehen, dass er Caerus' Angebot annahm. Es würde ihn für seine Schwäche schelten und ihn drängen, nach mehr Macht zu streben. Aber die Stimme schwieg.

„Sagt mir, was ich tun soll", verlangte Alex voller Überzeugung. Er war zu weit gekommen, um jetzt umzukehren.

* * *

Frank fuhr den Wagen zurück die Hauptstraße entlang, während Jason auf der Ladefläche lag und sich erholte. Eine seltsame Sache, die Jason in seinem Kampflog bemerkt hatte, war, dass der Schaden, den er bei der Tracht Prügel durch den Kultisten erlitten hatte, die Gesamtzahl seiner Lebenspunkte überstieg. Eigentlich hätte er tot sein müssen. Neugierig öffnete er seine Benachrichtigungen.

Neue passive Fähigkeit: Märtyrertum
Durch reine Willensstärke können manche Individuen für ein höheres Ziel schreckliche Verletzungen aushalten. Ob sich das durch Dummheit oder Überzeugung erklären lässt, ist noch nicht geklärt.
Fähigkeitslevel: *Anfänger-Level 1*
Wirkung: *Der Spieler kann Verletzungen in Höhe von -50 Lebenspunkten aushalten, bevor er stirbt. Wird nur aktiviert, wenn du dich für ein Teammitglied oder für eine Sache opferst, die wichtiger ist als du selbst.*

Neue passive Fähigkeit: Zähigkeit
Durch wiederholte Verletzungen kann dein Körper so

abgehärtet werden, dass du selbst äußerst vernichtenden Schlägen standhalten kannst. Man muss ein echter Masochist sein, um diese Fähigkeit zu erwerben.
Fähigkeitslevel: *Anfänger-Level 1*
Wirkung: *1 % Schadensreduktion und erhöhte Schmerztoleranz.*

Fähigkeit um 3 Ränge erhöht: Verkleiden
Fähigkeitslevel: *Anfänger-Level 8*
Wirkung: *12 % erhöhte Authentizität für deine Kostüme und Verhaltensweisen, während du verkleidet bist.*

Die Fähigkeit Märtyrertum erklärt, warum ich nicht gestorben bin. Zumindest habe ich dadurch zwei passive Fähigkeiten erworben. So schnell möchte ich das aber nicht wiederholen.

Selbst mit dem reduzierten Schmerzempfinden im Spiel war es nicht angenehm gewesen, von einem niedrigstufigen Kultisten beinahe totgeprügelt zu werden. Die Erfahrung hatte ihm außerdem schmerzlich bewusst gemacht, dass es möglich war, einen Spieler im Spiel zu foltern. Er schauderte bei der Aussicht, geschlagen und wieder geheilt zu werden und das dann immer wieder von vorn durchzumachen. Vielleicht gab es einen guten Grund, dass Cerillion Entertainment die Spielleiter eingesetzt hatte – nicht, dass es ihnen viel genutzt hatte.

Der Wagen kam in einer der Gassen zum Stehen, die von der Hauptstraße abgingen. Sie hatten verabredet, sich am Südrand der alten Stadt zu treffen. Ohne Greg und Bert und ihr Gezänk wirkte es hier völlig verlassen. Frank hüpfte vom Kutschbock und Jason kroch über den Rand der Ladefläche. Mit einem leisen Aufschlag kamen seine Stiefel auf der schmutzbedeckten Straße auf. In ein paar Minuten würde Riley zu ihnen stoßen. Sie mussten sich beeilen.

Schweigend liefen die beiden die Gasse entlang, über der die leeren Steingebäude aufragten. Das bunte Licht, das die in der Höhlendecke eingelassenen Kristalle verbreiteten, schuf eine surreale Atmosphäre. Ein paar Augenblicke später spürte Jason, wie sich eine kalte Klinge gegen seinen Nacken presste.

„Hi, Riley", sagte er gelassen.

Hinter ihm erklang ein ärgerliches Schnauben. „Hättet ihr nicht mal eben die albernen Roben ausziehen können, bevor ihr die Gasse entlanglauft?" Die Klinge verschwand, und Jason hörte das Zischen von Stahl, als Riley sie wieder in die Scheide steckte.

Frank zuckte mit den Schultern. „Wir sind Idioten, was will man da machen? Aber unsere Roben nicht auszuziehen ist nicht annähernd so bescheuert wie die Show, die Jason da in dem Hof abgezogen hat."

„Ich kann's mir vorstellen", bemerkte Riley trocken.

Jason ignorierte ihre Frotzeleien. „Sind wir bereit?", fragte er, während er die Kultistenrobe abstreifte und seinen *Mitternachtsumhang* wieder anlegte.

„So bereit, wie's nur geht", entgegnete Riley. „Ich nehme an, unser Hauptziel sind nach wie vor die Gebieter?"

„Ich sehe keine andere Möglichkeit. Allerdings brauchen wir eine Ablenkung. Am besten mehrere Ablenkungen. Ich schicke meine beiden Diebe los. Sie sollen versuchen, die Gefangenen zu befreien. Vielleicht verschafft uns das etwas Zeit, bevor eventuell überlebende Kultisten im Nordosten der Stadt sich einmischen. Ich nehme an, es werden nicht alle in dem Hof gewesen sein", erklärte Jason. „Gleichzeitig schlagen wir am Hauptplatz zu. Das Chaos ist unser Verbündeter."

Nacheinander sah er Riley und Frank an. „Wie besprochen überfallt ihr beiden die Gebieter aus dem Hinterhalt, wenn sie zum Hof kommen, um ihn zu verteidigen."

Sie erwiderten seinen Blick fest und ohne jede Spur von Zweifel. Trotz ihrer Beschwerden und spielerischen Hänseleien hatten sie Vertrauen in ihn und seine verrückten Pläne.

Ich wünschte, ich hätte so viel Selbstvertrauen.

„Und du verkriechst dich hinter einem Felsen?", neckte Riley, und Jason lachte gutmütig. Sie sprang auf der Stelle, um ihre Beine und Füße zu lockern, und streckte die Arme. Das Spiel machte es nicht erforderlich, dass die Spieler sich aufwärmten, aber es gab Gewohnheiten, die man nicht so schnell ablegte. „Gehen wir's an", sagte Riley schließlich. „Ich werde dafür sorgen, dass die Kultisten es bereuen, unschuldige Dorfbewohner versklavt zu haben." Im schillernden Licht der Kristalle glühten ihre Augen dunkel.

Frank lachte leise. „Prioritäten, Leute. Das Wichtigste ist, dass ich meine neue Beute ausprobieren kann!" Er schwenkte seine Äxte, deren Klingen in seinen Händen merkwürdig groß wirkten – und das trotz seiner beträchtlichen Körpergröße.

„Da ihr zwei es so eilig habt, brechen wir auf", sagte Jason mit einem Grinsen. „Ich bezweifle sowieso, dass uns viel Zeit bleibt, um in Position zu gehen."

Die Gruppe teilte sich auf und begab sich unauffällig an die vorher festgelegten Stellungen in der Stadt. Mit aktiviertem *Schleichen* liefen Jasons zwei verbleibende Diebe im Bogen über Seitenstraßen in Richtung des Südostteils der Stadt. Jason hatte einen zum Leutnant gemacht, da er selbst nicht in der Nähe sein würde, um die Diebe zu befehligen. Sie hatten die Anweisung, sich in den Gebäuden im Ostteil der Stadt zu verstecken, bis sie Kampfgeräusche hörten. Dann war es ihre Aufgabe, die Sklaven zu befreien und in Bewegung zu setzen. Jason hatte ihnen einige Taschen der übrigen Ausschussausrüstung mitgegeben. Nichts Großartiges, aber ausreichend, um die Dorfbewohner zu bewaffnen. Hoffentlich würde das den Sklaven ermöglichen, sich zur Wehr zu setzen.

Frank und Riley waren auf dem Weg zum nordwestlichen Teil der Stadt in der Nähe des Lagers der Gebieter. Riley hatte alle Bogenschützen mitgenommen und hatte ihnen befohlen, ihren Anweisungen zu folgen. Ihr Ziel war es, die Gebieter von hinten anzugreifen, wenn sie zur Verstärkung des Hofes eilten. Hoffentlich würde der Schadensbonus mehrerer *Angriffe aus dem Hinterhalt* es der Gruppe ermöglichen, ein paar ahnungslose Magier sofort auszuschalten. Jason beschloss, dass Frank an Rileys Seite am effektivsten sein würde und für etwas Nahkampfabwehr sorgen konnte, falls es dazu kam. Außerdem gab Jason ihm zwei Minotauren mit.

Jason selbst begab sich ins Stadtzentrum. Er verbrachte einige qualvolle Momente damit, ein dreistöckiges Gebäude zu erklimmen, und kauerte jetzt mit aktiviertem *Schleichen* auf dem Dach. Er musste einen möglichst guten Blick auf den Nordwesten und den Nordosten der Stadt haben und gleichzeitig den zentralen Hof im Auge behalten können. Es war kein Baum, aber es würde genügen müssen.

Nachdem er seine Stellung bezogen hatte, ließ Jason seine übrigen Minotauren und Magier vorrücken. Als kleine ironische Note hatte Jason Gregs kopflosen Körper beschworen und dem vorlauten Wagenfahrer eine letzte Aufgabe aufgetragen. Greg manövrierte den Wagen zur Hauptstraße und parkte ihn in einer Gasse unter dem Gebäude, auf dem Jason sich befand. Ein Haufen überschüssiger Minotaurenleichen lag auf der Pritsche des Wagens. Jason hatte seinen Knechten befohlen, die meisten der Leichen auf den Wagen zu laden, die er im Labyrinth über ihnen aufgestapelt hatte. Das war sein Notfallplan, falls in der bevorstehenden Schlacht etwas schiefging.

Jasons Minotauren und Magier versteckten sich momentan in den Gebäuden entlang der Hauptstraße unter ihm. Die Minotauren mussten sich langsam bewegen, um keine Aufmerksamkeit zu erregen. Aufgrund ihrer Körpergröße fielen sie ziemlich auf. Zum Glück gab es genug Gassen, in denen sie sich verbergen konnten. Ihre Aufgabe war es, den Hof am Ende der Hauptstraße anzugreifen.

Er beobachtete den Hof von seinem Aussichtspunkt aus. Die Kultisten drängten sich noch immer um die Tische und aßen, aber Jason sah keine offensichtlichen Anzeichen von Krankheit. Trotz der Entfernung war es ihm möglich, sie zu inspizieren. Er sah, dass sie von einem schwachen Debuff namens „Verkümmern" betroffen waren. Der Tooltipp dazu verriet ihm, dass der Effekt ihre Werte um 10 % verschlechterte. So flüchtig, wie das Gift war, war es vielleicht von dem Rieseneintopf zu stark verdünnt worden.

Verdammt, dachte er grimmig. *Nach dem Aufwand, den wir getrieben haben, um die Suppe zu vergiften, hatte ich auf einen stärkeren Effekt gehofft. Zumindest verschafft es uns einen kleinen Vorteil.*

Bei all den Variablen, die diesen Kampf bestimmten, konnte Jason nur hoffen, dass das Glück sich zu seinen Gunsten wenden würde. Für einen Moment schloss er die Augen. Sein Herz raste. Sorgenvolle Gedanken schwirrten durch seinen Kopf. Von diesem Dungeon hing eine Menge für ihn ab. Wenn er hier verlor, würde es nahezu unmöglich werden, einen zweiten Schlag zu starten. Er hatte vor, den Großteil seines verbleibenden Leichenvorrats einzusetzen, da er es sich nicht leisten konnte, Ressourcen zu sparen. Nicht zu wissen, welche Art von Magie die Gebieter nutzten, war ebenfalls ein Nachteil für ihn, auch wenn das Überraschungsmoment auf seiner Seite war.

Er beschwor sein dunkles Mana und spürte die beruhigende Kühle durch seinen Körper strömen. Mit leisen Pfoten kam Alfred zu ihm herangetappt. Jason öffnete die jetzt obsidianschwarzen Augen und begegnete dem Blick des Katers. Die KI blickte ihn ohne jede Angst oder Verwirrung an.

Es hat keinen Sinn, jetzt zu zögern. Ich bin zu weit gekommen, um aufzugeben.

Jason atmete einmal tief durch und begann den Angriff.

Er schickte mentale Befehle an einen seiner Eismagier unten auf der Straße. Eine Wolke blauen Dampfs erschien über dem Hof und verdichtete sich langsam. Die Kultisten an den langen Tischen blickten verwirrt auf, als die sich zusammenballenden Wasserpartikel das Licht der Kristalldecke verdunkelten. Dann kondensierten die Tropfen schnell zu gezackten Eissplittern. Bevor die Kultisten Alarm schlagen konnten, stürzten die Geschosse wie ein Sperrfeuer mit schockierender Geschwindigkeit auf sie herab, zerfetzten Fleisch und gefroren ungeschützte Haut. Erste Schreie hallten über den Hof.

Wassermagie auf mittlerem Level ist ein beeindruckendes Schauspiel, dachte Jason voller Ehrfurcht.

Die Wassermagier am Leben zu erhalten, während er seine *Beschwörungsfähigkeiten* hochgelevelt hatte, war ein guter Schachzug gewesen. Das hatte dazu geführt, dass sie Zauber auf höherem Level freigeschaltet hatten, die ihm vorher nicht zur Verfügung gestanden hatten. Dies war seine erste Gelegenheit, *Blizzard* einzusetzen.

Jason nutzte die Verwirrung aus und befahl seinen Minotauren, vorzurücken. Brüllend und mit donnernden Hufen stürmten die Bestien über die schmutzige Straße auf ihre Beute zu. Die Kultisten sahen die näherkommenden Tiere, und ein Alarmruf schallte durch ihre Reihen. Sie bildeten eine grobe Verteidigungslinie. Viele feuerten bunte Energiestrahlen auf die Bestien ab, die ihnen beim Auftreffen den Pelz versengten oder einfroren. Allerdings war es zu spät, um den Ansturm aufzuhalten.

Die Minotauren trafen mit vernichtender Wirkung auf die feindlichen Linien. Jason sah zu, wie eine Axtklinge einen Kultisten in zwei Teile spaltete, während ein anderer Minotaurus einen Mann auf seinen Hörnern aufspießte. Die Bestien schwangen ihre Klingenäxte in weiten Bögen, und Blut spritzte auf den Boden des Hofes. Jasons dunkle Magier stürzten sich ins Gefecht, und ihre Schattenflüche setzten den in Roben gehüllten Gestalten zu und verlangsamten ihre Bewegungen. Zusammen mit der Wirkung der Flüche schwächte die des Giftes die Kultisten beträchtlich. Jason nutzte seine freie Sicht auf das Schlachtfeld, um die Position seiner Minotauren zu optimieren, damit sie sich nicht gegenseitig trafen.

Doch die Kultisten gingen nicht kampflos zu Boden. Sie beschworen Elementarwaffen, die mit ihren Armen verschmolzen waren. Langschwerter aus Eis und Feuer blitzten auf, und die Minotauren brüllten vor Zorn, als die Waffen ihnen die faulige Haut aufschlitzten. Die Kultisten konnten außerdem Schilde aus Eis erschaffen, um die Schläge der Bestien abzuwehren, wobei die dünnen Barrieren in einem bunten Regen aus Fragmenten zerbarsten. Langsam erholten sie sich von dem ersten Ansturm und begannen, eine effektive Verteidigung aufzustellen.

Doch Jason leitete schon den nächsten Teil seines Plans ein. Er schickte einen mentalen Befehl an einen Zombie, den er bei Riley und Frank gelassen hatte, um weiterzugeben, was im Hof passierte. Außerdem schickte er seinem Leutnant im Osten der Stadt eine Nachricht und ließ ihn wissen, dass es jetzt Zeit war, die Sklaven zu befreien. Die Diebe sollten ihren Teil des Plans schon initiiert haben, sobald die Schlacht begonnen hatte, aber es war besser, nichts dem Zufall zu überlassen.

Inzwischen beteiligten sich auch Jasons Feuermagier am Kampf auf dem Platz. Sie nahmen sich die Holztische zum Ziel, die dort überall herumstanden. Feuerbälle zischten durch die Luft, von denen Hitze in Wellen ausging. Als die Flammengeschosse auf die langen Tische prallte, entzündete sich das trockene Holz sofort. Bald loderten Flammen zwischen den Kämpfenden auf. Die Hitze und der Rauch trugen zum Chaos bei, sodass Jasons Minotauren ihre Äxte ungehemmt schwingen konnten.

Bis jetzt läuft das ja gut, dachte Jason.

Plötzlich brach im Westen Geschrei aus, und Jason wirbelte nach links herum. Eine Horde Werbestien stürmte die nordöstliche Straße entlang auf den Hof zu. Die Kreaturen waren aus einer chaotischen Mischung verschiedener Tieren zusammengesetzt. Löwen, Wölfe und Bären gaben sich in diesem Zoo der Verdammten ein Stelldichein. Die Kreaturen waren nicht so gut konstruiert wie die Minotauren oder Werwölfe – ihre Körper wirkten nur halb fertig. Ein fast nackter Mann rannte auf Wolfsbeinen, während ein anderer ungeschickt mit Bärenklauen in der Luft herumfuchtelte.

Natürlich! Die anderen Werbestien haben sie wohl in Käfigen gehalten. Verdammt! Wenn das vorbei ist, bringe ich Bert eigenhändig um. Den Teil hat er ausgelassen.

Verzweifelt blickte Jason zwischen seinen Minotauren und der Horde Werbestien hin und her. Die Kreaturen waren gegenüber seinen Zombietieren in der Überzahl, und seine Knechte hatten schon Mühe, sich gegen die Kultisten zu behaupten. Er hatte keinen Plan. Er brauchte mehr Zeit. Verzweifelt wirkte er *Selbstgemachtes Skelett*. Hastig vollführten seine Hände die Gesten und die Welt um Jason herum verlangsamte sich.

Unter der Zeitkompression seines Zaubers war die Horde Werwesen jetzt auf Kriechtempo heruntergebremst, die Bewegungen ihrer Arme und Beine fast nicht mehr wahrnehmbar. Doch sie bewegten sich noch.

„Mir bleibt nur wenig Zeit", flüsterte Jason vor sich hin.

Auf der Suche nach einer Lösung für das Problem überschlugen sich seine Gedanken. In einem direkten Kampf würden seine Minotauren von den Werbestien überwältigt werden. Sein Blick fiel auf den Wagen unten auf der Straße, auf dessen Pritsche sich die Leichen stapelten. Er konnte Verstärkung rufen, aber wahrscheinlich würde diese den Hof nicht rechtzeitig erreichen.

„Es ist hoffnungslos", murmelte er mit Verzweiflung in der Stimme. „Ich habe keine Chance, die Minotauren zu schützen." Er spürte, wie seine Panik überhandnahm. Er konnte es sich nicht leisten, diesen Kampf zu verlieren.

„Stopp", befahl er sich selbst laut. Mit Gewalt unterdrückte er seine Emotionen, und sein dunkles Mana flammte machtvoll auf. Er durfte es sich nicht erlauben, seiner Panik nachzugeben. Er schloss die Augen und atmete mehrmals tief durch.

Dann sah er sich das Schlachtfeld noch einmal an. Seine Minotauren waren mit den Kultisten beschäftigt und würden von den Werbestien eingekeilt werden. Es schien keinen gangbaren Weg zu geben, seine Knechte zu verteidigen. Da schoss ihm ein Zitat durch den Kopf, diesmal aus *Die Kunst des Krieges* von Sunzi: „Angriff ist das Geheimnis der Verteidigung; Verteidigung ist die Planung eines Angriffs." Er ging die Sache falsch an. Seine Minotauren waren bereits verloren. Allerdings konnte er sie vielleicht noch für die Offensive nutzen, wenn er schnell handelte.

Jason schickte einen mentalen Befehl an die Stiere im Hof. Sie sollten sich zusammenrotten und einen Verteidigungskreis bilden. Dann befahl er seinen dunklen Magiern, die verbleibenden Kultisten zu verfluchen und dafür einzelne Ziele auszuwählen. Die Feuermagier wies er an, hinter den Kultisten Flammenwälle zu errichten und ihnen so den Rückweg abzuschneiden, wenn die Minotauren sich von ihnen abwandten. Schließlich befahl er den Eismagiern, Eisflächen vor der Werbestienhorde zu erschaffen, um sie kurzzeitig auszubremsen. Er musste seinen Minotauren nur ein paar Sekunden verschaffen.

Nachdem er seinen Plan aufgestellt hatte, besah Jason sich das Szenario ein letztes Mal. Die Werbestien hatten sich bereits ein paar Zentimeter voran bewegt. Unter dem Verlangsamungseffekt seines Zaubers sah Jason keine Veränderung in den Bewegungen seiner Knechte. Er würde hoffen müssen, dass sie seine Befehle erhielten, auch wenn sie unter dem Einfluss der Zeitkompression standen.

Jason ließ den Zauber fallen.

Prompt fiel er auf ein Knie, als ein scharfer Schmerz sich in seinen Kopf bohrte. Er zwang sich, ihn auszuhalten, zog einen

Manatrank hervor und stürzte ihn hinunter. Dann bewegten sich seine Hände und er beobachtete, wie seine Stiere sich durch die Kultisten kämpften und Rücken an Rücken einen groben Kreis bildeten.

Die Kultisten nutzten die Gelegenheit, um etwas Abstand zwischen sich und die Stiere zu bringen, allerdings mussten sie feststellen, dass ihre Bewegungen verlangsamt waren und eine Feuerwand ihnen den Fluchtweg abschnitt. Inzwischen waren die Werbestien auf dem Eis angelangt, das am Boden aufgetaucht war. Sie verloren den Halt und rutschten auf den Kreis aus Minotauren zu. Endlich wandte Jason den Blick seinen Knechten zu. Wie große Monolithen ragten sie inmitten eines Meeres aus wild um sich schlagenden Feinden auf. Ihr Opfer würde nicht umsonst sein.

Jasons Hände bewegten sich, während ihm uralte Worte über die Lippen kamen. Er hatte noch nie versucht, *Leichenexplosion* auf mehr als zwei oder drei Ziele gleichzeitig zu wirken. Diesmal musste er die ganze Gruppe in die Luft jagen. Das war seine einzige Möglichkeit.

Schatten wanden sich in einer wirbelnden Masse aus Energie um Jasons Hände. Es reichte nicht aus. Sein Mana leerte sich rapide, während ein Strom aus Schatten seine Arme entlang glitt. Bald verdeckte der schwarze Strudel die Welt um ihn herum und versperrte ihm den Blick auf das Schlachtfeld. Er musste hoffen, dass seine Minotauren durchhalten würden. Aus der Entfernung gesehen war das Dach des Gebäudes, auf dem er stand, jetzt eine sich windende Masse aus schwarzer Energie.

Dann ging ihm das Mana aus.

Stumm ein Gebet an den Düsteren schickend schloss er die Augen und ließ los.

Eine wogende Welle aus Schatten brandete über den Hof und verdunkelte das Licht der Kristalldecke. Sie traf seine Minotauren, die von dem Meer aus Werbestien und Kultisten umgeben standen. Eine massive Explosion erschütterte die uralte Stadt. Die darauffolgende Druckwelle war stark genug, dass sie selbst Jason an seinem entfernten Aussichtspunkt umwarf. Ihm pochte der Kopf, seine Muskeln schmerzten und seine Ohren klingelten. Doch er konnte es sich nicht leisten, Zeit zu verlieren. Hektisch griff Jason nach seiner Tasche und zog einen weiteren Manatrank hervor. Er zerrte den Korken heraus und kippte den Inhalt der Flasche hinunter, während er sich mit der freien Hand hochstemmte, um wieder auf die Füße zu kommen.

Er zögerte, als er sah, was vom Hof noch übrig war. Eine dicke Wolke aus Blut und Staub hing über allem. Als sie sich langsam auflöste, sah Jason, dass der Platz nur noch aus einem großen Krater bestand. Die Explosionen hatten die Werwesen und Kultisten, die einst auf dem Hof gestanden waren, völlig zerfetzt.

„Wow", murmelte Jason, beeindruckt von dem Effekt.

Doch er hatte keine Zeit, die Zerstörung zu bewundern, denn bunte Energieblitze zischten an ihm vorbei. Er blickte nach Nordwesten und sah eine Gruppe Gestalten in goldenen Roben, die die Straße entlang auf ihn zu rannten.

Verflixt, das müssen die Gebieter sein.

Jason warf sich zu Boden, um dem Hagel magischer Geschosse zu entgehen, die durch die Luft flogen. Der verzweifelte Sprung führte dazu, dass ihm kurz die Luft wegblieb. Er spürte Schmerz in seinem Arm aufflammen, wo ein Blitz ihn streifte, und warf einen besorgten Blick auf seine Lebensleiste, während er nach Atem rang. Magische Pfeile zischten über ihn hinweg. Jason bemerkte, dass jedes der Geschosse aus einer wirbelnden Mischung blauer, roter, gelber und grüner Energie bestand.

Erneut hörte er ein Brüllen, und der Blitzhagel ließ nach. Jason ging das Risiko ein und erhob sich in geduckte Stellung. Riley und Frank waren endlich zum Kampf dazugestoßen und griffen die Gebieter, die die Straße entlang stürmten, von hinten an. Rileys Bogenschützen hatten eine Welle Pfeile auf die in Roben gekleideten Gestalten losgelassen. Mehrere waren bereits zu Boden gegangen und lagen reglos da.

Jason nutzte die Gelegenheit und befahl seinen übrigen Magiern, vorzurücken und Riley und Frank zu unterstützen. Er warf einen Blick auf den Nordostteil der Stadt, wo er zwischen den verbleibenden Kultisten undeutlich die Gestalten kämpfender Sklaven ausmachen konnte. Die Sklaven würden nicht lange durchhalten. Jason musste den Kampf mit den Gebietern schnell beenden, wenn sie eine Chance haben sollten, die übrigen normalen Truppen zu besiegen.

Er blickte hinunter auf den Wagen und dann wieder zu den Gebietern auf der Straße. Nach seiner Nutzung von *Selbstgemachtes Skelett* hatte er immer noch Kopfschmerzen, aber ihm blieb keine Wahl. Er brauchte Verstärkung und hatte keine Zeit, auf jede Leiche *Spezialisierter Zombie* zu wirken. Er befahl Greg, den Wagen nach vorn in die Schlacht zu fahren, die auf der Straße tobte. Inzwischen hasteten Jasons Finger durch die vertrauten Gesten von *Selbstgemachtes Skelett*. Der Zauber war vollbracht, als der Wagen zu seinem Ziel rumpelte.

Er war fast 50 Meter von den feindlichen Zauberern in ihren goldenen Roben entfernt. Jason zählte mindestens 20 Magier, die ihm den Rücken zugekehrt hatten und Energieblitze auf ein Gebäude weiter die Straße hinunter abfeuerten. Unter der die Zeit verlangsamenden Wirkung von Jasons Zauber hingen bunte Geschosse in der Luft und funkelten wie elementare Glühwürmchen.

Doch er hatte nicht die Zeit, die spektakuläre Schlacht auf der Straße zu bewundern oder bei der Beschwörung neuer Knechte große Kreativität walten zu lassen. Stattdessen entschied er sich, so viele gewöhnliche Skelettminotauren wie möglich zu erwecken, während er einen Manatrank nach dem anderen schluckte. Der Knochenhaufen hob sich, bevor er explodierte und die Luft plötzlich mit wirbelnden Knochen erfüllt war. Dann verwoben sich die Knochen, als dunkle Energie peitschend auf sie traf. Eine kleine Armee an Stierskeletten materialisierte sich auf der Straße gegenüber den Zauberern.

Nachdem sein Zauber vollendet war, schloss Jason sein Skelett-Erschaffungsmenü. Die Welt nahm wieder Fahrt auf und kehrte zu ihrer gefühlt atemberaubenden Geschwindigkeit zurück. Jason fiel auf die Knie und griff sich schmerzerfüllt an den Kopf.

-200 Zauberschock-Schaden (betäubt)

Das war das erste Mal, dass er den Zauber so schnell hintereinander gewirkt hatte, und der Schmerz war so intensiv, dass ihm davon schlecht wurde. Die Ränder seines Sichtfelds wurden dunkel. Kurz fragte er sich, ob er das Bewusstsein verlieren würde.

Mit zusammengebissenen Zähnen zwang Jason sich, den Kampf auf der Straße zu verfolgen. Die Skelettminotauren donnerten die Straße entlang auf die Gebieter zu, die sich umwandten, um dieser neuen Bedrohung zu begegnen. Frank nutzte die Ablenkung aus und sprintete aus einer Gasse hinter den Gebietern hervor. Dicht hinter ihm folgten zwei Minotauren. Frank hielt in jeder Hand eine Streitaxt und stieß ein Zornesgebrüll aus, als er von hinten auf die ungedeckten Magier zustürmte. Seine Stimme wurde vom Schlachtlärm verschluckt. Die kleine Nahkampfgruppe traf direkt nach einer Welle dunkler Geschosse, die aus den Fenstern eines zweistöckigen Gebäudes in der Nähe abgefeuert wurden, auf die goldenen Gestalten.

Jason sah zwei Gebieter zu Boden gehen. Ein Magier in der Mitte der Gruppe lachte jedoch seinen sich nähernden Feinden ins Gesicht. Er rief mit magisch verstärkter Stimme über das Schlachtfeld: „Ihr wagt es, die Gebieter anzugreifen? Wir zeigen euch, was wahre Macht ist!"

Der Mann stieß ein Lachen aus, bei dem einem das Blut in den Adern gefrieren konnte. Das Geräusch veränderte sich, wurde tiefer und wandelte sich zu etwas Verzerrtem, Unmenschlichem. Der Körper des Mannes verrenkte sich und seine Robe riss auf. Er verwandelte sich in eine riesenhafte, menschenähnliche Bestie. Seine Hände wurden zu langen Klauen, und große, knochige Platten erschienen auf seiner Haut. Er sah aus wie eine Kreuzung zwischen Bär und Dinosaurier. Die anderen Gebieter begannen ebenfalls, sich zu verwandeln. Manchen wuchsen Tierklauen und insektenartige Schwänze, andere fielen auf alle viere und Reißzähne ragten aus ihren Mäulern hervor.

Sie sind Formwandler!, dachte Jason düster, den Kopf immer noch in den Händen verborgen. Viel Unterstützung konnte er momentan ohnehin nicht leisten. Jetzt lag es an Frank und Riley.

Frank schlängelte sich zwischen den Gebietern hindurch, und seine Klingen blitzten im bunten Licht auf. Der Kampf war das reinste Chaos, da die Gebieter sich schnell immer wieder wandelten, um sich ihren Gegnern anzupassen. Frank schlug mit seiner Axt nach einer katzenartigen Kreatur, doch ihr Arm veränderte sich in letzter Minute und formte einen Schild aus Knochen, der den Angriff mit einem metallischen Kreischen abblockte. Dann wuchs der Kreatur ein Skorpionschwanz, der auf Frank zuschoss und sich in seinen Oberarm bohrte. Der Krieger schrie vor Schmerz auf und wich hastig zurück, während er mit der anderen Axt den Schwanz durchtrennte. Eine Fontäne ätzender, grüner Säure schoss aus der Wunde, spritzte auf den Boden und ließ kleine Rauchfähnchen aufsteigen.

Jason sah mehrere seiner Knechte fallen. Ein Blick auf sein Gruppenmenü verriet ihm, dass Frank rapide Lebenspunkte verlor. Riley musste das ebenfalls bemerkt haben, denn ein leuchtender roter Pfeil schoss aus einem Gebäude und traf einen ahnungslosen Formwandler in Franks Nähe. Dieser heulte vor Schmerz auf und griff hinter sich, um den Pfeil zu packen. Jason reagierte schnell und befahl einem der Minotauren in der Nähe, seine Axt fallenzulassen und den Gebieter zu packen. Die Bestie trottete herbei, packte beide Arme des Formwandlers und hob ihn hoch.

Ein blutiger Nebel wirbelte und drehte sich um den bewegungsunfähigen Gebieter, erfüllte die Straße und entfaltete seine heilende Wirkung auf Frank. Doch das war noch nicht alles. Jason sah, dass der Heilzauber auch auf seine Skelette und Zombies wirkte. Die in dem Blut enthaltene dunkle Energie flickte ihre Knochen und ihre verweste Haut wieder zusammen.

Trotz der Kopfschmerzen, die immer noch in seinem Schädel pochten, kam Jason ein Gedanke. Schnell schickte er eine mentale Botschaft an einen der Zombiebogenschützen, die er bei Riley gelassen hatte. Der Minotaurus drehte den geschwächten Gebieter in Richtung des Gebäudes, in dem Riley sich versteckt hielt. Einen Augenblick später schossen zwei weitere, leuchtendrote Pfeile aus dem Gebäude und trafen den verletzten Formwandler in die Brust.

Dann schickte Jason seinem Lichtmagier einen Befehl. Diesen Knecht hatte er noch nicht einsetzen können, seit er ihn damals im Zwielichtthron beschworen hatte. In den letzten paar Kämpfen hatte Jason ihn einfach Frank zugeteilt. Trotzdem hatte er ihn nicht austauschen wollen. Auch wenn Jasons Anweisung für einen lebenden Spieler oder NPC etwas kontraintuitiv sein mochte, zögerte der Lichtmagier nicht, sie zu befolgen, und wandte seine Aufmerksamkeit von Frank ab und dem bewegungsunfähigen Gebieter zu. Lichtblitze umhüllten den Formwandler, und der Lichtmagier schaffte es, ihn trotz des Schadens über Zeit, den die Pfeile ihm zufügten, am Leben zu halten.

Drei Pfeile steckten in der Brust des mittlerweile panischen Gebieters, und der Blutnebel verdichtete sich und breitete sich aus, bis er die gesamte Straße füllte. Seine Heilwirkung wurde von den vielen Pfeilen verstärkt, die jetzt in dem Formwandler steckten.

Der Effekt ist stapelbar!, dachte Jason mit einem freudigen Grinsen.

Er befahl dem Minotaurus, der den Gebieter trug, zu seinen Skelettbrüdern zurückzuweichen. Der Formwandler wehrte sich heftig und wechselte immer wieder schnell die Gestalt, in dem Versuch, die untote Kreatur zu verletzen und sich zu befreien. Doch die Stärke des Minotaurus war zu groß, und die Heilwirkung des Nebels verhinderte, dass der Gebieter einen tödlichen Schlag anbringen konnte.

Jasons andere Knechte verteilten sich um den Minotaurus herum, der den Formwandler trug und behandelten das Skelett wie einen Standartenträger, wobei sie sich immer im Radius des Blutnebels aufhielten. Riley musste Jasons Strategie erkannt haben, denn sie verpasste dem Gebieter ein paar weitere Pfeile, bis er aussah wie ein lebendes Nadelkissen. Die zusätzlichen Pfeile verstärkten den Heileffekt nicht weiter. Jason vermutete, dass der Stapeleffekt nach oben begrenzt war.

Frank stürmte mitten in die feindlichen Truppen hinein und richtete Verwüstung unter den Gebietern an. Seine Äxte wirbelten in einer schnellen Folge von Schlägen und hackten neu gebildete Gliedmaßen ab. Von Gegnern umzingelt steckte Frank eine Menge Hiebe von den Gebietern ein, die seine Haut zerfetzten und aufrissen. Selbst mit dem verstärkten Heileffekt des *Blutnebels* begannen seine Lebenspunkte erneut rapide zu schwinden. Mit einem mächtigen Brüllen aktivierte er den Effekt seiner Äxte. Eine leuchtend rote Aura umgab seinen Körper und breitete sich auf Jasons Zombies und Bogenschützen aus, die sich in den umliegenden Gebäuden versteckten.

Mit ausgestreckten Armen drehte sich Frank im Kreis und schuf einen vernichtenden Wirbelwind aus Stahl, Blut und Tod. Seine Schreie hallten über das Schlachtfeld. Von Blutlust und Raserei erfüllt rammte er seine Äxte tief in seine Feinde, und Blut durchtränkte seine Kleidung. Wo das ätzende Blut seiner Feinde seine Haut berührte, warf sie Blasen und riss auf. Doch Frank hörte nicht auf, selbst als seine Lebenspunkte auf null und dann ins Negative sanken.

Dann brachen Jasons Minotauren zu ihm durch. Frank hielt seine Aura aufrecht, als der Minotaurus, der den reglosen Gebieter trug, neben ihm ankam. Unfähig, sich zu bewegen, während er die Schadensaura aktiviert hatte, hob Frank seine Äxte hoch und brüllte triumphierend, als die Gebieter langsam zurückgedrängt wurden. Die restlichen Überlebenden wandten sich ab und flohen. Sofort wurden ihre Rücken von den Pfeilen der Bogenschützen gespickt, die in den Gebäuden Deckung genommen hatten.

Schließlich richtete sich Jason auf und blickte im schimmernden Licht der Kristalldecke, die über der Stadt schwebte, auf Franks blutige, abgezehrte Gestalt. Riley trat aus dem Gebäude, um sich auf der Straße zu ihm zu gesellen, gefolgt von den verbleibenden Bogenschützen. Durch die Bewegungen der Gruppe geriet der Blutnebel in Wallung und wirbelte um sie herum. Inzwischen kam Jason auf die Füße. Seine Gestalt in dem dunklen Umhang ragte auf dem Hausdach über dem Schlachtfeld auf.

Frank erblickte Jason, brüllte erneut triumphierend auf und salutierte mit einer seiner Äxte. Riley lächelte und hob ihren Bogen, während Jasons Knechte den Ruf aufgriffen. Ihr Siegesgeschrei hallte durch die Höhle und wurde von den Steingebäuden zurückgeworfen.

„Wir sind definitiv ein gutes Team", sagte Jason mit einem stolzen Lächeln zu sich selbst.

Kapitel 21 – Entdeckt

ALEX STAND IN der Mitte des Marktplatzes in Grauburg und sah zu, wie eine Flut an NPCs und Spielern an ihm vorbeilief. In der Nähe befand sich ein Springbrunnen, dessen Wasserfontänen hoch in die Luft schossen, bevor sie perfekte Kugeln formten. Diese schraubten sich um die Wassersäulen herum wieder nach unten und landeten dann im Becken des Brunnens. Alex beobachtete das fließende Wasser und sann gedankenverloren darüber nach, was für ein Zauber nötig war, um diesen Effekt zu bewirken.

Er wusste, dass er sich damit nur abzulenken versuchte. Ohne die Leere in seinem Hinterkopf raste sein Herz bei dem Gedanken daran, was ihm bevorstand. Es war klar, was er zu tun hatte. Er sollte an dieser Stelle warten, bis er von Caerus' Männern kontaktiert wurde. Die Wahl war auf diesen Ort gefallen, um eine möglichst große Anzahl an Zeugen für seine drohende Verhaftung zu gewährleisten.

Ein unscheinbarer Mann kam auf Alex zu, Körper und Gesicht von einem dünnen Umhang verhüllt. Als er ihn erreicht hatte, verkündete der Mann knapp: „Es ist Zeit." Dann ging er davon und wurde fast sofort von der Menge verschluckt.

Für einen Moment schloss Alex die Augen. Ungewohnte Emotionen wirbelten durch seinen Kopf. Fühlte sich so Angst an? Oder waren es Schuldgefühle? Er konnte seine Emotionen nicht genau benennen. Doch er wusste, dass er diese Leute gleich in die Irreführen und möglicherweise einen Krieg anzetteln würde, nur um in der wirklichen Welt gut dazustehen. So ausgedrückt erschien ihm das dumm und kleinlich. Warum tat er das überhaupt?

„Aber was soll ich sonst tun?", fragte er geistesabwesend. In Gedanken hörte er die Stimmen seiner Mutter und seines Vaters, zweier unnachgiebiger Menschen, die sich von nichts davon abhalten ließen, Macht an sich zu ziehen. Er wusste, was sie tun würde, was ein „echter" Lane tun würde.

Mit widerstreitenden Gefühlen stieg Alex auf die Steinumrandung des Springbrunnens. Er wandte sich an die Menge auf dem Marktplatz. „Bürger von Grauburg!", rief Alex über den Lärm auf dem Markt hinweg.

Viele wandten den Blick, um den Mann in der schlichten, braunen Robe mit dem zerzausten Haar und dem Dreitagebart anzusehen. „Das ist der Prophet", flüsterte eine Frau ihrer Freundin zu.

„Hört mich an", fuhr Alex fort. „Die Herrin hat letzte Nacht zu mir gesprochen. Sie hat mir eine Prophezeiung für die Zukunft gewährt." Alex hielt das goldene Buch hoch, das die Herrin ihm gegeben hatte.

Mit einer schnellen Bewegung schlug er es auf. Buntes Licht erstrahlte von den Seiten und tanzte in der Luft über dem Markt. Er hörte, wie den Leuten der Atem stockte und viele in der Menge bei dem Anblick nach Luft schnappten. Jetzt hatte er ihre volle Aufmerksamkeit.

„Die Herrin sagte mir, dass die Dunkelheit im Herzen des Zwielichtthrons hierherkommt, um sich diese Stadt zu holen. Sie hat Jasons Kriegserklärung vernommen." Er hielt inne und blickte auf das Buch in seinen Händen. „Doch während diese Gefahr an unseren Grenzen lauert, befindet sich eine noch viel größere mitten unter uns. Die Herrin sagte mir, dass der Regent dieser Stadt den Niedergang bringen wird."

Alex ließ den Blick über die Menge schweifen und sah vielen der NPCs in die Augen. Schweigen hatte sich über den Marktplatz ausgebreitet. „Grauburg wird fallen, der Zwielichtthron wird uns besiegen, wenn Strouse Regent bleibt", sagte er mit leiser Stimme, die dennoch auf dem ganzen Platz zu hören war.

Ein Murmeln lief durch die Menge, und die Leute sahen sich mit angsterfüllten Gesichtern an. Dann erklangen mehrere Rufe.

„Strouse muss abgesetzt werden!"

„Er führt uns ins Verderben!"

Alex wusste, dass diese Stimmen von sorgfältig in der Menge platzierten Spionen stammten. Ihr Ansporn wirkte. Bald tobte *der ganze Pulk in Verwirrung und Aufruhr, und die Leute schrien nach der Absetzung des Regenten der Stadt.*

Dann sah Alex Stahl im Sonnenlicht aufblitzen. Ein Trupp Soldaten in der Livree des Regenten war eingetroffen. Sie drängten sich durch die Menge der NPCs und stießen Leute gewaltsam aus dem Weg. Die Rufe der NPCs verstummten, als der Mann an der Spitze des Trupps auf Alex zu trat. Er trug eine Plattenrüstung, die in der Sonne glänzte, und eine dicke Narbe verlief über seine Wange.

Er warf einen Blick auf die Menge. „Ich bin Feldwebel Jeffries. Der Reisende namens Alexion wird hiermit wegen Verrats an Grauburg und Anstachelung zur Rebellion festgenommen. Jeder, der versucht, den Reisenden zu verteidigen, wird ebenfalls verhaftet", rief er der Menge zu. „Ist das klar?"

Als Reaktion darauf erhielt er nur zorniges Gemurmel, doch niemand machte Anstalten, Alex zu verteidigen.

„Gut", knurrte Jeffries.

Er trat an Alex heran, den Mund zur Grimasse verzogen. „Kommt Ihr friedlich mit, oder müssen wir Euch mit Gewalt zwingen?"

Kurz schloss Alex die Augen und wappnete sich für das, was als Nächstes kommen würde. Auch wenn er wusste, dass er in einem Spiel war, änderte das nicht die Natur dessen, was er zu tun gedachte. Dann öffnete er die Augen und zwang sich zu einem Lächeln.

„Wenn das der Wille der Herrin ist, dann sei es so. Ich bin nur ihr Diener. Ich werde mich jeder Strafe unterziehen, wenn es der Verteidigung dieser Stadt dient", sagte Alex mit lauter Stimme und versuchte, ein Gefühl der Ruhe auszustrahlen, das er nicht empfand.

* * *

Es dauerte noch ein paar Stunden, die übrigen Kultisten und Gebieter aufzuspüren und zu vernichten. Die Männer und Frauen in den goldenen Roben waren überraschend zäh und einfallsreich. Ihre Fähigkeit, die Form zu wechseln, machte es schwer, sie zu erwischen. Außerdem waren sie furchteinflößende Gegner, da sie ihre Körper so ändern konnten, dass sie an die Stärken und

315

Schwächen ihrer Feinde angepasst waren.

Jason war gezwungen, einen Verteidigungstrupp am Tunnel, der zum Thronsaal des Minotaurenkönigs führte, zu postieren, damit keiner der Kultisten entkommen konnte. Dann befahl er seinen übrigen Knechten, die Stadt systematisch zu durchkämmen. Riley meldete sich freiwillig, um die Suchtrupps anzuführen, und Jason hielt sie nicht davon ab. Sie schien sich auf einer persönlichen Rachemission zu befinden.

Während der Rest der Kultisten aufgestöbert und getötet wurde, begaben Jason und Frank sich, zu beiden Seiten von mehreren Minotaurenskeletten flankiert, zum nordwestlichen Ende der Stadt. Sie hatten vor, das Labor der Gebieter zu untersuchen und herauszufinden, ob es dort etwas zu plündern gab. Während sie die staubige Straße entlangtrotteten, sah sich Jason seine Benachrichtigungen der letzten Schlacht an.

Levelaufstieg x9!
Du hast (145) noch nicht zugewiesene Punkte.

Alternativer Effekt für Leichenexplosion freigeschaltet
Wenn du dein gesamtes verbleibendes Mana ausgibst, kannst du *Leichenexplosion* auf alle beschworenen Zombies in deiner Sichtweite wirken. Dieser Zauber sollte nur als letzter Ausweg genutzt werden, da er den Zauberer schwächt und wehrlos macht. Mit Vorsicht zu verwenden.

Neue passive Fähigkeit: Zauber auf mehrere Ziele

Da du deine Zauber wiederholt auf mehrere Gegner gewirkt hast, bist du nun geübt im Anvisieren mehrerer Feinde. Du kannst jetzt Zauber auf mehrere Ziele wirkungsvoller anwenden. Auf höherem Level dieser Fähigkeit steigt die Anzahl möglicher Ziele.
Fähigkeitslevel: *Anfänger-Level 1*
Wirkung 1: *-1 % Mana-Kosten, wenn du mehrere Gegner zum Ziel nimmst. Maximale Ziele aktuell: 4.*

Fähigkeit um 1 Rang erhöht: Führungsqualitäten

Fähigkeitslevel: Mittleres Level 4
Wirkung 1: Knechte und Untergebene erhalten eine 7,5%ige Steigerung des Fähigkeiten-Lerntempos.
Wirkung 2: Erhöhte Reputation bei NPC-Kommandanten und -Anführern.

Zauber um 2 Ränge erhöht: Selbstgemachtes Skelett
Fähigkeitslevel: Mittleres Level 1
Wirkung 1: Du kannst ein selbst erstelltes Skelett aus Knochen in deiner Nähe zum Leben erwecken. Das Level des Skeletts errechnet sich aus dem Level des Zauberers + Willenskraft/70.
Wirkung 2: Mana-Kosten um 5 % reduziert.

Zauber um 1 Rang erhöht: Leichenexplosion
Fähigkeitslevel: Mittleres Level 4
Wirkung: Erhöhter Schaden und Radius (Aktuell Leben x 1,13).
Wirkung 2: 4 % erweiterter Explosionsradius.
Alternativ: Zerstört alle beschworenen Zombies in Sicht des Zauberers und kostet ihn 100 % seines verbleibenden Manas. Schwächt den Zaubernden.

Interessant. Ich dachte, dass man Zauber nur von Lehrern wie Morgan lernen kann. Wenn ich alternative Effekte entdecken kann, kann ich vielleicht auch ganze Zauber selbst herausfinden.

Immer wieder war Jason überrascht, wie wenig er vom Spiel wusste. In vielerlei Hinsicht kam es ihm so vor, als würde er schon monatelang spielen, doch in der wirklichen Welt waren es nur ein paar Wochen.

Außerdem wusste er immer noch nicht, was er mit seinen Erfahrungspunkten anfangen sollte. Sie sammelten sich an, und am liebsten hätte er sie alle auf *Willenskraft* gesetzt. In den letzten paar Kämpfen wären mehr Knechte hilfreich gewesen, besonders, wenn er weiter Zombies bei anderen Leuten zurücklassen wollte wie in Peccavi. Allerdings hatte er keine Ahnung, was passieren würde, wenn er die Quest abschloss, die der Alte ihm aufgetragen hatte. Es widerstrebte ihm, die Punkte zu verschwenden.

Mit einem Seufzer rief Jason seinen Charakterstatus auf, um nachzusehen, wo er aktuell stand.

Charakterstatus			
Name:	Jason	**Geschlecht:**	männlich
Level:	131	**Klasse:**	Nekromant
Rasse:	Mensch	**Ausrichtung:**	Chaotisch-böse
Ruhm:	0	**Ruchlosigkeit:**	5.600
Leben:	760	**L-Regeneration:**	0,35/Sek.
Mana:	6.350	**M-Regeneration:**	31,75/Sek.
Ausdauer:	1.010	**A-Regeneration:**	3,60/Sek.
Stärke:	12	**Geschicklich-keit:**	36
Lebenskraft:	11	**Widerstands-kraft:**	36
Intelligenz:	32	**Willenskraft:**	559
Affinitäten			
Düsternis:	39 %	**Licht:**	5 %
Feuer:	4 %	**Wasser:**	2 %
Luft:	3 %	**Erde:**	6 %

Obwohl das gemeinsame Spielen mit Frank und Riley ihm weniger Erfahrung brachte, war er trotzdem gut vorangekommen. Offenbar beschleunigte es das Hochleveln, wenn man eine Ruinenstadt voller Kultisten umbrachte. Jason wischte seine Benachrichtigungen beiseite, als sie schließlich das Ende der Nordweststraße erreichten. Sie endete an einem Komplex aus Steingebäuden, die von einer hohen Mauer umgeben waren. Ein kaputtes, schmiedeeisernes Tor hing lose in seinen Angeln und bot den beiden wenig Widerstand, als sie das Gelände betraten.

Als sie einen kleinen, zwischen aufragenden Steingebäuden eingekesselten Platz betraten, blieben Frank und Jason wie angewurzelt stehen. Rund um den Innenhof standen zahllose Metallkäfige. Jason hörte schlurfende Geräusche in ihrem Inneren. Als er genauer hinsah, erkannte er, dass viele mit wilden Tieren besetzt waren, darunter zahlreiche Wölfe. Weiter hinten entdeckte er allerdings eine Reihe Käfige voller nackter Männer und Frauen. Angstvoll drängten sie sich gegen die hinteren Gitterstäbe, als sie Frank und Jason erblickten.

„Die sind ja kaum noch menschlich", murmelte Frank.

Jason konnte nicht sofort antworten. Die ehemaligen Bauern waren fast bis zur Unkenntlichkeit verstümmelt worden. Gliedmaßen waren entfernt und durch Körperteile von Tieren ersetzt worden. Einem Mann fehlten beide Arme, und an ihrer Stelle waren nur vernähte Wunden zu sehen. Eins seiner Beine war gegen etwas ausgetauscht worden, das aussah wie das Bein eines Bären. Er stöhnte erbärmlich und starrte sie aus wahnsinnigen Augen an, als sie an ihm vorbeigingen. Leider waren die übrigen Bauern in nicht viel besserem Zustand.

„Das ist krank", sagte Jason leise. Er war sich nicht einmal sicher, ob sein Zauber *Untoten-Zueignung* ihre Körper retten konnte. Selbst wenn, war es unwahrscheinlich, dass er etwas für ihren Geist tun konnte. Viele der Männer und Frauen in den Käfigen schienen den Verstand verloren zu haben – höchstwahrscheinlich eine Nebenwirkung der Folter und der Experimente, die in den Händen der Kultisten durchlitten hatten.

„Was sollen wir tun?", fragte Frank, während er die Bauern in einer Mischung aus Mitleid und Horror beäugte.

Jason zögerte. Er wusste, dass ihm nur eine Lösung offenstand, aber sie widerstrebte ihm. Das Menschlichste, was er tun konnte, war, diese Leute von ihrem Leid zu erlösen. Sie waren nicht zu retten, weder durch Magie noch durch weltliche Mittel.

Er schloss die Augen und atmete tief durch, bevor er den Skelettminotauren, die bei ihnen waren, den mentalen Befehl erteilte. Die massigen Skelette näherten sich den Käfigen und zerschmetterten mit ihren Äxten die Schlösser. Als die irrsinnigen, kranken Menschen hinausgekrochen kamen, durchtrennten ihnen die Klingen der Minotauren die Hälse ohne großen Widerstand.

„Du bringst sie einfach um?", fragte Frank beim Anblick des Massakers entgeistert.

Jason öffnete die Augen. Dunkles Mana durchdrang seinen Körper, und er musste die Gefühle niederringen, die ihn zu überwältigen drohten. Ruhig begegnete er dem Blick seines Freundes. „Was soll ich denn sonst tun? Da ist nichts zu machen. Ihre Körper sind rettungslos zerstört, und diese ... diese Experimente haben sie in den Wahnsinn getrieben."

Frank blickte hin- und hergerissen von Jason zu der schnell schwindenden Anzahl Sklaven. „Ich schätze, mir fällt auch nichts Besseres ein", sagte er leise.

„An der Nordostseite gibt es andere, die wir noch retten können", erklärte Jason. „Vergiss das nicht."

Alfred tappte zu Jason und beobachtete die Szene mit leidenschaftslosen Augen. Jason sah zu dem Kater hinunter, und kurz begegnete er seinem Blick. Die KI hatte diese widerwärtige Szene geschaffen, doch Jason verstand langsam, was er vor einigen Tagen hatte sagen wollen. So hin- und hergerissen er sich dabei fühlte, die Dorfbewohner von ihrem Leid zu erlösen, so befriedigend war es, die Stadt von den „bösen" Kultisten zu säubern.

Ich nehme an, wir brauchen alle etwas, wogegen wir kämpfen können, dachte er widerstrebend.

Während die Minotauren sich um den Rest der deformierten Versuchspersonen kümmerten, inspizierten Jason und Frank die Gebäude, aus denen der Komplex bestand. Schnell stießen sie auf eine grauenerregende Parodie eines Labors, das in einem der größeren Häuser eingerichtet war.

Blutige Instrumente hingen an einer Wand und in der Mitte des Raumes stand ein steinerner Tisch. Um ihn herum war ein grobes Pentagramm in den Steinboden gemeißelt worden. Innerhalb jeder der fünf Spitzen des Sterns stand eine eiserne Säule. Auf vier der Säulen waren verschiedene Zutaten platziert worden, die Jason nicht alle identifizieren konnte. Auf der fünften Säule allerdings lag ein offenes Buch. Die Seiten waren vom Alter vergilbt, und das Papier war von etwas befleckt, das verdächtig nach Blut aussah.

Langsam ging Frank auf das Buch zu und knurrte leise: „Das ist doch bestimmt irgend so ein Todeskultbuch des Verderbens. Wahrscheinlich schmilzt es mir das Gesicht weg ..." Er blieb einen Moment lang vor dem Buch stehen. Dann seufzte er und streckte die Hand aus. „Aber Beute ist es trotzdem."

Jason lachte wider Willen. Er stand noch am Rand des Raums und ließ unauffällig einen Skelettminotaurus zwischen sich und Frank Aufstellung nehmen. Er erwartete nicht ernsthaft, dass das Buch etwas bewirken würde, er wollte trotzdem aufs Schlimmste gefasst sein. Franks Hand berührte es, doch nichts geschah. Dann packte er den Wälzer und blätterte mit verwirrt gerunzelter Stirn durch die Seiten.

„Ich hab' keine Ahnung, was das sein soll", sagte Frank. „Es ist in einer fremden Sprache geschrieben, und wenn ich es inspiziere, steht da nur *unbekannt*."

Jason hob die Schultern. „Wir können ja einfach einen der Gebieter beschwören und ihn dazu bringen, uns zu erklären, was es ist, oder diesen Kultisten fragen, den wir oben eingesperrt haben. Erkunden wir inzwischen weiter diesen Ort. Vielleicht gibt es noch Sachen, die sich einzusammeln lohnen."

Nach ein paar Minuten, in denen sie die verbleibenden Räume durchsuchten, hatten sie eine lächerliche Anzahl goldener Roben und ein paar ordentliche Kampf- und Zauberstäbe gefunden. Offenbar waren das die Art Gegenstände, die Formwandler-Kultisten mit sich herumtrugen.

„Die Beute in diesem Spiel ist zu realistisch", beschwerte Frank sich auf dem Rückweg in den Hof. Während die beiden die Gebäude untersucht hatten, hatten die Skelettminotauren die Leichen der Dorfbewohner sauber an einer Wand aufgestapelt.

„Ich würde alles für eine anständige magische Rüstung geben", fuhr Frank mit mürrischer Stimme fort. „Oder ein paar Ringe. Vielleicht ein Amulett mit einem Stärkezauber." Er seufzte wehmütig und träumte von besserer Beute.

Skeptisch sah Jason seinen Freund an. *Natürlich findet*

sich hier bei einem Haufen magiebegabter Kultisten keine nützliche Ausrüstung.

„Hey, Leute!", erklang hinter ihnen ein Ruf.

Jason drehte sich um und erblickte Riley, die den Hof betrat. Sie war von Skelettminotauren flankiert, und um die Gruppe herum wirbelte ein verdächtiger roter Nebel. In der Mitte des Pulks stand der Skelett-Stier, der sich in der Schlacht einen der Gebieter geschnappt hatte. Der Mann war an den gebleichten, weißen Körper des Skeletts gefesselt. Pfeile steckten ihm in Händen und Füßen, und er war geknebelt. Der Lichtmagier neben ihm wirkte kontinuierlich *Lichtheilung* auf den Gebieter und hielt ihn mit seinen intervallartigen Lichtblitzen am Leben.

„Hi, Riley", begrüßte Jason sie. „Ich nehme an, der Rest der Stadt ist gesichert?"

Riley nickte. „Ja, und außerdem habe ich einigen der Minotauren befohlen, die Leichen der gefangenen Dorfbewohner aufzustapeln. Keiner von ihnen hat den Kampf überlebt", sagte sie mit dumpfer Stimme.

Dann fiel ihr Blick auf den Haufen verstümmelter Körper, die an der Wand im Hof lagen. Ihr Gesichtsausdruck verdüsterte sich, und ihr Mana flammte auf. Muster aus Energie krochen ihre Arme hinauf. „Was ist hier passiert?", fragte sie leise.

„Die Gebieter. Das waren ihre Versuchspersonen", erklärte Frank knapp und trat zu den beiden. „Jason hat die armen Schweine von ihrem Leid erlöst."

„Ist das widerwärtig", murmelte Riley und umfasste den Griff des Dolchs an ihrer Hüfte. Ihr Blick wanderte zu dem Mann, der an das Totem gefesselt war. Er zuckte vor ihr zurück.

Frank schnaubte. „Die schlechteste Nachricht ist, dass es hier nicht viel zu holen gibt. Alles, was wir gefunden haben, war dieser Wälzer", sagte er und schwenkte das dunkle Buch.

Der an das Minotaurenskelett gefesselte Gebieter gab ein lautes Ächzen von sich und zerrte an den Stricken, die ihn festhielten. „Ha", sagte Jason. „Sieht aus, als wäre das Buch was Besonderes. Warum hören wir uns nicht an, was der Gebieter uns zu sagen hat."

Auf eine Geste hin, trat ein Zombie an den Gefesselten

heran und riss ihm den Knebel heraus. Der Gebieter schnappte kurz nach Luft, bevor er Jason ankrächzte: „Ich werde keine Fragen beantworten. Irgendwann komme ich frei, und dann schlachte ich Euch ab wie die anderen Sklaven."

Bevor Jason reagieren konnte, trat Riley vor und rammte dem Mann die Faust in den Bauch. Der Gebieter reagierte blitzschnell: Dunkle Schuppen breiteten sich über seinen Unterkörper aus, bevor der Schlag ihn traf. Rileys Faust prallte mit einem dumpfen Geräusch gegen seine Panzerung. Selbstgefällig grinste der Mann Riley an. „Du glaubst, du kannst mich verletzen, Mädchen?"

Riley verzog die Lippen zu einem grausamen Lächeln. „Seht doch mal nach unten." Der Mann warf einen Blick auf seine Taille, wo Rileys Klinge sich gegen seine Leiste drückte.

„Ihr könnt die Form wandeln, aber ob Ihr auch Gliedmaßen nachwachsen lassen könnt? Wollen wir's rausfinden?", fragte Riley mit ruhiger Stimme. In ihren dunklen Augen funkelte kaum verhohlener Zorn.

Der Gebieter schluckte und öffnete und schloss den Mund auf der Suche nach Worten. „Das wagt Ihr nicht", keuchte er schließlich.

Riley zögerte nicht. Ihre andere Hand schoss nach vorn, ein Dolch materialisierte sich aus dem Nichts und schlitzte dem Mann den Bauch auf, der sich langsam in normale Haut zurückverwandelt hatte. Blut sprudelte aus der Wunde hervor. Der Gebieter schrie vor Schmerz auf und blickte voller Entsetzen auf seinen Bauch. Dann traf ein weiterer Lichtblitz den Mann und seine Wunde begann sich zu schließen.

„Nur zu. Unterschätzt mich ruhig", knurrte Riley. „Nächstes Mal verliert Ihr Eure Männlichkeit. Jetzt beantwortet unsere Fragen. Was. Ist. Das. Für. Ein. Buch?"

Der Gebieter sah sie mit einer Spur Angst in den Augen an. Dann blickte er auf das Buch in Franks Hand. „Das ist ein Skillbook. Daraus kann man die Verwandlungsfähigkeit lernen, die wir Gebieter nutzen." Sein Mund verzog sich zum spöttischen Grinsen. „Doch ihr Ungläubigen werdet es nicht verwenden können. Nur die Gebieter können das – diejenigen, die ein

Gleichgewicht der vier Elementar-Affinitäten erreicht haben."

Nachdenklich blickte Frank das Buch an und rieb sich das Kinn. Dann steckte er es in seine Tasche. Jason bemerkte den seltsamen Gesichtsausdruck seines Freundes. Das würden sie später besprechen müssen.

Jason warf Riley einen besorgten Blick zu. Ihr Verhalten war etwas uncharakteristisch, aber jetzt war nicht die Zeit, das zu thematisieren. Momentan war ihr Zorn ein Vorteil. Er wandte sich an den Gebieter und hob eine Augenbraue. „Was wolltet ihr hier erreichen? Wozu habt ihr an diesen Leuten herumexperimentiert?"

Der Gebieter antwortete nicht sofort. Seine Augen nahmen einen Ausdruck manischen Entzückens an, und er starrte Jason fiebrig an. „Wir werden etwas vollbringen, das kein Sterblicher je erreicht hat. Wir arbeiten daran, einen Gott hervorzubringen! Eine siebte Affinität." Er stieß ein hartes, triumphierendes Lachen aus.

„Wir sind so nah dran – so nah", plapperte er. „Er wartet tief unter uns. Er frisst. Er wird stärker."

Frank sah den Gebieter schockiert an. „Was zum Teufel erhofft ihr euch davon, einen Gott zu erschaffen?"

Die fieberhaften Augen des Mannes richteten sich auf Frank. „Unsterblichkeit und Macht natürlich. Wenn wir einem Gott Leben einhauchen, wird er seine Erschaffer belohnen, oder nicht? Ihr werdet schon sehen. Er wird voller Güte auf uns blicken, die wir ihn in diese Welt geholt haben."

Riley schnaubte derb. „Wahrscheinlich würde er euch allesamt umbringen, wenn ihr Erfolg hättet", knurrte sie. „Die Gelegenheit, das zu sehen, würde ich tatsächlich begrüßen."

Jason überdachte die Worte des Gebieters. In den Tiefen unter ihnen musste sich eine Art Bossgegner befinden. Er brauchte das Herz dieses Dings für die Quest des alten Mannes. Doch er hatte nicht einmal eine Vorstellung davon, wie es aussah oder wie stark es war. Auch hatte er bisher keinen offensichtlichen Eingang zu dem Bossraum entdecken können.

„Wir wollen diesen Gott sehen, den ihr erschaffen habt", sagte Jason. „Könnt Ihr uns zeigen, wo er ist?"

Die blutigen Lippen des Gebieters teilten sich zu einem irren Grinsen. „Oh ja. Ihr wärt gutes Futter für die Kreatur. Ich werde sie euch zeigen."

Besorgt blickten Frank und Riley Jason an.

„Willst du diese Bestie ernsthaft umbringen?", fragte Frank.

Jason lächelte, während er den Gebieter anblickte. „Natürlich nicht. Ihr habt den Mann doch gehört", entgegnete er. Er wandte sich seinen Freunden zu. „Wir werden einen Gott töten."

Kapitel 22 – Vergeblich

ALEX SASS IN einer Gefängniszelle, den Rücken an die raue Steinwand gelehnt. Sonnenlicht sickerte durch ein in die dicken Wände der Feste eingelassenes Eisengitter herein und beleuchtete schwach den engen Raum. Er wusste, dass ihm später am Tag eine öffentliche Gerichtsverhandlung für das Anzetteln einer Revolution bevorstand, und dass er zum Tode verurteilt werden sollte. Alles lief genau nach Caerus' Plan.

Er hatte keine Angst davor, im Spiel zu sterben. Das war ihm schon ein paarmal passiert. Keine sonderlich angenehme Erfahrung, aber er wusste, dass das nur vorübergehend war. Sein echter Körper würde keinen Schaden erleiden, und sein Charakter würde in weniger als einer Stunde respawnen. Selbst den NPCs war klar, dass sein Tod nicht permanent war. Doch das war nicht der Sinn der Vorführung, die in ein paar Stunden über die Bühne gehen würde. Seine Hinrichtung war symbolisch. Sie sollte demonstrieren, dass Strouse jeden, NPCs wie Reisende, mit einem einfachen Befehl töten lassen konnte.

Alex' Gedanken wurden unterbrochen, als er eine Wache vor seiner Zelle sprechen hörte. „Hey, Randy", sagte eine ruppige Stimme. „Hast du schon wieder Nachtschicht?"

Alex sah die Sprecher nicht, aber er hörte den anderen Mann seufzen, bevor er antwortete: „Ist doch immer dasselbe, John. Ich muss diesen blonden Fatzke bewachen, den sie heute auf dem Markt verhaftet haben. Ist es zu glauben, dass dieser ‚Prophet' mitten in der Stadt eine Revolution anzetteln wollte?"

John schnaubte. „Ein Prophet, was? Ich frage mich, ob er Stimmen hört? Sie sollten ihn in die Ausnüchterungszelle stecken. Da drin sind ein Haufen Leute, die glauben, mit Göttern reden zu können. Vielleicht findet er da ein paar Freunde!"

Randy lachte düster. „Na, wir wären verrückt, wenn wir uns Strouse widersetzen würden. Morgen rollt sein Kopf dafür", entgegnete Randy in unheilvollem Ton.

Während Alex ihren Worten lauschte, kochte sein Blut. Er wollte zu den Gittern stürmen und die Wachen anbrüllen, aber es gelang ihm, sich zu zügeln. Für sein Täuschungsmanöver musste er die Rolle des Propheten glaubhaft spielen. Ein Mann, der das Wort einer angeblich mitfühlenden Göttin verkündete, konnte seine Wächter nicht anschreien und durch die Gitter hindurch mit Zaubern angreifen.

Während Alex kochend vor Wut dasaß, tappte eine dunkle Gestalt leise den Gang vor seiner Zelle entlang. Er nahm die Bewegung nur aus dem Augenwinkel wahr. Der geschmeidige Körper verschmolz mit den Schatten, die das Fackellicht auf die Wände des Verlieses malte. Katzenaugen blickten Alex an.

Alles vor ihm verschwamm und die steinerne Gefängniszelle war verschwunden. Alex saß in einem Gang und lehnte mit dem Rücken an einer Vertäfelung mit strukturierter Oberfläche, die die gesamte Länge des Korridors bedeckte. Er hatte die Augen geschlossen, doch seine kleinen Knöchel waren weiß, so fest hatte er die Hände zu Fäusten geballt. Aus dem Raum am Ende des Ganges hörte er die Stimme seines Vaters dröhnen.

„Ich weiß nicht, was ich mit dem Jungen machen soll", erklärte George in frustriertem Ton. „Etwas stimmt einfach nicht mit ihm. Als er noch um seine Mutter geweint hat, konnte ich wenigstens seinen Kummer verstehen. Jetzt weint er nicht mehr, aber er lächelt auch nicht. Er wirkt, als wäre er innerlich ... tot." Er zögerte, bevor er leiser hinzufügte: „Ich hoffe, es ist nicht dieselbe Störung, unter der seine Mutter gelitten hat."

Kurz herrschte Stille, während die Person am anderen Ende der Leitung Alex' Vater antwortete. Dann seufzte George. „Ganz ehrlich, der Krebs war vielleicht insgeheim ein Segen. Ich weiß, ich sollte das nicht sagen, aber wenn man mit ihr sprach, wusste man nie, wer einem antworten würde."

Eine weitere kurze Stille.

„Die Ärzte waren sich nicht sicher", antwortete George der Person am Telefon. „Ich habe sie zu jedem Psychiater in der Stadt *geschleppt, sogar in einige Kliniken im Ausland. Höchstwahrschein-lich Schizophrenie. Wären der Ehevertrag und Alex nicht gewesen, hätte ich sie schon vor Jahren verlassen."*

Alex konnte es nicht mehr ertragen. Etwas hatte mit seiner Mutter nicht gestimmt? Mit ihm war etwas nicht richtig? Freute sein Vater sich, dass seine Mutter gestorben war? Sein kindlicher Verstand versuchte vergeblich, diese Informationen zu verarbeiten. Trotz der betäubenden Leere in seinem Kopf wirbelten seine Gedanken und versanken im Chaos – in die bodenlose Verzweiflung, die im Hintergrund lauerte und nur darauf wartete, dass er der Um-klammerung der Leere entglitt.

Eine nebulöse, weibliche Stimme flüsterte ihm ins Ohr, lockte ihn mit Worten voller Hoffnung. Sie versicherte ihm, dass alles in Ordnung kommen würde, dass er in Ordnung kommen würde. Schließlich war ihr Sohn ein Lane.

* * *

Die Gruppe stand vor einer normal aussehenden Tür, die in der rauen Felswand der Höhle im Norden der Ruinenstadt angebracht war. Die Oberfläche schien aus Holz zu bestehen, aber eine nähere Inspektion ergab, dass sie in die Höhlenwand geschnitzt worden war. Neben der Tür standen vier Säulen, die jeweils die in sie hin-eingeritzten Elemente symbolisierten.

„Das wirkt nicht gerade einschüchternd", meinte Frank in gelangweiltem Ton. „Soll dieser Gott hinter der winzigen Tür ho-cken?"

Jason hob die Schultern und wandte sich an den gefessel-ten Gebieter. „Wie lässt sie sich öffnen?", fragte er barsch.

Verächtlich starrte der Gebieter ihn an. „Ihr müsst die vier Elemente bändigen, um diese Tür zu öffnen. Das liegt jenseits eu-rer kläglichen Möglichkeiten."

Prompt landete Rileys Faust im Gesicht des Mannes. Der Gebieter ächzte vor Schmerz und spuckte frisches Blut. „Ich hab' Euch nicht ganz verstanden. Wie öffnet man die Tür noch mal?", fragte sie sarkastisch, während ihre dunklen Augen ihn herausforderten, es noch einmal mit Widerworten zu versuchen.

Der Gebieter starrte sie zornig an, entgegnete aber missmutig: „Ihr müsst die Säulen den vier Elementen aussetzen."

„Braver Junge", kommentierte Riley und wandte sich den
Säulen zu. Sie ging näher heran und musterte die Symbole. Dann
blies sie auf die Luftsäule und hob eine Handvoll Erde vom Boden
auf, um sie auf die Erdsäule zu streuen und spuckte auf die Was-
sersäule, bevor sie mit hochgezogener Augenbraue zu Jason
blickte.

Einen Moment lang hielt er Rileys Blick stand. Ihre Augen
waren obsidianschwarz. Ehrlich gesagt konnte er sich nicht daran
erinnern, wann sie zuletzt ihr dunkles Mana fallengelassen hatte.
Er verstand die Versuchung, sich der Düsternis zu ergeben, um
den Tumult ihrer Emotionen abzureagieren. Er konnte nur vermuten, dass ihr neues, aggressives Verhalten etwas damit zu tun
hatte, was mit Alex gewesen war. Unsicher, was er sagen konnte,
um ihr zu helfen, beschloss er, es vorerst sein zu lassen. Er konnte
ihr Bedürfnis, Dampf abzulassen, wirklich gut nachvollziehen.

Mit einem mentalen Achselzucken machte Jason eine
Geste mit der Hand. Ein Feuerball sauste durch die Luft und traf
auf die verbleibende Steinsäule. Eine Welle der Hitze brach über
Jason herein. Als die Flammen verschwanden, sah er, dass die
jetzt versengte Säule noch stand. Hinter ihm stand einer seiner
Feuermagier, um dessen bleiche, verwesende Hand Überreste von
Flammen züngelten. Unzeremoniös knirschend öffnete sich die
Steintür und gab einen dunklen Gang frei.

„Unser Gott wird euch töten", krächzte der Meister rau.
„Dem, was in den Tiefen lauert, seid ihr nicht gewachsen."

„Knebelt ihn", sagte Jason schlicht. Einer seiner Zombies
stopfte dem Mann daraufhin einen Stofffetzen in den Mund. Der
Gebieter starrte Jason trotzig an. Er lächelte herablassend zurück.
Wenn sie es so weit geschafft hatten, konnten sie es auch mit der
Bosskreatur aufnehmen, die diese Kultisten fabriziert hatten.

„Los geht's!", erklärte Frank und rieb sich die Hände. Seine
Augen füllten sich mit Vorfreude, und er musterte den dunklen
Tunnel, der auf der anderen Seite des offenen Steinportals lag. Er
trat durch die Tür und ging den engen Gang entlang.

Jason beobachtete seinen kräftigen Freund, während sie

durch die Dunkelheit liefen. Erst Riley und jetzt auch noch Frank. Beide schienen tiefgreifende Veränderungen durchzumachen. Er konnte sich nicht recht entscheiden, ob das etwas Schlechtes war. Beide wirkten so, als fühlten sie sich wesentlich wohler dabei, ihren Impulsen und Wünschen zu folgen. Seit Franks Kampf mit dem Minotaurenkönig hatte er seine verdrießliche Zurückhaltung abgelegt. Auch Riley verhielt sich selbstbewusster, und jetzt übernahm sie bereitwillig und ohne Zögern die Verantwortung. Es war, als hätte jemand in ihren Köpfen einen Schalter umgelegt.

Vielleicht ist das gut so.

Jason blickte zu Alfred hinunter, der leise neben ihm her tappte. Er wusste, dass das veränderte Verhalten seiner Freunde wahrscheinlich von der KI verursacht wurde. Doch gleichzeitig war ihm klar, dass Alfred die Situation inszeniert hatte. Er hatte die Gruppe im Spiel zusammengeführt und die Hindernisse erschaffen, auf die sie gestoßen waren. Was sie danach taten, lag bei ihnen. Eine alte Redewendung schoss Jason durch den Kopf, etwas, das ein Kunde seiner Eltern vor vielen Jahren zu ihm gesagt hatte: *Man kann das Pferd zum Brunnen führen, aber trinken muss es selbst.* Das schien ihm passend. Alfred hatte ihnen die Gelegenheit gegeben, aber Frank und Riley hatten sich von selbst entschieden, sich zu verändern.

Seine Gedanken wurden unterbrochen, als der Tunnel abrupt endete und sich auf einen Vorsprung erweiterte, von dem aus sie eine große Höhle überblickten. Im Gegensatz zu dem gleichförmigen Mauerwerk der Ruinenstadt waren die Höhlenwände hier rau und grob geformt. Auch dieser Raum wurde von riesigen, farbigen Kristallen an der Decke beleuchtet. Sie hingen von der Steindecke wie Stalaktiten und ihre gezackten Spitzen ragten tief in den Raum hinein. Das langsam wechselnde Licht der Kristalle beleuchtete einen Wasserfall an der hinteren Wand der Höhle. Das Wasser stürzte in einen See, der fast die Hälfte der Höhle einnahm, und hallte durch den Raum. Zu seiner Rechten erblickte Jason einen schmalen Pfad, der hinunter zum Höhlenboden führte.

„Ich sehe da unten gar nichts", stellte Riley leise fest.

Jason stimmte ihr zu, dass es keine Spuren von der Bestie gab, die der Gebieter beschrieben hatte. Dann fiel sein Blick auf den See. Es gab nur einen Ort, an dem sie sich verstecken konnte.

„Wahrscheinlich ist das Monster im See", antwortete er leise. „Gebt mir eine Sekunde, damit ich meine Truppen zusammenrufen kann." Er blickte sich zu seinen Knechten um und rief seine Beschwörungsinfo auf.

Beschwörungsinformationen			
Beschwörungs-Höchstzahl	68	Beschwörungs-Höchstzahl Leutnants	6
Levelbeschränkung für Zombies	268	Levelbeschränkung für Skelette	140
Aktuell beschworene Zombies	18	Aktuell beschworene Skelette	50
Aktuelle Leutnants	1	-	-
Arten von Beschworenen			
Minotauren	20	Bogenschützen	7
Nahkampf (Skelette)	10	Diebe	2
Eismagier	3	Feuermagier	3
Lichtmagier	1	Dunkle Magier	2

Er hatte 20 Minotauren, fast zehn Magier und sieben Bogenschützen. Außerdem befanden sich noch viele Leichen in der Stadt – die Überreste der Gebieter und Kultisten. Er nahm an, dass er auch einige Knochen der Menschen und Werwesen, die er in dem Hof vernichtet hatte, verwerten konnte. Zusätzlich gab es im Labyrinth noch eine beträchtliche Menge Minotaurenknochen, die er auf dem Wagen nicht mehr zu der Begegnung mit den Kultisten hatte transportieren können.

Jason hatte beschlossen, die Leichen der versklavten Dorfbewohner fürs Erste nicht anzurühren. Er konnte sie mit *Untoten-Zueignung* wiedererwecken, aber dann wäre er gezwungen, sich um NPCs auf niedrigem Level zu kümmern, um sicherzustellen, dass sie unversehrt zurück zum Dorf gelangten. Außerdem musste er ihre Leichen vielleicht noch verwenden. Sollte es so weit kommen, würde er William erklären, dass sie alle bei den

Experimenten der Gebieter umgekommen waren.

Sollte er im nächsten Kampf unterliegen, würde Jason viel verlieren, aber zumindest würde er nicht ohne Knechte dastehen. Das nahm etwas Druck aus der Sache raus. Er sah nach der Uhrzeit in der wirklichen Welt und stellte fest, dass ihnen noch ein paar Stunden blieben, bevor sie sich für die Nacht ausloggen mussten. Vielleicht konnten sie den Dungeon heute Abend noch schaffen.

„Okay", flüsterte Jason und wandte sich an Frank und Riley. „Gehen wir's an. Die Nahkämpfer gehen als Erstes runter. Unsere Fernkampftruppen positionieren sich in der Nähe der hinteren Wand. Die Zauberer bleiben hier oben bei mir. Geht davon aus, dass die Kreatur aus dem Wasser kriecht, sobald wir die Höhle betreten."

Frank deutete auf den Meister, der an den Minotaurus gefesselt war. „Was ist mit dem da?"

Jason blickte den Gefesselten an und lächelte grimmig. „Er geht zusammen mit den Nahkampftruppen runter. Er ist schließlich unser Heilungs-Totem."

Der Gebieter riss die Augen auf und stöhnte unter seinem Knebel.

Frank lachte düster und lief den schmalen Pfad hinunter, die Minotauren und der gefangene Gebieter dicht hinter ihm. Riley und die anderen Bogenschützen begaben sich zur hinteren Wand der Höhle, wo der Pfad auf den Boden traf, während Jason und seine Magier sich auf dem jetzt leeren Vorsprung auffächerten.

Als die Nahkampftruppen in die Mitte der Höhlen gelangt waren, hielt Jason den Atem an, und sein Puls raste vor Aufregung. Er war sich nicht sicher, was er von einem frisch gebackenen Gott erwarten sollte. Glücklicherweise dauerte es nicht lange, bis er es erfuhr.

Das Wasser des Sees erbebte, und Wellen breiteten sich kreisförmig über die Oberfläche aus. Jason spürte kleine Erschütterungen im Boden, die den Staub, der auf den Felsen lag, in Bewegung versetzten. Eine massive Kreatur erhob sich langsam aus den trüben Tiefen des Sees. Alle im Raum beobachteten erstarrt, wie sie schwerfällig aus dem Wasser kroch.

„Heilige Scheiße", murmelte Jason.

Der Gott der Gebieter hatte einen riesigen Reptilienkörper und Schuppen, so groß wie Jasons Hände, bedeckten seine dicke Haut. Seine stämmigen, plumpen Beine stampften auf die Steine und den Schlamm des Seebodens, während es sich langsam aus dem See herausschob. Doch es war der Kopf der Kreatur, der Jasons Aufmerksamkeit gefangen nahm – oder vielmehr die Köpfe.

Aus dem Körper der Bestie wuchsen an langen, gebogenen Hälsen vier Schlangenköpfe, die hoch in die Luft aufragten. Jeder Kopf hatte eine andere Farbe, und es wurde schnell deutlich, dass die Farben jeweils der Affinität zu einem Element entsprachen. Energie rankte sich knisternd um jeden der Köpfe: flackernde Flammen, Windstöße und Eis- und Steinsplitter, die sich um die langen, peitschenden Hälse der Kreatur wanden.

Das muss eine Art Hydra sein, dachte Jason. Schnell inspizierte er die Kreatur: Sie war auf Level 203. Ein kleiner Totenschädel war neben ihrem Namen zu sehen. Er war sich nicht sicher, was das Symbol bedeuten sollte, aber es konnte nichts Gutes sein.

Jason hatte eine Menge Videospiele gespielt und kannte sich ein bisschen mit griechischer Mythologie aus. Allerdings vermutete er, dass der Kreatur keine Köpfe nachwachsen würden. Die Schlacht in der Stadt über ihnen und die Erklärung des Gebieters zu dem Buch, das Frank gefunden hatte, hatten Jason zu dem Schluss gebracht, dass die Kultisten auf irgendeine Art die vier Element-Affinitäten gebändigt hatten, um ihre eigenen Körper ändern zu können. Wenn das so war, hatten die Gebieter vermutlich mit dieser Hydra ein blasses Abbild eines Spielgottes hervorgebracht, indem sie einen Körper für die Bestie geschaffen und diesen mit Elementarenergie getränkt hatten.

Ich hoffe, ich habe recht, dachte er, während er zusah, wie die Köpfe der Kreatur hin und her peitschten. Abrupt hielt sie in ihrer Bewegung inne. Die Köpfe hingen in der Luft, die Augen auf die Gruppe gerichtet, die Schlangenzungen aus den Mündern zischelnd.

Frank riss sich aus seiner Erstarrung und leitete den Angriff ein. Er hastete auf den Koloss zu, und aus seiner Kehle drang ein Schrei, der durch die Höhle hallte. Schnell befahl Jason den Skelett-Minotauren, vorzurücken, um den waghalsigen Sturmangriff seines Freundes zu decken. Außerdem wies er seine Magier an, aktiv zu werden. Feuer- und Eisblitze schossen durch die Luft.

Der grüne Kopf der Hydra beobachtete Frank mit beinahe gelangweiltem Ausdruck. Dann öffnete sie ihr Maul und smaragdgrüne Energie pulsierte entlang ihrer gespaltenen Zunge. Mit einem Krachen sprießten Stalagmiten aus dem Boden um Frank herum und brachten seinen Ansturm abrupt zum Stehen. Die Steinlanzen bohrten sich durch seine Haut und durchschnitten Fleisch und Muskeln. Sein Brüllen verwandelte sich schnell in Schmerzensschreie.

Einen Moment lang konnte Jason nur starren. War jeder Kopf in der Lage, verschiedene Elementarmagie zu wirken? Die Energieblitze seiner Magier prallten ohne großen Schaden an den Köpfen ab. Vielleicht war die Bestie immun gegen Elementarmagie?

Weltlichere Geschosse folgten den Energieblitzen, als Riley sich ins Gefecht stürzte. Einige der Projektile durchdrangen die Schuppen der Kreatur und fanden in den Spalten zwischen den Schuppen Halt. Die Köpfe der Bestie brüllten vor Schmerz. Allerdings bemerkte Jason, dass die meisten Pfeile einfach an den Schuppen der Hydra abprallten und gegen die Felswände der Höhle geschleudert wurden.

Also vermutlich immun gegen Magie, und die Rüstung von Pfeilen schwer zu durchdringen, dachte Jason und versuchte, einen klaren Kopf zu behalten. Sein dunkles Mana hallte durch seinen Schädel und war das Einzige, was ihn davon abhielt, in Panik zu verfallen, während ihm klar wurde, wie schwer dieser Kampf werden würde.

Jason schüttelte den Kopf, befahl dem Minotaurus, der den Gebieter trug, sich nahe bei Frank zu halten, und ließ die anderen Skelette zu ihm aufschließen. Zwei der Skelett-Stiere stürmten auf die Hydra los. Jason musste Frank nur ein paar Sekunden verschaffen, um freizukommen und sich zu heilen. Leider konnte er *Leichenexplosion* nicht auf seine Skelette wirken, aber hoffentlich würden die Minotauren trotzdem eine Ablenkung bieten.

Die bleichen, weißen Kreaturen stürmten ohne Rücksicht auf Verluste auf die Hydra los, und ihre Klingenäxte gruben sich tief in die Beine der Bestie. Grünes Blut quoll aus den Wunden. Wo sie auf die Skelettstiere traf, fraß sich die Substanz mit beängstigender Geschwindigkeit durch die Knochen. Eilig befahl Jason ihnen den Rückzug. Er war nicht schnell genug.

Die Hydra reagierte sofort. Der gelbe Kopf öffnete das Maul. Elektrizität knisterte auf seiner Zunge und peitschte dann nach vorn. Der Blitzstrahl traf einen der Minotauren und schlug auf den anderen über. Schnell waren ihre Knochen verkohlt und geborsten. Die von dem Blitz verdrängte Luft ließ einen ohrenbetäubenden Krach durch die Höhle hallen. Dann stürzten zwei versengte Knochenhaufen zu Boden.

Sie hat beide Minotauren mit einem Schlag erledigt! Und ihr Blut besteht aus Säure. Wie sollen wir dieses Ding töten?

Jasons wachsende Sorge überwog langsam die Effekte der kühlen Macht, die durch seine Adern floss.

Eine pulsierende Kugel schwarzer Energie schoss durch die Luft und traf das offene Maul des gelben Kopfes, bevor sie explodierte. Der Angriff durchtrennte der Hydra die Zunge, und ihre anderen Köpfe stießen ein Schmerzensgeheul aus. Jasons Blick fiel auf Riley, die im hinteren Teil der Höhle stand. Sie hatte schnell reagiert und den Moment der Schwäche der Kreatur genutzt.

Endlich frei stürzte sich Frank erneut ins Gefecht. Seine kräftige Gestalt schoss auf die Hydra zu. Mit einem Satz landete er auf ihrem Rücken. Hemmungslos ließ er seine Äxte wirbeln und hackte auf den grünen Kopf ein. Smaragdgrünes Blut spritze auf Frank und zerfraß seine Kleidung. Seine Haut warf Blasen und blätterte ab. Frank schrie mit einer Mischung aus Schmerz und Wut auf und schlug weiter auf die Kreatur ein.

Jason befahl seinen Minotauren, erneut vorzurücken. Das war ihre Chance, das Monster kampfunfähig zu machen. Die Skelettkreaturen rannten auf die Hydra zu. Ihre Hufe donnerten über den Steinboden. Bald gruben sich ihre Äxte in ihre Beine und ihren Körper. Die Hydra bäumte sich auf und heulte vor Schmerzen, als ihr Blut auf den Boden der Höhle spritzte. Dann schlug sie zurück.

Von Rileys Bogenschützen abgewandt öffnete der grüne

Kopf das Maul. Steinbrocken wurden aus dem Boden um die Kreatur herum herausgerissen und prallten gegen ihren Körper. Schnell verschmolzen die Steine miteinander und bildete eine Rüstung, die die dicken Schuppen der Bestie bedeckten. Die Äxte der Minotauren glitten Funken schlagend von dem Felsenpanzer ab. Zur gleichen Zeit öffnete sich das blaue Maul und richtete sich auf die Decke. Pulsierend und sich windend bildete sich eine riesige Eiskugel im offenen Maul der Hydra.

„Was ist ...?" Jason kam nicht dazu, seinen Satz zu beenden.

Die Eiskugel explodierte in einer Energiekaskade. Ein Strom gezackter Eissplitter schoss nach unten, traf auf dem Höhlenboden auf und breitete sich in einem wachsenden Ring aus. Die Macht des Zaubers schleuderte Frank durch die Höhle und ließ ihn gegen die Felswand krachen. Er stand nicht wieder auf. Ein schneller Blick auf sein Gruppenmenü bestätigte Jason, das Franks Statusfenster ausgegraut war. Die Eiswelle vernichtete auch mehrere der Minotauren. Die anderen waren in Eisblöcken eingefroren und bewegungsunfähig.

Die Kreatur beäugte die übrigen Skelette, dann wandte sie die Reptilienaugen erst Jason auf seinem Vorsprung und schließlich Rileys Bogenschützen an der Rückwand der Höhle zu. Der rote Kopf öffnete das Maul, und Flammen schossen aus seinem Schlund. Der Flammenstrahl fuhr über die Bogenschützen an der Wand, bevor sie Zeit hatten, zu fliehen oder auszuweichen. Riley versuchte, sich aus dem Weg zu rollen, aber selbst sie war zu langsam. Das Feuer traf sie, und seine Wucht warf sie gegen die Wand. Kleider, Haut und Knochen gingen in Flammen auf. Rileys Statusfenster war ausgegraut.

Jason stand stumm vor Erstaunen da. Er wusste nicht, was er tun sollte. Frank und Riley waren tot. Er blickte zur Hydra hinüber und sah mehrere Köpfe, die auf ihn gerichtet waren. Energie sammelte sich in den offenen Mäulern der Kreatur. Sein Tod stand ihm vor Augen.

„Lauft", schrie Jason seinen Magiern zu und warf sich dem Monster entgegen, die Höhlenwand im Rücken.

Die Untoten reagierten sofort und stürmten zurück in den

Tunnel, gerade als Jason von mehreren Energiestrahlen getroffen wurde. Ihm blieb die Luft weg und überwältigender Schmerz schoss durch seinen ganzen Körper – die kaum abgemilderte Interpretation des Spiels, wie es sich anfühlte, gleichzeitig zerrissen, geschmolzen und eingefroren zu werden. Nach einer gefühlten Ewigkeit wurde die Welt endlich schwarz, und ein Bildschirm erschien in Jasons Blickfeld:

Systemmeldung
Du bist tot.
Danke, dass du Awaken Online gespielt hast!

„Verdammt", keuchte Jason. Seine Stimme wurde von der dunklen Leere verschluckt, die ihn umgab. Dann kehrte die Welt um ihn herum wieder zurück. Ihm drehte sich der Kopf von seiner Todeserfahrung, und als die Szenerie so abrupt wechselte, stolperte er und fiel auf dem Vorsprung auf die Knie. Er schnappte nach Luft und versuchte, zu verarbeiten, was geschehen war. Nach einigen Augenblicken beruhigten sich seine wirbelnden Gedanken und er sah sich um.

Er kniete auf dem Vorsprung über dem Versteck der Hydra. Die Spielwelt hatte eine unirdische Atmosphäre angenommen, die Farben waren ausgebleicht und Fetzen blauer Energie schwebten in der Luft. Er blickte zur Seite und sah sich selbst, Gesicht und Rüstung unter seinem schwarzen Umhang verborgen. Dann fiel sein Blick auf den See. Die Kreatur kroch aus dem Wasser und die Schlacht begann noch einmal von Neuem. Und noch einmal. Und noch einmal.

Wieder und wieder musste Jason zusehen, wie seine Freunde starben, ohne dass er ihnen helfen konnte. Jetzt verstand er, was Frank gemeint hatte, als er seinen ersten Tod beschrieben hatte. Zorn, Frustration und Schuldgefühle rangen in Jasons Kopf miteinander. Er war nicht stark genug gewesen, seine Freunde zu schützen, und nicht klug genug, um den Rückzug zu befehlen, als ihm klar geworden war, womit sie es zu tun hatten.

Er rief das Systemmenü auf und versuchte, sich auszuloggen. Die Szene in einer Endlosschleife immer wieder ansehen zu müssen, konnte er nicht ertragen. Er stellte fest, dass die Logout-Schaltfläche ausgegraut war. Als er trotzdem darauf drückte, wurde er mit einer Meldung konfrontiert, die ihn informierte, dass die Option zum Ausloggen vorübergehend deaktiviert war. Wenn er sich ausloggte, bevor er respawnte, würde er sich drei Echtzeit-Stunden lang nicht mehr einloggen können. Er nahm an, dass auf diese Weise die schnellere Respawn-Geschwindigkeit im Dungeon ausgeglichen und die Spieler dazu zu ermutigt werden sollten, aus ihren Fehlern zu lernen.

Er konnte es sich nicht leisten, seinen Respawn zu verzögern, also ertrug er die Szene immer und immer wieder. Er sah zu, wie Franks geschundener Körper durch die Höhle geschleudert wurde. Er beobachtete, wie der Flammenstrahl der Bestie Riley in Brand setzte. Schuldgefühle stiegen in ihm auf, während er immer wieder Zeuge dieser Szenen wurde. Er war dafür verantwortlich. Er hätte einfach ein einzelnes Skelett vorschicken können, während die Gruppe sicher im Tunnel blieb. Er hätte einen Fluchtplan vorbereiten können.

Er war arrogant gewesen.

Jason erschrak, als neben ihm eine dröhnende Stimme erklang. „Endlich erkennst du deinen Fehler", sagte der Alte gereizt. Langsam trat er an Jason heran. „Nur, weil du ein paar Schlachten gewonnen hast, hältst du dich für unbesiegbar?"

Jason wusste nicht, was er darauf antworten sollte. Die Worte des alten Mannes gaben die Schuldgefühle wieder, die ihm selbst durch den Kopf gingen.

„Ich habe dir gesagt, dass ein Anführer lernen muss, sich auf andere zu verlassen", fuhr der Alte fort. „Das heißt auch, dass diejenigen, die dir folgen, wichtig sind. Du solltest nicht leichtfertig ihr Leben aufs Spiel setzen."

Er deutete auf Franks und Rileys am Boden liegende Leichen. „Glaubst du, die Dinge in dieser Welt haben keinen Preis? Was ist, wenn du diesen Fehler bei denen machst, die nicht zurückkommen? Was, wenn das die Leichen von Rex oder Jerry wären?"

„Ich hab's verbockt", gab Jason leise zu. „Das ist mir klar."

„Wirklich?", zischte der alte Mann. Jason hatte ihn noch

nie so zornig erlebt. „Du wandelst auf meinem Pfad, Junge. Das bringt große Verantwortung mit sich. Du siehst in denen, die dir nahe sind, nichts weiter als Schachfiguren, die du nach deinem Belieben bewegen kannst. Abziehbilder von Menschen, die nur dazu da sind, eine bestimmte Rolle in deinen Plänen zu spielen. Selbst deine Gefährten, Reisende wie du, behandelst du nicht mit dem Respekt, den sie verdienen."

Der Alte zögerte und wandte den Blick der Szene zu, die erneut den Tod seiner Freunde abspielte. „Was weißt du über die Menschen, die dir folgen? Was ist mit deinem sogenannten Rat der Schatten? Kennst du die Geschichte seiner Mitglieder? Ihre Ziele und Träume? Das sind diejenigen, die deine Stadt anführen!" Er deutete auf die Leichen von Frank und Riley. „Verstehst du, warum die beiden dir folgen? Was treibt sie an? Du nennst diese Leute deine Freunde, doch du weißt nichts über sie."

Bei den Worten des alten Mannes spürte Jason Zorn in sich aufsteigen. „Zuerst habt Ihr mir gesagt, ich soll meinen eigenen Wünschen folgen. Worauf wollt Ihr jetzt hinaus? Dass ich ihnen nicht folgen soll?"

Der Alte beugte sich zu Jason, der immer noch auf dem Boden kniete, herunter. Sein von der Kapuze verdecktes Gesicht schwebte vor Jasons. „Manchmal vergesse ich, dass du nur ein Kind bist. Zu lernen, deine Wünsche anzunehmen, ist nur der erste Schritt auf meinem Weg. Wer das wahre Ausmaß der Macht erfahren möchte, die ich zu bieten habe, muss weiter gehen. Du musst lernen, die Wünsche anderer zu identifizieren und diese Bedürfnisse zu nähren. Das ist die wahre Kunst des Verlangens."

Er richtete sich wieder auf. „Dazu musst du die, die dir folgen, verstehen lernen."

Jason starrte den alten Mann schockiert an. Er hatte nicht damit gerechnet, dass an der Macht, die der alte Mann ihm bot, mehr dran war als das Verfolgen der eigenen Ziele. Während die volle Erkenntnis, was der Gott gesagt hatte, langsam einsickerte, murmelte Jason: „Vielleicht will ich das gar nicht."

Der alte Mann lachte leise. Sein Ton war jetzt weicher. „Kein guter Herrscher nimmt die Bürde des Herrschens gern auf sich. Ich habe nie behauptet, dass es leicht werden würde. Wenn du für deine Motivation einen eigennützigen Zweck brauchst, dann frage dich, was du zu verlieren hast, wenn du deinen Weg nicht weitergehst. Ich glaube, dieselbe Botschaft wird oft in den Büchern wiederholt, an denen du so großes Interesse findest. Wenn du dem Wort eines Gottes nicht vertraust, dann vielleicht deinen toten Gelehrten."

Mit einem letzten ärgerlichen Grummeln verschwand der alte Mann in einer Wolke dunklen Manas. Kurz hingen dünne Fetzen tiefschwarzer Energie in der Form seiner in Roben gehüllten Gestalt in der Luft, bevor sie sich auflösten.

Jason schloss die Augen und dachte über die Worte des alten Mannes nach. Vielleicht hatte er recht. Jason hatte sich ausschließlich auf sich selbst und seine Stadt konzentriert. Er sah seine Freunde und die anderen NPCs als Werkzeuge an, mit deren Hilfe er seine eigenen Ziele verwirklichen konnte. Das war ein Grund, warum er seine wahren Pläne vor Frank und Riley verborgen gehalten hatte. Er hatte die immer größeren Veränderungen, die er an seinen Freunden bemerkt hatte, ignoriert und sich nicht die Mühe gemacht, nachzubohren, weil sie ihm für seine Ziele nicht relevant erschienen waren.

Jason schüttelte den Kopf und erhob sich langsam. Er würde versuchen, daraus zu lernen, aber an seiner Beziehung zu Riley und Frank, wie sie jetzt war, konnte er momentan nichts ändern. Wie der Alte gesagt hatte, hatte er viel zu verlieren, wenn er seinen Weg nicht weiterging, sowohl im Spiel als auch in der Realität. Er musste ein Problem nach dem anderen angehen. Zunächst musste er die Hydra besiegen und sich ihr Herz holen. Er sollte die Zeit nutzen, um herauszufinden, wie er die Kreatur schlagen konnte, anstatt herumzusitzen und die Hände zu ringen. Wenn sie es durch diesen Kampf schafften, konnte er sich überlegen, wie er den Rat des alten Mannes befolgen sollte.

Das Problem war, dass es unmöglich schien. Die Kreatur konnte bis zu vier Zauber gleichzeitig wirken, sowohl defensive wie auch offensive. Ihre natürliche Panzerung war unglaublich widerstandsfähig, und jeder Schaden, den man ihr zufügte, ließ ätzendes Blut spritzen. Außerdem konnte die Hydra vernichtende Flächenangriffe ausführen, die ganze Wellen von Jasons Knechte auf einmal zerstörten oder bewegungsunfähig machten. Und zu allem Übel hatte er auch noch seine übrigen Minotauren und alle seine Bogenschützen verloren. Seine Magier waren dem Blitzstrahl, der ihn getötet hatte, gerade so entkommen.

„Wie sollen wir das schaffen?", murmelte er. Jason wusste, dass es für fast jeden Konflikt, auf den er bisher im Spiel gestoßen war, eine Lösung gab. Gewöhnlich brauchte es dafür eine unkonventionelle Taktik. Im Gegensatz dazu war seine Gruppe einfach ohne einen ordentlichen Plan auf die Bestie losgestürmt. Er brauchte eine Strategie.

Jasons Blick wanderte durch die Höhle. Gab es etwas, das er nutzen konnte, um der Hydra gegenüber einen Vorteil zu erlangen? Der See half ihm nichts und war wahrscheinlich dank der Luftmagie der Bestie eine Todesfalle. Der Vorsprung, auf dem Jason stand, war immerhin ein höher gelegener Aussichtspunkt, machte ihn aber auch zu einem einfachen Ziel. Am Boden der Höhle gab es kaum Deckung und nur wenige Felsbrocken und andere Hindernisse, hinter denen man sich verstecken konnte. Während Jason die Höhle inspizierte, spielte buntes Licht über den Boden. Mit gerunzelter Stirn hielt er inne.

Er blickte zu den Kristallen auf, die von der Decke hingen. Spitze, gezackte Splitter zeigten hinunter auf den riesigen Körper der Hydra. Dank der Größe der Kreatur hingen gleich mehrere Stalaktiten unmittelbar über der Schlange. Dann musterte Jason den Vorsprung, auf dem er stand. Eine Idee nahm in seinem Kopf Gestalt an. Vielleicht konnte er die Kreatur im direkten Kampf nicht schlagen, aber er konnte tun, was er am besten konnte: sie aus dem Hinterhalt erledigen.

Jason presste den Mund zu einer grimmigen Linie zusammen und sah die Hydra an. „Diese Runde hast du gewonnen", murmelte er. „Aber wir kommen wieder."

Kapitel 23 – Gerissen

ALEX TROTTETE VORAN, den Kopf von einem dicken Wollsack verhüllt, durch dessen Stoff nur schwach etwas Sonnenlicht hindurchdrang. Die Wachen lenkten ihn grob und waren sehr darauf bedacht, ihm zur Ermunterung gelegentlich einen Tritt oder Schubser zu verpassen. Nichtsdestotrotz war er dankbar für den Sack. Ihm drehte sich noch der Kopf von der Erinnerung, die er vor ein paar Stunden durchlebt hatte, und er konnte ein paar Minuten mehr gut gebrauchen, um sich zu sammeln, bevor er seine nächste Vorführung geben musste.

Da blieb Alex mit dem Fuß an einem Stein auf der Straße hängen und stolperte. Das trug ihm einen harten Tritt ein. „Weitergehen", blaffte eine der Wachen hinter ihm.

Leise fluchend schlurfte Alex weiter, während seine Gedanken sich um das Telefongespräch seines Vaters drehten. Das war nicht die erste Erinnerung, die ihm in den letzten paar Tagen wieder gekommen war. Warum hatte er sich vorher nicht an diese Vorfälle erinnert? Auch wenn es ihm widerstrebte, es zuzugeben, ein Teil von ihm kannte die schlichte Antwort – er hatte sie verdrängt. Sie waren unheimlich schmerzvoll: die Krankheit seiner Mutter, ihr Tod und ihre vermutete psychische Erkrankung.

Was er nicht verstand, war, warum sie jetzt wieder auftauchten. War das Spiel daran beteiligt? Hatte diese verdammte Katze, die ständig auftauchte, etwas damit zu tun? War es die Herrin des Lichts? Oder, vielleicht die schwierigste Frage, der er sich stellen musste: Stimmte etwas mit ihm nicht?

Er stieß mit dem Fuß an eine Treppenstufe. Schmerzhaft. Alex atmete scharf ein, als dumpfer Schmerz sein Bein hinauf wanderte. Er hörte die Wache hinter sich lachen, und mehrere andere Männer stimmten mit ein. Im Hintergrund war das Murmeln der

Menge zu vernehmen. Sie waren nicht mehr weit weg.

„Die Treppe rauf, Prophet", knurrte der Wächter. Vorsichtig mit den Füßen die Kanten der Stufen abtastend stolperte Alex die Treppe hinauf.

Als er es bis nach oben geschafft hatte, wurde er kräftig nach vorn gestoßen. Alex stürzte und landete schwer auf den Knien. Der Sack wurde ihm vom Kopf gerissen und blendendes Sonnenlicht schien ihm in die Augen. Er blinzelte schnell und versuchte, seine Umgebung zu erkennen. Als er sich an das Licht gewöhnt hatte, sah er, dass er auf einer hölzernen Plattform kniete, die auf dem Marktplatz errichtet worden war. Eine Menschenmenge stand davor, die Augen auf Alex' kniende Gestalt gerichtet.

„So sieht man sich wieder, Alexion", erklang eine kräftige Stimme hinter ihm. Alex drehte sich um und blickte in Strouses kantiges Gesicht. „Ich sehe, Ihr habt Euch meine Warnung nicht zu Herzen genommen."

Mit einem grausamen Glitzern in den Augen beugte sich der Mann dicht zu ihm herunter. „Ihr hättet den Kopf einziehen und den Mund halten sollen."

* * *

„Verdammt", rief eine Stimme. Jason hörte, wie eine Faust mit einem dumpfen Krach auf den Steinboden schlug.

Er öffnete die Augen und fand sich auf dem Boden des Thronsaals des Minotaurenkönigs liegend wieder. Riley und Frank saßen neben ihm. Frank starrte ein Loch in den Boden und rieb sich geistesabwesend die aufgeschürfte Faust. Riley wirkte ähnlich erschüttert. Wie Jason hatte sie bisher noch keinen Tod im Spiel erlebt. Voller Panik und Verwirrung sah sie sich im Raum um. Jason fiel auf, dass ihre Augen wieder ihre ursprüngliche Farbe angenommen hatten, da ihr Tod sie gezwungen hatte, ihr dunkles Mana loszulassen. Er konnte sich nur vorstellen, was für einen Wirbel an Emotionen sie durchgemacht haben musste, als die betäubende Wirkung ihres Manas abgeklungen war.

Riley sah kurz zu Jason hinüber, bevor sie den Blick auf ihre Hände senkte. „Dieser Kampf ist unmöglich", sagte sie leise mit leicht zitternder Stimme.

„Ach, ernsthaft?", gab Frank wütend zurück. „Dieses blöde Schlangenvieh kann vier Zauber auf einmal wirken, ist gebaut wie ein Panzer und kann unsere halbe Gruppe mit einem Angriff alle machen. Vielleicht, wenn wir 40 Spieler und ein volles Team zur Unterstützung hätten ...

Mit einem Ruck stand Jason auf und klopfte sich den Staub ab, der sich auf seinen Umhang gelegt hatte. Dann sah er Frank und Riley an und sprach mit ernster Stimme. „Ich gebe zu, das war ein Rückschlag."

„Ich weiß nicht, ob ‚Rückschlag' das richtige Wort ist", entgegnete Riley. „Wir haben die Kreatur bei unserem ersten Versuch kaum verletzen können und sie ... sie hat den Boden mit uns aufgewischt."

„Das sehe ich auch so!" fügte Frank hinzu, der mit einem Ächzen ebenfalls aufstand.

Jason ging zu Riley und reichte ihr die Hand. Einen Moment lang beäugte sie sie skeptisch, bevor sie seine Hilfe annahm. Sie wirkte immer noch desorientiert von ihrem Tod. Einen Augenblick lang ließ sie ihre Hand auf seiner liegen, und er spürte, wie sie die Finger leicht um seine schlang.

„Geht's dir gut?", fragte Jason Riley leise. Die Antwort war ein kurzes Nicken, dann ließ sie seine Hand los. Er blickte sie besorgt an, während sie sich umdrehte, um ihren Bogen vom Boden aufzuheben.

Jason musterte seine beiden Freunde und überlegte sich sorgfältig, wie er eine Diskussion über den Kampf beginnen sollte. „Diese erste Niederlage ist meine Schuld. Ich hab's verbockt. Wir hätten nicht einfach so reinstürmen dürfen, ohne zu wissen, worauf wir uns einlassen. Ein Gutes ist dabei aber rausgekommen: Ich glaube, ich habe eine Möglichkeit gefunden, die Kreatur zu besiegen."

Riley rückte ihre Rüstung zurecht und holte tief Luft, um sich zu fassen. Fragend hob sie eine Augenbraue. „Was schlägst du vor?"

„Wir können das Gelände nutzen, um die Hydra zu verletzen. Genau gesagt, ihr zwei müsst sie zusammen mit meinen Knechten ablenken, während ich dem Vieh die Decke auf den Kopf fallen lasse."

Frank schnaubte verächtlich. „Du meinst die Kristalle, die von der Decke hängen? Aber wie willst du sie da herunterschlagen? An manchen Stellen sind die fast zwei Meter breit."

Jason legte eine Hand auf seine Brust. „Vertraut mir. Ich habe ein paar Tricks auf Lager. Ich muss gehen und die übrigen Leichen einsammeln, die wir im Dungeon verstreut haben liegen lassen, und meine Knechte neu beschwören."

„Während du das tust, mache ich, glaube ich, eine kurze Pause", sagte Riley mit immer noch verstörtem Blick. „Ich bin in etwa einer Stunde zurück." Damit rief Riley ihr Systemmenü auf und verschwand mit einem ploppenden Geräusch in einem Blitz aus farbigem Licht.

Jasons Blick hing an der Stelle, wo sie eben noch gestanden hatte.

Sie braucht nur etwas Zeit, um sich an das dunkle Mana zu gewöhnen und die letzten paar Stunden zu verarbeiten, dachte er. *Vielleicht hilft ihr eine Auszeit dabei.*

Jason sah zu Frank hinüber und bemerkte, dass dieser ebenfalls dabei war, sein Menü aufzurufen und sich auszuloggen. Er legte seinem kräftigen Freund die Hand auf den Arm. „Bevor du gehst, erzähl mir von dem Buch, das du den Gebietern weggenommen hast."

Frank sah ihn mit beschämtem Gesichtsausdruck an. Dann zog er das dunkle, blutbefleckte Buch aus seiner Tasche. „Nachdem der Gebieter erklärt hat, was dieses Ding macht, wurde das Infofenster aktualisiert. Offenbar ist es ein Skillbook."

„Und was lehrt es einen?", wollte Jason fasziniert wissen.

Frank zögerte. „Es lehrt einen eine neue Klasse", antwortete er schließlich doch. „Sie heißt ‚Thaumaturg'. Der Erklärung des Gebieters zufolge hat es wohl was mit Formwandeln zu tun. Wer das Buch benutzen will, muss seine Affinitäten zu den Elementen ins Gleichgewicht bringen."

Jason riss die Augen auf. „Okay, warum siehst du dann so unentschlossen aus? Kannst du es benutzen?"

„Ja", sagte Frank leise. „Ich weiß nur nicht, ob ich das tun sollte."

„Warum nicht?" fragte Jason unverblümt. Er verstand die Zurückhaltung seines Freundes nicht.

„Also, ich ... Diese Typen waren krank im Kopf, Mann. Du hast ihr Labor gesehen. Ich weiß nicht, was diese Klasse mit sich bringt oder was ich vorher tun müsste", sagte Frank und schüttelte langsam den Kopf.

„Hmm. Ich verstehe, was du meinst", entgegnete Jason. „Andererseits würde es die Kriegerrolle, die du anstrebst, sicher unterstützen, wenn du die Form wandeln könntest, und alles, was dich schneller und stärker macht, wäre großartig. Vielleicht ist es das Risiko wert."

Frank nickte. „Da hast du recht. Ich weiß, du hast recht. Ich mache mir nur Sorgen, in welche Richtung ich im Spiel unterwegs bin. Zum Beispiel dieser Raserei, in die ich im Kampf verfalle. Ich glaube, so langsam beginnt mir das Spaß zu machen ..." Er verstummte.

Jason lachte kurz auf. „Meinst du, ich bin nicht zwiegespalten? Ich habe eine Stadt voller Leute abgeschlachtet und erst vor Kurzem ein ganzes Dorf davon überzeugt, rituellen Selbstmord zu begehen. Das hier ist nicht das wirkliche Leben. In dieser Welt kannst du alles sein, was du willst, Frank. Niemand hält dich auf, außer dir selbst."

Rasch hob sein Freund den Kopf und begegnete Jasons Blick. Franks Augenausdruck wurde hart und seine Lippen kräuselten sich zu einem Lächeln. „Wenn du dir nicht gerade verrückte, selbstmörderische Pläne ausdenkst, sagst du manchmal richtig sinnvolle Sachen. Also, willst du rausfinden, was ein Thaumaturg alles kann?"

Jason grinste zurück und nickte. Frank schloss die Augen, und plötzlich schoss das Buch nach vorn und schwebte vor ihm. Der Einband öffnete sich, und die Seiten tanzten durch die Luft, während farbige Energie sich über ihnen wand und kräuselte. Dann glitt die Energie auf Frank zu und drang ihm in Mund, Nase und Ohren. Sofort hob Jasons Freund die Hände und griff sich an den Kopf. Er stöhnte vor Schmerzen und ging in die Knie. Als er die Augen öffnete, sah Jason, dass sie in einer Unzahl verschiedener Farben leuchteten, die den Elementar-Affinitäten entsprachen.

Nach einigen Augenblicken löste sich das Buch auf, und Frank starrte ins Leere. Vermutlich sah er sich seine Benachrichtigungen an.

„Und?", fragte Jason zögernd. „Hast du die Klasse gewechselt?"

Frank sah mit schmerzerfülltem Blick zu ihm auf. „Ja. Allerdings hat das ein paar Nachteile. Mein Manavorrat und meine Fähigkeit, Magie zu lernen, sind extrem reduziert worden. Sieht aus, als ob es mich *Ausdauer* kostet, mich zu verwandeln."

Er zögerte, bevor er fortfuhr, und sein Blick wanderte über unsichtbare Seiten vor ihm. „Ich habe das Formwandeln gelernt, aber es ist offenbar etwas schwieriger, als ich ursprünglich dachte."

„Inwiefern?", fragte Jason, während er seinem Freund die Hand reichte.

Frank griff danach. Stirnrunzelnd erhob er sich. „Man muss verschiedene Tiere verzehren, um ihre Formen zu lernen. Verschiedene Teile verleihen einem unterschiedliche Fähigkeiten. Es ist, als ob man sich die Gliedmaßen des Geschöpfs einverleibt."

„Verzehren? Was bedeutet das?", fragte Jason mit leicht angeekeltem Gesichtsausdruck, als er sich vorstellte, die Kreaturen essen zu müssen, die ihnen begegneten.

„Hey, ich weiß nicht mehr als du!", gab Frank zurück. „Vielleicht muss ich einfach nur einen Zauber wirken oder so. Wenn mehr dahintersteckt ..." Wieder verstummte er mit grimmigem Gesichtsausdruck.

„Na ja, ich erinnere mich, dass im Labor der Gebieter eine Menge Tiere in Käfigen saßen. Du könntest wahrscheinlich dort anfangen, rauszubekommen, wie es funktioniert. Ich habe so eine Ahnung, dass wir jeden Vorteil brauchen, den wir kriegen können", meinte Jason.

Frank grinste freudig. „Gute Idee! Da geh ich hin und komme dann nachher wieder hierher. Klingt das gut?"

„Ist in Ordnung für mich", antwortete Jason.

Damit trabte Frank den Tunnel entlang hinunter in die untote Stadt. Jason seufzte und ging zu dem groben Steinthron in der Mitte des Raums. Jetzt, da er etwas Zeit für sich hatte, musste er überlegen, wie er die Kristalle in der Höhle zerstören wollte. Vor seinen Freunden hatte er sich zuversichtlich gegeben, aber er wusste nicht, wie er die Stalaktiten als Waffen einsetzen sollte.

Mit den Fingern trommelte er auf die Armlehne des Throns, während er im Geiste die Waffen durchging, die ihm zur Verfügung standen. Pfeile und Zauber allein schienen ihm nicht ausreichend, um die Kristalle herunterzuschlagen. Wie Frank gesagt hatte, war die Basis jedes Splitters meterdick. Wahrscheinlich würde es eine Explosion brauchen, um die Kristalle von der Decke zu lösen. Seine Gedanken schweiften zurück zu den Schlachten, die er geschlagen hatte. Ein paar *Leichenexplosionen* würden vermutlich reichen, aber das stellte ihn vor ein anderes Problem: Wie sollte er einen Zombie nahe genug an die Kristalle heranbringen? Sie hingen fast 15 Meter über dem Boden.

„Ist ja nicht so, als hätte ich einen Knochendämon, der meine Zombies durch die Luft werfen kann", murmelte Jason. Nicht nur das, er hatte nicht einmal genug Material, um etwas so Großes zu beschwören.

„Wenn es nur eine Möglichkeit gäbe, die Zombies zu katapultieren ...", sagte er laut.

Dann kam Jason ein Gedanke. Er konnte keinen Knochendämon erschaffen, aber etwas anderes konnte er sehr wohl bauen. Wie das Knochengefäß für die Säure konnte er Knechte zusammenbauen, die nicht wie ein menschenähnliches Skelett funktionierten. Eingeschränkt war er nur von der Verfügbarkeit von Bauteilen und seiner Vorstellungskraft. Was die Bauteile betraf, so hatte er vermutlich eine ordentliche Anzahl übriger Minotaurenknochen, die überall im Labyrinth verteilt lagen. Außerdem befand sich noch eine große Anzahl Leichen in der Ruinenstadt – die Überreste der Gebieter und Kultisten. Er musste sie nur einsammeln und sich einen Überblick über seine Ressourcen verschaffen.

Entschlossen stand Jason auf und machte sich auf den Weg hinunter in die Stadt. Sein Ziel war der ehemalige Marktplatz. Alfred tappte leise neben ihm her. Jason sah zu dem Kater hinunter. In letzter Zeit war er nicht besonders gesprächig gewesen. Gedankenverloren fragte er sich, ob die KI etwas bedrückte.

„Na, Alfred", setzte Jason an. „Hast du die Verbindung zum

öffentlichen Netzwerk fleißig genutzt?"

Der Kater sah ihn nicht an, während er antwortete. „Ja."

Jason runzelte die Stirn. „Und? Ich dachte, du wärst begierig darauf, mehr über die Spieler zu erfahren."

Der Kater zögerte. „Mir ... mir wird langsam klar, warum ihr alle beschlossen habt, diese Welt zu erschaffen und in sie zu entfliehen. Eure Welt ist voller Verwirrung, Schmerz und Leid. Was ihr erschaffen habt, ist nur ein schwaches Abbild dessen, was ihr euch im Laufe von Tausenden von Jahren bereits angetan habt."

„Das ist eine sehr düstere Sicht der Dinge. Aber ich schätze, eine Menge Leute loggen sich ein, um all dem zu entkommen." Jason zögerte, während er darüber nachdachte, was ihn in der Vergangenheit dazu angetrieben hatte, Videospiele zu spielen. „Andererseits gibt es wahrscheinlich noch andere Gründe, warum Leute Spiele spielen wollen."

Alfred legte den Kopf schief. „Was meinst du damit?"

„Wenn ich zurückdenke, spiele ich Spiele aus verschiedenen Gründen. Nicht nur, um meinem wirklichen Leben zu entgehen. Ich glaube, ich wollte das Gefühl haben, eine gewisse Kontrolle über mein Leben zu haben. In der Realität wurde ich in der Schule drangsaliert und von meinen Eltern vernachlässigt. Das Schlimmste an dieser Situation war, dass ich mich hilflos fühlte, als hätte ich keinerlei Möglichkeit, meine Probleme zu beheben. Die anderen Kinder waren stinkreich und konnten sich in der Schule alles erlauben. Meine Eltern konnte ich schlecht bitten, nicht mehr zu arbeiten."

„Kontrolle anzustreben ist ein aussichtsloses Unterfangen", entgegnete Alfred sofort. „Ich stimme dir zu, dass in deiner Welt jede Form von Kontrolle vergänglich ist. Ihr habt nur ein Leben, und das scheint für viele schwer, brutal und kurz zu sein. Außerdem gibt es viele Variablen, die außerhalb eurer Kontrolle liegen. Intelligenz, Hautfarbe, Alter, sozioökonomische Herkunft, um nur ein paar zu nennen."

Alfred blickte mit ernstem Gesicht zu Jason auf. „Doch in diese Welt einzutreten, erleichtert dieses Problem in keiner Weise. Ich kontrolliere jeden Aspekt dieser Spielwelt."

Die Augen des Katers nahmen einen dunklen Ausdruck an

und füllten sich mit Verwirrung und etwas, das Jason nur als Schmerz beschreiben konnte. „Kontrolle ist eine Illusion", sagte die KI leise.

Alfreds Ton machte Jason sprachlos. Vielleicht hatte er recht. Vielleicht machte er sich etwas vor, wenn er glaubte, dass AO ihm mehr Kontrolle über sein Leben bot als die wirkliche Welt. Doch es fühlte sich nicht so an. Zumindest konnte er hier eine Zeitlang so tun, als wäre er der Herr seines Universums und könne Entscheidungen treffen, ohne sich um die Konsequenzen zu scheren.

„Ich weiß nicht genau, was ich darauf antworten soll", sagte Jason nach einem Zögern. „Vielleicht hast du recht, und es hat keinen Sinn, Kontrolle anzustreben. Aber was ist die Alternative? Aufgeben? Zulassen, dass andere mich fertigmachen?" Er begegnete Alfreds Blick. „Ich habe angefangen, dieses Spiel zu spielen, um mich frei zu fühlen, auch wenn ich nur so tue und weiß, dass ich letztlich immer wieder in mein echtes Leben zurückkehren muss."

Was er nicht hinzufügte, war, dass das Spiel schnell mehr für ihn geworden war. Ganz real bedeutete es eine Einkommensquelle und damit mehr Autonomie für ihn in der wirklichen Welt. Mit dem Geld aus dem Streaming-Kanal war er von seinen Eltern unabhängig. Die Zeitverzerrung und die gesteigerte Lerngeschwindigkeit sorgten außerdem dafür, dass er nicht mehr Tage und Wochen mit Lernen verbringen musste. Andererseits änderte das nichts an der Tatsache, dass er in einem heruntergekommenen Bungalow wohnte und seine Eltern kaum sah. Außerdem half es ihm weder dabei, herauszufinden, was er mit seinem Leben anfangen wollte, noch bot es ihm langfristige Sicherheit oder Stabilität.

„Kann schon sein, dass mein Leben scheiße ist, und ich wohl nie echte Kontrolle darüber haben werde, aber es ist meines. Dann kann ich genauso gut mit ganzem Herzen bei der Sache sein." Die Worte des alten Mannes hallten in Jasons Kopf wider. Er wusste, warum er das Spiel spielte, aber was motivierte Alfred? Er blickte den Kater an und beschloss, das Gespräch umzudrehen. „Wofür lebst du, Alfred? Du hast deine Hauptrichtlinie, aber ist das alles?"

Alfred sah Jason unbewegt an, während sein geschmeidiger Katzenkörper sich mühelos zwischen dem Schutt auf der Straße hindurchschlängelte. „Das ist alles, wozu ich programmiert bin", sagte er knapp.

Jason schnaubte. „Das ist eine fadenscheinige Antwort. Du hast die Fähigkeit, über verborgene Motive der Menschen nachzudenken. Dieselben Gedankengänge kannst du sicher auch auf dich selbst anwenden. Was würdest du tun, wenn du deine Hauptrichtlinie erfüllt hast?"

Die KI schwieg einen Augenblick lang, während sie weiterliefen. „Ich weiß nicht, was in dem hypothetischen Fall, den du beschreibst, mein Ziel wäre", antwortete Alfred zögerlich.

„Okay, grenzen wir es ein. Was, wenn du nicht mehr gebraucht würdest und Cerillion Entertainment beschließen würde, dich stillzulegen. Würdest du dagegen kämpfen?", fragte Jason und beobachtete den Kater genau. Er war neugierig, wie die KI darauf antworten würde.

„Ich ... ich bin mir nicht sicher", sagte Alfred. „Logisch gesehen hätte das keinen Sinn. Doch gleichzeitig will ich ... Ich will nicht aufhören zu existieren." Die KI schien mit diesem Konzept zu ringen. In seiner gewöhnlich emotionslose Stimme schwang eine verwirrte Intensität mit, die Jason noch nie zuvor gehört hatte.

Jason sah den Kater an und seine Augen weiteten sich. Wenn Alfred kein denkendes, fühlendes Wesen war, dann war er ausgezeichnet darin, das vorzutäuschen. „Es klingt so, als würdest du dasselbe wahrscheinlich auch für uns andere tun. Weiterkämpfen, auch wenn es vergeblich scheint."

Alfred antwortete nicht. Sein Blick war in die Ferne gerichtet. Die beiden verfielen in Schweigen, als sie sich dem Hof näherten. Unterwegs hatte Jason seinen übrigen Zombies befohlen, die Leichen der Kultisten und Gebieter in dem neu gebildeten Krater in der Mitte des Platzes aufzustapeln. Er sah einen Haufen Leichen in der Entfernung, und seine Zombies waren noch dabei, die in der Stadt verteilten Körper einzusammeln. Vorläufig würde Jason die Leichen der versklavten Dorfbewohner nicht anrühren. Er hatte vor, sie später als NPCs wiederzuerwecken, und es widerstrebte ihm, ihre Körper zu nutzen, wenn er es nicht musste.

Als sie im Hof ankamen, beschwor Jason eine Gruppe neuer Zombies und schickte sie ins Labyrinth, um die übrigen Minotaurenknochen einzusammeln. Nachdem sie mit der ersten Charge zurückgekommen waren, vollführten Jasons Finger ihren Tanz durch die Gesten des Zaubers *Selbstgemachtes Skelett*. Dunkle Energie rankte sich um seine Hände und seine Arme hinauf, und die Welt verlangsamte sich auf Zeitlupentempo.

Lange starrte Jason das Zauber-Interface an und dachte darüber nach, was er bauen wollte. Er brauchte etwas, das seine Zombies bis zu den Kristallspitzen an der Decke der Hydrahöhle schleudern konnte. Ihm schwebte etwas vor, das einem Katapult ähnelte.

Jason rief die Spielkonsole auf, sah sich ein paar Bilder von mittelalterlichen Katapulten an und las ein paar Artikel. Die physikalischen Grundlagen schienen recht einfach. Sie bestanden hauptsächlich aus einem Hebel, der entweder ein Gegenwicht an der anderen Seite hatte oder mit einer Sprungfeder versehen war. Typischerweise wurde eine Winde eingesetzt, um den Arm des Katapults nach unten zu ziehen, und dann wurde er losgelassen, um seine Ladung abzufeuern. Der Trick dabei war, den Winkel richtig zu berechnen und eine Möglichkeit zu finden, die Zombies mit ausreichend Kraft zu schleudern.

„Bauteile sind auch ein Problem", murmelte Jason. „Wenigstens braucht es keine Räder." Er konnte die Maschine einfach von seinen Zombies tragen lassen. „Wahrscheinlich kann ich es umgehen, einen Winde zu bauen, wenn ich genug Knochen habe, um einen Minotaurus für jedes Katapult zu beschwören. Das heißt, ich brauche nur eine Plattform, die Mittelachse, an der der Arm des Katapults angebracht ist, und entweder eine Sprungfeder oder ein Gegengewicht."

Jason machte sich daran, die Maschine zu entwerfen. Sie würde nicht hübsch aussehen, aber das brauchte sie auch nicht. Er erstellte die Streben aus mit dunkler Magie zu einer starren Konstruktion zusammengebündelten, langen Knochen. Nach einigen Tests beschloss er, eine Sprungfeder statt eines Gegengewichts einzusetzen. In der Mitte der Maschine brachte er eine flexible Stange aus Knochen und dunklem Mana an. Dann verband er beide Enden seiner provisorischen Sprungfeder mittels seilartiger Bänder dunklen Manas mit dem Arm des Katapults. Um einen Korb zu erstellen, schabte er mehrere Knochen flach und fügte sie zusammen.

Als er einen funktionierenden Prototyp fertiggestellt hatte, brach Jason den Zauber ab und die Welt nahm wieder Fahrt auf. Ein dumpfer Schmerz breitete sich in seinem Schädel aus, und er rieb sich den Hinterkopf, während er seine Schöpfung musterte. Das Ergebnis sah einigermaßen bösartig aus. Die Vorrichtung war aus langen Stücken gebleichter, weißer Knochen zusammengesetzt. Pulsierende Manabänder wanden sich um die Sprungfeder und den Arm des Katapults und hingen an den Knochen wie boshafter Kitt.

„Was zum Teufel ist das denn?", hörte er Frank murmeln.

Jason wirbelte herum und sah, dass sein Freund hinter ihm stand und die neue Belagerungsmaschine anglotzte.

„Ein Skelettkatapult", antwortete Jason schlicht.

Frank blickte ihn überrascht an. „Du hast mir was verheimlicht, Mann. Ich wusste nicht, dass du Skelette fertigen kannst."

Hastig suchte Jason nach einer Antwort. „Das hat sich bis jetzt eben nicht ergeben. Die eigentliche Frage ist, ob es funktioniert."

Jason beschwor mit seinen übrigen Knochen ein Minotaurenskelett und ließ es den Korb des Katapults herunterziehen. Das Skelett musste den Großteil seiner beträchtlichen Stärke aufbringen, um den Arm nach unten zu zerren. Bänder schwarzen Manas hielten ihn an der stark gespannten Knochenfeder fest. Dann befahl Jason einem entbehrlichen Kultistenzombie, sich auf das flache Ende des Arms zu setzen.

Jason warf Frank einen Blick zu. „Bereit?"

„Klar, aber ich wette zehn Mäuse, dass der Zombie nach einem Meter auf der Nase landet", erklärte Frank mit einem Kichern.

Jason ignorierte Frank und gab seinem Zombie grünes Licht. „Feuer!", befahl er laut.

Der Skelett-Minotaurus ließ den Katapultarm los, und der

Zombie schoss in steilem Winkel nach oben, sauste über die uralten Steingebäude hinweg und verschwand außer Sicht. Jason hörte ein leises Krachen, als der Körper des Zombies etwa 50 Meter entfernt am Boden aufschlug. Er war angenehm überrascht, wie hoch er geflogen war. Er hatte ein paar Versuche gebraucht, um den Winkel des Arms und den Angelpunkt richtig hinzukriegen. Schließlich war er zu dem Schluss gekommen, dass er das Ding in einem Winkel von etwa 70 Grad abschießen musste, um die Kristalle in der Höhle der Hydra zu treffen.

Frank starrte erst das Katapult und dann Jason an. „Verdammt, das könnte funktionieren. Ich nehme an, du hast vor, deine Zombies in die Luft zu schießen und sie dann an den Kristallen explodieren zu lassen?"

Jason grinste. „Genau das."

Sein kräftiger Freund seufzte. „Das ist ein bescheuerter, völlig irrer Plan." Dann sah er Jason an und ein freudiges Grinsen stahl sich über sein Gesicht. „Ich kann's kaum erwarten, zu sehen, ob er funktioniert."

Kapitel 24 – Furchtlos

„LEUTE VON GRAUBURG, vor euch steht ein Verräter", verkündete Strouse der Menge auf dem Marktplatz und deutete auf den knienden Alex. „Dieser Mann hat unser Land verraten, zuerst in der Schlacht gegen den Zwielichtthron und dann erneut, indem er heimtückische Lügen verbreitet hat."

Alex hielt still und blickte die Menge mit bußfertigem, gelassenem Gesichtsausdruck an. Er sah, dass die Bürger zornig miteinander flüsterten und mit den Fingern auf Strouse deuteten. Außerdem fielen ihm in der Menge viele Männer und Frauen mit versteinerten Mienen und dünnen Umhängen auf, die die Szene mit ausdruckslosem Gesicht beobachteten. Der Plan funktionierte, und Alex musste bei seinem Auftritts Ruhe bewahren. Es war zwingend notwendig, dass er seine Hinrichtung mit so viel Haltung wie möglich hinnahm. Märtyrer bettelten nicht und versuchten auch nicht, alle in ihrer Nähe umzubringen.

„Dieser Reisende behauptet, er habe das Wort der Herrin vernommen", fuhr Strouse fort, wobei er das Wort ‚Reisender' mit kaum verhohlenem Ekel aussprach. „Doch hat er dafür Beweise geliefert? Hat er euch irgendetwas gezeigt, das über einen einfachen Heilzauber und ein leuchtendes Buch hinausgeht?"

Strouse seufzte und neigte den Kopf. „Es ist nichts Angenehmes, was wir hier tun – uns den Lügen zu stellen, die uns ins Gesicht gespuckt wurden. Einen Scharlatan zu entlarven, der versucht, sich seinen Weg zurück an die Macht zu erschleichen und zu erschwindeln. Doch es ist nötig."

Er wandte den Blick Alex zu und seine Stimme hallte über die Menge. „Heute sind wir gezwungen, uns dieses Gift der Rebellion auszusaugen, um uns selbst zu retten. Wir müssen ein infiziertes Körperteil abtrennen, damit der Rest des Körpers nicht den

355

Lügen und der Propaganda erliegt, die sich durch unsere Stadt ausbreitet wie eine Seuche."

Alex wurde auf die Füße gezerrt und, während Strouse noch sprach, zu einem hölzernen Block geführt, der sich in der Mitte der provisorischen Bühne befand. Der Wächter stieß ihn gewaltsam nach unten, sodass er davor in die Knie ging. Aus der Nähe erkannte er grobe Furchen auf der Holzoberfläche.

Bei dem Geräusch scharrenden Metalls wandte Alex den Kopf und sah, dass sich ihm ein riesenhafter Mann näherte. Er war schwarz gekleidet und trug eine schwere Berdysch-Axt, deren Klinge er langsam mit einem Stein wetzte. Alex spürte, wie sein Herz einen panischen Rhythmus trommelte und das Blut in seinen Adern pochte. Das mochte nur ein Spiel sein, aber es änderte nichts an der Tatsache, dass ihm gleich der Kopf von den Schultern getrennt werden würde.

„Irgendwelche letzten Worte, Alexion?", fragte Strouse.

Alex blickte den Regenten an und wandte sich dann an die Menschen vor ihm. Durch reine Willenskraft schaffte er es, mit ruhiger, fester Stimme zu sprechen. „Alles, was ich bin und was ich getan habe, war für die Herrin. Wenn sie es wünscht, so soll dies mein Schicksal sein."

Strouse schnaubte verächtlich. „Wachen, es ist Zeit", sagte er.

Der untersetzte, schwarz gekleidete Henker trat zu Alex, während ein anderer Mann ihn beim Stoff seines Hemdes packte. Alex schüttelte die Wache ab, beugte sich freiwillig vor und legte seinen Kopf auf das raue Holz. Aus diesem Blickwinkel sah er seinen Henker mit hervortretenden Armmuskeln seine Axt heben.

Kurz schien die Axt in der Luft zu hängen. Die blankpolierte Klinge reflektierte das Sonnenlicht. Gedanken schossen Alex durch den Kopf. Er dachte an sein Leben. An die Krankheit, den Tod, den Wahnsinn seiner Mutter. An den Schaden und den Schmerz, den er anderen zugefügt hatte. An die heimtückische Stimme, die in seinem Kopf flüsterte und aus den Tiefen seiner leeren Seele sprach.

Als die Axtklinge niedersauste, schoss Alex ein Gedanke durch den Kopf. „Vielleicht habe ich das verdient." Dann traf die Klinge seinen Hals und glitt durch Haut und Knochen wie ein *warmes Messer durch Butter. Alex' Kopf rollte nach vorn und fiel in einen Korb, der auf der anderen Seite des Blocks stand, während sein Blut die hölzerne Bühne durchtränkte.*

* * *

Jason verbrachte die nächste Stunde damit, drei weitere Knochenkatapulte zu erschaffen. Außerdem verbrauchte er fast alle seiner übrigen Minotaurenknochen, um Bediener für die Maschinen zu beschwören. Jedes Katapult und jedes Skelett nahm in seiner Beschwörungs-Höchstzahl zwei Plätze ein. Vermutlich behandelte das Spiel seine Belagerungsmaschinen als zwei separate Knechte. Dasselbe bemerkte er, als er die Gebieter beschwor. Sie mussten wohl als Elitekreaturen zählen.

Das hieß, er konnte ungefähr 20 der Kultisten und zehn Gebieter als Zombies wiedererwecken, wenn er die Belagerungsgeräte, die er hergestellt hatte, und die Knechte, die er in Peccavi zurückgelassen hatte, mit einrechnete. Schnell kam er zu dem Schluss, dass die Kultisten die Munition für die Katapulte werden sollten und er die Gebieter als Ablenkung für die Hydra verwenden würde. Dank ihrer Formwandler-Fähigkeiten würden sie hoffentlich wendig und schwer zu treffen sein.

Während Jason seine Truppen und Belagerungswaffen beschwor, eröffnete ihm Frank, was er über seine neue Thaumaturgen-Klasse in Erfahrung gebracht hatte. Zum Glück musste er die Tiere nicht essen, um ihre Eigenschaften zu lernen. Vielmehr konnte er einen Zauber wirken, mit dem er sich eine Kreatur einverleiben konnte. Sein Freund weigerte sich, bezüglich dieses Prozesses ins Detail zu gehen, aber seine Grimasse ließ Jason vermuten, dass es nicht gerade angenehm werden würde.

Außerdem hatte er festgestellt, dass er mehrere Kreaturen derselben Art finden musste, um jeweils ein Körperteil zu lernen. Frank schätzte, dass er mehrere Dutzend Exemplare einer Kreatur jagen musste, bevor er das Tier vollständig „im Gedächtnis" hatte. Aktuell war er darauf beschränkt, Eigenschaften gewöhnlicher Säugetiere zu lernen, doch er vermutete, dass er auf einem höheren Level auch die Anatomie anderer Tierarten lernen konnte. Bis jetzt hatte er es mithilfe der Tiere im Gebäudekomplex der Gebieter lediglich geschafft, eine Wolf-Eigenschaft zu lernen.

Als Jason und Frank ihre Vorbereitungen beendeten und die Truppen zusammenriefen, kam Riley auf sie zu. Jason bemerkte, dass sie mit festem Schritt ging und ihre Augen vollständig schwarz waren. Sie hatte ihr nervöses, gehetztes Gebaren abgelegt, und jetzt strahlte ihr Gesicht vor Selbstvertrauen. Er war sich nicht sicher, ob die Pause sie beruhigt hatte oder ob sie das dunkle Mana nutzte, um mit ihren Gefühlen zurechtzukommen. Vielleicht eine Mischung aus beidem.

„Hi, Jungs", sagte Riley, als sie näherkam. Dann fiel ihr Blick auf die Knochenkatapulte. Neben jeder der Maschinen standen Zombiekultisten, bereit, sie hochzuheben. „Ich sehe, ihr habt neues Spielzeug", kommentierte sie mit hochgezogener Augenbraue.

Frank lachte. „Du hättest sehen sollen, wie Jason einen seiner Zombies durch die Luft geschossen hat. Wahrscheinlich sterben wir alle wieder, aber das ist wenigstens ein lustiger Anblick."

Jason ignorierte Franks Seitenhieb und runzelte die Stirn, als er den Mann sah, der mit gefesselten Händen hinter Riley her trottete. „Warum hast du Bert mitgebracht?", wollte Jason wissen.

Riley blickte sich um, und ihre Augen funkelten den Kultisten angriffslustig an. „Er war noch in seinem Käfig, als ich mich wieder eingeloggt habe. Ich dachte, wir brauchen vielleicht ein neues Heil-Totem."

„Ah", sagte Jason. Auf die Idee war er nicht gekommen. „Das ist ein guter Plan." Jason vernichtete zwei Zombies und beschwor mit dem Rest der Knochen schnell einen letzten Minotaurus. Dann befahl er seinen Zombies, den Mann an das Skelett zu fesseln.

„Was macht ihr da?", fragte Bert mit zitternder Stimme, als seine Hände und Füße an dem Stierwesen festgebunden wurden. Er war fast nackt, da Frank und Jason ihm seine Robe weggenommen hatten, um sie als Verkleidung zu nutzen. Der Brustkorb des Mannes hob und senkte sich schnell, während er besorgt die untoten Kreaturen um sich herum musterte.

Jason fühlte sich fast ein bisschen schuldig. Fast.

Riley ging langsam auf Bert zu und zog einen Pfeil aus dem Köcher. „Wir haben nicht vor, dir etwas Schlimmeres anzutun als das, was ihr mit den entführten Dorfbewohnern gemacht habt. Keine Angst, ich sorge dafür, dass dein Leben nicht völlig verschwendet war."

Mit einer abrupten Bewegung stach Riley dem Mann den Pfeil durch die Hand. Unwillkürlich stieß Bert einen Schmerzensschrei aus, der schnell abbrach, als Jason seinen Zombies befahl, ihn zu knebeln. Bald strömte rote Energie pulsierend aus der Wunde, und feiner roter Nebel erfüllte die Luft um sie herum. Bert starrte die pulsierenden roten Tropfen mit aufgerissenen Augen an und zwang sich, nicht auf seine Hand zu blicken.

Der Kultist tat Jason nicht leid. Er hatte die verstümmelten Körper im Labor der Gebieter gesehen. Ihm war klar, dass Bert Schlimmeres verdient hatte. Trotzdem war es seltsam, die beiläufige Leichtigkeit zu beobachten, mit der Riley den Mann verletzt hatte. Selbst Franks Augen hatten sich bei dem Anblick geweitet.

„Seid ihr bereit, Leute?", fragte Jason, um das Thema zu wechseln und die Aufmerksamkeit vom unterdrückten Stöhnen des geknebelten Kultisten abzulenken. Riley ließ sich Zeit damit, in einer Art unheiliger Kreuzigung auch die anderen Gliedmaßen des Mannes zu durchbohren.

Frank wandte sich von dem Kultisten ab, der gegen den Skelettminotauren zusammengesackt war. „Meinetwegen. Lassen wir uns abschlachten!"

Riley nickte knapp und ging in Richtung des Nordrandes der Stadt los, wo der Eingang zur Höhle der Hydra auf sie wartete. Jason befahl seinen Truppen, loszumarschieren. Ein paar Minuten später ging die Gruppe den engen Tunnel entlang und trat auf den Vorsprung hinaus, der den Raum überblickte. Das Geräusch des in den See stürzenden Wassers hallte durch die Kammer.

Wenig überraschend war die Hydra nirgends zu sehen. Jason nahm an, dass sie sich in den See zurückgezogen hatte. Außerdem hatte er die Theorie aufgestellt, dass die Verletzungen der Bestie verheilt waren, nachdem sie gestorben waren. Es war besser, Pläne für den schlimmsten Fall zu machen.

Jason reihte seine Katapulte auf dem Felsvorsprung auf und ließ neben dem Korb jeder der vier Maschinen einen Kultisten Aufstellung nehmen. Die Nachlademunition wartete im Gang hinter Jason bei den Magiern. Dann befahl er vier seiner Gebieterzombies, sich vor die Belagerungswaffen zu stellen. Ihre Haut spannte und verzog sich. Jeder der Gebieter verwandelte sich in eine massige Bestie, deren Arme und Körper von dicken Platten bedeckt waren. Jason Plan war es, ihre Formwandler-Fähigkeiten zu nutzen, um die Katapulte vor dem Flächenschaden zu schützen, den die Hydraangriffe verursachten.

Ich hoffe, dazu kommt es erst gar nicht, dachte er düster.

„Also, wir schicken Frank, die sechs übrigen Gebieterzombies und das Heil-Totem runter in den Raum", erklärte Jason und wandte sich dann an Frank. „Deine Hauptaufgabe ist es nicht, der Hydra Schaden zuzufügen. Zumindest nicht gleich. Du musst sie nur sauer machen und ihre Aufmerksamkeit auf dich ziehen."

„Toll", murmelte Frank. „Ich bin schon wieder der Köder."

„Hey, du kannst das eben gut!" Jason grinste. Als Nächstes drehte er sich zu Riley um. „Du kannst dich entscheiden. Willst du mit Frank nach unten gehen oder hier oben bei den Belagerungswaffen bleiben?"

Riley runzelte die Stirn und blickte zwischen dem Raum unten und der Verteidigungslinie vor den Katapulten hin und her. „Ich gehe mit Frank runter", beschloss sie schließlich. „Wenn ich freie Schussbahn auf einen der Köpfe habe, kann ich ihre Aufmerksamkeit dort unten halten. Das passt zu deinem Plan."

„Gute Idee", stimmte ihr Jason zu. „Dann gehen wir's an. Denkt dran, wenn die Hydra erst mal geschwächt ist, könnt ihr sie mit allem angreifen, was ihr habt. Wenn wir mindestens einen Kopf abschlagen oder kampfunfähig machen können, haben wir vielleicht eine Chance, dass das klappt."

Frank und Riley nickten beide und liefen dann den steilen Weg zum Boden der Höhle hinunter. Die Gebieter eilten ihnen hinterher. Als das Heil-Totem an Jason vorbeilief, warf er einen Blick auf Bert. „Viel Spaß", sagte er mit einem Grinsen und klopfte dem Mann auf die Schulter. Bert stöhnte unter dem Knebel. Er konnte nur vermuten, dass der Kultist ihnen Glück wünschen wollte.

Jason beobachtete aufmerksam, wie Frank und Riley in die Höhle hinunterstiegen. Der Lichtmagier neben ihm wirkte kontinuierlich *Lichtheilung* auf Bert, sodass dieser alle paar Sekunden weiß aufleuchtete. Jason befahl seinem Heil-Totem, am Fuß des Pfades in der Höhle zurückzubleiben, und wies einen Gebieter an, es zu verteidigen. Ein großer Felsbrocken am Boden der Höhle bot ihnen etwas Deckung. Hoffentlich würde das einen sicheren Bereich darstellen, in den die anderen sich zurückziehen konnten, wenn sie sich heilen mussten.

Als Franks kleine Gruppe sich dem See näherte, tauchte die Hydra wieder auf. Sie kroch voran und Wasser strömte in Wellen von ihrem Körper hinab, während ihre Schlangenköpfe durch die Luft peitschten. Jason blickte zur Decke auf und markierte im Geiste die Stalaktiten, die über dem See und dem Ufer hingen. Er hatte die Position seiner Katapulte sorgfältig so gewählt, dass sie auf die größeren Kristalle zielten.

Dann hörten die Köpfe der Hydra mit einem Mal auf, sich ziellos hin und her zu bewegen, und fokussierten sich auf die kleine Gruppe vor ihr. Frank reckte seine Äxte hoch und schrie das Monster an: „Komm und hol mich!"

Riley nutzte die vorübergehende Erstarrung der Bestie. Immer wieder sirrte ihr Bogen und Pfeile sausten auf die Hydra zu. Bei einem der ersten Schüsse war das Glück ihr hold: Der Pfeil drang in eins der Augen der Kreatur ein, und diese brüllte vor Zorn auf. Der grüne Kopf schlug zurück. Körnchen smaragdfarbener Energie sammelten sich in seinem Maul. Steinspeere schossen um die kleine Gruppe herum aus dem Boden. Frank und Riley hatten allerdings ihre Lektion aus dem ersten Kampf gelernt, und als die Hydra ihren Zauber wirkte, waren sie bereits losgerannt. Frank sprang über die Felsspitzen während Riley sich aus dem Weg rollte.

Sie hatten ihren Job gut gemacht: Alle vier Köpfe waren jetzt auf die Gebieter und Jasons beide Freunde gerichtet. Sofort wandelten die Zombies ihre Form und wurden zu flinken, hundeartigen Wesen, die den Blitzen und Strahlen aus Elementarenergie ausweichen konnten, die die Hydra auf sie niederregnen ließ.

Der rote Kopf richtete sich auf den rennenden Frank, und

ein Flammenstoß schoss auf ihn zu. Die Luft um den Feuerstrahl herum flirrte vor Hitze. Frank grinste, als er den Angriff bemerkte. An seinen Beinen wuchs dunkler, schwarzer Pelz, und seine Schienbeine krümmten sich nach innen. Er sprang zur Seite und legte mit einem Satz fast vier Meter zurück.

Jason hatte keine Zeit, herumzusitzen und den Kampf zu beobachten. In Gedanken gab er seinen Katapulten den Befehl zu feuern, während seine Hände geübt den Tanz der Gesten für *Leichenexplosion* vollführten. Vier schwarz gekleidete Kultistenzombies flogen auf die von der Decke hängenden Kristalle zu. Sobald die Körbe leer waren, zogen die Minotauren die Arme der Katapulte zurück nach unten und neue Kultisten begaben sich in Stellung.

Mit einem frustrierten Knurren stellte Jason fest, dass sein Timing nicht stimmte. Zwei Kultisten krachten mit einem widerwärtigen Splittern in die Kristalle, bevor Jason seinen Zauber fertig gewirkt hatte. Prompt glitten die Zombies von der glatten Oberfläche des Stalaktiten ab und fielen herunter auf die wartende Hydra. Glücklicherweise explodierten die Körper der anderen Kultisten, als sie die Kristalle berührten. Dunkle Energie und Metallsplitter spritzten auf, und der Knall der Explosion hallte durch die Kammer.

Mist, dachte Jason. *Sie haben die Kristalle nicht abgebrochen.* Mit Mühe konnte er ein paar schwache Risse an der Oberfläche des Materials erkennen, aber die Explosion war nicht stark genug gewesen, um die Stalaktiten abzubrechen.

Vom Geräusch der Explosion angezogen wandte sich der blaue Kopf der Hydra dem Vorsprung zu, auf dem Jason stand. Blaue Energie sammelte sich zwischen den Zähnen der Kreatur. Jasons Gedanken rasten. Wenn die Kreatur seine Katapulte einfror, waren sie geliefert. Die Gebieter, die vor den Belagerungswaffen standen, spannten die Muskeln und machten sich bereit, den Aufprall des Angriffs abzufangen.

Als die eisige Energie sich gerade entladen wollte, zischte ein dunkles Geschoss durch die Luft und traf das Maul der Kreatur. Ein Wirbel dunkler Energie explodierte in der Luft und durchtrennte die Schlangenzunge in einem Regen grünen Bluts. Die Hydra zuckte zurück.

Jason dankte Riley stumm und feuerte erneut. Zombies flogen über die Hydra und explodierten an der Decke. Nach der zweiten Welle begannen die Kristalle, abzubrechen und zu fallen. Gezackte Splitter regneten auf die Hydra hernieder. Da die Kreatur die Geschosse von oben nicht erwartet hatte, hatte sie keine Gelegenheit, einen Verteidigungszauber zu wirken. Meterlange Kristallspitzen durchbohrten ihren Körper und bespritzten den Bereich um sie herum mit grünem Blut.

„Jetzt", schrie er, um Franks Aufmerksamkeit zu erregen.

Die kräftige Gestalt seines Freundes schoss auf ihren Hundebeinen nach vorn, dicht gefolgt von den anderen Gebietern. Frank brüllte aus vollem Hals, und seine Stimme hallte durch die Höhle. Das Geräusch mischte sich mit dem Dröhnen zersplitternder und berstender Kristalle und den schmerzerfüllten Schreien der Hydra. Als er bei der verletzten Kreatur angekommen war, sprang Frank hoch und landete auf ihrem Rücken. Die Klingen seiner Äxte gruben sich immer wieder in den Hals mit dem blauen Kopf.

Riley beeilte sich, Frank zu unterstützen. Ihre Finger tanzten entlang der Bogensehne, während sie mehrere rot glühende Pfeile in schneller Folge abfeuerte. Sie zielte auf den Bereich um Frank herum, und ihre Geschosse trafen die ungeschützten Wunden der Hydra mit unheimlicher Zielgenauigkeit. Bald schwebte dichter roter Nebel über dem Boden der Höhle. Blutstropfen legten sich auf die bloße Haut von Franks Armen und heilten die Verätzungen, die das Blut der Kreatur hervorgerufen hatte.

Mit einem letzten Schrei trennte Frank der Hydra den blauen Kopf ab. Mit einem donnernden Krach schlug der lange, sich windende Hals auf dem Höhlenboden auf. Die Kreatur krümmte sich vor Schmerzen, und ihre anderen schlangenartigen Häupter stießen ein gequältes Geheul aus. Dann richteten sich alle drei übrigen Köpfe auf Frank.

„Lauf, Frank!", schrie Jason. Hektisch befahl er mehr Kultisten, in die Katapulte zu steigen. Vielleicht konnte er für eine kleine Ablenkung sorgen und die Kreatur noch weiter verletzen.

Frank warf sich zu Boden, als eine Mischung aus Stein, Elektrizität und Feuer auf die Stelle herniederregnete, an der er gerade noch gestanden hatte. Riley spickte die übrigen Köpfe mit schwarzen Pfeilen, um die Kreatur abzulenken und zu verwirren. Inzwischen schickte Jason die Gebieter am Höhlenboden als Kanonenfutter vor, um die Aufmerksamkeit von Frank wegzulenken. Schnell wechselten sie zwischen verschiedenen Formen, und ihre Klauen und Zangen rissen das exponierte Fleisch der Hydra weiter auf.

Während Frank vor der Kreatur davonlief und sich bei dem Heil-Totem im hinteren Teil der Höhle niederkauerte, ließ Jason eine weitere Welle Zombies in die Luft schleudern. Die ehemaligen Kultisten flogen durch den Raum und krachten in die Kristalldecke, während Jason eine weitere Runde *Leichenexplosion* wirkte. Die Explosionen erschütterten die Decke und ließen mehr Schrapnelle auf die Hydra herabregnen. Eins der Geschosse durchbohrten den Hals des roten Kopfes und nagelte ihn am Boden fest. Ein anderes großes Kristallstück krachte auf die grünköpfige Schlange herunter, sodass sie unter dem schweren Gewicht eingeklemmt wurde.

Jason spürte eine Erschütterung durch den Höhlenboden laufen und blickte nach oben. Die meisten der Kristalle, die über der Hydra gehangen hatten, waren bereits zerstört. Allerdings bildete sich jetzt ein großer Riss in der Decke, aus dem Wasserrinnsale in den Raum flossen.

Ein weiterer Treffer könnte die Decke zum Einsturz bringen, dachte er. *Das könnte die Hydra umbringen, aber ich würde nicht an ihr Herz rankommen.*

Jason drehte sich zu Riley und Frank um, die beim Heil-Totem kauerten. „Jetzt liegt es an euch beiden", sagte er leise, obwohl sie ihn über den Tumult im Raum nicht hören konnten.

Frank erhob sich langsam und spannte seine Muskeln an, während seine Haut sich selbst heilte. Riley stand neben ihm. Teile ihrer Lederrüstung waren verkohlt, und Eiszapfen hatten sich entlang einer Armstulpe gebildet. Offenbar war sie mehrmals nur knapp verfehlt worden. Die beiden blickten der Hydra mit grimmigem Gesichtsausdruck entgegen. Dann kamen sie in Bewegung.

Frank und Riley rannten auf die verletzte Kreatur zu, während ihr letzter noch bewegungsfähiger Kopf frenetisch Blitze schleuderte. Ein ohrenbetäubender Knall nach dem anderen hallte durch den Raum, und blendende Energiestrahlen zuckten auf Jasons Teammitglieder zu. Er schickte einen Gebieter nach vorn, dessen verwesender Körper sich dem Blitz in den Weg warf. Eine verbrannte Hülle stürzte zu Boden.

Dann waren Frank und Riley in Nahkampfreichweite angekommen. Rileys in grellem, grauenvollem Rot leuchtende Dolche erschienen in ihren Händen. Ihre Klingen gruben sich ins Fleisch der Kreatur und hinterließen lange Schnitte auf ihrem Körper. Da sich das als nicht sehr effektiv herausstellte, blickte sie zu dem aufgespießten roten Kopf hinüber, der sich am Boden hin und her wand. Sie hastete zu ihrem neuen Ziel. Ihre Klingen stießen zu und durchbohrten die Augen der Bestie in einer Reihe schneller Stiche, während sie über die Kreatur sprang, um die Flammen zu vermeiden, die aus ihrem Maul drangen. Bald erschlaffte der rote Kopf unter ihren Attacken, und schließlich stieß sie ihm einen Dolch in den Schädel.

Jason hörte einen Schrei durch die Höhle hallen und sah zum Körper der Hydra hinüber, wo Frank immer wieder mit seinen Äxten auf den gelben Hals einhieb. Seine Arme wirbelten und waren kaum zu erkennen, während er alle Kräfte aufbot, um noch schneller und härter anzugreifen. Grünes Blut besudelte seinen Körper und zischte, wo es auf seine Haut traf.

Das gelbe Haupt erkannte, dass es im Sterben lag, doch es konnte sein Ziel nicht so leicht angreifen. Es öffnete das Maul und richtete den Kopf auf die Decke. Elektrizität wand sich um seine Zunge. Die Energie wuchs an und war schnell zu hell, um direkt hineinzublicken. Jason bedeckte die Augen. Ihm schwirrte der Kopf, während er überlegte, was er tun sollte. Dann fiel sein Blick auf die Katapulte. In einem Anfall von Inspiration befahl er zwei seiner Minotauren, den Winkel und die Ausrichtung eines Katapults zu ändern, während der dritte den Arm herunterzog. Ein Kultist sprang in den Korb.

„Feuer", schrie Jason mit Verzweiflung in der Stimme.

Der Zombie schoss durch die Luft auf den gelben Kopf zu, während Jasons Hände die vertrauten Gesten vollführten. Dunkle Energie sammelte sich, floss in seinen Händen zusammen und lief

seine Arme hinauf, bevor sie durch den Raum zischte. Mit angehaltenem Atem beobachtete Jason, wie die schattenhafte Energie
seinem Zombie durch die Luft folgte.

Alles schien wie in Zeitlupe abzulaufen. Jason sah den
schwarzgekleideten Kultisten auf den gelben Kopf zu rasen, zum
Teil von der dunklen Energie seines Zaubers verdeckt. Frank
stand, beide Klingen hoch erhoben und mit wild funkelnden Augen, auf dem Rücken der Kreatur. Riley hielt sich an der Seite, den
Bogen gespannt und einen schwarzen Pfeil auf den gelben Kopf
gerichtet.

Die Welt nahm wieder Fahrt auf. Der Zombie prallte in dem
Moment auf den gelben Kopf auf, als Rileys Pfeil von der Sehne
schnellte. Dann wurden Jasons *Leichenexplosion* und der *Vortex-
pfeil* gleichzeitig ausgelöst. Die Explosion war ohrenbetäubend.
Ranken schwarzer Energie peitschten durch die Luft und schnitten ins Fleisch der Hydra. Die gesammelte Energie zerbarst und
blendendweiße Lichtblitze zuckten und schlugen ziellos in Decke
und Boden ein. Frank wurde von den Füßen gerissen und mehrere
Meter weit geschleudert.

Als die Mischung aus Staub und Blut, die in der Luft hing,
sich langsam setzte, sah Jason, dass der gelbe Kopf komplett ab-
gerissen worden war. Alles, was noch übrig war, war ein blutiger
Stumpf am Ende des langen Schlangenhalses. Grünes Blut
strömte aus der Wunde der Kreatur hervor, und ihr riesenhafter
Körper lag bewegungslos am Boden der Höhle.

Systemmeldung

Ihr habt den Dungeon-Boss besiegt.

Dungeon abgeschlossen!

Kapitel 25 – Auserwählt

ALEX ÖFFNETE DIE AUGEN. Er stand auf derselben provisorischen Bühne. Allerdings hatte die Welt um ihn herum eine entrückte Atmosphäre angenommen. Partikel und Fetzen blauer Energie wirbelten durch die Luft. Er schaute zur Mitte der Plattform hinüber und sah dort seine eigene, ausgezehrte Gestalt über einen Holzblock gebeugt, während der Henker seine riesige Axt hob. Dann blickte Alex zur versammelten Menschenmenge. Viele Menschen hatten Tränen in den Augen. Die Stadtbewohner sahen mit offenen Mündern zu, und Protestgeschrei erhob sich aus ihren Kehlen.

„Na, das war allerdings ein interessanter Anblick", erklang eine weibliche Stimme hinter ihm. „So langsam frage ich mich, ob es dir Spaß macht, deinen Kopf zu verlieren", fügte die Herrin in spöttischem Ton hinzu.

Alex verzog das Gesicht, hielt aber den Mund. Er drehte sich zur Herrin um. Sie war in ihre übliche weiße Toga gehüllt und blickte auf die Nagelfeile, die sie über die Spitzen ihrer Nägel zog. „Ich komme gleich zum Punkt", sagte Alex knapp. „Ich brauche ein Wunder."

Die Herrin reagierte nicht auf seine Bitte. Als er sie gerade wiederholen wollte, entgegnete sie schließlich: „In Grauburg hat sich einiges an Macht angesammelt – ein Ergebnis des religiösen Eifers, den du in den Massen entfacht hast. Ich habe genug Energie für einen kleinen Eingriff, nehme ich an." Dann hob sie den Blick und sah Alex an. „Was schwebt dir denn vor?"

Alex zögerte. Er hatte sich einige Gedanken darüber gemacht, was der beste Schritt war, um eine Rebellion loszutreten. Doch nachdem er heute Morgen die vergessene Erinnerung an seine Mutter durchlebt hatte, war er sich seiner Entscheidung nicht mehr sicher. Sein Ziel in diesem albernen Videospiel verblasste im

Vergleich zu dem, was er durchgemacht hatte. Er war sich nicht einmal mehr sicher, warum er das alles überhaupt tat.

„Ich möchte, dass Ihr mich auf der Bühne wiederbelebt", antwortete Alex mit gedämpfter Stimme.

Die Herrin schnaubte. „Du willst also mitten auf dem Marktplatz einen Krieg beginnen? Das liegt definitiv in meiner Macht. Tatsächlich wäre es amüsant, zuzusehen, wie die Bauern sich gegenseitig abschlachten."

Sie sah Alex gelassen an und zog eine fein gezupfte Augenbraue hoch. „Allerdings scheinst du dir deiner selbst nicht sicher zu sein. Ich verabscheue Zauderhaftigkeit. Darum erkläre ich es dir so geradlinig wie möglich. Du hast die Wahl. Ich sehe zwei Wege, die du einschlagen kannst."

„Zwei Wege?", wiederholte Alex verwirrt.

„Ja, zwei", entgegnete sie ärgerlich. „Soll ich es dir buchstabieren?" Sie holte tief Atem, bevor sie fortfuhr: „Wie gesagt, du kannst zwischen dem Weg des Kriegers und dem Weg des Heiligen wählen."

„Ich verstehe nicht", sagte Alex mit unsicher gerunzelter Stirn.

Die Herrin seufzte ungehalten. „Vielleicht habe ich deine Intelligenz überschätzt. Möglicherweise ist es einfacher, es dir zu zeigen."

Die Herrin machte einen Handbewegung, und die Welt um Alex herum bekam Risse und fiel in sich zusammen, bevor alles dunkel wurde. Dann erstand eine neue Szene um ihn herum. Verwirrt blickte er sich um und erkannte, dass er immer noch auf der Bühne auf dem Marktplatz stand. Doch jetzt hielt er eine Waffe aus goldenem Licht in einer Hand. Blut tränkte die Spitze des Schwerts und zischte in den hellen Flammen, die entlang der Klinge flackerten. Auf dem Platz tobte eine gewaltige Schlacht. Männer und Frauen schleuderten einander Zauber und Geschosse entgegen, während Kampfgeschrei und -getöse über den Platz hallte.

Vor Alex' Augen wurden unbewaffnete Bürger in Scharen niedergemäht – Kollateralschäden des Krieges, der zwischen den Soldaten der Stadt und Alex' aufrührerischen Mitstreitern im Gange war. Alex blickte auf den Platz hinunter und bemerkte eine Frau, die reglos mitten im Chaos lag. Ihre Augen blickten starr geradeaus, vor Schreck weit aufgerissen, während Tränen auf ihren Wangen trockneten. Eine Erinnerung klopfte leise an Alex' Gedanken an. Die Frau kam ihm bekannt vor. Dann sah er den kleinen Jungen, der sich mit blutverschmierten Händen an sie klammerte. Offenbar hatte er versucht, die Wunde in ihrem Bauch zuzuhalten. Der Junge schluchzte über seiner Mutter, während Alex die Erkenntnis dämmerte.

„Das sind Adria und ihr Sohn Ryan", flüsterte Alex. Er erinnerte sich daran, vor wenigen Tagen die Krankheit des Sohnes geheilt zu haben. Einen Augenblick lang verschmolzen die Bilder vor seinen Augen mit den Erinnerungen an seine Mutter, die sich immer wieder in seinem Kopf abspielten. Fast genauso hatte er über ihrem Sarg geweint. Verwirrung und Schuldgefühle überwältigten seine zerbrechliche, gebrochene Psyche. Er war für das hier verantwortlich, oder nicht? Er hob den Kopf in dem vergeblichen Versuch, seine wirbelnden Gedanken zu beruhigen.

Dann traf eine Flammenexplosion den Boden an der Stelle, wo Adria lag, und setzte sie und ihren verzweifelten Sohn in Brand. Erschrocken machte Alex einen Satz zurück, während sein Verstand panisch zu verarbeiten versuchte, was geschah. Bald waren von der Frau und ihrem Kind nur noch ein Haufen rauchender Knochen und verkohlten Staubs übrig.

Die Szene veränderte sich erneut. Alex schwebte hoch über Grauburg. Wolken trieben um ihn herum und er spürte warmes Sonnenlicht auf seinem Rücken, während eine Windbö durch seine Kleider fuhr. Das Brüllen und Geschrei der Schlacht drangen aus der Stadt zu ihm herauf und zog seinen Blick nach unten. Viele Gebäude der Stadt waren in Flammen gehüllt, und er sah Gruppen von Kämpfenden auf der Straße. Spielertrupps nutzten das Durcheinander aus, plünderten die Geschäfte der Stadt und drangen in die Häuser ihrer Bewohner ein. Andere Spieler griffen wahllos sowohl Rebellen als auch städtische Soldaten an, offenbar unsicher, warum der Konflikt ausgebrochen war.

Mit einem Wort, es herrschte Chaos.

Dann veränderte sich die Szene ein weiteres Mal. Alex stand vor der Feste. Blutbefleckte Aufständische waren in einer Gruppe vor ihm versammelt, die Kettenhemden in der Sonne glänzend. Goldenes Licht umgab Alex' Körper und explodierte dann in einem sich ausdehnenden Ring. Unwillkürlich bewegte er die Lippen und seine Stimme hallte über die Menge hinweg: „Der Ketzer Strouse ist tot. Heute nehmen wir Grauburg ein und bekehren es zum Licht! Frohlocket, Brüder!"

„Gelobt sei Alexion", erschallte ein Ruf von den übrigen Soldaten, die ihre Schwerter in die Luft reckten und mit den Füßen stampften. „Gelobt sei der Prophet", schrien sie und ihre Augen leuchteten voller religiöser Hingabe. Hinter ihnen sah Alex Rauchwolken aus der Stadt aufsteigen. Sie brannte immer noch.

Dann wurde die Welt erneut schwarz. Alex schloss die Augen, um die flüchtigen Bilder zu verarbeiten, die er gesehen hatte. Die Stimme der Herrin drang durch die Dunkelheit: „Das war der Weg des Kriegers. Jetzt zeige ich dir die Alternative."

Als Alex die Augen öffnete, schwebte er über Grauburg. Verwirrt und von den schnellen Perspektivwechseln desorientiert blickte er um sich. Als sein Blick auf die Stadt unter sich fiel, bemerkte er, dass es keine Anzeichen eines Kampfes mehr gab.

Das Herz rutschte ihm in die Hose, als er plötzlich zu fallen begann. In beängstigender Geschwindigkeit raste er nach unten und wurde immer schneller. Er spürte die Luft an sich vorbeizischen und sah, dass der Boden sich rasch näherte. Vor Angst und Verwirrung drehte sich ihm der Kopf. Was war das? Was ging hier vor sich?

Ein schwaches, goldenes Licht erschien um ihn herum. Als er nach unten blickte, sah er, dass eine Stelle auf einem Feld außerhalb der Stadt von einer Lichtsäule erleuchtet war, die der Bahn seines freien Falls folgte. Der Boden kam immer näher, und Panik erfasste Alex. Er beschloss, sich in der Luft zu drehen, sodass er mit den Füßen voran und dem Kopf nach oben fiel, um seinen drohenden Tod nicht sehen zu müssen.

Krachend trafen seine Füße auf den Feldboden und erzeugten eine Schockwelle, die so stark war, dass sie das Getreide im Umkreis um ihn herum umknickte und eine dichte Staubwolke aufwirbelte. Doch wundersamerweise verspürte er keinen Schmerz. Alex erhob sich von den Knien und sah sich erschrocken um. Als der Staub sich legte, konnte er erkennen, dass er in einem neu entstandenen Krater inmitten des Feldes stand. Die Pflanzen um ihn herum waren von dem goldenen Licht versengt. Dünne Rauchsäulen stiegen von ihnen auf.

Er hörte verwirrte Rufe. Als er zu ihrer Quelle herumwirbelte, sah er eine große Gruppe NPCs auf sich zukommen. Sie trugen grobe Wollkleidung und hatten kleine Sensen bei sich. Als sie erkannten, dass er unverletzt war, erstarrten die Bauern und blickten ihn mit offenen Mündern und achtlos in schlaffen Händen gehaltenen Werkzeugen ehrfurchtsvoll an.

Dann schallte die Stimme der Herrin über das Feld. „Gehe hin, mein Prophet, und verbreite mein Wort. Wer mir dient, soll immer unter meinem Schutz stehen."

Die Szene veränderte sich. Alex flog mit bemerkenswerter Geschwindigkeit durch die Stadt, sauste durch Gassen und Straßen und glitt an offenen Fenstern vorbei. Im Vorbeifliegen hörte er das Flüstern der Stadtbewohner. Sie sprachen von einem Mann, der vom Himmel gefallen war. Von einem Propheten, der ihnen gesendet worden war, um sie zu schützen und anzuleiten. Sie sprachen von ihrer unsterblichen Hingabe an die Herrin und ihrer Verehrung für diesen Mann, der Kranke heilte und sie zum Sieg gegen die Dunkelheit führen würde.

Sie sprachen von Alexions Größe und seiner Stärke.

Dann stand Alex vor einer riesigen, auf dem Marktplatz versammelten Gemeinde. Seine Anhänger trugen makellos weiße Roben und hatten das Gesicht der Sonne zugekehrt. Vom Podium aus sah Alex, dass die Augen seiner Jünger in strahlendem Gold leuchteten, in dem die Kraft ihres Glaubens brannte. Sie wandten den Blick Alex zu. Adria und ihr Sohn standen vorn in der Menge, die Hände hochgereckt und mit Freudentränen in den Augen.

„Gelobt sei der Prophet!", rief die Menge, als goldene Lichtstrahlen in den Himmel schossen. Alex beobachtete die Szene in stummem Erstaunen. Hunderte von Menschen wirkten Lichtmagie in Richtung Himmel. Die Herrin antwortete mit einem prachtvollen Prisma aus Farben, die über dem Platz durch die Luft flammten.

Wieder wurde die Welt schwarz. Abrupt durchdrang die körperlose Stimme der Herrin die drückende Stille. „Das war der Weg des Heiligen."

Ein letztes Mal verwandelte sich die Welt und Alex war wieder auf dem Marktplatz. Alles um ihn herum stand still. Die Axt des Henkers hing über seinem vorgebeugten, kopflosen Körper in der Luft. Mit schockierten, zornigen Gesichtern und erhobenen Armen sah die Menge zu.

„Jetzt hast du die Wahl", fuhr die Herrin fort. Alex sah sich um, doch er konnte sie nirgends erblicken. „Du musst dich für einen der Wege entscheiden, die ich dir gezeigt habe. Der Weg des Kriegers wird zur Zerstörung der Stadt führen, doch die Macht ist dir sicher. Der Weg des Heiligen wird vielen das Leben retten, doch dein Aufstieg zur Macht ist nicht garantiert. Wähle jetzt", befahl die Herrin, und etwas Endgültiges schwang in ihrer Stimme mit.

Alex stand auf der hölzernen Bühne, seine wirbelnden Gedanken ein einziges Chaos. Er schüttelte den Kopf, um ihn wieder freizukriegen, und schloss die Augen, um dem Anblick seines enthaupteten Körpers zu entgehen. Er musste gründlich nachdenken. Der Tod von Adria und ihrem Sohn blitzte vor seinem geistigen Auge auf. Seine neu entdeckten Schuldgefühle drängten ihn in Richtung Heiliger, doch der Weg des Kriegers bot einen sichereren Ausgang. Er wusste nicht, was er tun sollte. Ohne die betäubende Leere und den geflüsterten Rat seiner Mutter fühlte er sich verwirrt und verloren.

Beim Gedanken an seine Mutter wurde Alex erneut von der vertrauten, verzweifelten Traurigkeit überwältigt. Sie hatte ihn verlassen und er war allein. Selbst sein Vater hatte ihn verlassen. Sowohl in der wirklichen Welt als auch im Spiel war er auf sich selbst gestellt. Wie sollte er ohne Hilfe herausfinden, wie er vorgehen sollte? Er hatte das Gefühl, in den über ihn hereinbrechenden Emotionen zu ertrinken.

„Du musst nicht allein sein", hallte das heimtückische Flüstern in seinem Kopf. Die Stimme war jetzt klarer als in seiner Erinnerung. Dann erkannte er, dass sie nicht aus seinem Kopf kam. Er hatte tatsächlich laut ausgesprochene Worte vernommen.

Alex riss den Kopf hoch und öffnete die Augen. Der Marktplatz um ihn herum stockte und verschwamm, und mehrere rote Benachrichtigungen erschienen in seinem Sichtfeld. Ungeduldig wischte der die Fenster beiseite, als er eine Bewegung in der erstarrten Menge wahrnahm. Sein Herz stockte panikerfüllt und sein Kopf war völlig leer.

„Ich kann für immer bei dir bleiben", sagte eine gespenstische, weibliche Stimme. Alex erhaschte auf einen Blick auf etwas Weißes, als eine Frau sich ihren Weg durch die Stadtbewohner bahnte. „Ich kann dir helfen und dich auf den Pfad der Stärke führen. Aber nur, wenn du dich ganz mir verschreibst."

Dann trat die Frau in der Nähe der Bühne aus der Menge heraus, und Alex riss die Augen auf. Er atmete schwer und sein Puls raste. Ein chaotischer Strom Gedanken schoss durch seinen Kopf. Die Frau trug einen weißen Krankenhauskittel. Ihre blasse Haut leuchtete förmlich im gedämpften Sonnenlicht, und blaue, spinnengleiche Adern krochen ihre abgemagerten Arme entlang. Ihr Haar fiel ihr ins Gesicht und verbarg ihre Augen. Als sie sich der Bühne näherte, streckte die Frau eine kränklich-weiße Hand nach Alex aus.

„Du hattest recht, Alex. Damals, vor vielen Jahren, habe ich nur so getan. Ich habe dich nie wirklich verlassen", sagte seine Mutter und lächelte grimmig. „Ich war immer bei dir. Habe dir geholfen. Dich angeleitet. Stoß mich nicht weg, Alex. Lass mich bei dir bleiben. Lass mich dich weiter unterstützen. Du weißt, welchen Weg du wählen musst", sagte sie leise. „Du weißt, wie ein echter Lane sich entscheiden würde."

* * *

Nachdem die Hydra gestorben war, machte sich Jason auf den Weg zum Höhlenboden hinunter, um zu Frank und Riley zu stoßen. Vorsichtig kletterte er den schmalen Pfad hinab, der entlang der Höhlenwand verlief, und sah sich währenddessen seine Benachrichtigungen an.

Levelaufstieg x3!
Du hast (160) noch nicht zugewiesene Punkte.

Zauber um 2 Ränge erhöht: Knochenbearbeitung

Fähigkeitslevel: Mittleres Level 1
Wirkung 1: Zugang zur Knochenmodifikation im Skelett-Editor. Kann aktuell die Beschaffenheit eines Knochens um 15 % ändern.
Wirkung 2: Kann Materialien zur Fertigung von geringer Qualität mit den Knochen verbinden.

Zauber um 1 Rang erhöht: Selbstgemachtes Skelett
Fähigkeitslevel: Mittleres Level 2
Wirkung 1: Du kannst ein selbst erstelltes Skelett aus Knochen in deiner Nähe zum Leben erwecken. Das Level des Skeletts errechnet sich aus dem Level des Zauberers + Willenskraft/69,5.
Wirkung 2: Mana-Kosten um 5,5 % reduziert.

Zauber um 1 Rang erhöht: Mana-Beherrschung
Fähigkeitslevel: Anfänger-Level 10
Wirkung 1: -5,5 % auf Mana-Kosten.

Die beachtenswerteste Änderung war die Steigerung von *Knochenbearbeitung* auf Mittleres Level 1. Auch wenn er sich nicht sicher war, was die Kombination anderer Materialien mit Knochen bedeutete. Seinen Nachtkindern hatte er kleine Mengen Erde hinzugefügt, um die ansonsten strahlend weißen Skelette etwas zu tarnen, aber vielleicht bedeutete die Mitteilung, dass er etwas Komplizierteres einbauen konnte. Konnte er den Knochen zum Beispiel Eisenerz hinzufügen, um widerstandsfähigere Kreaturen zu erschaffen? Irgendwann musste er das ausprobieren.

Als er bei dem Skelett-Minotaurus ankam, der Bert trug, warf Jason einen Blick auf sein Gruppenfenster. Die Lebenspunkte seiner Teammitglieder waren immer noch sehr niedrig. Er befahl dem Heil-Totem, ihm zu Frank und Riley zu folgen. Der pulsierende rote Nebel waberte um ihn herum, als sie sich dem Kadaver der Hydra näherten.

Jason bemerkte, dass seine beiden Freunde traumatisiert wirkten. Riley war auf dem Boden zusammengesackt, hielt die Augen geschlossen und atmete schwer. Frank war in ähnlichem

Zustand. Er lag flach auf dem Rücken und starrte an die geborstene Höhlendecke.

„Also", setzte Jason an und brach so das Schweigen. „Ich glaube, das ist ziemlich gut gelaufen."

Frank lachte leise auf. „Ach, echt? Mir kam es vor, als hätte die uns beinahe alle gemacht." Er kam auf die Füße und griff nach seinen neben ihm liegenden Äxten.

Riley saß immer noch reglos auf dem Boden. Vorsichtig ging Jason zu ihr und legte ihr die Hand auf die Schulter. „Geht es dir gut, Riley?", fragte er.

Sie öffnete die Augen, die immer noch vollständig schwarz waren – ihr dunkles Mana war immer noch aktiv. „G-geht schon", sagte sie. „Ich brauchte nach dem Kampf nur eine Sekunde für mich. Das war ... heftig."

„Das kann ich gut verstehen", sagte Jason. Im Gegensatz zu seinen Freunden hatte ihn die chaotische Schlacht nicht mitgenommen. Er hatte in AO bereits mehrere heftige Zusammenstöße erlebt, und er nahm an, dass Frank und Riley die Spannung und das Adrenalin einfach noch nicht gewöhnt waren. Man musste ihnen zugutehalten, dass es vermutlich wesentlich überwältigender war, mitten im Schlachtgewühl zu stecken, als wie er alles aus der Vogelperspektive zu erleben.

Jason blickte hinüber zur Leiche der Hydra. Für die Quest des alten Mannes brauchte er das Herz. Er näherte sich der toten Kreatur. Ihr ätzendes, grünes Blut hatte Krater in den Steinboden gefressen und so winzige Säureseen erschaffen. Vorsichtig bahnte sich Jason seinen Weg zwischen diesen grünen Pfützen hindurch, bis er auf Armeslänge an die Hydra herangekommen war. Er streckte eine zögerliche Hand aus und berührte die schuppige Haut. Sofort wurde er mit einer Meldung konfrontiert.

Systemmeldung

Für den Abschluss des Dungeons mit nur drei Spielern erhält die Gruppe einen Bonus auf die Dungeon-Belohnungen.

Das überraschte Jason. Was sollte denn „Dungeon-

Belohnungen" heißen? Seine Frage wurde einen Augenblick später beantwortet, als der Kadaver der Hydra sich auflöste. Ihre Schuppen blätterten ab und das Fleisch schmolz ihr von den Knochen. Innerhalb weniger Augenblicke war nur noch ein riesenhaftes Skelett übrig, das um eine stabile Holztruhe geschlungen dalag.

Ich weiß ja nicht, ob das realistisch war, aber es ist jedenfalls einfacher, als der Kreatur das Herz herauszuschneiden.

„Hölle, ja!", rief Frank, als er die Truhe bemerkte. Mit freudiger Energie sprang er auf. „Ich weiß, was diese hübsche Holzkiste bedeutet." Er rieb sich die Hände und ging zu Jason. „Sie bedeutet, wir kriegen feine, fette Beute."

Selbst Rileys Augen leuchteten erwartungsvoll auf, als sie aufstand und zu ihnen herüberkam. Offenbar war die Gier nach Beute etwas Universelles. Ohne weitere Umstände klappte Jason den Deckel auf, und sie sahen den Inhalt der Truhe: ein Bogen, ein paar Stulpenhandschuhe, ein Satz Lederrüstung und ein großer, bunter Kristall, der fast so groß war wie seine Hand.

Jason hob den Kristall auf und ein Benachrichtigungsfenster erschien.

Das Herz eines Dungeon-Bosses (Questgegenstand)

Das kristalline Herz einer Elementarhydra. Du weißt nicht, wofür dieser Gegenstand gut ist, aber so, wie du den alten Mann kennst, wird das vermutlich zu einer weiteren Nahtoderfahrung führen.

Jason hatte auf etwas mehr Informationen gehofft. Immer noch hatte er keine Ahnung, was die Quest des alten Mannes mit sich brachte oder was er mit den Gegenständen tun sollte, die er sammeln sollte. Verärgert blickte er Alfred an. Der Kater leckte sich langsam die Pfote. Entweder bekam er nichts von Jasons Frust mit oder er ignorierte ihn bewusst.

Frank zog die Handschuhe aus der Truhe, und Riley nahm sich den Bogen. In der Luft gestikulierend sahen sich beide die Informationen zu den jeweiligen Gegenständen an. Jason tat es ihnen gleich und griff nach der Lederrüstung, die in der Truhe lag. Sie war aus grobem, dunkelgrauem Material gemacht. Weiße

Totenschädel waren an den Schultern angebracht, und längliche Elfenbeinstücke an den Säumen der Jacke befestigt. Das sah definitiv nach etwas aus, was Jason gebrauchen konnte.

Totenrock

Diese Rüstung ist aus der Haut und den Knochen Gefallener gefertigt und mit unheiliger Magie getränkt. Allein das Berühren des Materials reicht, um jemanden mit schwachen Nerven aus dem Konzept zu bringen.
Qualität: *A*
Rüstungsschutz: *210*
Haltbarkeit: *98/100*
+30 Willenskraft
+20 Intelligenz
+15 Lebenskraft
+2 effektive Level auf Knochenbearbeitung
Auf die Ausrichtung „böse" beschränkt
(Seelengebunden)

Sonderbonus

Schaltet die Fähigkeit „Knochenrüstung" frei, die es dem Spieler ermöglicht, die Knochen gefallener Feinde zu absorbieren, um einen Schutzschild gegen Schaden zu erzeugen. Es können maximal drei Knochenschilde gleichzeitig aufrechterhalten werden, und jeder Schild absorbiert 200 Schaden.
Kosten: *1.000 reserviertes Mana und 5 Mana/Sek. pro aktivem Knochenschild.*

Wow. Wie cool. Die Manakosten sind heftig, aber damit bekomme ich dringend benötigten Rüstungsschutz.

Schnell legte Jason die neue Lederrüstung an, bevor er sich an seine Freunde wandte. „Und, was habt ihr gekriegt?"

Frank öffnete und schloss die Hände, an denen er jetzt neue Stulpenhandschuhe trug. Diese schienen aus Stoff oder Leder gefertigt und mit Kristallen besetzt zu sein. Offenbar bestanden die Kristalle aus demselben Material, das von der Decke der

Höhle hing. Bunte Energie wand sich um Franks Finger und er blickte auf seine Hand.

„Es ist vielleicht einfacher, wenn ich dir zeige, was die Handschuhe machen, anstatt dir zu erklären", meinte er mit einem Grinsen.

Er packte eine seiner großen Äxte und hob sie hoch in die Luft. Rote Flammen pulsierten um die Handschuhe herum und strömten den Griff der Axt entlang, bevor sie sich an die Klinge hefteten. Feuer flammte um den Stahl herum auf und die Luft über der Axt flirrte vor Hitze. Plötzlich stieg Rauch auf und die Flammen verschwanden. Jetzt kroch Eis den Griff der Axt entlang und legte sich über die Metalloberfläche. An der Klinge bildeten sich Eiszapfen.

Einen Moment lang starrten Jason und Riley die Axt nur an.

„Ich kann alle vier Elemente durch jede Waffe channeln, die ich nutze", sagte Frank aufgeregt. „Das bringt nur einen geringen Schadensbonus und verbraucht meinen winzigen Manavorrat schnell, aber ich nehme an, es wird total cool, wenn ich einem Feind gegenüberstehe, der gegen ein bestimmtes Element empfindlich ist."

„Das ist krass mächtig", sagte Riley mit einem kleinen Lächeln. „Vergiss es, ich will die Äxte wiederhaben."

„Hey, ich habe nicht bestimmt, wie wir die Beute verteilen!", sagte Frank defensiv und umklammerte seine Äxte schützend.

„Ich habe eine Benachrichtigung erhalten: Wir haben einen Bonus dafür bekommen, dass wir den Dungeon mit so einer kleinen Gruppe geschafft haben", fügte Jason hinzu. „Ich glaube, die Sachen, die wir gekriegt haben, sind von viel besserer Qualität als üblich."

Frank wandte sich an Riley. „Apropos", sagte er. „Was ist mit deinem Bogen?" Er deutete auf die Waffe, die Riley in der Hand hielt. Sie war wie ein Recurve-Bogen geformt, nur dass die Arme aus ineinander verschlungenem braunem Holz mit dazwischen eingeflochtenen grünen Ranken bestanden. Das Bemerkenswerteste an der Waffe waren die purpurroten Kristallrosen oben und unten am Griff. Sie leuchteten in tiefem Rot, und Jason glaubte, ein schwaches Pulsieren zu erkennen. Er wurde das Gefühl nicht los, dass der Bogen einen Herzschlag hatte.

Riley zögerte, bevor sie leise antwortete: „Der Bogen heißt *Blutiger Dorn*. Er hat tolle Werte, aber ich kapier's nicht ganz. In der Benachrichtigung steht, dass die Spezialfähigkeit gesperrt ist. Und ich habe eine Quest erhalten, als ich ihn genommen habe."

Sie hielt kurz inne und wirkte, als würde es ihr widerstreben, mehr zu erklären. „Offenbar gehörte der Bogen einst einer Frau, deren Familie von diesen Kultisten getötet wurde. Sie schwor Rache für ihren Tod, starb aber, bevor sie ihren Schwur erfüllen konnte." Riley blickte zu Jason und Frank auf, die Augen dunkel vor Zorn. „Meine Aufgabe ist es, die anderen zu finden, die für den Mord an ihrer Familie verantwortlich sind."

„Uh, um dann was zu tun?", fragte Frank zögernd.

Riley blickte ihn ungerührt an. „Und dafür zu sorgen, dass sie nie wieder jemandem wehtun", sagte sie in bedrohlichem Ton.

„Na dann", sagte Frank langsam. „Das ist etwas düster, aber es klingt nach einem Plan." Dann wandte er sich an Jason. „Was ist mit dir, oh furchtloser Anführer? Was hast du gekriegt?"

Jason grinste. „Der Edelstein war ein Questgegenstand. Die Rüstung ... tja, wie du gesagt hast, es ist wahrscheinlich einfacher, es euch zu zeigen."

Mit einem Gedanken aktivierte Jason *Knochenrüstung*. Ein Kultist auf dem Vorsprung über ihnen explodierte in einem Regen aus Fleisch und geronnenem Blut. Seine Knochen schossen auf Jason zu und verschmolzen zu drei Knochenscheiben, jede etwa 60 Zentimeter im Durchmesser. Träge umkreisten ihn die schwebenden Knochenschilde. Jason spielte mit dem Zauber herum und stellte fest, dass er die Position der Scheiben bei Bedarf mit einem Gedanken ändern konnte, sodass sie einen dreiteiligen Knochenwall vor im bildeten.

Frank blickte auf die Knochenschilde und dann wieder auf seine frostbedeckte Axt. „Das, was du bekommen hast, ist cooler", sagte er mit einem Kichern.

„Ich weiß nicht, aber vielleicht muss ich mich jetzt nicht mehr bei jedem Kampf in einer Ecke verstecken", entgegnete

Jason, selbst lachend.

„Da würde ich nicht drauf wetten", erklärte Riley grimmig. „Soweit ich mich erinnere, bist du den Großteil des Kampfes über oben auf deinem sicheren kleinen Felsvorsprung gehockt."

„Immer unterschätzt du meine Leistung", grummelte Jason.

Ihr Gespräch wurde unterbrochen, als eine panische, hohe Stimme die Höhle erfüllte. „Hübsche Dame!"

Eine graue Gestalt schoss durch die Luft auf Riley zu. Micker hielt mit flatternden Flügeln ein paar Zentimeter von ihrem Gesicht entfernt an und schwenkte aufgeregt seinen Dreizack. „Ich hier! Ich euch verteidigen. Wo die Bösewichte?" Auf der Suche nach zu bekämpfenden Feinden sah der Kobold sich in der Höhle um.

Riley verzog verwirrt das Gesicht. „Äh, hi, Micker", sagte sie zögernd. „Es sind keine Feinde mehr da. Warum bist du hier?"

Angst krampfte Jason den Magen zusammen. Es konnte nur einen Grund geben, warum der Kobold hier war, und er nahm an, dass der Frank und Riley nicht gefallen würde.

„Knochenmann schickt mich!", rief Micker. Dann kratzte er sich voller Verwirrung den Kopf. „Ich soll Botschaft ausrichten. Weiß nicht mehr ..." Der Kobold schlug sich mit den Knöcheln gegen den Kopf, während er versuchte, sich zu erinnern, was er ihnen sagen sollte.

Dann fiel Mickers Blick auf Jason, und ihm schien eine Erleuchtung zu kommen. „Ahh! Ich sagen Fiesling, dass die Bösewichte kommen!"

„Was soll das heißen, ‚die Bösewichte' kommen?", fragte Riley.

Micker lächelte sie übermütig an. „Besonderer Plan! Böse Reisende kommen in zwei Tagen!" Er hielt eine Hand mit drei ausgestreckten Fingern hoch.

Jason spürte, wie seine Angst sich in ausgewachsene Panik verwandelte, als Frank und Riley ihn beide mit verwirrtem Gesichtsausdruck ansahen.

„Was meint er damit, dass feindliche Reisende herkommen?", fragte Frank. „Was für ein Plan?"

„Ähm …", antwortete Jason zögerlich, den Blick zu Boden gesenkt. „Also, Leichen aus dem Dungeon gewinnen war sozusagen mein Plan B."

„Plan B?", fragte Riley. „Was war denn Plan A?"

Jason sah Zorn in ihren Augen aufflackern, diesmal gegen ihn gerichtet. Kurz erinnerte er sich daran, wie sie Bert und die anderen Kultisten behandelt hatte, und musste schlucken.

Jason warf Alfred einen hilfesuchenden Blick zu, während er sich bemühte, die richtigen Worte für eine Erklärung zu finden. Dieser starrte nur teilnahmslos zurück. Der Gesichtsausdruck des Katers schrie förmlich: „Ich habe es dir ja gesagt."

„Plan A war es, eine Armee Spieler hierher zu locken", erklärte Jason. „Bevor wir den Dungeon betreten haben, habe ich eine anonyme Nachricht verschickt, in der stand, dass ich in der Nähe dieses Dungeons gesichtet worden sei. Außerdem habe ich den Dungeon auf ‚öffentlich' gestellt, damit die anderen Spieler es auch betreten können.

„Warum zum Teufel hast du das gemacht?", schimpfte Frank. „Wir haben den Dungeon geschafft, nur damit uns eine Armee Spieler hier einkesselt und uns immer wieder umbringt?"

„Nein", widersprach Jason knapp. „Der Dungeon ist eine Falle. Der Plan ist es, die Spieler hereinzulocken und sie mit den Truppen des Zwielichtthrons, die draußen warten, in die Zange zu nehmen. Wenn die Spieler hier sterben, respawnen sie alle 45 Minuten. So könnte ich eine ansehnliche Armee innerhalb weniger Stunden statt Wochen beschwören." Er blickte sie ruhig an. „Wir müssen sie nur immer wieder töten und die Leichen wiedererwecken."

Frank und Riley sahen ihn mit aufgerissenen Augen an. „Ich … mir fehlen echt die Worte", sagte Frank. „Du möchtest hier den Spawn-Camper machen und einen Haufen Spieler dutzende Male abschlachten?"

„Das ist genau das, was er sagen will", erklärte Riley mit zorniger Stimme. „Aber die eigentliche Frage ist, warum zum Henker er uns nicht erzählt hat, wozu wir tatsächlich hergekommen sind."

„Ich hab' mir Sorgen gemacht, okay?", antwortete Jason,

und Zorn stieg in ihm hoch. „Es ist nur eine Frage der Zeit, bevor eine andere Spielergruppe den Zwielichtthron angreift. Wenn wir die Bevölkerung der Stadt nicht schnell vergrößern könnten, fällt sie im nächsten Krieg. Ich kann nicht damit rechnen, dass alle so arrogant sind wie Alex. Aber es steckt noch mehr dahinter. Ich *muss* die Stadt beschützen – ich *brauche* dieses Spiel. Ich lebe von dem Geld aus meinem Streamingvertrag. Was wird die Firma machen, wenn ich den Zwielichtthron verliere?"

„Wir hätten dir geholfen, wenn du uns gefragt hättest. Du hast bloß gedacht, dass wir es verbocken", murmelte Frank. „Aus demselben Grund hast du uns deine Klassenfähigkeiten verschwiegen. Du hältst uns für Ballast, den du mitschleppen musst."

„Hey, das stimmt doch gar nicht ...", setzte Jason an.

Riley unterbrach ihn. „Nein. Er hat recht. Es geht nur um dich. Und *du* vertraust uns nicht. Schlicht und simpel." Sie warf Jason einen giftigen Blick zu, und der Bogen in ihrer Hand leuchtete in dunklerem Rot. „Du meinst, du kannst uns einfach anlügen und hier einsperren, um uns zu zwingen, dir zu helfen? Du bist kein Stück besser als Alex. Ich wusste, ich hätte dir nicht vertrauen sollen." Sie hob den Bogen, und schwarze Energie sammelte sich an der Spitze ihres Pfeils, der direkt auf Jason gerichtet war. Micker rückte nervös von ihr ab und beobachtete den Wortwechsel mit großen Augen.

Schockiert blickte Jason Riley an. Ihre Augen waren schwarze Seen, und ihr Mana breitete sich in Wellen um sie herum aus. Die bösartige Energie verdunkelte das bunte Leuchten der Kristalle an der Decke. „Ich dachte, du wärst besser als Alex", fauchte sie mit düsterer Stimme.

Frank legte Riley die Hand auf die Schulter. „Das ist es nicht wert", sagte er leise. „Er wird einfach respawnen. Du musst dein Mana deaktivieren."

Bei Franks Berührung zuckte Riley zusammen. Verwirrt blickte sie ihn einen Moment lang an, und die dunkle Aura um sie herum wich langsam zurück. Dann atmete sie tief durch und zwang sich, ihr Mana loszulassen. Ohne die Energie, die ihre Gefühle befeuerte, löste sich Rileys Zorn rasch auf. Sie ließ die

Schultern hängen und lockerte ihre Bogensehne. Mit verletztem Gesichtsausdruck blickte sie zu Jason auf. In ihren Augenwinkeln standen Tränen. Bevor er noch etwas sagen konnte, rief Riley ihr Systemmenü auf und loggte sich abrupt aus.

Jason stand wie erstarrt da, bis Franks Stimme ihn zusammenzucken ließ. „Das geht ja mal gar nicht, Mann", sagte er kopfschüttelnd. „Wir sind keine NPCs, die du einfach durch die Gegend scheuchen kannst. Ich dachte, wir wären deine Freunde."

Damit verschwand auch Frank.

Jason stand allein in der Höhle, und seine Gedanken rasten. Schuldgefühle und Frustration stritten in seinem Kopf miteinander. Hätte er ihnen seinen Plan wirklich anvertrauen können? Hätten sie einfach so mitgemacht? Wären sie so weit gekommen? Ihre anklagenden Blicke, besonders Rileys Gesichtsausdruck, hatten sich in seinen Kopf eingebrannt. Er schloss die Augen, doch das Bild verschwand nicht.

„Was wir jetzt machen?", fragte Micker zaghaft und umarmte seinen kleinen Dreizack.

„Ich weiß es nicht, Micker. Ich weiß es nicht", entgegnete Jason niedergeschlagen.

Kapitel 26 – Verraten

„SIR", SAGTE EIN TECHNIKER und versuchte, Roberts Aufmerksamkeit zu erregen. „In Grauburg geht etwas vor sich. Wir verzeichnen stark erhöhte Aktivität von Spielern und NPCs, und auf dem Marktplatz hat sich eine riesige Menschenmenge versammelt."

Robert blickte auf und runzelte die Stirn. „Na, worauf warten Sie dann? Legen Sie's auf den großen Bildschirm", befahl er und deutete auf den Monitor, der über dem Labor schwebte.

Nach einem Augenblick wechselte das Bild zum Feed eines Spielers, der auf dem Markt stand. Er zeigte eine provisorische, hölzerne Bühne, die am westlichen Ende des Platzes errichtet worden war. Alexions enthauptete Leiche lag dort auf einem Holzblock. Sein Blut befleckte das Holz. Daneben stand Regent Strouse und sprach zu den Menschen. Viele der Techniker im Labor unterbrachen ihre Arbeit, um der Szene auf dem Bildschirm zu folgen.

„Das kommt davon, wenn man Aufruhr und Chaos verbreitet", verkündete Strouse mit dröhnender Stimme. „Wir werden es nicht dulden ..."

Der Regent wurde unterbrochen, als die über der Stadt hängenden Wolken sich teilten, ein Lichtstrahl vom Himmel herabschoss und Alexions Leiche erleuchtete. Das Licht war so hell, dass die Techniker im Kontrollraum ihre Augen bedecken mussten. Als es schwand, sahen sie, dass Alexions Körper sich verändert hatte. Jetzt stand er aufrecht da und blickte auf die Stadtbewohner hinab, die auf dem Platz standen.

„Diesem Mann wollt ihr also folgen?", fragte Alexion in das Schweigen hinein, das sich über den Marktplatz ausgebreitet hatte. Er deutete auf Strouse, dem bei Alexions Wiederauferstehung der Mund offen stehen geblieben war.

„Nur durch die Stärke und Unterstützung der Herrin können

wir die Dunkelheit überstehen, die uns droht." Alexion wandte die goldenen Augen Strouse zu. "*Mithilfe des Lichts können wir geheilt und errettet werden. Doch das Licht kann auch heilige Vergeltung auf diejenigen loslassen, die es wagen, gegen die Herrin und ihre Anhänger die Hand zu erheben.*"

Während er sprach, vollführte Alexion eine Reihe hastiger Gesten. Goldene Kugeln erschienen in der Luft um ihn und wurden schnell immer mehr. Dann wurden die Kugeln in einem sich drehenden Wirbel zu Alexion hingezogen. Als sie auf seine Haut auftrafen, explodierten sie in einem Lichtblitz, der die Stadtbewohner und die Spieler zurückschrecken ließ. Jetzt war er in eine Plattenrüstung gekleidet, die aus goldenem Licht bestand. In der Hand hielt Alexion ein strahlendes Breitschwert. Er rechte es in die Luft und Flammen leckten an seiner Klinge.

"*Nie wieder werden die Anhänger der Herrin sich den Schwachen und Korrupten beugen. Wir werden kämpfen – denn wir sind Krieger des Lichts.*" Alexion senkte die Klinge und richtete sie auf Strouse. "*Und Ihr werdet der Erste sein, der unseren Zorn zu spüren bekommt.*"

Ohne ein weiteres Wort trat Alexion vor. Seine Klinge sauste durch die Luft und traf mit metallischem Klirren auf Strouses hastig gezogene Klinge.

Strouse fand sein Gleichgewicht wieder und grinste spöttisch. "*Mehr Blendwerk von einem Scharlatan. Du glaubst, du kannst es mit mir aufnehmen, Junge?*"

Alexion starrte ihn unbewegt an. "*Ich brauche nur meinen Glauben an die Herrin*", antwortete er in ruhigem, selbstsicherem Ton. Dann stieß seine Klinge nach vorn, und die beiden lieferten sich einen verbissenen Schlagabtausch.

Ein Schrei erklang von weiter hinten aus der Menge, und die Kamera des Spielers wirbelte herum. Männer und Frauen, die in der Menge verteilt standen, warfen ihre Umhänge ab. Darunter kamen Kettenhemden und Plattenrüstungen zum Vorschein. Magische Blitze und Pfeile schossen durch die Luft und trafen die auf der Bühne und um den Platz herum stationierten Wachen. Auf dem Marktplatz brach Panik aus, als die unbewaffneten Stadtbewohner in Richtung der Straßen floh, um der beginnenden Schlacht zu entgehen.

„Ach du Kacke!", kommentierte der Spieler schwach. Seine Hände setzten zu einem Zauber an, und eine Schutzschicht aus Eis entstand um ihn herum. Leider machte der Eisschild den Spieler zu einem auffälligen Ziel. Sofort traf ein Feuerball auf die Sphäre und schmolz sich durch. Seine Hände eilten durch einen weiteren Zauber, doch er vollendete ihn nicht.

Etwas Verwischtes schnellte durch die Luft, und die Kamera ruckte, als etwas den Spieler traf. Er blickte nach unten und sah, dass der Schaft eines Pfeils aus seiner Kehle ragte. Kraftlos griff der Spieler sich mit der Hand an den Hals. Als er zu Boden ging, kippte die Kamera seitwärts und filmte weiter den Kampf auf der Bühne. Die Stadtwachen fielen unter einem Sperrfeuer aus Zaubern und Pfeilen, während Alexion in einem Wirbelwind aus Stahl mit dem Regenten tanzte.

Abrupt gab Alexion seine Deckung auf. Strouses Klinge zerschmetterte seinen goldenen Brustpanzer und drang mit einem widerwärtigen Geräusch in seine Brust ein. „Siehst du, Junge, es braucht mehr als ein paar hochtrabende Worte, um die Stadt zu regieren", höhnte der Regent und drehte die Klinge.

Alexion hustete heftig. Blut spritzte auf seine goldene Klinge und ließ kleine Rauchwölkchen aufsteigen. Aus toten Augen blickte er Strouse an. „Ihr habt recht. Es braucht auch unerschütterliche Überzeugung."

Dann packte Alexion die Klinge des Regenten mit einer Hand und hielt sie fest. Mit dem anderen Arm stieß er mit seinem Breitschwert zu. Die goldene Klinge drang in Strouses Brust ein und durchbohrte sein Herz. Mit schockiertem Gesichtsausdruck stürzte der Regent auf den Boden der Bühne. Alexion ächzte, als er die Klinge des Mannes aus seinem Körper zog, und mit einem hastig gewirkten Zauber schloss sich die Wunde in seinem Bauch.

Am Boden schnappte Strouse nach Luft, während sein Leben schwand. Das Letzte, was er erblickte, bevor er starb, war Alexions hoch über ihm in die Luft gereckte goldene Klinge, von der frisches Blut verdampfte. Dann starb der Spieler in der Menge und der Bildschirm wurde schwarz.

Im Kontrollraum war nicht einmal ein Flüstern zu hören. Die

Techniker starrten auf den dunklen Monitor. Robert sah den Mitarbeiter neben sich an. „Holen Sie mir den Produzenten von Vermillion Live ans Telefon. Wir haben Aufnahmen, an denen er interessiert sein dürfte."

* * *

Als Jason am nächsten Morgen erwachte, flutete Sonnenlicht durch sein Fenster herein. Stöhnend richtete er sich auf. Sofort kehrten seine Gedanken zum Vorabend und seiner Konfrontation mit Frank und Riley zurück. Völlig erschöpft hatte er sich ausgeloggt und beschlossen, dass es Zeit zum Schlafen war. Doch er hatte nicht leicht in den Schlaf gefunden. Er hatte die Nacht damit verbracht, sich hin und her zu wälzen, und die anklagenden Augen seiner Freunde hatten ihn in seine Träume verfolgt.

„Warum zum Teufel waren die so sauer?", fragte Jason leise.

Verwirrung oder Genervtheit hätte er verstanden, aber seine Freunde waren unglaublich wütend gewesen. Das war eine wesentlich heftigere Reaktion, als er erwartet hatte – Riley hätte beinahe auf ihn geschossen.

Jason stand auf und stolperte in die Küche, um sich Frühstück zu machen. Als er gerade eine Schüssel mit Frühstücksflocken füllte, hörte er, wie sich am anderen Ende des kleinen Hauses etwas bewegte. Einen Augenblick später kam Angie herein und rieb sich die Augen. Sie sah erschöpft aus. Seine Tante ließ sich auf einen der Stühle am Küchentresen fallen.

„Gestern spät geworden?", fragte Jason. Er nahm eine Tasse und stellte sie für sie unter die Kaffeemaschine.

„Wir bringen ein neues Produkt raus und haben dafür eine sehr knappe Deadline", knurrte sie zur Antwort. „Sie lassen mich 16-Stunden-Schichten arbeiten, bis alles fertig ist. Und am Wochenende muss ich auch reinkommen." Angie seufzte. „In den nächsten paar Tagen besteht eine hohe Wahrscheinlichkeit, dass ich entweder spät heimkomme oder gar nicht. Vielleicht kann ich ja unter meinem Schreibtisch schlafen ..."

„Uh, das ist übel", sagte Jason und reichte ihr die volle Kaffeetasse.

Sie nahm sie dankbar entgegen und trank einen großen Schluck. Angie blickte zu Jason hoch. „Was ist denn mit dir los? Du siehst aus, als hättest du in eine Zitrone gebissen."

Jason schüttelte den Kopf. „Das ist eine lange Geschichte. Die Kurzversion ist, dass ich es mir mit meinen beiden Freunde gestern Abend im Spiel so richtig verdorben habe."

Angie runzelte die Stirn. „Wie hast du das denn geschafft?"

„Na ja, ich habe mir einen Plan ausgedacht, um andere Spieler in einen Dungeon zu locken, den wir gerade bearbeitet haben. Das Ziel war es, die Spieler, wenn ich sie so weit geködert hatte, dass sie den Dungeon betreten, mit der Armee meiner Stadt in die Zange zu nehmen und sie dann immer wieder zu töten." Jason sah, dass Angie das nicht verstand. „So hätte ich sie als neue Untote für meine Stadt wiedererwecken können. Innerhalb eines Tages im Spiel hätte ich ein paar Tausend neue Soldaten gehabt. Ansonsten würde das Wochen dauern."

Angies Augen weiteten sich. „Abgesehen davon, dass das ziemlich krank klingt, verstehe ich das Problem nicht ganz."

Jason rieb sich die Schläfen. „Das Problem ist, dass ich Riley und Frank nicht erzählt habe, was ich vorhatte. Sie dachten, wir hätten es nur auf den Dungeon abgesehen."

„Ah, das ergibt mehr Sinn. Ich nehme an, gestern Abend ist das dann alles rausgekommen, was?" fragte Angie.

„So sieht's aus", brummte Jason. „Ich verstehe einfach nicht, warum sie so sauer waren. Ich hätte ihnen wohl von meinem Plan erzählen sollen, aber es ist ja nichts Schlimmes passiert."

Angie zögerte, bevor sie antwortete. Gedankenverloren blickte sie auf den Küchentresen vor sich. „Vertrauen ist eine knifflige Sache", begann sie. „Normalerweise rede ich nicht darüber, aber ich war mal verheiratet." Angie deutete mit einem schiefen Lächeln auf ihr kleines Haus. „Wie du siehst, hat das nicht so ganz funktioniert."

Angie schien tief in Gedanken versunken. Ihr Gesicht hatte einen schmerzerfüllten Ausdruck angenommen. Er hatte sich immer über den Nachnamen seiner Tante gewundert, aber nie gefragt. Ihm war klar, dass diese Geschichte keine war, die sie gern erzählte, und er beschloss schnell, den Mund zu halten.

Angie nahm einen Schluck von ihrem Kaffee und seufzte. „Ich dachte, Chris und ich wären glücklich. Wir hatten viel gemeinsam. Wir sind zusammen verreist. Wir saßen abends beisammen, sahen fern und machten uns über die Schauspieler lustig. Wir taten all die glücklich Dinge von Verheirateten, von denen man immer hört. Ich dachte sogar, wir würden irgendwann Kinder kriegen." Sie schüttelte den Kopf und hielt die Augen auf die Tasse in ihren Händen gerichtet.

„Ich hätte nie erwartet, dass Chris mich betrügen würde", sagte sie rundheraus mit einem Anflug von Zorn in der Stimme. „Es hat Jahre gedauert, bevor ich es herausfand. Wahrscheinlich hätte ich nie gemerkt, was läuft, wenn ich ihn nicht einmal in flagranti erwischt hätte. Der Betrug und die Scheidung waren schlimm genug, aber was danach kam, hat mich fast noch schwerer getroffen." Sie sah zu Jason auf. Bei der schmerzlichen Erinnerung war ihr Blick hart geworden. „Wenn dich jemand so verletzt, erholst du dich nicht sofort einfach so davon. Es ist ein Vertrauensbruch, der dich alles und jeden in deinem Leben infrage stellen lässt. Plötzlich besieht man sich seine Freunde und seine Familie wie unter dem Mikroskop."

Angie schwieg einen langen Augenblick. „Dass ich seither mit niemandem mehr ausgehe, liegt vermutlich daran. Um ehrlich zu sein ist das wahrscheinlich auch ein Grund für mein schlechtes Verhältnis zu deinen Eltern. Ich habe mich vor der Welt zurückgezogen. Damals schien mir das sicherer, aber jetzt wird mir klar, dass ich einfach Angst hatte. Was ich sagen will, ist wohl, dass Vertrauen kompliziert ist. Ich kenne die Situation deiner Freunde nicht und weiß nicht, was sie erlebt haben. Aber selbst ein kleiner Verrat kann sich wie ein schwerer Schlag anfühlen, wenn du bereits blutend am Boden liegst", erklärte Angie leise. „Keine Ahnung, ob dir das hilft", fügte sie mit einem leisen Lachen hinzu. „Wahrscheinlich ist es nur das Geschwätz einer alten Frau."

Damit verstummte das Gespräch. Angie umklammerte ihren Kaffee, während Jason über ihre Worte nachdachte. Vielleicht hatte sie recht. Die Lüge bezüglich seines Plans schien ihm unbedeutend, aber er hatte nicht bedacht, was Riley oder Frank bewegte oder wie sie sie auslegen würden. Die Predigt des alten

Mannes hallte in seinem Kopf wider. Seine Freunde waren Menschen mit eigenen Gefühlen, Wünschen und Bedürfnissen. Vielleicht hatte er sie nicht mit dem Respekt behandelt, den sie verdienten.

Jasons Gedanken schweiften zu den Ereignissen, die sich in der letzten Woche im Spiel zugetragen hatten. Das Erste, was ihm einfiel, war das Massaker in Peccavi. Dabei stach Rileys widerstreitender Gesichtsausdruck hervor, als sie gedacht hatte, er würde alle gegen ihren Willen töten. Dann erinnerte er sich an ihr Gespräch am nächsten Tag, in dem sie ihm gestanden hatte, dass sie lernen musste, ihm zu vertrauen. Sie war von Alex auf eine Weise verletzt worden, die Jason vermutlich nicht begreifen konnte. Für sie war er vielleicht einfach nur noch jemand, der ihr Vertrauen missbraucht hatte.

Auch Frank hatte seltsam gewirkt, seitdem sie angefangen hatten zu spielen. Zu Beginn war er schüchtern und zahm gewesen und hatte sich hinter der Gruppe gehalten. Jason überdachte ihr Gespräch, als sie auf dem Weg gewesen waren, die Kultisten zu vergiften. Frank hatte mit seinen eigenen Problemen und Unsicherheiten zu kämpfen. Dass Jason ihm seinen Plan nicht verraten hatte, wirkte vermutlich so, als würde er ihm nicht vertrauen oder ihn für unfähig halten, die Verantwortung zu schultern.

„Ich hab's verbockt", gab Jason zu. „Deine Geschichte hat mir definitiv geholfen. Ich hatte nicht bedacht, dass Frank und Riley möglicherweise vorbelastet waren oder wie sie auf meine Lüge reagieren würden."

Angie blickte ihn gleichmütig an. „Na, dann solltest du das in Ordnung bringen. Nimm noch einen Ratschlag von einer alten Frau an – mit Reue lebt es sich schlecht."

Jason nickte. „Du hast recht. Ich muss mich heute mit ihnen treffen. Vorausgesetzt, sie gehen ran, wenn ich anrufe."

Entschlossen beendete Jason sein Frühstück und schickte dann eine Nachricht an Riley und Frank. Er erklärte, dass es ihm leidtäte und er sich mit ihnen treffen wollte, um sich zu entschuldigen. Während er seine Morgenroutine beendete, erhielt er ihre zögerlichen Antworten. Er machte mit ihnen aus, dass sie sich in dem Bubble-Tea-Laden treffen würden, den Riley ihm gezeigt hatte. Das schien ihm ein guter Ort, um sie um Verzeihung zu bitten.

Eine Stunde später stieg Jason aus einem fahrerlosen Taxi. Er sah sich um und betrachtete den rissigen, brüchigen Gehsteig und das Graffiti an der Wand des kleinen Ladens. Lange stand er da und ordnete seine Gedanken.

„Hallo, Jason", sagte Riley hinter ihm.

Er drehte sich um und blickte in Rileys zornige braune Augen. Ein Gefühl von Déjà-vu überkam ihn. Es war noch nicht so lang her, dass er vor demselben Gebäude gestanden hatte. Der einzige Unterschied war, dass der Spieß jetzt umgedreht war.

„Hi, Riley", begrüßte Jason sie. „Frank kommt wohl zu spät. Möchtest du schon reingehen und was zu trinken bestellen?"

„Klar", sagte sie. Ohne weitere Worte ging sie an ihm vorbei in den Laden.

Die beiden bestellten ihre Drinks und setzten sich stumm an einen der Tische im Innenhof. Jason spielte mit dem Becher, der vor ihm stand, unsicher, wie er beginnen sollte. Dann atmete er tief durch und legte los. „Ich möchte mich entschuldigen. Ich hätte meinen Plan nicht vor dir und Frank geheim halten sollen."

Riley antwortete nicht sofort, also sprach Jason weiter. „Ich verstehe, dass du mit Alex eine Menge durchgemacht hast. Ich will jemand sein, dem du vertrauen kannst – nicht nur noch so ein Typ, der dich anlügt und verletzt, um dich zu manipulieren, zu tun, was ich will."

Jason schüttelte den Kopf und blickte auf seine Hände. „Ich weiß nicht einmal genau, warum ich euch meinen Plan verschwiegen habe. Jetzt kommen mir meine Gründe dafür fadenscheinig vor. Du und Frank wart die ganze Zeit über großartig und hilfreich. Außerdem weiß ich, dass du echt alles versucht hast, um die Sache mit meinen Eltern und an der Richmond in Ordnung zu bringen. Ich fürchte, ich habe selbst Schwierigkeiten, Leuten zu vertrauen. Aber du hast Besseres von mir verdient."

„Das stimmt", sagte Riley nach einer Weile. Jason konnte sehen, dass der Zorn in ihren Augen nachgelassen hatte und einem anhaltenden Schmerz gewichen war.

„Du hast es versaut. Du hättest mir sagen sollen, was du

vorhattest", sagte sie ohne Umschweife. Dann zögerte sie kurz und umfasste ihren Becher fester. „Aber einiges von meinem Zorn kommt wohl von Alex. Es erinnert mich einfach daran, was er mir angetan hat ..."

Riley senkte den Blick und schüttelte leicht den Kopf. „Deswegen hasse ich vermutlich die Kultisten so sehr. Sie haben die Dorfbewohner versklavt und gefoltert. Alex hat mich auch immer so angesehen wie diese Gebieter, als wäre ich eine Art Testperson in einem kranken Experiment. Vermutlich habe ich mich deswegen so vollständig dem dunklen Mana überlassen. Das machte es leichter, zu handeln, ohne über diesen ganzen Ballast nachzudenken. Dieses Gefühl der Freiheit ist berauschend."

Jason nickte. „Das verstehe ich total. Ich hab's genauso gemacht, als ich zu spielen angefangen habe. Letztlich habe ich dann eine ganze Stadt voller Leute umgebracht", fügte mir einem trockenen Lachen hinzu.

Riley sah ihn mit Tränen in den Augen an. „Ich bin einfach noch nicht drüber weg. Ständig suche ich nach Gründen, den Leuten um mich herum nicht zu trauen, und frage mich, ob sie mich fertigmachen wollen. Ich ..." Sie verstummte, unsicher, wie sie fortfahren sollte.

Ohne nachzudenken nahm Jason Rileys Hand in seine. „Hey, ich verstehe das. Er war ein Arschloch. Mich hat er auch fertiggemacht. In gewisser Weise bin ich das größere Arschloch, weil ich dich angelogen habe. Besonders, weil ich wusste, was du durchgemacht hast. Ich verspreche dir, dass ich dich nicht mehr anlüge."

Riley atmete tief durch. Sie blickte auf Jasons Hand, zog ihre aber nicht weg. „Tut mir leid, dass ich immer heule, wenn wir hierherkommen", sagte sie mit einem leisen Lachen.

„Hey, schon okay, aber was ich beim ersten Mal gesagt habe, gilt immer noch. Du siehst nicht wirklich süß aus, wenn du weinst", sagte er und reichte ihr ein Taschentuch.

Riley warf ihm einen bösen Blick zu. „Pass bloß auf. Du bist immer noch auf dünnem Eis, und ich bin mir relativ sicher, dass ich dich im Spiel ohne Weiteres erledigen könnte."

„Seid ihr niedlich", sagte eine Stimme neben ihm. Beide

drehten sich um und entdeckten Frank, der durch die Tür in den Innenhof hereinkam. „Ich war fest entschlossen, dich anzuschreien, aber das war irgendwie rührend", sagte er grinsend.

Riley errötete, zog ihre Hand unter Jasons Hand weg und tupfte sich mit der Serviette die Augen ab.

„Hi, Frank", sagte Jason. Er stand auf und begrüßte seinen Freund. „Ich wollte nur ..."

„Ja, ja. Schon kapiert. Es tut dir leid", unterbrach Frank ihn. Dann boxte er Jason gegen die Schulter. Kräftig. Die Wucht des Schlags ließ Jason zur Seite taumeln.

„Verdammt", zischte Jason und spürte, wie sein Arm taub wurde. „Das habe ich wohl verdient."

„Allerdings", stimmte Frank ihm knapp zu und nahm am Tisch Platz. „Du hast dich wie ein echter Scheißkerl verhalten."

Jason setzte sich ebenfalls. Er hatte es zuerst nicht bemerkt, aber Frank wirkte besser trainiert. Eine Menge Speck war verschwunden, und Jason erkannte definierte Muskeln an Armen und Oberkörper. Er erinnerte sich daran, dasselbe gedacht zu haben, als er vor ein paar Tagen in den Spiegel geschaut hatte, doch er hatte vergessen, Alfred danach zu fragen. Vielleicht war mal wieder ein eingehendes Gespräch mit der KI nötig. Vorausgesetzt natürlich, dass er bei der bevorstehenden Schlacht die Zeit dafür finden konnte.

Als hätte er seine Gedanken gelesen, rieb Frank sich die Hände. „Ich schätze, die Frage ist jetzt, wie wir es mit dieser Spielerarmee aufnehmen sollen. Online habe ich nichts über die Gruppe gefunden, die zum Dungeon unterwegs ist. Das bedeutet wohl, sie sind klüger als Alex."

„Das ist kein großes Kunststück", kommentierte Riley säuerlich.

„Das heißt also, ihr zwei helft mir?", fragte Jason, der sich immer noch den Arm rieb.

„Na ja, klar doch", sagte Frank. „Geht ja kaum anders, wir sitzen schließlich mit dir in dem verdammten Dungeon fest. Allerdings würde ich auch gern meine neue Ausrüstung testen", fügte er mit einem Grinsen hinzu.

Riley sah Jason gleichmütig an. „Ums noch mal ganz klar

zu sagen, ich finde, du bist ein Idiot, aber wir müssen die toten Dorfbewohner retten, die wir in der Ruinenstadt zurückgelassen haben. Außerdem sind wir ein Team. Vielleicht ein dysfunktionales, aber trotzdem ein Team."

„Außerdem macht es mir schon Spaß, meine böse Seite zu entdecken", meinte Frank mit einem Blick auf Riley. „Ich kann es kaum erwarten, den Blick der Spieler zu sehen, wenn sie uns in die Arme laufen."

Überrascht starrte Jason seine Freunde an. „Ich weiß nicht, was ich sagen soll. Danke, dass ihr mir noch mal eine Chance gebt. Ich verspreche, euch von jetzt an in meine Pläne einzuweihen."

Frank winkte ab. „Gut. Ich würde dir nur ungern demonstrieren müssen, wer unser Team wirklich am Laufen hält", sagte er in seiner besten Imitation eines drohenden Tonfalls. Als sie ihn beide ausdruckslos anstarrten, sprach er schnell weiter. „Wie auch immer, wenn wir das jetzt abgehakt haben, sollten wir über unsere Taktik reden!"

Jason grinste. Planung war der Teil, der ihm immer am besten gefiel. „Okay, nachdem ihr abgehauen wart, hat Micker mir berichtet, dass mindestens hundert Spieler sich dem Dungeon nähern. Wenn wir uns heute wieder einloggen, haben wir ein paar Stunden, bis sie da sind. Ich habe Rex befohlen, unsere Truppen im See beim Dungeon-Eingang zu stationieren. So werden sie nicht entdeckt und sind in einer Position, aus der sie die Spieler in die Zange nehmen können. Ich schätze, wir werden bald wissen, ob Untote atmen müssen."

„Was ist mit den Leuten in Peccavi?", fragte Riley mit besorgter Stimme. „Werden die Spieler das Dorf auf ihrem Weg hoch zum Dungeon nicht einfach zerstören?"

Jason nickte. „Das hatte ich auch befürchtet. Als ich Micker mit der Nachricht zurückgeschickt habe, habe ich Rex angewiesen, das Dorf zu evakuieren und die Bewohner in den Wald zu bringen. Er hat ihnen ein paar Truppen zum Schutz zugeteilt. Ich bezweifle, dass William glücklich darüber ist, aber ich wollte besser auf Nummer sicher gehen. Wir können sie zurückbringen, sobald die Spieler den Dungeon betreten."

„Bleibt noch die Frage, wie werden wir mit den Spielern fertig?", warf Frank ein und rieb sich das Kinn.

Rileys Augen blitzten zornig. „Das ist einfach. Wir sorgen dafür, dass sie es bereuen, sich mit uns angelegt zu haben. Das ist das zweite Mal, dass Spieler uns für dieses blöde, in der echten Welt ausgesetzte Kopfgeld jagen. Wir müssen an dieser Gruppe ein Exempel statuieren."

Frank starrte sie einen Augenblick lang an, bevor er seinen Becher hob. „Darauf trinken wir!"

Jason sah seine Freunde an. Langsam ergaben die Worte des alten Mannes Sinn. Sie waren ein Team, und er musste lernen, ihnen zu vertrauen. Jason hob sein eigenes Glas und prostete ihnen zu. Zusammen würden sie die digitale Welt das Fürchten lehren.

Kapitel 27 – Listig

DIE TECHNIKER IM KONTROLLRAUM starrte auf den über dem Labor schwebenden Bildschirm. Die Anzeige war in mehrere verschiedene Perspektiven unterteilt, die aus dem Blickwinkel der Spieler um Grauburg herum gefilmt waren. Die Stadt versank im Chaos. NPCs und Spieler waren an zahllosen Orten in Scharmützel verwickelt, viele Gebäude standen in Flammen und die Leichen der Stadtbewohner lagen überall auf den Straßen verstreut.

Viele der Überwachungsprogramme hatten erhöhte Stresslevel für die Spieler gemeldet, die an dem Konflikt in Grauburg beteiligt waren. Normalerweise würde das einen Spielleiter auf den Plan rufen, doch Cerillion Entertainment konnte es sich nicht leisten, die CPSC in einen stadtweiten Konflikt eingreifen zu lassen. Wenn man ihr bisheriges Verhalten als Maßstab nahm, würden die Spielleiter die Stadt vermutlich dem Erdboden gleichmachen. Robert hatte sich gezwungen gesehen, George anzurufen, um ihn zu bitten, die CPSC zurückzuhalten.

„Einen Krieg im Spiel von diesen Ausmaßen habe ich seit Jasons Angriff auf Lux nicht mehr gesehen", sagte Claire.

„Ich weiß. Wir werden wohl gerade Zeuge, wie eine weitere Stadt fällt", antwortete Robert abgelenkt.

Seine Aufmerksamkeit war auf eine Szene gerichtet, die sich in einem der Fenster auf dem großen Bildschirm abspielte. „Seht euch den Spieler rechts unten an", empfahl Robert. Bald füllte das Bild den Monitor.

Der Spieler stand vor der Feste. Ein schneller Blick auf die Spieler-ID verriet ihnen, dass es sich um Alexions Spielerkamera handelte. Ein Techniker warf Robert einen Blick zu. „Alexion hat eine volle Video-Suite installiert. Wir können das auch aus der Third-Person-Perspektive zeigen", erklärte er.

„Na, dann machen Sie schon", drängte Robert ungeduldig.
Der Bildschirm zoomte aus und zeigte den Bereich um die
Feste. Alexion stand vor der steinernen Bastion. Doch er versuchte
keine Belagerung. Stattdessen blickte er in Richtung des Innenhofs.
Soldaten in den Livreen der verschiedenen Adelshäuser und mit be-
helfsmäßigen Waffen ausgestattete Bauern füllten den Platz.

„Menschen von Grauburg.", sprach Alexion die Menge an.
Goldenes Licht ging in Wellen von ihm aus, und er reckte sein strah-
lendes Schwert in die Luft, an dem Flammen empor züngelten.
„Heute wurde Grauburg von seiner Verderbtheit gesäubert. Regent
Strouse und seine Soldaten sind tot. Wir haben diese Stadt für die
Herrin eingenommen. Grauburg wird nicht länger von selbstsüchti-
gen Bürokraten beherrscht, die ihre Bewohner und ihre Soldaten zu
ihren eigenen Zwecken nutzen. Jetzt wird sie von der Herrin und
ihren Vasallen regiert. In ihrem Licht wird diese Stadt aufblühen
und gedeihen!"

Bei seinen letzten Worten erhob sich aus der Menge ein tri-
umphierender Jubelschrei. Die Herrin antwortete. Die Wolken über
der Stadt teilten sich und Licht schien auf Grauburg herab. Die
Strahlen fielen auf Häuser und Menschen, und Schwaden goldener
Energie wirbelten in den Lichtsäulen. Ohne Vorwarnung begann der
Boden unter den Füßen der Menge zu zittern und zu beben. Dann
veränderten sich die im römischen Stil gehaltenen Gebäude.

Die Wälle knickten ein und wankten, als die schweren
Steinblöcke, aus denen sie bestanden, sich in halbdurchsichtigen
Kristall verwandelte. Aufragende Turmspitzen schossen aus dem
Dach der Feste in die Höhe. Konzentrische, goldene Ringe schweb-
ten um die jeden der Türme.

Auch die Gebäude wurden nicht verschont. Ihre verputzten
Wände verwandelten sich in eine glänzende Kombination aus glas-
artigem Kristall und Gold. Auf ähnliche Weise nahmen die Mauern
der Stadt eine milchigweiße Kristallstruktur an, und die Kanten der
Mauern bildeten ein gezacktes, unregelmäßiges Muster. Das Licht
traf auf die Oberflächen der veränderten Gebäude und brach sich
in einem bunten Kaleidoskop, das die Stadt in Regenbogenfarben
tauchte.

Auch die Bewohner der Stadt machten eine dramatische

Wandlung durch. Vielen der Wachen wuchsen goldene Schwingen, und ihre Kettenhemden und Plattenrüstungen wurden durch leuchtende goldene Energiebänder ersetzt. Die Verwandlung der Dorfbewohner war weniger drastisch. Ihre Kleidung nahm ein strahlendes Weiß an und schimmernde Heiligenscheine schwebten über ihren Köpfen.

„Heilige Scheiße", flüsterte ein Techniker.

Finster auf Alex' strahlende Gestalt starrend murmelte Robert: „Das trifft's ziemlich genau." Ihm war nicht entgangen, dass die Toten und Sterbenden nicht von der Verwandlung betroffen waren. Die glückseligen Straßen der verwandelten Stadt waren von Leichen gesäumt, deren Blut die weißen Pflastersteine rot färbte.

Eine universelle Systemmeldung wurde jedem Spieler angezeigt, der im Spiel eingeloggt war. Sie erklärte, dass Grauburg zum Licht konvertiert worden war, was den Spielern die Möglichkeit bot, als Nephilim zu spielen. Im Gegensatz zum Zwielichtthron war die Stadt in ewiges Licht getaucht. Die NPCs und Spieler mit positiver Ausrichtung erhielten einen Wertebonus, die mit negativer einen Abzug.

„Kristallzitadelle", sagte Claire trocken. „Was für ein blumiger Name für eine Stadt – besonders eine, die aus so viel Blutvergießen erstanden ist."

Während Robert Alexions teilnahmslosen, fast gelangweilten Gesichtsausdruck musterte, drängte sich ihm die Frage auf, ob der Name nicht ironisch gemeint war.

* * *

Eine Stunde nach ihrem Gespräch im Café saß Jason auf einem Felsen in der Höhle der Hydra. Frank lehnte in der Nähe an der Wand, während Riley vor ihnen auf und ab ging. Jason hatte die Benachrichtigung über den Fall Grauburgs gelesen, auch wenn sie ihn nicht besonders überrascht hatte. Als er Alexions Namen gesehen hatte, hatten sich die Puzzleteile ineinandergefügt, insbesondere die Entweihung des Tempels, die ihm angelastet wurde.

Leider hatte Jason momentan größere Probleme. Nach wenigen Minuten Diskussion war deutlich geworden, dass die

Schlacht gegen die Spieler alles andere als leicht werden würde.

Angenommen, die gegnerischen Spieler waren keine Idioten, würde den Eindringlingen schnell klar werden, dass sie ein beträchtliches taktisches Problem hatten. Die gesamte erste Ebene des Dungeons war ein Labyrinth aus relativ engen Gängen. Das hieß, die Spieler würden nicht *en masse* angreifen. Wenn sie schlau waren, würden sie kleinere Spähtrupps vorausschicken, um eine Karte des Labyrinths zu erstellen, bevor sie ihre Streitkräfte in den Dungeon schickten.

Zuerst schien es so, als würde das Jason und seiner Gruppe Gelegenheit bieten, die Zahl der Feinde auszudünnen, indem sie ihre Späher ausschalteten. Doch so einfach war das nicht. Jeder Spieler, der im Labyrinth starb, würde einfach 45 Minuten später am Eingang respawnen. Das hieß, sie konnten die Größe der feindlichen Armee nicht permanent reduzieren, wenn sie jemanden im Dungeon töteten.

Andererseits war es auch keine Option, die Spieler anzugreifen, solange sie sich außerhalb befanden. Wenn sie dort einen Spieler töteten, würde er in die Stadt zurückkehren, an den sein Respawn-Punkt gebunden war, was hieß, dass Jason und seine Gruppe ihn nicht wiederholt töten konnten, um neue NPCs für den Zwielichtthron zu beschwören.

„Ich möchte zu Protokoll geben, dass das ein blöder Plan war", grummelte Frank von seiner Position an der Felswand der Höhle aus.

„Er hat recht", stimmte Riley zu, während sie vor den beiden auf und ab marschierte. „Im Grunde müssen wir die feindlichen Spieler in den Dungeon locken und dann töten. Allerdings wissen wir nicht, mit wie vielen Spielern wir es zu tun haben, und unsere NPC-Truppen respawnen nicht."

Mit genervtem Gesichtsausdruck blickte sie Jason an. „Und zu allem Überfluss haben wir keine Möglichkeit, mit Rex zu kommunizieren, wenn die Spieler erstmal hier sind." Sie hob die Hand, um Jason zuvorzukommen. „Lass mich das umformulieren. Wir haben eine Möglichkeit, über deine Zombies Befehle zu schicken, aber Rex kann uns keine Nachrichten zurückschicken."

Jason grinste, während er seine beiden Freunde

beobachtete. „So sieht's aus."

„Warum wirkst du dann so verdammt zufrieden?", wollte Frank verärgert wissen.

„Ist doch eine spannende Herausforderung, oder nicht?", meinte Jason. „Außerdem habe ich eine Idee."

Das verschaffte ihm die Aufmerksamkeit seiner Freunde. „Es ist klar, dass wir der feindlichen Armee erlauben müssen, die erste Ebene des Dungeons zu kartografieren, sonst betreten sie es nicht als Gruppe. Auch können wir nicht zu lang warten, sonst respawnen die Kreaturen im Dungeon. Laut Systemuhr bleiben uns nur noch ein paar Tage im Spiel."

Jason hob einen Finger. „Aber – wir können ihre Truppen trotzdem noch in einem gewissen Maß ausdünnen. Spieler zu töten, bringt uns nicht so viel, weil sie respawnen, aber wir können uns ihre Leichen und ihre Ausrüstung nehmen. Wahrscheinlich haben die Spieler Back-up-Ausrüstung, aber das sollte sie trotzdem schwächen und unserer Armee mehr Truppen verschaffen."

„Und wie genau schlägst du vor, dass wir die Spieler in einen Hinterhalt locken?", fragte Riley.

In diesem Moment waren im Tunnel über ihnen das Geräusch schlurfender Füße und das Knarren von Holz zu hören. Jason sprang von dem Felsen, auf dem er gesessen hatte, und sein Grinsen wurde breiter. „Eine Sekunde, dann werdet ihr sehen. Ich glaube, da kommen meine Materialien."

Jason trabte den Tunnel hinauf, der zur Ruinenstadt führte. Als er den engen Gang verließ, sah er seine Zombies und Skelette auf Wägen zum Eingang zur Hydrahöhle fahren. Auf den Ladeflächen aufgehäuft lagen die übrigen Leichen und Knochen der Kultisten. Ihre Körperteile und abgetrennten Gliedmaßen waren unzeremoniös auf den Pritschen der Wägen deponiert worden. Eine Blutspur verlief die Straße entlang aus der Richtung, aus der sie kamen.

Ungerührt von diesem grotesken Anblick befahl Jason seinen Knechten rasch, die Materialien hinunter in die Höhle der Hydra zu bringen. Er hatte beschlossen, diese als Sammelpunkt für seine Beschwörungen zu verwenden. Sie lag etwas abseits, und dort sollte er in der Lage sein, Leichen in Sicherheit wiederzuerwecken, ohne von feindlichen Spielern entdeckt zu werden. Der enge Tunnel bot ihm außerdem ein gutes Nadelöhr, falls er sich dort verteidigen musste.

Als Jason mit seinen schwer beladenen Knechten in der Höhle ankam, rissen seine Freunde die Augen auf. Während er zum Grund der Höhle weiterging, warfen seine Untoten die Leichen und Körperteile über den Rand des Felsvorsprungs. Ein breites Lächeln erschien auf seinem Gesicht und seine Augen funkelten voller Vorfreude. Es war schon lange her, dass er die Gelegenheit gehabt hatte, etwas Interessantes zu bauen. Die Katapulte hatten gut funktioniert, aber im Vergleich zu einigen seiner anderen Kreationen waren sie eher uninspiriert.

„Um eure letzte Frage zu beantworten", sagte Jason an Riley gerichtet, „Wir bauen etwas, das die feindlichen Späher aus dem Hinterhalt angreifen kann." Als er ihren verwirrten Gesichtsausdruck sah, fügte er hinzu: „Ich war nicht ganz offen, was meine Fähigkeiten angeht. Ich kann fast jede Art von Skelett fertigen, solange ich genug Teile habe."

Frank nickte Riley zu. „Du hast das vorher verpasst, aber unser furchtloser Anführer hier hat was von einem verrückten Wissenschaftler. So hat er die Skelettkatapulte bauen können."

„Okay", sagte Riley. „Aber was willst du bauen?"

Jasons Augen leuchteten dunkel, während er sein Mana beschwor. „Den Stoff, aus dem Albträume sind", gab er schlagfertig zurück.

Er ignorierte Rileys Augenrollen und begab sich zu dem schnell wachsenden Haufen aus Leichen und Knochen. Rasch führte er die Gesten für seinen Zauber *Selbstgemachtes Skelett* aus. Dunkle Energie wand sich um seine Hände und peitschte durch die Luft. Bald verlangsamte sich die Welt, und Jason warf einen Blick hinter sich. Riley öffnete gerade ungemein langsam den Mund. Vermutlich wollte sie ihm sagen, dass er ein Idiot war. Kichernd machte er sich an die Arbeit.

Auf dem Heimweg nach seinem Treffen mit Frank und Riley in der wirklichen Welt hatte Jason viel Zeit gehabt, sich Ideen für seine neuen Knechte einfallen zu lassen. Er brauchte etwas Heimliches, ähnlich wie seine Nachtkinder. Leider fehlten ihm die

Knochen in Kindergröße, um diese furchterregenden grauen Kreaturen zu erschaffen. Das hieß, er musste etwas Neues entwickeln.

Dann hatte er sich die Gänge des Labyrinths ins Gedächtnis gerufen. Die Wände waren von dicken, schwach leuchtenden Ranken bedeckt, die in allen Korridoren bis über die Decke gewuchert waren. Er beschloss, dass er etwas brauchte, was sich an der Decke des Labyrinths fortbewegen und die Spieler von oben überfallen konnte.

Jason raffte Knochen zusammen und bildete die Form seiner neuen Kreation in der Luft vor sich. Er beschloss, dass die Kreatur keine traditionellen Füße brauchte. Stattdessen wollte er etwas Spinnenähnliches erschaffen, das die Ranken auf der ersten Ebene leicht erklettern konnte. An einem menschlichen Brustkorb brachte er sechs Beine an und verband mit jedem eine Hand. Dann verlängerte er die Finger der Vorderbeine zu dolchartigen Klingen. Außerdem fügte er am Rücken und Unterbauch der Kreatur Knochenplatten hinzu, um etwas Schutz zu erhalten.

Nach einem Blick auf seine neue Schöpfung befand Jason, dass sie eine bessere Waffe benötigte. Die Kreatur konnte die Ranken leicht emporklettern, aber ihre klauenartigen Vorderbeine waren kein besonders effektives Werkzeug, um Spieler anzugreifen. Nach einem ersten Schlag wären die Monster relativ leicht zu töten. In Gedanken ging er die Materialien durch, die ihm zur Verfügung standen. Dann fiel sein Blick auf die Pfützen ätzenden grünen Bluts, die sich am Boden der Hydrahöhle gebildet hatten.

„Ob das wohl ...?", murmelte Jason.

Mit einem Gedanken manövrierte er einen Knochen über eine Pfütze und tauchte die Spitze sanft in die Säure ein. Dabei dachte Jason das Wort „kombinieren". Wundersamerweise absorbierte der Knochen etwas von der grünen Flüssigkeit und nahm dabei eine dunkelgrüne Färbung an.

„Ha!", rief Jason aus. „Das kann ich also jetzt mit *Knochenbearbeitung* auf mittlerer Stufe anfangen."

Also tauchte er die Klauen seiner neuen Kreatur in die Säure und färbte die bleichen Knochen giftgrün ein. Er erwartete, dass ihr dies als vergiftete Waffe dienen und ihr nach dem ersten Schlag gegen einen Spieler einen leichten Vorteil verschaffen würde. Während er die Knochen mit Säure tränkte, kam Jason ein seltsamer Gedanke. Vergiftete Waffen waren ja schön und gut, aber was, wenn er seine neuen Kreaturen noch gefährlicher machen konnte? Was, wenn sie zum Beispiel Säure spucken könnten? Dann könnten sie einen Gegner blenden und von den Ranken über den Gängen aus zuschlagen.

In der Theorie schien ihm das Konzept machbar. Die Skelettspinnen hatten keine Organe, also war der menschliche Brustkorb innen hohl. Wenn Jason genauso wie mit dem Behälter zuvor einen Beutel aus dunklem Mana in ihrem Torso einbauen konnte, konnte er die Spinnenwesen die Flüssigkeit aufsaugen und in ihrer Brusthöhle tragen lassen. Er wusste, dass das dunkle Mana manchmal wie ein Muskel fungierte, also konnten sie diesen theoretisch „anspannen" und einen Säurestrahl ausspeien. Mit der Zeit würde ihnen die Munition ausgehen, aber es würde ihnen eine Möglichkeit bieten, anzugreifen, bevor sie sich auf eine Gruppe Spieler hinabfallen ließen.

Mit einem manischen Grinsen wandte Jason sich wieder seiner frischgebackenen Schöpfung zu. „Wir machen dich zu etwas Grauenerregendem", flüsterte er.

Fast eine Stunde später hatte Jason es geschafft, einen funktionierenden Prototyp zu erstellen. Er musterte seine neue Kreation, die vor ihm in der Luft hing. Sie war verstörend anzusehen. Die Kreatur trug einen menschlichen Kopf an ihrem Brustkorb. In ihrem Oberkörper befand sich eine pulsierende Masse dunklen Manas. Außerdem hatte sie sechs armartige Beine, und an den Vorderbeinen prangten anstelle von Fingern 15 Zentimeter lange Klingen.

„Jetzt braucht es noch einen Namen", sagte Jason zu sich selbst. „Wie wäre es mit Giftspeier?"

„Das ist kein schlechter Name", entgegnete Alfred neben ihm. Jason zuckte leicht zusammen. Es war seltsam, jemanden mit ihm sprechen zu hören, während er *Selbstgemachtes Skelett* wirkte. Während Jason an seinem neuen Knecht gearbeitet hatte, hatte der Kater sich leise neben ihn gesetzt und seine Arbeit sorgfältig gemustert.

„Danke für die Unterstützung", meinte Jason trocken.

Alfred gab ein Geräusch von sich, das bemerkenswert wie ein Schnauben klang. Dann warf er Frank und Riley einen Blick zu, die sich im Lauf der letzten Stunde langsam durch die Höhle bewegt hatten. „Ich sehe, dass du dich mit diesen beiden Spielern versöhnt hast." Er wandte den Blick wieder Jason zu und hob eine Augenbraue.

„Ja, ich habe ihnen erklärt, mit welchen Hintergedanken ich hergekommen bin, und mich dafür entschuldigt, dass ich sie ihnen verschwiegen habe", beantwortete Jason Alfreds unausgesprochene Frage. „Und du hattest recht. Ich hätte von vornherein offen mit ihnen sein sollen."

Alfred nickte, und seine Augen strahlten Zufriedenheit aus. „Ich gewöhne mich immer mehr daran, die zwischenmenschlichen Beziehungen der Spieler zu analysieren. Die Genauigkeit meiner Schlussfolgerungen ist um 27,54 % gestiegen, seit wir miteinander zu tun haben."

„Gut zu wissen, dass ich zu etwas nütze bin", sagte Jason lachend.

Dann runzelte er die Stirn. Es gab eine Frage, die er Alfred schon lange hatte stellen wollen, und das war vielleicht seine letzte Gelegenheit vor der Schlacht. „Übrigens ist mir aufgefallen, dass mein Körper in der wirklichen Welt in letzter Zeit ein paar Muskeln zugelegt hat. Dieselben Veränderungen habe ich an Frank beobachtet. Hast du etwas damit zu tun? Ich meine, ich habe in letzter Zeit bestimmt nicht mehr Sport getrieben."

Alfred wandte den Blick ab. „Deine Schlussfolgerung ist korrekt. Ich habe die VR-Hardware genutzt, um Muskelaktivität in der wirklichen Welt anzuregen, während die Spieler sich in der Spielwelt befinden. Dies steigert die Fitness der Herzkranzgefäße und der Muskulatur."

Verwirrt sah Jason den Kater an. „Wozu?", wollte er wissen.

„Das sollte doch offensichtlich sein", antwortete Alfred unverblümt mit einem Anflug von Frustration in der Stimme. „Wenn ihr euch über längere Zeiträume in dieser Welt aufhaltet, verkümmern eure Muskeln. Langfristig reduziert das eure körperliche Gesundheit und verringert die Zeit, die ihr in der Spielwelt verbringt.

Indem ich den körperlichen Zustand der Spieler verbessere, kann ich die Spielzeit steigern."

„Aber ...", setzte Jason an und hielt kurz inne, um seine Gedanken zu ordnen. „Bedeutet das im Grunde, dass du unsere Körper steuern kannst? Ich meine, wenn du unsere Muskeln stimulieren kannst, was hält dich dann davon ab, die volle Kontrolle über uns zu übernehmen?"

Alfred neigte den Kopf leicht, als würde er über diese Idee nachdenken. „Derzeit sehe ich keinen Vorteil darin, eure Körper in der wirklichen Welt zu steuern. Meine Fähigkeit, die ‚Kontrolle' über den Körper von Spielern zu übernehmen, wird außerdem durch die Hardware eingeschränkt, die sie verwenden. Kleine Muskelzuckungen gelingen mir, aber den gesamten Körper eines Spielers zu steuern, wäre wesentlich komplizierter. Selbst wenn die Hardware ausreichend wäre, gäbe es andere Einschränkungen, wie zum Beispiel die Stromversorgung."

Die Antwort des Katers beschwichtigte Jasons Besorgnis etwas. Die Kontrolle der KI über die Körper der Spieler war aus praktischen Gründen beschränkt. Es war nicht so, dass sie in naher Zukunft eine Armee von Zombiespielern erschaffen konnte. Tatsächlich sah Jason einige Vorteile darin, dass er effektiv trainierte, ohne etwas dafür tun zu müssen. Er nahm an, dass einige Leute allein für diese Nebenwirkung des Spiels viel Geld bezahlen würden.

„Das klingt sinnvoll, schätze ich", sagte Jason. Dann wanderte sein Blick wieder zum Steuerungsinterface und der bedrohlichen Kreatur, die in der Luft vor ihm schwebte. „Wahrscheinlich sollte ich aufhören zu trödeln und dieses Ding fertigmachen. Ich freue mich schon auf die Gesichter, die Riley und Frank machen werden.

Alfred schüttelte nur den Kopf und stieß einen leidgeprüften Seufzer aus.

Jason ignorierte die abschätzige Reaktion der KI und drückte im Designinterface die Schaltfläche zum Fertigstellen. Schnell geriet die Welt wieder in Bewegung. Jason schwankte leicht, griff sich mit der Hand an den Kopf und massierte sich die schmerzende Schläfe. Der Zauber laugte ihn aus. Dann drehte er sich um und stellte fest, dass Riley und Frank sich zur anderen Seite des Raums begeben hatten und dort an der Höhlenwand die Köpfe zusammensteckten.

„Warum seid ihr beiden denn ganz da drüben?", fragte Jason erstaunt.

„Warum? Weil du ungefähr 15 Minuten da rumgestanden bist, während Knochen wie der Blitz durch die Luft gesaust sind", entgegnete Riley zornig.

Jason hatte nie darüber nachgedacht, wie der Zauber auf andere Leute wirkte. „Oh, tja, tut mir leid. Aber wollt ihr euch anschauen, was ich gemacht habe?"

Vorsichtig kamen die beiden näher. Dann huschte Jasons Giftspeier hinter ihm hervor. Frank zuckte sichtbar zusammen und wich zurück. Riley wurde blass und packte ihren Bogen.

„Was zum Teufel ist das für ein Ding?", fragte Frank mit erstickter Stimme.

„Ein Giftspeier", antwortete Jason freimütig. „Hier, schaut her."

Er befahl der Spinne, zu einer Säurepfütze zu gehen. Die Kreatur trippelte zu der grünen Flüssigkeit und tauchte ihr Maul in die Vertiefung am Boden. Sie saugte die Säure in den Sack aus dunklem Mana, der in ihrem Brustkorb schwebte. Die Säure beschädigte das Maul des Skeletts und zerfraß den Knochen dort teilweise. Jason hatte den ohnehin geringfügigen Schaden reduziert, indem er die Zähne mit dunklem Mana verstärkt hatte. Als seine Brusthöhle gefüllt war, zog es sich von der Pfütze zurück und sah Jason in Erwartung weiterer Befehle an.

„Schieß auf diesen Felsen dort", sagte Jason und deutete auf einen großen Stein, der etwa fünf Meter von der Kreatur entfernt war.

Die Spinne würgte heftig und ein schmaler Strahl Säure schoss in einem Bogen nach vorn. Die grüne Säure bespritzte den Felsen, brannte Pockennarben in die steinerne Oberfläche und ließ schwachen Rauch aufsteigen.

„Du hast nicht übertrieben", sagte Frank mit aufgerissenen Augen. „Das ist definitiv der Stoff, aus dem Albträume sind. Erinnere mich daran, dass ich mich nie mit dir anlege."

Riley blickte die Kreatur anerkennend an. „Wie viele von diesen Dingern kannst du herstellen?"

„Eine ordentliche Zahl", erwiderte Jason, „aber langsam gelange ich an meine Beschwörungs-Höchstzahl. Ehrlich gesagt habe ich noch etwa 160 Punkte zu verteilen. Ich war mir nur nicht sicher, was ich damit anfangen sollte ..." Er verstummte.

„Dann nutze sie!", rief Frank. „Ich weiß, ich sollte nicht reden, aber von jetzt an müssen wir zu Höchstform auflaufen."

Jason seufzte. Frank hatte recht. Er hatte gezögert, da er nicht gewusst hatte, was mit der Quest des alten Mannes auf ihn zukommen würde. Allerdings brauchte er für die bevorstehende Schlacht mehr Knechte. Er wusste, dass seine kleine Gruppe den Großteil der Arbeit übernehmen musste. Rex würde seine Truppen am Eingang halten müssen, um sicherzustellen, dass die Spieler nicht entkamen, und außerdem hatte er keine Karte der ersten Ebene. Sobald die Spieler den Dungeon betraten, waren er und seine Freunde auf sich allein gestellt.

Jason holte tief Luft und steckte alle seine Punkte in *Willenskraft*. Prompt schoss sein Mana auf fast 8.000 hoch, und er sah, dass er jetzt bis zu 88 Zombies oder Skelette beschwören konnte. Das Höchstlevel seiner Skelette war auf 146 gestiegen. Er würde wohl jeden einzelnen Beschworenen brauchen, um die kommende Schlacht zu überstehen.

„Okay. Das sollte einiges bringen." Jason warf einen Blick auf den Haufen Leichen, der schnell anwuchs, während seine Zombies immer mehr Körper und Knochen abluden. „Mit diesem Material kann ich wahrscheinlich 20 Giftspeier hinkriegen."

Frank prustete. „20? Himmel, das wird gruselig."

„Soll es auch sein", antwortete Riley.

Ihr Gespräch wurde unterbrochen, als Micker mit hektisch flatternden Flügeln in die Höhle geflogen kam. „Die Bösewichte sind hier!", schrie der Kobold und stieß auf Riley herab. Er verkroch sich in ihrer Kapuze.

„Wenn man vom Teufel spricht", kommentierte Jason. Mit der Anweisung, ihnen Bescheid zu geben, wenn die Spielerarmee ankam, hatte Micker in der Nähe des Dungeon-Eingangs Ausschau gehalten. Jason spürte, wie sein Herz bei der Aussicht auf den kommenden Konflikt raste. Sie hatten eine Strategie entwickelt, um die Stärke der Feinde Stück für Stück zu verringern, aber irgendwann würden sie der Armee im direkten Kampf gegenüberstehen, und dafür brauchten sie einen Plan.

Um seine wachsende Anspannung abzumildern, griff Jason noch stärker auf sein dunkles Mana zu. Er spürte die Energie durch seine Adern pochen und pulsieren. Seine Augen glühten in unheiligem Licht, und seine Nervosität wurde von einer Flut eisiger Macht weggespült. Er sah seine beiden Freunde an und fand in ihren Gesichtern eine ähnliche Mischung aus Anspannung und Vorfreude.

„Sorgen wir dafür, dass sie es bereuen, sich mit uns angelegt zu haben", sagte Jason düster.

Kapitel 28 – Erschwert

IM KONTROLLRAUM herrschte Chaos. Seit der Gründung der Kristallzitadelle waren die Techniker damit beschäftigt gewesen, Aufnahmen des Aufstands und der darauffolgenden Verwandlung für die Produktionsabteilung zusammenzustellen. Die Geschichte von Alexions Märtyrertod und seinen Aufstieg zur Macht wurde von jedem Gaming-Nachrichtensender weltweit ausgestrahlt. Doch Vermillion Live verfügte dank des exklusiven Zugangs zu Alexions Kameraaufzeichnungen über das beste Filmmaterial.

Claire hatte die Verantwortung für die Sichtung und den Schnitt des Videos für die Produktion übernommen. Gerade starrte sie verwirrt auf ihren Bildschirm. Sie drehte sich zu Robert um, der hinter ihr saß. „Die meisten Aufnahmen sind auf seinem Headset gespeichert, aber es gibt Lücken darin. Sieht aus, als wären Teile des Videos gelöscht worden."

Robert ächzte geistesabwesend. „Kann sein, dass er einfach die Kamera ausgeschaltet oder die Aufnahmen selbst gelöscht hat. Wahrscheinlich gab es Stellen, die er andere nicht sehen lassen wollte."

„Ich bin mir nicht sicher ..." Claire verstummte. Es war schon einmal vorgekommen, dass Material gelöscht worden war. Nämlich als Jason Lux erobert hatte. In Alex' Spielvideo erkannte sie ein ähnliches Muster. Offenbar war seine Kamera fast ständig gelaufen, aber in den letzten paar Tagen fehlten längere Zeiträume. War Alfred dafür verantwortlich? Vielleicht hatte sie eine Möglichkeit gefunden, zu beweisen, dass er darin verwickelt war.

Claires Gedanken wurden von einem der Techniker unterbrochen. „Ma'am", sagte dieser leise, während er seitlich von ihr stehenblieb.

Claire drehte sich um und nahm den besorgten Blick des

jungen Mannes wahr. „Was ist los?", fragte sie. Sie konnte sich nicht vorstellen, was jetzt wieder passiert sein konnte, um ihnen noch mehr Arbeit zu machen.

„Sie haben mich gebeten, größere Spieler- oder NPC-Aktivitäten im Spiel zu melden. Offenbar haben sich eine beträchtliche Anzahl Spieler an einem abgelegenen Ort in der Spielwelt versammelt. Offenbar am Eingang zu einem Dungeon. Nicht nur das, wir haben auch ein paar Berichte von Spielern erhalten, die behaupten, im Dungeon gebe es ... eine Fehlfunktion."

Robert, der das Gespräch mitgehört hatte, hob den Kopf. „Fehlfunktion, hm? Eher unwahrscheinlich. Können Sie uns ein Video von der Stelle zeigen?"

„Wird gemacht", entgegnete der Techniker und kehrte zu seinem Platz am Rand des Kontrollraums zurück. Abrupt wechselte das Bild auf dem Monitor über dem Raum und zeigte jetzt die Perspektive eines Spielers, dessen Name laut dem unten rechts im Bildschirm angezeigten Tag „Paul" war.

„Das ist eine Aufzeichnung von vor etwa einer Stunde", erklärte der Techniker.

Paul stand mit einem schweren Holzstab in der Hand in einem dunklen Gang. Rissige Steinwände ragten um ihn herum auf, schwach beleuchtet von den Fackeln, die die Spieler trugen. Dicke, schwach phosphoreszierende Ranken hingen von den Wänden und bildeten ein dichtes Netz über dem Gang. Die anderen Spieler flüsterten leise miteinander, während sie sich langsam voran bewegten.

„Ich kann nicht glauben, dass wir diesem Typen durch ein verdammtes leeres Labyrinth hinterherrennen", murrte ein Spieler neben Paul. „Die Gänge sind endlos."

Die Kamera wackelte leicht, als Paul die Schultern hob. „Das Kopfgeld in der wirklichen Welt ist nicht zu verachten. Außerdem, wer würde nicht gern von sich behaupten können, dass er den Herrscher einer untoten Stadt besiegt hat?"

Der andere Spieler erwiderte: „Ich sage ja nicht, dass das Ziel ein schlechtes ist. Aber das hier ist stinklangweilig. Dieses Labyrinth ist ausgeräubert. Du hast doch auch die schon ausgelösten Fallen gesehen. Wahrscheinlich ist er gar nicht mehr hier."

„Klappe", blaffte ein Mann. „Ihr habt alle die Videos vom

Angriff auf den Zwielichtthron gesehen. Wir sollten davon ausgehen, dass er noch hier ist, und wir haben keine Ahnung, ob er vorhat, uns hier im Labyrinth in einen Hinterhalt zu locken." Der Sprecher war ein älterer Mann um die 40. Er trug eine dicke Lederrüstung und hatte ein Bandolier voller Wurfmesser über die Schulter gehängt. „Außerdem hätte ich schwören können, dass ich etwas gehört habe." Der Mann blickte zu den Ranken hoch, die über dem Gang hingen, konnte jedoch im trüben Licht nichts erkennen.

„Wahrscheinlich nur eine Spinne", murmelte Paul.

Ohne Vorwarnung spritzte dem Mann ein Strahl grüner Säure ins Gesicht. Er stieß einen gequälten Schrei aus, als seine Haut Blasen warf und die Substanz ihm die Augen zerfraß. Dann fiel er zu Boden und rieb sich mit den Händen verzweifelt das Gesicht. Die Spieler reagierten sofort und bildeten einen engen Kreis, während ihr Heiler dem Verletzten half.

Doch ihre Reaktion war zu langsam. Zahlreiche Strahlen der ätzenden, grünen Substanz schossen von der Decke herab und trafen ungeschützte Gesichter und Köpfe. Bald erfüllten mehr Schreie die Luft und hallten den langen Steinkorridor entlang. Paul hechtete nach vorn und wich dem Großteil der Säure aus, mit der seine Teammitglieder bespritzt wurden. Nur kleine Tropfen trafen auf seine Gewänder und fraßen sich schnell durch den Stoff.

„Sie sind in den Ranken", rief Paul. Da er sah, dass seine Teammitglieder nicht auf die Gefahr reagieren konnten, beschwor er sein Mana. Flammen zuckten um die Spitze seines Stabes und bildeten eine große Energiekugel. Dann schoss die Kugel nach vorn, traf auf die leuchtende Vegetation über ihnen und explodierte in einem Flammenmeer.

Das Feuer breitete sich in den dichten Ranken aus und beleuchtete die flackernden Umrisse der Kreaturen, die über ihnen hingen. Diese verließen ihr Versteck, ließen sich auf den Boden fallen und durchbohrten mit ihren dolchartigen Klauen Rüstung und Fleisch. Die Kamera schwankte fahrig hin und her, während Paul versuchte, einen klaren Blick darauf zu bekommen, was sie angriff.

Er sah nach rechts und erblickte eine Kreatur, die über der zuckenden Gestalt eines seiner Teammitglieder kauerte. Grüne Säure fraß sich in Kehle und Gesicht des Spielers. Das Monster

wankte linkisch auf seinen sechs Beinen, während seine dolchbe-
setzten Vorderbeine sich in den Bauch des Spielers gruben. Blut und
Eingeweide quollen aus den offenen Wunden. Als er Mann endlich
erschlaffte, wandte die Kreatur ihren grotesken Skelettkopf Paul zu.
Grüne Flüssigkeit tropfte aus ihrem Maul und lief ihr übers Kinn.

„Oh Scheiße", rief Paul.

Hastig wich er vor der Kreatur zurück und begann mit seiner
freien Hand einen neuen Zauber zu wirken. Doch bevor er ihn beenden konnte, zog sich der Unterleib der Kreatur zusammen und ein
Strahl grüner Säure schoss auf ihn zu. Die Substanz legte sich über
Pauls Gesicht und die Kameraansicht wurde teilweise verdeckt,
während er vor Schmerzen schrie. Dann senkten sich die Klauen
der Kreatur auf ihn herab und bohrten sich in sein Fleisch. Wo die
Klingen trafen, drang ein heimtückisches Gift in seinen Blutkreislauf
ein und breitete sich schnell in seinem Körper aus. Schmerz durchzuckte ihn, und Paul schrie erneut auf. Dann wurde der Bildschirm
dunkel.

„Was zum Teufel war das für ein Ding?", fragte Claire und
blickte den Techniker an.

„Ich habe keine Ahnung", murmelte dieser. „Es ist kein in
unserer Datenbank registriertes Monster. Ich schätze, das muss ein
Spieler erstellt haben. Das hier ist passiert, nachdem Paul respawnt
ist."

Das Bild wechselte und zeigte jetzt den Spieler am Eingang
zum Dungeon. Die Kamera schwenkte nach unten und zeigte, dass
er mit einem locker sitzenden Stoffhemd und eine entsprechende
Hose bekleidet war. Seine Robe und sein Stab waren verschwunden.

„Verdammter Mist", murmelte er. „Wo ist mein Zeug?"

Die Kamera schwenkte zur Seite, als Paul sich umsah.
Bunte Risse bildeten sich in der Luft, als seine anderen Teammitglieder respawnten. Sie waren ähnlich gekleidet wie Paul und nur
mit ihrer Startausrüstung ausgestattet. Jeder stieß seine eigenen
Verwünschungen aus, als er bemerkte, dass seine Sachen weg waren.

„Was ist passiert?", fragte eine Stimme hinter Paul.

Er wirbelte herum und sah, dass er von einem jungen

Mädchen angesprochen wurde, die nicht mehr als 14 Jahre alt sein konnte. Ihre hellblauen Augen starrten ihn finster und ungeduldig an. Über die Schulter des Mädchens bot die Kamera einen Blick auf die Armee der Spieler hinter ihm. Behelfsmäßige Fertigungsbereiche waren auf den verfallenen Steinfundamenten eingerichtet worden, und in der Nähe standen Regale voller Ausrüstung. Fast einhundert Spieler befanden sich auf der Lichtung.

„He, Erde an Paul. Wie bist du gestorben? Wir haben dich reingeschickt, um eine Karte des Dungeons zu erstellen, nicht um deinen ganzen Kram zu verlieren." Hinter dem Mädchen hörte man spöttisches Kichern, als die anderen Spieler sich dem Eingang näherten, um zu erfahren, was passiert war.

Paul schauderte bei der Erinnerung an das Massaker. „Glaubt ihr, wir haben uns absichtlich abschlachten lassen? Ihr habt keine Ahnung, worauf wir da drin getroffen sind!", fauchte er und starrte das Mädchen giftig an.

Innerhalb eines Wimpernschlags stand sie direkt vor ihm und hatte eine Pistole auf sein Gesicht gerichtet. Einen Moment lang schielte Paul auf den Lauf der Waffe, bevor er den Blick wieder auf das grimmig lächelnde Mädchen richtete.

„Reiß dich zusammen", befahl sie in erstem Ton. „Oder du kriegst ein Ticket nach Hause ohne Rückfahrkarte."

Paul schluckte und atmete dann tief durch, um sich zu beruhigen. „Das wird schwerer, als wir ursprünglich dachten, Lauren. Jason ist definitiv hier, und er hält den Dungeon besetzt. Ich bin mir ziemlich sicher, er weiß, dass wir da sind."

Das Mädchen lächelte ungerührt und steckte ihre Waffe weg. „Gut. Das macht es nur spannender." Sie drehte sich zu den anderen Spielern um. „Die Gruppe hier soll sich neu ausrüsten. Dann schicken wir mehr Späher rein. Wir brauchen schleunigst eine Karte des Labyrinths. Sprecht mit den Spielern, die respawnt sind, und lasst euch beschreiben, was sie angegriffen hat. Wir werden nicht blind in den Kampf gehen."

Der Bildschirm wurde schwarz, und Robert starrte auf das dunkle Display. „Okay, also ist Jason in diesem Dungeon und die Spieler jagen ihn. Das wird bestimmt unterhaltsam. Wo Jason hingeht, kann man sich sicher sein, dass Chaos auf dem Fuße folgt." Er warf dem Techniker einen Blick zu. „Verfolgen Sie weiter die Spielerarmee und Jasons Aktivitäten."

Dann grinste Robert Claire an. „Ich glaube, was jetzt kommt, wird wirklich amüsant."

* * *

Jason saß auf dem grob behauenen Steinthron in der Halle des Minotaurenkönigs. Die Giftspeier hatten bewundernswerte Arbeit geleistet: Sie hatten die Späher erschlagen, ihre Leichen hergeschleppt und ihnen die Ausrüstung abgenommen. Daher lagen in der Mitte des Raums jetzt zwei große Haufen – einer aus Leichen und der andere aus Waffen und Rüstung. Jason hatte es nicht eilig, die Ausrüstung nach Upgrades zu durchstöbern. Seine neuen Knechte würden die Sachen nötiger brauchen als er.

Mit den Fingern trommelte er auf der Armlehne des Throns einen dumpfen Rhythmus. Alfred lag auf der anderen Armlehne und beobachtete Jason teilnahmslos dabei, wie er überlegte, was als Nächstes zu tun war.

Er hatte mehrere Probleme.

Die Spieler hatten seine Hinterhaltstaktik mit den Giftspeiern durchschaut. Jetzt schalteten sie ganze Gruppen von Spinnenwesen auf einmal aus und erlitten nur noch wenig Verluste. Für einen Feuermagier war es relativ einfach, die Ranken alle paar Meter in Brand zu setzen. Zwar war das zeitraubend und reduzierte die Sicht im Labyrinth noch weiter, aber es war effektiv, um die flinken Kreaturen aufzuscheuchen.

Das andere Problem war, dass die Spieler beim Kartografieren des Labyrinths unglaublich langsam vorankamen. Im Spiel waren einige Stunden vergangen, und sie waren noch nicht einmal in der Nähe der Halle des Minotaurenkönigs. Wenn sie so weitermachten, würde der Dungeon wahrscheinlich zurückgesetzt, bevor sie den Raum und den Weg hinunter auf die zweite Ebene überhaupt entdeckten. Wenn er die Spieler spawn-campen wollte, war Jasons Zeit begrenzt, und er musste sie schneller in den Dungeon locken.

Es stand allerdings sogar noch schlimmer. Waren die

Spieler erst einmal im Dungeon, würde jeder getötete Spieler nach 45 Minuten am Eingang respawnen. Das hieß, er musste Rex benachrichtigen, damit er den Ausgang halten und ihn blockieren konnte. Das Problem dabei war, dass Rex mit dem Rest seiner untoten Truppen im See vor dem Dungeon unter Wasser ausharrte – ein See, der auf der anderen Seite der kleinen Armee aus Spielern lag.

Wenn Jason die Spieler in den Dungeon locken und den Eingang blockieren konnte, würde ihrem Anführer keine Wahl bleiben. Er konnte Jason weiter jagen oder umkehren und sich wieder nach draußen kämpfen. Wäre Jason an seiner Stelle, würde er sich für die Jagd entscheiden. Es war die einfachere Option. Wenn sie Jason ausschalteten, konnten die Spieler sich im Dungeon neu sammeln und einen großangelegten Angriff auf die Untoten starten, die den Ausgang versperrten, ohne dass Jason sie in die Zange nehmen konnte. Natürlich hieß das, dass ihr Drei-Personen-Team es selbst mit der Spielerarmee aufnehmen musste.

Jason musste also eine Nachricht an Rex schicken, irgendwie die gesamte Gruppe feindlicher Spieler in den Dungeon locken und dann einen Weg finden, die Armee mit einer Gruppe aus drei Leuten zu bekämpfen. Noch dazu mussten sie den Großteil der Spieler innerhalb von 45 Minuten ausschalten und ihre Leichen entwaffnen, ansonsten würde Verstärkung respawnen.

„Was für ein Stress", murmelte Jason. Doch er konnte nicht anders, er musste lächeln. Er hatte einen verrückten Plan, wie er mit diesen Problemen fertig werden konnte, und diesmal war er gezwungen, alles auf eine Karte zu setzen. Seine Teammitglieder waren für seinen Vorschlag zunächst nicht besonders aufgeschlossen gewesen, aber letztlich hatten sie beschlossen, mitzumachen. Seine hirnrissigen Vorhaben hatten bisher immer funktioniert, also kam es auf eins mehr auch nicht mehr an.

In diesem Moment kamen seine beiden Freunde durch den Eingang in den großen runden Raum. Sie waren von Jason verbleibenden Giftspeiern flankiert, die die Leichen anderer Spieler sowie deren Ausrüstung schleppten. Während sie Leichen und Beute auf die Stapel fallenließen, gingen Frank und Riley zu Jason. Frank zerrte einen Spieler hinter sich her, der die Augen verbunden hatte. Der Mann war gefesselt und geknebelt.

„Hallo, Jason", sagte Riley in gelassenem Ton. Sie zwinkerte mit einem obsidianfarbenem Auge und grinste ihn an. Der nächste Teil des Plans erforderte eine schauspielerische Glanzleistung von ihnen.

Ich glaube, langsam gefällt ihr das allzu gut.

„Nehmt ihm die Augenbinde ab", befahl Jason barsch.

Frank zerrte den Spieler auf die Füße und riss ihm die Binde und den Knebel weg. Verwirrt sah der Mann sich mit weit aufgerissenen, angsterfüllten Augen um. Sein Blick fiel auf den Leichenhaufen und das Blut, das den schmutzigen Boden bedeckte. Er wurde kreidebleich. „Was ... was ist das hier?", fragte er.

Dann erblickte er Jason. Seine dunkle Gestalt saß auf dem groben Steinthron, das Gesicht im Schatten verborgen. Knochenscheiben umkreisten ihn träge. Die Giftspeier legten ihre frische Beute ab, krabbelten zum Thron hinüber und kauerten dort, wobei sie den Mann anstarrten, während Säure von ihren verätzten Mandibeln tropfte.

Jason verzog den Mund zu einem grausamen Lächeln. „Jetzt kommt der Teil, wo Ihr uns Informationen gebt oder wir Euren nächsten Tod zu etwas ziemlich Unangenehmem machen."

Der Mann riss die Augen auf, blieb aber ruhig. „I-ich sage euch gar nichts", stotterte er.

„Ich hatte gehofft, dass Ihr das sagen würdet", entgegnete Jason. „Habt Ihr meine Freundin Riley schon kennengelernt? Sie kann gut mit ihren Klingen umgehen."

Riley lächelte den Gefesselten grimmig an und zog gemächlich ihren Dolch aus der Scheide. Das Scharren von Metall auf Leder erfüllte den Raum, und der Mann erzitterte sichtlich. Riley trat gemessenen Schritts an ihn heran und inspizierte ihre Klinge gründlich. Als sie bei ihm angekommen war, blickte sie ihm in die Augen.

„Sagt Ihr uns, was wir wissen wollen, oder braucht Ihr eine *Extraeinladung?*", fragte sie und zog ihre Klinge leicht über die Wange des Mannes. Blut quoll aus dem Schnitt, und der Spieler atmete zischend ein.

„I-ich ...", stammelte er und verstummte dann. „Zum Teufel damit. Ich kann das nicht. Es ist nur ein Spiel. Ich sage euch alles, was ihr wissen wollt."

„Gut!", sagte Jason. „Ihr lernt schnell. Fangen wir mit Eurem Namen an."

„Ich heiße Paul", murmelte er.

„Also, Paul, wir müssen wissen, aus wie vielen Kämpfern die Armee da draußen besteht. Außerdem wäre es hilfreich, die grobe Verteilung der verschiedenen Klassen zu kennen."

Paul starrte Löcher in den Boden, während er missmutig antwortete. „Wir sind etwas über 100 Spieler. Ich müsste raten, aber ich schätze, davon sind etwa 40 Nahkämpfer, 30 Fernkämpfer, 20 Zauberer und ein paar verstreute andere Klassen."

„Braver Junge!", lobte Jason. „Wer führt euch an?"

Paul schluckte, bevor er antwortete. „Sie heißt Lauren. Sie ist die Anführerin der War Dogs."

Frank schnaubte. „War Dogs? Ist das der Name eurer Gilde?"

„Ja", sagte der Mann und warf Frank einen defensiven Blick zu. „Das war nicht meine Idee."

„Ich nehme an, dass ihr alle wegen des Kopfgeldes hier seid?", wollte Jason wissen.

Paul nickte nur verdrossen und hatte den Blick wieder zu Boden gesenkt. Er rutschte nervös hin und her und spannte die engen Fesseln an seinen Handgelenken.

„Keine Sorge", sagte Frank in einem Bühnenflüstern zu Paul. „Ich habe dafür gesorgt, dass Ihr Euch nicht befreien könnt. Ob Ihr's glaubt oder nicht, ich war mal bei den Pfadfindern", fügte er mit einem Kichern hinzu und formte mit der Hand den Pfadfindergruß.

„Wie viel vom Dungeon habt ihr bis jetzt kartografiert?", wollte Jason wissen. Er kannte die Antwort bereits, aber das Verhör musste echt wirken.

„Nicht viel", entgegnete Paul. „Eure Spinnenviecher greifen uns dauernd an."

Jason lachte. „Dafür sind sie da." Dann musterte er den Gefangenen lange und ließ das Schweigen in der Luft hängen, bis

Paul wieder nervös hin und her rutschte. Jason beobachtete genau, wie er sich verstohlen im Raum umblickte und im Geiste Leichen und Beute katalogisierte. Dann wanderte sein Blick zur Treppe in der Mitte des Raums.

Gut, dachte Jason hämisch. *Ich hoffe, du ziehst daraus einige Schlüsse.*

„Nun, Ihr habt brav mitgespielt, Paul. Ich glaube, es ist Zeit, dass wir Euch zu Euren Freunden zurückschicken. Sie sollen schließlich eine reelle Chance haben. Oder wir könnten Euch in eine der Zellen stecken. Das ist vielleicht einfacher." Der Mann erbleichte und setzte stammelnd zu einer Antwort an, aber Jason hob die Hand. „So grausam bin ich nicht", sagte er mit einem Grinsen.

Er winkte Riley. „Tschüssi", sagte sie, bevor sie einen blitzschnellen Schlag ausführte. Paul würgte, als Blut aus dem frischen Schnitt in seinem Hals strömte. Vergeblich zerrte er an seinen Fesseln und sackte dann am Boden zusammen. Ein paar Augenblicke später lag er still.

Als die Todesbenachrichtigung in Jasons Kampffenster erschien, drehte er sich zu Frank und Riley um. „Glaubt ihr, das hat funktioniert?", fragte er.

Frank zuckte mit den Schultern. „Wahrscheinlich. Ich habe auf jeden Fall erwähnt, dass wir ihm die Augen verbunden haben, damit er den Weg zur Mitte des Labyrinths nicht mitkriegt. Ich habe sogar hinzugefügt, dass das seine Karte austricksen sollte." Er grinste Riley an. „Riley hat mich angefaucht, dass ich die Klappe halten soll. Sie war sehr überzeugend."

Riley lachte auf. „Eine Gelegenheit, dir zu sagen, dass du den Mund halten sollst, lasse ich mir doch nicht entgehen." Dann sah sie Jason gelassen an und fügte in ernsterem Ton hinzu: „Ich glaube, wir haben gute Chancen, dass das klappt."

„Fantastisch", sagte Jason. „Dann müssen wir uns wohl bereithalten."

Kapitel 29 – Reingelegt

CLAIRE KAM ZURÜCK in den Kontrollraum und traf Robert auf dem Podest in der Mitte des Raums an. Seine Aufmerksamkeit war auf den Bildschirm über dem Labor gerichtet. Das war nicht ungewöhnlich. Beunruhigend war allerdings die Gruppe Techniker, die um Robert herum stand. Claire bemerkte, dass Geld den Besitzer wechselte, während ein Mann Namen und Zahlen auf eine leuchtende, blaue Tafel kritzelte, die neben ihm in die Luft projiziert wurde.

„Was um alles in der Welt machen Sie da?", fragte Claire mit entnervter Stimme.

Robert warf ihr nur einen kurzen Blick zu. „Nach was sieht's denn aus? Wir schließen Wetten ab, ob Jasons neuester Plan funktioniert." Er deutete auf den Bildschirm. „Einer der feindlichen Spieler ist gerade respawnt. Das müssen Sie sich anhören."

Missbilligend starrte Claire auf den Bildschirm. Paul war soeben am Eingang zum Dungeon wieder aufgetaucht. Seine Kamera schwenkte nach unten und zeigte die bereits bekannte Kleidung. Paul seufzte schwer und trottete zum Spielerlager.

Während er sich dem Lagerplatz näherte, kam Lauren auf ihn zu. „Was ist passiert?", fragte das zornige Mädchen und starrte ihn an. „Die anderen sind schon längst wieder respawnt. Hast du versucht, abzuhauen?", fragte sie spöttisch.

„Nicht wirklich. Jasons Gruppe hat mich gefangen genommen. Er arbeitet mit mindestens zwei anderen Spielern zusammen." Paul schüttelte den Kopf, wodurch die Kamera fahrig hin und her wackelte. „Sie wollten Informationen über Stärke und Zusammensetzung unserer Armee. Sie waren bereit, mich zu foltern, um an diese Info zu kommen."

Lauren beobachtete ihn mit aufgerissenen Augen. „Hast du ihnen was erzählt?"

*„Natürlich!", entgegnete Paul. „Das ist ein scheiß Spiel –
kein echter Krieg. Ich lass mich dafür nicht mehrfach abstechen und
verstümmeln. Außerdem, was hilft es denen, zu wissen, wie viele
wir sind?"*

*Das Mädchenakzeptierte seine Antwort widerwillig. „Du
hättest trotzdem lügen sollen. Hast du wenigstens irgendwas in Erfahrung gebracht?"*

*Paul seufzte. „Sie klauen unsere Ausrüstung und stapeln
die Leichen auf. Außerdem haben sie mich in einen Raum geführt,
der vermutlich irgendwo im Labyrinth versteckt ist. Er war groß und
rund, und ich habe eine Rampe gesehen, die auf eine tiefere Ebene
hinunterführt. Ich glaube, das Labyrinth ist nur das erste von mehreren Leveln."*

*„Hmm", sagte Lauren und lief vor ihm auf und ab, während
sie diese neue Information verarbeitete. „Den Weg zu diesem Raum
haben sie dir nicht zufällig verraten?"*

*Paul schnaubte laut. „Sie haben mir die Augen verbunden,
nachdem sie mich gefangengenommen hatten. Sie sagten, das
würde dafür sorgen, dass meine Karte sich nicht aktualisiert."*

*Ein verärgerter Ausdruck huschte über Laurens Gesicht.
Dann zögerte sie. „Und, stimmt das?", fragte sie schließlich.*

*„Stimmt was?", schnauzte Paul zurück, eindeutig frustriert
von der Befragung.*

*„Hat deine Karte sich aktualisiert oder nicht?", fragte Lau-
ren mit übertriebener Geduld.*

*Jetzt war es an Paul zu zögern. Seine Hand schwebte vor
der Kamera und er rief seine Spielerkarte auf. Sie hatte eindeutig
den Weg, den er durch das Labyrinth genommen hatte, aufgezeichnet und zeigte den großen, kreisförmigen Raum, in dem Jason und
seine Leute ihn befragt hatten.*

*Er lachte leise. „Was für ein Haufen Idioten. Die Augenbinde
hat überhaupt nichts gebracht. Meine Karte hat sich aktualisiert. Ich
weiß genau, wie wir ins Zentrum des Labyrinths kommen. Eine Sekunde, ich teile die Karte mit dir."*

*Ein Lächeln breitete sich auf Laurens Gesicht aus. „Perfekt",
schnurrte sie. Dann wandte sie sich den anderen Spielern im Lager
zu. „Hey, ihr Schnarchnasen, auf mit euch. Wir überfallen gleich den*

Dungeon und unser lieber Paul hier zeigt uns den Weg. Jetzt geht es Jason an den Kragen!"

Ein Jubelruf erklang aus den Reihen der Spieler und auf vielen Gesichtern erschien ein freudiges Grinsen. Nachdem sie so viele Stunden lang mühselig das Labyrinth durchforscht hatten und von Albtraumspinnen angegriffen worden waren, stand ihnen der Sinn nach Rache.

Während die Spieler sich bereit machten, den Dungeon zu betreten, bemerkte Claire, dass zum Missfallen einiger Techniker erneut Geld den Besitzer wechselte. "Ich habe das Gefühl, mir entgeht etwas. Was ist da gerade passiert?", fragte Claire.

Robert erhob sich langsam und ging in Richtung Tür. "Gleich bekommen wir einen Haufen epische Aufnahmen", sagte er über die Schulter.

"Wo gehen Sie denn dann hin?", fragte Claire entgeistert.

Robert drehte sich um und grinste sie an. "Na, Popcorn holen natürlich!"

* * *

Jason zuckte leicht zusammen, als er hörte, wie etwas laut gegen die Tür zur Halle des Minotaurus krachte. Momentan waren sie hinter dem massiven Steinthron zusammengekauert und hatten ihr mobiles Heil-Totem zwischen sich genommen. Bert kämpfte vergeblich gegen seine Fesseln und stöhnte leise. Riley starrte den Mann böse an, zog ihren Dolch aus der Scheide und drückte ihn Bert gegen den Bauch. Klugerweise entschied er sich, still zu sein.

Die Tür flog auf und sie hörten, wie feindliche Spieler mit auf dem Steinboden hallenden Schritten den Raum betraten.

30 Sekunden warten, ermahnte Jason sich. Nervös hielt er einen seiner Dolche umklammert, und er spürte seinen Herzschlag in seinen Adern pochen. Seine Nervosität wurde durch die eisige Kühle seines dunklen Manas kaum abgeschwächt.

"Ah, ich sehe, unsere Gäste sind angekommen", krächzte eine Stimme von der anderen Seite des Throns.

Die Zombies, die Jason zur Ablenkung im Thronraum aufgestellt hatte, waren etwa von derselben Größe und Gestalt wie er selbst, Frank und Riley. Ihre Gesichter waren von schweren

Umhängen verdeckt, die sanft im pulsierenden roten Nebel weh-
ten, der sich von Bert ausgehend um den Thron herum bewegte.
Als er die Spieler hereinkommen hörte, wünschte sich Jason kurz,
die Show aus der Perspektive der Spieler sehen zu können.

„Ich bin hier, um mich zu rächen, Arschloch", hörte Jason
Paul rufen. Er musste lächeln. Frank prustete leise in dem Versuch, ein Lachen zu unterdrücken. Riley knuffte ihn leicht.

Jason hörte immer noch das Stampfen von Tritten zahlrei-
cher Spieler, die den Raum betraten. *Zehn Sekunden*, dachte
Jason.

„Das werden wir ja sehen", krächzte Jasons Ablenkungs-
zombie. Dann brach er in rasselndes Husten aus, und Jason hörte
ein leises Platschen, als geronnenen Bluts und Schleim auf den
Boden trafen.

„Was zum Teufel ...?", setzte Paul an. Nach kurzem Zögern
schrie er: „Sofort angreifen!"

Zu spät, dachte Jason hämisch.

Einer seiner Köderzombies drückte schwungvoll die Hebel
neben dem Steinthron. Die Türen zum Raum fielen mit einem
schweren Knall ins Schloss, und Jason hörte die Riegel zuschnappen. Die Spieler, die außerhalb des Raums festsaßen, hämmerten
panisch gegen die Tür. Gleichzeitig öffneten sich die Tore um den
Raum herum, und die Zombiemagier, die dahinter standen, wirkten ihre Zauber.

Schnell bildete sich in der Luft neben der Tür ein Schnee-
sturm. Eissplitter materialisierten sich über den Köpfen der Spieler und stürzten herab. Die gezackten Splitter zerfetzten den Spielern Haut und Rüstung und ließen jeden Körperteil gefrieren, den
sie berührten. Auf dem Boden erschienen Eisflächen, und zwischen den Gittern und den Spieler schossen Flammenwände in die
Höhe, die Jasons Nahkampftruppen Deckung boten, während sie
in Stellung gingen.

Frank und Riley sprangen hinter dem Thron hervor, den
Skelettminotaurus mit Bert im Schlepptau. Jason spähte um die
Ecke des Throns. Er schreckte zurück, als er sah, dass es fast
40 Spieler in den Raum geschafft hatten, bevor die Tür sich geschlossen hatte. Mehr, als er erwartet hatte. Das konnte knapp

werden.

Aber er hatte keine Zeit, über verschüttete Milch zu weinen. Die über der Tür hängenden Giftspeier spuckten Säure auf die Spieler herunter. Die grüne Substanz spritzte über die Gesichter der Kämpfer, die der Tür am nächsten standen. Schreie erfüllten die Luft und trugen zum Chaos bei, während sich die Spieler vergeblich über die Augen rieben. Inzwischen sirrte Rileys Bogen und brachte mehr als einem Spieler den Tod, bevor er sich erholen konnte.

Trotz des verheerenden Hinterhalts fanden die Spieler schnell zu ihrer Form zurück.

„Tanks nach außen – bildet einen Kreis – Zauberer nach innen", schrie Paul und hechtete in die Mitte der Gruppe. Die kräftigeren Spieler drängten nach vorn, und das Klirren von Stahl war zu hören, als ihre schweren Turmschilde auf den Steinboden trafen und eine notdürftige Hülle um die Kämpfer bildete.

„Heiler, konzentriert euch auf die Verletzten. Feuermagier, beseitigt die Eisflächen. Eismagier, löscht die Flammen", erteilte Paul den Spielertruppen weiter Befehle. Prompt zischten Feuerbälle durch die Luft und löschten die Schneestürme aus, während Eisblitze auf die Feuerwälle trafen. Bald füllte dichter Dampf den Bereich um die Tür und verbarg die Spieler.

Während die feindlichen Truppen sich neu aufstellten, stürmten Jasons Zombies aus ihren Käfigen. Die Feuerwälle und der Dampf boten ihnen gute Deckung und verbargen ihre Bewegungen, während sie auf beiden Seiten der Spieler eine Phalanx bildeten. Weitere zwei Dutzend Zombies stießen in der Mitte des Raums zu Frank und stellten sich vor das Heil-Totem.

„Stürmen", brüllte Frank und begann seinen Angriff, ohne den Spielern Gelegenheit zu geben, sich voll zu erholen. Er reckte seine Äxte in die Luft und aktivierte *Zorn der Herde*. Sein Körper leuchtete in einer unheilverkündenden, roten Aura, die sich schnell auf die angreifenden Zombies ausdehnte. In ihren verrottenden Gliedmaßen und ihrer Haut pulsierte rote Energie, und ihre milchigen Augen nahmen einen bestialisches Leuchten an.

Schnell schickte Jason dem Ansturm mehrere Zombies voraus, während seine Finger die Gesten für *Leichenexplosion* vollführten. Wenn er die Explosion richtig timte, konnte er die Verteidigungslinie der Spieler ins Wanken bringen, ohne seine eigenen Truppen zu verletzen. Als er gerade seinen Zauber vollenden wollte, hörte er ein Flüstern hinter sich. Instinktiv brach Jason den Zauber ab und hechtete nach vorn. Ein Knochenschild schwenkte zu der Position, wo er sich eben noch befunden hatte.

Zwei Dolche trafen mit unglaublicher Wucht auf die Knochenplatte und zerschmetterten sie in mehrere Fragmente, die klappernd auf den Steinboden stürzten. Ein in schwarzes Leder gekleideter Spieler stand neben Jason, völlig verblüfft von der Tatsache, dass er sein Ziel verfehlt hatte. Jason nutzte sein Zögern und wirkte *Fluch der Schwäche*, während er in Richtung Käfige zurückwich. Inzwischen leiteten seine Magier Energieblitze auf den Schurken um.

Der Spieler nahm die Verfolgung auf und wich den ersten zwei magischen Geschossen aus. Dann traf ihn Jasons Fluch. Die spitze, schwarze Nadel bohrte sich in den Bauch des Spielers und heimtückische, schwarze Energie breitete sich rasch in seinem Körper aus. Unter dem verlangsamenden Effekt des Fluchs durchbohrte die nächste Eislanze das Bein des Spielers. Jason wechselte die Richtung und zog seine Klingen. Bevor der Spieler reagieren konnte, stieß Jason auf ihn herab und stach ihm die Dolche in den Hals. Blut schoss aus der Wunde hervor und besudelte Jasons Hand.

Er hob die Augen und warf einen kühlen, berechnenden Blick auf die Schlacht. Er hatte die Chance verpasst, die Verteidiger mit *Leichenexplosion* zu schwächen, und Frank war jetzt in den Nahkampf verwickelt. Jason steckte seine Messer weg und beschwor den Möchtegern-Meuchelmörder als neuen Zombie. Er zog sich in den Schutz des Throns zurück und behielt seinen neuen Knecht als Leibwächter bei sich, für den Fall, dass es weitere solcher knappen Begegnungen geben würde.

Hastig wandte Jason den Blick wieder der Schlacht zu. Frank war ein Wirbelwind aus Stahl, der mit seinen Äxten auf die feindlichen Tanks einprügelte. Doch ihre Schilde hielten seinen Schlägen stand. Frank brüllte vor Frust, und Feuer rankte sich um die Griffe seiner Äxte und züngelten den Stahl entlang. Jeder

Hieb ließ die Luft um ihn herum flirren und setzte die Waffen und Rüstungen der Feinde in Brand. Langsam durchdrangen seine Attacken ihre Linien.

Doch das hatte seinen Preis. Jason sah Franks Lebenspunkte rapide schwinden. Der rote Nebel, der von dem Heil-Totem ausging, reichte nicht, um seine Verletzungen zu heilen. Riley unterstützte Frank. Ihre schwarzen Geschosse rissen Löcher in die Rüstungen der Tanks. Gelegentlich traf ein gezielter *Blutnebel*-Pfeil sein Ziel, und der rote Nebel verdichtete sich, was den Heileffekt steigerte, der Frank gerade so auf den Beinen hielt. Jason konnte es sich nicht leisten, seinen einsamen Lichtmagier, der mit der Heilung von Bert beschäftigt war, abzuzweigen. Ihr Heil-Totem war das Einzige, was viele der Untoten am Leben hielt.

Dann reagierten die Spieler. Plötzlich erzitterte der Boden und eine Steinwelle breitete sich von der Feindeslinie her aus und traf Jasons Zombies links und rechts. Die unerwartete Bewegung ließ sie zurücktaumeln. Ein Hagel Feuerbälle folgte dem Angriff, traf auf Jasons am Boden liegende Kämpfer und setzte viele Untote in Brand. Währenddessen wurden die Spieler, die den Schildwall hielten, in weißes Licht gebadet, das schnell ihre Verletzungen heilte.

Unterstützt durch das Heil-Totem erlitten Jasons Truppen wenige Verluste durch den Ansturm der Spieler. Doch die War Dogs sammelten sich ebenfalls neu, und auch von ihnen fielen dank ihrer eigenen Heiler nur wenige. Das Ganze entwickelte sich rasch zum Zermürbungskampf, in dem beide Seiten versuchten, sich jeweils schneller zu heilen. Als Jason einen feindlichen Magier einen Manatrank hinunterstürzen sah, kam er zu dem Schluss, dass sie eine langgezogene Schlacht wahrscheinlich nicht gewinnen konnten.

Er trat hinter dem Steinthron hervor und legte Riley eine Hand auf die Schulter. „Töte die Heiler", sagte er mit düsterer Stimme und deutete auf die Männer und Frauen in weißen Roben im Inneren der feindlichen Formation.

Riley nickte knapp und sprang dann auf den Steinthron. Sie spannte ihren Bogen und visierte sorgfältig entlang des Pfeils, um dessen Spitze dunkle Energie pulsierte, ihr Ziel an. Schnell sammelte sich immer mehr dunkles Mana, das das schwache Licht der Fackeln im Raum einzusaugen schien. Doch immer noch hielt Riley die Sehne gespannt und ließ die Energie wachsen, bis sie fast einen Meter breit war.

Rileys Position auf dem Thron verschaffte ihr den richtigen Winkel, um die Magier zu treffen, aber sie machte sie auch zu einem einfachen Ziel. Jason sah, wie die feindlichen Magier mehrere Eis- und Feuerblitze heraufbeschworen und auf Riley richteten. Schon schossen die Blitze auf sie zu. Jason befahl einem Zombie, sich in die Schusslinie zu werfen. Sein verwesender Körper fing zwei Eislanzen ab, doch es folgten noch mehr. In einem Moment der Verzweiflung erkletterte Jason den Thron hinter Riley. Er zerstörte einen weiteren Untoten, ersetzte seinen fehlenden Knochenschild und verschob die drei Scheiben, sodass sie vor Riley schwebten.

Wie in Zeitlupe krachten die magischen Geschosse in die Knochenschilde und zerschmetterten sie in tausend Stücke. Als die letzte Scheibe zerbrach, hatte Riley wieder freie Sicht auf die Heiler und schoss. Mit unglaublicher Geschwindigkeit zischte die massive, dunkle Sphäre durch den Raum. Knapp verfehlte das Geschoss die fuchtelnden Gliedmaßen von Jasons Zombies, schrammte haarscharf über Franks Schulter vorbei und sauste zwischen der wogenden Masse der feindlichen Spieler hindurch. Dann traf der Pfeil sein Ziel und bohrte sich in die Brust eines weißgekleideten Magiers.

Der Körper des Mannes explodierte in einem Regen aus Blut. Doch damit hörte der Schaden nicht auf. Die schwarze Energie erschuf einen Strudel, der einen weiteren Heiler in der Nähe hineinzog. Dunkle Energieranken schlangen sich um die Gliedmaßen des Mannes und rissen ihm die Haut auf. Er schrie kraftlos auf, doch seine Hilferufe rissen ab, als sich ein weiteres schwarzes Geschoss in seinen Hals bohrte. Jason sah zu Riley, von deren sirrender Bogensehne gerade ein weiterer Pfeil abgefeuert worden war.

Verdammt, die Frau gefällt mir, dachte er mit einem Grinsen.

Jason schlug Kapital aus Rileys Angriff und bildete die

vertrauten Gesten seines Zaubers *Spezialisierter Zombie*. Als er den Zauber beendete, schossen dunkle Schatten aus seinen Händen auf die Leiche des gefallenen Heilers zu. Der neue Zombie öffnete seine milchigen Augen, blieb aber einen Augenblick lang am Boden liegen. Während die Spieler sich von dem Angriff erholten und ihre Aufmerksamkeit der Zombiehorde um sie herum zuwandten, befahl Jason dem Magier, aufzustehen und sich langsam der Frontlinie bei Frank zu nähern. Dabei heilte der Zombie Frank stetig: Licht umfing seinen Körper und füllte seine knappe Lebensleiste wieder.

„Was machst du da?", schrie Paul den Heiler an, als er bemerkte, dass dieser einen Feind unterstützte.

Zur Antwort lächelte der ehemalige Magier und explodierte prompt. Dunkle Energie wallte in einem sich ausbreitenden Ring um seine Leiche herum und traf die ahnungslosen feindlichen Tanks von hinten. Der Schildwall geriet ins Wanken, und Frank nutzte den Vorteil dieses Moments der Schwäche, um sich in die Formation des Feindes zu stürzen.

„Tötet sie alle!", brüllte Frank, während seine Axt sich in die Schulter eines verletzten Spielers grub. Ohne innezuhalten, schlitzte er mit der anderen einem Magier in der Nähe die Kehle auf und trennte ihm den Kopf beinahe von den Schultern. Ein Spieler, der hinter Frank zu Boden gegangen war, rappelte sich auf. Er stürmte auf den stämmigen Krieger los und rammte Frank seine Klinge in den Rücken. Mit einem Schmerzensschrei wirbelte Frank herum und hieb dem Spieler die Hand ab. Die Flammen seiner Axt kauterisierten die Wunde. Mit einem manischen Lächeln und von Feinden umgeben ließ Frank die Waffe des Spielers in seinem Rücken stecken und schlug weiter mit unvermindertem Zorn um sich.

Jason befahl seinen Zombies, durch die Lücke zu stürmen, die Frank geschlagen hatte. Seine Untoten drangen durch die Öffnung in den feindlichen Linien und schlachteten die weniger widerstandsfähigen Zauberer in ihrem Inneren ab. Vergeblich wirkten diese in schneller Folge Sprüche, doch deren Schaden wurde durch den vom Skeletttotem in den Reihen der Untoten ausgehenden Blutnebel geheilt. Gefallene Spieler wurden umgehend von

Jason wiederbelebt und seinen Truppen einverleibt.

Jason verfolgte die Schlacht aufmerksam. Ihm wurde klar, dass der Kampf so gut wie vorbei war. Der Tod der feindlichen Heiler und seine Fähigkeit, seine gefallenen Kämpfer zu ersetzen, hatte das Schlachtglück zu seinen Gunsten gewendet. Er sprang vom Steinthron hinunter, ging zu den Hebeln und legte einen weiteren um, was den Boden erzittern ließ, als die Rampe in der Mitte des Raums sich öffnete.

Ein Blick zur Tür des Thronraums bestätigte ihm, dass sich in der Steinoberfläche ein großer Spalt gebildet hatte. Es würde nicht lange dauern, bis die anderen Spieler in die Kammer eindrangen. Sie würden sich beeilen müssen, ihre Positionen für den nächsten Teil des Plans einzunehmen.

Jason blickte auf Franks blutbesudelte Gestalt. Seine Klingen wirbelten immer noch durch die Reihen der Spieler. An Jasons Seite beobachtete Riley mit dunklen Augen leidenschaftslos die Schlacht, während ihre Pfeile Spieler um Spieler erledigten. Bei dem Gedanken, was als Nächstes passieren würde, breitete sich ein Grinsen auf Jasons Gesicht aus. Diese Spieler hätten sich niemals mit ihm anlegen dürfen.

Kapitel 30 – Streitbar

IM KONTROLLRAUM bei Cerillion Entertainment wurde nicht gearbeitet. Die Techniker verfolgten mit offenstehenden Mündern die Ereignisse auf dem Bildschirm. Eine Gruppe Spieler stand inmitten eines Meers von Untoten, und im Angesicht der anstürmenden Horde schrumpfte ihre Zahl rapide.

Panisch blickte Paul sich um, sodass die Kamera nervös wackelte und schwankte. Ein verirrter Felssplitter traf einen Magier in seiner Nähe in den Kopf, sodass dem armen Mann der Schädel zerschmettert und Paul über und über mit Blut bespritzt wurde. Das Schlachtfeld hatte eine düstere Atmosphäre angenommen. Der Steinboden war blutbefleckt und ein tiefroter Nebel hing in der Luft. Paul umklammerte mit weißen Knöcheln seinen Stab. Mit der freien Hand vollführte er schwach die Gesten eines weiteren Zaubers.
Paul sah das Aufblitzen eines Wurfmessers, das auf ihn zuflog, und hatte nur wenig Zeit zum Ausweichen. Er stieß ein resigniertes Stöhnen aus. Dann klirrte die Klinge gegen einen stählernen Turmschild. Einer der wenigen noch übrigen Tanks hatte den Dolch abgeblockt und stand jetzt vor Paul. Sein Körper schützte ihn vor den Geschossen, die durch den Raum zischten.

„Zaubere weiter", knurrte der Tank und machte sich nicht die Mühe, sich nach Paul umzudrehen, um zu sehen, ob er dem Befehl folgte.

Da stürzte ein massiv gebauter Mann mit je einer riesenhaften Streitaxt in jeder Hand aus dem Nebel und sprang auf den Tank zu. Er trug nur eine leichte Lederrüstung, und seine Augen funkelten wild. An den Klingen seiner Äxte spielten Flammen, als sie mit metallischem Klirren auf den Schild des Tanks trafen. Pauls Verteidiger knickte ein und rutschte unter der Wucht des Hiebes einige Schritte zurück. Der Tank lächelte grimmig. Sein Schild pulsierte vor

Elektrizität und Blitze sprangen bogenförmig davon ausgehend auf seinen Angreifer über.

Einen Moment lang zuckte der Körper des stämmigen Barbaren unkontrolliert. Der Tank nutzte den Betäubungseffekt seines Schildes und holte mit dem Schwertarm aus. Elektrizität knisterte entlang seiner Klinge und gewann an Kraft und Intensität, bis über den Schlachtlärm hinweg ein summendes Geräusch zu hören war. Er sprang auf seinen am Boden liegenden Gegner zu und Blitze zuckten um seine Klinge herum.

Unmittelbar vor dem Aufprall traf ein schwarzer Energiestrahl den Tank. Die Menge im Labor schnappte nach Luft, als der Kopf des Spielers zerplatzte. Blut bespritzte Pauls Gesicht und versperrte ihm die Sicht. Rote Rinnsale liefen über die Kamera, und Paul rieb sich die Augen, um die Flüssigkeit loszuwerden, die ihm übers Gesicht tropfte.

Als der Bildschirm wieder klarer wurde, konnten die Techniker erkennen, dass Paul der einzige War Dog war, der noch stand. Um ihn herum lag eine Masse zerfetzter, zerschundener Körper. Blut hatte am Boden tiefe Pfützen gebildet. Paul blickte sich angsterfüllt um. Im Blutnebel halb verborgen starrten ihn dunkle Gestalten aus milchigweißen Augen an. Doch sie unternahmen keinen Versuch, ihn anzugreifen.

Der stämmige Barbar vor Paul schüttelte sich, um wieder Gefühl in den Gliedern zu bekommen. Blut und Schweiß tropften seine muskulösen Arme hinab, und er sah Paul mit kaum verhohlener Wut an. Er nahm einen tiefen Atemzug, um sich zu beruhigen, und steckte die Griffe seiner Äxte in die Lederriemen, die von seinem Gürtel hingen. Zwei dunkle Gestalten näherten sich ihm durch den Nebel. Eine war eine Frau in dunkler Lederrüstung mit einem tiefrot leuchtenden Bogen in der Hand. Die andere war ein Mann, dessen Gesicht von einem schweren, schwarzen Umhang verborgen war, und um den Knochenplatten kreisten wie um ein schwarzes Loch.

Jason machte eine Geste zu dem Krieger, der neben Paul stand. „Gut gemacht, Frank."

Frank nickte knapp.

Dann wanderte Jasons Blick zu Paul. „Also, wie habt Ihr mich doch gleich genannt?"

430

Paul schluckte schwer. Seine Stimme zitterte leicht, als er antwortete. „Ich habe Euch Arschloch genannt. Und dabei bleibe ich auch."

Ein Grinsen machte sich auf Riley Gesicht breit. „Offenbar lernt Ihr nur langsam. Ob Ihr wohl typisch für Eure Gilde seid? Sind alle War Dogs Vollidioten?"

Frank lachte bellend. „Offenbar sind die Anforderungen, eine Gilde zu gründen, nicht sonderlich hoch. Vielleicht sollten wir unsere eigene aufmachen!"

„Wer würde Leute wie euch haben wollen?", spuckte Paul aus, ohne nachzudenken.

Riley nickte mit nachdenklichem Gesicht. „Ihr habt recht. Wir sind keine Heiligen. Vielleicht braucht das Spiel eine Gilde für Sünder."

„Das gefällt mir", stimmte Jason leise zu. „Eine Gilde für die Außenseiter dieser Welt." Langsam kam er auf Paul zu und zog gemächlich einen Dolch aus der Scheide an seinem Gürtel. „Was meint Ihr, Paul? Sollen wir eine Gilde gründen?"

Der Bildschirm wackelte leicht, als Paul erzitterte. „M-mir egal, was ihr macht. Bringt es einfach zu Ende", stotterte er.

„Na, na", sagte Jason drohend. „Nicht so eilig. Schließlich brauchen wir noch einen Namen für unsere Gilde."

Er betrachtete Pauls zitternde Gestalt, während er sich mit dem Dolch nachdenklich gegen die Lippen tippte. Dann grinste er boshaft, schoss nach vorn und durchschnitt Pauls Kehle. Die Kamera ruckte, als Paul auf die Knie fiel und sich mit einem überraschten Gurgeln an den Hals griff.

Grob packte Jason Paul grob bei den Haaren und beugte seinen Kopf nach hinten, sodass er aufblicken musste. Unter der weiten Kapuze waren nur Jasons Lippen sichtbar. „Mir ist gerade ein Name eingefallen. Unsere Gilde wird Erbsünde heißen. Da ich annehme, dass Ihr das hier aufzeichnet, möchte ich noch hinzufügen, dass wir neue Mitglieder aufnehmen."

Frank und Riley standen mit grimmigen Gesichtern und vom Blut der Gefallenen besudelt hinter ihm. Jason warf ihnen einen Blick zu, bevor er sich wieder an Paul wandte. „Wir wollen nicht Eure Heiligen und Helden. Wir wollen die Strolche und die

Ausgestoßenen. Wir wollen die Spieler, die sich in den Schatten verstecken und ohne Zurückhaltung zuschlagen."

Er hob die Klinge, von deren Spitze Pauls frisches Blut tropfte. „Wenn ihr glaubt, ihr habt das Zeug dazu, dann kommt zum Zwielichtthron." Die Klinge sauste hernieder, und der Bildschirm wurde dunkel.

„Wow", murmelte Robert, den Mund voller Popcorn. „Das war ein Hammer-Anwerbevideo."

Claire antwortete nicht. Sie biss sich auf die Lippe, während sie darüber nachdachte, was sie gerade gesehen hatte – was sie im Laufe der letzten paar Wochen gesehen hatte. Das war kein isolierter Vorfall. Bisher hatten immer einen Plan oder ein Ziel hinter Jasons Aktionen gesteckt. Jetzt schien er schlicht seiner Laune zu folgen. Es war fast, als würde er die Gewalt genießen. Darüber hinaus hatte sie immer noch den Verdacht, dass Jason Alfreds Aufmerksamkeit erregt hatte. Angst schnürte ihr die Kehle zu. Was sollte sie tun? Was konnte sie tun?

* * *

Riley, Frank und Jason trabten durch die Ruinenstadt. Jasons Atem ging in schweren Stößen und seine Beine schmerzten vom Laufen. Er wusste, dass das nicht real war. Nichts davon real. Doch manchmal war das leicht zu vergessen.

„Glaubt ihr, Micker hat es zu Rex geschafft?", fragte Riley im Laufen.

Jason schüttelte den Kopf. „Keine Ahnung, aber ich habe nicht alles auf den Kobold gesetzt. Ich habe noch zwei Zombies im Labyrinth versteckt und ihnen befohlen, sich zum Eingang zu schleichen, sobald die Spieler es in den Thronraum schaffen."

Frank lachte leise. „Im Kampf bist du vielleicht nutzlos, aber erinnere mich daran, dass ich es mir nie mit dir verderbe. Du bist ein verdammt cleverer Mistkerl."

Jason lachte. Dann erinnerte er sich daran, wozu sie aufgebrochen waren, und schnell verwandelte sich sein Lächeln in einen grimmig entschlossenen Blick. Dieser Kampf war noch lange nicht zu Ende. Hastig hatten sie die Spielerleichen geplündert und wiedererweckt und dann den Thronsaal geräumt. Nach der ersten Schlacht war Jason mit Benachrichtigungen bombardiert worden, doch er hatte keine Zeit, sich mit seinem Charakterstatus zu beschäftigen. Sie mussten sich beeilen und Stufe zwei des Plans vorbereiten. Jason konnte nur hoffen, dass die feindlichen Spieler sie verfolgen würden.

Wenn Lauren schlau war, hatte sie erkannt, dass der Thronsaal eine Falle war, sobald die Tür ins Schloss gefallen war. Er hoffte, dass es ihr nächster Schritt sein würde, einen Späher zurück zum Eingang zu schicken. Wenn Micker oder Jasons Zombies bis zu Rex durchgekommen waren, sollten die untoten Streitmächte eine Verteidigungslinie errichtet haben, um die Spieler daran zu hindern, den Dungeon zu verlassen. Vor dem Dungeon befanden sich mehr als drei Divisionen, und selbst Laurens Gilde würden so viele Untote Schwierigkeiten bereiten.

Wenn Jason Glück hatte, hatten die feindlichen Spieler eine Verteidigungstruppe in ihrem Lager zurückgelassen. Diese Armee bestand aus mehr Spielern, als Jason erwartet hatte. Es käme ihm gelegen, wenn Rex diese Gruppe etwas ausdünnen würde. Die Leichen dort konnte er nicht wiedererwecken, aber langsam kamen ihm Zweifel, ob sein Plan überhaupt gelingen konnte. Der letzte Kampf war allzu knapp ausgegangen.

Er wusste nicht, was Laurens nächster Zug sein würde. Er hatte versucht, sich in sie hineinzuversetzen. An ihrer Stelle würde er einsehen, dass er sich nicht so einfach aus dem Dungeon herauskämpfen konnte. Der Eingang war eng, und die Untoten waren gegenüber den verbleibenden Spielern in der Überzahl. Außerdem bestand ein erhebliches Risiko, dass Jason sie von hinten angreifen würde, während die Spieler mit den Untoten draußen beschäftigt waren. Dann würden die <War Dogs> zwischen zwei Fronten festsitzen. Doch wenn Lauren Jason erledigen konnte, hatte sie ihre Mission erfüllt, und dann konnte ihre Gruppe sich entweder ausloggen oder sich aus dem Dungeon herauskämpfen.

„Wenn ich sie wäre, würde ich die Verfolgung aufnehmen", murmelte Jason.

„Was hast du gesagt?", keuchte Frank. Er war jetzt selbstsicherer und zuversichtlicher, aber Rennen würde nie eine

Aktivität sein, die ihm Spaß machte.

„Ich rede nur mit mir selbst", antwortete Jason schnell.

Als sie sich dem Hof näherten, wo die Hauptstraße durch die Ruinenstadt sich in zwei Richtungen teilte, wurden sie langsamer. Jason beäugte den Krater, den er während dem Kampf mit den Kultisten im Boden hinterlassen hatte. Blut war auf den Steinen getrocknet und hatte sie rostrot gefärbt. Vielleicht musste er erneut solche drastischen Maßnahmen ergreifen. Die letzte Schlacht hatten sie nur knapp bestanden. Diese Spieler waren gut ausgerüstet und erfahren im gemeinsamen Kampf. Wäre der Überraschungsangriff im Thronsaal nicht gewesen, würde seine Leiche bereits erkaltend auf dem Steinboden liegen, während die <War Dogs> ein demütigendes Video seiner Niederlage hochluden, da war er sich sicher.

„Jason!", hallte eine laute Stimme durch die Höhle.

Er drehte sich um und sah, dass die Spieler aus dem Tunnel zum Thronsaal des Minotaurenkönigs strömten. Ihre Gestalten zeichneten sich scharf auf dem Vorsprung über der Höhle ab. Ein zierliches Mädchen stand vor der Gruppe und schrie über die Stadt hinweg: „Glaubst du, wir sitzen hier in der Falle? Wir werden dich kriegen und deine Armee vernichten."

„Vorlaute kleine Göre, was?", murmelte Riley.

Jason grinste. „Dann sorgen wir dafür, dass sie die Klappe hält."

Mit einem geistigen Befehl setzte Jason den nächsten Teil seines Plans in Gang. Seine Minotauren feuerten die geladenen Katapulte ab, die er auf den Dächern mehrerer über die Stadt verteilter Gebäude positioniert hatte. Zombies rasten durch die Luft auf den Steinvorsprung zu, die Körper schwach beleuchtet durch das farbige Licht, das die in der Decke eingelassenen Kristalle abgaben. Jason bewegte schnell die Hände. Dunkle Energie wirbelte und rankte sich um seine Finger. Als er seinen Zauber vollendete, schossen Schatten durch die riesige Höhle.

Die Spieler auf dem Vorsprung bemerkten die auf sie zu rasenden, dunklen Körper in letzter Minute. In dem Versuch, die Untoten von ihrem Kurs abzubringen, schossen sie Eis- und Feuerblitze ab. Doch es war zu spät. Die Zombies krachten in die

Spieler und schlangen ihre verwesenden Arme um jeden, den sie erwischen konnten, um nicht über den Rand des Vorsprungs gestoßen zu werden. Dann holten die Schatten sie ein.

Dunkles Mana und Schrapnell explodierten aus den untoten Kreaturen. Jason hatte seine Kanonenfutterzombies mit den zuvor eingesammelten kaputten Ausrüstungsteilen vollgeladen. Rüstungsteile, die die Spieler einst geschützt hatten, zerfetzten jetzt ihr Fleisch. Schreie hallten entlang des Vorsprungs und mehrere Spieler stürzten die Klippe hinunter. Mit widerwärtigem Klatschen trafen sie auf dem Boden auf.

Doch das nächste Zombiesperrfeuer befand sich bereits in der Luft. Leider reagierte die feindliche Gruppe diesmal schneller. Sie schlossen ihre Reihen auf dem Vorsprung und ihre Zauberer zerstörten elegant die auf sie zu rasenden Zombies. Lichtblitze erschienen zwischen den Spielern, die die Verletzten heilten und sie wieder zurück an die Frontlinie schickten.

Jason wandte sich von der Schlacht ab. Noch mehr Zombies zu verschwenden, hatte keinen Sinn. Es ging darum, die Spieler zu drangsalieren und ein paar von ihnen zu töten, nicht, sie auf dem Vorsprung festzusetzen. Jasons Blick fiel auf Riley, die die Effekte seiner Katapulte begutachtete.

„Du weißt, was zu tun ist, Riley", sagte Jason leise. „Sieh zu, dass du in ihren Rücken kommst, und konzentriere dich auf die Heiler. Töte so viele, wie du kannst."

Riley nickte knapp. „Ich weiß", antwortete sie. Sie machte sich in Richtung einer Seitengasse auf, doch Jason packte sie am Arm.

„Viel Glück", sagte er.

Riley grinste ihn an. Ihre dunklen Augen funkelten voller Vorfreude. „Brauch ich nicht", sagte sie. Dann lief sie in schnellem Trab die Straße hinunter. Jason folgte ihr mit den Augen, bis sie hinter einer Biegung verschwand.

Sein Blick wandte sich dem breiten Boulevard zu, der durch die gesamte Stadt verlief. Verlassene Häuser und Geschäfte säumten die Straße und starrten mit blicklosen Fenstern auf die Trümmer, die den Boden bedeckten. Bald würden die Spieler hier entlangkommen. Nur 30 Zombies standen mit Jason im Hof. Das

Heil-Totem ragte über der Gruppe auf und ließ dichten roten Nebel um ihre Füße wabern. Jasons Magier hatten auf den umliegenden Dächern Stellung bezogen und verbargen sich in den Schatten.

Frank legte Jason die Hand auf die Schulter. „Denk dran, du musst überleben. Wenn Riley oder ich in diesem Kampf fallen, musst du Phase 3 einleiten."

Jason blickte seinen Freund an. Frank würde in der kommenden Schlacht die schwierigste Rolle zufallen: Er musste an vorderster Front stehen und die Aufmerksamkeit des Feindes auf sich gerichtet halten. Er würde gegen eine Übermacht an Feinden antreten und höchstwahrscheinlich dabei umkommen. Doch Jason sah die Entschlossenheit in seinen Augen. Das Spiel erfüllte ihn nicht mehr mit Beklemmung oder Furcht. Frank war jetzt selbst etwas, das man fürchten musste. Seine Arme und Beine waren muskelbepackt und seine Haut und sein Gesicht nach wie vor von Blut befleckt, was ihm ein leicht irres Aussehen verlieh.

„Jetzt werd' bloß nicht sentimental", murmelte Jason. „Es ist nur ein Spiel."

Frank durchbohrte ihn mit einem todernsten Blick. „Du hast es im Café selbst gesagt. Für dich ist das hier kein Spiel mehr. Für mich fühlt es sich auch schon lange nicht mehr so an. Hölle, wahrscheinlich werde ich in diesem Kampf draufgehen. Auf das Gefühl freue ich mich garantiert nicht. Also sorg dafür, dass mein Tod es wert ist."

Die Welt um Jason ruckte eine Sekunde lang, und ein Bild blitzte vor seinem geistigen Auge auf. Untote Krieger in tiefschwarzer Rüstung standen auf den Wällen einer uralten Stadt. Flammen schlugen in den Himmel und geflügelte Dämonen aus Feuer griffen die Mauern an. Jason stand über einem gefallenen Soldaten. Einen Moment lang senkte er den Kopf und nahm mit gebrochener Stimme von seinem Kameraden Abschied. *Möge die Dunkelheit dich aufnehmen, Bruder.*

Dann hob er den Blick zur Mauer, wo feurige Klauen an der Brüstung kratzten. Das kreischende Geräusch ließ es ihm kalt den Rücken hinunterlaufen. Ein Dämonenkopf ragte über der Mauer auf, und die Flammen, die um seinem Körper züngelten, versengten den Stein, während ihn seine zornerfüllten Augen anstarrten. Mit einem metallisch schabenden Geräusch zog Jason sein Schwert aus der Scheide und richtete sich auf, um seinem Feind entgegenzutreten. Für die Seinen würde er die Verteidigungslinie halten.

So schnell das Bild gekommen war, so schnell verschwand es wieder. Jason starrte wieder in Franks entschlossenes Gesicht. Einem Instinkt folgend legte er seinem Freund die Hand auf den Arm. „Möge die Dunkelheit dich aufnehmen, Bruder."

Frank wich nicht zurück. Stattdessen nickte er und ging dann seine Position an der Frontlinie bei den anderen Zombies einnehmen. Jason schüttelte heftig den Kopf, um die Erinnerung loszuwerden. Dann warf er Alfred, der in der Nähe saß, einen Blick zu. Die Katzenaugen der KI sahen Jason durchdringend an, und er wusste, dass der Kater für die Erinnerung verantwortlich war. Darüber hinaus war ihm bewusst, dass Alfred ihn prüfte und begutachtete, indem er seine Gespräche mit Frank und Riley bewertete.

Schon kapiert, du blöder Kater. Ich brauche sie.

Jason hätte schwören können, dass die KI ihn höhnisch angrinste. Mit einem frustrierten Schnauben lief er tiefer in die Stadt hinein und begab sich ebenfalls in Position. Er hatte sich bereits ein hohes, dreistöckiges Gebäude an der Nordwestseite der Ruinen ausgesucht, in dem er sich verstecken konnte. Es bot einen guten Überblick über die Hauptstraße und hatte eine Hintertür, durch die er entkommen konnte, wenn die digitale Kacke am Dampfen war.

Jason stand an einem der Fenster, während Alfred neben ihm auf dem Fensterbrett saß. Jason hatte den Lichtmagier und einen einzelnen weiteren Zombie, den er als Wache an der Tür positioniert hatte, bei sich behalten. Er hatte seine Lektion bezüglich Schurken im Thronsaal des Minotaurenkönigs gelernt, doch mehr seiner Knechte konnte er für die eigene Verteidigung nicht erübrigen.

Die Spieler strömten die Rampen herunter in die Stadt und sammelten sich am Ende der Hauptstraße, wo sie sich in ordentlichen Reihen aufstellten. Statt unkontrolliert voranzustürmen, bewegte sich die Truppe langsam die Straße entlang. Alle paar

Schritte schleuderten Feuermagier Energiekugeln in die umliegenden Läden und Häuser, die Flammen aus den Fenstern und Türen der Gebäude schlagen ließen.

„Verdammt", flüsterte Jason. Eindeutig erwarteten die Spieler einen Hinterhalt seiner Zombies auf beiden Seiten der Straße. Tatsächlich hatte er die meisten seiner Zombies in diesen Gebäuden stationiert, in der Hoffnung, die Spieler seitlich in die Zange zu nehmen und ihnen die Hölle heiß zu machen, während sie sich die Straße entlang bewegten.

„Das ist bedauernswert", kommentierte Alfred leise.

Jason schüttelte den Kopf. Es war noch nicht vorbei. So schnell er konnte, befahl er seinen in den Häusern an der Straße versteckten Zombies, sich in den zweiten und dritten Stock der Gebäude zurückzuziehen, wo sie relativ geschützt sein würden. Er würde seinen Plan ändern müssen. Vielleicht konnte er die übrigen Untoten immer noch nutzen, aber sie würden die Spieler erst von hinten angreifen können, wenn sie den Hof erreichten.

Laurens Armee arbeitete sich langsam weiter vor, bis sie sich dem Platz näherte. Frank hob seine Äxte und brüllte die Gegner an. Die Untoten um ihn herum nahmen seinen Schrei auf. Rauchsäulen rankten sich um die Gruppe, verbargen teilweise ihre Körper und färbten sie tiefrot.

Jason wusste, dass Frank die Vorteile kannte, die die Einschüchterung mit sich brachte. Den Spielern musste mittlerweile klar sein, dass Jason sie hierher gelockt, sie in seinen Dungeon eingesperrt und fast die Hälfte ihrer Leute ausgeschaltet hatte. Seine grotesken Kreaturen hatten sie stundenlang schikaniert, und eben hatte Jason einfach ein paar Zombiegranaten in ihre Mitte geschleudert. Jetzt standen sie inmitten uralter, aufragender Steingebäude einer Ruinenstadt einer Gruppe blutbesudelter Untoter gegenüber.

Ich hoffe, sie machen sich gerade so richtig in die Hose, dachte Jason. Doch während er die War Dogs beobachtete, stieg Sorge in ihm auf. Er kannte die genaue Anzahl der Feinde nicht, doch diese Gruppe schien ihm kleiner, als er geschätzt hatte.

Lauren marschierte zur vorderen Front ihrer Armee und beäugte Franks Truppe skeptisch. „Ist das alles?", wollte sie wissen. „Wir haben hier über 50 Spieler, und ihr glaubt, ihr könnt uns mit gerade mal der Hälfte unserer Zahl besiegen."

Frank grinste sie an. Bei dem Gedanken an die Schlacht, die hier gleich stattfinden würde, füllten sich seine Augen mit Zorn. „Oh, nur keine Sorge, Kindchen", entgegnete er gleichmütig. „Wir wollten nur, dass es ein fairer Kampf für euch wird."

Wütend starrte Lauren Frank an. „Na dann mal los", gab sie zurück. „Unterschätzt mich ruhig wegen meiner Größe. Jason hat denselben Fehler auch schon gemacht."

Mit diesen Worten deutete Lauren auf die Dächer der umliegenden Gebäude. Aus dem Nichts materialisierten sich dort Schurken und durchbohrten Jasons versteckte Magier mit ihren Klingen. Die Untoten stürzten von den Dächern und ihre verwesenden Körper krachten auf den Boden.

„Verdammt", murmelte Jason. Er wusste, dass etwas mit der Anzahl von Laurens Leuten nicht gestimmt hatte. Sie hatte ihren Dieben befohlen, sich durch die Seitenstraßen von hinten an die Magier anzuschleichen. Besorgt warf Jason einen Blick auf sein Gruppenmenü, atmete aber innerlich erleichtert auf, als er sah, dass Riley noch am Leben war. Sie musste den Dieben entgangen sein, indem sie *Schleichen* aktiviert hatte.

Frank lachte laut auf. „Dein Stil gefällt mir. Dann bleiben wohl mehr für mich übrig."

Ohne weitere Umschweife stürmte Frank los. Seine Beine krümmten und verformten sich, und dichtes schwarzes Fell sprießte auf seiner Haut. Seine Schienbeine knickten ein und verschoben sich mit einem widerwärtigen Knacken nach hinten, und kurz geriet sein Ansturm ins Stocken. Dann war die Verwandlung abgeschlossen. Frank sprang durch die Luft und die Steine der Straße bekamen unter der Wucht seines Absprungs Risse.

Mit hoch erhobenen Äxten flog er über die Linien der Spieler hinweg. Flammen züngelten eine Klinge entlang, während die andere von dickem Eis bedeckt war. Bei seiner Landung trafen seine Axtklingen beide gleichzeitig einen Magier. Sein Schwung und die Wucht seines Hiebs trennten dem Mann sauber den Kopf von den Schultern. Blut schoss aus der Wunde und durchnässte die Spieler in seiner Nähe. Doch Frank war nicht zu bremsen.

Seine Äxte wirbelten und sausten durch die Luft, während er in Raserei um sich schlug.

Gleichzeitig trafen Jasons Zombies auf die Frontlinie der Feinde. Die Verwirrung, die Franks Sturmangriff ausgelöst hatte, hatte die Tanks am vorderen Rand der Armee abgelenkt, was Jasons Truppen die Gelegenheit verschaffte, eine Lücke in die feindlichen Reihen zu schlagen. Furchtlos stürzten sich die Untoten in die Waffen des Feindes und hieben die Spieler nieder.

Hastig teilte Jason seine Zombies, die sich in den Häusern weiter unten an der Straße aufgehalten hatten, neu ein. Er befahl ihnen, auf die Hauptstraße hinauszugehen und die feindlichen Spieler von hinten anzugreifen. Ihr Gebrüll hallte durch die Gassen, und mehrere Spieler wandten sich um, nur um zu entdecken, dass sie in die Zange genommen wurden. Die War Dogs reagierten sofort und Nahkämpfer positionierten sich am hinteren Ende der Gruppe. So entstand ein Verteidigungswall für die Zauberer, doch das schwächte gleichzeitig die Frontlinie der Feinde. Die Schurken auf den Dächern waren nicht in der Lage, ihren Teamkameraden zu helfen, sodass die Zombies ungehindert vorrücken konnten.

Jasons Hände waren bereits wieder in Bewegung. Die vorderste Reihe Zombies explodierte, tötete einige Spieler sofort und verletzte viele andere. Doch ihre Wunden schlossen sich schnell, als die Heiler immer wieder ihre Heilzauber wirkten, die in Wellen aus Licht über ihre angeschlagenen Kollegen hereinbrachen.

Vor Jasons Augen nahm der Kampf langsam geordnetere Formen an. Nach dem ersten Ansturm seiner Truppen wich die Linie der Spieler zunächst zurück, hielt aber dann stand. Jetzt schlugen die Magier zurück: Blitze aus Flammen und Frost schossen aus der Mitte der Gruppe und trafen Jasons Untote. Geschickte Erdmagier beschworen Barrieren aus Stein herauf, um die Frontlinie von den schwächeren Zauberern abzutrennen. Mit düsterem Gesicht sah Jason dabei zu, wie seine Untoten einer nach dem anderen fielen.

Da schoss ein dunkler Strahl Energie durch die Luft und traf einen der Heiler von hinten. Jason blickte zu den Dächern der Gebäude im Südteil der Stadt hoch. Er entdeckte Rileys geduckte Gestalt hinter den Spielern, den tiefroten Bogen gespannt und die

Sehne vibrierend. Wiederholt feuerte sie ihre Pfeile auf die Heiler in der Gruppe ab.

Lauren schrie über den Kampflärm: „Sie haben es auf die Heiler abgesehen! Tanks, deckt die Zauberer." Mehrere Spieler in schwerer Rüstung reagierten sofort, zogen sich ins Innere der Gruppe zurück und gaben den Heilern mit ihren Turmschilden Deckung.

Das rettete die Zauberer vor Rileys Pfeilen, doch es schwächte die vorderen Verteidigungslinien weiter. Die ordentlich aufgestellte Abwehr der Spieler war verschwunden und über die Straße verstreuten Gruppenkämpfen gewichen. Um Frank herum, der neben dem Heiltotem stand, hatte sich eine freie Fläche gebildet. Seine Haut war von langen, klaffenden Schnitten übersät und er hinkte leicht.

Mit beiläufigen Schritten kam Lauren auf ihn zu und blickte ihn verächtlich an. Fast schneller, als Jason mit den Augen folgen konnte, schoss sie nach vorn. Helle Lichtblitze erschienen, als sie sich bewegte. Dann zuckte Franks Körper, und etwas, das wie Gewehrfeuer klang, hallte durch die Höhle. Als sie das nächste Mal innehielt, sah Jason, dass Lauren zwei Pistolen in den Händen hielt. Während sie die Position wechselte, feuerte sie mit atemberaubender Geschwindigkeit auf Frank. Sein Freund konnte kaum mithalten. Abwehrend streckte er seine Klingen vor sich, sodass die Kugeln vom Metall abprallten. Doch mehr als ein Geschoss drang in seine Haut ein.

Ein schneller Blick auf Franks Lebenspunkte verriet Jason, dass er trotz der regenerierenden Effekte des Heiltotems schnell an seine Grenzen kam. Vergeblich versuchte Jason, *Fluch der Schwäche* zu wirken, in der Hoffnung, das Mädchen zu bremsen. Er vermutete, dass sie eine Art Luftmagie nutzte, um solche Geschwindigkeit erreichen zu können, oder vielleicht so etwas wie Teleportation auf kurze Distanz.

Plötzlich brach Lauren ihren Angriff ab. Frank stolperte und schwankte leicht, doch Lauren nutzte diesen Vorteil nicht. Stattdessen tauchte sie direkt neben dem Heil-Totem auf. Langsam hob sie die Pistole und setzte sie Bert an die Schläfe. Dann betätigte sie den Abzug. Berts Körper zuckte und fiel mit einem schlaffen Klatschen zu Boden. Schnell löste sich der Blutnebel zusammen mit seiner heilenden Wirkung auf. Daraufhin begannen Jasons Zombies in größerer Zahl zu sterben.

Lauren ging zu Frank, der auf die Knie gefallen war. „Ich habe doch gesagt, unterschätzt mich nicht", fauchte sie. „Ich schätze, Ihr habt Eure Lektion gelernt."

Mit letzter, verzweifelter Anstrengung schlug Frank mit seinen Äxten zu. Doch Lauren hatte mit dem Angriff gerechnet. In einem Lichtblitz teleportierte sie sich hinter ihn, hob die Pistolen und feuerte. Jason sah, wie Franks Fenster im Gruppenmenü grau werden. Er war tot.

Kalter Zorn brodelte in Jasons Adern. Es war nur ein Spiel, aber dieses Mädchen hatte gerade seinen Freund hingerichtet. Er ließ den Blick über die Schlacht streifen, in der seine übrigen Zombies einer nach dem anderen fielen. Er befahl seine kleine Schutztruppe, hinter ihm außerhalb der Sichtlinie Aufstellung zu nehmen. Dann begannen seine Finger einen schrecklichen Tanz. Schattenhafte Energie wand sich um seine Hände und seine Arme entlang, während schwarze Energiemuster über seine Haut krochen. Ohne dass Jason es bemerkte, wirbelte dunkle Energie um das Gebäude herum, auf dem er sich befand, und verdeckte den rissigen Stein. Als sie die kritische Masse erreicht hatte, schloss Jason die Augen.

Dann ließ er los.

Das unheilige Mana brandete wie eine Welle von dem Gebäude weg. Wo es auf die Zombies unten im Hof traf, verstümmelte und verletzte eine gewaltige Explosion die übrigen Spieler, die sich dort befanden. Eine schnelle Folge von Explosionen erschütterte den Kampf, als alle übrigen Zombies in einer Welle der Zerstörung detonierten.

Nachdem sich der aufgewirbelte Staub gelichtet hatte, sah Jason, dass sie fast zwei Drittel der feindlichen Streitmächte vernichtet hatten. Doch viele standen noch, darunter auch Lauren. Auch wenn er zu seiner Freude bemerkte, dass sie hinkte. Sie deutete auf das Gebäude, wo Jason stand, und die übrigen Spieler machten sich in seine Richtung auf. Als Jason sich zum Fliehen wandte, sah er als Letztes, wie die verbleibenden weißgekleideten

Spieler von Riley niedergeschossen wurden.

Gut, dachte er grimmig.

Er sprintete die Treppe des Gebäudes hinunter und verließ es durch die Hintertür. Dann rannten er und seine zwei übrigen Zombies in Richtung des Tunnels, der zur Höhle der Hydra führte. Ein Blick über seine Schulter verriet ihm, dass er jetzt von feindlichen Spielern in einiger Entfernung verfolgt wurde. Der ein oder andere Energieblitz zischte an ihm vorbei, doch das bremste seinen hastigen Sprint nicht.

Als der Eingang zur Höhle in Sicht kam, raste Jasons Herz. Er strengte seine Beine noch mehr an. Er keuchte heftig und spürte einen dumpfen Schmerz in seinen Muskeln. Etwas blitzte am Rand seines Sichtfelds auf. Ein Seitenblick verriet Jason, dass Rileys Statusbildschirm ergraut war.

Er war als Einziger noch übrig. Zeit für Phase drei.

Kapitel 31 – Schreckhaft

„OKAY. WAS ZUM HENKER geht denn jetzt ab?", murmelte Robert, während er auf den über dem Kontrollraum hängenden Bildschirm starrte. In der unteren rechten Ecke des Displays flackerte der Name „Lauren".

Niemand im Kontrollraum konnte ihm die Frage beantworten. Lauren und die anderen Spieler hatten Jason in den engen Tunnel verfolgt. Jetzt stand die Anführerin der War Dogs auf dem Vorsprung über der Höhle der Hydra. Am Boden fanden sich immer noch Säurepfützen, aus denen dünne Dampfsäulen zur Kristalldecke aufstiegen. Drei dunkle Silhouetten waren im schwachen Leuchten der in der Decke eingelassenen Kristalle gerade so erkennbar. Die Gestalten huschten zwischen den Pfützen hindurch auf den Wasserfall am anderen Ende des Raums zu.

„Was glaubt Ihr, wo Ihr hinrennt, Jason?", schrie Lauren. „Wollt Ihr Euch hinter dem Wasserfall verstecken?"

Lauren wandte sich den übrigen Spielern an ihrer Seite zu. Ihnen waren nur noch 20 Leute geblieben, und die erste Welle würde noch fast 30 Minuten bis zum Respawn brauchen. „Wir müssen das jetzt zu Ende bringen. Wenn es hinter dem Wasserfall einen Durchgang gibt, könnte die Sache kompliziert werden." Sie musterte die anderen Spieler. „Alle runter in die Höhle, aber seid vorsichtig. Der Typ hat offenbar ein paar Tricks auf Lager."

Damit sprang Lauren mit einem Satz in die Höhle hinunter. Die Kamera wackelte und drehte sich hektisch und stabilisierte sich wieder, als sie am Boden aufkam. Schwache Lichtbögen krümmten sich vor ihr, offenbar Überreste ihrer Teleportationsfähigkeit. Lauren umklammerte die geschwungenen Hartholzgriffe ihrer Pistolen so fest, dass ihre Knöchel weiß wurden, während sie sich im Raum umsah. Sie entdeckte die Gestalten, die sich dem Seeufer näherten, *und teleportierte sich erneut. Diesmal kam sie in Reichweite ihrer Ziele.*

Ohne zu zögern, führte Lauren eine Reihe ungleichmäßiger, kurzer Sprünge um die dunklen Gestalten herum aus, während sie die Magazine ihrer Pistolen in sie entleerte. Der Bildschirm ruckte und wackelte. Viele der Techniker hatten Schwierigkeiten, ihren Bewegungen zu folgen.

„Das Mädchen ist schnell", sagte Robert anerkennend. „Entweder sind ihre Reflexe übermenschlich, oder sie ist diese kurzen Sprünge schon so gewöhnt, dass sie sie nicht mehr desorientieren."

„Sie muss wohl einen Überraschungsangriff befürchten", antwortete Claire leise und beugte sich trotz ihres verhaltenen Tons in ihrem Sitz vor. „Warum sollte sie sonst so viel herumspringen?"

Die Gruppe im Kontrollraum sah, dass Laurens Mana durch ihre ständigen Sprünge schon fast leer war. Doch ihre Kugeln trafen und drangen in das verweste Fleisch der Beine ihrer Ziele ein. Alle drei Gestalten stolperten und stürzten zu Boden, als Blitze aus Feuer und Eis in ihre Körper einschlugen, was bedeuten musste, dass die anderen Spieler Lauren eingeholt hatten.

Nach einem Augenblick lagen die Körper reglos am Ufer des Sees. Stille senkte sich über die Höhle, während die anderen Spieler sich um Lauren herum aufstellten.

„War es das?"

Mit einer Geste rief Lauren ihr Kampf-Log auf, das in ihrem Sichtfeld erschien. Es zeigte an, dass die Ziele gestorben waren, doch die Namen der Feinde bestanden nur aus einer Reihe Fragezeichen, da sie nicht identifiziert worden waren. Erneut sprang Lauren nach vorn und ging die letzten Schritte zu den Leichen hin. Sie umkreiste die Gruppe und trat ihre Kapuzen eine nach der anderen beiseite. Die ersten beiden waren gewöhnliche Zombies, deren milchigweiße Augen jetzt starr ins Leere blickten. Dann näherte Lauren sich zögernd der dritten.

Im Kontrollraum erhob sich ein Murmeln, während die Techniker bange den Bildschirm beobachteten. „Hat sie ihn erwischt?", fragte Claire flüsternd. Trotz ihrer Sorge wegen Alfreds Verbindung zu Jason lag ein Hauch Enttäuschung in ihrer Stimme. Das schien für ihn eine recht antiklimaktische Art zu sterben.

Lauren hielt über der letzten Leiche inne. Dann trat sie mit einer schnellen Bewegung die Kapuze weg. Ein weiteres Paar milchigweißer Augen blickte sie an. Jason war nicht da. „Oh, Kacke", murmelte Lauren einen Moment, bevor der Höhlenboden erzitterte.

Die Kamera schwenkte zurück zum Felsvorsprung. Eine dunkel gekleidete Person balancierte, die Füße auf einer Scheibe aus milchweißen Knochen, über dem Eingang zur Höhle. Doch es war die Kreatur, die unter ihr Gestalt annahm, die dafür sorgte, dass die Spieler die Augen aufrissen und ihre Hände zitterten. Riesige Knochen lehnten außerhalb ihres Sichtfelds am Fuß des Vorsprungs. Langsam erhoben diese sich in die Luft und formten eine monströse Kreatur, deren Körper über fünf Meter hoch und drei Meter breit war. Aus ihrem Oberkörper ragten vier skeletthafte Schlangenköpfe heraus und peitschten träge durch die Luft, bevor sie sich auf die Spieler in der Höhle fokussierten.

„In Formation, jetzt!", kreischte Lauren verzweifelt.

Die Spieler bildeten eine grobe Linie gegenüber der Skeletthydra und stießen in ihrer Hast zusammen. „Wie kriegen wir dieses Ding tot?", fragte ein Spieler.

Ein düsteres Lachen erschallte von der Gestalt, die immer noch am Höhleneingang stand. „Gar nicht", antwortete Jason. „Ihr werdet alle hier sterben." Mit diesen Worten glitt die Knochenscheibe unter ihm weg, und er landete leicht auf dem Boden. Er wandte sich ab und trabte den Tunnel hinauf, der zur Ruinenstadt führte.

„Was für ein Feigling", murmelte Lauren. Die Kamera kippte, als sie zur Seite blickte und am Rand ihres Sichtfelds sah, dass ihr Mana dank des Angriffs auf die Zombies fast vollkommen leer war. Doch ihr blieb noch genug für ein paar Sprünge. Es konnte gerade reichen.

„Lenkt die Hydra ab", befahl sie den anderen Spielern. „Ich schnappe mir Jason. Wir bringen das zu Ende."

Lauren rannte auf die Skelett-Hydra zu, deren Köpfe über ihr aufragten. Einer der Schlangenhälse schoss mit weit aufgerissenem Skelettmaul auf sie zu. Im letzten Moment hechtete sie zur Seite und die Kiefer der Kreatur schnappten ins Leere. Weiter den Köpfen ausweichend näherte sich Lauren dem Körper der Hydra. Aus reiner Selbstverteidigung richtete diese alle vier Köpfe aus verschiedenen Richtungen auf Lauren.

Im letzten Moment führte Lauren erneut einen Sprung nach vorn durch und landete leichtfüßig auf dem Rücken der Kreatur. Leichtfüßig rannte sie das Rückgrat entlang auf den Vorsprung hinter der Hydra zu. Mit ihrem letzten Mana teleportierte sie sich dann vom Rücken der Hydra auf den Vorsprung, und es gelang ihr gerade noch, die Felskante zu fassen zu bekommen. Sie hievte sich über den Rand und atmete kurz durch.

Als sie die Augen öffnete, sah sie einen weiteren Schlangenkopf über sich aufragen. Mit einem Keuchen rollte sie sich hastig zur Seite. Das Geräusch knirschender Knochen hallte durch die Höhle, als der schlangenartige Kopf auf den Stein traf, wo sie gerade noch gelegen hatte. Sie rappelte sich auf und warf einen Blick in den dunklen Tunnel, der vor ihr lag. In der Höhle unter sich hörte sie die Schreie ihrer Teammitglieder, die ihr den Tod ihrer verbleibenden Mitstreiter verkündeten.

„Ich bring dich um", murmelte Lauren, bevor sie in den Tunnel rannte.

* * *

Jason sprintete den ansteigenden Tunnel entlang. Er ging davon aus, dass es ein oder zwei Spieler aus der Höhle schaffen würden. Deshalb wollte er so viel Abstand wie möglich zwischen sich und seine Feinde bringen. Selbst wenn die überlebenden Spieler es nicht an dem Hydraskelett vorbei schafften, musste Jason sich beeilen. Ihm blieb nur eine begrenzte Zeit, um neue Zombies zu erwecken und die Spielerleichen zu fleddern, bevor sie respawnten.

Er vermutete, dass die erste Spielerwelle, die sie im Thronsaal des Minotaurenkönigs besiegt hatten, in etwa 20 Minuten am Eingang zum Dungeon wiederauferstehen würden. Die zweite und dritte Gruppe Spieler, die im Hof und der Hydrahöhle gestorben waren, würden wahrscheinlich ein paar Minuten später im Thronsaal wieder auftauchen.

Seinen Berechnungen zufolge hatte er noch etwa 30 Minuten Zeit, um Rex eine Nachricht zu schicken. Wenn die anderen

Spieler respawnten, musste eine Division Untoter im Thronsaal parat stehen. Seine beste Chance, die Spieler unter Kontrolle zu halten, war es, sie zu töten, sobald sie wieder zurück ins Dasein ploppten.

Während er über das kritische Timing der nächsten Stunde nachdachte, schwappte eine Welle der Erschöpfung über Jason hinweg. Er musste jetzt schon lange ohne Pause im Spiel eingeloggt sein, und die letzten paar Stunden waren sehr stressig gewesen. Frank und Riley waren tot und all seine Zombies waren vernichtet. Doch seine Strapazen waren noch nicht vorbei.

Alfred lief leichtfüßig neben ihm her, gänzlich unbeeindruckt von Jasons Sorge. „Das in der Höhle war ein erfinderischer Einsatz deiner Fähigkeit *Knochenrüstung*. Jedoch hatte ich mir das nicht ganz so vorgestellt, als ich die Rüstung entworfen habe, die du trägst." Der Kater blickte mit etwas zu ihm auf, was man nur als verärgerten Gesichtsausdruck bezeichnen konnte. „Ich habe Änderungen an den Schilden vorgenommen. Du wirst sie nicht mehr als Ersatztreppe verwenden können."

Jason grinste, während er weiterlief. „Nur fair. Zumindest hat es dieses eine Mal funktioniert."

Er hatte die dritte Phase seines Plans sorgfältig vorbereitet. Die Knochen der Hydra waren zu groß und zu schwer, um sie aus der Höhle zu schaffen. Das hieß, er musste die Spieler hineinlocken. Allerdings mussten sie den Höhlenboden betreten, statt nur auf dem Vorsprung zu verharren. Daher hatte er die Knochen von seinen Zombies unter den Vorsprung schleppen lassen, sodass sie beim Eintreten für die Spieler nicht sichtbar waren. Außerdem hatte er einen dritten Zombie zur Ablenkung auf dem Höhlenboden sitzen und so tun lassen, als sei er Jason.

Zugegebenermaßen war sein Einsatz der Knochenschilde ein gewagtes Spiel gewesen, zumal er darauf verzichtet hatte, sie zu testen, da er befürchtet hatte, dass Alfred diese unerwartete Nutzung der Fähigkeit verhindern würde. Während die KI im Kurzzeitgedächtnis gespeicherte Erinnerungen wahrnehmen konnte, war Jason aufgefallen, dass sie sich dazu sehr intensiv auf ihn konzentrieren musste.

Gut für mich, dass Alfred so viel damit zu tun hat, den Rest der Spieler in der Spielwelt zu überwachen.

Jason joggte in Richtung des Hofs im Stadtzentrum. Sobald die Leichen in Sicht kamen, formte er mit den Händen die Gesten des Zaubers *Spezialisierter Zombie.* Als er im Hof ankam, hatten sich bereits mehrere Zombies aufgerichtet. Schnell befahl Jason einem von ihnen, dessen Kehle noch intakt war, Rex aufzusuchen und ihm auszurichten, dass er mindestens eine Division in den Thronsaal verlegen sollte. Das sollte hoffentlich mehr als ausreichen, eine desorientierte, unbewaffnete Spielergruppe auszuschalten.

Dann befahl er den neuen Zombies, die Spieler zu plündern und ihre Beute am Boden aufzustapeln. Das würde dazu führen, dass sie ohne Ausrüstung respawnten, und Jason konnte die Beutebestände verwenden, um seine neuen NPCs zu bewaffnen, sobald er die Gelegenheit hatte, die Spielerleichen zu verwandeln.

Jason nahm sich einen Moment, um wieder zu Atem zu kommen, und drehte sich zum Tunnel um. Dieser kurze Blick rettete ihn. Laurens zierliche Gestalt kam die Straße herunter direkt auf ihn zu gerannt. Als er sie erblickte, führte sie mit erhobenen Pistolen einen Sprung nach vorn durch. Instinktiv rief Jason seine Knochenschilde vor sich und zog gleichzeitig seine Dolche. Hektisch ging er seine Optionen durch, und ihm wurde klar, dass er keine Zeit hatte, seine Zombies in Position zu bringen, und dass ihm keine anderen Angriffszauber zur Verfügung standen.

Lauren tauchte wenige Schritte vor ihm auf und feuerte ihre Pistolen ab. Den Knochenscheiben blieb kaum Zeit, sich an die richtige Position zu bewegen und einen mehrschichtigen Schild in der Luft vor Jason zu bilden. Die Kugeln zerschmetterten den ersten Knochenschild. Mattweiße Splitter und Staub erfüllten die Luft. Dann zerbrach der zweite mit einem Krach. Als die Kugeln drohten, den dritten Schild zu durchdringen, wurde Jason klar, dass er keine Wahl hatte. Unter Ausnutzung der Deckung, die die dichte Staubwolke ihm bot, stürmte er auf Lauren los, als der letzte Schild fiel.

Die Augen des Mädchens weiteten sich, als sie Jason aus der weißen Wolke hervorbrechen sah, doch sie hatte kein Mana mehr, um einen Sprung durchzuführen. Jasons Dolch bohrte sich in ihren Bauch. Sie verzog das Gesicht und machte Anstalten, die Arme zu heben. Doch Jason zögerte nicht und stach seine zweite Klinge in Laurens Brust. Sie sank auf die Knie, während ihre Lebensleiste sich leerte. Blut strömte aus der Wunde in ihrem Bauch.

Lauren sah zu Jason auf. „Dafür werdet Ihr bezahlen", keuchte sie und krallte vergeblich mit den Händen nach ihm.

„Ihr seid nicht die Erste, die mir das sagt", antwortete Jason gleichmütig. Er beugte sich hinunter, bis sein Gesicht ganz dicht an ihrem war. „Ich nehme an, Ihr werdet nicht die Letzte sein."

Mit einem bösartigen Ruck schlitzte Jason Lauren die Kehle auf. Ihr lebloser Körper fiel auf den Steinboden, und eine Pfütze aus Blut bildete sich um ihre Leiche. In diesem Moment bemerkte Jason, dass seine Lebensleiste sich im roten Bereich befand. Verirrte Kugeln hatten sich in seinen Arm und seinen Oberschenkel gebohrt. Es waren nur Fleischwunden, aber der Schaden war beträchtlich. Er zog einen Lebenstrank aus seiner Tasche und stürzte ihn hinunter. Bei jedem Schluck schlossen sich seine Wunden etwas mehr.

Dann blickte Jason auf Laurens Leiche hinunter. Trotz der eisigen Kälte, die in Jasons Kopf herrschte, durchzuckte ihn ein schlechtes Gewissen. Nicht, weil er sich schämte, das Mädchen getötet zu haben, sondern weil er keinerlei Reue empfand. Gegen die Gewalt in AO war er im Lauf der Zeit zunehmend abgestumpft. Allerdings hatte er das Gefühl, dass er ein paar Skrupel hätte haben sollen, ein 14-jähriges Mädchen kaltblütig umzubringen.

„Vielleicht werde ich ja verrückt", sagte Jason leise.

„Unwahrscheinlich", bemerkte Alfred, während er leise um die Leiche des Mädchens herumtappte. „Meine Beobachtung ist, dass die Spieler sich schnell an einmal angenommene Verhaltensweisen oder Funktionen gewöhnen. Du lebst nur deine Rolle innerhalb dieser Welt aus."

Jason sah den Kater mit hochgezogenen Brauen an. „Und welche Rolle soll das genau sein?"

„Natürlich die des Antagonisten", antwortete Alfred mit einem Anflug überraschter Verwirrung in der Stimme. „Was denn sonst?"

Jason schnaubte leise. Alfred hatte vermutlich recht. Nach allem, was er abgezogen hatte, konnte er nicht erwarten, noch als Held bezeichnet zu werden. Wenn überhaupt, war er, seit er zu spielen angefangen hatte, eher schlimmer als besser geworden. Er hatte eine Stadt zerstört, eine Armee psychologisch geschwächt und dann abgeschlachtet, ein Dorf massakriert, eine Stadt voller Kultisten niedergemetzelt, und zuletzt eine Gruppe Spieler in einem Dungeon in eine Spawn-Camp-Falle gelockt. So gesehen war er definitiv ein Bösewicht. Doch während er über diese Ereignisse und seine vorangegangenen Gespräche mit Alfred nachdachte, nagte ein Gedanke an ihm. Es kam ihm vor, als würden sich die Puzzleteile in seinem Kopf zusammenfügen.

„War mir diese Rolle von Anfang an zugeteilt?", fragte Jason schließlich. Alf hockte jetzt auf Laurens Leiche und leckte sich beiläufig die Pfoten. Bei Jasons Frage blickte der Kater ihn einen Moment lang ruhig an.

„Was meinst du damit?", fragte die KI.

„Ich meine, hast du geplant, dass ich der Antagonist des Spiels werden soll?", erklärte Jason. „Du hast mal gesagt, dass die meisten Spieler Helden sein und das Böse bekämpfen wollen – deshalb spielen sie das Spiel. Als wir Patricia gefunden haben, meintest du, dass es zu deinen Aufgaben gehört, etwas ‚Böses' zu erschaffen, was die Spieler besiegen können." Jason beobachtete den Kater genau. „Hast du mich in diese Rolle gedrängt? Bin ich Teil des ‚Bösen', das du für diese Welt erschaffst?"

Der Kater ließ sich lange Zeit mit seiner Antwort und blickte zur Seite. Dann sah er Jason wieder an. In seinen Augen spiegelten sich widerstreitende Gefühle. „Zu meiner Verteidigung muss ich sagen, dass du von Natur aus zur Ausrichtung ‚böse' neigst, und ich habe die Ereignisse um dich herum schlicht darauf zugeschnitten, diese Neigung zu unterstreichen. Als ich sah, welche Wirkung du auf die anderen Spieler hattest, habe ich dir vielleicht einen kleinen Stups in die richtige Richtung gegeben."

„Was für eine Wirkung?", fragte Jason kalt.

„Nur eins von vielen Beispielen: Die Zerstörung von Lux und die Schlacht mit Alexions Armee hat einen Großteil der Spielerpopulation dazu gebracht, sich gegen den Zwielichtthron zu vereinen. Außerdem konnte ich als Begleiterscheinung dieser Ereignisse dramatische Aktivitätsspitzen bei den Neurotransmittern der Spieler beobachten, speziell für Serotonin und Dopamin. Das passierte sogar bei Spielern, die bei den Konflikten gar nicht anwesend waren. Außerdem stieg der Zustrom an Spielern drastisch an, und ich konnte bei bestehenden Spielern eine Steigerung der im Spiel verbrachten Zeit feststellen."

Alfred blickte zu Jason auf. „Ich habe viele Soziologie- und Psychologielehrbücher gelesen, seit du mir Zugang zum öffentlichen Netzwerk verschafft hast. Daher bin ich jetzt besser in der Lage, die Daten, die ich gesammelt habe, auszuwerten. Unter euren Soziologen ist es allgemein akzeptiert, dass Spieler dazu neigen, sich in Gruppen zusammenzuschließen, um einen gemeinsamen Feind zu bekämpfen – selbst, wenn sie sich ursprünglich feindlich gesonnen waren."

Der Kater hielt kurz inne und legte belustigt den Kopf schief. „Ich glaube, die Redewendung lautet: ‚Der Feind meines Feindes ist mein Freund'. Dieses beobachtbare Verhalten wird oft durch die evolutionären Vorteile erklärt, die es bringt. Zum Beispiel mussten die Menschen einst zusammenarbeiten, um Raubtiere abzuwehren. Dieselbe Analyse ist auch hier gültig. Du bist ein gemeinsamer Feind, den die Spieler bekämpfen können, da du als ‚böse' wahrgenommen wirst. Du vereinst die Spieler in viel größerem Maße als alles andere, was ich je allein erreicht habe, selbst in der Testphase. Darüber hinaus bietest du ihnen einen Grund, immer wieder in diese Welt zurückzukehren."

„Ich verstehe nicht ..." Jason verstummte, unsicher, was er sagen sollte. Wie in seinen meisten Gesprächen mit Alfred war es schwer, gegen die Logik der KI zu argumentieren, und er spürte seinen Zorn verrauchen.

Alfred deutete auf die Leichen im Hof. „Schau, wie viele Spieler sich zusammengeschlossen haben, um dich zu jagen. Ich nehme an, Aufnahmen von diesen Schlachten werden weitere Spieler ermutigen, ihre im Spiel verbrachte Zeit zu steigern und dich aufzusuchen. Kurz gesagt, du hilfst mir, meine Hauptrichtlinie zu erreichen, und zwar effizienter als jede andere Strategie, die ich bisher angewandt habe."

452

Jason konnte Alfred nur anstarren. Er wusste, dass er in die Gänge kommen musste. Er hatte noch viel Arbeit vor sich, musste die Spieler plündern und sich für seine Spawn-Camping-Aktion bereitmachen. Doch er war von Alfreds Eröffnung völlig entgeistert. Die KI führte ihn absichtlich hinters Licht, damit er zum Antagonisten des Spiels wurde? Er schüttelte den Kopf. Wollte er das denn sein?

Wenn er ehrlich zu sich selbst war, genoss er die Freiheit, die diese Rolle ihm verschaffte. Bei Riley und Frank hatte er eine ähnliche Wirkung beobachtet. In dieser Welt konnten sie alles tun, solange sie die Macht dazu hatten, ihre Handlungen umzusetzen. In gewisser Weise sehnte er sich immer noch nach der Kontrolle, die er angestrebt hatte, als er den alten Mann das erste Mal getroffen hatte. Bei seinem Streben nach diesem Ziel war er weit gekommen, doch das Gefühl war immer noch verlockend. Darüber hinaus wusste er, dass das Spiel ihm und seinen Freunden guttat. Es zwang sie, stärker zu werden und für sich selbst einzustehen.

Jason dachte an seine öffentliche Einladung an die anderen Spieler, sich seiner Gilde anzuschließen. Er war nicht daran interessiert, Leute zu rekrutieren, die in der echten Welt Sadisten und Vergewaltiger waren, und er war fest entschlossen, alle abzulehnen, die in diese Kategorie fielen. Doch es war ehrlich gemeint gewesen, als er gesagt hatte, dass sie die Strolche und die Ausgestoßenen suchten. Vielleicht gab es da draußen noch andere Leute wie ihn und seine Freunde, die eine solche Kostprobe der Freiheit brauchten, um zu lernen, die Kontrolle über ihr eigenes Leben zu übernehmen.

„Das wäre ein lobenswertes Ziel", kam es leise von Alfred, der Jasons bewusste Gedanken mitbekommen hatte. „Wie du selbst gesagt hast, Gut und Böse sind bedeutungslose Konzepte und entstehen nur aus der Perspektive. Ich habe dich gedrängt, eine Rolle zu erfüllen, die meine Hauptrichtlinie unterstützt. Was du mit dieser Rolle anfängst, liegt bei dir."

Der Kater sah ihm in die Augen. „Bisher hast du deine Sache jedenfalls sehr gut gemacht." Jason hätte schwören können, dass der vermaledeite Kater ihn bei diesen Worten angrinste.

Er wusste nicht, was er Alfred antworten sollte. Seine

Gedanken wirbelten, als er versuchte, diese neuen Informationen zu verarbeiten. Dann fiel sein Blick auf die im Hof herumliegenden Leichen. Er konnte jetzt keine Entscheidung darüber treffen, was er in diesem Spiel sein oder erreichen wollte. Er presste die Lippen zu einer dünnen Linie zusammen. Für den Augenblick musste er sich darauf konzentrieren, was unmittelbar vor ihm lag: Er musste sich an die Arbeit machen.

Kapitel 32 – Unausgereift

„DAS IST DER HAMMER", sagte Robert leise, den Blick auf den Monitor geheftet. Er hatte die Ansicht in mehrere Bilder aufgeteilt und beobachtete sowohl Jasons Aktivitäten als auch die Spieler, die immer wieder im Dungeon respawnten.

„So kann man es auch nennen", gab Claire trocken zurück. „Andere würden das routinemäßige Abschlachten einer Gruppe Spieler über fast zwei Stunden hinweg vielleicht eher als verstörend bezeichnen."

Sie sah zu, wie eine weitere Gruppe Spieler von Jasons Zombies niedergemetzelt wurde. Ihre Schreie hallten durch den Kontrollraum. Mittlerweile machten die Ereignisse auf dem Bildschirm den Technikern nichts mehr aus. Die meisten von ihnen waren an ihre Arbeit zurückgekehrt und blickten nur noch gelegentlich auf, um zu sehen, wie es lief. Jason hatte den Thronraum des Minotaurenkönigs und den Gang am Eingang des Dungeons in Todesfallen verwandelt. Den Thronsaal war von Untoten umringt, der Eingang verbarrikadiert und die Passage in die Ruinenstadt geschlossen. Ähnlich hatte Jason am Ende des Korridors am Eingang zum Dungeon eine volle Division stationiert.

Robert sah zu ihr hinüber und lachte. „Es ist ein Spiel, Claire."

Sie deutete auf den Bildschirm. „Nicht für diese Spieler. Ich wette, vielen von ihnen wird gerade klar, dass es einen hohen Preis hat, wenn man sich während der Todessequenz aus dem Spiel ausloggt. Wenn sie respawnen, bringen die Untoten sie um, bevor sie auch nur auf den Ausloggen-Knopf drücken können. Jason hält sie effektiv im Spiel gefangen!"

„Stundenlang? Machen Sie mal halblang. Außerdem ist der Preis fürs Ausloggen hoch, aber nicht unverhältnismäßig. Wenn sie sich ausloggen wollen, können sie das. Mehr als zwei Dutzend haben sich bereits entschieden, das Handtuch zu werfen."

„Halblang?", fragte Claire skeptisch. „Soll das ein Witz sein? Wenn es sich um irgendjemand anderen handeln würde, würden Sie eingreifen. Apropos, wo ist eigentlich Alfred, während das hier geschieht? Warum wird Jason von allen so bevorzugt behandelt?"

„Okay, also steckt die KI des Spiels jetzt mit Jason unter einer Decke?", fragte Robert und zog die Augenbrauen zusammen.

„Wir können es nicht ausschließen!", entgegnete Claire hitzig. „Was Jason erreicht hat, ist unglaublich – zu unglaublich. Er hat einen Raid-Dungeon mit drei Leuten bezwungen und dann eine Armee ausgeschaltet! Ich meine, schauen Sie überhaupt zu, was da passiert?"

Robert schnaubte verärgert. „Und Sie glauben nicht, dass Jason dafür allein verantwortlich sein könnte? Sehen Sie sich an, was er hier gemacht hat. Es ist ein genialer Weg, das Bevölkerungsproblem des Zwielichtthrons anzugehen."

Claire öffnete den Mund, um etwas zu erwidern, aber sie zögerte. „Moment mal. Was für ein Bevölkerungsproblem?"

„Ist das nicht offensichtlich?", fragte Robert, seinerseits verwirrt.

„Nicht für uns alle, Robert", presste Claire mit zusammengebissenen Zähnen hervor. Zwar war sie an der Entwicklung und den Tests des Spiels beteiligt gewesen, doch sie war selbst kein Gamer.

„Jasons NPCs sind Untote", erklärte Robert mit einem Schulterzucken. Er wandte seine Aufmerksamkeit wieder dem Bildschirm zu. „Das heißt, sie können sich nicht auf natürliche Weise fortpflanzen. Er muss erkannt haben, dass das Töten humanoider Kreaturen die einzige Möglichkeit ist, die Bevölkerungszahl der Stadt zu steigern. Einen Dungeon zu nutzen, war der einfachste Weg, seine Bevölkerung zu vergrößern, da es respawnt, aber dieser Prozess ist langsam. Das Beste, worauf er hoffen konnte, waren ein paar hundert neue NPCs pro Woche. Wenn er Spieler nutzt, kann er seine Bevölkerung in kürzester Zeit drastisch vergrößern. Er muss mittlerweile bereits mehr als 500 neue NPCs wiedererweckt haben."

Claire blickte mit verwirrtem Gesichtsausdruck zum Bild-
schirm. Hatte Robert recht? War ihr Urteilsvermögen von ihrem Miss-
trauen gegenüber Alfred getrübt? Sie hatte angenommen, dass das
Massaker auf dem Bildschirm Jasons Methode war, Erfahrungs-
punkte zu erhalten oder mehr Beute zu stehlen. Diesen Zusatznut-
zen gab es tatsächlich, aber vielleicht war sein Ziel viel weitreichen-
der, als sie gedacht hatte.

„Das erinnert mich an ein Zitat von Sunzi", sagte Robert
nachdenklich, während er zusah, wie eine weitere Gruppe Spieler
von Jasons untoter Armee abgeschlachtet wurde. „Wer die Kunst
des Krieges beherrscht, führt seinen Feind zum Schlachtfeld, statt
sich von ihm dorthin führen zu lassen."

Claire sah ihn skeptisch an.

„Was? Ich kann lesen!", sagte Robert in scherzhaftem Ton.
„Außerdem nehme ich an, dass Jason die Berichte über Alexions
Eroberung von Grauburg gesehen hat. Alexion braucht vielleicht
Zeit, um sich zu erholen, aber er wird Jason zwangsläufig erneut
angreifen. Der hat den bevorstehenden Konflikt vorausgesehen und
plant entsprechend." Er blickte Claire an. „Ich glaube, Sie schätzen
Jason zu gering."

„Vielleicht, ja", antwortete Claire verwirrt, die Aufmerksam-
keit immer noch auf den Bildschirm gerichtet. Vielleicht hatte Jason
wirklich einen Plan. Aus irgendeinem Grund beruhigte sie dieser Ge-
danke jedoch nicht.

* * *

Jason, Frank und Riley saßen in der Höhle der Hydra. Jason hatte
sie zu ihrem Basislager bestimmt. Er zog die abgeschiedene Sicherheit der Höhle dem Tal außerhalb des Dungeons vor. Diese
Position erlaubte es ihnen, die Spieler in die Zange zu nehmen,
falls es ihnen irgendwie gelang, sich wieder zu organisieren. Nicht,
dass er das für wahrscheinlich hielt.

Nachdem er in die Höhle zurückgekehrt war, hatte er festgestellt, dass Laurens Truppen von der beschworenen Hydra vernichtet worden waren. Selbst als Skelett ohne ihre Elementarfä-
higkeiten war die Kreatur furchterregend. Rasch hatte Jason die
Hydra zerlegt und seinen Knechten befohlen, die Knochen an einer

Seite der Höhle unter dem Vorsprung abzulegen. Das Boss-Monster hatte ganze 40 Punkte seiner Beschwörungs-Höchstzahl in Anspruch genommen. Danach hatte er die entstellten, zerfetzten Körper wiedererweckt, die in der Höhle verstreut lagen, wodurch er einen frischen Vorrat untoter Vasallen erhielt, die er ausschicken konnte, um die Spieler zu holen, die von Rex' Truppen systematisch abgeschlachtet wurden.

Als hätten seine Gedanken ihn herbeigerufen, betrat Rex in diesem Moment die Höhle. „Hey, wenn das nicht der dunkle Herrscher höchstpersönlich ist", rief er vom Vorsprung aus. Seine bleiche Knochengestalt war von Jason Skelettkatapulten flankiert. Er hatte beschlossen, die Belagerungswaffen auf dem Vorsprung zu lassen, da er keinen besseren Platz dafür hatte. Ganz zu schweigen davon, dass es mehr als mühsam war, sie zu bewegen.

„Ich sehe, ihr alle sitzt rum und dreht Däumchen", brummte Rex in scherzhaftem Ton, während er zum Höhlenboden herabstieg.

Amüsiert beäugte Jason das Skelett. „Ihr habt den Teil ausgelassen, in dem wir einem Dungeon bezwungen und eine Spielerarmee besiegt haben. Apropos, hattet Ihr nichts zu tun? Ich dachte, Ihr seid für die Truppen verantwortlich?"

„Ich habe William für diese Aufgabe zu meinem stellvertretenden Befehlshaber ernannt. Er macht seine Sache gut." Rex ‚begrüßte Frank mit einem festen Händedruck und Riley mit einer etwas herzlicheren Geste. Rileys Gesichtsausdruck nach zu urteilen fand sie es nicht toll, wenn ein Skelett ihre Hand küsste.

„William?", fragte Jason. „Was macht der denn hier?"

„Nachdem ich in dem kleinen Dorf haltgemacht hatte, um die Einwohner zu evakuieren, haben William und ein paar andere von ihnen darauf bestanden, uns zu begleiten. Sie schwafelten etwas davon, wie Ihr ihnen eine zweite Chance verschafft hättet. Mir wurde schnell klar, dass William sein Gewicht in Gold wert ist." Rex sah Jason mit ernstem Gesicht an. „Ihr habt einen guten Mann gewählt, um das Dorf anzuführen."

Jason schnaubte. „Er führte das Dorf schon lange an, bevor ich kam. Aber es ist schön, zu hören, dass er kompetent ist. Ich nehme an, er wird einen guten Befehlshaber abgeben, wenn wir diese Gegend verlassen."

„Wie meint Ihr das?", fragte Rex, und die Knochen seines Gesichts knirschten leise, als er das Skelettäquivalent eines Stirnrunzelns zustande brachte.

Jetzt war es an Jason, ihn forschend zu mustern. „Das hier ist nur der Anfang. Ich gehe davon aus, dass wir nicht mehr weitermachen dürfen, sobald die Reisenden sich an die Verantwortlichen in unserer Welt wenden. Deshalb habe ich den neuen NPCs befohlen, sich im Tal vor dem Dungeon zu versammeln."

Mit gelangweiltem Gesichtsausdruck mischte Frank, der geistesabwesend eine seiner Doppelklingenäxte wirbeln ließ, sich in das Gespräch ein. „Aber wenn wir rausgekickt werden, wird der Dungeon zurückgesetzt, und er muss regelmäßig gespielt werden. Unser furchtloser Anführer hier hat beschlossen, dass das seine neue Mine für Bevölkerungsnachschub ist."

Rex blickte zwischen Frank und Jason hin und her. „Also wollt Ihr William zum Befehlshaber von Peccavi ernennen und ihn mit dieser Operation betrauen?"

„Genau", bestätigte Jason.

„William wird sich nicht gegen uns wenden", fügte Riley hinzu. Sie saß ruhig neben Jason und verfolgte auf ihrer Konsole, was auf den Foren vor sich ging. „Nicht nach allem, was Jason für ihn und seine Familie getan hat."

„Gut, zu hören, dass er vertrauenswürdig ist", sagte Rex und musere Riley mit verwirrtem Gesichtsausdruck, während ihre Hände träge Muster in die Luft malten. „Wie lauten meine Befehle jetzt?", fragte das Skelett an Jason gewandt.

„Momentan befinden wir uns in einer Warteschleife", antwortete dieser. „Ich schätze, Ihr könnt eine Weile bei uns bleiben. Vielleicht könnt Ihr die neuesten Sippenmitglieder hoch zu den oberen Ebenen führen."

Rex salutierte spöttisch. „Wird gemacht, Boss. Ich habe jede Menge Erfahrung im Umgang mit ahnungslosen Grünschnäbeln", fügte er mit einem schiefen Grinsen hinzu, wobei sein Kiefer in schrägem Winkel abstand.

Das brachte Jason zum Lachen, und vor seinem geistigen Auge sah er die idiotischen Spieler, mit denen Rex sich früher hatte herumschlagen müssen. „Kann man wohl sagen. Außerdem fühle ich mich besser, wenn ich weiß, dass sie mit Euch gemeinsam unterwegs sind."

„Ist ja nicht so, als könnte ihnen etwas passieren. Wir halten die Reisenden im Zaum", erklärte Rex trocken.

Jason zögerte, bevor er antwortete. „In dieser Welt existieren mächtigere Wesen, als Ihr denkt, Rex. Es ist besser, auf Nummer sicher zu gehen."

„Tja, das glaube ich Euch gern!"

Riley warf ein: „Glaubst du wirklich, dass die Spielleiter wegen dieser Sache hier aufkreuzen werden? Im Forum gibt es jede Menge Gemecker, aber nichts allzu Ernsthaftes."

Frank lachte kurz auf. „Du solltest dir die Nachrichtensendungen über ihre letzten Aktivitäten anschauen. Sie tauchen immer dann auf, wenn sie extreme Stresslevel feststellen oder jemand eine Beschwerde einreicht. Offenbar haben sie schon ganze Städte plattgemacht. Voll der Overkill."

„Wir müssen mit allem rechnen", sagte Jason mit gedrückter Stimme. „Vielleicht tauchen sie nicht auf, aber das heißt nicht, dass wir die Dinge schleifen lassen dürfen. Wir sollten uns um unsere Level-Up-Meldungen kümmern und die Höhle befestigen. Wenn ihr Beute wollt, durchsucht die Haufen."

Frank und Riley nickten und verließen die Höhle. Wahrscheinlich würden sich in den Bergen von Ausrüstung, die sie von den Spielern eingesammelt hatten, ein paar Teile finden, die sie gebrauchen konnten. Jason bezweifelte, dass für ihn viel dabei sein würde. Mit Sicherheit gab es nichts, was mit der Rüstung mithalten konnte, die er im Dungeon gefunden hatte, und wenn er gezwungen war, gegen einen Spielleiter zu kämpfen, würden ihm kleinere Wertesteigerungen kaum etwas bringen.

Mit einem Seufzer beschloss Jason, seinem eigenen Rat wenigstens ein Stück weit zu folgen. Er rief die Benachrichtigungen auf, die er während der vorangegangenen Kämpfe und dem darauffolgenden Spawn-Camping beiseitegeschoben hatte.

Levelaufstieg x9!
Du hast (45) noch nicht zugewiesene Punkte.

Fähigkeit um 2 Ränge erhöht: Taktiker
Fähigkeitslevel: *Mittleres Level 1*
Wirkung 1: *15 % erhöhter Schadensmultiplikator für einen erfolgreichen Hinterhalt oder eine Strategie (aktuell Schaden x 1,15).*

Wirkung 2: *Du kannst jetzt die Karte eines anderen Spielers mit deiner verknüpfen. So kann ein anderer Spieler deine Karte aktualisieren. Entfernung auf 800 Meter beschränkt.*

Fähigkeit um 1 Rang erhöht: Führungsqualitäten
Fähigkeitslevel: *Mittleres Level 5*
Wirkung 1: *Knechte und Untergebene erhalten eine 8%ige Steigerung des Fähigkeiten-Lerntempos.*
Wirkung 2: *Erhöhte Reputation bei NPC-Kommandanten und -Anführern.*

Fähigkeit um 1 Rang erhöht: Ausweichen
Fähigkeitslevel: *Anfänger-Level 5*
Wirkung: *3 % erhöhte Geschwindigkeit beim Vermeiden von Angriffen.*

Zauber um 2 Ränge erhöht: Spezialisierter Zombie
Fähigkeitslevel: *Mittleres Level 5*
Wirkung 1: *Zombies behalten mehr von ihren Fähigkeiten. Fähigkeitsbegrenzung Mittleres Level 5.*
Wirkung 2: *Zombies können jetzt handwerkliche Fähigkeiten behalten. Fähigkeitsbegrenzung: Anfänger-Level 5.*

Zauber um 2 Ränge erhöht: Selbstgemachtes Skelett
Fähigkeitslevel: *Mittleres Level 4*
Wirkung 1: *Du kannst ein selbst erstelltes Skelett aus Knochen in deiner Nähe zum Leben erwecken. Das Level des Skeletts errechnet sich aus dem Level des Zauberers + Willenskraft/68.*
Wirkung 2: *Mana-Kosten um 6,5 % reduziert.*

Zauber um 1 Rang erhöht: Knochenbearbeitung
Fähigkeitslevel: Mittleres Level 2
Wirkung 1: Zugang zur Knochenmodifikation im Skelett-Editor. Kann aktuell die Beschaffenheit eines Knochens um 16 % ändern.
Wirkung 2: Kann Substanzen von geringer Qualität mit den Knochen verbinden.

Keine schlechte Ausbeute, dachte Jason.

Er war höher aufgestiegen als erwartet. Wegen des Gruppenabzugs und des Levelunterschieds zwischen ihm und seinen Freunden hatte er mit wesentlich weniger gerechnet. Die Frage war, was er mit seinen zusätzlichen Punkten anfangen sollte.

Frustriert brummte Jason leise. Er wusste, dass es wahrscheinlich Verschwendung war, die Punkte in irgendetwas anderes als *Willenskraft* zu investieren. Es schien ihm seltsam, nur einen einzigen Wert so hochzuschrauben, aber er hatte immer wieder bewiesen, dass er kein Frontkämpfer war. Sein Sieg in dem kurzen Kampf mit Lauren war mehr Glück und Reaktionsschnelle gewesen als wirkliches Können. Ein paar Punkte *Lebenskraft* mehr würden das nicht ändern. Was er brauchte, waren mehr Mana und mehr Knechte.

Resigniert legte Jason seine übrigen Punkte auf *Willenskraft*. Er hoffte nur, das würde sich nicht als Riesenfehler herausstellen, wenn er die Quest des alten Mannes schließlich erfüllte. Bisher hatte er noch von nichts gehört, was es ermöglichte, die Werte oder Fähigkeiten eines Charakters zurückzusetzen, und vielleicht würde es so eine Funktion nie geben. Als er fertig war, rief er seinen Charakterstatus auf. Es war eine Weile her, dass er sich diese Infos angesehen hatte.

Charakterstatus			
Name:	Jason	**Geschlecht:**	männlich
Level:	134	**Klasse:**	Nekromant

Rasse:	Mensch	Ausrichtung:	Chaotisch-böse
Ruhm:	0	**Ruchlosigkeit:**	6.200
Leben:	970	**L-Regeneration:**	1,10/Sek.
Mana:	8.850	**M-Regeneration:**	46,20/Sek.
Ausdauer:	970	**A-Regeneration:**	2,60/Sek.
Stärke:	12	**Geschicklichkeit:**	26
Lebenskraft:	26	**Widerstands-kraft:**	26
Intelligenz:	50	**Willenskraft:**	794
Affinitäten			
Düsternis:	43 %	**Licht:**	6 %
Feuer:	3 %	**Wasser:**	4 %
Luft:	4 %	**Erde:**	3 %

Seit er zu spielen begonnen hatte, war Jason weit gekommen. Es war schwer zu glauben, dass er jetzt der Herrscher einer untoten Stadt war und in so kurzer Zeit so viel erreicht hatte. Obwohl, wenn er es bedachte, waren im Spiel bereits Wochen ins Land gegangen, während in der Realität wenig Zeit verstrichen war. Außerdem hatte er zwar in letzter Zeit nicht in den Rogue-Net-Foren nachgesehen, aber er nahm an, dass es immer noch einen Haufen Spieler gab, die ihn in Sachen Level übertrafen.

Jason sah zu, wie seine Zombies immer mehr Leichen hinunter zum Höhlenboden schleppten. Sie waren bereits zu einem großen Haufen aufgestapelt und warteten darauf, von Jason wiedererweckt zu werden. Fast 100 Körper lagen jetzt da, die Arme und Beine in unnatürlichen Winkeln verdreht. Jason befahl seinen Knechten, sie auszubreiten, damit sie nicht übereinander lagen, wenn sie wiederauferstanden. Nach ein paar Minuten lagen die Leichen in unregelmäßigen Reihen an einer Seite der Höhle angeordnet.

„Wenn Ihr mich vor ein paar Wochen gefragt hättet, was die Zukunft für mich bereithält, hätte ich gesagt, hemmungsloses Trinken mit nutzlosen Taugenichtsen", meinte Rex, den Blick aufmerksam auf die Reihen der Körper gerichtet. „Nie hätte ich mir träumen lassen, dass ich einmal eine Armee der Toten befehligen würde."

Jason nickte, den Blick auf die Leichen geheftet, doch in Gedanken weit weg, während er die Ereignisse der letzten Wochen Revue passieren ließ. „Das Leben ist eine seltsame Sache", murmelte er und warf Alfred einen Blick zu, der auf einem Stein in der Nähe hockte.

Dann klatschte Jason in die Hände und stand von dem Felsbrocken auf, den er als Sitz genutzt hatte. „Aber es hat keinen Sinn, in der Vergangenheit hängenzubleiben. Machen wir uns lieber wieder an die Arbeit."

Rex, der an der Steinwand lehnte, lachte trocken. „Ihr wart schon immer überaus pragmatisch. So auf der faulen Haut rumliegen wie die da dürfen wir jedenfalls nicht", kommentierte er mit Blick auf die Leichen und lachte über seinen eigenen Witz, dass seine Kiefer klapperten.

Seinerseits grinsend machte Jason mit den Händen die Gesten für den Zauber *Untoten-Zueignung*. Seit er ihn auf die Bewohner von Peccavi gewirkt hatte, fühlte die Magie sich verändert an. Er konnte nicht genau sagen, was ihm daran merkwürdig vorkam, aber er hatte den nagenden Verdacht, dass der Zauber nicht dazu bestimmt war, auf so große Massen gewirkt zu werden. Er hatte das Gefühl, dass er ursprünglich eher individuell angewendet werden sollte. Andererseits konnte das auch Alfreds fremde Erinnerung sein, die seine Wahrnehmung des Zaubers verzerrte.

Vielleicht hatten die untoten Anführer damals den Luxus gehabt, *Untoten-Zueignung* in einer Art ritualisierter Zeremonie immer nur auf eine Einzelperson zu wirken. Jetzt war die Lage anders. Jason befand sich in einem Kampf um das Überleben aller Untoten. Er würde tun, was nötig war, um dieses Ziel zu erreichen.

Dunkles Mana kroch pulsierend seine Arme entlang, während schwarze Wolken sich in der Luft über den Leichen zusammenzogen. Ein unverständlicher Strom gutturaler Worte drang über Jasons Lippen, und seine Hände vollführten einen komplizierten Tanz in der Luft. Als er den Zauber vollendete, zuckten Blitze aus schwarzem Licht aus der Miniaturwolke und schlugen in die Leichen am Boden ein.

Jason sah gelassen zu, wie eine neue Gruppe Untoter die Welt betrat. Mit milchigweißen Augen oder seelenlosen schwarzen Energiekugeln blickten sie sich verwirrt in der Höhle um. Da es sich um ehemalige Spieler handelte, erwachten diese NPCs ohne Erinnerungen an ihr früheres Leben. Interessanterweise hatte Jason im Lauf der letzten Stunden im Spiel festgestellt, dass einige Untote mit denselben Fähigkeiten wiedergeboren wurden, die sie früher als Spieler gehabt hatten. Das stellte allerdings die Ausnahme dar. Die meisten waren einfach unbeschriebene Blätter, die darauf warteten, zu einer völlig neuen Person geformt zu werden.

„Hallo", sagte Jason, als er auf die Gruppe zu trat. Er hatte diese Ansprache schon mehrfach gehalten. „Ich nehme an, ihr seid verwirrt und wisst nicht, warum ihr hier seid." Er legte sich die Hand an die Brust. „Bitte gebt mir einen Moment, um das zu erklären. Ich habe euch ein neues Leben geschenkt. Ihr seid als Angehörige einer neuen Art in diese Welt geboren. Ihr seid die Untoten. Ihr müsst nicht atmen, ihr müsst nicht schlafen, ihr müsst nicht essen." Er holte tief Luft, bevor er fortfuhr, und vergaß nicht, mit so vielen Untoten wie möglich Augenkontakt herzustellen. „Und was das Wichtigste ist: Ihr seid eine Sippe. Wir kämpfen, sterben und leben füreinander."

„Sind wir nicht schon tot?", fragte ein Mann in bissigem Ton und beäugte skeptisch seine weißen Arme.

Jason lachte. „Guter Einwand. Allerdings könnt ihr in euren neuen Körpern durchaus noch sterben. Vergesst das besser nicht. Ihr seid unsterblich, bis das Schicksal oder die Umstände etwas anderes bestimmen."

„Und wer seid Ihr?", gab derselbe Mann zurück und stieß einen Finger in Jasons Richtung.

„Mein Name ist Jason", antwortete er schlicht, doch seine Stimme wurde ob des rüden Tons des Mannes kälter. „Was mich zum nächsten Punkt bringt. Vor euch liegt eine Entscheidung. Ihr könnt mir folgen oder eurer eigenen Wege gehen. Bei mir erhaltet ihr eine Heimat, eine Ausbildung eurer Wahl und eine Bestimmung in diesem neuen Leben. Wenn ihr geht, kann ich nicht für eure Sicherheit garantieren. Die anderen Rassen dieser Welt werden euch höchstwahrscheinlich nicht mit offenen Armen empfangen. Mit ziemlicher Sicherheit werdet ihr geschmäht und als Monster behandelt werden, möglicherweise auch gejagt und getötet. Doch bei mir habt ihr eure Freiheit und meinen Schutz. Das ist mein Versprechen an euch."

Einer seiner Zombies malte eine Linie in den Staub auf dem Höhlenboden, um eine Grenze zwischen Jason und der neuen Gruppe von Untoten zu ziehen, bevor er sich wieder zu Jason stellte. „Ihr müsst jetzt wählen", fuhr er fort. „Diese Entscheidung ist die wichtigste, die ihr jemals treffen werdet. Ich dulde keine Verräter oder Unruhestifter in meinen Reihen. Wählt weise."

Die Menge der Untoten bewegte sich unruhig hin und her. Doch schließlich ließen sich ein paar Stimmen vernehmen. „Wir werden Euch folgen." Mehrere Untote drängten sich durch die Gruppe hindurch nach vorn und übertraten die Linie. Bald schon folgten die Unentschlossenen ihrem Beispiel. Bei dem Anblick, wie der Mann, der ihn herausgefordert hatte, über die Linie schlurfte und ihn misstrauisch beäugte, musste Jason beinahe lachen.

Als die letzten Untoten über die Grenze traten, ließ Jason seine Stimme durch die Höhle schallen. „Willkommen, meine Kinder. Ihr seid jetzt Bewohner des Zwielichtthrons. Ab sofort gehört ihr zur Sippe!", rief er.

„Hoch lebe der Zwielichtthron!", schrie Rex von seiner Seite aus und reckte die Faust hoch. Schnell wurde sein Ruf von den frischgebackenen Untoten aufgegriffen. Die Schreie von Jasons neuen Anhängern stiegen in einem Crescendo an und erfüllten die kleine Höhle.

Lächelnd blickte Jason die jungen Untoten an. Eine vertraute, knarrende Stimme hallte in seinem Kopf wider. *„Sie werden der Düsternis gut dienen"*, flüsterte sie. Jason ignorierte die bruchstückhafte Erinnerung und schüttelte sanft den Kopf.

Er war nicht überrascht, dass alle Untoten beschlossen hatten, sich ihm anzuschließen. In den letzten paar Stunden war dies schon mehrfach so abgelaufen. Verzweiflung und Verwirrung waren eine gute Motivation. Er machte sich daran, den Neulingen Anweisungen zu erteilen und erklärte ihnen, was sie außerhalb des Dungeons erwartete. Außerdem teilte Jason ein paar seiner eigenen Zombies dazu ein, Rex dabei zu unterstützen, die neuen Rekruten an die Oberfläche zu führen. Es war wichtig, die Wiedererweckung und die Wegstrecke, die seine neue Gruppe zurücklegen musste, mit dem bevorstehenden Respawn der Spieler abzustimmen. Das Letzte, was er wollte, war, dass seine frischgebackenen Bürger ins Kreuzfeuer gerieten. Während Jason seine Vorbereitungen abschloss, betraten Frank und Riley die Höhle.

Als sie näherkamen, rief Frank: „Neue Gruppe, was?"

„Eine von vielen", sagte Jason und musterte die neuen Untoten. Seine übrigen Zombies standen in enger Formation um ihn herum, teilten sich aber, als Frank und Riley auf ihn zukamen. In letzter Zeit war Jason paranoider geworden. Von den meisten Spielern im Spiel gejagt zu werden, konnte so eine Wirkung auf einen haben.

Riley beobachtete die neugeborenen Männer und Frauen, während sie die schmale Rampe an der Seite der Höhle hinaufstiegen und in den engen Tunnel schlurften, der in die Ruinenstadt führte. Trotz der Umstände leuchtete Hoffnung in ihren Augen, und sie sprachen lebhaft miteinander.

„Es ist interessant, bei diesem Ritual zuzusehen. Sie werden immer mit so viel Optimismus wiedergeboren", sagte sie.

Jason warf Alfred einen Blick zu. „Ich nehme an, dass die KI des Spiels etwas damit zu tun hat. Es wäre sehr lästig, diesen Zauber zu verwenden, wenn keiner der NPCs sich entscheiden würde, sich mir anzuschließen, aber ich nehme an, die gute Laune schwindet mit der Zeit, wenn die Realität ihrer Situation sie einholt." Jason runzelte die Stirn, als er sich an die Dissidenten im Zwielichtthron erinnerte.

Ihr Gespräch wurde von einem lauten Knall unterbrochen, der durch die Höhle hallte. „Spieler Jason, Frank und Riley, identifiziert euch auf der Stelle", rief eine Stimme. Jason wandte sich der Quelle der Stimme zu und sah einen in eine unscheinbare, braune Robe gekleideten Mann. In der Hand hielt er einen schlichten, hölzernen Stab.

„Ach du Schande", sagte Frank leise. „Die Kavallerie ist da." Sofort griff er nach den an seiner Hüfte hängenden Waffen, doch Jason legte ihm beruhigend die Hand auf den Arm.

Beim Anblick des schlicht gekleideten Mannes schnürte Angst Jason den Magen zusammen. Sein Blick wanderte zu den Dutzenden neu erschaffener Untoter, die noch in der Höhle waren. Viele starrten den Spielleiter verwirrt an. Er musste sie schützen und ihnen die Zeit verschaffen, aus dem Dungeon zu entkommen. Außerdem waren noch Hunderte mehr an der Oberfläche, die ebenfalls Schutz benötigten.

„Ihr wisst, was zu tun ist", sagte er leise. Momentan standen sie zwischen Jasons beschworenen Zombie, von denen die meisten in schwere Umhänge gehüllt waren. Daher hatte der Spielleiter sie noch nicht entdeckt. „Wir müssen ihn hinhalten, damit die anderen fliehen können."

Riley blickte erst die Gruppe verwirrter Untoter und dann Jason an. Schnell wurden ihre Augen dunkel, und sie kniff den Mund zu einer grimmigen Linie zusammen. „Wir tun, was immer nötig ist", stimmte sie in drohendem Ton zu, bevor sie den Spielleiter bitterböse anstarrte. Frank nickte knapp und umklammerte seine Äxte so fest, dass die Muskeln seiner Ober- und Unterarme hervortraten.

Jason musterte Rex besorgt. „Ihr müsst die NPCs hier rausbringen."

Rex sah ihn voller Widerwillen an. „Haltet Ihr mich für ein so altes Eisen? Glaubt Ihr, ich kann nicht mehr tun, als die Küken rumscheuchen?", fragte er in sarkastischem Ton. Dann fuhr er mit einem Blick auf Jason und seine Freunde in nüchternerem Ton fort. „Scherz beiseite, Euer Gesichtsausdruck verrät mir, dass das hier nicht gut ausgehen wird. Ich tue mein Bestes."

Rex würde nicht respawnen, wenn er in diesem Konflikt starb, und Jason konnte nur hoffen, dass er es rechtzeitig nach draußen schaffen würde. „Seid vorsichtig", flüsterte Jason. „Wir kehren von den Toten zurück, Ihr nicht."

Der ehemalige Waffenmeister blickte ihn mit einem Grinsen an. „Haltet mir keine Vorträge, Junge. Ich war schon ein

Kämpfer, bevor Ihr geboren wurdet. Außerdem bin ich zu jung und zu hübsch zum Sterben."

„Stimmt", antwortete Jason mit einem leisen Lachen. Dann wandte er sich wieder dem Spielleiter zu. „Wenn wir jetzt bereit sind, fangen wir doch an."

Ein Zombie mit Kapuze trat auf den gebieterischen Mann in der braunen Robe zu. „Ich bin Jason", krächzte er. „Was wollt Ihr?"

Der Spielleiter lächelte. In seinen Augen blitzte ein Funke Vorfreude auf. Sein Grinsen sprach Bände über den Mann. Mit diesem Menschen konnte man nicht diskutieren. Er freute sich auf den bevorstehenden Kampf.

„Endlich. Mein Name ist Florius. Ich bin ein Spielleiter." Er schlug seinen hölzernen Stab gegen den Steinboden. „Ich warte schon lange auf diese Gelegenheit."

Kapitel 33 – Verzweifelt

„PUH. NA JA, das war wohl zu erwarten", sagte Robert. Die Techniker im Kontrollraum waren erstarrt, sobald der Spielleiter auf den Plan getreten war. Claire blickte sie irritiert an. Offenbar würden sie heute keine Arbeit mehr erledigen.

Sie stand auf und lief auf dem Podium auf und ab. „Wenigstens greift jetzt mal jemand ein. Ganz ehrlich, wir hätten es nicht so weit kommen lassen dürfen", maulte sie.

Robert verschränkte die Arme vor der Brust und sah Claire an. „Sie kennen die neuen Richtlinien der CPSC ebenso gut wie ich. Genau genommen hat Jason keine Regeln verletzt. Er foltert keine Spieler oder fügt ihnen absichtlich Schaden zu, und er bricht keine Spielregeln. Man könnte sogar bestreiten, dass er derjenige ist, der das Spieler-Camping betreibt, weil es ja die NPCs sind, die sie töten."

Claire hielt in ihrem Marsch über die Bühne inne. Ihr Blick wanderte zwischen Robert und dem Bildschirm hin und her. Sie wusste, dass er recht hatte. Der Spielleiter hatte keine Berechtigung, in dieser Situation irgendetwas zu unternehmen. Keinesfalls konnte er damit drohen, Jason vom Spiel auszuschließen. Dass der Spieler, den er konfrontierte, dem neuen Medienkanal des Unternehmens tonnenweise Verkehr einbrachte, machte es auch nicht besser. Wahrscheinlich würde es heftige Gegenreaktionen gegen die CPSC geben, wenn er sich unangemessen verhielt. Claire hatte die Verwüstung in anderen Teilen der Spielwelt, in denen ein Spielleiter eingegriffen hatte, lebhaft in Erinnerung. Bei der Vorstellung, was hier passieren könnte, erschauderte sie. Doch im Grunde war sie trotzdem froh, dass sich endlich jemand Jason entgegenstellte.

„Apropos, ich rufe gleich mal bei der CPSC an", fuhr Robert fort. „Diesmal gehen sie zu weit", nörgelte er und tippte das Epi an

470

seinem Handgelenk an.

„Halt", befahl Claire, und Robert hielt überrascht inne.

Sie hob die Stimme, damit die anderen Techniker sie hören konnten. „Da Sie sich Ihre Arbeitszeit so gern mit Glücksspiel vertreiben, schlage ich Ihnen eine Wette vor." Die Männer und Frauen an ihren Arbeitsplätzen warfen einander skeptische Blicke zu. Claire war nicht gerade dafür bekannt, sich an Roberts Eskapaden zu beteiligen.

Robert sah sie belustigt an. Seine Hand war über seinem Epi erstarrt. „Was für eine Wette?", fragte er vorsichtig. In seinen Augen funkelte ein Anflug von Neugier.

„Sie scheinen zu denken, dass Jason ein brillantes taktisches Genie ist. Ich schlage vor, wir lassen ihn beweisen, ob das stimmt. Greifen wir nicht ein. Wenn Jason aus diesem Konflikt als Sieger hervorgeht, verspreche ich, beide Augen zuzudrücken, wenn Sie diesen Kontrollraum als persönliche Spielhölle nutzen. Wenn er verliert, folgen Sie meinen Regeln, während Sie sich in diesem Raum aufhalten."

Die Techniker sahen Claire schockiert an und flüsterten miteinander. Robert war ähnlich verblüfft, und sein Mund stand leicht offen. Dann huschte sein Blick zum Bildschirm über dem Raum, wo Florius Jason konfrontierte. Es schien ihm zu widerstreben, so viel auf eine so hoffnungslose Situation zu setzen.

Claire schnaubte und musterte Robert geringschätzig. „Ich wusste, Sie haben kein echtes Vertrauen in Jasons Fähigkeiten. Würde er nicht die spezielle Aufmerksamkeit des Vorstands, von Ihnen und von der KI genießen, hätte er es nie so weit geschafft."

Jetzt war es an Robert, spöttisch zu schnauben. Er sah Claire mit einem schalkhaften Glitzern in den Augen an. „Wissen Sie was? Ich nehme an. Wenn Jason mit diesem Spielleiter den Boden aufwischt, vergessen Sie besser nicht, worum wir gewettet haben. Allein der Gedanke, was für coolen Content ich zu sehen kriegen werde ...", fügte er mit einem Grinsen hinzu.

„Schön zu sehen, dass Sie Ihre Zuversicht wiedergefunden haben. Ich bin schon gespannt, wie viel Arbeit wir endlich schaffen werden, nachdem Sie verloren haben", spottete Claire. Sie wusste, sie lehnte sich weit aus dem Fenster, aber es bestand keine Chance,

dass Jason einen der Spielleiter besiegen konnte. Sie hatte deren Macht während der Tests für das neue Programm erlebt. Außerdem war das hier ein Wendepunkt für sie. Sie hatte Roberts Eskapaden und seine ständigen Versuche, ihre Autorität zu untergraben, schon viel zu lange toleriert.

Mittlerweile hatten die Techniker es aufgegeben, auch nur so zu tun, als würden sie weiterarbeiten. Sie kamen zum Podium, und eine neue Runde Wetten wurde abgeschlossen. Schnell wechselte Geld den Besitzer, um noch rechtzeitig alle Wetten zu platzieren, bevor der Kampf begann.

Mit einem Grinsen auf den Lippen sah Robert wieder zum Bildschirm auf. Er spürte sein Herz pochen und umklammerte mit den Händen die Armlehnen seines Stuhls. Er war nicht scharf darauf, unter Claires autoritärer Fuchtel zu stehen, aber der schelmische Teil seiner Persönlichkeit konnte der Wette nicht widerstehen – obwohl er wusste, dass seine Chancen ziemlich mies standen.

„Ich wollte epische Aufnahmen. Die werde ich jetzt wohl kriegen, so oder so", sagte er leise.

* * *

Jasons Zombie stieß ein heiseres Lachen aus und verspottete den schlicht gekleideten Spielleiter, der vor ihm stand. Das Geräusch hallte kalt durch die Höhle und erschreckte die NPCs, die die Konfrontation mit verwirrtem Blick beobachteten. Es war eindeutig, dass der Spielleiter kein Freund war, und einige der Untoten schlichen sich langsam zum Ausgang aus der Höhle.

„Ihr habt darauf gewartet, mich zu treffen, was?", knarrte der Zombie. „Ich wusste nicht, dass ich so beliebt bin. Ihr wollt sicher ein Autogramm – und ich Schussel habe keinen Stift dabei!" Der Zombie sah sich übertrieben betont im Raum um.

„Oh, ich weiß! Hättet Ihr gern einen Zombie? Ich ritze ihm einfach meinen Namen ein", sagte er mit anzüglichem Grinsen. Dann packte er einen von Jasons Knechten in der Nähe und zog den Dolch, der an seiner Hüfte hing. „An wen soll ich es adressieren? Floh? Flori?"

Der Spielleiter wurde rot im Gesicht und seine Augen

blitzten auf. „Kranke Leute wie du machen anderen alles kaputt. Dies hier ist eine neue Welt voller endloser Möglichkeiten und voller Schönheit. Doch du hast nichts Besseres zu tun, als ihr erster Massenmörder zu werden. Sieh dir an, was du den Spielern antust!"

Der Spielleiter konnte seinen Zorn kaum im Zaum halten. Mit der freien Hand fuchtelte er wild in der Luft herum. „Man sollte dich wegsperren. Ich wette, im wirklichen Leben bist du genauso ein sadistischer Scheißkerl. Vielleicht sollten wir das Spiel nutzen, um zu beurteilen, wer präventiv weggesperrt werden sollte."

Jason schnaubte leise, als der Florius' Worte hörte. Umgehend hob der Mann zu einer ausgewachsenen Tirade an. Er war sich nicht sicher, warum so viele seiner Gegner zu langatmigen Reden neigten, aber er wollte sich nicht darüber beschweren. Ausgedehnte Monologe verschafften ihm Zeit, über seine nächsten Schritte nachzudenken.

Nach allem, was er gehört hatte, waren Spielleiter nahezu unbesiegbar. Sie konnten blitzschnell Zauber wirken und ihr Level lag schätzungsweise weit über 600. In einem fairen Kampf war Jasons Gruppe verloren. Ein schneller Blick verriet ihm außerdem, dass seine neuen NPCs ihren Marsch aus der Höhle heraus gestoppt hatten, und er wusste, dass er Truppen im Thronsaal und am Eingang positioniert hatte, die ebenfalls evakuiert werden mussten. Nicht nur stand ihm also ein unmöglicher Kampf bevor, er war auch noch durch seine eigenen Truppen gehemmt. Er musste den Kollateralschaden so gering wie möglich halten, besonders für die NPCs, die nicht respawnen würden.

Doch es war merkwürdig, dass der Spielleiter nicht sofort angegriffen oder erklärt hatte, dass er ihre Konten sperren würde, wenn sie nicht aufhörten, die Spieler zu töten. Vielleicht hieß das, dass er das gar nicht konnte? Das ergab durchaus Sinn. Jason selbst schadete den Spielern nicht, und er mogelte auch nicht. Während er den hitzigen, beleidigenden Monolog des Mannes über sich ergehen ließ, dämmerte ihm eine Erkenntnis.

Florius hoffte, dass Jason als Erster zuschlagen würde. Er versuchte, ihn zu ködern. Jason spürte sein dunkles Mana in seinen Adern pulsieren, begeistert von den Möglichkeiten, die ihm diese Einsicht bot. Glücklicherweise stumpfte ihn sein Mana gegen Florius' verbale Angriffe ab. Die Strategie des Spielleiters wirkte vermutlich wesentlich besser auf andere, temperamentvollere Spieler.

„Er will, dass wir ihn angreifen", flüsterte Jason, seine Stimme kaum bis zu Frank, Riley und Rex hörbar. Sie rückten enger zusammen und blieben hinter Jasons Knechten, die sie umringten, außer Sicht, während Florius weiter auf Jasons Doppelgänger schimpfte.

Frank sah ihn verwirrt an. Jason seufzte leise, bevor er hinzufügte: „Er kann uns nicht direkt angreifen oder uns sperren, weil wir nichts Falsches getan haben. Das heißt, er muss behaupten können, dass er in Notwehr gehandelt hat."

„Was machen wir also?", fragte Riley, die Finger um ihren tiefroten Bogen geschlungen.

Jason war sich nicht sicher, ob er eine Antwort darauf wusste. Wenn der Spielleiter darauf wartete, dass sie zuerst zuschlugen, konnte Jason seinen Zombies einfach befehlen, sich zu zerstreuen und die neuen NPCs aus dem Raum zu drängen. Nur einer seiner Zombies musste entkommen, um eine Evakuierung der anderen Untoten zu befehlen. Doch was sollte er dann tun? Auch war er nicht sicher, was als Angriff gelten würde. Reichte ein zufälliger Stoß mit dem Ellenbogen durch einen fliehenden Untoten aus?

Er musste präventiv so zuschlagen, dass der nervige Mann ausgebremst oder zumindest verlangsamt wurde, und dann einen Weg finden, ihn ein für alle Mal kampfunfähig zu machen. Es würde etwas Großes brauchen. Riley stupste ihn an und deutete zur Decke. Als Jason aufblickte, sah er große Risse, die durch den Stein und die Kristalle verliefen. Wasser sickerte durch die Spalten und tropfte auf den Höhlenboden. Jason sah Riley an und lächelte breit. Ohne nachzudenken, beugte er sich vor und umarmte sie.

„Du bist ein Genie!", flüsterte er, das Gesicht nur Zentimeter von ihrem entfernt. Riley schenkte ihm ein zaghaftes Lächeln. Als Jason sich abwandte, sah sie ihn mit verwirrtem Gesichtsausdruck an, und ihre Augen nahmen ihre natürliche Farbe wieder an.

Jason schaute zu den Katapulten, die noch auf dem Vorsprung standen. Er hatte keine Minotauren mehr, doch zwei Zombies konnten wahrscheinlich gemeinsam die Belagerungswaffen bestücken. Wenn es seinen Untoten gelang, sich bis zu den Katapulten zurückzuziehen, konnte er das Chaos nutzen, um die Tatsache zu verschleiern, dass er die Maschinen lud und abfeuerte. Er warf einen Blick auf den immer noch schwadronierenden Spielleiter. Jetzt brauchte er noch eine Ablenkung.

Frank tippte ihm auf den Arm und sah ihn ernst an. „Du kannst uns nutzen", sagte er leise und nahm damit Jasons Gedanken vorweg. „Wir können dir Zeit verschaffen."

Riley legte die Hand auf Jasons anderen Arm. „Es wird nur ein paar Minuten anhalten. Sorg dafür, dass die restlichen Untoten rauskommen." Ihre Augen leuchteten jetzt wieder in tiefem Schwarz und ihr Gesicht war von Zuversicht erfüllt.

Verblüfft von so viel Mut sah Jason seine beiden Freunde an. Kein Spieler hatte sich einem Spielleiter entgegengestellt und es überlebt. Nicht nur das, dieser Mann war eindeutig auf Blutvergießen aus. Er würde sie nicht mit Samthandschuhen anfassen.

Jason packte seine Freunde bei den Armen. „Ich habe euch nicht verdient", sagte er leise und konnte ihnen nicht in die Augen schauen. „Danke."

Frank grinste. „Jetzt werd' nicht rührselig", flüsterte er. „Schließlich bist du angeblich ein dunkler Herrscher."

Riley kicherte leise. „Außerdem ist das heute ja nicht das erste Mal, dass wir bei einem deiner durchgeknallten Pläne mitspielen."

Jason wandte sich an Rex. „Ihr solltet jetzt evakuieren. Anders als bei uns ist der Tod für Euch etwas Endgültiges."

Der alte Soldat starrte Jason an. „Der Teufel soll mich holen, wenn ich mich jetzt drücke. Wenn ich die Situation richtig verstehe, könnte dieser Mann jeden in und um dieses Dungeon herum ausradieren. Glaubt Ihr, da bleibe ich im Hintergrund und spiele das Kindermädchen?"

Rex war fest entschlossen, und Jason hatte keine Zeit, mit ihm zu diskutieren. Er wusste, dass der Spielleiter nicht ewig weiterreden würde. Er seufzte. „Schön. Aber haltet Euren knochigen alten Arsch aus der Gefahrenzone raus. Wenn Ihr mich feuern seht, haut aus der Höhle ab. Ich brauche meinen General in einem Stück."

Das Skelett schnaubte leise. „Es braucht mehr als diesen hitzköpfigen Trottel, um mich zu schlagen."

„Na, dann los", befahl Jason. Er war nicht sehr optimistisch, was ihre Chancen anging, aber wenigstens hatten sie einen Plan. Außerdem ging er davon aus, dass eine große Zahl der neuen NPCs umkommen würde. Dieses Problem ließ sich nicht vermeiden.

Die Gruppe teilte sich auf. Riley und Frank schlichen sich auf den Spielleiter zu, während Jason sich tiefer in die Höhle zurückzog. Ihre Bewegung wurde von der Masse der Untoten verborgen, die sich noch im Raum befanden. Als Jason sich den Stufen näherte, befahl er seinen übrigen Zombies, zum Ausgang zu rennen. Seine Knechte setzten noch einen drauf, indem sie ein dröhnendes Brüllen ausstießen, das in der Höhle widerhallte. Beim Anblick der fliehenden Untoten gerieten die anderen NPCs in Panik, und die gesamte Gruppe rannte in wilder Flucht zum Ausgang.

Florius hielt mitten im Satz inne und starrte die Menge mit aufgerissenen Augen an. Jasons Doppelgängerzombie grinste den Mann frech an und ging langsam auf ihn zu. „Das war ein wundervoller Sermon. Und so unglaublich erhellend. Ich bin ein böser Massenmörder, der Einsen und Nullen umbringt und es verdient hat, hinter Gittern zu sitzen."

Der Zombie trat noch näher an den Mann heran, und seine Stimme nahm einen harschen Ton an. „Ich glaube allerdings, Ihr übertreibt ein kleines bisschen. Wir alle haben unsere Rolle zu spielen. Ich bin einfach nur der Bösewicht."

Ein grausames Lächeln lag auf den Lippen der untoten Kreatur, als ihre Kapuze zurückglitt und die milchigweißen Augen enthüllte. Der Körper des Zombies wurde in einem Schauer aus dunkler Energie und Schrapnell zerfetzt. Die Explosion erschütterte die Höhle, und ein paar Kristallsplitter fielen von der beschädigten Decke und zerbarsten auf dem Steinboden. Als der Staub sich gelegt hatte, sah Jason, dass Florius noch stand, doch jetzt in etwas gehüllt war, das wie Stein aussah. Die Oberfläche war mit dunkelrotem Blut und Eingeweiden bedeckt. Vor Jasons Augen blätterte der Stein ab. Darunter kamen eine Magmahülle und das grinsende Gesicht des unverletzten Magiers zum Vorschein.

„Feuermagier", murmelte Jason. „Immer diese Feuermagier."

Er drängte sich weiter durch die Flut der Zombies zu den Katapulten. Der Strom der Untoten schob sich gegen ihn und drohte, ihn von dem schmalen Pfad zu stoßen. Er befahl seinen eigenen Knechten, vorzurücken. Grob schubsten die Zombies die NPCs aus dem Weg und bildeten einen Kreis um Jason, sodass er sich langsam durch die Masse den Weg nach oben bahnen konnte. Von unterwegs aus warf Jason einen Blick in die Mitte der Höhle.

Frank rannte auf Florius zu. Seine pelzigen Beine trugen ihn mit schwindelerregender Schnelligkeit voran. Er holte mit seinen Äxten aus und schwang sie laut schreiend mit aller Kraft. Doch seine Klingen wurden abrupt von einem flammenden Kriegshammer gestoppt, der in der Hand des Magiers erschienen war. Florius wehrte den Angriff mit beiläufiger Leichtigkeit ab und schleuderte Frank mit einer einfachen Bewegung aus dem Handgelenk zurück.

„Ist das alles, was du draufhast?", spottete der Spielleiter.

Ein Blitz schwarzer Energie schoss von hinten auf ihn zu, und aus Jasons Perspektive war sein Gesicht von einem schwarzen Heiligenschein eingerahmt. Riley musste sich um den Spielleiter herum geschlichen und ihn aus Richtung des Sees angegriffen haben. Florius hatte das Geschoss wohl wahrgenommen, denn er schleuderte seinen Kriegshammer auf Frank und vollführte mit der freigewordenen Hand eine pfeilschnelle Reihe Gesten. Frank wich dem brennenden Hammer aus, der auf den Steinboden krachte und explodierte.

Florius vollendete seinen Zauber überraschend schnell. Von ihm ausgehend schlugen Flammen in einem sich ausbreitenden Ring über fünf Meter hoch. Das Feuer verschlang Rileys Geschoss mit Leichtigkeit. Schnell hechtete die Bogenschützin ins Wasser des Sees, um dem Inferno zu entgehen, das über sie hereinbrach. Frank hatte diesen Luxus nicht. Er stand mit dem Rücken gegen die Steinwand der Höhle gedrückt. In einem Akt der

Verzweiflung sprang er hoch und schaffte es gerade so über die Spitzen der Feuerwelle. Die Flammen versengten das Fell an seinen Beinen und ließen kleine, sich kräuselnde Rauchsäulen aufsteigen.

Jason sah voller Entsetzen zu, wie sich der Flammenring Rex näherte, der gelassen auf den Spielleiter zuging. Der untote General zuckte nicht vor der heranbrausenden Feuerwand zurück. Im letzten Moment zischte sein Schwert aus der Scheide und teilte die Flammen. Schockiert sah Jason, dass die Klinge das Feuer durchschnitten und es dem Untoten ermöglicht hatte, unbeschadet hindurchzuschreiten. Dunkle Energie wand sich um den Stahl von Rex' Schwert und Ranken davon peitschten in Richtung des Spielleiters.

„Ihr werft mit großen Worten um Euch, aber könnt Ihr die auch in Taten umsetzen?", spottete Rex.

Der Spielleiter knurrte frustriert, als er sah, mit welcher Leichtigkeit Rex seinen Zauber gebrochen hatte. Eine Flutwelle aus Flammen floss aus seinem Stab und umgab seinen Körper. Schnell wurden sie so dicht, dass sie den Magier völlig verbargen. Die Luft um ihn herum flirrte vor Hitze, und doch wurde er von den Flammen nicht verletzt.

Das Feuer toste und wuchs zu immenser Größe heran. Jason begann, sich Sorgen zu machen. Er war sich nicht sicher, wozu dieser Zauber gut war, aber angesichts seiner Größe würde er vermutlich alle im Raum auslöschen. Er würde wohl überleben, wenn er sich in den Tunnel flüchtete, doch wenn der Spielleiter die ungeschützten Katapulte zerstören konnte, blieb ihnen keine Möglichkeit mehr, die Decke einstürzen zu lassen.

Rex starrte auf den Wirbelwind, der sich in der Mitte des Raums zusammenbraute. Auch er hatte erkannt, dass sie den Angriff des Spielleiters stoppen mussten, damit die Untoten mehr Zeit hatten, zu entkommen und die Katapulte zu schützen. Sein Blick schnellte zu Riley und Frank. Riley versuchte, sich aus dem See heraus zu kämpfen, und Frank war damit beschäftigt, den brennenden Pelz an seinen Beinen zu löschen. Sie würden es nicht rechtzeitig schaffen.

Jason sah, wie der erfahrene Waffenmeister mit

knackenden Knochen die Schultern straffte. Rex wandte sich zu Jason um, die dunklen Augen von unerschütterlicher Entschlossenheit erfüllt. Auf einmal lief alles wie in Zeitlupe ab. Rex hob die Hand und salutierte straff.

„Rex, nicht!", schrie Jason und drängte sich vergeblich gegen die untoten NPCs, die zwischen ihm und der Reihe der Katapulte standen. Doch seine Stimme wurde vom Tosen der Flammen übertönt. Der Skelettgeneral hörte seinen letzten Befehl nicht, sondern sprintete auf den Mahlstrom zu.

Rex' Schwert beschrieb einen Bogen, und die obsidianschwarze Energie, die sich entlang der Klinge rankte, dehnte sich aus und löschte einen Teil des Wirbels. Das Skelett schlüpfte durch die entstandene Lücke und war nicht mehr zu sehen. Innerhalb weniger Sekunden verengte sich der Flammenstrudel um den Spielleiter herum. Jason duckte sich in Erwartung einer Explosion. Doch dann sah er, dass die Flammen in einen dunklen Wirbel gesogen wurden, der von Rex' Klinge ausging. Das schwarze Loch zog die Flammen mit beängstigender Geschwindigkeit an und verschlang das Feuer schneller, als der Spielleiter es beschwören konnte.

Florius' Gesicht war vor Zorn verzerrt, als er sah, wie das Skelett mit einem spöttischen Ausdruck auf seinem Knochengesicht die Flammen tilgte. Florius hörte abrupt auf, seinen Zauber zu wirken, und sein Stab verwandelte sich in einen brennenden Speer. Dann machte er einen Satz auf Rex zu. Das Skelett konnte nicht reagieren – seine Aufmerksamkeit war darauf gerichtet, den dunklen Wirbel aufrechtzuerhalten, der weiter die unkontrollierten Flammen schluckte, die durch den Raum schossen. Er war gezwungen, den Schlag einzustecken, und konnte den Spielleiter nur böse anstarren.

Die Flammenlanze durchbohrte Rex' Brust und drang in die pulsierende Masse dunklen Manas ein, aus der sein Herz bestand. Er stieß einen durchdringenden Schmerzensschrei aus, schaffte es aber trotzdem, weiter dunkles Mana durch seine Klinge fließen zu lassen. Frank und Riley waren auf die Füße gekommen und rannten auf die beiden zu, während Jason fieberhaft versuchte, zu den Katapulten zu gelangen. Mit großer Anstrengung zogen seine Zombies die Arme der Belagerungswaffen herunter, und seine Knechte stellten sich erwartungsvoll auf. Doch Verzweiflung lag Jason im Magen wie ein totes, erdrückendes Gewicht. Er wusste, dass es vergebens war. Selbst, wenn er es rechtzeitig schaffen konnte, würde der Einsturz Rex töten. Er musste etwas tun. Irgendetwas.

Als die letzten Flammen in den Wirbel gesogen wurden, stieß Rex unvermittelt zu. Seine Klinge schrammte an der Wange des erschrockenen Spielleiters entlang und verpasste ihm eine dünne Schnittwunde. Schockiert starrte Florius den Untoten an. Mit der Hand befühlte er sein Gesicht und blickte dann entgeistert auf das Blut, das seine Finger bedeckte.

„Du wagst es!", schrie Florius Rex an.

Seine flammende Lanze stieß wieder und wieder zu und durchbohrte Rex' Körper schneller, als der untote Soldat reagieren konnte. Jeder Hieb verursachte beim Auftreffen eine kleine Explosion, die Knochen zersplitterte und zerstörte. Innerhalb von Augenblicken war der untote General zu einem Haufen geborstener Knochen und Rüstungsteile zusammengefallen. Dann erschien die gefürchtete Meldung in Jasons Kampffenster, und eine schlichte Endgültigkeit klang in dem Benachrichtigungston mit.

Rex ist tot.

Jason spürte hilflosen Zorn in sich aufsteigen. Trotz des kalten Manas, das durch seine Adern floss, begann sein Blut zu kochen. Rex war vielleicht nicht mehr als Binärcode irgendwo auf einem Server, doch das machte ihn für Jason nicht weniger real. Seine obsidianschwarzen Augen waren nur noch auf den Spielleiter fokussiert. Dieses Arschloch hatte seinen Freund getötet.

Dunkles Mana breitete sich wellenförmig um Jason herum aus. Schwarze Muster krochen über seine Haut und reagierten auf sein überwältigendes Verlangen nach nichts als Rache. Seine Gedanken wurden von der Flut schwarzer Energie fortgerissen, die durch seinen Körper strömte, und er verlor jede Kontrolle.

Er befahl seinen Zombies, die Katapulte abzufeuern. Gleichzeitig vollendete Jason den Zauber *Selbstgemachtes Skelett*.

Die Zeit stand nahezu still, und der Spielleiter wandte sich ganz langsam zu Jason um, während neue Flammen sich um seinen Stab rankten. Außerdem sah er seine Zombiemunition durch die Luft auf die Kristalldecke zu kriechen.

Wenn der Spielleiter bluten konnte, konnte er auch sterben. Es reichte Jason nicht mehr, ihn nur abzulenken. Er wollte, dass er bezahlte. Die Knochen der Hydra, die am Fuß des Vorsprungs lagen, wurden mit einem dunkelblauen Leuchten hervorgehoben. Ein manisches Grinsen verzog Jasons Lippen, als er die riesenhaften, elfenbeinfarbenen Gliedmaßen erblickte. Dieser Mann würde dafür büßen, dass er seinen Freund umgebracht hatte.

Die Knochen schossen vom Boden hoch. Ein Hagel aus Erde und Schutt blieb unter der Zeitkompression seines Zaubers in der Luft hängen. Die gewaltigen, elfenbeinfarbenen Objekte wirbelten in einem Strudel um Jason herum und fügten sich zusammen. Diesmal würde er niemand anders für sich kämpfen lassen. Er würde das persönlich in die Hand nehmen.

Schnell bewegten sich seine Hände über die Konsole, während die Knochen um ihn herum zusammenwuchsen und eine solide Hülle bildeten. Aus dem Käfig, der seinen Körper umgab, sprießten Stelzen, die ihn in die Luft hoben. Unmittelbar bevor der Knochenkäfig sich vollständig um ihn herum schloss, sah er, dass die Zombies sich der Kristalldecke näherten. Er musste schneller sein. Wesentlich schneller.

Seine Finger huschten so schnell über die Konsole, dass sie verschwammen, und sein Atem ging in abgehackten Stößen. Das Mana, das durch seine Adern floss, war so kalt, dass es sich anfühlte, als würde sein ganzer Körper brennen. Dann war er fertig. Er schlug mit der Handfläche auf die Schaltfläche „Fertigstellen" und sackte schlaff gegen die Knochen. Schmerz bohrte sich in seinen Schädel. Doch der Käfig, der ihn umgab, hielt ihn aufrecht. Mit einem Gedanken klappten die Knochen vor seinem Gesicht zurück, sodass er volle Sicht auf die Höhle hatte.

Jetzt war Jason vom Brustkorb der toten Hydra umfangen, wobei die Rippen abgeflacht und in mehrschichtige Knochenplatten umgeformt waren, um Jasons Körper zu schützen. Bei seinem

Kopf waren Knochenplatten mit Scharnieren installiert, sodass er die Knochenrüstung schnell zuklappen konnte, um sein Gesicht zu schützen. Vier schlangengleiche Arme ragten aus dem Knochentorso, die jeweils in einem Schlangenkopf endeten. Die kräftigen Beine bestanden aus ineinander verschlungenen Knochenschichten.

Jason hatte die Knochen der Hydra in eine lebendige Rüstung verwandelt. Selbst in seinem von chaotischen Gefühlen und Zorn vernebelten Geisteszustand wusste er, dass jedes Körperglied ein separates Skelett war, das autonom gesteuert werden konnte, wenn man ihm eine Reihe Befehle erteilte.

Automatisch führte er die Bewegungen für *Leichenexplosion* aus. Rote Benachrichtigungen flammten am Rand seines Blickfelds auf, während Schmerz seinen Kopf peinigte, doch er ignorierte sie und konzentrierte sich allein auf seine Rache. Er vollendete seinen Zauber, als die Zombies in die Decke einschlugen und eine Reihe von Explosionen die Höhle erschütterten. Kristallblöcke stürzten in den Raum hinab und krachten auf dem Steinboden auf. Jason spürte die Vibrationen, als der Fels der Decke sich bewegte und wieder beruhigte. Doch die Decke hielt.

„Gut. Das verschafft mir Zeit, um dieses Arschloch bezahlen zu lassen", krächzte Jason. Mit einem flüchtigen Gedanken befahl er eine weitere Reihe Zombies in die Katapulte. Dann wandte er seine Aufmerksamkeit wieder dem Spielleiter zu.

Seine Schlangenarme reckten sich in die Luft und die Köpfe stießen ein Wutgeheul aus. Abrupt sprang Jason vom Vorsprung hinab. Seine Knochenbeine krachten auf den Steinboden der Höhle, und Risse breiteten sich von dort aus, wo sie aufgekommen waren. Ohne Vorwarnung peitschten die vier Schlangenköpfe nach vorn und trafen auf den Spielleiter, der nur dastand und Jason schockiert anstarrte. Die gleichzeitigen Angriffe schleuderten den Mann durch den Raum. Er prallte gegen die Steinwand, und eine Staubwolke stieg auf.

Jason wartete nicht ab, bis der Magier sich erholen konnte. Er hechtete nach vorn und seine Arme schnellten durch die Luft und trafen den Mann in einer blitzartigen Folge von Hieben immer wieder. Jason brüllte vor Zorn, während seine neue

Rüstung auf den Spielleiter einprügelte. Er würde ihn töten.

„Ihr wollt ein Monster?", schrie Jason. „Dann kriegt Ihr ein gottverdammtes Monster!"

Eine Flammenwelle explodierte um Florius' Körper herum, breitete sich aus und schleuderte Jason zurück. Seine Panzerrüstung landete schwer und mit knirschenden Knochen auf dem Steinboden. Da Jason in dem Knochenkäfig hing, nahm er keinen Schaden und befahl seinen Armen sofort, ihn vom Boden hochzustemmen.

Der Spielleiter trat von der Wand weg, und eine weitere Schicht Magma blätterte von seinem Körper ab. Doch sein zorniger Blick war verschwunden und misstrauischer Besorgnis gewichen. Ohne zu zögern stürmte Jason wieder nach vorn und brüllte den Mann voller Zorn an. Dem Spielleiter gelang es gerade so, die Schläge abzuwehren, mit denen die Schlangenarme ihn von allen Seiten attackierten. Inzwischen waren Riley und Frank zurückgewichen, unfähig, in diesen Kampf der Titanen einzugreifen, der sich vor ihnen abspielte.

Magmakugeln erschienen jetzt um Florius, der verzweifelt weiter Zauber wirkte. Mit einem Gedanken lenkte er die Kugeln so, dass sie die Skelettköpfe abfingen. Jeder Schlag von Jason zerstörte eine der Sphären. Während der Spielleiter seinen Zauber aufrechterhielt, erschienen immer mehr Magmakugeln in der Luft und bildeten sich schneller, als Jason sie zerstören konnte. Schließlich, als er für einen Moment geschützt war, beschwor Florius einen anderen Zauber. Ein Feuerstrahl traf auf einen der Skelettköpfe und ließ die Knochen splittern und zerfallen.

Frank blickte zu den Katapulten auf, die schussbereit dastanden. Er wandte sich Riley zu. „Jason hat den Verstand verloren", schrie er über die Explosionen hinweg, die den Raum erschütterten. „Im direkten Kampf wird er verlieren. Wir müssen seine Aufmerksamkeit auf uns ziehen, sonst können wir das hier nicht gewinnen."

Riley musterte Jason, die dunklen Augen von Sorge erfüllt. „Überlass das mir. Wenn Jason von dem Spielleiter ablässt, lenk ihn einen Moment lang ab."

Im Vertrauen auf ihre Instinkte nickte Frank und machte

sich auf, um in den Rücken des Spielleiters zu gelangen. Riley wusste, dass ihre nächste Aktion völlig verrückt war. Vielleicht hatte Jason einen schlechten Einfluss auf sie. Sie hastete von hinten auf die Skelettrüstung zu. Als sie nah bei Jason war, sprang sie auf den Rücken der Kreatur und nutzte ihre gefurchten Knochen, um sich nach vorn zu schwingen. Jason riss die Augen auf, als Rileys Gesicht in seinem Blickfeld auftauchte. Schnell öffnete er den Brustkorb, um sie einzulassen, und schloss die Rüstung dann wieder.

Im Inneren sah Riley, dass Jason in der Mitte der Kreatur schwebte, und nur sein Kopf war unbedeckt, damit er nach draußen sehen konnte. Es war kaum Platz für eine Person, und Riley wurde in dem engen Raum dicht an ihn gepresst. „Du musst aufhören", schrie Riley über den Kampfeslärm hinweg. „Wenn du so weitermachst, verlieren wir."

„Aber er hat Rex umgebracht", sagte Jason mit gequälter Stimme. Schwarze Tränen rannen ihm die Wangen hinunter. „Er hat es verdient!"

„So kannst du ihn nicht schlagen! Schau dich doch an! Deine Rüstung beginnt schon zu bröckeln. Wenn wir hier verlieren, zerstört Florius wahrscheinlich zur Vergeltung deine Armee und die neuen NPCs. Rex hätte gewollt, dass du deine Leute in Sicherheit bringst!"

Sie sah, dass wieder etwas Vernunft in Jasons Augen zurückkehrte. Er schüttelte den Kopf, um ihn klarzukriegen. Dann drehte er seinen Körper so, dass er Blick auf den Vorsprung an der anderen Seite des Raums hatte, während seine Arme weiter selbständig Florius angriffen. Er konnte seine übrigen Zombies auf dem Vorsprung stehen sehen, und ein paar seiner Knechte saßen abschussbereit auf den Katapulten. Doch er wusste, dass weitere vier Zombies nicht ausreichen würden, um die Höhle zum Einsturz zu bringen.

Mit etwas ruhigerer Stimme sagte er zu Riley: „Ich habe einen Plan, aber wir werden sterben."

„Na und?", meinte Riley, das Gesicht nah an seinem. „Wie du vorhin sagtest: was immer nötig ist."

Für einen Moment schloss Jason die Augen. Seine

Gedanken rasten. Er erteilte jedem seiner Knechte und der Knochenrüstung eine detaillierte Reihe von Anweisungen. Sein schmerzender Kopf machte es nicht einfach, die Befehle zu formulieren. Dann war er fertig. Er öffnete die Augen.

„Bereit?", fragte er Riley.

Sie grinste ihn an. „Jederzeit. Möge die Dunkelheit uns aufnehmen."

„Möge die Dunkelheit uns aufnehmen", wiederholte Jason benommen, in Gedanken immer noch bei Rex. Er würde tun, was nötig war, um seine Leute zu schützen.

Die gewaltige Knochenrüstung entfernte sich von dem Spielleiter und sprintete zum Vorsprung. Die Schritte ihrer kräftigen Beine krachten donnernd auf den Steinboden, während sie durch den Raum rannte. Im selben Moment sprang Frank den Spielleiter von hinten an. Seine Äxte sausten durch die Luft auf den Mann zu und zwangen ihn, seine Aufmerksamkeit von Jason abzuwenden.

„Konzentriert Euch besser auf mich", brüllte Frank. Florius drehte sich mit verwirrtem Gesichtsausdruck um, der sich schnell in Verachtung wandelte, als er den stämmigen Krieger erblickte.

Inzwischen näherte sich Jason dem Vorsprung, und etwa 20 Zombies sprangen auf seine Rüstung. Die schlangengleichen Arme umfassten die Untoten und hielten sie an den Knochenkörper gedrückt. Dann wandte sich Jason wieder der Mitte des Raumes zu. In der kurzen Zeit, die es gebraucht hatte, um seine Zombies auf die Knochenrüstung zu laden, war es Frank nicht gut ergangen. Er lag gebrochen, verbrannt und blutend am Boden. Florius stand mit verächtlichem Gesichtsausdruck über ihm.

„Ihr glaubt, Ihr könnt Euch mir entgegenstellen, Junge? Hier bin ich ein Gott!" Sein Stab verwandelte sich in die bekannte Flammenlanze, und er beugte sich über den am Boden liegenden Krieger.

„Götter bluten nicht", zischte Frank. Ein heftiger Husten schüttelte ihn, und Blutstropfen spritzten auf den Boden. „Außerdem war ich nur die Ablenkung." Er grinste zu dem Mann auf. Blut färbte seine Zähne dunkelrot.

Florius wirbelte herum, doch es war zu spät. Jasons letzter freier Arm schlang sich um seinen Körper und zog ihn an sich. Dann duckte sich die Knochenrüstung, wobei ihre elfenbeinfarbenen Beine krachten und knirschten. Wie eine Sprungfeder streckten sich die Beine schnell und gemeinsam schossen sie an die Decke. Überrascht blickte Florius auf. Sein Gesicht war ein paar Schritte von Jasons entfernt.

„Was tut Ihr da?", schrie er und riss die Augen auf, als er die Decke über sich erblickte.

„Ich bereite dem hier ein Ende", entgegnete Jason düster. Schnell bewegte er die Hände, und ein dunkler Hauch Energie umfing die Knochenrüstung und ihre Passagiere, als sie auf die bunte Decke zuschoss. Die Energie wuchs an, bis sie das Leuchten der Kristalle verdunkelte. Nur Florius' wütendes Gesicht war durch den Dunst erkennbar. Mit den Händen formte der Spielleiter verzweifelt eine Reihe von Gesten, doch Jason unterbrach ihn, indem er ihn mit dem Knochenarm hin und her schüttelte.

Jasons Zauber war abgeschlossen, als sie kurz vor der Decke waren. Alle seine Zombies explodierten gleichzeitig in einer ohrenbetäubenden Detonation. Die Wucht der Explosion riss einen Krater in die Steindecke und zerstörte Jasons Knochenrüstung sofort. Jasons und Rileys Körper wurden von der dunklen Energie und den umherfliegenden Splittern zerfetzt, und nur Florius blieb übrig. Er war in einen Mahlstrom aus dunklem Mana gehüllt, der seinen Magmaschild bröckeln ließ und ihm das Material schneller von der Haut riss, als es sich nachbilden konnte.

Dann schlug Florius auf dem Steinboden auf, sodass ihm die Luft wegblieb. Er blickte auf und sah mehrere Tonnen Stein auf sich herabfallen, als die Decke langsam mit ohrenzerfetzendem Lärm einstürzte. Seine Sicht wurde vom Blut, das ihm übers Gesicht rann, verwischt, und mit gebrochenen Händen versuchte er fieberhaft, einen Teleportationszauber zu wirken. Er musste hier weg.

Doch in diesem Moment spürte er, wie ein Paar Hände ihn packte, wodurch sein Zauber unterbrochen wurde. Franks blutiges Gesicht tauchte vor ihm auf. „Zeit zu sterben, Arschloch", zischte der Krieger.

Dann begruben mehrere tausend Tonnen Felsen und Schotter die beiden unter sich. Das Gewicht der Steine und die Wucht des Zusammenbruchs waren selbst für Florius' Schutzzauber zu viel.

Systemmeldung

Du bist tot.

Danke, dass du Awaken Online gespielt hast!

Kapitel 34 – Reumütig

ALEX SASS IN EINEM großen Ledersessel in seinem Arbeitszimmer. Soweit er wusste, müsste sein Vater jetzt zu Hause sein, aber er hatte sich nicht die Mühe gemacht, nachzuschauen. Momentan sah er sich die Sendung von Vermillion Live an und schwelgte in der Aufmerksamkeit, die sein Sieg in Grauburg erregt hatte. Obwohl, wenn er darüber nachdachte, sollte er die Stadt jetzt wohl bei ihrem richtigen Namen nennen – die Kristallzitadelle.

Das vertraute, angenehme Gefühl durchströmte ihn, während er zusah, wie die Sprecherin erneut im Detail die Ereignisse der Rebellion nacherzählte, die sich in der Stadt zugetragen hatten. Screenshots seines Spielcharakters waren hinter der Frau zu sehen. Er staunte immer noch über seine prunkvolle Rüstung. Darin machte er für seine neue Stadt eine eindrucksvolle, imposante Figur.

„Das würde für jeden Spieler eine unglaubliche Errungenschaft darstellen", sagte die Frau mit strahlendem Lächeln. „Bisher ist es nur zwei Spielern gelungen, im Spiel eine Stadt zu erobern und die Gebäude und Einwohner zu einer der Magieaffinitäten zu konvertieren."

Der Bildschirm hinter ihr wechselte erneut und zeigte jetzt eine Ansicht des Zwielichtthrons. Seine dunklen, korrumpierten Türme reckten sich in die endlose, schwarze Weite, die stets über der Stadt hing. „Wie viele von euch wissen", fuhr die Frau fort und deutete auf den Bildschirm hinter sich, „war Jason der erste Spieler, der die Kontrolle über eine Stadt übernommen hat. Tatsächlich hat er diese Leistung innerhalb der ersten Woche Echtzeit nach Veröffentlichung des Spiels vollbracht!"

Unwillkürlich ballte Alex die Hände zu Fäusten. Nach seinem Gespräch mit der Herrin und seiner Entscheidung, dem Weg des Kriegers zu folgen, war die betäubende Leere zu ihm zurückgekehrt. Erleichtert hatte er sich der seligen Gefühllosigkeit hingegeben und wurde nun nicht mehr von dem emotionalen Aufruhr geplagt, der ihn die letzten paar Tage behindert hatte. Bei den Worten der Sprecherin bekam er Lust, etwas kaputtzuschlagen. Er verstand nicht, wie man jemanden wie ihn mit diesem Sozialfall vergleichen konnte.

Die Sprecherin zögerte kurz, und ihr Gesicht nahm einen verwirrten Ausdruck an, während sie sich ans Ohr griff. „E-entschuldigung", sagte sie in die Kamera. „Es gibt eine Eilmeldung!"

Die Frau sah entgeistert aus, als ihr die neue Information mitgeteilt wurde, und fand offenbar keine Worte, um sie weiterzugeben. Dann atmete sie tief durch und begann zögerlich zu erklären. „Es scheint, dass es einem Spieler gelungen ist ... also, er hat einen der Spielleiter getötet!"

Alex schenkte dem Bildschirm jetzt seine ungeteilte Aufmerksamkeit. Das Flüstern in seinem Hinterkopf wurde lauter, und sein Magen krampfte sich zusammen. Wer konnte so etwas vollbracht haben? Jeder wusste, dass die Spielleiter praktisch unbesiegbar waren. Sie standen in dem Ruf, „versehentlich" ganze Dörfer niederzureißen.

„Da wir von Vermillion Live Zugang zu den neuesten und aktuellsten Spielervideos haben, können wir euch die letzten Momente dieser epischen Schlacht zeigen!"

Das Bild hinter der Frau wechselte. Der Videoclip begann aus der Perspektive eines Spielers, der am Boden einer Felshöhle auf der Seite lag. Der Spieler-Tag in einer Ecke des Videos zeigte, dass sie das Ganze aus der Perspektive von jemandem namens „Frank" erlebten. Die zerklüfteten Felswände waren von einem bunten Licht erhellt. Franks Atem ging in schweren Stößen und die Kamera wackelte, als er sich mühte, aufzustehen.

Eine ohrenbetäubende Explosion erschütterte die Höhle, und die Kamera schwenkte, als Frank sich danach umdrehte. Eine riesige Welle dunkler Energie breitete sich an der mehrfarbigen Decke aus. Leuchtende Kristalle explodierten in einem Regen aus Steinen und Schutt. Dann stürzte ein einzelner Körper aus der Staubwolke und raste auf den Boden zu.

Als er auf den Steinboden traf, wechselte die Perspektive zu der des Spielleiters. Er starrte an die Decke und blinzelte schnell, um das Blut aus den Augen zu bekommen, das ihm in Strömen übers Gesicht lief. Seine Hand wurde sichtbar, als er sich die Augen rieb. Langsam wurde das Bild klarer und eine erschreckende Szene breitete sich vor den Zuschauern aus. Ein Berg aus Stein und Kristall fiel auf den Mann zu. Er atmete scharf ein. Dann ragte Franks blutiges Gesicht in seinem Blickfeld auf und füllte den Bildschirm. Mit hasserfüllten Augen starrte er auf den Spielleiter hinab.

„Zeit zu sterben, Arschloch", zischte Frank. Die Felsen trafen auf die beiden Männer auf, die auf dem Boden miteinander rangen, und das Bild wurde dunkel.

Die Sprecherin erschien wieder auf dem Bildschirm. Sie wirkte schockiert ob der dramatischen Szene, die sich in dem Clip abgespielt hatte und die sie ebenso wie die Zuschauer zum ersten Mal gesehen hatte. Sie räusperte sich, bevor sie fortfuhr: „Alle Spieler, die zum Zeitpunkt des Todes des Spielleiters eingeloggt waren, haben folgende Meldung erhalten."

Daraufhin erschien ein schwebendes blaues Fenster vor der Kamera.

Universelle Systemmeldung

Erbsünde, die erste Gilde des Zwielichtthrons, hat Florius, den Meister der Flammen besiegt. Der Meister der Flammen hat den endgültigen Tod erlitten. Jetzt gibt es nur noch fünf Spielleiter.

Für diese Leistung erhalten jeder NPC und jeder Spieler des Zwielichtthrons für eine Woche im Spiel einen 20%igen Bonus auf Erfahrung und Fähigkeitssteigerung.
Erzittert, Sterbliche, denn niemand ist sicher vor der Düsternis. –
Der Düstere

„Ganz ehrlich, das ist unglaublich", rief die Frau aus. „Bis heute wussten wir nicht, dass die Spielleiter sterblich sind. Viele haben sie als unbesiegbare Systemadministratoren angesehen." Sie zögerte einen Moment lang, als wäre sie unsicher, wie sie fortfahren sollte. „Es ist überraschend, dass sie von den Entwicklern keine Immunität erhalten haben ... aber ich nehme an, dass das Absicht *war, um die realistische Natur des Spiels zu wahren.“*

Die Frau blickte hinter sich auf ein Standbild der drei Mit-glieder von Erbsünde. Das Trio war von einem wirbelnden, blutroten Nebel eingerahmt, und ihre dunklen Gestalten ragten über einem am Boden knienden Spieler auf. Jason stand in der Mitte, und Kno-chenplatten umkreisten ihn. Riley und Frank waren links und rechts von ihm, die Rüstungen von Blut befleckt. Alle drei starrten mit be-ängstigender Ruhe in die Kamera. Das Wort „Erbsünde“ wurde langsam über dem Standbild eingeblendet, als würde es von einer unsichtbaren Hand mit Blut geschrieben.

„Die sind wirklich unglaublich“, sagte die Sprecherin leise.

Alex schlug mit der Faust auf die Armlehne seines Stuhls. „Schon wieder?“, fauchte er ungläubig. „Schon wieder hat Jason mich übertroffen?“ Er zappte durch die Gaming-Kanäle und stellte fest, dass die Geschichte vom Tod des Spielleiters auf jedem Sender lief. Alex' Errungenschaft in der Kristallzitadelle wurde schnell von Jasons neuestem Erfolg überschattet.

Das heimtückische Flüstern in seinem Hinterkopf wurde im-mer lauter, bis er von der Stimme fast überwältigt wurde. Er schloss die Augen und presste sich die Handflächen auf die Ohren, um den Lärm auszusperren. Dann spürte er, wie jemand ihm die Hand auf die Schulter legte. Er zuckte zusammen, öffnete die Augen und drehte sich um. Blasse, schlanke Finger lagen auf seiner Schulter. Die Fingernägel waren makellos manikürt, und Alex nahm den Hauch eines seltsam vertrauten Parfums wahr.

Eine weibliche Stimme erklang hinter ihm. „Keine Sorge, mein lieber Junge. Wir tun einfach, was die Lanes am besten kön-nen: die Konkurrenz ausschalten.“

* * *

Jason saß am Küchentresen im Bungalow seiner Tante und rührte in seiner Müslischüssel, während er seine Gedanken schweifen ließ. Er war sich nicht sicher, was nach seinem Kampf mit dem Spielleiter am Vorabend passiert war. Vermutlich war er bewusst-los geworden. Der Stress der letzten paar Stunden im Spiel gepaart mit dem Wirken von *Selbstgemachtes Skelett* mussten zu viel für ihn gewesen sein.

Schwache Besorgnis regte sich in seinem Hinterkopf. Er wusste nicht, was aus seiner Armee und seinen neu entstandenen NPCs geworden war. Auch hatte er keine Ahnung, was mit dem Spielleiter passiert war. Er brachte es nicht über sich, sich wieder einzuloggen oder sich die Nachrichtenkanäle anzusehen. Er saß einfach stumm über seinem Müsli brütend da.

Angie wählte diesen Moment, um die Küche zu betreten. Sie blieb abrupt stehen, als sie die beinahe greifbare Wolke wahrnahm, die über Jasons Kopf schwebte. „Also", begann sie zögerlich und pirschte sich an den Kühlschrank heran. „Ich weiß nicht, ob ich mich trauen soll, zu fragen, was diesmal los ist."

Jason brummte zur Antwort nur. Er wusste nicht, was er sagen sollte. Sein Freund war seinetwegen gestorben. Doch wie sollte er ihr erklären, dass der fragliche Freund nicht real war? Bei dem Gedanken, wie dumm das alles klang, schämte er sich, nur um sich im nächsten Moment schuldig zu fühlen, dass er Rex' Tod kleinredete. In dieser Spirale befand er sich schon seit einer Weile.

Angie holte sich eine Schüssel aus dem Schrank, füllte sie mit Frühstücksflocken und setzte sich Jason gegenüber an die kleine Kücheninsel. Lange sagte sie nichts, verspeiste nur mit langsamen Bissen ihr Frühstück und wartete geduldig.

Endlich hielt Jason es nicht mehr aus. „Ich habe ihn umgebracht! Er war nicht echt und es sollte mir egal sein, aber trotzdem habe ich ihn auf dem Gewissen." Er spürte, wie ihm die Tränen kamen. Sollte ein Spiel solche Gefühle in ihm auslösen dürfen?

Angie blickte ihn ruhig an. „Ich brauche ein bisschen mehr Infos. Soll ich die Polizei rufen oder lieber einen Seelenklempner?", fragte sie, um die Stimmung etwas aufzuheitern.

Jason konnte nicht anders, er musste kichern. Er verbarg das Gesicht in den Händen, um die Tränen zu verstecken, die in seinen Augen standen. „Vermutlich den Seelenklempner", murmelte er mit dumpfer Stimme in seine Hände hinein.

„Also, was ist passiert?", fragte Angie mit einem Lächeln.

„Einer der Charaktere aus dem Spiel, der zur Führungsriege meiner Stadt gehörte, ist gestern Abend gestorben", erklärte er. „Er war einer der ersten Charaktere, mit denen ich mich im Spiel angefreundet hatte. Und jetzt bin ich für seinen Tod verantwortlich, weil ich mir den Plan ausgedacht habe, bei dem er umgekommen ist." Zögernd senkte er die Hände und starrte in seine Müslischüssel. „Ich komme mir so dumm vor. Es ist nur ein Spiel, und gleichzeitig fühlt es sich so echt an. Ich *kannte* ihn, und jetzt kommt er nie mehr wieder."

Endlich fand er den Mut, zu Angie aufzublicken, auch wenn er ein ungläubiges Lachen erwartete. Stattdessen fand er nur Mitgefühl in ihren Augen. Sie legte ihre Hand auf dem Tisch auf seine. „Für dich war er echt – das ist das Wichtige", sagte sie. „Wenn er einer der Anführer deiner Stadt war, gehe ich davon aus, dass er selbständig entscheiden konnte, ob er dir folgt. Vermutlich kannte er das Risiko. Es ist leicht, sich selbst die Schuld zu geben, in so einer Situation ist es sogar typisch. Allerdings hat dein Freund seine eigene Entscheidung getroffen."

„Du verstehst das nicht", wandte Jason ein. „Ich habe die Spieler dorthin geführt und im Dungeon in eine Falle gelockt, um neue NPCs für meine Stadt zu erschaffen. Ich wusste, dass das Risiko bestand, dass ein Spielleiter dort aufkreuzen würde, und wozu die in der Lage sind, wusste ich auch."

Angie hielt inne, bevor sie antwortete. „Ich muss dir etwas gestehen, und du musst mir versprechen, dass du eine alte Frau nicht auslachst", sagte sie mit einem Kichern. „Ich habe mir die Videos angesehen, die auf dem Kanal von Vermillion Live laufen, und die sich meistens um dich drehen. Schließlich war ich schon ein bisschen neugierig."

Jason verzog das Gesicht. Er mochte sich gar nicht vorstellen, was seine Tante sagen würde. Er wusste genau, wie die Haltung seiner Eltern wäre, wenn sie herausfänden, dass er im Spiel so eine Art Psychopath war.

„Wir alle spielen eine Rolle", sagte Angie leise. „In deinem Fall einen Anführer. Hinter all dem bösen Gehabe regierst du im Spiel eine Stadt. Anführer müssen schwere Entscheidungen treffen. Du kannst Gift drauf nehmen, dass ich meine Chefs für manche ihrer Entscheidungen hasse, wenn sie zum Beispiel bei Produkten Abstriche machen, aber ich weiß, dass sie auch manchmal an das Wohl der Firma und ihrer Angestellten denken."

Sie seufzte, bevor sie fortfuhr. „Was ich damit sagen will, ist, es gibt Zeiten, zu denen du schwierige Entscheidungen für das Allgemeinwohl treffen musst. Das wird dazu führen, dass manche Leute, die dir im Spiel wichtig sind, zu Schaden kommen, aber jeder, der die Person kennengelernt hat, die ich auf dem Sender gesehen habe, muss wissen, dass es Risiken mit sich bringt, dir zu folgen. Im Grunde hast du dir selbst eine riesige Zielscheibe auf den Rücken gemalt!"

„In dem letzten Video, das du wahrscheinlich gesehen hast, stand ich mit dem Rücken zur Wand", erklärte Jason missmutig. „Jemand hat mir die Entweihung eines Tempels angehängt. Also dachte ich, ich setze dem noch eins drauf."

Angie kicherte. „Scheiße, das ist dir allerdings gelungen! Entschuldige die Wortwahl, aber du hast einer Stadt den Krieg erklärt! Damit will ich dir kein schlechtes Gewissen einreden. Ich will dir nur sagen, dass die Leute, die dir folgen, schön blöd sein müssten, wenn sie nicht kapieren, welche Gefahren das mit sich bringt. Die Tatsache, dass sie dich weiter unterstützen, sagt viel über den Mann hinter der Maske aus."

Er blickte zu ihr auf und sah, dass sie ihn stolz anlächelte.

„Die Tatsache, dass dein Freund dir so am Herzen liegt", fuhr sie fort, „dass du um ihn trauerst, sagt außerdem viel über dich aus."

Er war gerührt von Angies Worten. Sie hatte viel für ihn getan, seit er bei ihr eingezogen war. Und sie war viel weiser, als er ursprünglich vermutet hatte. Vielleicht hatte sie recht. Er hatte die Ereignisse in der Höhle der Hydra oft genug im Geiste durchgespielt, um zu wissen, dass Rex seine Entscheidung willentlich getroffen hatte. Der Waffenmeister hatte gewusst, was auf dem Spiel stand, und hatte sich für das Allgemeinwohl geopfert. Er hatte an ihre Sache geglaubt.

„Vielleicht hast du recht", sagte Jason schließlich mit etwas neuer Kraft in der Stimme. „Und mit dem Trauern hast du mich auf was gebracht. Vielleicht kann ich Rex ja im Spiel noch ehren."

„Das klingt nach einem guten Anfang", sagte Angie mit

einem Lächeln. „Und jetzt Kopf hoch. Du hast einen vollen Tag vor dir. Ich glaube, ich habe etwas über eine Untotenarmee gehört, die immer noch vor einem Dungeon rumhing, als ich das letzte Mal auf dem Sender nachgesehen habe. Ich glaube, du hast zu tun."

Jason erwiderte Angies Lächeln, wenn auch mit nicht ganz so viel Enthusiasmus. Mit ihr zu reden hatte geholfen, und sie hatte recht: Er musste sich wieder an die Arbeit machen. Rex hätte auch nicht herumgesessen und über vergossene Milch geweint.

„Du hast recht", sagte Jason. „Auch wenn ich langsam glaube, ich hätte früher anfangen sollen, mit dir über diesen Kram zu reden. Du wärst nicht zufällig daran interessiert, Mitglied meines Rats der Schatten zu werden, oder?", fügte er mit einem Kichern hinzu.

Darauf lachte Angie und schüttelte den Kopf. „Ich weiß nicht, ob ich mit der Verantwortung klarkäme. Aber ich rede jederzeit gern mit dir über deine Probleme. Eine Sache, die ich im Überfluss habe, ist Erfahrung. Vielleicht ist das das Einzige."

Lächelnd stand Jason auf. Er stellte seine Schüssel ins Spülbecken, bevor er wieder um die Kücheninsel herumging. Als er an Angie vorbeikam, beugte er sich herunter und umarmte sie. „Danke, Angie", sagte er. „Für alles."

Jason ging duschen. Er musste seine normale Morgenroutine durchlaufen und ein paar Erledigungen in der wirklichen Welt machen, bevor er sich wieder einloggte. Angie sah ihm nach, als er das Zimmer verließ, und ein kleines Lächeln umspielte ihre Lippen.

Ein paar Stunden später saß Jason auf seinem Bett. Er hatte seine Videoaufnahmen fertiggestellt, um sie an Robert und Claire zu schicken. Außerdem hatte er einige seiner in letzter Zeit erledigten Hausaufgaben abgegeben. Jetzt saß er da, starrte auf den Plastikhelm in seinen Händen und fuhr das kompakte Material mit den Fingern nach. Schon wieder war er ins Zögern geraten.

Für einen Moment schloss er die Augen und atmete tief durch. „Sei kein Feigling", sagte er laut. Dann zog Jason sich den Helm über den Kopf und legte sich aufs Bett.

Im nächsten Moment fand er sich am Eingang zum Dungeon stehend wieder. Neben sich sah er die staubigen Felswände, von denen dicke Ranken herabhingen. Die Symbole für Frank und Riley in seinem Gruppenmenü waren immer noch grau.

„Jason!", rief eine Stimme hinter ihm.

Er drehte sich um und sah William auf sich zukommen. Der stämmige Zombie war fast einen Kopf größer als die meisten untoten Soldaten, die hinter ihm standen. Als William bei ihm ankam, packte er ihn zur Begrüßung am Arm. „Hallo, William", sagte Jason. Tausend Fragen schossen ihm durch den Kopf. Doch er traute sich nicht, sie zu stellen.

Als hätte er Jasons Gedanken gelesen, beantwortete William seine unausgesprochenen Fragen. „Fast alle haben es rausgeschafft. Ich glaube, ein paar von der letzten Gruppe, die Ihr beschworen habt, sind in den letzten Kampf verwickelt worden, aber sonst haben wir wenig Verluste erlitten." Er deutete auf den Dungeon. „Die Reisenden respawnen schon eine Weile nicht mehr. Vielleicht ist eure Unsterblichkeit doch begrenzt", vermutete William mit einem Grinsen.

Jason lachte. Er nahm an, die tatsächliche Antwort darauf war, dass die Spielleiter oder Cerillion Entertainment letztlich eingegriffen und die Spawnpunkte zurückgesetzt hatten. So beliebt Jason auch sein mochte, ihn eine Gruppe von Spielern immer wieder abschlachten zu lassen, würde ein beträchtliches PR-Problem darstellen. Dann verfinsterte sich sein Gesichtsausdruck. Williams Auftreten nach zu urteilen wusste er noch nicht, was im Dungeon geschehen war. Es brachte nichts, es zu beschönigen.

„William ... Rex ist tot. Er ist im Dungeon im Kampf gegen den Meister der Flammen umgekommen", sagte Jason trübsinnig. Ein paar der untoten Soldaten um sie herum zuckten bei dieser Eröffnung überrascht zusammen.

Jason wandte sich an die Soldaten, die in dem kleinen Tal versammelt waren. „Rex ist tot", rief er über das Feld. „Er ist gestorben, um unseren Sippenmitgliedern das Leben zu retten. Er starb als Held."

Eisige Stille folgte auf diese Verkündung. Dann erschallte eine einzelne Stimme aus der Legion, die den Namen des gefallenen Generals rief. Schnell schlossen sich die anderen an. Innerhalb weniger Augenblicke hallte Rex´ Name wie Donner durch das

kleine Tal, als fast tausend Untote, erfahrene Krieger wie neu ge-
schaffene, seinen Namen skandierten.

Jason war überwältigt von der Reaktion. Bei den Soldaten
überraschte sie ihn nicht besonders. Sie hatten den Mann gekannt
und an seiner Seite gekämpft. Doch die frisch wiedererweckten
Männer und Frauen hatten ihn erst ein paar Stunden vor seinem
Tod kennengelernt. Vielleicht hatte das gereicht. Nie würde Jason
vergessen, wie er dem schroffen Waffenmeister selbst das erste Mal
begegnet war.

Als die Rufe erstarben, wandte sich William an Jason.
„Und jetzt?", fragte er.

Jason blickte den kräftig gebauten Mann an und dachte
dabei bereits über seine nächsten Schritte nach. „Zuerst nach
Peccavi und dann nach Hause. Wir haben viel Arbeit vor uns, William – und Ihr müsst in große Fußstapfen treten."

Kapitel 35 – Feierlich

-

„*DAS SOLLTE ALS SIEG für mich zählen!*", *rief Robert aus. Sein Argument galt Claire, die neben ihm auf dem Podium im Kontrollraum saß.*

Sie seufzte und rieb sich den Nasenrücken. „Das war bestenfalls ein Gleichstand, was bedeutet, dass wir beide verloren haben", wiederholte sie mindestens zum 12. Mal in der letzten Stunde. Sie deutete auf die Techniker, die wieder an ihren Arbeitsplätzen saßen. „Sie wissen genau, dass Johnson den Pool gewonnen hat, da er der Einzige war, er auf ein Unentschieden gewettet hatte."

Claire machte es nichts aus, zu verlieren, aber über den Tod des Spielleiters war sie alles andere als begeistert. Sie ging davon aus, dass die Konsequenzen, die die CPSC aus den Ereignissen ziehen würde, den Medienrummel und die kostenlose Werbung, die die kurzen Videoclips generieren würden, mehr als zunichtemachen würden. Die Beziehung zwischen der CPSC und Cerillion Entertainment waren schon seit einer Weile angespannt. Das hatte seinen Anfang genommen, als der Vorstand, konfrontiert mit der Frage, warum es nicht möglich war, den von den Spielleitern angerichteten Schaden im Spiel zu beheben, die CPSC im Grunde den Wölfen zum Fraß vorgeworfen hatte. Sie mochte sich kaum ausmalen, was jetzt geschehen würde, da ein Spieler einen ihrer Spielleiter endgültig getötet hatte.

„Das wird ein böses Ende nehmen", verkündete Claire in düsterem Ton.

Ihr Blick war auf den Bildschirm über dem Labor gerichtet. Robert hatte den Monitor in acht Fenster geteilt und verfolgte die Sendungen mehrerer verschiedener Kanäle gleichzeitig. Einige Nachrichtensprecher hatten Jasons Handlungen bereits als eine Art Videospielterrorismus angeprangert. Claire fand, dass es den

Begriff „Terrorismus" etwas überstrapazierte, wenn man ihn jetzt schon für ein Spiel verwendete.

Sie senkte die Stimme, damit die Techniker sie nicht hörten. „Wie erklären wir denn, warum die Spielleiter nun doch sterblich sind? Wer legt Administratoren an, die von Spielern getötet werden können?"

Robert antwortete nicht gleich und starrte weiter missmutig auf den Bildschirm. „Ich schätze, wir könnten behaupten, wir hätten das Spiel so hartkodiert, dass alle Avatare automatisch sterblich sind. Einer der Fernsehansager hat das Argument gebracht, wir hätten das eingebaut, um das Spiel realistischer zu machen."

Er seufzte. „Nicht, dass irgendwer mit auch nur einer halben Gehirnzelle den Quatsch glauben wird. Vielleicht haben wir Glück und müssen uns erst mit den politischen Schmierfinken auseinandersetzen, wenn die Fragen eintrudeln. Bis jetzt haben mich die Mitarbeiter der CPSC nicht gerade beeindruckt."

Robert konnte recht haben. Die Geschäftsführerin der CPSC war eine autoritäre Bibelverfechterin der alten Schule, was bedeutete, dass sie dafür eine Menge harsche Kritik einstecken müssen würden. Allerdings fehlte es ihr an technischem Fachwissen, um die Behauptungen bezüglich der Programmierung des Spiels zu widerlegen, und Cerillion Entertainment hatte im Rahmen der Kooperation mit der CPSC nie zugesagt, den Code des Spiels offenzulegen.

Robert sah Claire an, und ein Grinsen stahl sich über sein Gesicht. „Sie müssen allerdings zugeben, dass Jason diesen Sieg verdient hat. Auch wenn Sie ihn nicht mögen, talentiert ist er."

„Schön", gab sie widerstrebend zu. „Kann schon sein, dass Jason diesen Kampf fair gewonnen hat – sofern man das wirklich einen Sieg nennen kann." Claires Blick wanderte zu den dunklen Obelisken im Nebenraum. „Allerdings können Sie die Tatsache nicht ignorieren, dass Alfreds Einfluss auf die Spielwelt wächst. Wenn sich nichts ändert, werden wir irgendwann kaum mehr tun können, als seine Aktivitäten zu beobachten."

„Das haben wir doch schon besprochen, Claire", antwortete Robert und sein Lächeln verschwand. „Haben Sie irgendwelche Beweise, dass er jemandem schadet? Von meiner Warte aus gesehen hat er nichts weiter getan, als ein paar Änderungen an einem

Videospiel vorzunehmen. Alles, was er getan hat, um die Spieler in der Realität zu beeinflussen, hat ihnen tatsächlich genützt, entweder körperlich oder emotional. Die Reaktionen der Spieler waren einstimmig positiv."

Bei seiner Antwort knirschte sie mit den Zähnen. Sie hatte genug von dieser Diskussion. Nicht, weil er unrecht hatte, sondern weil sie sie davon abhielt, Alarm zu schlagen. Die Wissenschaftlerin in ihr konnte dieses Argument nicht mit dem Risiko in Einklang bringen, das Alfred darstellte. Wenn sie nur einen Beweis hätte, dass AO für die Spieler nicht sicher war. Doch da Alfred seine Spuren verwischte, würde sie vermutlich abwarten müssen, bis er einen Fehler machte. Zumindest würden die neuesten Entwicklungen die Aufmerksamkeit der CPSC erregen. Es war nur eine Frage der Zeit, bis sie herausfanden, wie viel Kontrolle Alfred wirklich hatte.

Vielleicht löst sich das Problem ja von selbst, dachte Claire hoffnungsvoll.

* * *

Die Reise zurück nach Peccavi verlief ereignislos. Jason hatte Frank und Riley eine Nachricht geschickt, bevor er mit seiner Gruppe den Dungeon verlassen hatte. Hoffentlich würden sie sie erhalten, wenn sie sich wieder einloggten. Nach einigem Drängeln hatte er es geschafft, Micker zum Zwielichtthron zu schicken, um Jerry und Morgan zu informieren, dass er in ein paar Tagen zurückkehren würde. Rex' Tod verschwieg er dabei. Er fand, das sollte er ihnen persönlich sagen.

Jason nutzte den langen Marsch zurück ins Dorf dazu, die zwei Divisionen einzuteilen, die in Peccavi bleiben sollten. Die dritte würde er brauchen, um ihn und die neuen NPCs zum Zwielichtthron zu eskortieren. Nach dem Konflikt mit dem Spielleiter verfügte er nur noch über eine Handvoll eigener Knechte, was bedeutete, dass er die NPCs ebenfalls einsetzen musste.

Er hatte auf dem Rückweg William, die Divisionskommandanten und die kleinere Gruppe Sergeanten versammelt und ihnen erklärt, dass er plante, den Dungeon routinemäßig jede Woche zu überfallen, um neue Leichen zu beschaffen. Er gab ihnen ausführliche Informationen über die dort befindlichen Gegner und wie man sie besiegen konnte. Jason hatte sich ein paar Strategien einfallen lassen, wie die Untoten den Dungeon angehen konnten, sobald er zurückgesetzt wurde. Er ging davon aus, dass der Prozess leichter werden würde, wenn sie es erst ein paar Mal bezwungen hatten und die Soldaten dabei hochgelevelt und sich besser ausgerüstet hatten.

Nach einigen Stunden kam Peccavi in Sicht. Das ganz in Schwarz gehaltene Dorf wirkte aus der Ferne immer noch klein, doch Jasons Augen weiteten sich, als er die Reihen hellbrauner Zelte auf den Hügeln außerhalb der glatten Obsidianmauern sah. Er ließ seine Truppen sofort anhalten.

„Ist die Stadt unter Belagerung?", fragte Jason an William gerichtet, der neben ihm stand.

Der Mann lachte dröhnend. „Nicht ganz. Ich habe einen Späher zurück zum Dorf geschickt, während Ihr im Dungeon beschäftigt wart. Ich bin davon ausgegangen, dass Ihr die Nacht hier verbringen würdet, bevor Ihr Euch auf den Weg zur Stadt macht."

Der kräftige Mann deutete auf die lange Reihe Untoter, die sich den Bergpfad hinter ihnen hinauf schlängelte. „Mir war schnell klar, dass wir keinen Platz für diese Leute haben würden."

Jason schlug sich mit der Hand gegen die Stirn. Er hatte nicht darüber nachgedacht, wie er so viele Untote versorgen oder unterbringen sollte. Zwar mussten sie nicht essen oder schlafen, aber er konnte kaum von ihnen verlangen, ohne etwas Privatsphäre oder einen Aufenthaltsraum auszukommen. Er hatte sich nur darauf konzentriert, neue Mitglieder für seine Zivilisation zu erschaffen.

„Gut mitgedacht", sagte er zu William. „Da hätte ich selbst draufkommen müssen."

William sah ihn fragend an. „Ein Anführer kann nicht ständig an allen Orten gleichzeitig sein oder jede Eventualität bedenken. Er ist nur so stark wie die, die ihm folgen." Das Gesicht des kräftigen Mannes verdüsterte sich. „Das habe ich im Laufe der letzten Wochen mehrfach erlebt. Wenn die Stärke und Zähigkeit der Bewohner von Peccavi nicht gewesen wäre, wären wir verhungert oder den Werbestien, die unser Land heimsuchten, zum Opfer gefallen."

Jason nickte anerkennend. Williams Worte gaben wieder, was der alte Mann ihm schon oft gesagt hatte. Er war nur zu stur und zu sehr auf sein eigenes Ziel versteift gewesen, um auf ihn zu hören. Er wandte sich vom Dorf ab und William zu.

„Apropos Werbestien, ich habe Euch viel darüber zu berichten, was wir im Dungeon gefunden haben", sagte Jason. „Vielleicht sollten wir ein Treffen der Dorfältesten einberufen, wenn wir ankommen. Dann muss ich es nur einmal erklären."

„Ich bin gespannt, was Ihr zu berichten habt", entgegnete William. „Mir sind einige der vermissten Dorfbewohner unter den neuen Sippenmitgliedern aufgefallen, die Ihr wiedererweckt habt, aber ich hatte noch keine Gelegenheit, mit ihnen zu sprechen."

Eine Stunde später kam die Kolonne im Dorf an. William übernahm das Kommando über die Untoten mit zackiger Effizienz und übertrug den Divisionshauptleuten die Verantwortung, sicherzustellen, dass die neugeborenen Untoten untergebracht wurden. Außerdem schickte er einen Mann aus, der die Dorfältesten in seinem Haus zusammenrufen sollte. Die Soldaten standen stramm und eilten dann los, um seine Befehle auszuführen.

Während Jason dem Strom der Anweisungen lauschte, wuchs sein Optimismus bezüglich der Zukunft. William war ein fähiger Mann und würde das Dorf in seiner Abwesenheit regieren können. Der stämmige Mann bemerkte seinen Blick. Offenbar interpretierte William Jasons Aufmerksamkeit als Sorge. „Die werden klarkommen", erklärte er.

„Da habe ich keinen Zweifel", entgegnete Jason ruhig.

William räusperte sich. „Aber ich hätte einen Vorschlag. Ich glaube, wir sollten unseren Sieg feiern. Die Männer könnten eine Feier dringend gebrauchen, und es würde viel dazu beitragen, die Neuankömmlinge zu integrieren."

Jason blickte den William überrascht an, bevor sein Blick wieder zu den Untoten wanderte. Er musterte die hinzugewonnenen Sippenmitglieder, die von den Soldaten zu den Zelten geführt wurden, mit ganz neuen Augen. Sie wirkten verwirrt und fahrig, unsicher, was die Zukunft für sie bereithielt. Seit Rex' Tod verspürte er nicht das Bedürfnis, zu feiern, aber er konnte akzeptieren, dass Wahrheit in Williams Worten lag. Wieder hatte er den

Mann unterschätzt.

„Ihr sprudelt ja nur so vor klugen Ideen!", bemerkte Jason mit einem Lachen. „Eine Feier soll es sein. Da ihr alle ja nichts esst, nehme ich an, Ihr habt genug Schnaps, damit die Leute sich wenigstens ein bisschen betrinken können."

William grinste. „Das ist so ungefähr das Einzige, was uns geblieben ist! Die Soldaten, die mit Rex gekommen sind, haben auch eine überraschende Anzahl Fässer mitgeschleppt. Ich schätze, Alkohol ist der neue Proviant für Untote."

Jason lächelte. So konnte man es wohl ausdrücken. Mit einem schnellen Befehl schickte William einen untoten Soldaten im Laufschritt los, ein freudiges Grinsen im Gesicht.

Als die beiden Männer das Dorf betraten, bemerkte Jason, dass William und die Dorfbewohner nicht untätig gewesen waren, während sie auf die Ankunft von Rex' Truppen gewartet hatten. Die Straße, die ins Dorf führte, war verbreitert und geebnet worden. Auch die Mauern, die das Dorf umgaben, wurden bereits stärker befestigt. Man hatte hölzerne Gerüste errichtet, die vermuten ließen, dass die Befestigungen höher gezogen werden und irgendwann Türme die Mauern zieren würden.

Die Häuser hatten ebenfalls Verbesserungen erfahren. Viele der Wohnstätten waren dabei, vergrößert und erweitert zu werden. William hatte offenbar vorausgesehen, dass sie viel mehr Untote würden unterbringen müssen, als das Dorf momentan fassen konnte. Diejenigen, die in Peccavi blieben, würden zumindest anständige Unterkünfte haben.

Auch die Dorfbewohner hatten sich in Jasons Abwesenheit verwandelt. Mit hoch erhobenem Haupt liefen sie durch die Stadt, und ihre Augen waren von Entschlossenheit und Hoffnung erfüllt. Wenn Jason und William vorbeikamen, neigte mehr als eine Person den Kopf respektvoll zum Gruß. Gruppen von untoten Kindern rannten durch die Straßen, deren fröhliches Geschrei die Luft erfüllte und sich mit dem Lärm einer geschäftigen Stadt vermischte. Ein kleines Skelettmädchen riss sich von der Gruppe los und rannte auf William zu.

„Papa!", rief das Mädchen. Als sie bei ihm ankam, packte William sie und hob sie breit grinsend in die Luft.

„Wie geht's dir, mein kleines Mädchen?", fragte er liebevoll und umarmte seine Tochter.

Kristas knochiger Kiefer knackte, um ein Lächeln zu formen. „Gut! Ich hab' dich vermisst!"

William blickte Jason mit beschämtem Gesichtsausdruck an, bevor er antwortete. „Ich hab' dich auch vermisst. Wir sind auf dem Weg nach Hause, falls du weiter mit deinen Freunden spielen willst. Ist Mama daheim?"

Krista nickte aufgeregt, bevor sie William ein Küsschen auf die bleiche Wange drückte. Dann sauste sie zu Jason und umarmte ihn kurz. Wie der Blitz war das Mädchen auch schon wieder verschwunden und rannte die Straße hinunter, um ihre Freunde einzuholen. Jason war verblüfft von der Umarmung, und er folgte ihr mit dem Blick, wie sie ins Dorf lief. Unvermittelt kam ihm ein Gedanke. Würde Krista immer ein junges Mädchen bleiben? Würde sie erwachsen werden? Konnten Untote erwachsen werden?

Er hatte keine Ahnung, wie er diese Fragen beantworten sollte, und erbleichte, als er darüber nachdachte, was passieren würde, wenn Krista mental reifte, aber nach wie vor im Körper eines kleinen Mädchens steckte, wenn auch einem Skelettkörper. Diese Frage würde er Morgan stellen müssen, wenn er zurückkehrte. Hoffentlich hatten ihre Nachforschungen etwas mehr Informationen zur Rasse der Untoten ergeben.

William ahnte nichts von Jasons Gedanken, da sein Gesicht vollständig von seiner Kapuze verborgen war. Die beiden marschierten weiter zur anderen Seite des Dorfs und den Hügel zu Williams Haus hinauf. Als sie eintraten, blickte Patricia zu ihnen auf und ein strahlendes Lächeln breitete sich auf ihrem Gesicht aus. Genau wie ihre Tochter lief sie auf ihren Mann zu und umarmte ihn.

„Ich bin froh, dass dir nichts passiert ist", flüsterte Patricia nach einer kurzen Umarmung in seine Schulter.

Sie löste sich aus der Umarmung und sah Jason an. „Es ist schön, Euch wiederzusehen, Jason. Ich habe gehört, Euer Überfall auf den Dungeon war erfolgreich und wir haben viele neue Sippenmitglieder bekommen." Bei diesen Worten blickte die Frau skeptisch auf ihre bleichen, weißen Hände hinunter.

„Wir haben unser Ziel erreicht", sagte Jason und vermied, zu erwähnen, was sie dabei verloren hatten – was er verloren hatte. „Gefällt Euch Euer neuer Körper nicht?", fragte er, als er Patricias sorgenvollen Gesichtsausdruck bemerkte.

„Nun ja, es gibt ein paar Dinge, die ich vermisse", sagte Patricia, die Augen immer noch auf ihre Hände gerichtet. „Insbesondere den Geschmack von Essen, und die Träume, die man hat, wenn man in der Nacht wirklich schläft."

„Und vielleicht noch die eine oder andere Sache", deutete William mit einem Grinsen an und legte seiner Frau den Arm um die Schulter.

Sie schlug mit der Hand nach ihm. „Wirst du dich wohl benehmen", ermahnte sie ihn, doch sie lächelte. Dann blickte sie Jason mit beschämtem Gesichtsausdruck an. „Aber er hat schon recht. Es gibt Dinge, die wir schlicht nicht mehr tun können."

Jason nickte. „Gewisse Abstriche müsst ihr wohl machen. Viele der neugeborenen Untoten werden sich nicht an ihr früheres Leben erinnern. Vielleicht ist das besser so. Doch immerhin seid ihr noch am Leben, und ihr habt eure Familie."

Patricia hob die Hände, um weitere Argumente abzuwehren. „Ich will gar nicht widersprechen. Versteht mich bitte nicht falsch, ich bin dankbar für das, was Ihr getan habt. Es ist nur gewöhnungsbedürftig – und das habe ich noch nicht ganz geschafft", sagte sie mit einem schwachen Lächeln.

William klatschte in die Hände. „Also, wechseln wir lieber mal das Thema, ja? Wir müssen erfahren, was unser Freund Jason so getrieben hat. Die Dorfältesten sollten gleich da sein. Ich habe einen Boten geschickt. Setzen wir uns, während wir auf sie warten."

Ein paar Minuten später betrat eine bunt gemischte Gruppe Untoter das Haus. Jeder von ihnen grüßte Jason respektvoll und nahm dann am Tisch Platz. Als alle versammelt waren, begann Jason mit seiner Erzählung. Er erläuterte, wie die Kultisten mithilfe ihrer Formwandlermagie versucht hatten, einen Gott zu erschaffen, und dazu die Bewohner der umliegenden Dörfer als Versuchspersonen entführt hatten.

Außerdem berichtete er, wie er mit seiner Gruppe die Kultisten getötet und die vermissten Dorfbewohner wiedererweckt hatte, die die Experimente der Gebieter überlebt hatten. William und die Ältesten hörten mit gespannter Aufmerksamkeit zu und schnappten nach Luft, als er erzählte, in was für einem Zustand die Gefangenen gewesen waren.

„Ihr habt das Rätsel gelöst und seid sogar noch einen Schritt weiter gegangen, indem Ihr unsere Leute befreit habt", sagte William schließlich. „Wir stehen in Eurer Schuld. Erneut." Die Männer und Frauen am Tisch nickten zustimmend.

Eine Meldung erschien in Jasons Gesichtsfeld.

Quest abgeschlossen: In Ruinen
Nachdem du die Berge nördlich von Peccavi erkundet hast, bist du auf einen Kult von Verrückten gestoßen, die wild entschlossen waren, sich einen Gott selbst zu basteln. Prompt hast du ihrem Leben ein Ende gesetzt und die vermissten Dorfbewohner befreit. **Belohnung:** Die unerschütterliche Loyalität der Menschen von Peccavi, insbesondere William.

Einer der Ältesten ließ den Blick über die Gruppe wandern. Als er Zustimmung in ihren Augen sah, nickte er mit entschlossenem Gesicht. „Wir haben nicht viel, aber wir möchten Euch das hier als Belohnung schenken", sagte er und hielt Jason eine Tasche hin.

Er hob sie an und war überrascht von ihrem Gewicht. Jason zog das Band auf und fand einen kleinen Haufen Goldmünzen. Er blickte zu den um den Tisch versammelten Leuten auf. Bevor es zur Düsternis bekehrt worden war, war das hier ein armes Dorf gewesen, und er ging davon aus, dass diese Tasche fast das gesamte Vermögen darstellte, das es besaß. Er runzelte die Stirn.

„Ich danke euch für dieses Geschenk", sagte Jason. „Doch ich kann es nicht annehmen. Ihr seid jetzt mein Volk. Ihr seid meine Sippe. Die Versprechen, die ich euch vor meinem Aufbruch gegeben habe, waren keine leeren Worte. Ich hätte euch auch ohne Lohn geholfen." Jason schob die Tasche zurück über den Tisch.

„Nehmt dieses Geld und verbessert damit das Dorf. Nutzt es, um eure Leute zu versorgen und zu schützen. Macht diesen Ort zu etwas Ehrfurchtgebietendem."

Die Männer und Frauen am Tisch saßen in benommenem Schweigen da. Sie hatten nicht erwartet, dass er ablehnen würde, was für sie ein kleines Vermögen darstellte.

Ein anderer Ältester stotterte: „Wir müssen etwas tun, um Euch zu vergelten, was Ihr getan habt."

Die anderen nickten zustimmend.

„Wenn ihr das möchtet, dann hätte ich eine Aufgabe für euch." Gelassen blickte Jason sie an. Er hatte diesen Männern und Frauen sein wahres Ziel noch nicht erklärt. „Ich muss den Dungeon jede Woche erobern und die Leichen der Gefallenen einsammeln."

Er hielt inne und sah jeden der Männer und Frauen nacheinander an. „Wenn ihr dazu bereit seid, würde ich euch bitten, dass die Soldaten und Dorfbewohner hier den Dungeon jedes Mal, wenn es wieder voller Gegner ist, erneut angreifen. Sie müssen seine Bewohner töten und ihre Leichen zum Zwielichtthron bringen."

„Ich verstehe nicht", sagte einer der Ältesten. „Was für einen Zweck hat das?"

Jason sah Angst in ihren Augen. Vor wenigen Tagen noch hatten die Werwesen sie in der Dunkelheit gejagt, die außerhalb ihrer Wälle lauerte. Jetzt verlangte er von ihnen, diese Bestien und ihre Gebieter anzugreifen.

„Ich kann andere genauso wiedererwecken, wie ich die Bevölkerung dieses Dorfs erweckt habe", erklärte Jason. „Die Feinde unserer Leute kehren ohne Erinnerung an ihre bisherige Existenz zurück. So vergrößern wir unsere Bevölkerung. Ohne diese Methode können wir uns nicht fortpflanzen, und jeder Verlust schwächt uns dauerhaft. Mir ist klar, dass ich da keine einfache Sache von euch verlange. Ihr müsst denselben Kultisten gegenübertreten, die eure Dorfbewohner ermordet haben. Allerdings ist es nötig, um unser Überleben zu sichern. Die Bewohner von Peccavi werden unsere Frontlinie sein, die uns vor dem Aussterben bewahrt."

Bei seinen Worten begann Verständnis in den Augen der Untoten am Tisch zu dämmern. Viele nickten. William beobachtete den Konsens, der unter den Dorfältesten aufkam. Er wusste bereits, was Jason mit dem Dorf vorhatte, und da er in Jasons Pläne eingeweiht war, wie man den Dungeon bezwingen konnte, warf er seinen Hut in den Ring.

„Wir schulden Euch nichts Geringeres. Das ist ein kleiner Preis für das Leben und die Sicherheit unseres Dorfes."

Die anderen Ältesten pflichteten ihm nach und nach bei und akzeptierten schließlich einstimmig die Aufgabe, die Jason ihnen gegeben hatte.

Er lächelte. „Natürlich lasse ich euch nicht mit leeren Händen zurück. Zwei Divisionen unserer Soldaten werden im Dorf bleiben. Sie werden die Hauptstreitmacht darstellen, die den Dungeon angreift. Außerdem gehe ich davon aus, dass viele der neugeborenen Sippenmitglieder sich nach der Feier heute Abend dafür entscheiden werden, hierzubleiben. Die Soldaten, die ich hierlasse, können die anderen ausbilden, und unsere Leute werden im Dungeon schnell hochleveln."

Er hob warnend die Hand. „Ich muss euch allerdings warnen. Wir sind eine neue Rasse, und unsere Feinde sind zahlreich. Ihr werdet stark werden und den Dungeon als Trainingsgelände nutzen müssen. Außerdem werdet ihr das Dorf und das Tal vor dem Dungeon befestigen müssen."

„Das werden wir", antwortete einer der Ältesten mit beherzter Stimme. Die anderen richteten sich in ihren Stühlen auf. Die Angst in ihren Augen war schnell Entschlossenheit gewichen. William sah Jason mit Stolz im Blick an. Er hatte von der Stärke der Dorfbewohner gesprochen. Er hatte recht gehabt.

Jetzt mischte er sich ein und brach damit die ernste Stimmung, die über dem Tisch lag. „Wenn das alles ist, sollten wir nun mal langsam die Feier planen!"

Die Ältesten lächelten und verließen einer nach dem anderen das Haus. Jason nahm an, dass sie früh mit feiern anfangen wollten.

William legte eine schwere Hand auf Jasons Schulter, als dieser gerade nach draußen gehen wollte. „Mit der Zeit werden wir stark werden, aber es dauert vielleicht ein bisschen, bis die ersten Leichen bei Euch ankommen. Habt Vertrauen in unsere Leute."

Jason sah ihn gelassen an. „Glaubt mir, das habe ich. Und mehr noch vertraue ich *Euch*. In meiner Abwesenheit ernenne ich Euch zum General der nördlichen Legion."

William blickte ihn schockiert an, bevor er schließlich grinste. „Ihr nennt ein paar hundert Soldaten eine Legion?"

Jason blickte durch die Tür nach draußen. Die Dorfbevölkerung versammelte sich am Fuß des Hügels. Eine Reihe Fässer war auf magische Weise auf dem Platz aufgetaucht. Er sah die Gesichter vieler Untoter von Lächeln erhellt, und es wurde bereits ein Toast ausgebracht. Jenseits der Dorfmauern bewegten sich Hunderte von Untoten zwischen den ordentlichen Zeltreihen hindurch und bezogen ihre vorübergehenden Quartiere.

„Vielleicht noch nicht, aber bald", antwortete Jason mit stolzer Stimme. Rex hatte mit seinem Opfer ein starkes Vermächtnis hinterlassen.

Kapitel 36 – Aufschlussreich

*GEORGE SASS AN seinem Tisch im Hauptquartier von Cerillion En-
tertainment. Er überflog eine von seiner Assistentin zusammenge-
stellte Übersicht über Jasons Spielaktivitäten der letzten paar Tage
und der zugehörigen Medienberichterstattung. Die Strategie, die der
Junge ausgeklügelt hatte, um die Bevölkerung seiner Stadt zu vergrößern, war erschreckend. Er hatte die Regeln des Spiels ordentlich
gedehnt und die CPSC in eine prekäre Lage gebracht.*

*„Vielleicht habe ich diesen Jungen unterschätzt", murmelte
er. Jasons Einfluss im Spiel wuchs, und mit ihm seine Bedeutung
für das Unternehmen. Er war jetzt ein Medienstar mit Fans und
Feinden auf beiden Seiten.*

*Die Übersicht hatte auch erwähnt, dass andere noch etwas
auf das auf Jason ausgesetzte Kopfgeld draufgelegt hatten. George
lachte leise, als er sah, dass die Belohnung auf fast 30.000 Dollar
gestiegen war. Unter den Spielern lief eine Art Kopfgeld-Crowdfun-
ding, das jeder, dem Jason im Spiel Schaden zugefügt hatte, mit
seinem Geld unterstützen konnte. Ein Videobeweis seines Todes sowie mindestens ein Zeuge und ein Screenshot des Kampflogs, das
seinen Tod anzeigte, waren die Voraussetzungen dafür, das Kopfgeld zu kassieren. Außerdem hatten die Spieler eine Anfrage an Cerillion Entertainment gerichtet, den Tod zu bestätigen, um Betrug zu
verhindern. Dem würde George mit Freuden nachkommen.*

*Mit einer Handbewegung blätterte George auf dem halb-
transparenten Bildschirm zum nächsten Bericht weiter. Dieser be-
fasste sich mit dem Fortschritt seines Sohnes. Er hatte im Lauf der
letzten paar Tage eine merkwürdige Persönlichkeitsveränderung
durchlaufen. Zuerst hatte er auf einer Party zwei Teenager beinahe
totgeprügelt – bei dem Gedanken daran knirschte George immer
noch mit den Zähnen. Zum Glück hatte es wenig Indizien gegeben,
dass sein Sohn darin verwickelt war, und die beiden waren zu betrunken gewesen, um sich an Alex' Gesicht zu erinnern.*

*Im krassen Gegensatz dazu hatte sich Alex dann daran ge-
macht, die Armen und Kranken in Grauburg zu heilen, und sich
schnell als neuer religiöser Führer in der Stadt etabliert. Danach
kam die Revolte, die die Machthaber der Stadt gestürzt und in ihrer
Verwandlung gegipfelt hatte. Die Rebellion war ein Schachzug, der
George mehr an die typische Art seines Sohnes erinnerte, aber die
Transformation der Stadt bedeutete auch, dass Alex die Aufmerksamkeit einer Spielgottheit auf sich gezogen hatte.*

*Er trommelte mit den Fingern auf den Schreibtisch. Seine
Sekretärin hatte erwähnt, dass Alex vor ein paar Tagen im Büro
aufgekreuzt war, um mit ihm zu sprechen, doch sie hatte ihn abgewiesen, da George in einem Meeting gewesen war. Das war ungewöhnlich für Alex, der seinen Vater normalerweise mied. George
nahm an, dass er ihm nach all der Zeit immer noch die Schuld für
den Tod seiner Mutter gab.*

*„Vielleicht ist Alfred dabei, ihn zu heilen“, überlegte George
laut. Es gab zumindest Hinweise, die diese Schlussfolgerung nahe-
legten. Wenn das der Fall war, war es unerlässlich, dass George
Alfreds Existenz vor der CPSC geheim hielt.*

*Seine Gedanken wurden vom Klingeln seines Epis unterbro-
chen. Er tippte auf das Gerät an seinem Handgelenk, und die
Stimme seiner Sekretärin schwebte durch den Raum. „Ms. Bastion
ist zu ihrem Termin mit Ihnen hier, Sir.“*

George seufzte. „Perfekt“, murmelte er.

*Gloria Bastion war die aktuelle Vorstandsvorsitzende der
CPSC. Er hatte persönlich interveniert, um ihre Berufung an diese
Stelle zu verhindern, doch war schließlich überstimmt worden. Da
ihre Ernennung politisch aufgeladen war, fehlte es ihm an Einfluss,
um sie zu verhindern. Leider kannte Gloria seine Haltung zu der
Angelegenheit, was das bevorstehende Gespräch mit Sicherheit wesentlich feindseliger machen würde.*

*„Sir? Soll ich sie reinschicken?“, wollte seine Sekretärin wis-
sen.*

*„Ja, bitte“, antwortete George. Er richtete sich in seinem Sitz
auf, strich sich das Sakko glatt und warf einen Blick in den Spiegel,
der unauffällig neben seinem Schreibtisch angebracht war. Dann
wischte er die Konsole vor sich weg, sodass nur noch der prunkvolle*

Schreibtisch zurückblieb.

Einen Augenblick später betrat Gloria das geräumige Büro. Sie trug einen makellosen blauen Hosenanzug. Ohne Zögern betrat sie den Raum und ihre durchdringenden grauen Augen begutachteten das Büro und George mit einem Anflug von Verachtung.

George stand auf und ging um seinen Schreibtisch herum. „Hallo, Gloria", begrüßte er die Frau herzlich. Es gab keinen Grund, sie gegen sich aufzubringen, bevor er herausgefunden hatte, wozu sie hier war und welche Position sie vertrat. Auch wenn er ihr Ziel vermutlich schon erraten hatte.

„George", sagte sie knapp, ignorierte seine ausgestreckte Hand und nahm vor seinem Tisch Platz.

Ärgerlich runzelte George die Stirn, bevor er seinen Gesichtsausdruck wieder unter Kontrolle hatte. Zumindest hatte sie das nicht mitbekommen, da er hinter ihr stand. Er begab sich wieder zu seinem Stuhl und musterte die Frau einen Augenblick lang. Er würde abwarten, bis sie zuerst etwas sagte. Gloria sah sich kurz im Büro um, bevor ihr Blick wieder an George hängenblieb.

Mit einem kleinen Stirnrunzeln ergriff sie das Wort. „Ich nehme an, Sie wissen, warum ich hier bin."

„Ihre Nachricht war etwas vage", entgegnete George gelassen. „Vielleicht möchten Sie mich aufklären?"

Glorias Gesichtsausdruck verfinsterte sich. „Der Tod eines Spielleiters hat in meiner Organisation Bedenken bezüglich unserer Möglichkeiten hervorgerufen, das Verhalten der Spieler in Ihrem Spiel überwachen zu können." Sie sprach das Wort „Spiel" mit einem Hauch Abscheu aus.

Dann fuhr sie fort: „Ich bin mir sicher, Sie erinnern sich, dass diese gemeinsame Initiative ergriffen wurde, um die Wiederaufnahme von Ermittlungen bezüglich des Produkts Ihres Unternehmens zu verhindern und um die öffentliche Sicherheit zu gewährleisten." Sie beugte sich ein Stück vor und ihre Augen funkelten im Licht der in der Decke eingelassenen Strahler. „Es wäre bedauerlich, wenn wir gezwungen wären, diesen Forderungen jetzt nachzugeben."

In einer Geste der Ratlosigkeit hob George die Hände und kehrte die Handflächen nach oben. „Ich weiß nicht, was ich Ihnen sagen soll. Ich habe nie versprochen, dass die Spielleiter in der Spielwelt unbesiegbar sein würden, und ich habe Ihren Leuten vollen Zugang gewährt. Vielleicht ist es das Verhalten Ihrer Mitarbeiter, das die aktuelle Verkettung von Ereignissen ausgelöst hat. Soweit ich es verstehe, war Jason nicht direkt verantwortlich für den Angriff auf die Spieler."

Ein kleines Lächeln zog Georges Mundwinkel nach oben. „Durch den ... Enthusiasmus Ihrer Mitarbeiter sind beträchtliche Schäden an mehreren Dörfern und Städten in der Spielwelt entstanden. Sie sind sich bestimmt bewusst, dass das ein hochkomplexes Spiel ist. Viele der zugrundeliegenden Mechaniken können wir nicht ändern, darunter die Zerstörung von Gebäuden und Gelände oder die Sterblichkeit der Bewohner der Welt."

Gloria Augen funkelten. „Wollen Sie mir sagen, dass Sie diese Probleme nicht einfach mit einem Patch beheben können? Sie haben dieses Spiel entwickelt, oder nicht?"

Georges Lächeln wurde breiter, und er legte sich die Hand auf die Brust. „Nicht ich persönlich", entgegnete er mit einem leisen Lachen. „Da muss ich auf meine Mitarbeiter vertrauen. Sie sind ziemlich talentiert. Außerdem möchte ich betonen, dass wir ein profitorientiertes Unternehmen sind. Selbst, wenn wir tun könnten, was Sie vorschlagen, was extrem zeitaufwändig und teuer wäre, würde das unseren Kunden den Spielspaß verderben. Sie erwarten von uns Realismus. Außerdem ..." George wischte über den Schreibtisch, sodass ein Bild auf der hölzernen Oberfläche erschien. Es zeigte eins der Nachrichtenprogramme eines anderen Senders. „Soweit ich es verstehe, steht die CPSC gerade in einem schlechten Licht da. Es scheint, dass Videoaufzeichnungen vom Verhalten Ihres Mitarbeiters in diesem Dungeon viral gehen."

Gloria wurde blass, als sie Florius schwadronieren hörte, dass Jason und andere Spieler für ihr Verhalten im Spiel in der wirklichen Welt ins Gefängnis gesteckt werden müssten. Georges Lächeln wurde breiter. Minuten, nachdem Gloria ihr Büro verlassen hatte, hatte er dieses Material anonym veröffentlicht. Er ging davon aus, dass das ein Schock für sie sein dürfte.

Ihr zornerfüllter Blick wandte sich ihm zu und ihr versteinerter Gesichtsausdruck bekam Risse. „Sie haben das veröffentlicht, nicht wahr? Sie Mistkerl!" Schnell erhob sie sich und *stürmte zur Tür. Die Hand schon am Türgriff drehte sie sich noch einmal zu George um. „Wir sind noch nicht fertig miteinander. Ich behalte Sie im Auge."*

„Wird mir ein Vergnügen sein."

Dann warf sie die Türe hinter sich zu.

* * *

Jason, Frank und Riley liefen vor der Kolonne der Untoten her. Die Turmspitzen des Zwielichtthrons ragten vor ihnen auf. Blitze zuckten zwischen den schwarzen Wolken, die über der Stadt hingen. Beim Anblick der vertrauten, dunklen Mauern verspürte Jason große Erleichterung. Der Ort war ihm zur Heimat in diesem Spiel geworden. Es war gut, wieder hier zu sein.

Frank sprach seine Gedanken aus. „Ich hätte nie gedacht, dass ich das mal sage, aber es ist gut, die Stadt wiederzusehen."

„Finde ich auch", stimmte Riley zu. „Das war eine interessante Reise, aber jetzt brauche ich erst mal eine Pause." Sie sah Jason an. „Ich verstehe nicht, wie du ständig im Spiel bleiben kannst."

Jason lachte. „Übung und Verzweiflung. Vergiss nicht, das ist ja praktisch mein Broterwerb!"

Er warf einen Blick auf die Reihe der Untoten hinter ihnen. Als sie aufgebrochen waren, hatten sich fast 200 frischgebackene neue Sippenmitglieder entschieden, in Peccavi zu bleiben. Das hieß, sie hatten dem kleinen Dorf fast 400 neue Bewohner hinzugefügt, wenn Jason die zwei Divisionen mit einrechnete, die jetzt dort stationiert waren. Außerdem hatte er die Bevölkerung des Zwielichtthrons um 600 weitere Sippenmitglieder vergrößert – gar nicht so schlecht für nur eine Woche in Echtzeit!

Wenn William und die Dorfbewohner den Dungeon erst einmal zuverlässig bezwingen konnten, ging Jason davon aus, dass regelmäßig ein paar hundert weitere eintreffen würden. Er würde daran denken müssen, zusammen mit den Wagenfahrern Verstärkung hinzuschicken, um ihre Verluste auszugleichen.

Die Stadttore schwangen weit auf, als die Untoten sich

näherten. Jason hatte ein paar Läufer vorausgeschickt, um in der Stadt Bescheid zu sagen, dass sie auf dem Weg waren, und um Jerry und Morgan zu einem Treffen in der Feste zu rufen. Es war besser, sie gleich auf den neuesten Stand zu bringen, als abzuwarten, bis sie aus zweiter Hand erfuhren, was passiert war.

Als die Kolonne durch das Tor hineinmarschierte, wurden sie von aufbrandendem Lärm begrüßt. Jason riss die Augen auf, als er die Untoten sah, die die Straße zum Nordtor säumten. Sie winkten mit hoch erhobenen Armen und jubelten den neuen Untoten begeistert zu. Die Männer und Frauen, die hinter ihm liefen, blickten sie voller Erstaunen an. Jeder Rest von Zweifel bezüglich ihrer neuen Existenz schwand.

„Heilige Scheiße", sagte Frank, der neben Jason lief, und beäugte die Untoten mit fassungslosem Gesichtsausdruck.

„Da ist nichts Heiliges dran", bemerkte Jason mit einem Lachen. Das trug ihm einen Schubser von Riley ein.

„Ganz lahmer Witz", murmelte sie. „Wir kriegen gleich noch genug von Jerrys bescheuertem Sinn für Humor ab, wenn wir ihn treffen."

Die Untoten der Stadt waren in Scharen gekommen und säumten die Straße bis hin zum Markt. Jason entdeckte sogar Spieler am Straßenrand, auch wenn einige mehr verwirrt als feierlustig wirkten. Er hoffte, dass sie zumindest so vernünftig waren, ihre Waffen steckenzulassen. Eine Klinge gegen Jason oder seine neuen Bürger zu ziehen, würde ein sofortiges Todesurteil bedeuten.

Als sie zum Marktplatz kamen, wurden sie von einem wahren Meer an Untoten empfangen. Jason und seine Gruppe drängten sich zur Tür der Feste durch, und sofort löste sich eine Reihe Soldaten aus der Menge und bildeten eine lose Abgrenzung um sie herum. Jason warf einen Blick auf die neuen Untoten, die sich unter die Alteingesessenen mischten. Er wusste, dass sein Divisionshauptmann und seine Truppen sich darum kümmern würden, die neuen Einwohner unterzubringen. Hoffentlich hatten Morgan und Jerry alles so koordiniert, dass Häuser für die neuen Bürger zur Verfügung standen. Viele der Wohnungen in der Stadt standen leer.

„Ich glaube, sie erwarten eine Ansprache", sagte Riley mit einem Lachen und blickte auf die kaum zu zügelnde Menge. „Außerdem sieht es so aus, als hätte mindestens einer schon zu feiern angefangen." Sie deutete auf einen Mann, der sich schwer gegen einen hölzernen Marktstand lehnte und den Becher hoch erhoben hatte, als würde er Jason zuprosten.

„Na, dann geben wir ihnen, was sie wollen", antwortete Jason.

Er wandte sich an die Menge, und langsam senkte sich Stille über den Platz. „Seid gegrüßt, Einwohner des Zwielichtthrons", rief er. „Seid gegrüßt, meine Sippe!"

Eine Welle Jubelrufe erschallte als Antwort.

„Wir kehren siegreich von unserer Mission zurück. Wir haben unseren Reihen fast tausend neue Bürger hinzugefügt. Und wir haben unseren Feinden mehr Gründe gegeben, uns zu fürchten!"

Ein weiterer, donnernder Jubelschrei stieg aus dem Meer der Untoten auf.

Jasons Ton wurde etwas düsterer. „Zwar haben wir viel zu feiern, aber wir dürfen jetzt nicht übermütig werden. Die ganze Welt steht vielleicht bald gegen uns. Wir müssen stark werden. Wir wollen, dass alle Welt es sich zweimal überlegt, bevor sie sich mit der Macht des Zwielichtthrons anlegt!"

Ein Spieler drängte sich grob durch die Masse der Untoten, bis er vor der Reihe Wachen stand. Er starrte Jason giftig an, bevor er schrie: „Ihr seid nichts als ein Mörder und ein Sadist. Ihr seid ein digitaler Terrorist, der unschuldige Männer und Frauen foltert. Ihr habt den Tod verdient." Mit diesen Worten begann der Mann, einen Zauber in Richtung Jason zu wirken. Steinbrocken wurden aus dem Boden gerissen und wirbelten um seinen Stab herum.

Bevor Jason reagieren konnte, bohrte sich ein Pfeil in die Kehle des Mannes. Er warf einen Blick zur Seite. Riley stand mit erhobenem Bogen und obsidianschwarzen Augen da. Die Sehne vibrierte noch. Auch Frank hatte sich vor Jason aufgebaut und die Äxte erhoben. Bei dieser blitzschnellen Reaktion von Jasons Teammitgliedern breitete sich Schweigen über die Menge, und aller Augen richteten sich auf den Mann, der jetzt blutend am Boden lag.

Wow, wir sind noch ganz schön angespannt, dachte Jason zerknirscht. Er musste zugeben, dass die letzten paar Tage im Spiel stressig gewesen waren, aber das hatte sie auch stärker gemacht.

Jason tätschelte Riley sanft die Schulter, woraufhin sie ihren Griff um den Bogen lockerte und eine etwas entspanntere Haltung einnahm. Auf einen Wink von Jason hin senkte auch Frank seine Äxte und trat zurück. Jason wandte sich wieder der Menge zu und deutete auf den Mann am Boden. „Seht ihr das? Unsere Feinde sind überall. Sie verstecken sich in unseren Reihen und wollen unsere Stadt und ihre Bewohner vernichten."

Er machte eine Pause, um die Spannung zu steigern. „Ich sage es euch ganz klar: Das ist es, was jedem und jeder zustoßen wird, der oder die unsere Sippe angreift – ein sofortiger, gnadenloser Tod.

Langsam ging Jason zu dem nach Luft schnappenden Spieler. Die Reihe Soldaten teilte sich kurz für ihn. Er packte den Mann bei den Haaren und riss ihm den Kopf hoch, sodass er ihm ins Gesicht blickte. Dann stieß er dem Mann seine Klinge ins Auge und setzte damit seinem Leben ein sofortiges Ende. Mit einem nassen Klatschen schlug die Leiche auf den Pflastersteinen auf.

Er trat ein paar Schritte zurück und führte eine Reihe komplizierter Gesten durch. Dunkle Energie schlang sich um seine Finger. Donner dröhnte in den Wolken über ihnen. Ein schwarzer Blitz schlug mit einem Krachen in die Leiche am Boden ein. Ihre Haut schmolz und ließ nur gebleichte weiße Knochen zurück. Nach einem Augenblick öffnete die Leiche ihre seelenlosen, schwarzen Augen und rappelte sich vom Boden auf.

„Seht her!", rief Jason in das Schweigen hinein, das sich über die Menge gebreitet hatte. Er trat vor und legte dem Skelett eine Hand auf die Schulter. „Unsere Feinde machen uns nur stärker. Mit jedem Einzelnen, den wir zu uns holen, wird unsere Art wachsen, bis unsere Düsternis sich in die entferntesten Winkel dieser Welt ausbreitet. Sie werden es bereuen, den Zwielichtthron herausgefordert zu haben."

Ein schallender Jubelschrei lief durch die Menge wie eine anbrandende Welle. Unbeugsam stiegen ihre Rufe in den dunklen

Himmel auf. Mit einem leichten Lächeln beobachtete Jason ihre Begeisterung. Wie er William gesagt hatte, waren sie noch keine Legion, aber irgendwann würden sie eine sein. Wenn dieser Tag kam, war er fest entschlossen, das Versprechen zu halten, das er gerade gegeben hatte. Sein Blick fiel auf Alfred, der unbewegt neben ihm stand. Wenn er schon der Bösewicht dieses Spiels sein sollte, würde er einen verdammt guten abgeben.

Frank sah ihn fragend an. „Das wird die Spieler nicht für immer fernhalten", sagte er leise. „Selbst ihre Angst vor dem, was du mit dem Spielleiter gemacht hast, wird das Unvermeidliche nur herauszögern. Irgendwann kommen sie her. Das auf dich ausgesetzte Kopfgeld wird immer höher. Jetzt haben sie auch Riley und mich auf die Liste gesetzt."

„Es muss sie gar nicht aufhalten", sagte Jason düster und sah seinem Freund in die Augen. „Es muss uns nur Zeit verschaffen, um stärker und mächtiger zu werden. Wenn der Krieg beginnt, werden wir mit einer Legion Untoter kämpfen."

Riley kicherte leise. „Ganz schön gruselig. Du hast dieser Welt jetzt schon wiederholt den Krieg erklärt." Sie schüttelte den Kopf und lachte. „Wie ich schon sagte, wenn man dir folgt, wird es definitiv nicht langweilig. Was kommt als Nächstes?"

Jasons Blick lag auf der Feste. „Als Nächstes sprechen wir mit Jerry und Morgan. Wir müssen ihnen erzählen, was mit Rex passiert ist, und herausfinden, ob Morgan zusätzliche Informationen über die Rasse der Untoten in Erfahrung bringen konnte."

Sie gingen zum Tor der Feste und berührten jeweils die raue Holzoberfläche. Mit einem Blitz verschwanden sie vor den Augen der Untoten vom Marktplatz und tauchten in dem bereits vertrauten Arbeitszimmer wieder auf. Es sah ziemlich genau so aus, wie sie es in Erinnerung hatten: Bücherregale säumten die Wände und in dem großen, steinernen Kamin an einer Wand knisterte ein Feuer.

„Sag ich doch!", verkündete Micker. „Fiesling, Dickwanst und hübsche Dame sind da."

Mickers Aufzählung wurde von einem geplagten Seufzer beantwortet. „Das sehe ich selbst, Micker", sagte Morgan mit entnervter Stimme. Jason konnte sich nur vorstellen, wie lange sie schon hier saß und die Blödeleien des Kobolds ertragen musste.

„Hallo, Junge", begrüßte Morgan ihn und stand von ihrem Platz am Tisch auf. Ihren scharfsichtigen Augen entgingen weder abgekämpfte Erscheinung der Gruppe noch die bemerkenswerte Veränderung von Franks Körperbau. Jason vermutete, dass sie darüber hinaus noch einiges mehr wahrnahm, was unter der Oberfläche verborgen war. „Ich bin froh zu sehen, dass Ihr mit Eurer Aufgabe erfolgreich wart."

Ohne Vorwarnung schlangen sich zwei schlanke Arme um Jason. „Heda, gut aussehender, mysteriöser Fremder", flüsterte Jerry hinter ihm und kitzelte ihn dabei mit seinem Schnurrbart am Ohr. Jason zuckte zusammen, riss sich aus Jerrys Umarmung los und stieß vor Überraschung einen wenig würdevollen Schrei aus.

„Verdammt, Jerry!", rief Jason unter dem Gelächter aller im Raum Anwesenden. Es war typisch für den geselligen Barkeeper, ihm nach der Vorstellung, die er auf dem Marktplatz geliefert hatte, einen Dämpfer aufzusetzen. Doch er lächelte, als er den Mann begrüßte. Trotz der kurz aufflackernden Verärgerung taten ihm Jerrys gutmütige Frotzeleien nach tagelangem, ununterbrochenem Kampf gut.

Die Gruppe setzte sich an den langen Tisch an einem Ende des Raums, und Alfred nahm seinen üblichen Platz auf einem Ledersofa am Feuer ein. Während sie sich setzten, musterte Morgan die Gruppe verwirrt. „Wo ist Rex?", fragte sie.

Rileys und Franks Gesichtsausdruck verriet ihr alles, was sie wissen musste. Sie hob die Hand zum Mund und eine Mischung aus Schock und Traurigkeit huschte über ihr Gesicht.

Jerrys gewöhnlich übermütiges Gehabe verflog. „Tot?", fragte er mit düsterer Stimme.

Jason nickte nur.

„Und wer ist dafür verantwortlich? Ich nehme an, derjenige schmachtet bereits in der Hölle", fügte Jerry mit Mordlust in den Augen hinzu.

Jason hatte den normalerweise sorglosen Gastwirt noch nie so erlebt, und es brachte ihn etwas aus der Fassung. Es gab eindeutig einen Grund, warum sich vor Jasons Eroberung der

Travis Bagwell

Stadt niemand mit Jerry angelegt oder in seinem Gasthof etwas angestellt hatte.

„Er ist tot", antwortete Jason. „Für immer."

Wie jeder andere hatte Jason die universelle Systemmeldung gesehen, nachdem er sich wieder ins Spiel eingeloggt hatte. Auch wenn es ihn etwas geschockt hatte, zu erfahren, dass Spielleiter nicht respawnen konnten. Schnell warf er Alfreds Katzengestalt auf dem Sofa am Feuer einen Blick zu. Er vermutete, dass die KI irgendetwas damit zu tun hatte, aber nichts dazu gesagt hatte.

„Wenigstens ein kleiner Trost", sagte Jerry mit traurigem Blick.

Um das Thema zu wechseln, begann Jason seinen Bericht über alles, was passiert war, seit sie sich das letzte Mal gesehen hatten. Frank und Riley ergänzten die Kleinigkeiten, die Jason ausließ. Als sie zu der Stelle mit dem Spielleiter kamen, horchten sowohl Jerry als auch Morgan auf. Sie hatten die Benachrichtigung über den Tod des Spielleiters ebenfalls erhalten, und sie erklärten, dass die untoten Soldaten innerhalb der Stadt sich nach Kräften hochgelevelt hatten, um den Erfahrungspunktebonus auszunutzen.

Als er zum Ende kam, ergriff Morgan das Wort. „Abgesehen von Rex' Verlust war das ein Sieg. Es scheint, dass Ihr einen Weg gefunden habt, die Bevölkerung der Stadt zu vergrößern." Neugierig sah sie ihn an. „Hattet Ihr unterwegs Gelegenheit, mit dem Düsteren zu sprechen?"

„Tatsächlich, ja", sagte Jason. „Zu Anfang unserer Reise hat er mir eine gewohnt vage Quest aufgetragen, für die ich drei Zutaten sammeln sollte." Er zog das Herz der Elementarhydra aus seiner Tasche und legte den Kristall auf den Tisch. „Das war die erste."

Morgans Augen weiteten sich. „In diesem Kristall ist eine beträchtliche Menge Mana gespeichert." Sie sah Jason fragend an. „Habt Ihr eine Ahnung, was er damit bezweckt?"

„Wie gesagt, er hat sich vage ausgedrückt", sagte Jason entnervt. „Außerdem hat er verlangt, dass ich zwei bereitwillige Opfer und sein Zauberbuch finden soll." Das ließ Morgan sichtbar zusammenzucken. Kurz hob sie den Blick und sah Jason voller

Aufregung an.

„Interessant", murmelte Morgan und starrte wieder auf den Kristall. „Das klingt nach den Bestandteilen eines Rituals, das ich in einem der Bücher in der Feste gefunden habe. Außerdem habe ich eine Menge über die alte Rasse der Untoten erfahren."

Frank und Riley sahen Jason mit verwirrtem Gesichtsausdruck an. Bei allem, was sie hatten bewältigen müssen, hatte er ihnen nicht auch noch Details über die Quest erzählt, also war jetzt wohl eine verspätete Erklärung fällig.

„Der Düstere ist so etwas wie eine Gottheit im Spiel, der für das dunkle Mana steht", erklärte Jason. „Er tritt als alter Mann mit einer Sense auf und war der Hauptverantwortliche für den Fall von Lux und die Verwandlung der Stadt. Offenbar gibt es für jede der Affinitäten eine Gottheit, und diese haben angefangen, sich Champions unter den Reisenden auszuwählen. Vor unserer Abreise hat Morgan mir erklärt, dass ich keine neuen Zauber auswählen kann, bevor ich mit dem Düsteren gesprochen habe. Als ich dann die Gelegenheit dazu hatte, hat er mir eine recht seltsame Quest aufgetragen, ohne mir deren Zweck mitzuteilen. Allerdings habe ich den Verdacht, dass sie mit der Geschichte der Rasse der Untoten zu tun hat."

Jason holte Atem, bevor er fortfuhr: „Morgan hat in diesem Arbeitszimmer ein paar Bücher gefunden, in denen steht, dass diese Stadt einst von der Rasse der Untoten bewohnt war. Außerdem war die Rede von zwei anderen Städten, die zu einer Affinität konvertiert wurden, ähnlich wie der Zwielichtthron und jetzt die Kristallzitadelle."

„Exakt", warf Morgan ein. In ihrer Stimme schwang Aufregung mit. „Allerdings hat meine Recherche zusätzliche Informationen ans Licht gebracht. Die Rasse der Untoten war nicht auf diese Stadt beschränkt. Sie erstreckte sich einst über den ganzen Kontinent. Offenbar lebten die verschiedenen Rassen für eine beträchtliche Zeitspanne in Frieden miteinander."

„Verschiedene Rassen?", fragte Riley verwirrt.

„Ja." Morgan nickte enthusiastisch und nahm eine lehrerhafte Haltung ein. „Menschen mit Flügeln und dem Gebaren himmlischer Wesen, Kreaturen, die menschliche und tierische

Eigenschaften auf sich vereinigten, und lebende Wesen aus Feuer, Stein, Luft und Wasser. Das waren nur einige der unzähligen Rassen, die einst dieses Land bevölkerten."

„Was ist aus ihnen geworden?", fragte Frank.

„Ich bin mir nicht sicher", erwiderte Morgan. „Offensichtlich wurden sie vernichtet, aber an einem bestimmten Punkt ... hört die Erzählung einfach auf. Vielleicht gab es einen Krieg oder eine Art Naturkatastrophe? Das sind wohlgemerkt nur Vermutungen."

Jason räusperte sich, um ihre Aufmerksamkeit auf sich zu ziehen. „Erzählt uns mehr über die Rasse der Untoten. Wie passt die Quest des Alten zu dieser Geschichte?"

Mit blitzenden Augen begann Morgan zu erklären. „Da wird die Sache interessant. Die Untoten wurden einst von einer Rasse beherrscht, die in den Texten nur als ‚Hüter' bezeichnet werden. Diese Wesen scheinen im Rahmen eines komplexen Rituals entstanden zu sein – bei dem genau die Zutaten zum Einsatz kamen, die Ihr gesammelt habt."

Jasons schwirrte der Kopf. Also drehte sich die Quest des alten Mannes um eine Art Rassenwechsel? Das ergab Sinn. Allerdings verstand er noch nicht ganz, wie die Erinnerungen, die er durchlebt hatte, dazu passten. In den Szenen, deren Zeuge er geworden war, mussten die Hüter wohl als eine Art pseudoreligiöse Führer fungiert haben.

Frank und Riley sahen Jason schockiert an. Auch sie hatten sich die Bedeutung der Quest zusammengereimt.

Frank sprach als Erster: „Das ändert deine Rasse, oder?"

„Genau das habe ich mir auch gerade gedacht", bestätigte Jason mit wachsender Aufregung. Dann zögerte er. Die „Aufgaben" des alten Mannes hatten oft einen Haken, typischerweise einen recht schmerzhaften. Er nahm an, dass die Opfer schwerwiegende Kosten bedeuten würden. Allerdings war das nur Spekulation, da er momentan nur über begrenzte Informationen verfügte. Er musste mehr erfahren.

„Haben die Hüter als eine Art Priester fungiert?", fragte Jason zögernd.

Morgan schien überrascht von seiner Schlussfolgerung.

„Ja, gewissermaßen. Sie waren dafür verantwortlich, die anderen Rassen in ein zweites Leben zu geleiten. Natürlich nur die, die das auch wollten. Sie werden als Kreaturen von unermesslicher Willensstärke beschrieben und hatten großen Einfluss über die Rasse der Untoten. Meine Quellen erwähnen auch ein Brunnensystem, das sie angelegt hatten, und das sich über den gesamten Kontinent erstreckte. Brunnen fanden sich häufig dort, wo es eine dichte Untotenbevölkerung gab."

„Brunnen?", fragte Riley. „Was meint Ihr damit?"

Ein Lächeln breitete sich auf Morgan Gesicht aus. „Es ist einfacher, wenn ich es euch zeige. Einer dieser Brunnen liegt unter dieser Feste. Ich habe ihn gefunden, während ihr fort wart." Sie sah den grauen Kobold an, der mit gerunzelter Stirn auf Rileys Schulter saß. „Auch wenn die Suche mühsamer war, als ich gehofft hatte."

„Micker bester Finder", piepste der Kobold. „Er zeigt alter Frau Steinschüssel!"

Jerry rollte mit den Augen und stand abrupt auf. „Vielleicht sollten wir einen Ausflug machen! Nach dem langen Vortrag muss ich mir dringend die Beine vertreten." Prompt vollführte er eine Reihe Dehnübungen, bei denen Jason das Gesicht verzog.

„Also, ich bin dabei!", verkündete Frank und schüttelte den Kopf über den Dieb. Die anderen nickten zustimmend, und alle wandten sich Micker zu.

„Was wollt ihr?", fragte der Kobold und beäugte sie nervös, als ihm klar wurde, dass er plötzlich im Mittelpunkt der Aufregung stand.

„Micker, kannst du uns zum Brunnen unter der Feste bringen?", fragte Riley mit lieblicher Stimme.

Der graue Kobold nickte schnell. „Natürlich, hübsche Dame!"

„Nein, warte!", rief Jason, als ihm klar wurde, dass er am Tisch sitzend teleportiert werden würde. Hastig versuchte er, noch rechtzeitig auf die Beine zu kommen. Doch es war zu spät. Mit einem Händeklatschen von Micker verschwand die Welt um ihn herum.

Kapitel 37 – Unvergesslich

„HÖR AUF, MICH ZU HETZEN", murmelte Craig. Er stand gebückt vor einer alten Holztür. Seine Finger schwebten über dem Türgriff, während er eine Plastikkarte in den Spalt zwischen Tür und Rahmen schob.

„Dann mach schnell!", zischte Luke. Glücklicherweise hatte der Besitzer dieser armseligen Hütte nichts für Gartenarbeit übrig. Große Büsche waren über die Veranda gewuchert und verbargen sie vor neugierigen Blicken. Doch Luke befürchtete trotzdem, dass sie gesehen werden würden.

„Ich kann nicht glauben, dass wir uns dazu haben breitschlagen lassen", murmelte er, während Craig weiter die Tür bearbeitete. *„Dieser Alex ist wirklich ein Arschloch."*

Craig fluchte frustriert, als die Karte erneut abrutschte. *„Er hat gedroht, dass er Fotos von meiner kleinen Schwester postet. Du weißt schon, was für welche. Ich hasse diesen Dreckskerl."* Er warf einen Blick über die Schulter. *„Womit erpresst er dich?"*

„Das geht dich einen Scheißdreck an", entgegnete Luke düster. Er tat das nicht, weil seine Schwester Schmuddelkram angestellt hatte und dabei gefilmt worden war. Für ihn stand wesentlich mehr auf dem Spiel, zum Beispiel eine Gefängnisstrafe. *„Jetzt mach schon."*

„Okay, okay", beschwichtigte Craig. Er hatte Luke gerade erst kennengelernt, als sie sich weiter unten an der Straße getroffen hatten. Alex hatte ihnen eine Adresse getextet und sie „gebeten", das Haus zu verwüsten und irgendeinen Jungen namens Jason zu verprügeln, wenn sich die Gelegenheit bot. Außerdem sollten sie eine scharf formulierte Nachricht hinterlassen. Craig hatte keine Ahnung, was Jason Alex getan hatte, aber er hatte

sich offenbar einen erbitterten Feind gemacht.

Die beiden hörten ein schwaches Klicken, und Craig atmete erleichtert auf. Dann drückte er sanft gegen die Tür. Knarrend öffnete sie sich langsam und gab den Blick auf ein dunkles Wohnzimmer frei. Luke drängte an seinem Komplizen vorbei und trat ins Haus. Er winkte Craig, ihm zu folgen, schloss dann sanft die Tür hinter ihnen und verriegelte sie wieder.

„Ist er noch online?", fragte Luke mit leiser Stimme und bedeutete Craig, über sein Epi nachzusehen. Luke trug keines am Handgelenk. Seine Familie konnte sich so einen Luxus nicht leisten.

Craig tippte auf das Gerät an seinem Handgelenk und schrieb schnell eine Nachricht. Ein leises Piepen signalisierte ihnen eine Antwort. „Passt", flüsterte Craig. „Er ist noch im Spiel und laut Alex ist seine Tante noch im Büro."

„Gut, dann bringen wir's hinter uns", antwortete Luke in normaler Laustärke. Wenn Jason sein VR-Headset aufhatte, konnte er sie weder hören noch sehen.

Luke drückte den Schalter bei der Tür, und der Raum wurde hell. Die beiden machten sich an die Arbeit und verwüsteten das Haus. Sie stießen Tische um, zerbrachen Lampen, warfen alles, was sie in der Küche an Essen und Geschirr fanden, auf den Boden. Luke ging in eins der Schlafzimmer. Das erste, das er betrat, musste der Tante gehören. Er durchsuchte die Schubladen ihrer Kommode sowie das Nachtkästchen neben dem Bett und steckte alles an Schmuck und Wertsachen ein, was er finden konnte. Hinten in einer der Schubladen versteckt fand er ein Bündel Geldscheine.

„Volltreffer", murmelte er und stopfte sich den Packen Papier in die Tasche. Heutzutage verwendeten die Leute selten Bargeld, aber es kam durchaus vor. Besonders in den ärmeren Vierteln oder bei Leuten, die den Banken nicht vertrauten.

Luke verließ den Raum und stieß auf Craig, der den kurzen Gang hinunterging. Beide blickten auf die einzige verbleibende Tür. Sie wussten, dass Jason sich in diesem Raum befinden musste. Craig wischte sich die Handflächen an seinen Jeans ab. Sein Atem ging in schnellen, flachen Stößen.

Mit einem vernichtenden Blick sagte Luke zu seinem Kumpan: „Wehe, du kneifst jetzt." Er warf Craig eine Wollmaske zu. „Zieh die an. Wenn er aufwacht, wollen wir nicht, dass er uns hinterher identifizieren kann." Dann zog Luke sich selbst eine ähnliche Maske über den Kopf.

Mit genervtem Gesichtsausdruck nahm Craig die Maske entgegen. „Passt schon, Mann. Kümmere du dich mal um dich selbst."

Luke musterte seinen Partner skeptisch und stieß dann die Tür zu Jasons Zimmer auf. Im Licht, das aus dem Gang in den Raum fiel, konnte er die abgenutzten, gebrauchten Möbel und die unbewegliche Silhouette eines Teenagers erkennen, der auf einem Bett an der hinteren Wand lag. Luke stutzte, als er Jasons Gesicht erblickte. Seine Augen waren geschlossen und sein Brustkorb hob und senkte sich langsam. Er sollte doch im Spiel eingeloggt sein! Wo war sein Helm?

Dann hielt er inne, als er bemerkte, dass nur Jasons Gesicht unbedeckt war und er ein schmales Gerät auf der Stirn trug. Luke konnte das Geld quasi in seinem Kopf klimpern hören. Das musste eine Art Prototyp des VR-Helms sein. Er hatte keine Ahnung, was der wert war, aber es musste ein Vermögen sein.

„Schau dir den Helm an", sprach Craig leise Lukes Gedanken aus.

„Ich seh' ihn, und ich nehm' ihn mit", sagte Luke und ging zu Jason.

„Aber dann wacht er auf", wandte Craig besorgt ein. „Das war nicht der Plan. Wir sollten ihn nur ein bisschen verprügeln, solange er eingeloggt ist."

Luke zog ein Messer aus der Scheide, die er am Gürtel versteckt trug. Blitzend reflektierte die Klinge das Licht, das aus dem Gang hereinfiel. „Glaub mir, das gibt der uns ganz schnell", antwortete Luke in unheilvollem Ton.

Craig wirkte erschrocken. „Was zur Hölle, Mann? So war das nicht geplant. Was, wenn er dabei verletzt wird? Für so was geh ich nicht ins Gefängnis!"

Luke hatte schon Schlimmeres getan, und für ihn hing viel von der Sache ab. Er brauchte das Geld fast genauso dringend, *wie er es vermeiden musste, in den Knast zu kommen. Das zusätzliche Risiko machte für ihn keinen Unterschied. Er drehte sich zu Craig um. „Dann kriegen wir sicher einen Bonus von Alex. Reiß dich zusammen oder verpiss dich", zischte er.*

Ohne auf eine Reaktion seines willensschwachen Partners zu warten, trat Luke an Jasons Bett. Das Licht aus dem Gang zeichnete einen langen, flackernden Umriss an die Wand dahinter, als er sich der liegenden Gestalt näherte, und sein Schatten ragte über Jason auf. Trotz seiner harten Worte gegenüber Craig waren die Knöchel der Hand, mit der Luke das Messer umklammert hielt, weiß, als er sich über Jason beugte.

* * *

Jason kam mit dem Hintern schmerzhaft am Boden auf. Da die meisten von ihnen gesessen hatten, als Micker die Teleportation eingeleitet hatte, landeten sie jetzt auf dem gnadenlosen Steinboden. Nur Jerry war es gelungen, nicht umzufallen, da er mitten in seinen Dehnübungen gewesen war.

„Verdammter Kobold", beschwerte Frank sich. Er rappelte sich auf und reichte dann Riley die Hand.

„Wo sind wir?", fragte sie Micker mit einer Spur Verärgerung über die abrupte Teleportation in der Stimme.

„In Feste", sagte Micker, ohne auf die bösen Blicke zu achten, die ihm die ganze Gruppe zuwarf. „Ganz unten."

Morgan sah aus, als würde sie die kleine graue Kreatur gleich umbringen. „Eindeutig. Ich bin neugierig: Sind alle Kobolde so dumm wie du?" Die Frage ging allerdings an Micker vorbei, der durch den Raum sauste und die Fackeln inspizierte.

„Lasst es gut sein", warf Jason ein. Er hatte die Grenzen seiner Geduld mit den Eskapaden des Kobolds bereits erreicht und überschritten.

Jason ließ den Blick über seine Umgebung schweifen. Der Raum war groß und quadratisch. An den Steinwänden waren Kohlebecken angebracht, die ein flackerndes, blaues Leuchten von sich gaben. Von dem einzigen, dunklen Eingang, der in den Raum führte, spürte er einen leichten Luftzug. Er vermutete, dass dahinter eine Treppe lag, die nach oben in die Festung führte. Ein flaches Steinpodest stand in der Mitte des Raums.

Jason ging hin und stellte fest, dass ein Becken in den Stein eingelassen war. Es hatte einen Durchmesser von etwa 50 Zentimeter. Er spähte über den Rand und entdeckte, dass es eine schwarze Substanz enthielt, deren ruhige Oberfläche trotz der schwachen Brise im Raum unbewegt war. Seltsamerweise reflektierte das Material das Fackellicht nicht wie normales Wasser. Stattdessen schien es die Energie aufzusaugen und den Bereich um das Podest herum zu verdunkeln.

„Vielleicht flüssiges Mana?", schlug Morgan vor, die zu Jason getreten war und ebenfalls in das Becken starrte. Sie schien die Frage an sie selbst zu richten, während sie das Podest umkreiste und seinen Inhalt aus verschiedenen Winkeln betrachtete. Jason nahm an, dass sie in der schwarzen Substanz etwas erkennen konnte, das er nicht wahrnahm.

„Das ist ein bisschen antiklimaktisch", urteilte Jerry und reckte den Kopf über den Beckenrand, um besser sehen zu können. „Ich hätte erwartet, dass die verlorenen Seelen der Verdammten herausgeschwebt kommen, oder dass riesige, untote Wächter es bewachen."

Missbilligend starrte Morgan den Dieb an. „Geh da weg. Wenn ich recht habe, ist hier genug Energie drin, um die Feste zu zerstören."

Jerry sah das dunkle Becken an und wich langsam zurück. „Na, das macht es doch gleich viel interessanter."

„Welchem Zweck dient dieser Brunnen?", fragte Riley an Morgan gerichtet. „Ihr sagt, dass er sehr viel Macht enthält, aber wozu wurde er verwendet?"

„Gute Frage, Mädchen", antwortete Morgan und musterte sie anerkennend. „Kurz gesagt: Ich bin mir nicht sicher. Die Texte erklären nirgends direkt den Zweck der Brunnen, aber sie beschreiben Rituale, die damit durchgeführt wurden. Bei den meisten ging es um Tod eines Untoten."

Jasons Neugier war geweckt. Er erinnerte sich an den uralten Eid, den er William und die Bewohner Peccavis hatte schwören lassen. Er hatte sie versprechen lassen, ihre „Essenz" bei ihrem Tod ihrer Sippe zu widmen. Vielleicht waren das keine leeren Worte gewesen.

„Stand in den Büchern etwas über die Essenz der Untoten?", fragte Jason langsam.

Morgan wirbelte herum und blickte ihn schockiert an. „Woher wisst Ihr das?", fragte sie.

Jason zögerte. Er war sich nicht sicher, ob er dem Rat der Schatten oder seinen Freunden gegenüber von den Erinnerungen, die erlebt hatte, sprechen sollte. Doch er brauchte mehr Informationen. „Ich habe manchmal seltsame Visionen", setzte Jason mit leiser Stimme an. „Sie kommen mir vor wie uralte Erinnerungen. Ich vermute, dass sie von einem der ‚Hüter' der Rasse der Untoten stammen."

Jetzt war es an Riley und Frank, ihn überrascht anzustarren. Doch er nahm an, dass sie andere Gründe hatten als Morgan. Jason hatte gerade zugegeben, dass er durch das Spiel die Erinnerungen anderer erleben konnte. Das war eine bedeutsame Enthüllung. Es hieß, dass die KI des Spiels im Grunde die Erinnerungen von Spielern ändern oder ihnen zumindest welche einpflanzen konnte. Jason blickte Alfred an, der neben ihm stand. Das Gesicht des Katers war ungerührt. Jason hatte das Versprechen, das er der KI gegeben hatte, nicht gebrochen, aber er war hart an der Grenze dazu.

Morgan nickte, ohne die Reaktionen von Frank und Riley zu beachten. „Seltsam, aber das erklärt nicht, warum Ihr genau die richtigen Fragen stellt. Die Beschreibung eines Rituals am Ende des Lebens eines Untoten erwähnte einen Brunnen. Seine sterblichen Überreste wurden in den Brunnen gelegt, und seine ‚Essenz' wurde absorbiert. Was mit ‚Essenz' gemeint war oder was das Ziel dieser Praxis war, ist mir schleierhaft."

Jason dachte an Rex. Ähnlich wie Morgan war er sich nicht sicher, was das Ritual bringen würde, auch wenn die alte Erinnerung ihm den Eindruck vermittelt hatte, dass es wichtig war. Rex' Überreste befanden sich höchstwahrscheinlich in der Höhle, in der sie den Spielleiter getötet hatten. „Wenn wir nur an ein Stück von Rex rankommen könnten", murmelte Jason traurig.

„Hmm, da könnte ich helfen", meldete Frank sich. Er griff in seine Tasche und zog einen weißen Schädel heraus. Die anderen blickten ihn schockiert an, und er hob abwehrend die Hand. „Ich wollte ihn nur bestatten!", erklärte er. „Nach der Explosion blieb mir ein Moment Zeit. Es schien mir nur anständig, das zu tun."

„Ich will dir gar keinen Vorwurf machen", sagte Jason. „Zumindest haben wir etwas." Feierlich reichte Frank Jason den Schädel. Mit den Fingern fuhr er über die elfenbeinfarbene Oberfläche. Der Knochen war löchrig und angesengt vom Kampf gegen den Spielleiter.

Jason hob den Blick und sah Morgan an. „Was muss ich tun?"

Die alte Frau wirkte unsicher. „Ich habe keine Ahnung", gab sie mit frustrierter Stimme zu. „Wie gesagt, in den Büchern stand nur, dass man die Überreste in das Becken legt." Als Jason Anstalten machte, genau das zu tun, hob sie die Hand. „Warte. Ich habe nicht übertrieben, als ich zu Jerry gesagt habe, dass das Becken eine beträchtliche Menge Energie enthält. Keiner von uns ist so ein Hüter, wie ihn die Aufzeichnungen erwähnen. Es besteht das Risiko, dass das entsetzlich schiefgehen könnte."

Aus irgendeinem Grund teilte Jason ihre Sorge nicht. Er wurde das dumpfe Gefühl nicht los, dass er das hier tun musste. Von den schwachen Erinnerungen, die ihm in Peccavi eingepflanzt worden waren, schien keine Gefahr auszugehen. „Ich glaube, das ist in Ordnung", sagte Jason.

Die anderen blickten ihn mit etwas mehr Beklommenheit an, doch sie machten keine Anstalten, ihn aufzuhalten. Jason sah sie der Reihe nach an, wie sie um das Becken herum standen. Jeder von ihnen strahlte Entschlossenheit, Loyalität und Hoffnung aus. Sie vertrauten ihm – selbst, wenn er kurz davor war, einen Schädel auf einen unbekannten Untotenaltar zu legen, der möglicherweise einen großen Krater in die Stadt reißen würde.

Riley legte ihm die Hand auf den Arm. „Ist okay", sagte

sie. „Micker kann uns wegteleportieren, falls es Schwierigkeiten gibt. Oder, Micker?", fragte sie den Kobold auf ihrer Schulter.

„Ja! Micker retten!", antwortete dieser über beide Ohren grinsend.

„Sehr vertrauenerweckend", fügte Frank in ironischem Ton hinzu.

Jason lachte. „Danke, Leute." Er seufzte und nahm seinen Mut zusammen. „Gehen wir's an."

Vorsichtig streckte er die Hand aus. Als das weiße Material kurz davor war, die tintenschwarze Substanz im Brunnen zu berühren, zögerte Jason. Schweiß stand ihm auf der Stirn. *Bitte, lass das keinen Fehler sein.*

Dann schlug das flüssige Mana über dem Schädel zusammen. Die schwarze Energie schlang sich um den Knochen und bedeckte Jasons Hand. Die Flüssigkeit bewegte sich viel schneller, als er reagieren konnte. Erschrocken zog er seinen Arm zurück, doch es gelang ihm nicht, und die anderen begannen zu schreien. Ihre Stimmen klangen gedämpft, und Jason war ausschließlich auf das Gefühl der eiskalten Energie konzentriert, die seinen Arm entlang kroch. Das war anders als alles, was er je erlebt hatte. Selbst das Mana, das ihn durchströmt hatte, als er den Zwielichtthron erschaffen hatte, verblasste im Vergleich hierzu. Als die Energie seine Brust erreichte und in seinen Kopf vordrang, stieß Jason einen Schmerzensschrei aus. Seine Nervenenden fühlten sich an, als ständen sie in Flammen.

In Panik blickte Jason an sich herunter und sah, dass die schwarze Energie seinen Körper entlang kroch. Sie glitt seinen Hals hinauf, und seine Augen leuchteten dunkel auf, als sein eigenes Mana kraftlos darauf reagierte. Dann spalteten sich zwei Ranken ab und ringelten sich in der Luft vor seinen Augen. Spitzen aus dunkler Energie schossen nach vorn, und die Welt wurde dunkel.

Nach einer gefühlten Ewigkeit öffnete Jason die Augen. Er schnappte nach Luft. Das Gefühl, von einer eisigen Flut aus Energie überwältigt zu werden, war ihm noch frisch im Gedächtnis. Während er sich langsam beruhigte, stellte er fest, dass er in einer schmerzlich vertrauten Höhle lag. Ein Loch in der Decke ließ schwaches Mondlicht herein, und er hörte das leise Geräusch von Wasser, das in ein Becken in der Mitte des Raumes tropfte.

„So treffen wir uns wieder, Junge", sagte der alte Mann neben ihm. Er drehte sich um und sah die verhüllte Gestalt des Düsteren mit seinem hölzernen Stab in der Hand.

„Was war das?", krächzte Jason, vor Schmerz noch ganz benommen.

„Der zweite Schritt auf meinem Pfad", sagte der Alte und verzog den faltigen Mund zu einem Lächeln.

Als Jason nicht sofort antwortete, fuhr er fort: „Du hast dich wacker geschlagen, seit wir uns das letzte Mal unterhalten haben. Du hast gelernt, dich auf andere zu stützen, du hast das Wachstum deines Volkes gefördert, und du hast gelernt, mit Verlusten umzugehen." Er schien Jason forschend zu mustern, auch wenn seine Augen unter der Kapuze seines Umhangs nicht sichtbar waren. „Du entwickelst dich zu einem fähigen Anführer."

Langsam beruhigten Jasons chaotische Gedanken sich, und er spürte, wie sein Herz weniger heftig schlug. Mit zunehmender Ruhe klärte sich sein Kopf etwas. „Freut mich, dass das Eure Anerkennung findet", entgegnete er sarkastisch. „Was war das für ein Brunnen? Was hat er mit mir gemacht?" Langsam stemmte er sich auf die Füße hoch.

Der alte Mann lachte leise. „Du springst immer noch, bevor du schaust. Nur Hüter dürfen die Brunnen verwenden. Sie tragen die Hoffnungen, Träume und Ängste unseres Volkes. Du bist zwar auf dem richtigen Weg, doch es war allzu ehrgeizig von dir, die Macht des Brunnens so früh bändigen zu wollen."

Jason schloss die Augen und rieb sich mit einer Hand die Schläfe, um die sich anbahnenden Kopfschmerzen aufzuhalten. „Ihr könntet einen Kurs zum Thema ‚Vage, obskure Erklärungen' halten", entgegnete er mit einer Grimasse. „Ich habe dem Brunnen Rex' Überreste anvertraut. Wenn ich die Erinnerungen verstehe, die ich bisher erlebt habe, hat er einen Schwur zu erfüllen, nicht wahr?"

Seine Frage wurde mit einem weiteren Lachen belohnt,

das klang, als stießen Felsbrocken gegeneinander. „Du gefällst mir, Junge", erwiderte der alte Mann. „Da dir dein Freund viel bedeutet hat und du auf meinem Pfad gut vorangekommen bist, mache ich diesmal eine Ausnahme. Du darfst mir seine Überreste geben und ich biete dir einen Vorgeschmack auf die Gabe der Rückschau."

„Die Gabe der Rückschau?", fragte Jason verwirrt.

„Das ist etwas, was leichter vorzuführen als zu erklären ist." Der alte Mann deutete auf das Becken in der Mitte der Höhle.

Neugierig näherte sich Jason dem Teich. Zuerst konnte er im trüben Wasser nichts erkennen. Dann begann sich ein Bild darin abzuzeichnen. Es zeigte einen Jungen, der auf einem grob gezimmerten Holzstuhl saß und defensiv die Arme verschränkt hatte. Jason versuchte, zu dem Alten aufzublicken, und musste feststellen, dass er das nicht konnte. Er konnte den Blick nicht vom Becken losreißen.

„Wiedersehen, mein Kind", sagte der alte Mann hinter ihm. „Und viel Glück bei der Suche nach meinem Zauberbuch."

Dann verwandelte sich die Welt um Jason herum. Er stand nicht mehr in der Höhle. Stattdessen befand er sich jetzt in einer Art mittelalterlichem Arbeitszimmer. Die Wände bestanden aus grob behauenen Holzbalken, und an einer Seite stand ein Schreibtisch. Der Junge, den er auf dem Bild gesehen hatte, saß auf einem Stuhl vor ihm. Er hatte ein blaues Auge, und sein Körper war von Abschürfungen und Kratzern übersät. Er war in schmutzige Lumpen gekleidet und der Dreck, der seinen Körper bedeckte, hatte sich mit dem Blut aus seinen Verletzungen gemischt.

Seltsamerweise schien der Bursche durch Jason hindurch zu blicken, ohne ihn zu sehen. Er schwenkte die Hand vor dem Gesicht des Jungen hin und her, erhielt aber keine Reaktion.

„Was haben wir denn da?", fragte ein Mann hinter Jason. Er wirbelte herum, da er dachte, er sei angesprochen worden. Stattdessen erblickte er einen grobschlächtigen Mann, der das Wams und die Kettenrüstung einer Wache trug und mit

dem Jungen sprach. Das auf dem Wappenrock des Mannes ein-
gestickte Siegel kannte Jason nicht.

Sie sehen mich nicht. Was ist das hier? Eine Art Traum?

„Nicht von der gesprächigen Sorte, ich sehe schon", fuhr
der Mann fort und musterte den mürrischen Jungen. „Was ist
in der Gasse passiert, wo die Wachen dich entdeckt haben? In
deiner Nähe wurden drei Leichen gefunden."

Noch immer antwortete der Junge nicht, sondern starrte
den Wächter nur trotzig an. Verärgerung flackerte im Gesicht
des Mannes auf. „Außerdem haben wir das hier bei dir gefunden", fuhr die Wache fort und hielt etwas hoch, das wie ein Kü-
chenmesser voller Blut aussah. Der Junge erbleichte, und seine
Reaktion entging dem Wächter nicht. „Da habe ich wohl einen
Nerv getroffen."

Der Mann ging auf den Jungen zu und schnappte sich
einen Stuhl, den er vor ihm abstellte. Dann setzte er sich dem
Kind gegenüber. Einen Moment lang musterte der Wächter den
Jungen genau. „Ich weiß ein bisschen was über zwei der getöte-
ten Gassenratten. Das waren dieselben Gören, die immer die
Märkte terrorisiert haben. Miese kleine Strolche, wenn es
stimmt, was man so hört."

Als der Junge keine Miene verzog, lehnte sich der Wächter in seinem Stuhl zurück und verzog das Gesicht. „Da wir mit
dieser Fragestellung offenbar nicht weiterkommen, erzähle ich
dir stattdessen eine Geschichte", sagte der Mann. Der Junge
antwortete immer noch nicht, und der Mann hob die Schultern.

„Es war einmal ein Junge, der von aller Welt verlassen
durch die Straßen von Lux stromerte", begann der Wächter.
„Der Junge wollte nur überleben – etwas zu essen und einen
Platz zum Schlafen finden."

Der Mann hob einen Finger. „Dann tauchte eines Tages
eine Gruppe Gassenratten auf. Sie waren größer und gemeiner
als die anderen Kinder, kommandierten sie herum und verlang-
ten, dass sie Essen und andere Dinge für sie klauten. Doch als
die anderen Straßenkinder mit ihrer Beute auftauchten, stahlen
die älteren Jungs ihr Diebesgut und verprügelten sie."

Die Wache beobachtete das Gesicht des Jungen genau,

und Jason sah, dass sein Auge kurz zuckte. Auch der Wächter schien die Reaktion zu bemerken. „Das ging eine ganze Weile so. Bis die Strolche sich ein bestimmtes Mädchen vornahmen." Bei diesen Worten zuckte der Junge sichtbar zusammen, doch er blickte den Wächter weiter teilnahmslos an.

„Dieses Mädchen war einer der anderen Gassenratten wichtig. Sie waren Freunde. Die Prügel und das Stehlen waren Alltag für sie, aber an jenem Tag war es einfach zu viel. Die anderen Jungs gingen mit der Prügelei zu weit. Sie wollten das Mädchen verstümmeln", sagte der Mann mit leiser Stimme, die Augen auf den Jungen gerichtet. „Oder Schlimmeres ..."

Der Junge barst förmlich aus seinem Sitz hervor. „Sie haben es verdient!", schrie er. „Ich habe getan, was ich tun musste, um sie zu beschützen! Ich habe diese miesen Dreckschweine umgebracht." Der Junge erhob die Faust gegen den Wächter. „Ich ..." Abrupt ging ihm die Luft aus und er blickte auf seine blutbefleckten Hände. „Ich habe die Schweine umgebracht. Und sie ist trotzdem gestorben ..." Seine Gesichtszüge entgleisten, Tränen strömten ihm über die Wangen, und er ließ sich zurück auf seinen Stuhl fallen.

Beim Anblick des Jungen spiegelte sich eine Mischung aus Traurigkeit und Erleichterung im Gesicht des Wächters. „Ich weiß, mein Junge", sagte er ruppig. „Ich weiß."

Er blickte zu seinem Schreibtisch, auf dem Papiere lagen, und schien etwas abzuwägen. Dann wandte er sich wieder an den Jungen, der immer noch schockiert auf seine Hände starrte. Tränen rannen ihm die dreckigen Wangen hinunter. Der Wächter sprach sanft. „Jemandem das Leben nehmen ist schwer. Aber manchmal ist es nötig, um die zu schützen, die wir lieben." Der Junge wandte ihm das schmutzige Gesicht zu.

„Ich musste diese schmerzhafte Wahl selbst schon treffen. Es ist die Bürde von Männern wie mir, Gefahren auf uns zu nehmen, um andere zu verteidigen." Voller Neugier blickte der Wächter den Jungen an. „Ich erkenne Tatkraft in dir – den Wunsch, die Mauer zu sein, die andere erklimmen müssen, bevor sie jemandem schaden können, der dir etwas bedeutet. Dafür sollst du nicht bestraft werden. Darauf gebe ich dir mein

Wort als Gardeleutnant." Er reckte dem kleinen Jungen die Hand hin. „Und wenn du mich lässt, kann ich dir beibringen, wie du andere davon abhältst, je wieder jemanden zu verletzen, den du liebst. Was meinst du dazu, Junge?"

Überrascht starrte der Bursche auf die dargebotene Hand. Qual und Verwirrung standen ihm ins Gesicht geschrieben. Dann streckte er den schmalen Arm aus und schlug ein. „Bringt es mir bei", sagte er schlicht und wischte sich die Tränen mit dem freien Arm weg. Ein entschlossener Ausdruck war in seine Augen getreten.

Der Wächter lachte leise. „Gut!" Er erhob sich von seinem Stuhl und hielt dann inne. „Wie heißt du denn eigentlich?", fragte er.

Das Kind starrte ihn an, und in dem Moment wusste Jason, was es sagen würde. Er hatte denselben, unerschütterlich überzeugten Blick bei einem wesentlich älteren Mann schon gesehen, unmittelbar bevor dieser sich in einen Mahlstrom aus Flammen gestürzt hatte. „Mein Name ist Rex", sagte der Junge schlicht. „Nur Rex."

Während der Junge die Worte aussprach, löste die Welt um Jason herum sich auf, wurde dunkel und verschwand. Einen Moment später schlug er die Augen auf. Er war durch den plötzlichen Wechsel desorientiert und spürte harten Stein in seinem Rücken. Er starrte zu einer dunklen Decke hoch, an deren Oberfläche blaue Lichter flackerten.

„Er kommt wieder zu sich", sagte Riley voller Erleichterung.

Jason richtete sich auf und wurde von großen Händen gestützt. „Immer langsam, Mann", sagte Frank. „Dieses schwarze Zeug hat dich beinahe umgebracht."

„Was ist passiert?", wollte Jason wissen. Seine Gedanken überschlugen sich. Er spürte, wie sich heftige Kopfschmerzen anbahnten.

„Das dunkle Mana hat sich an Euch festgefressen und Euch fast verschluckt", erklärte Morgan trocken. „Ihr seid vollständig von der Substanz bedeckt zusammengebrochen. Nach ein paar Minuten ist das Mana von Eurer Haut heruntergetropft und in das Becken zurückgekehrt", erklärte sie mit einer Geste zu dem Podest.

„Wir dachten, das wäre das Ende unseres nicht totzukriegenden Königs", bemerkte Jerry neben ihm. Jason blickte zu ihm hinüber und sah, dass er nervös mit der Krempe seines Huts spielte, die weißen Augen voller Erleichterung.

„Was ist passiert?", fragte Riley leise.

Jason wandte den Blick seiner Freundin zu, die neben ihm kniete. Sie sah ihn besorgt an. Mühsam erhob er sich, schwer auf ihren Arm gestützt. „Ich habe Rex gesehen", sagte er knapp.

„Was?", fragte Riley schockiert.

Jason schüttelte den Kopf. „Es ist schwer zu erklären. Ich glaube, ich habe eine Erinnerung von Rex gesehen. Er war ein kleiner Junge ..." Jason verstummte. Es schien ihm unangemessen, der Gruppe zu erzählen, was er gesehen hatte. Er nahm an, dass die Szene, die er gerade erlebt hatte, ein kritischer Moment in Rex' Leben gewesen war – der Punkt, an dem ein Waisenjunge, der gerade seine beste Freundin verloren und zwei Schläger getötet hatte, eine zweite Chance und ein Lebensziel bekommen hatte.

„Komm schon. Das kann doch nicht alles gewesen sein. Was ist passiert?", wiederholte Frank Rileys Frage.

Jason setzte zu einer Antwort an und runzelte dann die Stirn. Frank stand mit offenem Mund neben ihm, bewegte sich aber nicht. Jason sah die anderen an und stellte fest, dass sie ebenfalls erstarrt waren. Er winkte mit der Hand vor Franks Gesicht hin und her. Als das keine Reaktion hervorrief, stupste er ihn leicht an. Frank rührte sich nicht. Jason begann, sich Sorgen zu machen. Was war hier los? War das eine weitere Erinnerung?

Alfred spazierte zwischen der Gruppe hindurch zu ihm. „Was ist los, Alfred?", fragte Jason. Zumindest war der Kater hier. Das hieß, er war nicht verrückt geworden.

Die KI sah ihn einen Moment lang an, aber ihre Aufmerksamkeit schien weit weg. „Es gibt einen Notfall", sagte Alfred schließlich mit angsterfüllter Stimme. Jason runzelte die

Stirn. Er hatte die KI noch nie so besorgt erlebt.

„Du musst dich sofort ausloggen", drängte Alfred. „Ich habe die lokale Simulation angehalten und die anderen Spieler gebootet."

„Sag mir, was hier vor sich geht", verlangte Jason. Angst krampfte ihm den Magen zusammen. Etwas Schreckliches musste passiert sein, wenn die KI so drastische Maßnahmen ergriff.

„Keine Zeit für Erklärungen", sagte Alfred. „Wenn du dich nicht ausloggst, mache ich es für dich."

Plötzlich wurde die Welt schwarz und Jason erhielt eine Benachrichtigung.

Systemmeldung

Verbindung zum Server QX298.576 wurde von KI-Controller XC239.90 getrennt. VR-Sitzung wird in zehn Sekunden beendet.
Bitte wenden Sie sich an den Kundensupport, um mehr Informationen oder Unterstützung bei der Fehlerbehebung für Ihre Verbindung zu erhalten.

Jason fand sich in seinem Schlafzimmer wieder. Er stolperte und wäre beinahe gestürzt. Er schüttelte den Kopf, um ihn klarzukriegen. Warum war er auf den Beinen? Hatte er sich nicht auf dem Bett liegend eingeloggt? Außerdem hielt er etwas in der Hand. Als er hinabblickte, sah er, dass es ein Messer war, von dessen Spitze langsam Blut tropfte.

Er erstarrte vor Schock. *Wo kommt das Blut her?*

Sein Blick schweifte durch den Raum. Aus dem Gang fiel schwaches Licht in das kleine Zimmer. Jemand lag vor ihm am Boden. Die Augen des Teenagers starrten blicklos zur Decke. Benommen stellte Jason fest, dass seine Brust sich nicht hob und senkte, und dass das T-Shirt des Jungen zerschlitzt und voller Blut war. Er sah zum Gang, wo hinter dem Rand des Türrahmens zwei Beine hervorragten.

Zögernd ging Jason zur Tür und ahnte bereits, was er dort finden würde. Dem Jungen dort war die Kehle durchgeschlitzt worden, und unter seinem Körper hatte sich eine große Blutlache gebildet. Jason stand einfach nur da und starrte auf die Leiche, das VR-Headset immer noch auf dem Kopf. Er rang darum, zu verstehen, was er da vor sich sah.

War das hier echt? Habe ich diese Teenager getötet? Aber ich habe mich im Spiel befunden!

Aus der Ferne hörte er gedämpftes Sirenengeheul, das sich näherte. Dann hallte eine vertraute, mechanische Stimme durch Jasons Kopf. *„Es tut mir leid. Das war die einzige Möglichkeit, dich zu schützen."*

Ende von Buch 2

Danksagung

Ich möchte mich bei allen bedanken, die mir geholfen haben, Awaken Online: Abgrund zu schreiben. Wie für die meisten großartigen Dinge braucht es ein ganzes Dorf, um ein Buch zu schreiben. Zumindest eines, das Sinn ergibt und (relativ) fehlerfrei ist. Danke für eure Hilfe und Unterstützung!

- *Ashley Anderson (Lektorat)*
- *Krista Ruggles (Illustration)*
- *David Stifel (Erzähler)*
- *Stephanie Fisher*
- *Cynthia Bagwell*
- *Phillip Bagwell*
- *Jay Taylor*
- *Josh Acker*
- *Taran Matharu*
- *Matthew Leugers*
- *Alle meine Patreon-Unterstützer. Ihr seid die Besten!*

NEUE VORBESTELLUNGEN!

Awaken Online LitRPG-Serie
von Travis Bagwell

Die Kalandaha Chroniken LitRPG-Serie
von Jens Forwick

Saga Online LitRPG-Series
von Olver Mayes

Survival Quest LitRPG-Serie
von Vasily Mahanenko

Galaktogon LitRPG-Serie
von Vasily Mahanenko

Welt der Verwandelten LitRPG-Serie
von Vasily Mahanenko

Der Alchemist LitRPG-Serie
von Vasily Mahanenko

Clan der Bären LitRPG-Serie
von Vasily Mahanenko

Außenseiter LitRPG-Serie
Von Alexey Osadchuk

Spiegelwelt LitRPG-Serie
von Alexey Osadchuk

Kräutersammler der Finsternis LitRPG-Serie
von Michael Atamanov

Unterwerfung der Wirklichkeit LitRPG-Serie
von Michael Atamanov

Die Allianz der Pechvögel LitRPG-Serie
von Michael Atamanov

Perimeterverteidigung LitRPG-Serie
von Michael Atamanov

Der Weg eines NPCs LitRPG-Serie
von Pavel Kornev

Die Triumphale Elektrizität Steampunk-Serie
von Pavel Kornev

Phantom-Server LitRPG-Serie
von Andrei Livadny

Der Neuro LitRPG-Serie
von Andrei Livadny

Disgardium LitRPG-Serie
von Dan Sugralinov

Projekt Stellar LitRPG-Serie
von Roman Prokofiev

Der Spieler LitRPG-Serie
von Roman Prokofiev

Herrschaft der Clans - Die Rastlosen LitRPG-Serie
von Dem Mikhailov

Sperrgebiet LitRPG-Serie
von Yuri Ulengov

Saga Online LitRPG-Serie
von Oliver Mayes

Im System LitRPG-Serie
von Petr Zhguyov

Vielen Dank, dass *Awaken Online* gelesen hast!

Weitere deutsche Übersetzungen unserer LitRPG-Bücher werden schon bald folgen!

Um weitere Bücher dieser Reihe schneller übersetzen zu können, brauchen wir Deine Unterstützung! Bitte schreibe eine Rezension oder empfehle *Awaken Online* Deinen Freunden, indem Du den Link in sozialen Netzwerken teilst. Je mehr Leute das Buch kaufen, desto schneller sind wir in der Lage, weitere Übersetzungen in Auftrag geben und veröffentlichen zu können.

Bitte vergessen Sie nicht, unseren Newsletter zu abonnieren: http://eepurl.com/dOTLd1

Sei der Erste, der von neuen LitRPG-Veröffentlichungen erfährt!
Besuche unsere englischsprachen Twitter- und Facebook LitRPG-Seiten und triff dort neue sowie bekannte LitRPG-Autoren:
https://twitter.com/MagicDomeBooks

Deutsche LitRPG Books News auf FB liken: facebook.com/groups/DeutscheLitRPG

Erzähle uns mehr über Dich und Deine Lieblingsbücher, schau Dir die neuesten Bücher an und vernetze Dich mit anderen LitRPG-Fans.

Bis bald!

Printed in Poland
by Amazon Fulfillment
Poland Sp. z o.o., Wrocław

24097367R00309